给孩子讲《西游记》

第一册

［明］吴承恩◎著　大嘴飞◎改编　王鲁闽◎绘

清華大学出版社
北京

图书在版编目 (CIP) 数据

给孩子讲《西游记》/(明)吴承恩著；大嘴飞改编；
王鲁闽绘. -- 北京：清华大学出版社，2025. 1.
ISBN 978-7-302-67883-0
I. I207.414-49
中国国家版本馆 CIP 数据核字第 2025TZ7482 号

责任编辑：张立红
封面设计：异　一
版式设计：赵廷宏
责任校对：卢　嫣
责任印制：杨　艳

出版发行：清华大学出版社
网　　址：https://www.tup.com.cn，https://www.wqxuetang.com
地　　址：北京清华大学学研大厦 A 座　　邮　　编：100084
社 总 机：010-84370000　　邮　　购：010-62786544
投稿与读者服务：010-62776969，c-service@tup.tsinghua.edu.cn
质 量 反 馈：010-62772015，zhiliang@tup.tsinghua.edu.cn
印 装 者：北京博海升彩色印刷有限公司
经　　销：全国新华书店
开　　本：146mm×210mm　　印　　张：41.125　　字　　数：658 千字
版　　次：2025 年 3 月第 1 版　　印　　次：2025 年 3 月第 1 次印刷
定　　价：238.00 元（全四册）

产品编号：095771-01

前言

哲学童话初心

大家好，我是大嘴飞。从事思维教育研究、儿童教育、家庭教育、演讲工作二十余年，服务的受众包括从幼儿到大学生，从家长到世界500强高管，从员工到企业主。

这些职业累积让我觉得：把孩子该懂的哲理编到故事里并讲给孩子，是我最该担当的事业。于是，我耗时3年多完成了这部书。

我的孩子叫周泓屹，本书“思维特点”栏目中的儿童漫画就是由他创作。从小我就创作故事、改编故事讲给他听。在他5岁时，我开始为他精心改编和录制了《西游记》音频，每周给他更新一集，每一集他都要听好多遍。

从听到画，情感和思维表达才最重要

渐渐地，他开始喜欢看相关的书和电视剧，并早已深深地被那个想象的世界吸引，吸收多了就总想要表达，直到他听了20集以后，有一天他给我画了一幅画……

你可以看得出来他是没有学过画画的。因为他的笔画很乱，没有章法，但是每一个人物都画得栩栩如生的。猪八戒的大布衫、大耳朵，孙悟空衣服上的小盘扣，每一个细节都能看出他精心的构思。

画这幅画的那一天，我记得他拿着笔想了十几分钟才下笔，整幅画画了一个多小时。我知道故事对他成长的方方面面都会起到作用，但是没想到绘画和思维竟也使他产生了这样的质变。

作为父亲，我为自己曾经的每一字、每一句、每一声的付出感到欣慰。然而欣喜并未结束……

从感到悟，用诗词滋养孩子

《西游记》的语言十分精美，里面有大量的好诗歌，我把每一讲最形象和容易理解的诗句都节选出来演播给孩子听。慢慢地，我发现他对有韵律的语言也开始感兴趣，自己也总想试着说两句诗。终于有一天，恰逢植树节，在幼儿园种完树回到家里，他真的口头作了一首小诗。你看这首诗：

挖坑深有处，
平地没有坑。
挖坑种小苗，
小苗长成树。

特别是第二句“平地没有坑”，太有趣了，发现平地没有坑，似乎算得上是这个年纪的孩子发现的很深刻的哲理了。这就是我坚持了这件事以后看到的成果，也是我创办大嘴飞哲学童话的初衷。

后来我将《西游记》改编并录制成音频故事，共135集，

并设置了家长和孩子讨论的思维训练题，将20年的思维教育经验浓缩到这部《西游记》中。另外，考虑到孩子们的兴趣和特点，我在尊重原著、忠实传承故事核心内容和精神内涵的基础上，对原著中的一些生僻与复杂表达进行了适当的删减和改写，并将文字风格轻松化、活泼化。此外，《西游记》原著中有如下回目并没有收录进来，分别是：第9、10、11、23、43、64、78、79、85、86、87、91、92、97回。

至今《大嘴飞西游记》音频故事受到孩子们的欢迎，很多孩子可以背诵里面的诗词、绘画里面的情节、演绎里面的片段等。

现在我们取得这些成绩后，有幸相约清华大学出版社，将这部音频故事整理成书，与孩子们见面。而且我把鼓励孩子从阅读故事到原创绘画的技巧也一并写在书中展现给了大家。同时感谢插画师王鲁闽的努力，在书中呈现了精彩、富有童趣的插图。愿孩子在《西游记》的世界中有更多思考、阅读、表达和绘画的收获。

大嘴飞

2025年3月26日

目 录

第1集
猴王出世

很久以前，有一片海，海上有一座仙山，山上有许多我们从未见过的神鸟和神兽。

在山崖之上，常有两只大鸟从那里飞出来，五彩斑斓，漂亮极了。它们羽毛的颜色比孔雀还要艳丽，鸣叫的声音比老鹰还要嘹亮。这种大鸟名叫凤凰。在那悬崖峭壁之下常趴着一只神兽，它的模样十分奇特：长有龙的头、鹿的角、狮子的眼睛、老虎的后背，腰部粗壮如熊，全身覆盖蛇的鳞片，脚下还生有四只马蹄，身后还长着像牛一样的尾巴。这是什么神兽啊？它名叫麒麟。

山中还有很多山洞，那里总是有龙飞出来。龙飞到天上可以藏在云里，潜入海中可以游在水里。这凤凰、麒麟、

龙，大家都没见过，但是，它们都在这座仙山上生活。

仙山上还有很多其他的小动物，如仙鹤、小鹿、小狐狸等。那么这些小动物饿了吃什么呢？不要担心，这座山名叫花果山，山上有很多奇花异果、青松翠柏，小动物们想吃什么就能吃什么。

但是，这些都算不上花果山最神奇的地方。最神奇的地方是那花果山的山顶。也不知道是从什么时候开始，那山顶上就立着一个大石头，有三丈六尺五寸高。那是多高呢？假设你的爸爸变成了七个爸爸，一个爸爸踩着另外一个爸爸的肩膀，一个踩着一个，最上边的那个爸爸才能够到石头顶上。而且这个石头有两丈四尺粗，那是多粗呢？要四个爸爸手拉着手才能把它围上。有一天，这石头里就发生变化了。你想啊，在白天，太阳像爸爸一样，温暖地晒着它；到了晚上，月亮又像妈妈一样，用温柔的月光抚摸着它。时间一长，石头里就孵出东西来了。我们知道鸡蛋里能孵出小鸡，那石头里能孵出什么呢？

石头里生出了一只石猴，他在里面长啊长，终于有一天他长大了，他就想从里面出来。这天，他铆足了劲儿，双手向两边一撑，双脚往下一蹬，那石头就炸开了，石猴“嗖”地一下就从里面蹿了出来。石头的炸裂声还引来了山

中其他的猴子，他们边看边议论：“哎呀，你看这小猴长得多可爱呀，他是怎么从石头里生出来的呀？哎，你们看，他的屁股是红的，跟咱们的一样。”

猴子们七嘴八舌，石猴也不理他们，就往四处张望，他觉得这个世界太漂亮了。四处看完他又往天上看，天空好美，又高又蓝，他想看得再远一点儿，他一使劲儿，结果从两只眼中射出两道金光，“唰”地就射向了天空的最高处，这一下可把其他猴子给吓傻了，全都张着嘴，忘了闭上。

这两道金光可不只是吓到了这些猴子们，还惊动了天上官职最大的神仙，他的名字叫玉皇大帝，他的职责是管理天上地下所有的神仙。他这会儿正和很多神仙在一起商量事情呢。那玉皇大帝说道：“千里眼，顺风耳，两位神仙，你们去看一看这金光是怎么回事。”于是两位神仙来到南天门。千里眼的法力是不管你离得多远，他都能把你的头发丝看得清清楚楚；顺风耳的法力是不管你离得多远，就连你喘气的声音，他都听得见。这两位神仙一看、一听就知道是怎么回事儿了。他们回去把石猴出世这个事儿跟玉皇大帝一说，玉帝知道后说道：“哦！这猴儿天地生成，没什么好奇怪的，就让他在那山间玩耍吧。”

这石猴可会玩啦，饿了就吃树上的果子，渴了就到山涧中喝点儿泉水，白天采采山花，晚上困了就睡在石崖之下。时间一长，他和这山里的鹿、狼、虎、豹等都成了好朋友。但是，他有一群最好的朋友，你猜猜他们是谁呀？当然是他出生的时候，围观他的那群猴子啊！那猴子当然和猴子关系最好啦。

有一年夏天特别热，猴子们便跑到一片松树林里去玩耍。这群猴子实在是太淘气了，跑到松树林里跳树攀枝，采花觅果，扔石头、砌宝塔，参老天、拜菩萨，捉虱子、咬叉掐、理毛发、剔指甲。他们挨的挨、擦的擦、推的推、压的压、扯的扯、拉的拉。玩了一阵子，大家玩得浑身通热了，他们又找了一处山涧水去洗澡。哎呀，这水好啊，水从山上流下来，打在石头上浪花四溅，浇在身上那是又凉快又舒服。

这个时候，有一只猴子就说了：“哎呀！这个水是从哪里流下来的呀？今天我们也闲着没事儿，不如顺着这水流上去找找。”“好啊好啊，那就走吧。”随着这声呼喊，猴子们逆着水流，“嗖嗖嗖”地往上爬，爬到上面定神一看，好大的瀑布啊！不知道怎么形容才好。那可真是“一派白虹起，千寻雪浪飞”“潺湲名瀑布，真似挂帘帷”。小朋友们，这帘帷是什么呀？帘帷就是我们挂的窗帘和门帘。这瀑布仿佛从天上飘落下来，宛如一条长长的白色帘子，实在是太漂亮了。

猴子们就在那拍手叫好："好水啊！真是好水。"就在大家高兴的时候，有一只猴子突然跳了出来，他大声分享了他的想法："哪一个有本事钻到瀑布后面看看？如果他还能跳出来，不伤身体，我们就拜他为王。谁敢去呀？"他这一喊，还真没哪只猴子敢应，那谁敢去啊！万一没跳好，掉下去岂不是得粉身碎骨啊？他连喊了三遍，竟真有一只猴子从草丛中跳了出来，大声喊道："我敢去！我敢去！"好一只大胆的猴子，这只猴子是谁呀？不是别的猴子，就是从那石头里蹦出来的石猴。

石猴几步走到岸边，瞑目蹲身，这里"瞑目"就是紧闭双眼。闭眼睛干吗呀？他怕他跳的时候，水花溅入眼中。他蹲身，攒足了劲，好跳得远呢。他用尽全身的力气往前一蹿，然后睁眼一看，前面有一座铁桥。上了桥往对面一看，只见一个巨大的石洞，这石洞仿佛有人居住过的痕迹。

他仔细一瞧，哎呀，石头上长着软软的苔藓，绿得发蓝。云雾衬着阳光在洞中缭绕，洞内摆放着石头制成的家具和做饭用的锅灶。那真是"石座石床真可爱，石盆石碗更堪夸"。又见那"一竿两竿修竹，三点五点梅花。几树青松常带雨，浑然像个人家"。跳过桥中间，他继续往前走，走入洞中，看到了洞中间矗立着一块大石碣。

小朋友们，什么叫石碣呀？石碣就是立在地上的一块大石头，人们把它磨平，然后在上面刻字。那个石碣上刻有十个大字，石猴仔细一读，上面写着：“花果山福地，水帘洞洞天。”花果山，他知道是这山的名字，那水帘洞呢？他猜呀，一定是这个山洞的名字。他越看越高兴，急着赶回去告诉其他猴子。他抽身往回走，来到瀑布边，又是瞑目蹲身，用尽全力往回一蹿，就回来了。

猴子们一看石猴回来了，“呼啦”一下就围上来了，问道：“里面怎么样？水有多深呢？”石猴说道：“没水没水，原来是一座铁桥，桥那边是一个天造地设的家。”猴子们又问道：“你怎么看出那是个家呢？”“那里有一个大石洞，石洞里面有做饭的地方，还有石碗、石盆、石床、石凳。中间还有一块石碣，这石碣我仔细看了，上面刻着一行字，是‘花果山福地，水帘洞洞天’。这个山洞叫水帘洞，可以当作我们安身的地方。这里面很宽阔，我们所有的猴子进去都住得下，省得以后再受老天爷的气了。”

那石猴啊，说得还真是这么回事儿。你想啊，这洞的外边有瀑布挡着，那猴子们要是住进去了，可不是“刮风有处躲，下雨好存身，霜雪全无惧，雷声永不闻”？猴子们听完后欢天喜地，一起说道：“你还先走，带我们进去。”石猴又瞑目蹲身往里一跳，高声叫喊:“都随我进来！”胆大的猴就先跟着他跳进去了，胆小的猴则缩头缩脑、抓耳挠腮地叫唤，但一会儿也都进去了。

猴子们跳过桥头进入洞中，一看这里面有这么多好东西，他们就又开始淘气了，一会儿占着锅，一会儿争着盆儿，搬过来，移过去，玩了半天，终于有点儿累了。石猴看大家也玩得差不多了，便跑到一个最高的地方坐了下来，高声说道:“猴儿们，咱们猴子可是最讲信用的，你们刚才说如果谁有本事进来又出去，还不伤身体，就拜他为王。我如今进来了又出去，出去了又进来，给你们找了一个家，你们何不拜我为王啊？”

猴子们一听，当然愿意了，以前他们只能睡在山崖之下，睡在树上，要忍受风吹日晒，现在石猴给他们找了这么好的一个家，他们高兴都还来不及呢，猴子们就一起拜他为王。时间一长，他们觉得“石猴”这个名字不好听，他们就把那个“石”字给去掉了，换成了一个“美”字，就叫“美猴王”。

花果山可真是个神奇的地方。这次石猴给他们找了个家，那以后带着他们会有什么新的发现呢？

思维训练问答

训练孩子的主导能力

1. 猴子们为什么会选石猴做猴王呢？除了因为他比较勇敢，第一个进了水帘洞，然后又跳了出来，还会有什么其他原因呢？

2. 你在幼儿园或者学校里，有没有像石猴帮助其他猴子那样帮助过别人呢？如果有的话，你是怎么帮的呢？

3. 如果班里要重新选一个班长，你觉得自己会选谁呢？你心里最信服谁呢？你为什么信服他呢？

故事中的家教思维

如何通过故事培养孩子的主导能力

家长通常会有这样一个特点，看自己的孩子跟别的孩子在一起玩的时候，如果自己的孩子是个领头的，家长心里就高兴。家长觉得自己的孩子长大了，可能是个小领导者，应该会有出息。如果自己的孩子老跟在别人的后面玩，他就有点儿担心：孩子长大后会不会变得没出息？

对于这个问题，家长在思维上普遍有一个盲区，他的注意力全都放在孩子将来会成为什么样的人上。其实家长

要将注意力颠倒过来，不要放在未来的结果上，而要放在现在的起点上。为什么要放在起点上呢？大家拥护的优秀的领导者都有一个共同的特点：在他们的诸多素质当中，一定有一个最核心的素质，就是他们思考任何问题一定是从大家的整体利益出发，而不是从自己的利益出发。以这个起点来思考，他们养成领导力就是自然而然的结果，也自然会被大家推选成领导者。

但是，一般的家长没有这个意识。孩子放学回来，家长主要会问：作业写没写？学习怎么样？中午都吃什么了？很少有家长这样问：这一段时间你有没有帮助过其他小朋友？那你帮助了他们以后，他们有什么样的反应？家长要经常这样问，孩子才会经常这样想，他才能有相应的行动，才能形成相应的思维模式。

我们也可以利用故事来跟孩子讨论这个问题，来增强他们的领导思维。比如说在石猴当上美猴王这部分内容里，重点在于他给其他猴子找了一个刮风有处躲、下雨好存身的家。所以，其他猴子拥护他当大王都是心甘情愿的。围绕这个情节，我们可以跟孩子讨论以下几个问题：

第一个问题：其他猴子为什么要选石猴当猴王？通过这个问题，我们让孩子意识到，其他猴子选石猴当猴王，跟

他的勇敢和先进了水帘洞这个举动有关系。但是，最主要的是他给大家找到了家，满足了大家的需求，这才是让大家心里真正服气的原因。

第二个问题：你在学校或者幼儿园里，有没有像石猴那样帮助过别人？你是怎么做的？让孩子说一说。通过这个问题，把利他思维融入孩子的日常生活中，落到实处。

第三个问题：如果你们班重新选一个班长，你觉得你会选谁？你比较信服谁？为什么信服他？通过这个问题，把孩子脑子里已有的经验充分调动出来，让他深刻认识助人思维。

☞ 通过故事培养孩子的思考力

培养孩子爱动脑筋这个习惯很重要。我们看各行各业的精英都有一个特点，就是思维素质特别好，思维的敏捷度很高，思考得很有深度，需要他们想问题的时候，他们的思维马上就能活跃起来。

可是，这种能力不是自然而然就能形成的。以孩子为例，如果他们的日常生活过于规律且缺乏挑战性，那么他们可能不会有太多机会主动思考和解决问题。因此，他们的思维可能得不到充分的锻炼。

如何通过讲故事来训练孩子的思维？以《西游记》的

开篇“猴王出世”为例，通常家长在给孩子讲述这一片段时，往往会直接描述：“从前有一片海，海中央矗立着一座山，名为花果山，山顶之上有一块巨大而神秘的石头。”然而，这种直接、明确的叙述方式虽然清晰，却在一定程度上限制了孩子的想象空间，使得他们在听故事时缺乏思考的空间和灵活性。

而本书在讲到石猴出现之前，会先给孩子们讲：在这花果山上有很多奇怪的神鸟、神兽，我们从来都没见过，然后把这个神鸟、神兽描述得特别奇怪，把他们的胃口吊起来以后，再告诉他们这些都不是最奇怪的。最奇怪的是什么呢？这时才讲到石猴。通过这样的讲述方式，我们可以将孩子们的想象结构拉长。他们不仅会对神鸟和神兽感到好奇，更会对即将出现的石猴充满期待。想象结构拉长就足够了吗？还不够，还得把它丰富起来。怎么丰富呢？

比如在讲到花果山山崖底下趴着一只神兽的情节时，如果直接告诉孩子们，山崖底下有一只神兽叫麒麟。这样的表述就很生硬，缺乏想象空间，那应该怎么讲述呢？在那山崖底下趴着一只神兽，这个神兽长得特别奇特，它长着狮子的眼睛、老虎的后背，腰粗得像熊，身上布满了蛇的鳞片，长有四只马蹄，还有牛一样的尾巴，它的名字叫麒麟。当孩子们沉浸在这丰富而神秘的描绘中时，我们再缓缓揭示其真名——麒麟。

在讲述的过程中，每当一个独特的短语出现，孩子们便会好奇这神秘的神兽究竟是何方神圣，同时，他们的脑海中也会逐渐勾勒出这一生物的形象。这种想象不仅局限于单一的神兽，还包括那些同样神秘莫测的神鸟。每当提及一个新的神鸟或神兽，我们都会采用这种详尽的描述方式，来激发孩子们的想象力。

尽管我们可能仅用一分钟半的时间便概述了这些神鸟和神兽的特点，但孩子们在脑海中却进行了无数次的思考与想象。通过这种方式，我们不仅延展了故事的结构，还极大地丰富了故事的想象成分，进一步激发了孩子们对未知世界的探索热情。

本集采取了互动的方式来激发孩子们的想象力。具体如何实施的呢？当叙述到山顶巨石的情节时，写道白天太阳像爸爸一样温暖地晒着他，晚上月亮像妈妈一样温柔地抚摸着他，时间一长，这个大石头里孕育出了生命。小朋友想一想啊，这个鸡蛋里能孵出小鸡，那石头里能孵出什么呢？这样的互动方式无疑为孩子们带来了极大的乐趣，他们积极地参与其中，并展开丰富的想象！

孩子们或许会疑惑：鸡蛋能孵化小鸡，那石头里又能孵化出什么呢？这样的疑问将激发他们深入思考，开拓思维。大石头里能孕育出一只猴子，这对于第一次听《西游记》、第一次接触孙悟空的孩子来说，是多么神奇的一件事。

如果只是平铺直叙地说有一座山，山上有块大石头，石头里有只猴，那就难以充分调动孩子的想象力。上面分享的这些技巧，无论家长是给孩子讲故事，还是平时与孩子交谈，都可以借鉴。训练孩子的思维能力，活跃孩子的思维，每位家长只要有了这个意识，就都可以做到。

思维特点

☞ 焦点思维

1. 眼神聚焦：每个动物都向猴子的方向跑去。

2. 位置聚焦：将出生的悟空放在画面中心偏上，很显眼。

培养孩子焦点思维的益处：处理事物时更容易聚焦，拥有更强的判断力，更容易突破性地解决难题，会想尽办法解决焦点问题……

如何通过绘画培养孩子焦点思维

1. 画面聚焦

孩子画画时，我们可以时常问孩子："你最想画什么情节？如果最想画兴奋的小孩，都可以通过什么细节来表现呢？"

2. 重复多次解决焦点问题

我们可以反复引导孩子思考如何表现兴奋的小孩。可以用兴奋的表情、兴奋的动作，也可以用周围的事物，辅助表现小孩的兴奋。

3. 环境熏陶

每段时间围绕一个焦点做事。比如问孩子最近最想玩什么？然后带孩子玩个够，其他杂乱的事情就无需关注。

第2集 得名悟空

石猴当了猴王以后，猴子们在那花果山上是什么好玩就玩什么，什么好吃就吃什么。那山上都有什么好吃的呢？春天来的时候，他们就采那漫山遍野的鲜花来吃，夏天到的时候，他们又到处摘树上的水果来吃，秋天再去够树上美味的橡果。冬天天冷了怎么办？猴子们也有办法，他们趴在地上用手把土刨开，刨出一种草根儿来吃，这种草根儿叫黄精。猴子们最喜欢吃黄精了，正好冬天气温冷的时候，那黄精吃下去是香甜可口，浑身还暖烘烘的。

这就叫“春采百花为饮食，夏寻诸果作生涯。秋收芋栗延时节，冬觅黄精度岁华”。日子就这么一年又一年地过去，有一天，大家在一起欢声笑语地吃饭。忽然间，猴王烦恼地哭了起来！猴子们一看，这可慌了，大王怎么哭了？猴子们赶紧围过来安慰他，问道："大王，大王，你为何烦恼啊？""我想到了我们的未来，便觉得烦恼！"猴子们一听，这猴王是在为未来担心，都忍不住笑了起来。有的猴子就开解道："大王，大王，你好不知足啊，咱们玩在这花果仙山，聚在这水帘古洞，既不怕那麒麟管，又不怕凤凰神鸟欺负，人间的皇帝也管不着咱们，自由自在的，以后能有什么烦恼？"

猴王说道："我不是怕他们，我是怕有一天我们会老、会死，我们要是老了、死了，我们就再也不能在这花果山、水帘洞玩下去了！"猴子们一听，觉得猴王说得有道理啊，现在这么一想，还真是越想越烦恼。有的猴子就跟着猴王一起哭了起来。这猴子也跟小朋友一样，听别的猴子哭，他也跟着哭。结果，这些猴子就哭成了一大片。"你们不要哭啦！"是谁在说话？猴子们顺着声音望过去，哦！原来是一只通背猿猴，平时里数他懂得多。

他接着说："大王，你要是开始想生死的问题了，那就说明你又要进步了，这世上的生灵还真有这么三种是永远不死的。"猴王问道："哪三种？"通背猿猴说："是佛、仙和神，他们不生不灭，永远和天、地、山川活得一样长，只要天不死，那他就不会死的。”猴王问道：“那么，这三者又住在什么地方呢？”通背猿猴答：“他们就在这世上，住在古洞仙山之中。”猴王听后满心欢喜，急忙说道：“我明天就下山，哪怕是云游海角、远涉天涯，也要找到这三者，学到他们长生不死的办法。”

猴子们一听，也受到鼓舞，纷纷给猴王鼓掌，还说道：“我们明天就上山去摘果子给大王办宴席，送大王下山。”第二天猴子们的聚餐结束后，猴王架着他们扎好的大木筏，顺着风、划着水，缓缓离开了花果山。

唉！这石猴真是可怜呀！小朋友，你想想，你从小一直都在爸爸妈妈身边，他们悉心照顾着你，如果有一天你要自己去一个很远的地方，思念爸爸妈妈的时候又看不见他们，你心里得多难受啊！可是，这石猴连爸爸妈妈都没有，孤身一猴去那么远的地方，难过的时候也只能想想那些猴子伙伴们，大海里又那么危险，也不知道他能不能活着回来呀！可是，他不愧为花果山的美猴王，无论是碰到狂风、暴雨，还是海上掀起的滔天巨浪，他都坚持不懈地往前划，饿了就从水中捞鱼吃，渴了就扬起头喝天上落下来的雨水，身上湿了再让太阳把自己晒干。不管遇到什么样的困难，他都没有放弃过。

终于有一天，他划到了大海的另一个岸边，那里是人类居住的地方，它叫南赡部洲。猴王高兴地踩着水就跑上了岸。他发现这里的人干什么的都有，有抓鱼的，有打鸟的，还有挖贝壳的。猴王看着新鲜，他东瞧瞧，西望望，突然发现人类和他有一点不一样，哪里不一样呢？最不一样的地方是人类都穿着衣服，只有他自己光着屁股。他心里想：“不如我也从谁身上抢一身衣服穿，学学人的样子。”

想到这儿，他就跑到人群当中，上蹿下跳、龇牙咧嘴，这个模样可把人吓坏了。你想啊，咱们平常哪会看到像人那么大只的猴，而且这只猴一门心思追着人跑，那谁看着不害怕呀。大家就四处奔逃，装东西的筐不要了，抓鱼的网也不要了，只想着逃命。但是有一个跑得慢的人，就被猴王抓住了。抓住以后，他把人家的腰带解了，衣服扒了，裤子也脱了，把这人吓得连声说：“救命啊！救命啊！你是人还是妖怪啊？放了我吧！”

就这样，猴王有了他的第一身衣服。之后，他就学着人类的样子，大摇大摆地在这南赡部洲走来走去，慢慢地寻找神、仙和佛。可是找了很多年，他什么都没找到，就只发现生活在南赡部洲的人特别无聊，他们起得很早，睡得很晚，天天就知道赚钱，也总没时间陪孩子玩。猴王心里就想：“人类太贪心了，还不如我们猴子活得自由自在。我早点离开这南赡部洲，到别处去找找。”

他再次驾着木筏出了海，过了几天，来到一个叫西牛贺洲的地方。诶！这个地方大不相同，这里没什么人，只有一座秀丽的高山。猴王心里就想：“这神仙会不会在这山里待着呢？”他来到山顶四处张望，突然听到了阵阵歌声。他顺着歌声进了一处林子，看到一个拿着斧子砍树的人，这个人边砍边唱。猴王赶忙走向前喊道：“老神仙！老神仙！”

这砍树的人一看，蹿出来一只猴子，管自己叫神仙。他就说道：“诶！我可不是什么神仙。”猴王说：“那我刚才听你唱的歌里怎么好像有仙啊，道啊……”砍树的人说：“这个呀，神仙是我的邻居。这歌是我跟他学的。”猴王一听这句话，高兴坏了，连浑身的毛都要竖起来了。漂洋过海，历尽艰险，辛辛苦苦八九年，没想到现在离神仙已经有这么近了。

这位好心人把神仙住的地方告诉了猴王，猴王按照他的话一路去找，走着走着，远远地看见一座洞府，上面写着五个大字：斜月三星洞。没错，这正是那位好心人说的神仙所住的地方。猴王瞪大了眼睛，向四周看，这里有雾，“烟霞散彩”，这里有光，“日月摇光”，还有“千株老柏，万节修篁”！

老柏就是长了很多年的柏树，修篁就是修长的竹子，这洞府周围长着一片片的柏树林和竹林，又随处飘扬着彩色的雾，又有日月的光。猴王心里想，这神仙住的地方好美！这时又从林中传来仙鹤的叫声，还看见五彩斑斓的凤凰从那里飞起。正所谓“时闻仙鹤唳，每见凤凰翔。仙鹤唳时，声振九皋霄汉远，凤凰翔起，翎毛五色彩云光”。

猴王正看得高兴，就听见那山门“吱呀”一声开了，从里面走出一个小仙童，猴王赶紧走上前去，行了个礼，说道：“我是访道学仙的。”仙童回应道：“我师父正在里面讲课，说外面来了一个学仙的，让我来接待，看来就是你，那你跟我进来吧！”猴王心里高兴，他心想：“这神仙真是厉害，都不用出来看，就知道我来了！”他跟在仙童后面，不知不觉地走到一座瑶台下，猴王往那瑶台上看去，只见那里正坐着一位长着白胡子的老神仙。

猴王心里想：“刚才那砍柴的人告诉我，那老神仙名叫须菩提祖师，那一定就是他了。”他“扑通”一下，就跪到地上说：“师父！师父！弟子真心给你行礼！”祖师开口问他：“你来自哪里？”猴王答：“我来自花果山，我们那个地方叫东胜神洲。”祖师冲着旁边的仙子说道：“把他赶出去，撒谎的人学什么道？”猴王一听，想到自己历尽了千辛万苦，好不容易见到祖师了，可才刚说了一句话，祖师竟要把自己赶出去，赶紧在地上磕头说："师父，我是个老实人，我没有说谎。"

祖师说："从那东胜神洲到我这里，隔着两重大海，中间还隔了个南赡部洲，这么远的路，你是怎么找过来的

呢？”猴王说：“弟子一路漂洋过海，到处寻找神仙，找了十几年才找到这里。”老神仙问：“那你姓什么呀？”猴王说：“我没有姓，也没有爸爸妈妈，我是从石头里出生的。”老神仙说：“看来，你是天地生成的，那你站起来走走，让我看看。”猴王跳起身子，拐呀拐地走了两遍，上蹿下跳、左摇右摆的样子，把在场的仙子们全都逗乐了。祖师也笑道：“你呀，怎么看都像一只吃松果的猢狲，正好你没有姓名，就姓孙吧。”

其实，猢狲就是猴子的意思。猴王一听自己有姓了，姓孙，就赶紧跪在地上，又给祖师磕头，嘴里念叨：“好！好！好！就姓孙！不过还希望师父慈悲，既然有了姓，就再给我取个名字吧，这样好呼唤我。”“这个时候来我这里拜师的人，我给他们起的名字里都有一个悟字。你就叫孙悟空吧。这个名字你喜欢吗？”猴王高兴地说：“师父，我喜欢！我喜欢！我有名字了，孙悟空！”祖师给猴王起了名字以后，他就可以在这里安心地学习了。可是，他能学到长生不老的本领吗？

思维训练问答

训练孩子的判断思维

1. 你觉得石猴去学长生不老的本领，对他来说会有什么好处呢？

2. 学习长生不老的本领对石猴来说有什么坏处呢？

3. 你觉得他有必要学长生不老之术吗？他有没有其他办法呢？如果你的爷爷、奶奶、外公、外婆也要像石猴那样去学长生不老的本领，那会有什么好处？又有什么坏处呢？如果不去学习长生不老的本领，他们会有其他的好办法吗？

4. 你的爷爷、奶奶、外公、外婆应不应该学长生不老之术呢？

故事中的家教思维

在故事的世界里，与孩子讨论生死

我们如果想培养孩子珍爱自己的生命、保护自己身体的意识，让孩子生活得既能重情重义，又能豁达，就要引导孩子辩证地看待生死，把生和死都看成是一个很平常的自然现象。如果想让孩子最终形成这种人生观，那我们就要有意识

地让孩子感知到生命，初步讨论生死这个话题。

在讨论《西游记》中孙悟空学习长生不老之术的情节时，我们可以与孩子深入探讨以下三个问题。首先，我们可以询问孩子，孙悟空学习长生不老之术的好处和坏处，这样的问题旨在引导孩子辩证地思考生死问题。接着，我们可以进一步提问，除了追求长生不老，孙悟空是否还有其他途径来丰富他的生命体验或者实现他的目标。在讨论的过程中，我们可以逐渐引导孩子认识到，活着就应该珍惜生命，努力追求自己的梦想和目标。同时，我们也要让孩子明白生死循环是自然界中再普通不过的现象，让孩子不必过分纠结于生死的问题。

将这组问题迁移到现实生活中，我们可以询问孩子，如果他的爷爷、奶奶或者姥姥、姥爷能像孙悟空一样学习长生不老之术，会带来哪些好处和不利之处？我们还可以进一步探讨，除了追求长生不老，他们是否还有其他更有意义的方式来度过晚年生活。最后，我们可以引导孩子得出结论，思考爷爷奶奶是否应该追求长生不老，同时也思考孙悟空是否应该学习长生不老之术。

第3集 悟空学艺

猴王拜了须菩提祖师为师，祖师给美猴王起了个名字叫孙悟空。接下来，孙悟空终于可以在这儿学习长生不死的办法了。可是，令他意外的是，尽管在此度过了六七年时光，关于长生不死的秘诀，祖师却未曾向他透露分毫。祖师只是安排他跟其他同学在一起学习做饭、扫地、读书、写字，还有言语礼貌。

祖师为什么要这样安排呢？大嘴飞叔叔认为，这与日常生活中老师和父母的教育方式颇为相似。当我们年幼时，父母渴望我们健康成长，便为我们提供营养丰富的食物；希望我们拥有良好的社交能力，便教导我们学习礼仪；面对生活中的疑惑，他们又引导我们通过阅读和书写来获取知识。

当我们掌握了这些基础技能后，便能够根据自己的兴趣和志向，选择警察、消防员、飞行员等职业。看来，须菩提祖师也是以类似的方式在教导悟空。

终于等到有一天，祖师召集了所有的仙人，登上了高高的讲坛，要给他们讲课了。孙悟空怀着激动的心情，准备聆听祖师的教诲。他一听，哎呀！讲得真是“天花乱坠，地涌金莲”，“慢摇麈（zhǔ）尾喷珠玉，响振雷霆动九天”。祖师所讲的每一句话，就像天上飘下的五颜六色的花瓣，就像地上开出了一朵一朵金色的莲花，讲出的道理就像打雷一样震天动地。

别人听课都是安安静静地坐在位子上认真听、认真思考，悟空却不是。他听得高兴时就跳来跳去，抓耳挠腮，眉开眼笑，手舞足蹈。祖师看他这个样子，就问他：“你在班中怎么颠狂跃舞，不听我讲课？”悟空答：“我在听，只是听到妙处，十分欢喜，就忘了遵守纪律了，请师父原谅我。”祖师听后又问：“你既然听得懂妙处，那你说今后你想从我这里学些什么呢？”悟空答：“听师父的，只要是能跟道沾边儿就行。”

小朋友，道是什么？道就是自然规律。比如说太阳为什么每天都从东边升起来，从西边落下？人为什么有生有死？我们都是从哪里来的？死了之后又会去什么地方？这些都由自然规律决定。所以悟空心里想，只要是学道，就有可能学到长生不死的方法。

祖师问他："这道当中有三百六十门课，不管从哪一门学起都能学到道，你想从哪一门开始学起呢？"悟空说："也听师父的。"祖师说："那我教你预知未来、躲避灾害的办法，这门课叫术字门。"悟空问："师父，学这门课可以长生不老吗？"祖师答："不能。"悟空说："那我不想学。"祖师又说："那我教你不吃饭也不会饿、不睡觉也不会困的办法，这门课叫静字门。"悟空又问："能长生不死吗？"祖师答："不能。"悟空说："那我也不学。"

祖师又给悟空介绍了两门课——流字门和动字门。但是，不管什么课，只要学不到长生不老，悟空都选择不学，这下可把在场跟他一起学道的同学紧张坏了。那祖师想要亲自教他道法，这是多难得的机会，他这也不学、那也不学，大家怕祖师生气，又替悟空着急担心，万一祖师生气后不教他了怎么办呢？

你越担心什么，就越会发生什么。祖师竟然从那高台上径直跳下来，手里拿着一把专门惩罚学生的戒尺，指着孙悟空说道："你这猢狲，这不学，那也不学，你到底想怎样？"然后拿着戒尺照着他脑袋上"啪啪啪"就打了三下，又倒背着手从旁边房间的中门走了出去，然后又把门关上。

大家谁也没见过祖师这样生过气，吓得都不知道该怎么办。接下来，他们就开始七嘴八舌，埋怨悟空，“你这泼猴，太不成样子了，师父传你道法你怎么不学？”“就是！还敢张嘴顶撞师父！”“你这下冲撞了他，他什么时候才能出来？”

这猴子的反应却很奇怪，不管别人怎么骂他，他都不生气，也不害怕，就满脸傻笑。他笑什么呢？因为祖师打了他三下，倒背着手步入中门，那是祖师留下的一个谜。只有这只猴子看破了，这是什么谜？怎么看破的？他心里琢磨：“师父如果当着大家的面儿说他有长生不死的秘诀，那所有的人不都得找他学？这么厉害的秘诀，师父肯定是教给少数像我这样又善良，又好学，又有缘分的学生。师父打了我三下，估计说的是时间，有可能是让我三更的时候去找他。”

小朋友，三更指的是什么时候呢？就是指半夜十二点左右。那祖师倒背着手走入里面，又把中门关上。这是什么意思呢？猴子也把这点弄清楚了：“这个可能说的是地点，师父也许是让我从他房间的后门进去，然后再在他的房间里悄悄地教给我秘诀。”

到了晚上三更的时候，他蹑手蹑脚地起来，然后悄悄地从师父房间的后门走了进去，一直走到了师父睡觉的床前。祖师当然知道他来了，盘腿坐起，还故意逗他说：“你这猢狲，不到前面去睡觉，来我这后面做什么？”悟空说：“师父，你在白天的时候暗示我，要三更时间从后门进来，然后传我妙诀，所以我就大胆在您的床下这样等着。”

祖师一听，心里高兴了。他为什么高兴呢？他心里想：“这猴儿果然是天地生成，不然怎么就能猜中我白天留下的暗谜呢？看来我收了一个聪明的好徒弟。”祖师把悟空叫到面前，开始传授他长生不死的秘诀。

“显密圆通真妙诀，惜修生命无他说。都来总是精气神，谨固牢藏休漏泄。休漏泄，体中藏，汝受吾传道自昌……”

师父把口诀传完了，悟空也把每一字、每一句牢牢地记在了心里，然后又跪在地上拜谢祖师深深的恩情。

之后的三年里，他都在勤加练习。三年过去了，他把那长生不死的秘诀练会了。辛苦那么多年终于成功了，这是多让人高兴的事儿。但是，没想到有一天，祖师却告诉悟空一件事儿，差点没把他给吓晕过去。

祖师叫来悟空，悟空问：“师父，有什么事儿？”祖师说道：“你学的这长生不死的秘诀是天地之间的奥秘，别人费尽周折也不一定能学到，现在你学到了，鬼怪会嫉妒你，

神仙会不服你，天道是公平的，所以它会降三灾来考验你。”悟空说：“师父，你别吓我，你在逗我玩儿吧？”祖师道：“师父怎么会逗你呢？五百年后，天会降雷灾来劈你，要是躲不过，你就会被雷劈死。”悟空害怕地说：“啊！雷会劈我，学习长生不死还要遭雷劈，那是什么滋味啊？”

后边的灾祸更吓人。祖师又接着说：“再过五百年，天会降火灾来烧你。”悟空又说：“啊！还有火灾。”祖师说：“这火叫作阴火，会从你的脚一直烧到你的头，如果扛不过去，你的身体和你千年的修行都会被烧成虚幻。”悟空说：“哎呀！那我不就成烤猴了！师父，那第三灾是什么呢？”祖师道：“再过五百年，天会降风灾来吹你。”悟空听完说：“这个好，风我不怕，吹着舒服舒服。”祖师又说：“这风叫赑（bì）风，会从你的头顶吹入，一直吹入你的五脏六腑，如果躲不过，它会吹得你骨肉分离、身体消散！”悟空说：“那我不就被吹成猪那么胖了，搞不好最后身体就爆炸了。”悟空又和祖师说：“师父，你可怜可怜我，教教我躲避三灾的办法吧！”祖师道：“嗯，这也不难，你上前来，我教你七十二般变化，能躲过这三灾。”

小朋友，你知道七十二般变化是用来干什么的吗？悟空如果想变成一只苍蝇，他就可以变成一只苍蝇。如果他想变成一只恐龙，也可以变成一只恐龙。他几乎可以变成任何他想变的东西。这也太厉害了！祖师教悟空的时候，悟空竖着耳朵听，把每一句都牢记在心里，回去以后天天勤加练习，没过多久，这七十二般变化也学成了。

在某一天晚上，大家在斜月三星洞门前玩耍。师父就问：“悟空，你最近学得怎么样啊？”悟空马上说：“承蒙师父的恩情，七十二般变化我学会了，而且现在能腾云飞行

了。”祖师说:“哦，那你飞起来我看看。”悟空立刻跃起，身体轻盈地离地五六丈高，随后他踏上一片轻盈的云霞，转眼间消失在众人的视线中。一顿饭的时间，悟空飞了足足三里地，当他神采奕奕地飞回时，众人都为他喝彩，赞叹他终于掌握了飞行的技巧。然而，祖师却淡然地摇了摇头，说道:“你这算不得腾云，最多只能算是爬云，这样吧!我教你一个筋斗云，你刚才飞出去不过三里远，如果你用筋斗云，一个筋斗可以飞出十万八千里远。”

小朋友，你知道十万八千里有多远吗?想象一下，从地球到月亮的距离大约是七十多万里，那几乎相当于七个十万八千里。如果悟空学会了筋斗云，那么他只需翻上七八个筋斗，便能轻松抵达月球了。

于是，祖师耐心地将筋斗云的技巧传授给了悟空。从那以后，悟空在斜月三星洞的日子过得逍遥自在。他拥有七十二变的本领，可以随心所欲地变化成任何形态，他又学会了筋斗云，可以随心所欲地遨游四方。这样的日子，怎能不让人心生欢喜?然而，正所谓乐极生悲，过度的欢乐往往容易让人放松警惕，稍有不慎便会酿成大祸。那么，这只机灵的猴子接下来会闯下怎样的祸事呢?

第4集
逐出师门

悟空自从从祖师那里学来了长生不死的秘诀、七十二般变化，还有筋斗云，内心无比喜悦。某个春归夏至的日子，也就是春天刚要过去，夏天刚要来的时候，天气宜人，悟空坐在松树底下与师兄们聊天。有人就问悟空："悟空，你是哪世修来的缘呢？前几天师父贴着你的耳朵低声教你躲避三灾的变化之法，你都学会了吗？"悟空说："一方面是师父教我，另一方面也是我白天、晚上勤加练习，现在都练会了。"又有的同学说道："那正好现在没什么事，你给我们变一变，让我们看看。"悟空抖擞抖擞精神，问道："众师兄们，那你们出个题目，让我变什么呢？""那就变棵松树吧。"只见悟空手上做了一个奇怪的动作，那叫捻诀，嘴里不知道在那嘟囔着什么，那叫念咒。

他为什么要这样做呢？原因在于，每当他尝试施展七十二般变化时，若是不捻诀、不念咒，那神奇的法术便无法成功施展。于是，悟空轻捻手指，低声念咒，转眼间，他的身影便消失无踪。紧接着，在众人惊讶的目光中，一棵高耸入云的松树凭空出现。这松树枝繁叶茂，看上去历经岁月沧桑，枝杈间还萦绕着淡淡的烟雾。

这就叫：郁郁含烟贯四时，凌云直上秀贞姿。全无一点儿妖猴像，尽是经霜耐雪枝。

这一变化将众人逗得捧腹大笑，掌声和欢呼声此起彼伏。“这悟空可真厉害，一下变成这么大一棵树。”“它的尾巴变到哪里去了？”“好猴儿，好猴儿！”就在众人欢声笑语之际，不测的风云悄然笼罩了悟空，是什么祸事呢？

众人的喧哗声传到了祖师的耳中，他缓步走出房门，询问：“是什么人在这里吵闹？”悟空赶紧变回了本相，大家匆匆忙忙地整理好了衣服，走向祖师。有的同学回应道：“不敢瞒师父，刚才是悟空在表演七十二般变化，我们叫他变棵松树，他就变成了一棵松树，然后我们就在这里喝彩，所以惊动了师父，还请师父原谅。”祖师说道：“你们去吧，悟空，你过来。”“师父，我来了。”

祖师对悟空说："我教你这功夫是让你躲避三灾的，不是让你在人前卖弄的。别人看你有这么厉害的法术，就会想让你教他，你要是不教，别人就会忌恨你，甚至会害你。"悟空赶紧说："师父恕罪！师父恕罪！弟子知错了。"祖师说："我不怪你，只是你去吧。"悟空一听这个话，心里想："不对呀，师父要么就惩罚我，要么就训斥我，现在却叫我去吧，难道师父是要赶我走？"悟空想到这儿，眼泪"唰"地一下就流下来了。悟空赶紧问道："师父，你是叫我往哪里去啊？"祖师说道："你从哪里来就往哪里去吧。"

悟空心里十分后悔，心想："刚才我显摆什么呀？我为什么非要变成松树啊？现在全完了，师父像爸爸妈妈那样对我，我都没有报答他，他现在要赶我走，我可怎么办呢？"他越想越难过，哭得泪如雨下。悟空对师父说道："可是师父待我恩重如山，我还没有报答，不敢去呀。"祖师说："哪有什么恩呢？你这样爱炫耀，回去定然惹祸。凭你怎么惹祸行凶，你都不能说是我的徒弟，你若说出半个字来，若让我知道，到时候我会把你这猢狲剥皮锉骨，把你的神魂贬在九幽之处，叫你万劫不得翻身！"九幽之处是什么地方呢？就是这世上最幽暗的地方。

祖师对悟空的严厉惩戒确实令人咋舌，然而悟空心中并无怨言。他深知师父的用意深远，旨在引导他正确运用所学本领。师父传授的武艺高强，若用于正道，可助人脱困；但若陷入争斗，恐伤及无辜，甚至致人死命。

如果这爱显摆的毛病没改掉，祖师教悟空越多的本领，他闯的祸不就越大吗？悟空一边擦着眼泪，一边向师父承诺说："师父，我若闯了祸，绝不敢提起师父一个字，我就说这本事是我自己会的就好了。"他跪在地上给师父磕头，感谢师父。跟师父告别后，转过身捻个诀，念个咒，驾起筋斗云朝花果山的方向飞回去了。

有了筋斗云，他飞回去也快，没用多长时间，在云上他就看见了花果山。悟空按下云头，跳入山中找路，走着走着，忽闻仙鹤长鸣与猿猴悲啼交织，那鹤唳声直冲云霄，猿啼声则充满哀愁，令人动容。

悟空心里就想："我们猴儿平时都是很快乐的，今天怎么这么悲切伤情啊？"他开口喊道："孩儿们，我回来啦！"这一喊不要紧，你就看那山崖下的石坎边儿、花草中、树木里，大大小小的猴子跳出了千千万万只，把美猴王围在当中，叩头叫："大王！大王！大王！"猴子们高兴坏了，这么久没见到大王了，终于把大王给盼回来了。

这时候，有的猴子就说道："大王，你好宽的心呐，怎

么一去这么久啊？把我们都丢在这里，我们太想你了。近来有一个魔王总是来欺负我们，还要霸占我们的水帘洞。我们舍生忘死地和他打，但是又打不过他。那魔王把我们的石桌、石碗、石盆等好多家具都抢走了，还抓走了很多

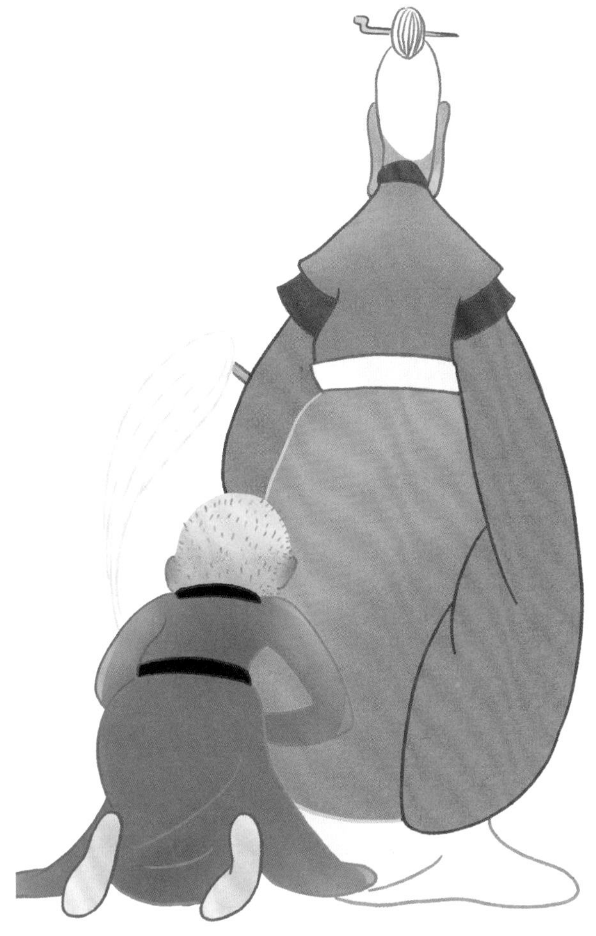

小猴子。我们白天、晚上都睡不着觉，就在这儿看着家。幸亏大王回来了，大王要是再不回来，我们山洞都被别人给占了。”悟空听到后心中大怒，说：“是什么魔王竟然敢这样对我们？带我找他报仇。”

又有猴子说道：“报告大王，那厮把自己称作混世魔王，住在北边。”悟空又问：“我们这里离他有多远？”小猴说：“我们也不知道，他来的时候就驾着云来，走的时候又全都是雾，要么刮风，要么下雨，要么打雷，要么有闪电，也不知道他这是什么本事，有多远的路啊！”悟空安抚猴子们：“既然如此，你们不要怕，在这里好好玩耍，等我去找他。”

猴王将身一纵跳起去，一路筋斗，直至北边。前方一座巍峨的高山耸立，其险峻程度令人咋舌。山峰尖锐，犹如笔尖直插云霄，纤细而高耸，山谷间溪水蜿蜒，流向未知的深邃之处，其深不可测，难以窥见其底。此景堪称“笔峰挺立透空霄，曲涧深沉通地户”。再往两边看，两崖花木争奇，几处松篁斗翠。左边龙，熟熟驯驯；右边虎，平平伏伏。

悟空心中暗自思忖：“这里的龙与虎怎会如此乖巧？莫非是被那盘踞此地的魔王所震慑？”再看水中，石磷磷，波净净，更让悟空觉得古怪。这山中的水为什么如此平静无波呢？猴王正在默默地看景致，就听见有人在讲话。他循声而下，发现陡峭山崖之下隐藏着一个洞穴，名为“水脏洞”。

也是奇怪，为什么要起这样一个名字呢？水脏洞，这名字多脏啊！怎么不叫下水道呢？看来这个魔王不太会起名字，估计他平时不怎么讲卫生，不爱洗脸，不爱洗脚，也不爱刷牙。

刚好那个洞口外有几个小妖怪正在那里跳舞。他们抬头看见孙悟空时，误以为他也是妖怪，吓得立刻转身往水脏洞里逃去。悟空喊道：“休走，我是南边儿花果山水帘洞的洞主，你们家的那个什么魔王屡次来欺负我儿孙，今天我来找他，要跟他比试比试！”小妖怪一听，急忙跑入洞里说：“大王！出事了！”魔王问：“出什么事了？”小妖说：“洞外有个猴子说他是花果山水帘洞的洞主，他说你总是欺负他的儿孙，今天来找你，要跟你比试比试。”

没过一会儿，魔王带着一群小妖们出来了，他朝着外面就喊：“哪个是水帘洞洞主啊？”悟空睁眼一看，就看那魔王头上戴着一个黑色的头盔，阳光下闪闪发光，身穿黑色长袍，在风中飘动，下身穿着黑色铁甲，用皮带紧紧束缚，脚踩花边靴子，看起来像个大将军。再看身材，这魔王腰粗身高，手里还拿着一把刀。

这叫：“头戴乌金盔，映日光明；身挂皂罗袍，迎风飘荡。下穿着黑铁甲，紧勒皮条；足踏着花褶靴，雄如上将。腰广十围，身高三丈。手执一口刀，锋刃多明亮。称为混世魔，磊落凶模样。”

再看这猴王，穿得简简单单，身上穿着一件红色的衣服，腰上系着一根黄绳，手里空空如也。一阵风吹过，更显得他瘦小。从这些衣着、体型和武装来看，这混世魔王可比悟空要厉害。此外，他身后还有一群小妖怪相随，而悟空则只有自己。在这种情况下，悟空能否打败他呢？

思维训练问答

☞ 训练孩子驾驭自身的能力？

1. 你觉得如果须菩提祖师不赶孙悟空走，也没发现他爱炫耀自己本事的毛病，那会产生什么样的后果呢？一个星期之内会产生什么样的后果呢？一年以后又会产生什么样的后果呢？

2. 如果你在同学面前炫耀你最厉害的本事，你觉得会产生什么样的后果呢？

故事中的家教思维

不论是在家庭还是学校，都有可能存在这么一种文化观念，就是你得成为那个最好的，才能证明你行。比如说在学校，老师经常会表扬那些学习好的孩子，“你看他这课文读得多好”“你看他这个题算得多快”。在家里，父母不经意地也会说：“哎，你看他又买了车啊，他们家有一辆宝马、一辆奔驰。”“你知道他那个房子一平方米多少万元吗？”父母聊这些话题，会潜移默化地使孩子形成一种思维定式，就是不管是在哪个方面，你得成为那个最好的，才能证明你自己

是行的。孩子在形成这种思维后，可能会在某些方面展现出才华，或者通过自己的努力取得一定的成功。随后，他可能会想要在各处证明自己的优秀之处。这种环境也会推动他去追求上榜光荣、获得奖状。然而，孩子自己未必意识到，这种思维方式可能会带来严重的负面影响。

在《西游记》中，有一个情节是孙悟空在须菩提祖师那里学艺。学成后，他在和师兄弟玩耍时展示自己的本领，结果被须菩提祖师发现，祖师准备将他赶出门外。这段故事可以拿来与孩子讨论，让他明白才华如同双刃剑，正确运用可以帮助他人，也有助于自身成长，形成良性循环。但如果用于炫耀、显摆，就可能会伤害到自己。

我们可以这样问孩子："现在孙悟空学会了七十二变和筋斗云。如果他继续在师兄弟面前像变松树那样去显摆自己的本事，会产生什么后果？"进一步可以问："假设须菩提祖师不管他，一个星期之内会有什么后果？再过两个月会有什么后果？"

讨论完这些内容后，可以再问孩子一些更贴近实际生活的问题。例如："把你现在最宝贵的、别人没有而你有的玩具拿到班里去给大家玩，并且还向同学们炫耀，会有什么后果？或者说你身上有某些特长，大家现在并不需要你这个特长的帮助，但你想在大家面前露一手，那会有什么后果？”

如果孩子没有特别贵重的玩具或拿得出手的特长，也可以举例让他从旁观者的角度思考这些问题。

思维特点

☞ 焦点思维

1. 方向聚焦：须菩提祖师和徒弟们都围着悟空变的松树观看。

2. 位置聚焦：悟空变的松树位于画面中心。

3. 形态聚焦：松树的形态（包括色彩、高度等）尤为突出。

培养孩子焦点思维的益处：处理事物更容易聚焦于重点，有更强的判断力，会想尽办法解决焦点问题。

如何通过绘画培养孩子焦点思维

1. 位置聚焦

孩子画画时，常问孩子：在你的画中，最重要的是什么？它应该画在什么位置？

2. 画面聚焦

继续问孩子：旁边的辅助物（不重要的东西）画在什么位置，才能凸显出重要的东西？

3. 互动训练

生活中多和孩子这样互动："这幅画中你最喜欢的是什么？""你最喜欢你朋友哪一点？"多使用"最"的问题引导孩子思考，通过持久训练，养成焦点思维。

第5集

战混世魔

悟空前去水脏洞找那混世魔王报仇，他让那小妖把魔王喊了出来，那魔王拿着一把钢刀，看着可要比悟空厉害！他走出洞口，冲着外面就喊道：“哪个是水帘洞洞主啊？”猴王一点儿没害怕，回应道：“你这泼魔，眼珠子这么大，看不见老孙。”魔王顺着声音一找，便看到了悟空，笑着说：“你这个子也不高，岁数也不大，手里面连一件兵器都没有，怎么就这么大胆猖狂，要跟我比什么高低呀？”

悟空说：“你这泼魔王好没眼力，你看我小，我想变大也不难；你看我没兵器，我两只手伸出去，够得到天边的月亮。怎么样？怕了吧？先吃老孙一拳。”猴王跳上去劈脸就打，那魔王一伸手把他的拳头架住了说：“你这么矮矬，我这么高大。你使拳，我用刀，我就是杀了你，别人也会笑话我呀！我把刀放下，我用拳头和你打。”悟空说：“说的也是，看来你还是条好汉子，来来来。”

魔王的拳头打来，他就用拳头撞上去；魔王的脚踢来，他就用脚迎上去。他们你来我往，拳捶脚踢，一冲一撞。但是，悟空要比那魔王灵巧，速度快，一会儿钻到他的胳肢窝底下，一会儿又钻到他的裤裆下面，掏了他的肋条，撞了他的裤裆，频频打中魔王。魔王见状不敢再吹嘘，连忙捡起大钢刀罩向悟空的头颅，劈头砍去，但被悟空闪开，躲过了一劫。

悟空见对方凶猛，便开始施展法术。他施展的究竟是何种法术呢？只见那猴子从他身上拔下一把猴毛，放在嘴里嚼来嚼去，这是干什么呢？这打着仗呢，他嚼什么猴毛呢？难道他的法术就是假装吃好吃的馋混世魔王，这不是搞笑吗？嚼得差不多后，他抬头向空中一喷，口中喊道："变！"天上那些嚼碎的猴毛瞬间变成了二三百只小猴。

原来，这七十二般变化还能这样变！别说这二三百只小猴了，猴王身上有八万四千根猴毛，每一根都能变成小猴。他变出来的那些小猴子会蹦会跳，刀来也砍不着，枪去也扎不着。他们前涌后跃，钻了上去，把那魔王围了起来，抱的抱、扯的扯，钻裆的钻裆、扳脚的扳脚。这还不算，还有上去拔毛的、抠眼睛的、捻鼻子的。从远了看，看不出是个混世魔王，一看就是个滚来滚去的大毛球子。悟空抢过刀后，再分开小猴，朝着他的脖子上“擦”一刀，将魔王砍死了。

之后，他领着这群小猴杀入窑洞，彻底消灭了那些大妖小妖。打赢了仗，变出来的那些小猴怎么办呢？悟空身体一震，将它们再次变回猴毛，收回到身上了。又见水脏洞中还有三五十只小猴，变不成猴毛，他们是谁呢？那正是魔王从水帘洞中抓去的小猴。悟空赶紧问道：“你们为何在这里呀？”猴子们哭道：“我们就是在大王你去学仙以后，被这个家伙抓到洞里来的。”“大王，你看那石桌石碗，就是当时那家伙从咱们那里拿过来的。”悟空说道：“好好好，既然是咱们的东西，你们就把它们都搬回去。”

东西搬完后，猴子们又在洞里放了一把大火，把洞烧得干干净净。悟空说：“孩儿们，现在我带你们回家！”小猴说：“大王，我们不知道路啊，怎么回去呀？”悟空说：“这个不难，你们都把眼睛闭上，不要怕。”他念了咒语，布下狂风阵，随即带着猴子们飞行而去。

没多大一会，云头落下，悟空喊道：“孩儿们，睁眼！”猴子们脚踩在花果山的土地上，眼前是他们熟悉的景象。他们无比欢喜，沿着旧路奔向水帘洞，与其他猴子们团聚在一起。洞里的猴子们一看大王打了胜仗归来，又把那些

被抓走多年的兄弟姐妹们救了回来，猴子们欢欣鼓舞，立刻为他们准备酒水和水果，举行盛大宴会，来庆祝他们的团聚。

这些猴子们终于团聚了，他们在宴席上兴高采烈，谈笑风生。悟空先给他们讲了讲自己怎么打败混世魔王的，接着详细叙述了成功解救小猴子们的过程，场面惊险刺激，猴子们听得入神。有猴子问悟空："大王，你是怎么学来这么厉害的本领法术呢？"悟空便讲起自己飘洋过海的经历，先是到达南赡部洲，然后又去了西牛贺洲，最终遇到了祖师，学到了长生不死之术。

讲完学道的经过以后，悟空又笑道："小的们，今天我再告诉大家一个好消息，师祖给我起了姓名，从今往后，咱们都有姓了。"猴子们问道："大王姓什么？"悟空说："我姓孙，名悟空。"猴子们一听有姓了，全都在那儿鼓掌。你一句我一句地说："大王，您姓孙，我是老猴了，那我就是老孙。""那我是二孙。""那我是三孙。""哦，姓孙，那我是四孙。""哦！那我是小孙。""哦！嘿嘿一家孙，一国都姓孙。""我看是一窝孙一窝孙，哈哈哈，都是孙。"猴子们越说越兴奋，端起了大盆小碗，里面有椰子酒、葡萄酒、仙花、仙果，边吃边喝边聊，整个晚上那真是阖家欢乐。

从此以后，他们又过上了当初那自由自在的日子。但是，这回猴王并非只带领小猴子在山上游玩，他每天要教他们练武术，指导他们将木头制成刀，砍伐竹子制成标枪。天天操练，希望他们能保护好自己。如果有一天禽鸟之王、野兽之王或人类皇帝来到水帘洞欺凌他们，他们能应对吗？通过学习武术和战斗技能，他们能够自我防护。虽然猴子们在训练中取得了一些进步，但猴王仍有所担忧。

这一天，他对猴子们说道："如果有一天有人打来，咱们的刀枪，可是木头和竹子做的，他们的兵器却是铁做的，我们怎么打得过呢？"通背猿猴说："大王，要是想得到一些锋利的武器，这个也容易。"猴王问道："哦！你有什么办法？"通背猿猴继续说："我们这座山向东去大概二百里，那里有一个国，叫傲来国。那国中有很多人，有国王，有军队，当然也会有铁匠、铜匠，他们专门为军队打造兵器，大王可以去那里买一些或者制造一些兵器。"悟空听完满心欢喜说道："你们就在这里玩耍，待我现在就去。"

好猴王，一个筋斗云霎时间就过了二百里，眼前出现了一座城池。悟空心中想道："这里肯定有兵器，我下去买几件兵器，但买兵器太麻烦了，还不如我使个法术，直接把它们拿走。"他捻起了诀，念起了咒，向地上吸了一口

气，然后“呼”地一声吹了出去。他吹这一口气有什么用呢？从他口中出来是一口气，但一落地便变成了狂风，风势极大！

那是：“江海波翻鱼蟹怕，山林树折虎狼奔。诸般买卖无商旅，各样生涯不见人。”

就说这风刮得狼虎鱼蟹无不畏惧，那人当然更怕了。街上一个人都没有，全都躲到屋里去了。他吹这么大风是要干什么呀？等街上无人之后，他按下云头，大摇大摆地闯到兵器馆中。推开门一看，里面的武器琳琅满目，那是刀枪剑戟、斧钺（yuè）毛镰、鞭钯（pá）挝（zhuā）简、弓弩叉矛，要什么有什么。原来这猴子打算用一场大风将人们吹进屋内，然后大摇大摆地窃取他人的兵器。

小朋友们，你们觉得猴子这么做对吗？通背猿猴给他出的主意是让他去造一些、买一些兵器，让他抢了吗？他竟然使用法术欺负他人，看起来真像须菩提祖师曾经预言的那样，他迟早会惹出大祸。猴子看到如此多的兵器，又不能全部带走，他又拔下一把猴毛，嚼烂放进嘴里。“变！”这回他变出的小猴很多，能有千百只，他们都跑进去搬兵器。兵器馆一下就热闹起来了，有劲儿的猴子能拿个五七件，没劲儿的也能拿个三两件，一会儿就把那些武器给搬光了。然后悟空又吹起一阵大风，把这些猴子们一起带回花果山去。

花果山的猴子们正在水帘洞这玩呢，突然听到天上风声大作，抬头望去，漫天猴群，吓得他们纷纷抱头四处躲藏。猴王按落云头，将那些兵器堆在山前，喊道："小的们都来领！"小猴们纷纷涌上去抢刀夺剑，玩了一整天。第二天猴子们手持新武器开始练习武艺，他们的实力越来越强。但是，让他们没想到的是，他们每天练武，惊动了这花果山上其他的怪兽，包括狮子王、大象王、老虎王、狐狸王等七十二洞的各类妖王。这是好事儿还是坏事儿啊？接下来，他们之间会发生什么事情呢？

第6集
得金箍棒

猴王给猴子们弄来了很多的兵器，每天教他们武艺，猴子们的武艺越来越厉害了，这下可惊动了花果山上七十二洞妖王，这些妖王会怎么想呢？他们一看这猴王太厉害了，神通广大，纷纷前来水帘洞向猴王致敬，希望他也能保护他们，并担任他们的大王。这是个好事儿，花果山的动物们越来越团结了，之后的日子里，他们就一起在猴王的带领下，每天一同练习武艺。

有一天，猴王对大家说："你们现在学会了弯弓射箭，也学会了使用兵器，哎！只是我手中这口刀我用着有点儿不顺心，它太笨重了。"他所说的情况确实如此！小朋友们还记得他这刀哪儿来的吧？是他跟混世魔王打仗的时候抢来的。混世魔王身材高大，必然使用一口大刀。猴王身形相对较小，因此这口刀对他而言显得有些笨重。

听到猴王不满意，大家赶紧前来出主意。这时候又有一只老猴，那是赤尻（kāo）马猴。他开口问道："大王，你有这样的神通，肯定是看不上一般的兵器，不知道大王有没有潜到水里面的本领啊？"猴王说："我自从学了道以后，就学会了七十二般变化，又会筋斗云，还能隐身，那是上天有路，入地有门，步日月无影，入金石无碍，水不能逆，火不能焚，我哪儿去不得？"

赤尻马猴说："我们水帘洞前的铁板桥下的水能一直通往东海龙宫，大王既然有这样的神通，若是能下去找到老龙王，向他要点儿兵器，那不就称心如意了吗？"悟空一听马上说："好主意，我去去就来。"猴王跳到桥头，使了个闭水法，一捻诀便钻入了水波之中，分开水路一直来到了东海的海底。

悟空正在前行，碰见了一个巡海的夜叉，这夜叉是什么呢？这也是一种鬼怪，他正在龙宫外面巡逻，保护着龙宫。夜叉挡住悟空，询问道："来的是何方神圣？说个明白，我好去通报迎接。"悟空说："我乃是花果山天生圣人孙悟空，是你们老龙王的邻居，怎么不认识我呀？"这猴子还真逗，他故意夸大其词，把自己说成天生圣人，可能是想让龙王看高他一点，这样才能得到好的武器。夜叉进入龙宫，向龙王汇报了悟空的情况。东海龙王敖广一听是邻居，还是所谓的天生圣人，立即站起身来，带领着他的龙子、龙孙、虾兵、蟹将们出宫去迎接，看见悟空说道:“上仙，请进请进。”进了龙宫，倒上茶，这一龙王一猴王就边喝边聊上了。

聊了一会儿，龙王了解到悟空需要一件兵器。他喊来一只鳜鱼精，取来了一把大刀，他想把这个送给悟空，悟空一看，说道:“老孙不会使刀啊，能不能送我其他兵器呢？”龙王很大方，他又让一只鲅鱼精和一只鳝鱼精合力抬出了一杆九股叉。悟空从座位上跃下，试玩了一番九股叉，随即放下道:“哎！轻啊，又有点儿不称手，能不能再送我一件兵器啊？”龙王笑着说:“哈哈哈，上仙，你也不看看，这叉有三千六百斤重。”悟空摇头说:“不称手啊！不称手啊！”

龙王听他这么说，心里面有点儿感到恐惧了。他害怕的是什么呢？小朋友们，三千六百斤重，那是多重呢？要知道一个成年人大约只有一百多斤重。这意味着三十多个成年人的体重才与九股叉的重量差不多，然而悟空却轻松地要弄它，还觉得轻。这猴子得有多大的力气！别说龙王害怕，谁看到能不害怕呢？

龙王赶紧又让两只鱼精抬出了一柄画杆方天戟，这柄戟有七千二百斤重，也就是有两根九股叉那么重。看着两条鱼精费尽全身力气搬动它，悟空赶紧跑到前面接过来，说道："哦！我来试试。"他耍了一下，又将戟插入地中，轻巧自如。老龙王这下可更害怕了，赶紧说："啊，上仙，我宫中最重的就是这根戟了，没什么兵器了。"悟空说："龙王怎么会缺宝贝的？您再去找找看，要是有我喜欢的，你出个价，我买。"

龙王一直说："没有了，没有了，真的是没有了。"正说话间，龙婆、龙女走过来把龙王叫到一边儿说："大王，看着神圣不一般呐。我们这海中藏有一块天河底的神珍铁，这几天也不知是怎么了，总是霞光艳艳，瑞气腾腾，难道是因为要遇见他才有这样的反应吗？"龙王说："那是大禹治水的时候，定江海浅深的一根定子，虽说是一块神铁，但能有什么用呢？"

小朋友们，大禹是谁呢？很久以前，黄河常常发生洪水，淹没了人们的庄稼和房屋，甚至有些小孩子因此失踪。当时的帝王叫大禹，他带领人们一起来应对这些洪水灾害。大禹采取了一种神奇的方法，他在水中插上一根神铁，通过观察神铁的高低来预测水位的变化，使人们能够及时做好防洪准备。

那龙王说得有道理，这么一根神铁能有什么用呢？龙婆又说：“别管它有什么用，要我看先送给他，把他送走就是了。”龙王觉得这是个办法，可能能治住这只猴子，就告诉了悟空。悟空听完说道：“拿出来我看看。”龙王说：“上仙上仙。扛不动！也抬不动啊！还得上仙亲自去看。”悟空赶紧问道：“在何处？你引我去。”

他们就来到了那根神铁前，见它正闪着万道金光。悟空上前摸了摸，说道：“这太粗、太长了，要是再短一些、细一些，那用起来才好。”话音刚落，只见那神铁就短了几尺，细了一圈儿，悟空赶紧说：“哈哈！好宝贝、好宝贝，再细些更好。”那宝贝又细了几分。悟空对这件宝贝兴致勃勃，他一把抓住了那根铁棍，细细地观察着。两头是两个金箍，中间是一段乌铁，那铁上刻着一行字，“如意金箍棒，重一万三千五百斤”。一头大象差不多有一万斤，这么重的金箍棒比一头大象还要沉，悟空竟然能随手拿起来，可见他的力量有多大！他心里还在琢磨，这如意金箍棒看起来确实如他所愿。他一边走着，一边心里不停地想着，嘴里念叨：“再短些、再细些、再长些、再短些、再细些、再粗些。”神奇的是，这根铁棍真的按照他的意愿变化，他高兴地说：“好宝贝、好宝贝，变得好、变得好啊！”

東海龍宮

他在水晶宫里挥舞着如意金箍棒，越玩越高兴。他的动作让龙宫仿佛遭遇了地震，虾兵蟹将四处逃窜。这情景把他们吓得不轻，老龙王是胆战心惊，小龙子是魂飞魄散，反正谁看见了，谁就吓得缩脖子。悟空手持宝贝，对龙王笑道："多谢、多谢你这好邻居呀！"老龙王说："哦！不敢不敢。"悟空又说："这块铁虽然好用，但是，没什么衣服跟它相配呀！你这里有没有什么好的披挂？再送我一件。"

哎呀！小朋友们，他怎么能提出这样的要求呢？这猴子时而看起来可爱，时而看起来可恨，他接受了人家那么好的宝贝却未表达感激，反而又向人家要衣服。哪有这样的道理，这龙王心里实在是太讨厌他，内心希望能尽快把他赶走，就告诉他："哎！我这里真的是没有了，除了我这东海，还有其他的海，你到其他海的龙宫去看一看吧！"悟空又说："不行不行，我走几家不如就走你一家，一定要给我一件。"老龙王说："真的没有，如果有会送给你的。"悟空又说："若真的没有，我就跟你比划比划这金箍棒。"

小朋友你看，他朝人家要东西，人家不给就要打人家，这不是强盗的行为吗？龙王怕他，急忙对他说："上仙，切莫动手！切莫动手！我在南海、北海、西海，有几个弟弟，我把他们叫来，看看他们那里有没有披挂。"龙王让那鼍精和鳌精去撞钟敲鼓。撞钟敲鼓干什么呢？他要用这钟声和鼓声呼唤那几个龙王，其他三个海的龙王听到这钟声就知道东海龙王这里出事了。

没过多久，其他龙王便赶来了。老龙王把这猴子的事儿跟几位弟弟一说，他们也害怕如意金箍棒的厉害，那金箍棒挨着皮儿，皮儿破，擦着筋，筋伤，不能得罪了这猴子。他们几个想了个办法，先凑副披挂送给悟空，让他离开，然后到天上找玉皇大帝去告他的状。前面提到过玉皇大帝，他管理天上地下所有的神仙，龙王们就要到他那儿去告状。这四海龙王来到悟空跟前，北海龙王敖顺说道："我这里有一双藕丝步云履送给你。"西海龙王敖闰说道："我这里有一副锁子黄金甲送给你。"南海龙王敖钦说道："我有一顶凤翅紫金冠送给你。"

悟空头上戴好紫金冠，身上披上黄金甲，脚上又蹬上了步云履，对着四海龙王还喊道："聒噪！聒噪！"这意思是他觉得四海龙王嘴碎，绕来绕去，让他不耐烦。这猴子抢了人家东西还嫌人家啰唆，就这样还能不闯祸？这四海龙王是气坏了。猴子前脚一走，他们就开始商量如何去向玉皇大帝告状，逐步策划如何对付这猴子。这状要是告到玉皇大帝那儿，悟空会受到什么样的惩罚呢？那四海龙王不好对付，悟空又该如何应对呢？

思维训练问答

训练孩子懂得敬畏

1. 你认为孙悟空到东海龙宫抢走了东海龙王的金箍棒，还要走了一副披挂，他这样做合适吗？

2. 在日常生活中，你是否像孙悟空那样只顾自己开心，而没有考虑过他人的感受？如果有类似的经历，你可以分享一下吗？

3. 如果你扮演孙悟空的角色，你会有什么好办法让龙王满意并成功获取金箍棒呢？请分享你的想法。

故事中的家教思维

大多数家庭在孩子的成长过程中投入很多财力和精力，父母、祖父母以及其他家庭成员常常将孩子视作无比珍贵的宝贝。但是，在这种关照之下长大的孩子，行事很容易只顾及自己，而忽略他人的感受。就算孩子拥有再多的才华、再高的学历，长大后的成就也可能平平淡淡。因为他们行事时很难从为他人着想、关心这个世界为出发点。他们不会真心地为满足他人的需求和解决他人的问题而努力。相反，他们感知到别人的需求和痛点时，往往只是将其视为自我利益和自我价值的一部分。

因此，在教育孩子的过程中，一定要从小培养孩子对周围的人、事、物的敬畏心，因为不同的思维方式会对他未来的人生产生天壤之别的影响。

在《西游记》中，孙悟空去东海龙宫抢金箍棒的这段情节，与上述思维方式有很大关联。孙悟空毫不考虑龙王的意愿，直接夺取了金箍棒，甚至要求龙王赠送披挂。他过于以自我为中心，缺乏对他人的尊重和敬畏之心。所以后来惹来的麻烦就是四海龙王到玉皇大帝那里去告状，玉皇大帝派天兵天将前去捉拿他。

这部分内容，我们可以跟孩子讨论几个问题：

第一个问题，孙悟空去东海龙宫抢金箍棒，要走人家披挂，他这样做对吗？小时候我们看到这个故事可能觉得很新奇，但你有没有想过这个问题呢？即使孙悟空非常想要那件宝贝，他是否应该这样欺负别人呢？我们问孩子这个问题，是为了让他意识到即使孙悟空很想要这件宝物，他也不应该这样去欺负别人。当我们思考这个问题时，我们希望孩子们意识到，尊重和关心他人的感受是非常重要的，无论在童话故事中还是现实生活中都是如此。

第二个问题，在日常生活中，孩子有没有像孙悟空那样，只顾着自己开心，想怎么样就怎么样，丝毫不顾及别人的感受？如果有的话，让他一个一个说出来。这个问题让孩子把这种思维落实到生活当中，进而对自己进行反思。

第三个问题，孙悟空有没有什么更好的办法，既能让龙王开心，还能让自己要到东西？这个问题就很贴近实际，很多成年人都不具备这样的思维方式。多跟孩子讨论这类问题，训练他在解决问题的同时，还可以把别人的需求研究透彻。

第7集
消生死簿

悟空在东海龙宫获得了金箍棒，又取得一身好披挂，出了龙宫，分开水道，回到了花果山的铁板桥头。猴子们早已在桥边等候，当他们看见悟空从水中跳出时，发现他身上一点儿也没湿，还穿着一身金光闪闪的装束，显得非常威风和帅气。猴子们一齐跪下道："大王，好华彩呀，好华彩！"悟空被夸得满面春风，得意地坐在他的宝座上，又把他的金箍棒竖立在面前。

小猴们看到大王拿回来的新兵器后，也都想试试身手。他们走上前去，推呀、拽呀、摇啊！却便似蜻蜓撼铁树，那是一动也不动。一个个是咬着手指头，伸着舌头问道："爷爷呀，这么重爷爷是怎么拿回来的？"悟空一把把金箍棒抓在手中，把得到它的整个经过对小猴子们细细地讲了一遍后，说道："孩儿们，你们都站开，等我再叫它变一变给你们看。"他指着金箍棒喊道："小！小！小！"这神铁马上就变得像一根绣花针儿那么小，悟空把它一下塞到耳朵里藏起来了。小朋友，是不是很神奇？但是记住啊，我们可不能学孙悟空，把小东西塞到耳朵里，那可是非常危险的，很容易弄坏耳朵。

猴子们看到这一幕也觉得十分神奇，有的甚至喊道："大王从耳朵里再掏出来玩玩！"猴王又从耳朵里取出，放在手掌上，喊道："大！大！大！"这金箍棒就变得又粗又长。悟空越变越欢喜，拿着神铁跳上桥，走出洞外。这一次，他进行了一次令人惊讶的变化：他腰身一躬，喊了一声"长！"，他和神铁一起迅速变长，像是蹿上了天一般。他的头有泰山那么大，腰部比好几座山岭加起来还粗，眼睛如同闪电般长，嘴里血盆大口，每颗牙齿都像一把锋利的宝剑。再看他把手中的金箍棒抵到了最高的天，插到了最深的地。

那些虎豹狼虫，满山群怪，七十二洞妖王都被吓得给他磕头行礼、战战兢兢。悟空变化差不多后，收起了法相，恢复原来的大小，又将神铁变成了绣花针那么小，藏在耳中。猴王得了宝贝，这是大喜事，所有的猴子和七十二洞妖王都欢天喜地，打起锣鼓，摆起宴席。在此之后，他们又过上了一段自由自在、快乐的日子。

有一天，他们摆宴席的时候，吃得高兴，玩得开心，又唱歌又跳舞，猴王就多喝了点儿酒。喝醉后，他靠在铁板桥边的松树下打起了盹儿。睡着后，猴王做了个梦，梦里有两个人手里拿着一张纸，上面好像有字，他仔细看看，上面有“孙悟空”三个字。这两人毫不犹豫地将绳索套在他身上，带走了猴王的灵魂。他喝多了也走不稳，就踉踉跄跄地一直走到了一座城边儿。猴王稍稍清醒了一点儿，抬头一看，城上挂了一个铁牌，牌上有三个大字：幽冥界。猴王立刻恍然大悟，幽冥界是阎王的居所，他怎么会来到这里？

小朋友们，幽冥界是什么呢？传说中，人们死后会去那里，由阎王来管理。悟空怎么就被带到这个地方来了呢？那两个人就解释道：“今天你寿命到了，我们两个人专门来勾你的。”这两个人可真是太不知道这猴王的厉害了，竟敢勾他。那猴王恼火地说道：“我老孙早已练成了长生不死之术，不服那阎王管，你们怎么敢来勾我。”尽管如此，两人仍然死死地缠着他，想要将他拉进幽冥界。那猴王接下来

会干什么？那还用猜吗？他从他耳朵里把那宝贝拿出来幌一幌，幌得有碗那么粗，举起手来把那两个勾他的人打成了肉酱。这还不算完，他解开绳索，挥舞着棍子进入城中，吓得城中那些牛头鬼东躲西藏，马面鬼南奔北跑。

那些小鬼赶紧跑到阎王那里报告说："大王！大王！祸事！祸事！外面有一个毛脸雷公打过来了！"那阎王也叫冥王，而且不止一个，一共有十个冥王，他们处理事情的地方叫作森罗殿。听小鬼说有一个毛脸雷公打过来了，他们赶紧正襟危坐。看见悟空以后高声叫道："上仙叫什么名字？"猴王说："你既然不认识我，怎么叫人来勾我？"冥王又说："不敢不敢，可能是勾错人了。"猴王说道："我是花果山水帘洞天生圣人孙悟空，你们是什么官啊？"冥王道："我们是这阴间的十代冥王。"猴王又对着其他几个王问道："那你们都叫什么名字？告诉我，免得挨打。"

十个冥王就赶快告诉他，他们分别是秦广王、楚江王、宋帝王、仵官王、阎罗王、平等王、泰山王、都市王、卞城王和转轮王。这名字也告诉悟空了，悟空还是不饶他们地说："你们既然是王，怎么不知道好歹，我老孙学了仙，修了道，和天活得一样的长，为什么要找人来勾我啊？"大家急忙说："天底下同名同姓的人实在是太多了，我们勾错了，勾错了。”悟空又说：“胡说！胡说！把你们的生死簿子拿来给我看看。”

生死簿子是什么呢？这生死簿就是一个册子，上面专门记录着每个人应该活多久，何时出生，何时去世，内容详细而清晰。

等到那簿子拿上来，悟空拿着如意金箍棒，登上了森

罗殿，坐在正中的南边，翻开生死簿，仔细查看。先看看虫类，有毛虫、雨虫、昆虫等，但这里没有他的名字，再看那兽类，即使是麒麟管辖的也没有他。再看禽鸟类，即使是凤凰管辖的也没有他。在另外的一个簿子上，悟空是逐条查看，终于看到了孙悟空三个字，上面注明他是由天生的石猴，应该活三百四十二岁。他哪管写的多大岁数，拿起笔，划掉了自己的名字，也把所有猴类的名字都划掉了。这样一来，花果山的猴子们都能长生不老了。

勾完生死簿，猴王这气儿也消了，可这冥界十王和这里所有的小鬼们都看呆了，他们从未遇到过这种情况，没有人会做梦后来到幽冥界，然后划掉自己的名字。他们一个个目瞪口呆地站在那里，完全不知道接下来该怎么办。悟空拿起了棒子，一路打出了城外，心情大好。但不小心踩到一块草疙瘩，差点摔倒，这一下子把他吓醒了。

悟空睁开眼想了想，才意识到刚才是做了一个梦，这梦里干的事儿是真的吗？是真的，猴王他神通广大，与我们普通人不同。我们做的梦，醒来后就会消失，但猴王通过梦境真的去了幽冥界，登上了森罗殿，并勾了生死簿，这一切都是真实的。

悟空把整个经过跟猴子们一说，猴子们知道自己也可

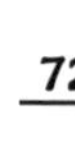

以不死了，那个个欢喜不已，都给猴王磕头。但是，这件事儿能就这么完了吗？幽冥界的十代冥王会这么好惹的吗？上一次他在东海龙宫里惹了麻烦，龙王还没找他算账，这下又在幽冥界惹了十代冥王，人家会不会放过他呢？

这一天在天上的灵霄宝殿上，玉皇大帝正在与众神仙讨论事情，东海龙王前来告状，详细记录了孙悟空所做的恶行。玉皇大帝拿来一看，上面写道："花果山水帘洞的孙悟空仗着自己的本领高，就到我东海龙宫，要兵器、要披挂，把我们吓得是南海龙战战兢兢，西海龙凄凄惨惨，北海龙缩首归降，把臣敖广也是吓得舒身下拜，就给了他定海神珍铁、凤翅紫金冠、锁子黄金甲、藕丝步云履。可是他还是依仗他的武艺和神通，说我们'聒噪！聒噪！'，我们实在打不过他，恳请玉帝派天兵收服这个妖孽，还我们山海太平。"

玉帝看后告诉老龙王说："你先回去吧，朕会派天将去捉拿他。"老龙王刚告完状，冥界十王之中的秦广王又来告状，他又怎么告的呢？他也是把悟空干的坏事都写出来了。玉皇大帝一看，上面写道："禽鸟和野兽都有生有死，这是自然规律，现在那花果山水帘洞的天产妖猴孙悟空仗着他的神通打死了地府很多的小鬼，又惊伤了我们十代阎王，强行把他的名字和猴类的名字都从生死簿上消掉，从此，猴类只生不死，恳请玉帝收伏这妖猴。”玉帝看完说：“朕将派天将去捉拿他。”秦广王一走，玉帝问道：“哪位神将可以下界收伏他？”完了完了，这只猴子今天在这里闹事，明天又在那里捣乱。这下完了吧？居然还惊动了玉皇大帝，如果天上的神仙真的下凡收拾他，那可真是大问题。悟空该怎么办？他满山的那些小猴子又怎么办呢？天上的神仙可不是闹着玩的，他们的实力远胜混世魔王。接下来，悟空又会遭遇什么呢？

第8集
封弼马温

东海龙王和幽冥界的冥王都上奏玉帝了，玉帝让他们退下，然后询问在场的众神："哪位神将可以下界收伏他？"说话间，一位长着一把长长的白胡子，看上去极其慈祥的老神仙站了出来。这位神仙是谁呢？他是太白金星，难道他想要下界去捉拿孙悟空？他开口说道："这猴子的身体是天地生成、日月孕育，他也像人一样头顶着天，脚踩着地。今天他好不容易修仙成道，又有降龙伏虎之能，陛下我们可不可以效仿天地的慈悲，把他叫上来，给他一些工作让他做，这样就能在这儿管住他。如果以后他变好、变善良了，我们再提升他、奖赏他，如果他再做坏事，我们就把他抓起来。"玉帝一听，觉得这是个好主意，说："好吧，就听你的。”接下来就派太白金星去找孙悟空了。

太好了，幸亏碰到了这位善良的老神仙，几句话救了悟空，太白金星从天宫的南天门出来，驾祥云飞到花果山。他按下祥云对着山上的小猴子们喊道：“我是玉皇大帝派来的，请你们大王上天，快快去通报他吧！”悟空想设宴款待他，但老神仙却不吃一口饭，催促悟空赶紧跟他上天。急性子的猴王安排好猴子们后，就随太白金星一起离开水帘洞，驾云而去。悟空翻起他那筋斗云，却发现那太白金星竟然跟不上他，被他远远地甩在身后。

转眼间，悟空先到了南天门，正准备进去，被守门的增长天王拦住，带着天兵阻拦着他。悟空等太白金星飞过来后，生气地责怪他：“你这个金星老儿，既然是请老孙来，为什么又不让我进呢？”太白金星一听笑着说：“大王息怒，你第一次来，这南天门的天兵天将都不认识你，怎么会让你进呢？”高声对南天门说：“那天门的天将天兵让开一条路吧，这位是下界的仙人，玉帝叫我请他上来。”增长天王带着天兵一起让出一条路来，悟空沿着这条路仔细观看，第一次上天庭，他决心好好看看这里的景象！

就见前方：“金光万道滚红霓，瑞气千条喷紫雾”。再看看南天门，“碧沉沉，琉璃造就；明幌幌，宝玉妆成”。就说这南天门是射着金光缠着紫雾。而且，这南天门是用什么做的呢？这南天门不同于常见的木头或铁石门，是由宝玉和水晶制成，光看门就显得气派非凡。两旁站立的神兵们更是威武不凡，个个金甲披挂，手持戟鞭刀剑，显得非常神气。

一般人看到这阵势都得害怕，但是，这猴子却毫不畏惧，他对着那些神兵，一脸严肃，却又偷偷贴近他们做鬼脸逗笑，时不时摸摸一个神兵的头盔，或者把弄一下另一个神兵的武器。过一会儿，他又隔着那黄金甲去抓人家的痒痒肉。神兵们居然也很包容，并没有对这只野猴子生气。太白金星赶紧劝他道："哎！大王，别闹了，别闹了。"猴王说："好好好，等我回来再跟你们玩。"他们继续往前走，再往里望去，那里有天宫三十三座，宝殿七十二重，那一宫一殿殿，门前都立着神兽，还有这里的花花草草，那也是千千年不谢，万万载长青，他们一边走一边看，不知不觉就来到了玉皇大帝的灵霄宝殿。

宫殿之中，有撑着扇子的仙女，有恶狠狠的天将，还有气昂昂的神仙，太白金星带着悟空来到玉帝面前，说道："臣领圣旨，已经把这妖仙带到了。"玉帝问道："他就是妖仙？"悟空一听问到他了，他开口就回答了四个字："老孙便是。”多一句客气话都没有，其他的神仙们都惊呆了，就听见有神仙议论了：“哎呀，这个猴子怎么这么没有礼貌啊？”“嗯，怎么见到玉帝也不跪下拜一拜呀？”“哎，见到玉帝怎么不问声好啊？”“这哪儿来的野猴子啊？”

玉帝听了倒没有责备他，反而宽容地说：“这孙悟空是下界妖仙，刚得到人的身子，不懂礼貌，我们先原谅他吧。”接着，玉帝与其他神仙商议如何安排悟空的工作。大家想了一阵，发现御马监缺个管事的，玉帝便做了决定：“那就让他做个弼马温吧。”小朋友们，御马监这个地方是干吗的呢？御马监负责养护天宫里的众多飞天马，弼马温便是专门负责管理这些天马的官员。

悟空接受了这个任务，感谢玉帝后，来到御马监。悟空一看，这里的天马这么多，比花果山的猴子还多，而且每一匹天马的肋部两侧长着一双翅膀，悟空跳到高处，对着马儿们高声叫道：“马儿们马儿们，我是新来的弼马温，以后就由我来照顾你们，你们要是想吃什么就都告诉我。”天马们听得懂他说的话，开始七嘴八舌地说：“我很久没有吃菠菜了。”“我很久没有吃芹菜了。”“我想吃点儿大葱，天宫上不让吃大葱，味道太重，会熏着骑着咱们的神仙。”

悟空对着御马监的工作人员说道：“他要大葱就给他吃，

吃完了以后让他漱漱嘴，帮他刷刷牙就完了。”天马们享受着美食，心里很高兴，对悟空说道：“以前来这里做弼马温的都是人变的神仙，他们都听不懂我们说话，也不知道我们爱吃什么，终于盼来了你这个不是人的。”悟空说：“哦，这个话我爱听，人的规矩太多，不像我们动物活得自在。”

马儿说："嗯，对、对，你要不要骑马，我带你在这天宫中转一转。"悟空高兴啊！他正想骑上一匹天马在这天宫里玩儿呢，他跳到那马背上，"抓紧了。""放心吧！""呼哗，呼哗"，这天马煽动着他巨大的翅膀，冲着更高的天空飞出去了。

他们时而乘云飞行，时而踏雾疾驰，追逐风和闪电，高兴得悟空说："哈哈！太好玩了、太好玩了。"从那以后，悟空每天都要找一匹天马，去探索天上未曾去过的地方。有一天他跟马在一起玩累了，就和御马监的其他几个人在一起喝酒，就问他们："我这弼马温是个什么官衔儿啊？"那几个人就回应他说："你这个官职不大，没有品，还没入流呢！"悟空又问："哦，怎么叫没入流啊？"他们说："就是在这天宫里最低等的官儿了，只能看马。""嗯，就比如你养马，你养好了是应该的，你要是没养好，马若是被喂瘦了，人家还要责罚你呢！"

悟空听了火气上来，咬牙切齿地说："老孙在花果山人称美猴王。怎么骗我上来给他养马？竟然这样看不起我！"他一声怒喝，将桌椅都推倒，从耳中抽出金箍棒，幌一幌，碗那么粗，一路冲破南天门，径直地飞回花果山。

猴王落在花果山上，高喊一声："小的们！老孙回来

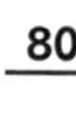

了！”猴子们一听大王回来了，高兴地全都围了过来，有的猴子就问道：“大王，你这一走十几年呐，你在天上过得得意吗？”悟空一听，这猴子们是不是疯了，就问他们：“我这走了才半个多月，怎么有十几年？”猴子说：“大王，你忘了，那天上一天，这地上也就是一年呢。”“大王，你在天上做的什么官儿啊？”悟空把在天上做弼马温的事情跟猴子们细细说来，越说越生气，猴子们就安慰他说：“大王，咱们不去了，在咱们这福地洞天多快乐，大家都尊重你，给他去做个马夫干什么，我们给您摆宴席，准备酒，给大王解解闷。”于是，猴子们就又在一起喝酒联欢。

悟空回到花果山的消息很快传遍了周围，各路妖王和鬼怪都知道了。正在猴子们喝酒聊得开心的时候，从那水帘洞外来了两个独角鬼王。什么是独角鬼王啊？就是脑袋上长了一个角的鬼王，他们来干吗呢？他们也想加入花果山，希望猴王也能保护保护他们。为了讨好猴王，他们还送来一件漂亮的赭黄袍。悟空欢迎他们一起喝酒，并把自己在天上做弼马温的经历告诉了他们。鬼王听了也生气，就给悟空出了个主意说：“大王你有这样的神通，怎么给他养马呢？要我看你自己做一个大圣，和天一样齐，就叫齐天大圣。”

悟空高兴地说："哈哈，这个名字好，好，好！孩儿们，快去给我做个旗，上面就写这四个字'齐天大圣'，以后你们就叫我齐天大圣，不要再叫我大王。"悟空此刻心情大好，然而在天上，玉皇大帝已经听说了猴王嫌官职小，推翻桌子逃回花果山的事情。这一天玉帝和神仙们上朝谈事情的时候，下令派遣两位神将率领天兵去捉拿这只妖猴。这悟空是太让人担心了，之前多亏了太白金星为他求情，玉帝才没有处罚他，希望他通过做弼马温改正缺点，成为一个好猴子。但是悟空不明白这些，嫌官小，又回到花果山。新旧账一起算，玉帝再次要派天兵天将去抓他，悟空和满山的猴子会怎么样呢？

思维训练问答

☞ 训练孩子反思自省的能力

1. 你觉得玉皇大帝让孙悟空当了弼马温这样小的官，对他好还是不好呢？

2. 当孙悟空知道弼马温这个官特别小以后，他气得把桌子都掀翻了，然后又跑回花果山去了，他这么做对吗？

3. 如果你是孙悟空，当你知道“弼马温”是个特别小的官职的时候，你会怎么做呢？

4. 这段时间你有没有和别人发生过争吵呢？在争吵中你有没有像孙悟空那样，只看到别人的缺点，没看到自己的缺点呢？你想一想，如果能重新回到过去，你觉得你会怎么处理那次争吵呢？

故事中的家教思维

孩子一般容易去挑别人的毛病，不容易看到自己的问题。这样，孩子也容易形成只关注别人，不容易反思自己的思维。我们作为家长，如果任由他自然而然地发展下去，会使他长大以后也容易到处挑别人的毛病，不容易反省自己，

这个思维习惯就不好了。因此，从小培养孩子的自省和反思能力显得尤为重要。

在《西游记》里，孙悟空被玉皇大帝安排去当弼马温后，又被封为齐天大圣，这些情节与我刚才提到的思维能力息息相关。原本孙悟空是个调皮捣蛋的猴子，频频惹祸上身，玉皇大帝不得不惩戒他，而太白金星则为他求情，最终给了他改过自新的机会。然而，孙悟空却总是认为他自己没有错，只看到别人的问题，他根本就没想过要悔改。这个阶段的孙悟空就像孩子一样，围绕这一情节，我们可以跟孩子讨论几个问题。

第一个问题，玉皇大帝让孙悟空去当弼马温，他这样做是出于好意还是恶意呢？这个问题的目的就在于引导孩子进行反思。因为孩子通常都喜欢孙悟空这个角色，所以他不太容易去反思孙悟空的错误。

第二个问题，当孙悟空知道弼马温是一个很低的官职后非常生气，甚至掀翻了桌子，然后跑回了花果山。他这么做对吗？我们小时候都特别喜欢这些情节，觉得孙悟空很厉害，但是，我们可以让孩子意识到孙悟空其实缺乏反思能力的，他一点也没有意识到自己的错误，只想着别人对他的不公。

第三个问题，如果孩子是孙悟空，当他发现弼马温这个官职其实非常低的时候，他会怎么做？这个问题能促进孩子更深刻地进行反思，并且让孩子在反思当中学会努力寻求解决办法。

最后一个问题，让孩子列举一下近期有没有跟谁发生过冲突、争吵，然后找出两三件事。接着让孩子思考一下自己是否有什么问题。如果重新来过，他能否做得更好？这个问题就把反思的思维应用在了实际生活中。

思维特点

☞ 整体思维

1. 大场景：整个画面宽大、丰富。

2. 形象整体：马群的形象分为近处的和远处的。

3. 画面布置：右下角的栅栏，马群和画面中心的悟空等，整体画面布置均衡。

培养孩子整体布局思维的益处：孩子思考问题时能更周全，能提前统筹布局，能更有章法地处理问题。

☞ 如何通过绘画培养孩子的整体布局思维

1. 绘画引导方向

每次孩子画画，最少从三个方向引导其思考如何让画面更丰富。比如孩子画《操场》，可以引导孩子思考：操场上都有什么设施？操场上的小朋友都在做什么？小朋友们的表情分别是什么样子的？

2. 随笔

围绕孩子的兴趣点，多启发孩子画街道、沙滩、公园布局图等随笔作品，不要求细致，简单勾勒大场景就行。

3. 体验场景

多带孩子搭建大场景的乐高拼装等，让孩子体验后再画出来。

第9集 大战天将

悟空知道弼马温是天上最低的官职后，一怒之下掀翻了桌子，又回了花果山。玉帝见管教孙悟空无效，便在灵霄宝殿上宣布："朕要找两位神将，带天兵去捉拿这妖猴。"话音刚落，就有两位天将自众多天兵中走出，一位是托塔李天王，另一位是哪吒三太子。他们对玉帝说道："万岁，臣愿意去降服此妖怪。"得到玉帝的同意后，李天王和哪吒率领天兵天将飞出南天门，抵达花果山，并布下战阵。

第一位出战的叫巨灵神，为什么叫巨灵神呢？因为他身材异常高大，高如山峰，手持巨大的宣花斧，行走之间山摇地动。他对着水帘洞外的猴子和妖魔们讲话，声音如雷霆般喊道："你们这些孽畜，快去告诉弼马温，我是天将，奉玉帝之意，到此收伏他，叫他快点儿出来投降，免得我把你们全都打伤残了。”

听到这话，小猴和七十二洞的妖怪们都吓坏了，长这么大，没遇到过这么大块头的天将，他的声音也震得他们心惊胆战，纷纷奔走逃窜。洞内的小猴们对猴王喊道：“大王！大王！门外有一个天将说是玉帝让他来收伏咱们的，叫你快点儿出去投降，要不然就要把咱们全都打残。”猴王听完只说道：“哦！把我的披挂拿来！”你看他那样，根本没把巨灵神放在眼里。悟空穿好披挂，手拿如意金箍棒，领着猴子们走出去，摆开阵势。

巨灵神睁眼观看，“呵！好猴王！”猴王那“身穿金甲亮堂堂，头戴金冠光映映。手举金箍棒一根，足踏云鞋皆相称”。巨灵神高声叫道：“你这猢狲，我是托塔李天王部下先锋巨灵天将，你放下棒子跟我上天，免得你这满山的畜生被我杀光，要是敢说半个不字，我顷刻把你打成粉末！”猴王才不怕他，高声回应道：“活毛神，你不要吹牛，老孙本该一棒子打死你，只是怕没有人回到玉帝那儿给我报信。我先留着你的命，你早点儿回去告诉玉帝，就说他不知道我老孙的本事，竟然叫我替他养马，你看看我这旌旗上的字号，他要是按着这字号给我升官，我就饶了他，自然这天地就太平，如果不按我说的做，我就打上他那灵霄宝殿，叫他那龙床龙椅坐不成！”巨灵神听他这样一说，往水帘洞前一看，果然有一个高高的旗杆，杆上挂着一面旌（jīng）旗，上面写着四个大字“齐天大圣”，说道：“你这泼猴，这样不懂人事，竟然敢做齐天大圣！好好地吃我一斧。”

他拿起斧子劈头就砍，猴王拿起金箍棒应手相迎，这真是一场好打：棒子名叫如意，斧子号称宣花，两件兵器第一次相碰，不知道深浅，一斧一棒，左右交加，那金箍棒是暗藏神妙，宣花斧也威力非凡。一会儿使用法术，这个从嘴里喷出云，那个从嘴里吐出雾，那叫喷云嗳雾。一会儿展开拳脚，打出的土飞沙扬，称为播土扬沙。天降神通，猴王变化多端，手持棒子如龙戏水，舞斧似凤穿花。巨灵神名气大，但是打着打着发现本事不如他。猴王忽然抡起铁棒，照着他的头上轻轻一打，打得他浑身发麻，巨灵神抵他不过，又被猴王抡起一棒正要往脑袋上劈，赶紧架起斧子往上扛，就听“咔嚓！”一声，斧子柄被打折了，巨灵神一看兵器都坏了，只得转身就跑。

猴王打赢了，他就笑着说：“哈哈哈哈！脓包！脓包！我先饶了你的命，你回去给玉帝报信。”巨灵神回到天上，来到托塔天王面前，赶紧下跪说道：“弼马温果然是神通广大，末将打不过他，败回来请罪。”托塔李天王一听，你一个堂堂天将打不过一只妖猴，他发怒道：“这厮锉吾锐气，推出去斩了！”他要砍巨灵神的头，这时候从旁边闪出了哪吒三太子，他对着托塔李天王喊道：“父王息怒！”哪吒为什么管李天王叫父王呢？原来托塔李天王是哪吒的父亲，哪吒排行老三，所以叫三太子，他替巨灵神求情来了，他怎么说的呢？他说：“先饶恕巨灵神，让孩儿去会一会那猴子，我就知道深浅。”

天王同意了，让哪吒出战。哪吒是个少年，头发尚未长过肩，看起来十分秀气，动作敏捷灵活。身上携带六样

神兵利器，能够腾云驾雾，变化多端，与悟空有几分相似之处，都有少年英雄气概。悟空见他还是个小孩儿，就问他："你是谁家小哥，到我这儿来干什么？"哪吒说："我是托塔天王的三太子，今天到这儿是来捉你的。"悟空说："哦！小太子，我看你小，不打你，你看看我那旌旗上写的是什么字号，你回去告诉玉帝，按那字号给我封官，要是不随我心，我就打上灵霄宝殿。"

哪吒一看，还是那四个字"齐天大圣"，说道："你这妖猴有多大神通，竟敢用这样的名号，先吃我一剑。"悟空说："好好好，我站着不动，随便你砍几剑吧。"哪吒见悟空如此狂妄，竟然没有将他放在眼里。他大喊一声"变"，立刻变得十分奇特：身上突然长出了三个头，六只胳膊，形如三头六臂。正巧他身上带着六件神兵利器：有斩妖剑、砍妖刀、缚妖索、降妖杵、绣球儿、火轮儿。每只手都持一件兵器，如丫丫叉叉扑面而来。

悟空见状心中一惊，意识到这位少年竟然也有些神通。于是他也不甘示弱，高呼一声："变！"立即化身为三头六臂的模样，金箍棒一晃，也变成了三根，六只手拿着三条棒子，随即与哪吒展开激烈的对战。

一个是六臂哪吒太子，一个是天生美石猴王，一个要下界捉妖，一个要上天当官。你看那哪吒把兵器使得好：“斩妖宝剑锋芒快，砍妖刀狠鬼神愁；缚妖索子如飞蟒，降妖大杵似狼头；火轮掣电烘烘艳，往往来来滚绣球。”

说的什么意思啊？哪吒的刀剑锋利异常，缚妖索舞动如大蟒蛇般灵活，降妖杵在他手中舞动如狼头咆哮。更令人惊叹的是，他脚下踩着风火轮，速度不亚于猴王飞翔，这些兵器随便哪一件打到悟空身上那也够他受的。再看看悟空也不比他弱，三根棒子前遮后挡，让哪吒难以攻击。两人打了许久，始终难分高下。哪吒三太子不愿罢休，再次施展神通，对着天空喊道：“变！”又变出了什么？六件兵器在天空中变成千千万万个，密密麻麻地朝悟空杀来。那六件兵器都得打半天，现在变成千千万万件兵器，悟空怎么办呢？

你看他一点儿不害怕，还在那儿笑着说：“哦，嘿嘿，有意思，有意思。”他也动用变化术，金箍棒瞬间变成万万千千根，迎向千万兵器的攻击。这下半空中铿锵声不断，兵器如雨点般飞射，如流星般闪耀。他们俩打得是高兴，可把其他人吓坏了，吓得各洞妖王把山门都关上了，满山的鬼怪把脑袋都缩起来了。别人越害怕，他们俩打得还越起劲。天上，神兵怒气云惨惨；下边，金箍铁棒响飕飕。天兵在那儿呐喊加油！猴子们在这摇旗鼓劲，两方你来我往，争强斗勇，始终难分胜负。但是，哪吒他到底是个少年，他没有悟空心眼多。

那猴王趁着天上的兵器混乱，眼疾手快地从身上拔下一根猴毛，轻声喊了一声：“变！”结果这根猴毛变成了悟空，站在那儿代替他与哪吒战斗，那悟空自己干吗去了？他拿着棒子将身一纵，“嗖”地赶到了哪吒身后。哪吒被这个变化蒙蔽，误以为面前的悟空仍在，却不料真正的猴王拿着棒子已经悄悄来到了他的背后。悟空挥起棒子，猛击哪吒的左臂，哪吒正在专注施法，没有留意到身后。只听到棒子挥动的声音，哪吒来不及躲闪被击中，剧痛难忍，急忙收起兵器逃走，溃败而归，回到托塔天王身边。

天王在天上把这一切看得清清楚楚，对哪吒说道：“这妖猴确实神通广大，我们先回去请玉帝再多派些天兵。”天兵天将一个个垂头丧气。再看猴王那边，猴子们和七十二洞妖王都难以置信，猴王竟然能把天兵天将都给打败了。他们聚集在洞天福地内，为猴王庆祝，畅饮欢宴之际，妖王们看猴王给自己封了个齐天大圣，天兵天将也拿他没办法，便也想自称大圣，那牛魔王就对悟空说：“贤弟，我也做个大圣，我叫平天大圣。”那蛟魔王也来凑热闹说：“你叫平天大圣，那我就叫覆海大圣。”鹏魔王也在那儿喊：“我就做混天大圣。”狮驼王也不甘落后，他说道：“我称移山大圣。”他们纷纷自称各种大圣，总之每个人都给自己起了一个特别牛的称号，一派欢腾气氛，大笑饮酒，整日欢乐不断。

再说托塔李天王和哪吒三太子带着天兵回到了灵霄宝殿，向玉帝详述了整个事件。玉帝听后非常惊讶，没想到这只猴子竟然如此狂妄，敢自称齐天大圣，甚至敢打到灵霄宝殿上来。玉帝立即命令众天将：“这妖猴这样狂妄，请众天将即刻下界诛杀他。”

这天上有本事的天将，可不只是托塔李天王和哪吒三太子，每一个天将都有不同的本领。如果有大批天将前来，悟空是否能抵挡得住呢？花果山上的猴子们和各路妖怪们的命运又将何去何从呢？

思维特点

☞ 对比思维

1. 人物对比：悟空和哪吒

2. 阵营对比：空中对地面

3. 颜色对比：红色对黄色

4. 武器对比：金箍棒对六件神兵器

5. 氛围对比：主站者对围观助威者

培养孩子对比思维的益处：对人对事有更敏锐的洞察力，更强的概括力，具备更有张力的表达……

如何通过绘画培养孩子的对比思维

1. 创造环境

听含有对比情节的故事，比如这幅画对应的故事描述是:“六臂哪吒三太子，天生美石猴王……把那六件兵器多教变，百千万亿照头丢，猴王不惧呵呵笑，铁棒翻腾自运筹……”

2. 鼓励引导

在孩子对对比类的情节有足够兴趣的时候，及时鼓励孩子画出来。

3. 指引细节

在孩子画画之前，或者孩子画了一段卡壳的时候，我们可以这样指引孩子。

武器方面:“他们各自的武器是什么？”

着装方面:“他们各自穿什么衣服？”

场景方面:“天上有谁，地上有谁？”

……

第10集

搅蟠桃会

正谈话间，有位神仙突然出现在众神仙之中，谁呢？又是太白金星，这悟空是不是又有救了？金星总是给他说好话，听听他这时会说些什么。他说："那妖猴的实力不知道深浅，只是乱说，我们要是派兵去打他，估计还不一定打得过他，不如就给他这个名号，让他叫齐天大圣，我们又不给他事做，就把他养在这天地之间，慢慢地收伏他的邪心，等到有一天他不再那么狂妄了，这天地不就太平了？"玉帝说："好吧，就按你说的做吧。"看看这悟空的运气多好，闯了那么大的祸，又有了一次改过自新的机会。

金星再一次来到了花果山，将玉帝的决定告诉了悟空。悟空一听高兴了，随着太白金星又上了天庭，来到了灵霄宝殿，玉帝喊他道：“那孙悟空过来，今天宣你做齐天大圣，官品极大，以后切不可胡作非为了。”猴王赶紧说：“谢谢玉帝。”这次猴子明白了礼节，玉帝对他也颇为宽宏大量，为他建造了一座大房子，白天派人送上三餐。到了晚上猴王舒舒服服地睡觉，日子过得自在惬意。时间一长，他就开始跟满天的神仙交朋友了，与九曜星、五方将、二十八宿、四大天王、十二元辰、五方五老、普天星相、河汉群神以兄弟相待，今天东游，明天西荡，云游天地，行踪不定。

有一天，早朝的时候，有一位叫许旌阳的神仙就对玉帝说：“现在这个齐天大圣整天没有事儿做，到处闲游，一会儿找这个神仙玩，一会儿找那个神仙玩，就知道玩，他如果一直这么闲下去，也没个事做，以后会不会惹出什么事儿来？”玉帝一听，觉得有点道理，就把猴王找来了，那猴王见到玉帝的第一句话是：“陛下，找老孙来，是不是要提拔我或者有什么赏赐啊？”看这猴子多有意思，他整天只会想着自己身上会降临什么好事儿。玉帝对他说道：“朕见你闲来无事，这里有一座蟠桃园，想交给你来看管。”悟空听到有事可做，心里高兴，连忙道：“谢谢玉帝。”他径直跑到了蟠桃园，他一到蟠桃园，看见桃花盛开得就像一团一团的火一样，夭夭灼灼，桃子长得是颗颗株株，满树都是。

这可真是："夭夭灼灼花盈树，颗颗株株果压枝。果压枝头垂锦弹，花盈树上簇胭脂。""先熟的，酡颜醉脸，还生的，带蒂青皮。"什么意思呢？就是说那先熟的桃就像一个美人儿喝醉了酒的时候那红红的脸蛋儿一样，这就叫酡颜醉脸。

大圣可不是一个人在这儿看桃树，蟠桃林的土地神跟在他身后为他介绍，大圣转身问道："这桃树有多少株啊？"那土地神就给他介绍："总共有三千六百株：前面有一千二百株，花和果长得小了一点，三千年一熟，人吃了能成仙，身体会变得既健壮又轻盈；中间有一千二百株，花瓣长得一层一层的，桃子特别甜，这些是六千年一熟，人吃了可以腾云驾雾、长生不老；后边有一千二百株，桃上长的有紫色的纹路，九千年一熟，人要是吃了和天地活得一样的长。"悟空听了，实在是高兴。

从那往后，悟空再也不去拜访其他神仙，每隔个三五天就来到这桃林里观赏游玩。有一天，这桃园里挑水的、锄草的、种树的神仙都跟在大圣身后来到了桃林。刚到门口，悟空就对他们说了句奇怪的话："你们先在门外待着，让我自己到那桃园的亭子里休息一会儿。"这猴子什么时候累过？打败巨灵神、与哪吒大战都不觉得累，在这里看管桃园，怎么可能累了呢？他该不会是又起坏心，想偷桃吃？天上管理严格，那蟠桃不能随便吃，他真要是给偷吃了，那不又闯大祸了吗？那几个神仙也听他的话，停在了外面等待。

悟空大摇大摆地走了进去，他回头看看，确认没人看见他，便脱下外面的衣服。脱掉衣服干吗？当然是为了方便上树啊！他“嗖嗖”地两下就爬到树上去了，摘了好多大桃、熟桃，坐在树上就开吃。完了！猴子就是这么想的，

它就是要偷桃吃。

哎！这玉帝也是，悟空天生喜欢吃桃子，就像猫爱吃鱼一样，偏偏让他去管什么桃树林。等着吧，看玉帝知道以后怎么收拾他。悟空每隔三两天就跑去桃林吃个饱，没过多久，他把树上所有好桃、大桃都吃光了。

有一天，祸事找上了门。在天宫中，有一位女神仙，名叫王母娘娘，她是天上地下所有女神仙的领袖。她计划举办一场蟠桃胜会，邀请天地间重要的神仙们共聚一堂。这一天，她派出七衣仙女去蟠桃园摘桃子，为什么叫七衣仙女呢？因为她们每个人穿着不同颜色的衣裙，有红衣仙女、素衣仙女，还有青衣的、皂衣的、紫衣的、黄衣的、绿衣的，非常漂亮，她们每人顶着一个用来装桃子的花篮，来到蟠桃林。到了蟠桃园，她们找不到齐天大圣，估计大圣正在里面偷吃呢！

她们跟门前的土地神打了声招呼，然后进入园内开始摘桃子。先来到前面那三千年一熟的桃树中，摘了两篮桃子，又在中间六千年一熟的桃树中，摘了三篮桃子。然后她们来到后面的九千年一熟的桃树，但发现那里桃树上花果稀疏，几乎找不到成熟的桃子。看来这猴子真会吃，他把那九千年一熟的桃全都给吃了。这七仙女就东张张，西望望，到处找，最终在靠南边的一棵树上发现了一个大桃子，半红半白，非常引人注目。青衣仙女上去把树枝扯下来，红衣仙女就上去摘，但就在那一刻，这个大桃子突然变了，变成了谁？变成了悟空。

原来那桃子竟然是悟空变的，他吃完了以后变成了桃，在那树枝上睡觉呢！大圣从耳朵取出金箍棒，怒视着七仙女喊道："你是哪方怪物，敢来偷我的桃？"七仙女吓得连忙跪地求饶："大圣息怒，我们不是妖怪，我们是王母娘娘差来的七衣仙女，她让我们来摘仙桃做蟠桃胜会用。刚才我们在门前找不见大圣，跟那土地神打了招呼才进来的，还希望您恕罪。"悟空应该因为自己偷吃桃子而感到恐惧，因为大桃子被他吃光了，七仙女摘不回去，王母娘娘肯定会发现悟空偷吃桃子的事情。但他却毫不畏惧，心里在想，王母娘娘的蟠桃会会不会邀请他呢？

他心里想到这里就问道："仙娥请起，那王母娘娘开阁设宴，请的是谁呀？"仙女们就给介绍了："能参加蟠桃胜会的自然是按老规矩邀请的神仙，有西方，西天佛老、菩萨、圣僧、罗汉；南方，南极观音；东方，东方崇恩圣帝、十洲三岛仙翁；北方，北极玄灵；中央，黄极黄角大仙。这个是五方五老，还有五斗星君。上八洞三清、四帝、太乙天仙等众；中八洞玉皇、九垒、海岳神仙；下八洞幽冥教主、注世地仙。各宫各殿大小尊神，一齐赴蟠桃嘉会。”

大圣听得早不耐烦了，问道：“怎么没请我呀？好好好，你们先在这儿不要离开，待老孙先去打听个消息，看看她请不请老孙。”他捻了个诀，念声咒，对着众仙女喊道：“住！住！住！”他喊这个做什么呢？原来是为了施展定身法，一旦喊停，七仙女立即定住，连眨眼的机会都没有，完全动弹不得。他纵了朵祥云，跳出桃花林，直奔王母娘娘的瑶池飞过去了。

远远望去，瑶池景色非同一般，那是“一天瑞霭光摇曳，五色祥云飞不绝”。悟空一边飞一边看，刚飞了半路，看见一尊神仙走过来，这神仙看起来有点儿别扭。仔细一看，原来别的神仙都穿鞋，只有他光着双脚，因此被称为赤脚大仙。猴王心思灵活，立刻联想到这位大仙可能是前往参加蟠桃会的一员，便上前问道：“老道你去哪儿呀？”大仙回答道：“啊！是王母娘娘请我去参加蟠桃嘉会。”大圣一听，确认赤脚大仙也是前往蟠桃会的，他心中转着念头，便编造了个谎言说：“老道，你不知道，因为老孙这筋斗云飞得快，玉帝让我先飞来迎接各位，让你们先到通明殿演礼，然后再去瑶池赴宴。”

什么是演礼呢？演礼是指这些神仙见到玉皇大帝时，言谈举止所表现的恰当的礼貌。为了做到这一点，他们就要提前学习和练习一下。赤脚大仙信以为真，毫不犹豫地飞往通明殿。大圣看着赤脚大仙飞远了，他念了声咒语，摇身一变，化作赤脚大仙的模样。它变成大仙的样子干什么？他又要搞什么鬼？

思维训练问答

训练孩子看管财物的能力

1. 孙悟空在蟠桃园里偷吃了桃子，这件事怪谁呢？大多数人首先会责怪孙悟空，但如果我们深入思考，还能找到其他可能的责任方吗？

2. 假设你最好的朋友来到你家，他无意中损坏了你最喜欢的玩具。除了朋友，你自己是否也有部分责任？如果你想把你的玩具分享给朋友玩，但又担心它被损坏，你有什么更好的办法吗？

故事中的家教思维

孩子通常不太懂得如何管理自己的财物，比如，他们可能把非常贵重的玩具带出去玩耍，结果玩具很快就损坏了。还有可能会用一个昂贵的玩具去换取一个便宜的玩具，因此感到非常高兴。还有年龄稍大一点的孩子，打游戏打上瘾了，会因为沉迷于游戏而花掉几千甚至上万元。

《西游记》当中有这么一个情节，与上述话题密切相关。孙悟空自称齐天大圣，玉帝为了稳住他，让他去看管蟠

桃园。我们知道猴子最喜欢吃桃子，这时偏让他去看守桃园，怎么能把桃子看住？

围绕这部分内容，我们多跟孩子进行讨论，启发他们对财物管理的思考。我们问他第一个问题，蟠桃丢了怪谁？孩子肯定首先会说怪孙悟空。接着问他们还能怪谁？这样引导他们深入思考，他们或许会想到应该怪玉皇大帝。

接下来，将这个问题引申到孩子自身。假设我们为孩子买了一个昂贵的玩具，比如一个小机器人，然后有个小弟弟来玩，不小心把它弄坏了，该怪谁？他肯定也会说，首先怪那个小弟弟。如果我们再问他还怪谁？这时，他们可能会想到自己也有责任。因为小孩子都喜欢玩具，所以在小弟弟来家里玩之前，应该提前想好如何妥善保管自己的玩具。

我们可以再追问孩子一个问题，如果他们想分享自己的玩具，又担心别人搞坏，他们有什么好方法？这其实就是在教导他们管理财物的方式。通过这两个问题，我们可以启发孩子对财物管理的相关思考。

比如我们同样可以问孩子，假设他带着钱去超市里想买好吃的，结果他的钱被小偷给偷走了，他应该怪谁？他的回答还是首先怪小偷，然后我们要问他还怪谁？他自己有没有做的不当的地方？紧接着问他第二个问题，有什么办法在付

费的时候不让小偷看到财物，或让人看到钱却又不容易被偷？有什么办法来处理这个问题？在日常生活中会遇到很多这样的场景，经常这样跟孩子交流有助于培养他们看管自己财物的意识。

思维特点

☞ 换位思维和线索思维

1. 孙悟空变成了赤脚大仙，留下金箍棒作为被人发现的线索。

2. 孙悟空眼神坏坏的，这与赤脚大仙的性格不符，可作为一定线索。

3. 能灵活切换悟空的视角和赤脚大仙的视角。

4. 能站在观看者的角度思考问题。

培养孩子换位思维和线索思维的益处：在面临问题时，能通过线索辨认问题，能通过换位思考感知问题，进而精准又全面地解决问题。

如何通过绘画培养孩子的换位思维和线索思维

1. 读懂作者

可以经常问孩子，你觉得这幅画的作者画了些什么，作者为什么这么画？作者当时是怎么想的呢？你是通过什么线索发现的？

2. 生活互动

可以经常问孩子，你的画很精彩，你最喜欢画中的什么？你觉得妈妈最喜欢你画中的什么呢？如果把这幅画送给妈妈，你觉得画什么合适呢？

3. 画线索

妈妈想画猪八戒变成了木墩，又想让读者看得出木墩是猪八戒变的，你有什么办法吗？画孙悟空变成了鱼，又想让读者看得出鱼是孙悟空变的，你有什么办法呢？

第11集
偷酒盗丹

悟空在那蟠桃园听说自己没有被邀请参加蟠桃会后，定住了七衣仙女，然后飞往了王母娘娘的瑶池。他偶遇了赤脚大仙，并将赤脚大仙骗到通明殿去，又变成了赤脚大仙的模样，想使用赤脚大仙的身份去参加蟠桃胜会。没过多久，他来到了瑶池，还未踏入，就闻到了香味。

那蟠桃会肯定要准备很多很多好吃的，大圣走进去一看，连口水都流出来了。就看那摆食物的桌子是“五彩描金桌”，装食物的盆子是“千花碧玉盆”，里边装的有龙肝、凤髓、熊胆、猩唇。大圣上去就抓起一块猩唇，他心想：“这大黑猩猩的嘴唇我可没吃过。”他往嘴里放了一块，“好吃！好吃！好吃！”，一会儿抓一块龙的肝儿，一会儿又吃一块凤的骨髓。他一边在那儿嚼着，一边心里就高兴，他高兴什么呢？他心想："我叫你们蟠桃会不请我老孙，这次我让一会儿来的神仙都吃我吃剩下的，嘿嘿嘿。"

他一边享用着美食，一边四处环顾。眼前摆满了各种美味佳肴，琳琅满目，那真是"珍馐百味般般美，异果嘉肴色色新"。大圣正在这儿看，忽然又闻到了一阵酒香，转头往右边看去。那里几位神仙正在刷洗酒坛，刚刚酿成的酒香气四溢，那是玉液琼浆，香醪佳酿。猴子口水直流，想要品尝一口，但又顾忌在场的神仙们。怎么办呢？于是他施展神通，拔下几根毫毛嚼碎，然后变出一群瞌睡虫，将它们撒向神仙们的脸上。这些神奇的瞌睡虫一飞到他们脸上，神仙们便迷迷糊糊，手软眼睛闭，不知不觉睡着了。

大圣卷起袖子，走到酒缸前边吃喝起来，吃了好一阵子，他喝醉了，心里想："不好，过一会儿那些客人来了，看见我喝醉了，岂不是会怪我，不行不行，我得先回到玉帝给我造的那个齐天府大房子里睡一觉。"这猴子多有意思，尽管闯了不少祸，但此刻他终于觉察到情况不对，决定回去躲躲。然而他醉醺醺地走错了方向，误入了一个从未来过的天宫。仔细一看，门匾上写着三个字"兜率宫"，他顿然醒悟道："兜率宫不是在三十三天之上吗？三十三天叫离恨天，这是太上老君住的地方。”

太上老君是谁呢？那是万教之祖，是神仙中的至高者。这猴子偷点儿酒肉吃也就算了，跑到这儿来不会又闯祸吧？这位神仙，他可惹不起，大圣心里想，“我怎么走到这儿来了啊？也罢也罢，早就听说这老神仙厉害，今天来都来了，我就进去看看。”他边走边看，却发现房间里空空如也，人都到哪儿去了？原来今天太上老君正好外出讲道，

整个宫中的神仙们也随他而去，因此找不到一个人。但是，他却发现这里有一架炼丹炉。

这炼丹炉是干什么的呢？是太上老君用来炼制仙丹的，而这些仙丹可是仙界的珍宝。悟空就往两边儿看，看见炼丹炉的两旁有五个葫芦，那葫芦装的全都是炼好的金丹。

“今天我有缘碰到了仙丹，正好趁老君不在，我先吃它几丸尝尝鲜。”他拿起一个葫芦像吃炒豆一样吃起来，越吃越欲罢不能。没过多久，他将所有的仙丹全都吞了下去。仙丹入腹，他开始有些清醒，心中暗想：“嗯？不好不好，这一次这祸闯大了，比天还大，这要是告到玉帝那儿去，我恐怕性命都保不住了，走走走，还是回到我那花果山去当猴王。”他匆匆离开了兜率宫，不走南天门，而是施展隐身法，从西天门溜了出去。

没过多长时间，孙悟空按落云头回到了花果山，到了花果山喊道：“孩儿们，我回来了。”猴子们一看大王回来了，呼啦一下又围上来了，他们问前问后、问寒问暖，有的猴子说道：“大圣你好宽的心呐，这次又丢下我们这么久。”“大圣，这次你上天又做的什么官儿啊？”孙悟空便开始吹牛，讲述自己在天上的经历，讲他如何偷桃偷酒偷仙丹吃，猴子们和山中的群怪们听得津津有味。孙猴王讲述着，已有猴子们摆下了宴席，准备了酒水和水果，为大圣接风洗尘。

说了一会儿，猴王觉得口干舌燥，于是赶紧入了席，先喝一口椰子酒，可没想到这酒刚一入口，他就觉得格外难喝，龇牙咧嘴地说道：“不好喝不好喝。”猴子们说：“大圣，你是在天上吃了仙肴，喝了仙酒，就觉得咱们这椰酒不好喝了？”大圣说：“今天早晨我在那瑶池中喝得都是那些玉液琼浆，那真是好喝，你们都没尝过，好好好，待我再回去偷他几瓶回来给你们每个人喝上半杯，让你们一个个也都长生不老。”

这个臭猴子可真是个贼猴子，胆大的猴子，明知自己惹出了大麻烦，他居然还敢回去再偷一次。那其他猴子当然高兴得不得了，哪里找得到这样优秀的猴王呢？猴子们说道：“啊！你对我们真的是太好了。”大圣走出了洞门，再次翻了一个筋斗，施展隐身术，径直前往蟠桃胜会。进了瑶池宫，那些负责酿酒的神仙还在那儿睡大觉。他毫不客气地抓起一坛酒，迅速飞回了洞中。猴子们就举办了一场仙酒会，每只猴子都品尝了些仙酒，猴子们就别提有多高兴了，悟空这会儿简直是玩得不亦乐乎。

可是天上他闯的那些祸事该怎么办呢？难道就这样算了吗？先说那七仙女，她们慢慢地从定身法中恢复过来，随即急匆匆地飞回瑶池，见到王母娘娘立即告状道：“那齐天大圣把蟠桃园的大桃全都给吃光了，还用法术困住了我们。”王母娘娘把事情问清楚了以后，又飞到了灵霄宝殿把这件事告诉了玉帝。玉帝听罢，心中一惊，暗自感叹这猴子竟如此胆大。玉帝正在这儿这么想着，门外又来了几个告状的，谁呢？那些酿酒的神仙们，他们醒过来说：“陛下，不知道什么人搅乱了蟠桃大会，那些珍馐百味和玉液琼浆全都被偷吃了。”玉帝心里又一惊，怎么又出事了？

玉帝还未来得及深思，又接到通报，太上老君也来了。那太上老君在神仙之中地位高，玉皇大帝和王母娘娘赶紧亲自出来迎接。太上老君见到二位道：“老道宫中炼了一些仙丹，是九转金丹，本来是想给陛下在丹元大会上用的，没想到刚刚被贼人给偷去了。”玉帝的心中都有些惊恐了，他心里想：“这怎么接二连三地丢东西？那三十三重天上太上老君的东西也有人敢去偷。”玉帝正在这琢磨，又有人来告状来了，这回是谁呢？玉帝刚给孙大圣建了齐天府大房子，那里的工作人员此刻前来告状。他们向玉帝诉说：“陛下，孙大圣没有在自己的工作岗位上，昨天就出去玩了，今天还没回来，不知道去什么地方玩了。”

玉帝听到此事不禁心生疑窦，怀疑所有这些祸事与猴子有关。玉帝正在这怀疑呢，又来了个告状的，这回又是谁呢？你听脚步声就能听出来，啪啪啪啪的脚步声，只有光着脚丫子才能踩出这个动静，来者正是赤脚大仙。他被骗去的那个地方实在是太远了，发现受骗才赶过来。他也来告状，说道："陛下陛下，臣本来是参加王母举办的蟠桃大会，路上遇到了孙大圣，他把我骗到那通明殿去了，我到了一看，哪有人呢，才知道自己上当了，这才赶过来告诉您这件事。"玉帝完全可以确定这件事是这猴子在撒谎，他真没想到悟空有这么大的胆子，说："这厮假传旨意骗了你，快去找纠察灵官，找到这厮的踪迹。"

这纠察灵官就好像大侦探一样，他得到玉帝的命令，出了灵霄宝殿，对所有事情进行了详细的调查。回来以后，他非常肯定地告诉玉帝，搅乱天宫的罪魁祸首就是齐天大圣孙悟空。这回玉帝那可是恼羞成怒，立即让四大天王、李天王和哪吒太子共同出动，捉拿那只猴子。但是，玉帝嫌这天将还不够，他又点了二十八宿、九曜星官、十二元辰、五方揭谛、四值功曹、东西星斗、南北二神、五岳四渎、普天星相共十万天兵，布置了十八架天罗地网。天兵天将被派往下界，包围花果山，务必将那猴子缉拿归案。

小朋友们，你们见过满天星星，见过满天云彩，但你见过满天的神仙吗？十万天兵布下了天罗地网，飞过来呀，那是“黄风滚滚遮天暗，紫雾腾腾罩地昏”。他“天产猴王变化多，偷丹偷酒乐山窝。只因搅乱蟠桃会，十万天兵布网罗”。

面对如此局面，他将何去何从？十万天兵压境，花果山恐将只剩他一猴抵敌。他是否能与这十万天兵一战？其他猴子和山中群怪又将如何度过此劫？这位猴子将何去何从？

思维训练问答

训练孩子讲礼貌的思维能力

1. 玉皇大帝和王母娘娘请来了很多神仙参加蟠桃胜会，但却没有请孙悟空，他们到底应不应该请他呢？为什么呢？

2. 悟空他就是偷了点儿吃的喝的，玉皇大帝就要派十万天兵去捉拿他，他的错误有那么严重吗？为什么？

3. 有没有发现，每一次家里来了客人，爸爸妈妈和客人聊天的时候，虽然你也很想跟他们一起聊天，但他们总是不让小朋友插嘴，难道小朋友就没有说话的权利吗？他们那样做对吗？为什么？

故事中的家教思维

教孩子在不同的场合下、不同的人面前要有恰当的行为举止，这个观念是非常重要的，这叫作礼。如果不给孩子养成“有礼”的好习惯，那么无论他长大后有多大的才华，他的发展都会受到阻碍。

比如在职场中，有的年轻人干出一点儿成绩就到处宣扬：“这是我干的。”“这是我想到的。”这样做就是无礼。在

其他人看来，你旁边有同事、上面有上级，你还那么年轻，没有这个平台的支撑，你能取得这些成绩吗？有了一点儿成绩就变成这个样子，人们会不会觉得你会就此停滞不前？因此，如果你得到了一个机会或者取得了一点成功，但你的反应和你目前的位置不太相称，那么你能否获得别人的认同和支持就成了问题。这就是失礼方面的困境。

《西游记》当中有一个情节非常贴近这种思维模式，可以拿出来跟孩子讨论。孙悟空大闹蟠桃会，他把吃的、喝的全给偷了，惹了十万天兵来打他。他的行为被认为是非常失礼的，因为他并没有为天宫做出过重大贡献，也没有那么高的道德修养，所以他并不应该被邀请到蟠桃胜会上享受如此待遇。

针对这部分内容，我建议大家和孩子可以讨论这么几个问题。第一个问题，玉皇大帝是否应该邀请孙悟空参加蟠桃宴？这个问题可能不容易回答，但我们可以向他们解释，一个人能否够获得优待，通常取决于他的贡献。仅有才华和能力是不够的，重要的是如何将它们应用到正确的地方。

第二个问题，因为孙悟空没被邀请，所以他就去偷喝点酒，偷吃点桃子。他的这个错误看起来好像就是偷了点儿吃的喝的，玉皇大帝派遣十万天兵去打他的行为，是否过于严历？通过对这个问题的讨论，我们让孩子明白，你获得什么样的待遇和尊重，取决于你的贡献。这是一个大家共同建立和遵守的规则。一旦有人打破了这个规则，就等于伤害了所有人的利益，那么大家自然会采取行动来制止这种行为。所以，孙悟空的错误不是偷吃、偷喝，而是他打破了这个重要的规则，这是他这件事情上的严重错误所在。

第三个问题，结合生活实际来讨论。比如，家里来了客人，爸爸妈妈正在与叔叔阿姨聊天，孩子突然插嘴希望大家都来和他聊天，这样做对不对？这个问题让孩子明白，这种行为与孙悟空搅蟠桃会有些类似。因为叔叔、阿姨跟我们聊天，是因为我们在平时的相处中给过他们帮助，对他们来说，我们是有价值的人。所以当我们讲话的时候，叔叔、阿姨会尊重我们，认真倾听，我们也应该同样尊重他们。但如果孩子并未为叔叔阿姨做出贡献，那么他无权来占用他们的时间，随意插话会显得非常无礼。

第12集

十万天兵

悟空跑到那蟠桃会上偷吃了珍馐百味，又偷喝了香醪佳酿，他喝得酩酊大醉后，又跑到兜率宫偷吃了太上老君的仙丹。玉皇大帝决定派出十万天兵去把他抓回来，托塔天王带着众天兵来到花果山前，将花果山围得水泄不通，设置了一十八架天罗地网。

花果山内外都被紧紧封锁，没有一只苍蝇能够逃脱。九曜星君是先锋出战，这九曜星君指的可不是一个神仙，那是九位神仙，他们对着洞外的小妖喊道："那小妖，你们大圣在哪里？我们是上界的天神，今天来降你们那造反的大圣，叫他快点儿投降，敢说一个不字，把你们全都杀光。"小妖吓得赶紧往回跑，喊道："大圣啊，祸事！祸事！外面有九个凶神，说是上面的天神要让大圣投降。”孙悟空正在洞内与七十二洞妖王及猴兵猴将们痛饮，闻言却置之不理，只是轻描淡写地道：“今朝有酒今朝醉，莫管门前是与非！”

这都什么时候了，平时也没见那猴子喜欢作首诗，今天人家打上门来了，这个时候他还作了首诗。这诗做得还挺好，什么意思呢？就说今天有酒，今天你就快乐得喝醉，不管门外发生什么事，只要当下行乐就行。大圣这句诗刚说完，又有一个小妖跳了进来说：“大大大大大圣！那九个凶神在外面骂咱们呢！”大圣仍然说：“别搭理他，诗酒且图今日乐，功名休问几时成。”这又来两句，这两句什么意思？就说这喝酒作诗，就为了今日快乐，成功也好，出名也罢，这些事别去管它。猴子这诗作得还是可以的，但关键是人家十万天兵来都来了，你这几句诗能把人家说走吗？

这不是作诗的时候呀，转眼间又跑进来个小妖说：“爷爷！那几个凶神杀进来了！把门打破了！”这回这大圣可怒了，他一看这作诗也没有用，大声叫道：“这泼毛神好无礼！本来不想与他计较，却偏偏要欺上门来，独角鬼王，你领着七十二洞妖王先出阵，老孙带着四个猴将随后跟来。”那独角鬼王接到命令，说道：“大王，你放心吧，看我把他们都杀出去。”鬼王率着妖兵出门迎敌，结果被那九曜恶星一起掩杀，死死地抵住了铁板桥头，出不去了，还说：“大家不要怕，咱们守住这桥头，让我想想办法。”大家正在这嚷嚷，大圣来了，喊了一声：“开路！”掣开铁棒，幌一幌，碗来粗细，丈二长短，丢开架子，打将出来。

九曜星君是九个天将，但是他们没有哪个敢上去拦着大圣，被那大圣一顿打给打退了，九曜星君退出来，摆出来一个阵势，高声叫道：“你这不知死活的弼马温，你犯了十恶之罪，你先偷桃后偷酒，搅乱了蟠桃胜会，又窃了老

君的仙丹，又把御酒偷到花果山来享乐，你罪上加罪，你知不知道啊？”大圣说道：“这几件小事啊，哎，有有有，那你们今天想怎么样呢？”九曜星君说：“我们奉玉帝金旨，率众到此收降你，你快点投降，免得你这些猴子们和满山群怪全都送命，要不然我们就踩平你的山，掀翻你的洞。”大圣说：“你们这些毛神有什么法力敢出浪言，今天都不要走，吃老孙一棒！”

九曜星君一起踊跃上前，美猴王分毫不惧，挥舞着金箍棒左遮右挡，很快就把九曜星君打得筋疲力尽，纷纷倒退回自己的阵地，托塔天王见状赞叹道：“那猴王果然骁勇，我们没打过他，败阵回来了。”尽管托塔天王失利，但他毫不气馁，立即调集了更多的天兵天将。他派出了四大天王和二十八宿，二十八宿就是二十八位天将。看来这仗是越打越激烈，孙悟空也不甘示弱，他调动了独角鬼王、七十二洞妖王以及自己封赏的四大健将，布置在洞门外列阵待战。大圣分派任务说：“你们只管打那二十八宿就行了，其余的那托塔天王、哪吒三太子，还有那四大天王，我一个人就够了。”

这场面那是“寒风飒飒，怪雾阴阴。那壁厢旌旗飞彩，这壁厢戈戟生辉”。再看他们手中的兵器，“大捍刀，飞云掣电；楮白枪，度雾穿云。方天戟，虎眼鞭，麻林摆列；青铜剑，四明铲，密树排阵。弯弓硬弩雕翎箭，短棍蛇矛挟了魂”。这杖一开打，大圣一条如意棒，“翻来覆去战天神”。“杀得那空中无鸟过，山内虎狼奔。扬砂走石乾坤黑，播土飞尘宇宙昏。只听兵兵扑扑惊天地，煞煞威威振鬼神”。

从晨曦初照至夕阳西下，一场激战终于落幕，结果如何？大圣这一条棒子硬是把那李天王和四大天王，还有那哪吒三太子打退了，独角鬼王和二十八宿那边又是何等结局？先不论战果，独角鬼王整整一天，仅发出两句声音。战初，他高呼：“兄弟们，随我出战！”至战末，他唏嘘道：“哎呀！我被擒了！”独角鬼王和群妖被天将俘虏殆尽，无一幸免。那满山的猴子熟悉地形，一见局势不妙，匆忙躲至水帘洞深处，幸免于难。

他们一看到大圣回来，有人哭泣，有人欢笑，悟空不解地问道：“你们怎么又哭又笑啊？”赤尻马猴就回应道：“大圣，独角鬼王和七十二洞妖王全都被抓了，所以我们就哭啊！但是看到大圣回来了，毫发无伤，我们又替你高兴啊。”大圣就劝他们：“没事没事，打仗嘛就有胜有负，很正常，再说了，他们抓走的是满山群怪，咱们猴儿们他一个都没抓去。不要烦恼，不要烦恼，咱们现在饱餐一顿，然后安心睡觉，养养精神，看明天我使个大神通，把那些天将全都拿住，为大家报仇！”

第二天清晨，猴子们早早起床，迅速在门前布置阵势，主动向着十万天兵发起挑战。大圣喊道：“托塔天王，你出来呀，你要是不敢出来和我打，你就赶快把昨天抓走的满山群怪放了，你要是敢不放，小心今天我使个大神通，把你们都一顿暴打！”托塔天王在自己的军营里愁眉不展，心中暗想：“哎呀！今天派谁去打呢？昨天这九曜星君没打过他，我和四大天王再加上哪吒也没打赢他，这天将之中，也没有比我们更厉害的人了。今天派谁去打呢？”

猴子们一看这十万天兵半天没动静，便在一旁嘲讽：“什么十万天兵啊！都不如我们大王！”“托塔李天王，你怕了吧？”“快回去吧！快回去吧！”“别在这丢人。”托塔李天王心头忧愁，此时外面的天兵前来报告有人求见，他便急忙接见，一看是托塔天王的二太子木吒，托塔李天王问道：“孩子啊，你不是拜南海观世音菩萨为师吗？你不在南海好好学习，跑到这里来干什么呀？”

这木吒是观音菩萨的徒弟。观音菩萨专门救苦救难的，法力无边，那神通也不比须菩提祖师差。木吒回答道：“孩儿随菩萨来参加蟠桃胜会，菩萨听到玉帝说起这妖猴的事情，让孩儿赶来助阵。”天王又嘱咐他一句：“好吧，你随菩萨修行这么多年，想必也有些神通，但是一定要小心。”木吒快步走到阵前，他手持铁棍，高声问道：“哪个是齐天大圣？”大圣回道：“老孙便是，你是什么人？”木吒说：“我是李天王的二太子木吒，现在是观音菩萨的徒弟。”

大圣又问：“那你不在南海好好修行，跑到这儿来见我干什么？”木吒回大圣：“见你这样猖獗，今天来抓你。”大圣马上说：“哼！你敢说这样的大话？不要走，吃老孙一棒！”他两个就立在那半山中，这真是一场好斗：“两个相逢真对手，往来解数实无穷。这个的阵手棍，万千凶，绕腰贯索疾如风；那个的夹枪棒，不放空，左遮右挡怎相容？那阵上旌旗闪闪，这阵上鼍（tuó）鼓冬冬。万员天将团团绕，一洞妖猴簇簇丛。怪雾愁云漫地府，狼烟煞气射天宫。昨朝混战还犹可，今日争持更又凶。堪羡猴王真本事，木吒复败又逃生”。

什么意思啊？这位猴王击败了木吒，虽然木吒未受重伤，但在他们的铁棒对碰中，木吒的胳膊已经酸软无力，难以继续战斗。他只得退回军中，气喘吁吁地说：“哎呀，好大圣，好大圣啊，着实神通广大，孩儿没打过他，败回来了。”面对这一情况，李天王心头一片慌乱，他带来的众天将竟无一人能与这猴子匹敌。他赶紧将这一状况记录下来，让木吒前去向玉皇大帝求援。木吒来到灵霄宝殿，玉帝见此情形便道："这猴精能有多大手段，竟敌过十万天兵，李天王又来求助援兵，哪位神将愿意前去助战？"观音菩萨正好立在这灵霄宝殿，听到玉帝这个话，菩萨提出了一个主意，说："陛下放宽心，贫僧为你推举一位神仙，可擒住此猴！"观音菩萨那法力无边，他推举的神仙肯定厉害，这神仙是谁呀？

思维训练问答

☞ 训练孩子掌握时机的思维能力

1. 十万天兵要来捉拿孙悟空，可当他知道这个消息以后，没有第一时间拿金箍棒迎战，也没有思考其他解决办法，而是继续喝酒，还作了一首诗。你认为他这样处理合适吗？如果你是孙悟空，在这种紧要关头，你会如何处理呢？

2. 每天放学以后，有的小朋友会选择先写作业，写完了再玩；还有的小朋友选择先玩，玩够了再写作业；还有一些小朋友则是写一会儿作业，玩一会儿，交替进行。你认为这三种小朋友中，哪一种安排时间最合理？为什么？

3. 你觉得爸爸妈妈在什么事上经常安排不好自己的时间呢？到了应该做某件事情的时间，他们却推迟或者转而去做其他事情？如果你有这样的经历，不妨分享出来听听！

故事中的家教思维

幼儿对时间的感知较为模糊，难以准确区分长短或估计时间的流逝。对幼儿来说，按时完成特定任务或者在特定时间段做某事是一项挑战，但是随着他不断成长，他对时间的感知会越来越好，前提是你得不断训练他的这种能力。成年人的时间管理混乱往往是因为小时候缺乏有效的训练。

《西游记》当中有这么一个情节，十万天兵来打孙悟空的时候，在门口叫阵，小猴子把这个情况报告给孙悟空，结果孙悟空正在跟七十二洞妖王及猴兵猴将们一起喝酒，按理来说这么紧急的情况，他得赶紧拿出棒子出去迎战，或者去想别的办法解决这个问题。但是，孙悟空干了一个什么事儿？他继续与七十二洞妖王喝酒，并且背诵了一首诗："今朝有酒今朝醉，莫管门前是与非。"这种行为显然不是紧急情况下应有的反应。这一情节可以用来启发孩子思考时间管理和行动选择的重要性。

我们可以借这个故事内容来启发孩子，问他这样几个问题。第一个问题，孙悟空得知十万天兵来袭时，他为什么选择先背诵一首诗而不是立即采取行动解决问题？这种做法合适吗？在这种紧急情况下，他应该做什么才是最恰当的？这个问题比较好回答，因为故事里已经描述出来了。在这里把这个问题先引出来，把时间概念给孩子提炼出来。

第二个问题，当一个小朋友放学回家后，你认为他先写作业再玩好，先玩再写作业好，还是写一会儿作业又玩一会儿，再写一会儿再玩一会儿好？怎么安排时间是最合理的？

这个问题旨在引导孩子理解在不同任务之间如何有效分配时间，以及良好的时间管理对任务完成的影响。

你可以灵活地为孩子设置类似的情境。比如说有些孩子的毛病是写作业时有一个字写得不好，拿橡皮反复地擦，甚至把纸擦破。他们还可能会拿透明胶粘在上面，然后重新写好这个字。这个问题解决不了，这个作业就可能无法完成，显然，这种行为缺乏对时间管理的考虑。遇到这种问题，可以灵活多变地来问孩子。另外，还要注意询问频率不要过高，你老问他，他会觉得你在用这个问题来为难他，所以你也可以让他以一个旁观者的角度去分析这个问题。

第三个问题，你认为爸爸妈妈在日常生活中是否有时间安排不太合理的时候？他们有没有选择在不合适的时间做某件事情？如果有的话，你帮爸爸妈妈列出来应该如何改正？其他人有没有这种情况？如果有，应该如何改正？这样问孩子会比较有兴趣。

思维特点

分组归类思维

1. 种类分组：一类是神仙，一类是猴子。

2. 阵营分组：画面上下部是一个阵营，中间部分是另一个阵营。

培养孩子分组归类思维的益处：能让孩子把复杂的事物分割简化，更具有结构化处理问题的能力，更善于归纳共性、提炼结构。

☞ 如何通过绘画培养孩子分组归类思维

1. 分解画面

比如孩子画大场景时，如果画面很复杂，孩子可能就不知道如何下手，因此家长可以按照不同类别引导孩子。比如画小朋友们玩的场景时，家长可以问孩子："画面上的人物都有谁呀？玩的游戏都有什么呀？小朋友的动作都是什么样的？"通过这样长久的训练，孩子很容易对复杂的画面进行分组归类，画起来就很简单了。

2. 三思后画

比如孩子想画动物园，家长在每次画画前先带孩子思考："动物园里都有什么动物？都有什么动物在树上？都有什么动物在水里？"训练孩子分组思考的习惯。

3. 归类分组游戏

把扑克牌按照花色、顺序，设计成 PK 游戏等。

第13集
战二郎神

玉皇大帝派出了十万天兵来捉拿悟空。但是，诸位天将是轮番上阵，全都被悟空打退了。最后，他们实在没办法了。好在观音菩萨给玉皇大帝推荐了一位神仙，玉帝问道："菩萨推荐的是哪位神仙？"菩萨说道："正是陛下的外甥，显圣二郎真君，他神通广大，正住在灌洲灌江口，有梅山六兄弟和一千二百草头神助他，陛下可以调兵，让二郎神前去，可擒此猴。"

小朋友们，这二郎神我们谁也没见过，听观音菩萨这么一说，怎么感觉他跟悟空有点儿像呢？他们俩都非天上之人，一位居于花果山，一位则在灌江口；悟空率领四位猴将，二郎神带领六位梅山兄弟；悟空控制七十二洞妖王，二郎神又有一千二百草头神。看来这位神仙的本领说不定跟悟空相当，玉帝认为菩萨的意见有道理，立刻派遣一位仙使前往灌江口，准备让二郎神出战。接到命令的二郎神召集自己的神仙兄弟们，与别的天将不同的地方是，他还带了一些神鸟、神兽，如鹰、犬。他们骑着鹰，牵着犬，手持弩弓，乘风而起，霎时过了东洋大海，径直地来到花果山。

二郎神一抵达，发现花果山被一层层天罗地网紧紧围住。他对着把守的神将说道："把守天罗地网的神将听着，我是二郎显圣真君，玉帝调我来擒拿妖猴，快开营门，放行！"把守天罗地网的神将一听二郎神来了，就一层一层地往里传："二郎神来啦！二郎神来啦！"四大天王和李天王闻讯后，顿时看到了一线希望，他们赶紧出门迎接。见到二郎神，他们向二郎神详细说明了当前的胜败情形。

二郎真君说道："今天我来这里与他斗个变化，列位天将，请你们把这天罗地网围紧。我和那妖猴打斗的时候，你们都不要帮忙，如果我输给了他，由我的兄弟来救我，如果我赢了他，由我的兄弟去绑他。只有一件事，请托塔天王助我，请你们立空中，使好照妖镜，如果那猴子败阵，不管他跑到什么地方，一定用照妖镜帮我照着他，别让他跑了！”

商议妥当后，天兵天将各自返回岗位。二郎神率领几位兄弟，安排好草头神，来到水帘洞外。只见水帘洞外立着一竿旌旗，上面写着“齐天大圣”，真君就说道：“那泼猴，怎么称得起齐天大圣之职。”营门口的小猴也看到了真君，赶紧回去通报猴王。猴王掣着金箍棒，身穿黄金甲，登上步云履，整理头上的紫金冠，腾出营门，睁眼观看，那真君的相貌，长得清奇，打扮得又秀气。真是：

“仪容清秀貌堂堂，两耳垂肩目有光。头戴三山飞凤帽，身穿一领淡鹅黄……腰挎弹弓新月样，手执三尖两刃枪。”

二郎神带了两件兵器，腰里挎了一柄弹弓，手里还拿着一柄三肩两刃枪。悟空当然不会怕他，他笑嘻嘻地掣起金箍棒，高声叫道：“你是何方小将，竟然敢到这里来挑战？”真君说道：“你这厮有眼无珠，认不得我吗？我是玉帝的外甥二郎神。”悟空说：“听说过，听说过，今天我要是骂你几声，又没什么冤仇，要是打你一棒，又可惜了你的性命，我倒是还有个问题要问你，你怎么不叫一郎神、三郎神，偏偏叫二郎神呢？啊？嘿嘿嘿嘿！”那二郎神是谁？谁不怕他呀？他没碰到过敢这样跟他讲话的人，心中大怒

说："泼猴，休得无理，吃我一刀！"大圣侧身躲过，疾举金箍棒，劈手相还，这可真是一场好杀！

"这个心高欺敌美猴王，那个面生压伏真梁栋。""从来未识浅和深，今日方知轻与重。铁棒赛飞龙，神锋如舞凤。左挡右攻，前迎后映。""两个钢刀有见机，一来一往无丝缝。金箍棒是海中珍，变化飞腾能取胜。"

这两位的法力深不可测，稍有不慎就可能丧命。一般的天将与大圣最多也就能斗个几十回合，二郎神和大圣斗了三百多回合，却胜负难分。二郎神是真没想到这猴子这么厉害，三百回合竟未能困住他。二郎神决定改变策略开始跟他斗变化：那真君抖擞神威，摇身一变，变得身高万丈，手中的三金两银枪也跟着他一起变长。那三个枪尖长得好像华山顶上的山峰，再看二郎神，青脸獠牙、朱红头发，恶狠狠地望着大圣，着头就砍。这样的变化大圣也会，他之前在水帘洞外给小猴们变过。所以，他也变成与二郎神相仿的巨大身形，挺起铁棒迎击二郎神。两人交战激烈，场面惊天动地，猴子们也被吓坏了，战兢兢摇不得旌旗，虚怯怯使不得刀剑。这时，梅山六兄弟指挥草头神，再向水帘洞外放出神鹰神犬，张弓搭弩，一齐掩杀过来。这一出手立刻瓦解了山中的猴子们的抵抗，俘虏了两三千林中怪物。猴子们纷纷抛下兵器，放弃战斗，奔跑呼喊，有的上山，有的回洞。

大圣正在这儿打斗，突然发现营中的小猴们被惊散了，心里着急要去救他们。悟空赶紧掣棒，抽身就走，二郎真君看他要跑，大步赶上说道："哪里走！趁早归降，饶你性命。"大圣心系小猴，不理他，心急如焚地朝洞口飞去，却撞上了梅山六兄弟。大圣有些慌了手脚，赶紧把金箍棒变成绣花针藏在耳内，摇身一变，变成了一只麻雀，飞在树梢头。梅山六兄弟四处寻找，却找不到他的踪影。就在此时，真君追了过来，他圆睁凤眼，四处观看，你看他多厉害，一眼就识破了大圣的变化。

真君发现了麻雀，立即明白这是大圣变的。他心中思量道："什么鸟能吃麻雀呢？嗯，雀鹰！"于是二郎神撇了那三尖两刃枪，又放下了弹弓，摇身一变，变了一只雀鹰，抖开翅膀飞到树上就去扑打那麻雀。大圣一看说道："不好！原来二郎神也会变化，还变成了雀鹰，专门来吃我，你变雀鹰，那我就变成一只打鹚老。"大圣伸出翅膀一变，扑棱棱冲天而去，二郎一看，急抖翎毛，摇身一变，他又变作了一条大海鹤，钻上云霄去捉他。大圣一看他变成了大海鹤，就把身子按下，入了涧水之中，变作一只小鱼儿，淬入水内，二郎神赶紧飞起来追他，却没有发现大圣的踪影。

二郎神心中暗想：“这猢狲必然是下到水里变成了鱼虾，等我再变，拿住他。”二郎神又一变，变作一只鱼鹰，站在水流下游静静观察。那大圣变成了鱼儿，正在顺着水游，忽然就看见一只鱼鹰在那站着。大圣心里就想：“这是一只什么鱼鹰啊？有点儿像青鹞鸟，可是青鹞的毛是青的，这鱼鹰的毛不青啊；说他像鹭鸶，可是鹭鸶的头上长了一撮缨子，这鱼鹰的头上又没有缨子；看他又像老鹳，可是腿长得又不红。这鱼鹰什么都不像，想来是那二郎神变化的。”想到这里，悟空急转头，在水中打了个花儿就溜，二郎神看到这条鱼突然改变了线路，于是就仔细地观看：“这打花儿的鱼像鲤鱼，但尾巴又不同；像鳜鱼，身上有没有鳜鱼的花鳞；像黑鱼，头上无星；像鲂鱼，鳃上又没长针。见到我在水中还转了弯儿，必然是那猴子变的。”

二郎神想明白后，迅速追了上来，啄了大圣一口。那大圣蹿出水中，一下又变成一条水蛇游进了岸，钻入草中。二郎神急忙转身，又变成了一只专捉水蛇的朱绣顶灰鹤，张开长长的喙朝水蛇扑去。那水蛇一跃，又变成了一只花鸨鸟，这灰鹤就没法啄他了。二郎神这回不变了，现了原身，走过去把地上的弹弓拿起来，他把弹弓拽满，射向花鸨鸟的脚跟。但是，这个东西还打不伤大圣，大圣趁着这个机会一滚，就滚到了山崖之下。大圣爬起来，眼前正好有一块平地，心里想：“这次我变个什么呢？哎！有了。”他变成了一座庙宇，张开嘴变成了寺庙的门，舌头变成了庙里的菩萨像，眼睛变成了两扇窗户。这猴子跟人不一样，他还多条尾巴。这个尾巴变成什么呢？大圣一想，他把尾巴变成了一根又细又长的旗杆，竖立在庙宇的后面。

真君急忙赶到山崖之下，没找到花鸨鸟，却看到了一座庙宇。他放眼仔细观察，突然笑道：“这猢狲休想骗我，寺庙我见得多了，哪有在后面竖上一根旗杆的？一定是这猴子的尾巴变的，想哄我进去，一口咬住我，那我就先捣他的窗，再踢他的门。”大圣听到这里，心里暗想：“这可不得了，好狠好狠，那门是我的牙齿，窗子是我的眼睛，让他打了牙，捣了眼，那怎么行？”他立刻猛地跳起，冲入空中消失无踪。真君就在这儿找他，怎么找也找不到。梅山六兄弟过一会儿也赶了过来，也帮着一起找。四处望去，是无形无影啊！猴子去哪儿了呢？二郎神能找得着他吗？

第14集 火眼金睛

悟空和那二郎神大战了三百回合，胜负难分。悟空为了救猴子们，再次与二郎神展开激战。变到最后他凌空一跳，二郎神和梅山六兄弟就找不着他了。这个时候真君突然想起，李天王不是在天上拿着照妖镜在照着吗？他飞上云端见到天王，问道："天王，你曾见到那妖猴吗？"天王拿着照妖镜向四方一照，笑道："哈哈哈哈，真君，快去快去，那猴子使了个隐身法往你那灌江口去了。"二郎神立刻拿起他那三尖两刃神锋赶回灌江口。此时大圣已经飞到了灌江口，他在心里想："我叫你抓我，这回料你怎么也想不到我会躲到你庙里来。"

小朋友们，二郎神为什么住在庙里呢？人们一般到庙里是烧香拜佛。但是在灌江口，人们是去拜二郎神，因为二郎神负责守护这里的人们。

大圣迅速变成了二郎神的模样，按下云头进入了庙中。那真君手下的人都以为是他本人回来了，就磕头迎接：“爷爷你回来了。”然后又拿来吃的喝的给他。大圣正好累了，便坐下享用美食。悟空正在这儿吃着，忽然听到门外就有人喊：“你们看，外面怎么又有一个爷爷飞回来了？”“是啊是啊，这两个爷爷到底哪个是真，哪个是假呀？”这个真二郎神飞到庙门就问道：“有个什么齐天大圣来过这里吗？”“没见过什么大圣啊，就是里面也有一个爷爷。”

真君听明白了，走进庙宇。大圣见他来了，没想到他竟然找到了这里，便变回本来的样子说道：“二郎神，你这庙现在姓孙了，不姓二了，嘿嘿嘿嘿。”真君举起那三尖两刃神锋，劈脸就砍，猴王使个身法，躲过神锋，掣出绣花针幌一幌，碗来粗细。赶到面前，两个人是嚷嚷闹闹，打出庙门，半雾半云，且行且战，一直从灌江口又打回了花果山。梅山六兄弟见状便上来帮忙，他们七个围攻一个，但是不管怎么打，他们就是拿不下这猴王。

再说那灵霄宝殿之上，玉帝焦急地等待消息。二郎神出去打了一天了也没有个结果，他在那里一筹莫展。这个时候，观音菩萨合掌说道：“贫僧请陛下和道祖一起去南天门外看看如何？”玉帝听了观音菩萨的话，就带着各位神仙来到了南天门。他们一到，便看到战斗正酣。天兵天将布下罗网，四面围住了战场。李天王和哪吒手持照妖镜悬浮在空中，而二郎神则将大圣困在中间，双方激烈对战。菩萨又开口对老君说：“二郎神已经把那大圣围困，只是没有擒拿住他，我如今助二郎神一功，定能把那猴子拿住。”太上老君就问：“菩萨用什么兵器？怎么助他？”菩萨手持一只细细高高的瓷瓶，里面插有杨柳树枝。

菩萨说道：“我将这杨柳净瓶抛下去打那猴头，即便是打不死他，也会打他一个筋斗，教二郎小圣，好去拿他。”老君看了看说道：“你这瓶是个瓷器，准打到他倒好，如果打不着他的头，撞着他的铁棒，那不是打碎了吗？你切莫动手，还是叫我老君助他一功。”菩萨问：“那你有什么兵器？”老君说：“有，有，有。”老君撸起衣袖，从左胳膊上取下一个圈子说道：“这件兵器善于变化，水火不侵，能套诸物，名叫金钢琢，等我丢下去打他一下。”老君将金钢琢一丢，直接落在了花果山的营盘里，正中了大圣的头部。猴王正在苦战七圣，没想到天上会掉下来东西，瞬间立足不稳，摔倒在地。“啊，不好！”他翻身爬起来要跑，却被二郎神带着的细犬扑上，咬了一口腿肚子，又将他扯了一个跟头。大圣说道：“该死的畜生咬俺老孙。”悟空又要翻身爬起来跑，结果这一次被二郎神和梅山六兄弟一下扑上去按住，用绳索将他绑起，用勾刀勾住了他的琵琶骨。

小朋友们，琵琶骨是什么？是后背上的两块三角形骨头。不管是什么神仙，只要他的琵琶骨被勾住了，就不能再变化了。这下完了，猴子彻底被制住了，天兵们把他直接押到了天上的斩妖台。那斩妖台是专门处置犯罪的神仙鬼怪的地方，只要到了这个地方，谁也别想活着回来。玉帝传旨：“将那妖猴砍了！”刀斧手把他绑在降妖柱上，拿过一把大刀，轮圆了膀子，照着猴子的脖子，“当！”天神们吓得直眨眼睛，虽然他罪过大，但这毕竟也是一条生命，但是让大家感到意外的是这刀砍到脖子上，怎么会是这个声音呢？大家又睁眼观看，大圣说：“嘿嘿嘿，玉帝老儿，你这什么破刀啊？你在给老孙梳毛吧，哈哈哈！”原来刚刚的这一声是刀砍断的声。那猴子的脖子是毫发无损，那刀斧手又赶紧换来一把巨斧，他再次瞄准了悟空的脖子，抡起胳膊砍下去，天神们吓得又直闭眼睛，结果眼睛刚一闭，又听到“当！”一声，大圣又说：“哦哦哦哦哦，玉帝老儿，你这斧子在给老孙挠痒痒吧？嘿嘿嘿嘿。”那斧子也碎成几节，散落在地上。刀斧手又换来枪，又换来剑，但不管使用何种工具，那猴王都是毫发无伤，这可怎么办呢？

这时候火部众神奉命前来帮忙。他们放出熊熊大火，将猴王团团围住，烈焰蔓延，猴王的身影几乎被完全掩盖。等到火势渐渐减退，再看那猴子，他连个毛都没点着。孙大圣更是笑道："哎呀呀，这火好舒服，正好给老孙暖暖手、暖暖脚，嘿嘿嘿嘿嘿。"在场的天神们看到这一幕，心中越发惊惧。这如果要是把自己放在了斩妖台上，一番刀砍火烧下来，早就没命了。这猴子实在太不可思议了，初时不可一世，好不容易战胜他，却无法终结他。这个时候雷部众神也奉命前来助阵，他们纷纷释放成千上万道闪电，雷声隆隆，整个天宫回荡雷鸣之声，所有雷电都集中轰击猴王身上。

这一次雷劈下去，猴子终于静止不动了，天神们都瞪大眼睛盯着他，连大气都不敢喘。他们观察了许久，确信猴子已经死了，松了口气。可是这口气儿还没等喘匀，那猴子突然抬起头来，龇牙咧嘴地又笑道："哎，嘿嘿我还以为我死了，没想到，让这雷劈起来麻麻的还挺舒服，我也想死了就算了，可是怎么也死不了，真是对不起了，对不起了，我也不知道我怎么变得这么厉害啊！玉帝老儿，你还有没有更厉害的办法？快使出来呀！”

这猴子原来刚才一动不动，是在那装死逗人家玩呢。这些神兵实在拿他没办法，就如实禀告玉帝，玉帝问道：“这厮有这般本领，如何处置？”太上老君说道：“那猴儿吃了蟠桃，饮了御酒，又盗了仙丹，我那五壶丹有生有熟，被他吃在肚里，所以浑作金钢之躯，伤不着他，不如由老道把他领去，放在我那八卦炉里，用文武火炼他。炼出我的丹来，他也自然烧成灰烬。”

就这样，悟空被带到了兜率宫，扔进了八卦炉，老君让仙童点燃了火焰。刚开始的时候，这猴子没把这火当回事，可是烧了一段时间，他发现这个火和刚才在斩妖台上由火部众神放出的火不一样。他心想：“这火怎么这样厉害，好烫好烫，要是这样烧下去，岂不把老孙给烧化了？不行，我得赶快找找这炉中有没有不那么烫的地方。”他四处寻找，最终找到了一个位置，那正是炉子的风口。因为要让炉火燃起来，风必须有个地方进入，悟空便紧靠在风口旁边，心想：“这个地方不错，火小，只是烟大了点儿，不过在这儿躲着总不会被烧死。”这猴子实在可怜，一边受火烤，一边受烟熏，熏得他双眼不停流泪，他只能在炉中苦苦熬着、忍受着。

他没想到老君竟然将他炼了七七四十九天。猴子在炉中承受着极大的痛苦，已经快坚持不住了，受的这些罪还真不如死了好。老君在一旁计算时间，突然发现今天正好炼了七七四十九天，这丹应该快要炼成了。

老君走到八卦炉前，静听炉内没有任何声响，他心里暗自想:“怕是这猴头早已化成灰烬了。”他叫上仙童一起开炉取丹。然而，大圣正在这炉子里咬牙坚持着，几乎绝望，突然感觉炉内变得凉快了些。他抬头一看，发现炉门敞开，

高兴地一跃而出，喊道：“哈哈，老孙出来了！”他往四处一看，发现自己这两只眼睛往外冒金光。原来在炉中这么多天，金丹虽未炼成，但他的双眼已变成了火眼金睛。

在场的神仙一看，这八卦炉竟然未能炼死他，而且还给他炼出这一双火眼金睛，全都吓得魂飞魄散。他又扫了一眼八卦炉和周围的这些神仙，心头怒火中烧，高声宣称：“你们杀不了我，就把我闷在这炉子里这么长时间，看我今天怎么收拾你们！”于是“呼啦啦”地像疯子一样蹬倒了八卦炉，把周围那些架火的、看炉的神仙一个个全都一顿好打。他就像一头癫痫的白额虎，疯狂的独角龙。老君一看情况不妙，赶紧上前想抓住他，结果反被大圣一把拉倒，摔了个狗啃泥。没等太上老君施展法术，他脱身走了，从耳中掣出如意棒，迎风幌一幌，碗来粗细，依然拿在手中。这一次他毫不留情，见谁打谁，朝着灵霄宝殿的方向打了过去。他要干什么呀？他想大闹天宫，这天宫会被他闹成什么样呢？

思维特点

☞ 联想思维

1. 画面联想：听故事后，通过联想把场景用画笔再现出来。

2. 因果联想：因为太热，所以联想到悟空在小洞口处透气，每个洞口还冒着热气。

3. 名称联想：从“八卦炉”的名字，联想到炉子和太上老君衣服背后的图案。

培养孩子联想思维的益处：使两个看上去不相关联的事物建立联系，从而产生创新设想和成果。比如：发明家布伦特看到蜘蛛吊丝做网，联想到造桥，顿时恍然大悟，从而发明了吊桥。

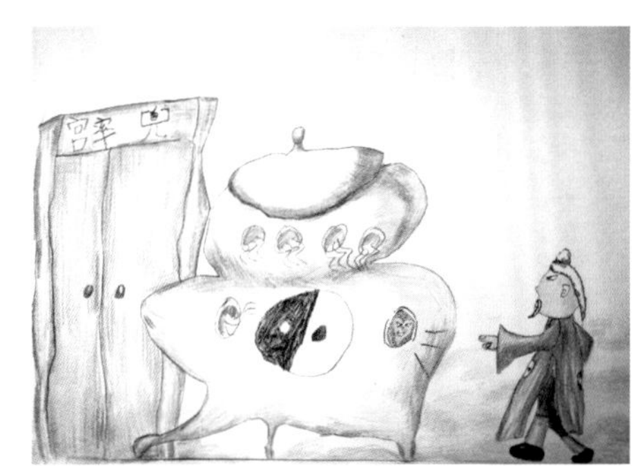

☞ 如何通过绘画培养孩子联想能力

1. 创造联想环境

抓住生活中的各种场景，比如孩子抬头看云，家长可以鼓励孩子联想："宝贝，你觉得这云彩像什么，它是怎么来的呢？"

2. 故事绘画

孩子听了喜欢的《西游记》的故事后，家长鼓励孩子画出最喜欢的画面，并带孩子联想故事中的各种情节。

3. 丰富生活经验

家长一定多带孩子去玩耍，玩沙子、玩水、玩泥巴、看蚂蚁窝、看蜘蛛、看猴子等，玩得多了，孩子脑海里的素材库才会丰富起来，更容易具备联想思维的基础。

☞ 整合思维

引导孩子充分利用可以利用的资源，把身边的资源整合起来化为己用。

如何通过绘画培养孩子的整合思维

1. 衔接引导

家长可以引导孩子画生活中的场景，比如画自己爱玩的游戏，自己爱看的电影，自己和家长友好相处的场景等。无论画得怎么样，孩子在不断的学习中都能培养起整合思维。

2. 生活实践

吃过大蒜的孩子，会把吃大蒜的动态、情绪画得更精彩，比如会故意把身体画得往后仰，好像是太过难吃想退缩一样。

第15集 大闹天宫

悟空被太上老君放到了八卦炉中欲炼成丹，但是没想到过了七七四十九天以后，竟然把他炼出了火眼金睛，还让他跳出了八卦炉。悟空暴怒之下，手持金箍棒直奔灵霄宝殿，无人可挡。以往难以匹敌的他，如今又得了火眼金睛的能力，狂暴异常，转眼间这猴子已经打到了灵霄殿外。

就在这个时候，只听一位天神高声呐喊："泼猴何往，有我在此，切莫猖狂。"谁呀？原来是佑圣真君手下的一位神将王灵官，他手持长金鞭，大圣见了他举棒就打，灵官鞭起相迎。两个人在灵霄殿前厮浑一处。一场好杀："赤胆忠良名誉大，欺天诳上声名坏。""铁棒凶，金鞭快，正直无私怎忍耐？这个是太乙雷声应化尊，那个是齐天大圣猿猴怪。”“苦争不让显神通，鞭棒往来无胜败。”

他两个斗在一处，胜败不分，佑圣真君心里担心王灵官不能抵挡太久，急派神兵前往雷府，请来三十六员雷将助阵。雷将们接到紧急求援，迅速赶至战场。他们看后吓坏了，之前在那斩妖台上用雷劈他的时候，那还是一只活脱脱的美猴王。这悟空从太上老君的八卦炉里炼了七七四十九天以后，你再看他现在不仅毛发尽焦，全身还被烧得乌黑如炭。他的战斗姿态已非往日的野猴，而是狂暴至极，再不出手那王灵官肯定完蛋。

雷神们围着悟空展开攻击，猴王发觉眼前敌人众多，稍显吃力。他摇身一变，变成什么呢？这次他学了哪吒，变成了三头六臂，金箍棒幌一幌变作三条，六只手使着三条棒，灵活无比地转着打，这么多神将不管怎么打就是靠近不了他，那真是：“光明一颗摩尼珠，剑戟刀枪伤不着。也能善，也能恶，眼前善恶凭他作。”“无穷变化闹天宫，雷将神兵不可捉。”

众神跟大圣在这儿斗着，灵霄宝殿中的玉帝心知王灵官和众雷将难以抵挡猴王的狂暴，百般无奈之下，玉帝喊出一句：“快去快去，到西方找如来佛祖。”

小朋友们，如来佛祖是谁呢？我们经常会看到有的人

烧香拜佛，佛当中最厉害的就是如来佛祖。他居住在西方极乐世界的灵山雷音寺。两位神仙立即腾空而起，飞向西方。他们来到雷音寺，详细向如来佛祖汇报了猴王闯的祸事。如来佛祖听罢，与两位神仙一同离开雷音寺。眼见如来佛祖到来，雷将们都停止了攻击，大圣也变回了原来的形态。他注视着如来佛祖，怒气未消地高声问道："老头，你是从哪里来的？敢来阻止我？"如来笑道："我是西方极乐世界释迦牟尼尊者，南无阿弥陀佛。今闻你猖狂村野，屡反天宫，不知你生在哪里，又在哪里学道，为何这等暴横？"

大圣说道："我本：'天地生成灵混仙，花果山中一老猿。水帘洞里为家业，拜友寻师悟太玄。'"哎哟！这猴子果然又作上诗了？这次遇到的可是如来佛祖，比十万天兵可要厉害，人家是来收拾他的，这猴子越是在这个时候，就越喜欢作诗。他那四句诗什么意思呢？就说他生在花果山水帘洞，然后又拜了师，学了道。他这个诗还越作越起劲儿。

这下又作出八句来，说道："炼就长生多少法，学来变化广无边。因在凡间嫌地窄，立心端要住瑶天。灵霄宝殿非他久，历代人王有分传。强者为尊该让我，英雄只此敢争先。"这几句诗是什么意思啊？他自信能够通过修炼获得长生不老的法术，能够变化多端。他认为自己实力强大，应该有资格成为玉皇大帝。

这猴子说完，把佛祖都逗乐了，说：“你是个猴子成精，怎么敢昧着良心要夺玉皇大帝的尊位呢？他从小修行，辛辛苦苦历过一千七百五十劫，每劫有十二万九千六百年，你算算他苦修多少年才能做到玉皇大帝的位置，为众生谋福啊？”

如来佛祖的话有道理，玉皇大帝是凭借漫长岁月中的不懈修行和为他人造福的坚持，才赢得了众生的尊敬。这猴子从生下来到现在净闯祸，那玉皇大帝如果让他做了，除了那帮猴子以外，谁服他呢？他接着又说：“不对、不对、不对，你说得不对，常言道：‘皇帝轮流做，明年到我家。’叫他搬出去，把天宫让给我就算了，他要是不让，我就把它搅乱，让它永远都不太平。”佛祖又问：“那你除了生长变化的法术，还有什么本领啊？”悟空说道：“我的手段多了，我有七十二般变化，万劫不老长生，会驾筋斗云一纵十万八千里，我怎么就做不得玉皇大帝。”

佛祖说：“哦，好好好，那我来跟你打个赌吧，你如果有本事，一个筋斗能跳出我这右手的手掌，就算你赢，就请玉帝到我那西方居住，把天宫让给你。如果你跳不出我

的手掌，你还回下界为妖，再修炼几劫，再来争吵。怎么样啊？”悟空一听，没忍住笑了，他心里在想：“这个如来佛祖好蠢呢，我老孙一个筋斗十万八千里，他那个手掌才多大呀！我不一下就跳出去了。”悟空感觉机会来了，就问如来：“你说话算不算数？能做得了主吗？”佛祖说：“做得！做得！”说完，如来把右手伸开，也就像一片荷叶那么大小。大圣收了如意金箍棒，抖擞神威将身一纵，站在佛祖的手掌中，郑重地说道：“我出去了。”

你看他一路云光无形无影的就去了，飞了好一阵子，大圣就看见前面有五根肉红色的柱子，他说道：“看来这路是走到头了，这下回去如来作证，那灵霄宝殿以后就是我来坐了，太好了，太好了，哎！不行不行，我得留下些记号，万一回去他们不承认赖账怎么办？”他拔下一根毫毛，吹了一口仙气，叫道：“变！”便化为一支浓墨双毫笔，在柱子中间写下了一行大字：“齐天大圣，到此一游。”写完，收了毫毛，刚要走，他又一想：“不行不行，万一他们抵赖说这字不是我写的怎么办？对对对，我在那第一根柱子下面撒他一泡猴尿，嘿嘿嘿。”他脱了裤子，哗啦哗啦，尿了好大一泡猴尿。尿完，翻转筋斗云又飞回原处。

他站在如来的手掌中说道：“我去了，又回来了，你让玉帝把天宫让给我吧。”如来笑话他说道：“哈哈哈，你这个尿精猴子，你并没有跳出我的手掌啊。”悟空说道：“你是不知道我已经飞到了天的尽头，见到了五根肉红色的柱子，我留了记号在那里，你敢跟我一起去看看吗？”佛祖说：“不用去，你只低头看看就知道了。”大圣他睁圆了火眼金睛，低头一看，发现佛祖右手的中指上正写着“齐天大圣，到此一游”，而大拇指下面还残留着一些猴尿的味道。

大圣心头一惊想：“啊？有这样的事，我明明将字写到了那撑天的柱子上，怎么却在他手指上？难道那五根柱子就是他的手指？”说道：“如来，我不信我不信，等我再去来。”于是大圣纵身又要跳出，结果，在场的天神谁也没有想到，那佛祖轻轻地把手翻过来，就那么翻掌一扑，把这猴王就推出了西天门外，五指化作了五座山连在一起，一下子就把猴子给压在这山底下。那猴子完全是没反应过来，都没想明白怎么回事，就已经被死死地压在五行山下。

玉皇大帝和天神们全都看呆了，如来佛祖也太厉害了，这就将那妖猴降住了。玉皇大帝叫神仙们大摆宴席好感谢如来佛祖。神仙们终于松了口气，他们边享受美食美酒，边畅谈。仙女们也跑出来唱歌跳舞。就在大家都玩得不亦乐乎之时，门外一个巡视的灵官赶来报道：“不好，那大圣在山底下露出头来了，再过一会儿可能会爬出来。”原本喜气洋洋的众神仙听到此言，顿时惊恐万分，手里的酒杯也放下了，嘴里的吃的也不嚼了。

大家心生惶惑，不禁担心起来：之前老君炼他未果，让他踢翻炉子，如今如来佛祖的山也未能压住他，会不会再次大闹天宫？若他再度冒出来，谁能够制服他？大家或将遭受他的金箍棒之苦，整个宴会陷入了沉寂。这个时候佛祖开口说话了：“不要担心，不要担心。”只见佛祖从那袖子中抽出一张帖子，上面有六个金字：唵、嘛、呢、叭、咪、吽。

这帖子上的六个字是什么意思呢？这是咒语，意在劝告大圣成为一只善良的好猴子。如来佛祖命令一位尊者把这帖子贴在五行山顶。刚一贴上去奇怪的事情就发生了：五指山如同大树生根于地，坚固地扎根，并且山上的裂缝也愈合了。再看那大圣，原本以为自己就要出来了，却发现山像是一把大锁将他紧紧囚禁，说道：“怎么变重了？怎么变重了？如来，如来，你骗我！说好的如果我输了就下界为妖，过几年再上天找你，为什么用一座山把我压住，让我动都动不了。”在天宫的宴会结束后，如来佛祖亲自来到了五指山，与当地的土地神商议对策，嘱咐他说道：“等他饿了的时候给他些铁丸子吃，等他渴了的时候，把那铜熔化成汁给他喝，他在这山下受惩罚，保护好他，到了时候自然会有人来救他。”

五指山的土地神答应了佛祖，佛祖就回了西方。不过，悟空要在这山底下压多久啊？会有什么人来救他呢？

第16集 寻取经人

如来佛祖将悟空压在五行山下，安排土地神照顾他后，就回了西方雷音寺。那雷音寺里可不止一位佛祖，那里还有佛三千位、罗汉五百位，还有无边菩萨、八大金刚，他们都在那儿等着佛祖归来。佛祖回到雷音寺后向众人讲述了悟空的事迹，大家为人间和妖魔们的命运担忧，想着怎么能让他们更善良一些，多做些好事，免得像那猴子一样被压在五行山下受惩罚呢？这个时候佛祖说话了："我这里有三藏真经，一共有一万五千一百四十四卷。这天下四大部洲中，南赡部洲的人更喜欢争斗，我需要找一位法力高的尊者，去南赡部洲找一个善良的人，让他历经千山万水来我这里求取这三藏真经，然后再带回去劝那里的人们弃恶扬善。”

小朋友们，这三藏真经是什么呢？即如来佛祖记录自然规律的经典。若人们按照其中的教义行事，便能成为善良之人。但是如来佛祖神通广大，为什么不亲自飞往南赡部洲交付真经呢？这佛祖真会教人，若轻易将真经送去，那里的人们就会觉得，这是什么破书，得来得太容易，有什么好学的呢？但是寻找一个取经人，历尽千辛万苦来到雷音寺把它求取回去，那人们就会觉得这经书肯定是宝贝，要不然那取经人怎么会跑那么远的路把它取回来呢？

小朋友们，你看佛祖这个办法好吗？佛祖那边话刚问完，就听到一位尊者回应道：“弟子不才，愿意去东土寻找一个取经人来。”大家抬头看过去，只见这位尊者身着轻纱袍，衣上系有碧玉纽扣，下身穿着丝绸织的裙子，腰间悬挂金链，身上闪烁着万道金光。仔细观察，他的眉毛像弯月，眼睛明亮像星星。最神奇的是他的面容能变化，或为男子，或为女性，抑或是威猛的金刚或慈悲的菩萨。他手持一只白色瓷瓶，里面插着杨柳树枝。

那就叫：“碧玉纽，素罗袍，祥光笼罩；锦城裙，金落索，瑞气遮迎。眉如小月，眼似双星。玉面天生喜，朱唇一点红。净瓶甘露年年盛，斜插垂杨岁岁青。”

这是谁呢？他是落伽山上慈悲主，潮音洞里活观音。原来是观音菩萨，如来佛祖见了，心中高兴地说："别人也真的是去不得，还真得观音尊者神通广大才能去得。"菩萨问道："弟子去东土，佛祖还有什么吩咐的吗？"如来说："你这一路要飞得低一些，看看哪里的路难走，好帮助那取经人，我送你五件宝贝。"佛祖说着取出了一件锦襕袈裟，还有一根九环锡杖给了菩萨，又说道："那取经人如果决心来我西方雷音寺，穿上这袈裟，手持着锡杖，妖魔鬼怪就

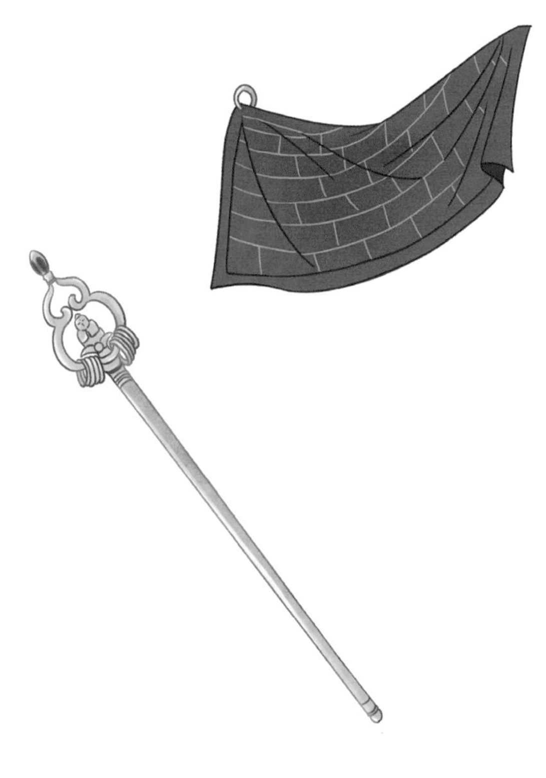

伤害不了他。”菩萨伸手领了过来，如来又取出来三个箍。

小朋友们，什么是箍呢？这箍是可以套在脑门上的装饰品，有点像铁圈，佛祖把这箍递给菩萨，说道：“这宝贝叫紧箍，如果你路上碰到了神通广大的妖魔，先劝他学好，给那取经人做个徒弟。如果他不听使唤，就把这箍戴在他头上，我再把咒语交给你，到时只要你念一念咒，他就会头痛欲裂。”观音菩萨上前学了咒语，拿好这些宝物，带着木吒飞往南赡部洲。

师徒二人正在云间飞行，突然他们看见前方地面上有一条大河横亘在取经人要走的路上，观音菩萨说道：“徒弟，这里的路十分难走，那取经人是个凡人，他怎么能渡得了这样的大河呢？”木吒问道：“师父，那你看看这河有多远？”菩萨停住，仔细一看，这河叫流沙河，那是：“洋洋浩浩，漠漠茫茫。”“径过有八百里遥，上下有千万里远。”

什么意思呢？河岸相距八百里，从河岸往对面望去，根本看不到边界，不知道的还以为这是大海。这水面不仅规模宏大，而且异常险恶，波涛汹涌，水中草木皆无，看着好怪。菩萨正在这儿看，忽然听到河中“噗啦”一声。水波里跳出一个妖魔来，长得是十分丑恶，身上是“青不青，黑不黑，晦气脸色；长不长，短不短，赤脚筋躯”。这妖怪长得个子不高，还光着个脚丫子，“獠牙撑剑刃，红发乱蓬松”。他长了一脑袋红毛，“一声叱咤如雷吼，两脚奔波似滚风”。那怪物上了岸就想捉菩萨，木吒举起铁棒迎了上来，两个在那流沙河边展开了场恶杀，真个惊人：“木叉浑铁棒，护法显神通；怪物降妖杖，努力逞英雄。”“那一个威镇流沙施本事，这一个力保观音建大功。”“那个降妖杖，好便似出山的白虎；这个浑铁棒，却就如卧道的黄龙。那个使将来，寻蛇拨草；这个丢开去，扑鹞分松。只杀得昏漠漠，星辰灿烂；雾腾腾，天地朦胧。”

他们两个来来往往打了数十个回合，不分胜负，这怪物突然架住了铁棒，问了一句话：“你是哪里来的和尚，敢来与我为敌？”木吒道：“我是托塔天王二太子木吒慧岸行者，今天保我师父往东土寻取经人，你是什么妖怪敢在此大胆拦路？”那妖怪突然醒悟问：“啊？你的师父是观音菩萨？”木吒说：“那岸上不就是我的师父。”怪物一听“当啷”一声，就把手中的宝杖扔到一边儿去了，随着木吒赶紧来到了观音面前磕头下拜，说：“菩萨，饶恕我的罪吧。我不是妖仙，我原本是那灵霄殿上的卷帘大将，只是因在那蟠桃胜会上一不小心打碎了琉璃盏，玉帝打了我八百杖，又把我贬到人间来，就变成了这般模样。这还不算完，每过七天就放飞剑下来刺我的胸膛，扎我的肋骨，每次都要扎一百多下来惩罚我。所以我很痛苦，在这流沙河里我又冷又饿，每过两三天我就跳出这河面吃一个人。没想到，今天冲撞了大慈大悲的菩萨呀！”

菩萨说道：“你在天上有罪，被贬到这里又这样杀生，那不是罪上加罪。如今我领了佛旨，要去东土寻一个取经人，你入我佛门吧。在这里等那取经人到来，给他做个徒弟，保那取经人到西方拜佛求经，我叫天上的飞剑不再来刺你怎么样啊？”这妖怪忙说：“菩萨，我愿意听您的教诲入佛门。只是这些日子我吃人无数，有不少取经的人也被我吃了，吃剩的头骨我都扔到这流沙河中，一般的骷髅头都会沉到水底，只有九个取经人的骷髅头会浮到水面上来。我觉得奇怪，就拿绳子把它们串在一起，挂在脖子上，只怕那取经人听说了以后，不敢来我这里。”菩萨继续说：“那你就从今天起不再伤人性命，专心等那取经人，我再为你取个名字。你在这流沙河中，不如就姓沙，再送你个法名叫沙悟净，你就叫沙悟净如何呀？”悟净高兴地说：“好好好，谢菩萨！”

师徒二人辞别了沙悟净，继续向东飞行。飞了多时，又见前面一座高山，山上弥漫着浓郁的恶气，看起来难以攀爬。他们正想要驾云过山，突然一阵狂风起，又闪出一个妖魔来。他长得十分凶险，那是：“卷脏莲蓬吊搭嘴，耳如蒲扇显金睛。獠牙锋利如钢挫，长嘴张开似火盆。”

什么意思呢？就说他这个鼻子长得像莲蓬一样，往上撅着，嘴角下垂，耳朵像蒲扇那么大，眼睛闪烁着凶光，牙齿锋利，长得有点儿像头猪。他撞上来，不分好歹，望着菩萨举钯就打过来，木吒大喝一声：“那泼怪休得无理，看棒。”两个在山底下一冲一撞，赌斗输赢。又是一场好杀：“妖魔凶猛，惠岸威能。铁棒分心捣，钉钯劈面迎。播土扬尘天地暗，飞砂走石鬼神惊。九齿钯，光耀耀，双环响亮；一条棒，黑悠悠，两手飞腾。”“一个在普陀为护法，一个在山洞作妖精。这场相遇争高下，不知那个亏输那个赢。”

他们两个正杀到好处，菩萨在半空中抛下莲花，隔开了钯杖。怪物一看莲花，心里有点儿惊，他就开口问道：“你是哪里的和尚，敢用莲花来哄我？”木吒说：“我是南海观世音菩萨的徒弟，这是我师父抛来的莲花。”怪物一听，“哐当”一声，把那钉钯扔在了一边，赶紧给木吒来行礼，问：“老兄，菩萨在哪里啊？麻烦你带我去见一见吧！”木吒仰头一指说：“那不是？”怪物赶紧磕头说：“菩萨，恕罪恕罪啊！我本是那天河里的天蓬元帅，就是因为喝了酒，看嫦娥仙子长得好看，就想让她给我当老婆，玉帝知道以后把我贬下凡间。我投胎的时候一不小心又走错了路，结果错投成了猪胎，就变得跟猪一样。”

菩萨说：“如今我领了佛旨去东土寻取经人，你可以给他做个徒弟，保他去西天取经，将功折罪，管教你消灾脱难。”妖怪一听有这个好机会，满口答应说：“我愿意去，愿意去。”菩萨对待这妖魔，也像对待沙悟净一样，为他起了一个姓，因为他长得像猪啊，就让他姓猪，又赐给他一个法名叫悟能。从此，他就有名字了，猪悟能。这猪悟能看到希望了，就答应菩萨，专心等候那取经人的到来。菩萨与木吒辞别悟能，继续往东飞行，正飞着，就看天空有一条白龙在那里惨叫，这是怎么回事啊？难道菩萨也会让这白龙保护取经人吗？

思维训练问答

训练孩子主动学习的思维

1. 只要唐僧能真心愿意到西天来取经，如来佛祖就愿意把真经给他，让他来学习佛法。试想，爸爸妈妈有没有做的不如如来佛祖的地方呢？比如父母有时候可能会限制孩子学习某些他们认为不适合或不重要的东西，即使孩子非常有兴趣并且愿意努力。如果有类似经历，请说出来听听吧。

2. 南赡部洲的人如果不自愿前来取经，佛祖是不会主动交给他们的，也不会强迫他们接受真经。只有在他们愿意接受教诲时，佛祖才会把真经给他们，佛祖多会教育人呢。大家觉得爸爸妈妈在这一方面上有没有不如佛祖的地方呢？父母可能会强迫孩子学习他们认为重要但孩子不感兴趣的东西，而不考虑孩子的意愿。如果有类似的经历，请说出来听听吧。

3. 佛祖故意让唐僧走了很远很远的路，经历重重困难，才会把真经让他带回去学习，他是想让南赡部洲的人珍惜真经的来之不易。那如果唐僧把真经带回来，咱们可得好好学呀。在这一点上，爸爸妈妈做的有没有不如佛祖的地方呢？

比如说，爸爸妈妈把所有孩子需要的东西一下就买来，让孩子觉得这些东西得来得太容易了，最后弄得小孩对学习都不珍惜了。如果有类似的经历，也说出来听听吧。

故事中的家教思维

在孩子学习方面，最重要的是要培养孩子对学习的主动性。但是，很多家长不会培养。家长在这个方面常犯的错误有两个。第一个错误，他们不懂得怎么去激发和保持孩子在学习上的兴趣。第二个错误，父母在学习方面给孩子的东西太多了，孩子要1，家长给10，孩子对知识和学习条件不珍惜。那么孩子通过努力获得自己想要东西的主动性就消失了。

《西游记》中有个片段，如来佛祖想度化南赡部洲的人，他没有直接派一个高僧去讲述佛法，而是命唐僧历经八十一难前来求取。这部分内容与刚才说的思维相通，围绕着这部分内容，我们可以跟孩子做一些讨论。

第一个问题，家长可以问孩子，如来佛祖只要唐僧肯真心地愿意到西天来取经，肯接受那些磨难，他就把经文给他，教他佛法。那爸爸妈妈有没有做得不如如来佛祖的地方？比如有什么东西你特别想学，他们不给你机会、不让你学的？这个问题能让我们在这个点上跟孩子有更深一步的交流，同时也是对自己的一个反省。

第二个问题，我们可以跟孩子讨论，佛祖想传真经给南赡部洲的人时，如果你不想要、不来取，佛祖是不会给你的，他也完全不会硬塞给你的。佛祖很会教育人，爸爸妈妈在这一点有没有做得不如佛祖的地方？比如你不想学，你不需要，但是他们硬塞给你，非得让你学的，有没有这种情况？这个问题一讨论，伴随的争议就大了。因为孩子肯定会说很多是你硬塞给他的，这就是很多父母行为不当的地方。

其实孩子对任何新的学习内容都是有好奇心的，但由于每个孩子间存在差异，理解能力和天赋的不同，会使有些孩子对有些学科、有些东西接受起来比别人慢很多。然而，家长常常面临各种压力，总希望孩子能达到他期望的那个标准。因此不可避免地可能会施加过多的学习要求，这恰恰会消耗孩子的好奇心，起到相反的作用。

第三个问题，家长可以跟孩子讨论讨论，如来佛祖让南赡部洲的人得到经文的办法是让他们历尽千辛万苦，显示了佛祖在教育人方面的智慧。只有受苦、受磨难，然后再给予相应的学习条件，这样南赡部洲的人才会觉得这是他们自己奋斗来的，才会加倍珍惜。

爸爸妈妈在这一点上有没有做得不如佛祖的？比如，是否轻易满足孩子所有的学习条件，让他觉得这都是理所应当就应该拿到的，没有给他受苦、奋斗的机会，最后导致孩子对什么都不珍惜了。这个问题对很多的家庭反思教育方式都有价值。

思维特点

☞ 空间思维

1. 角度空间：侧面、背面、倒立面等形象从不同角度出现在画面中。

2. 画面空间：在画面的左、中、右、近处、远处等都分别刻画了不同形态。

培养孩子空间思维的益处：对方向、空间等有更敏锐的感受力，更强的方位感以及从不同角度分析问题的能力……

如何通过绘画培养孩子空间思维

1. 听场景丰富的故事

大嘴飞老师在《西游记》中描述景色时几乎都运用了空间思维，如第一集《猴王出世》描写山的神奇："山上有……山下有……洞中有……"

2. 空间词汇

孩子画画时，常用空间词汇引导："它的左边有什么？右边有什么？上面有什么？远处有什么？"

3. 空间游戏

多玩建构游戏，如积木、拼图等。

第17集

唐僧西行

观音菩萨带上木吒往东去了南赡部洲寻取经人，在路上收了沙悟净和猪悟能，让他们专心地等待取经人的到来，并护送取经人去西天取经。又往东去的时候，忽然看见天上有一条发出惨叫声的白龙，这位以救苦救难为责的菩萨飞上前去问他：“你是哪里来的龙？怎么在此受罪？”白龙说：“我是西海龙王敖闰的儿子，因为一时愤怒，烧毁了龙宫的明珠，那明珠是玉帝赐给我父王的，父王把这件事告诉了玉帝，玉帝就把我吊在空中，打了我三百杖，过不了几天就要把我杀了，希望菩萨救我，救我呀！”

观音菩萨一听，可怜这小白龙，便想要施救，他即刻飞往了灵霄宝殿，见到玉帝以后，菩萨说道：“贫僧领佛旨去东土寻取经人，路上碰到一条被悬吊空中的白色孽龙，恳请玉帝饶他性命，赐与贫僧，叫他变作一匹白龙马，驮那取经人西去。”听到观音菩萨的请求，玉帝不好拒绝，立即命令天将放走小白龙，并送到菩萨处。小白龙感激不尽，在菩萨把希望他给取经人做白龙马的这个事儿跟他说了一遍之后，毫不犹豫地答应了菩萨。菩萨又在去西天的路上找了一片深水，让小白龙潜在这里，等待那取经人的到来。

小朋友们，想一想取经人西天取经的画面：取经人骑着一条白龙，旁边又跟着一头猪，还有个沙悟净。我看他们不管走到哪儿都得围上一群小朋友，以为他们要表演节目，谁能看出来他们是要取经？真希望赶紧找到这取经人，看看会发生什么？菩萨带着木吒又往东去，不多时便见前面金光万道，瑞气千条，木吒说道：“师父，那放光的地方是五行山了。”

什么？五行山？那猴子不是被如来压在五行山下吗？菩萨这一路走来是见一个救一个，他不会也会救这猴子吧？就见菩萨缓缓地飞到山顶，对木吒感叹道：“这妖猴当年何等威风，十万天兵都不曾拿住他，只因他闯下大祸，被如来佛祖压在这山下已有五百年了，可怜，可怜呐。”菩萨这番感叹被山下的猴子听见了，他高声叫道：“是谁在山上说我的坏话呢？”菩萨飞起来对他说道：“姓孙的，你认得我吗？”大圣睁开火眼金睛，点着头高叫道：“哦哦，我认得，认得，你不是南海的观世音菩萨，没想到今天终于有个人来看我。菩萨，你从哪里来呢？”

菩萨说：“我奉佛旨去东土寻找取经人，经过此处，特来看你。”悟空说：“菩萨，那如来哄了我，把我压在这山下五百多年了，我老孙已经知错了，菩萨菩萨，今天你能不能救救我呀？”菩萨说：“你这厮罪业深重，救你出来，恐你又生祸害，反为不美。”悟空又说：“菩萨，我已知错了，希望你帮我指条门路，我愿意改掉错误，好好修行。”菩萨说：“你既然想改过，等我到了东土大唐国寻一个取经人来，叫他来救你，你可以给他做个徒弟，保他去西天取经，你愿意吗？”悟空马上说：“愿去愿去。”观音菩萨还真的是来救他的。菩萨让悟空在五行山底下等待取经人的到来，那取经人一来他就自由了。这下取经的队伍里又多只猴，这更热闹了，取经人骑在龙身上，猴又骑在猪身上，真遇到给小朋友表演节目的时候，沙悟净就在那敲锣打鼓收钱。看来这西天取经，还真是个挺有意思的事。希望菩萨快点儿寻到取经人。菩萨和木吒告别了悟空，继续向东飞行。

不到一天，他们就来到了南赡部洲的长安大唐国。这

大唐国有一位皇帝，皇帝担心的事情和如来佛祖是一样的，他也觉得南赡部洲的人太愿意争斗，有的人喜欢做坏事儿，这怎么能让他们变得更善良呢？他想出了一个办法，他从这大唐国选出了一位极具才能的高僧，就让他给这里的人们宣讲佛法。小朋友们，佛法是什么呀？佛法跟须菩提祖师讲的道法差不多，都旨在教导人们了解自然规律是什么。

这一天菩萨就看那高僧正在给大家讲经说法，他一眼就认出了这位高僧，他是谁呢？他上辈子是如来佛祖的徒弟，名叫金蝉子。当年在佛祖讲法时，他曾因打瞌睡而被贬到人间重新投胎。他出生后又好好修行，成为一位高僧。但是上辈子的事，就是妈妈把他生出来以前的事儿，他想不起来了，也不记得自己叫金蝉子。这辈子他有好几个名字，有人叫他玄奘，有人叫他唐三藏，还有人叫他唐僧。菩萨心里想："让他做取经人最合适了，但是我怎么既能让大唐的皇帝派他去，又能让他自己心甘情愿地去呢？毕竟去那西天路途遥远，路上有数不尽的妖魔鬼怪，普通人没有这样的胆量。"

菩萨灵机一动想出个办法。他和木吒两位摇身一变变成了两个和尚，他们手持如来佛祖给的锦襕袈裟和九环锡杖，就来到了唐僧的门前，他们两个就开始吆喝了："袈裟袈裟，袈裟价值五千两，锡杖价值两千两。”这菩萨怎么还卖上东西了，还卖得这么贵，这是个什么办法呢？这就能让唐僧心甘情愿地去西天取经吗？在屋里听到外面传来的吆喝声，大家纷纷跑出来看热闹，哪有这么贵的袈裟，这么贵的锡杖啊？皇帝和唐僧也跟着大家一起跑出来了，众人议论纷纷，这时候皇帝开口说话了：“你这袈裟哪里好啊？怎么就值这么多钱呢？”

菩萨变成的那和尚，就说道：“我这袈裟呀，龙要是穿在身上，那大鹏鸟都不敢啄它一下；仙鹤要是穿在身上，那它就会变成神鸟；人要是穿上往那儿一坐，神仙看见他都得给他行礼，站起来那么一走，佛和仙都得跟随在他的身边。我这袈裟是仙女用冰蚕吞的丝织成的，上边儿还镶满了宝珠，手持这柄九环锡杖，身穿这件锦襕袈裟，走在山川之中豺狼虎豹也怕你，游入海中那鱼龙龟鳖也躲着你，穿着它不入地狱，不遭毒害。”

大唐皇帝一看这家袈裟确实好，毅然决定购买。他说道：“我大唐有位高僧讲经说法，教化这里的子民，我要把这两件宝物送给他。”木吒站在旁边一看，袈裟和锡杖就这样被观音菩萨给卖出去了，他都看傻了。他跟随菩萨多年，平时菩萨都非常庄严，怎么也没想到今天这菩萨变成了个疯和尚，而且还成功地将宝物卖给了皇帝。他内心忍不住想笑，但又不敢笑，怕破坏了菩萨这个计划，把他憋坏了。

既然皇帝都要买了，菩萨又说："既然是宣扬佛法，教化众生，那么这袈裟和锡杖我就不要钱了，送给你。"唐王一听就说："这怎么能行？要给钱，要给钱。"但是，菩萨无论如何都不接受。最后皇帝高兴地接受了宝物，随后将它们转交给了玄奘。玄奘穿上了袈裟，伸手再接过那九环锡杖。众人一看，这哪里像人间的僧人呢？这简直就是天上的罗汉菩萨下凡，唐僧谢过皇帝，转过身来，刚要感谢那两位和尚，菩萨已经和木吒飞上高台，踏上祥云，现出了原身。众人一看是观音菩萨，纷纷跪地磕头，口中念道："南无观世音菩萨！南无观世音菩萨！"菩萨在空中开口说道："礼上大唐君，西方有妙文。程途十万八千里，大乘进殷勤。此经回上国，能超鬼出群。若有肯去者，求正果金身。"

菩萨说的什么意思呢？就说在西方有三藏真经，距离这里有十万八千里远。你如果能辛辛苦苦地去把它取回来，就可以教化这里的人变得善良，不光人善良了，这里的鬼都会变得善良的，如果谁愿意去，他自己也能修炼成佛。唐朝皇帝赶紧就问道："谁愿意领朕的旨意去那西天拜佛求经？"唐僧心里一想："皇帝刚刚把那最好的宝物都送给了自己，这是多相信自己呀，而且自己穿着这袈裟拿着这锡杖去了西方，遇到危险都能躲避过去，我应该为大唐国的人们去西天求经。”他上前向皇帝行了礼，说道：“贫僧不才，愿意为陛下去西方求取真经。”这太好了，菩萨的办法成功了，他终于找到了取经人。

过了几天，唐僧带上两

名随从人员，骑上一匹白马，就告别了大唐唐王和臣民。走了几天以后，他们碰见了一座拦住去路的山岭。小朋友们，这会不会是压着悟空的五行山呢？难道今天唐僧要把这猴子救出来了？但如果是五行山的话，以猴子的机灵，他应该能听到他们走过来，他要是听到了，早就喊了，到底是不是五行山呢？

山上没有路，道路很艰难。他们走着走着，突然脚下一软，玄奘和两个随从连同那匹马掉入了一个深坑中。他们还没反应过来怎么回事儿，就听在那坑中，不知道谁在那咆哮：“把他们给我带上来。”这吼声刚落，四周就狂风滚滚，蹿出五六十个妖怪，迅速将他们三人拖进去。唐僧被吓得是战战兢兢，他偷偷观察，上面坐着个魔王，长相凶恶，它长得是“锯牙舒口外，凿齿露腮旁”。小朋友们，剑齿虎看见过吧？他那个牙就跟剑齿虎一样。唐僧再细看，他“钢须稀见肉，钩爪利如霜”。唐僧又看到了什么？就说嘴旁的须子如钢丝，手上的钩爪像老虎的爪子一样锋利。唐僧吓得魂飞魄散，两个从者吓得是骨软筋麻。哎呀！观音菩萨给他辛辛苦苦找了几个神通广大的徒弟，但还没见面就面临这般危险，唐僧和他的两位随从，还有那匹白马，将会面对何种命运呢？

第18集
收孙悟空

唐僧和他的两名随从走入一座山岭之中的时候，落入了妖洞，五六十个妖怪把他们捉了上去以后，他们看见了那妖王，吓得都是战战兢兢，骨软筋麻。妖怪们先把两名随从摆到了桌子上，他们围在一起。唐僧不敢看，只听到一些动静，妖怪们把两个随从吃了，就像老虎吃羊羔一样，连骨头都嚼得干干净净。唐僧长这么大，哪儿看到过这样的场景，一翻白眼儿几乎吓晕过去了。

到了第二天早晨，唐僧醒了过来，他昏昏沉沉，也分不清这东西南北，也不知道自己是死了还是活着。就在他思索之际，他面前突然出现了一位老爷爷，手里面拄着一根手杖，走上前来，帮唐僧把身上的绳索解开。唐僧这时才意识到自己还活着。他赶紧跪在地上对这位老人说道："多谢多谢，多谢老公公的搭救。"那老人拿起手杖往旁边一指，对玄奘说道："你看，那里有一匹马，两个包袱是不是你的呀？"三藏回头一看，发现自己的东西还在。松了口气后，他向老人述说昨天与魔王相遇的经过。老人说道："啊！那个魔王是一只老虎精，其他的妖精都是这山中的山精树鬼，怪兽苍狼。你跟我来，我把你带上路。"紧接着，老人把唐僧带出了坑中，唐僧刚要回头感谢他，那老爷爷突然化作一阵清风，跨上了一只红顶白鹤，腾空而去，只见那风中飘下了一张帖子，玄奘拿过来一看，上面写了四句话："吾乃西天太白星，特来搭救汝生灵。前行自有神徒助，莫为艰难报怨经。"

这话是什么意思呢？原来上面说的这位老人是太白金星，小朋友们，太白金星咱们都知道吧，之前救过悟空好多次，这次又来救唐僧了。帖子上还告诉他要勇敢地西去，前面有神通广大的徒弟等着保护他。三藏看完帖子，对着天又拜了拜，他感谢太白金星帮他渡过此难。拜完之后，他牵着马继续前行，一边走，一边看着山岭中的风景，这里的风景还真的不错："寒飒飒雨林风，响潺潺涧下水。香馥馥野花开，密丛丛乱石磊。闹嚷嚷鹿与猿，一队队獐和麂。

喧杂杂鸟声多，静悄悄人事靡。”

但是，这唐僧昨天晚上被吓着了，他走起路来还是战兢兢心不宁，那马儿力怯怯蹄难举。艰难跋涉了一整天，终于越过山岭，却发现前方又是一座高大的山峰。真个是“高接青霄，崔巍险峻”。三藏又往前走，人还没走到跟前，便听到那大山脚下有人喊：“师父来了，我师父来啦。”哈哈，小朋友们，唐僧终于碰到那猴子了，他心里也高兴，沿着声音赶忙前去，果然见到孙悟空露出头来，手挥乱舞，喜道：“师父，你怎么才来呀？来得好来得好，救我出来，我保你西天去啊！”唐僧着急，走得再近些，想看看自己第一个徒弟到底长什么样。仔细一看，哎哟！这猴子脑袋要是不动弹，还以为是一团杂草呢！

他在那压着五百年了，脑袋上本来毛就多，再落点儿土，下点儿雨，那脑袋上全都是花花草草，那可真是：“头上堆苔藓，耳中生薜萝。鬓边少发多青草，颔下无须有绿莎。眉间土，鼻凹泥，十分狼狈；指头粗，手掌厚，尘垢余多。”就那一双火眼金睛，那是挺好看，滴溜溜地转，看着唐僧。唐僧就觉得自己怎么会有这么个徒弟，这也太怪了。唐僧就问他：“你怎么被压在这里呀？”悟空将他大闹天宫那些事说了一遍，三藏听了觉得这也太神奇了，这世上还会有这样的事儿，而且齐天大圣就在眼前，将保护自己前往西天取经。

唐僧就对他说："好好好，既然你愿意保我去西方，可是我手里没有斧凿，怎么把你挖出来呢？"悟空说："这山顶上，如来贴了一张帖子，你只要把那帖子摘下去，我就出来了。"唐僧心里就想："压住他的是这座大山，那个帖子很轻，摘它能有用吗？"唐僧就半信半疑地往山顶上爬，刚到山顶，就看见那帖子金光万道，瑞气千条。他刚想走上前去把他揭下来，但心里又一想："这猴子如果真的是菩萨安排给我当徒弟的，那倒是好，可是如果他是妖怪的话，我不是被他骗了，不行不行，这帖子我不能上去揭。"

这时候他想出了一个办法，唐僧跪在地上，面向帖子拜了几拜，又朝着西天佛祖的方向，嘴里念叨着："弟子陈玄奘去西天拜佛求经，如果这神猴真的是我的徒弟，就请佛祖把这帖子摘去；如果他是个凶顽怪物，那帖子就贴在那里不要动。"说完，他朝着帖子又拜了拜，就闻得天上飘来一阵香风，瞬间将帖子吹入空中。唐僧这下安心了，看来这真是菩萨给自己安排的徒弟。他赶紧下了山来告诉猴子这好消息，那猴子听了更是高兴，就要自由了。五百年了，今天终于要自由了！

他对师父高声喊道："师父，你走开些，看我就要出来了！"唐僧就往旁边走了几十步，猴子又说："不够不够，走得远些，远些。"唐僧骑着马又走，走出了能有五七里那么远，猴子还在那儿喊："再远些，再远些。"三藏又走了很远，刚想回头看一看，突然听到轰隆隆的响声，仿佛是山崩地裂，三藏简直不敢相信这猴子有这样的神力，那山都压不住他。唐僧正在这吃惊地张望，那猴子已经"嗖"地一下飞到他的马前，跪下拜道："师父，我出来了，我出来了。"唐僧觉得这猴子太神奇了，他有太多的问题想问他，又不知道说什么好，就先问他："那你姓什么呀？"悟空说：

"我姓孙。"唐僧说："哦！姓孙，那我再给你起个法名吧！"悟空答："哦，不用不用，师父，我有个法名叫悟空，我叫孙悟空。"唐僧说道："哦，有法名啊！那怎么办，我再给你起个混名吧，叫行者，你看好吗？"悟空高兴地说："好好好，那以后我又多个名字叫孙行者。"

悟空就高兴地赶紧给师父收拾行李，牵着马往前面走，师父就坐在马背上，高兴地在后面看着他，心里欢喜有了这么厉害的一个徒弟，两个人高高兴兴，有说有笑。走了没多长时间，忽然在路上遇见了一只拦路的猛虎。三藏骑在马上有点儿怕，但他也不是很怕，因为他知道他这个徒弟还是有些本事，行者站在那儿笑着说："嘿嘿，师父别怕，他是给我送衣服的。"玄奘不懂他在说什么，老虎怎么给他送衣服呢？行者从耳中拿出金箍棒，幌一幌，碗来粗细，笑道说："这宝贝五百年我都不曾用过它了，今天拿出来用一用。"

他拽开步子往前走，老虎看见它，趴在地上，动都不敢动一下，悟空照着他的脑袋一棒子下去，打得脑浆迸万点桃红，牙齿喷几点玉块。老虎虽然没吓着玄奘，但这猴子打老虎却把那玄奘吓得从那马上滚下来了。他叫了一声："天哪，天哪！"他没想到那老虎是百兽之王，它咬死一只猴子那很正常，可谁听说过猴子一棒子把老虎打死的，他觉得他这个徒弟实在是太可怕了。悟空把那老虎拖过来，又把虎皮扒了下来，围在腰间做了一条虎皮裙。虎皮裙围好，他又背着行李给师父牵着马，两个人继续往前走。走在路上，唐僧心里有很多问题想问悟空，他问："悟空啊，你刚才打虎的铁棒哪里去了？"

悟空一听师父问这个事儿，抓住了机会，便开始吹嘘道："啊，哈哈，师父，你不知道我这棍子本来是东洋大海龙宫里的宝贝，他本是那里的定海神珍铁，又叫如意金箍棒，老孙当年大闹天宫的时候靠的就是它。这根棒子能变大能变小，刚才我把它变成了绣花针塞到耳朵里了。"唐僧听得津津有味，觉得这个徒弟身上的故事太精彩了，他就又问："刚才那只老虎为什么见了你以后一动都不动，老老实实地让你打呢？"悟空一听师父问这个问题，他就更加得意了，又开始吹牛说："我老孙有降龙伏虎、翻江搅海的神通，别说是只老虎，就是一条龙，见了我也不敢无礼呀！剥个虎皮，小事一桩，小事一桩。"唐僧的问题那是越来越多，问悟空为什么这样，为什么那样。每问一个问题，悟空就洋洋得意地给他解答，师徒二人边走边聊，别提多开心了。

在不知不觉中，太阳都落山了，星星都出来了。唐僧出来取经这么久，这晚上是他最开心的一个晚上。师徒二人一边走，一边踏踏实实地看着周围的景色，好美呀！

“焰焰斜辉返照，天涯海角归云。千山鸟雀噪声频，觅宿投林成阵。野兽双双对对，回窝族族群群。一勾新月破黄昏，万点明星光晕。”

天慢慢黑下来了，正巧前面有一户人家，他们便在那里借住了一晚。第二天早晨，他们起来继续向西行，走了好一阵子，突然有六个人从路边冲出来，他们手里拿着长枪短剑，利刃强弓，大叫一声：“那和尚！哪里走？把你的马匹行李留下来，我饶你们性命，放你们过去。”唐僧又害怕了，吓得从马上都摔下来了。悟空赶紧扶着他说：“师父放心，没事儿，这些人都是给我送衣服、送钱来的。”唐僧这回明白他什么意思了，上次他遇到老虎也是这么说的。但是，他还是有些担心，就嘱咐悟空：“徒弟啊，一只手打不过两只拳，两只拳又打不过四只手，他那里六条大汉，你一个人怎么打得过呀？”这六个人胆子也大，他们敢拦住这猴子，他们到底是人还是妖呢？

第19集
头戴紧箍

唐僧把悟空从五行山下给救出来了，他们成为了师徒。在西行的路上，他们碰到了要抢这师徒二人的马和行李的六位贼人。悟空上前问道："你们是什么人呢？"贼人说："我们是这山的山主，谁不知道我们呢，谁想从这里路过，就得把他身上的好东西给我留下。"悟空又说："哦，我不知道你们，没听说过。"贼人介绍说："我叫眼看喜。""我叫耳听怒。""我叫鼻嗅爱。""我叫舌尝思。"还没等他们介绍完，前几位的名字让悟空想起了他的过去。

"眼看喜"这个名字让他想起了当年自己看到金箍棒时内心的喜悦，抢过它后惹恼了龙王，导致他上天告状。而"耳听怒"这个名字则让他回想起别人曾称他为弼马温，他对这个名不见经传的官职愤怒至极，就一怒之下推翻了桌椅，回到花果山，惹得玉帝派天兵天将去打他。“鼻嗅爱”和“舌尝思”这两个名字，则使他回忆起自己当年因为闻到仙酒、品尝到鲜桃和仙丹而引来十万天兵的围攻。他闯的这些祸，导致他被压在五行山下五百年。悟空心想：“难道是我的眼睛、鼻子、耳朵、舌头看到的、闻到的、听到的、尝到的太多了，让我变成了一只贪心的猴子，才闯了那么大祸？”

悟空在那里反思过去，一声不吭。这六个毛贼看他不吭声，早就不耐烦了。他们挥舞着长枪和利刃，照着行者的脑袋，“乒乒乓乓”，拿着刀就乱砍，砍了有七八十下。那天上斩妖台的刀斧都伤不了这猴子，别说他们那几个破刀片儿了。然而，他们呼来喊去的声音惹得那行者心烦，影响他反思自己。于是行者掏出了金箍棒，顺手那么一挥，六个毛贼全都被打死了。悟空上去剥了他们的衣服，拿了他们的钱，笑呵呵地走过来，告诉唐僧：“师父，我们走，这几个毛贼都被我打死了。”悟空以为师父会表扬他，但没想到三藏开口对他说道：“徒弟啊，这几个人虽然是强盗，但送到官府去他们也不会被判死刑啊，你本事大，把他们打跑了也就算了，你怎么能打死他们呢，杀人是不对的。”

悟空说：“师父，你要是不打死他们，他们就要打死你。”

唐僧又说：“徒弟呀，咱们现在是出家人，是和尚，你看和尚扫地的时候连蚂蚁都舍不得扫，怕伤了它的性命，你怎么能随便杀人呢？杀人是不对的。”悟空又说：“哎，师父，老孙五百年前在花果山当猴王的时候，不知道打死过多少人呢！”唐僧说道：“徒弟呀，你看在这山中人还少，你要是养成了这杀人的习惯，到了城市里人多的地方，如果谁惹到你，你就把人家打死，那怎么能行呢？咱们出家人不能杀人，杀人是不对的呀！”悟空不耐烦地说：“这是他找上门来打我的，又不是我要去打他，老孙当年大闹天宫的时候，神仙我都打！”唐僧仍然说：“徒弟呀，当年只因你没人收没人管，暴横人间，欺天诳上，才在五行山下受五百年的罪。那现在你怎么还能杀人呢，杀人是不对的呀。”

悟空一看也说不过师父，就不吭声。唐僧则继续教导他：“徒弟啊，你看咱们出家人晚上点灯的时候，都得用白砂把火照起来，不然飞蛾扑到火上会被烧死。咱们得善良啊，所以不能杀人，杀人是不对的呀！再说你都做了和尚，要有慈悲好善之心，不能杀人，杀人是不对的呀！”唐僧见悟空沉默不语，继续不厌其烦地说道：“悟空啊，你不能这样啊，徒弟呀、徒弟呀、徒弟呀。”猴子就觉得这三藏怎么絮絮叨叨，他长这么大，哪里受过这样的气？但他是自己的师父，又不能去打他。唐僧看他那个样子也没听进去，就继续劝他："徒弟啊，你不能杀人，杀人是不对的，徒弟呀、徒弟呀。"最后，唐僧终于激怒了这只猴子："好好好，我爱杀人，我做不得和尚，去不了西天，我不去了。"

说完，他将身一纵说："老孙去也。"唐僧抬起头，还想再说他，他早已飞得无影无踪，唐僧低下头感叹道："唉！这猴子怎么这样不受教诲，我就说了他这几句，他怎么就跑得无形无影了，唉，这叫我上哪里去找他？"没办法，他只能独自收拾行李，牵马孤身向西继续前行。没走一会儿，在那山路前面，他碰到了一位老婆婆。这位老婆婆手里捧了一件棉衣，上面还有一顶花帽子。老婆婆见了三藏就问他："你是哪里来的长老？怎么孤孤凄凄一个人在这山路上走啊。"唐僧就把自己要去西天取经和徒弟离去的经过告诉了老婆婆。老婆婆说："是这样啊，我正好有个儿子，前两天去世了，这花帽和衣服就是我儿的，既然你有个徒弟，我就把这衣帽送给你的徒弟吧。"

唐僧赶紧感谢老婆婆："多谢婆婆，可是我这徒弟往东边去了，我不知道他回不回来。"老婆婆又告诉他："不要担心，我的家正好在东边，我帮你把他找回来。我这儿还有一篇咒语叫紧箍咒，你那徒弟回来以后，你就把这套衣帽给他穿。他以后要是不听你的，再敢行凶，你就念此紧箍咒，我现在把它交给你，你记牢。”唐僧听完紧箍咒，心里牢记着，那老婆婆转眼间化作一道金光，向着东边飞走了。三藏一看，这老婆婆是神仙呢。他跪在地上，朝着东边拜了拜。但是，唐僧心里还是有点儿怀疑，那猴子连五行山都压不住，就这么个帽子，加个紧箍咒就能箍住他？

这悟空离开师父以后，乘着筋斗云迅速飞越东洋大海，按住云头，分开水道，他到水晶宫中找龙王去了。龙王见到大圣来访，就给他倒上茶，这两位老邻居就一边喝着茶，一边聊着天儿，悟空就把唐僧絮絮叨叨地说他这个事跟龙王讲了一遍。龙王就安慰他。他们说着说着，悟空偶然回头，看见墙上挂着一幅画，画上画了一个仙人和一个年轻人，看样子，他们也是师徒关系。大圣就问：“老邻居，你这画上画的是什么呀？”

龙王就跟他细细地讲：“哈哈哈，大圣，你仔细看，画上这桥叫圯桥，这位老人是个神仙，叫黄石公，他对面的年轻人叫张良，这个黄石公故意把鞋扔在桥下，让张良给他捡上来，张良捡上来以后他又给扔下去，张良就又给他捡，这样反复了三次，张良还是恭恭敬敬地给他捡了回来。黄石公觉得他没有傲慢之心，就收他做了徒弟，教给他本领，后来张良就获得了大的成功。”大圣听龙王这么一讲，他觉得有些惭愧，那黄石公故意扔鞋，张良都毕恭毕敬地给他捡回来。再看看自己，师父就是唠叨他几句，他就撇下师父不管了。龙王在旁边继续劝他：“大圣，你若不保唐僧，不尽勤劳，不受教诲，到底成为不了神仙，最多是个妖仙。”龙王这几句劝告，悟空还真听进去了，他转过身来辞别龙王，飞出龙宫找他师父去了。

须臾间，悟空回到唐僧身边，见他一个人坐在路边生闷气，便问道：“师父怎么不走啊？一个人坐这儿想什么呢？”三藏一看悟空回来了，仍生气地说道：“你到哪里去了？我走又不敢走，动又不敢动，就坐在这里等你呀。”悟空说：“刚才老孙去水晶宫找龙王喝茶去了。”唐僧又说：“你倒是有本事能讨到茶喝，我又不会飞，只能在这里挨饿。”悟空马上说：“师父，那现在我就给你化些斋，弄些饭吃。”唐僧说道：“不用化斋了，我那包袱里还有些干粮，你帮师父拿过来吧！”悟空走过去打开包袱，发现几块粗面烧饼，同时注意到那顶花帽。猴子一看见这么漂亮的帽子，自然想拿来玩，于是问唐僧：“师父，你这帽子是从大唐带出来的吗？”

唐僧说：“这个帽子如果戴上就会念经了，就是没学过

念经，也会念经了。”唐僧说这话的时候手心都出汗了，他从来没这么撒过谎，悟空又说道:“这样啊，那师父，那帽子给我戴吧！”唐僧又说:“啊，那只怕大小不合适吧？你要是想戴，那你就戴吧！”悟空欢喜地把帽子往脑袋上一戴，三藏赶紧在口中默默地念起了那紧箍咒，“嗯嗯嗯那么那么那么那么那么那么喂喂喂！”就这样，悟空突然觉得帽子变得太小了。“哦哎哎啊啊啊哎呀头痛头痛啊！”行者痛得满地打滚儿，花帽都让他撕破了。唐僧怕他把那金箍扯断了，赶紧停止念咒语。他这边刚一停，悟空就觉得不痛了。

他伸手在头上摸了摸，发现脑子上多了个箍，便试图往下摘，但怎么也摘不下来。这箍仿佛在他脑袋上扎下根来了。他从耳里取来金箍棒，变成一个细铁棍插在那箍里头试图撬开，唐僧见状，生怕他把那紧箍撬断了，口中又开始念。悟空被疼痛折磨得那是“竖蜻蜓，翻筋斗，耳红面赤，眼胀身麻”。唐僧看他疼成这样，心中又不忍不舍，住了口，这下行者终于明白了，原来我这头痛是师父在咒我，唐僧说:“我念的是《紧箍经》，没有咒你啊！”悟空说:“那你再念念看。”三藏就又念了试试，悟空又说:“痛，痛，莫念！莫念！”三藏停下来问他:“以后你可听我的话吗？”

悟空忙说："听话，听话，哎！莫念！莫念！"

行者口里答应着，暗中把那金箍棒拿在手中，看准了

唐僧想一棒打死他，吓得唐僧赶紧开口又念。这紧箍咒果然灵验，悟空疼痛难忍，连铁棒都提起来了，但痛得他无法下手。他马上说："师父，师父，我不敢了，莫念！莫念！莫念呐！"唐僧说："悟空，你怎么敢打师父啊？"悟空赶紧说："我不敢了，我不敢了，我只想问问师父，你这紧箍咒是从哪里来的？"唐僧答道："是你刚才走的时候一位老婆婆给我的。"悟空说："不用再说了，那老婆婆肯定是观音变的，等我上南海打他去。"那菩萨和唐僧都是他的救命恩人，人家只是管他，又没害他，唐僧能不能拦住他，别让他再闯祸呢？

思维训练问答

☞ 训练孩子控制欲望的思维

1. 悟空当年闯下了滔天大祸，是因为他眼睛看见金箍棒，鼻子闻到那些美食美味而起了贪心，所以闯下的滔天大祸吗？

2. 你是否曾像孙悟空那样，有些东西，自己都已经有了，但是看到其他小朋友有个不一样的，然后我们也起了贪心，想要更多，有没有这样的事呢？如果有的话，也讲出来听一听。

3. 有没有哪一次你特别想要什么东西，然后爸爸妈妈告诉你，咱们的东西都够了，不要再买了，最后也没有给你买，过后，你觉得没有这个东西也挺好的，也没觉得少什么。有没有这样的时候呀？也说出来听听吧！

故事中的家教思维

学会控制好自己的欲望，这是个终生都要修行的课题。但是，现在这个社会信息量太大，孩子面对的诱惑也越来越多，比如铺天盖地的商业广告的宣传，带给我们很多不良的

结果。首先当广告使大众的欲望扩大、膨胀时，它会引诱很多成年人想要这种结果，导致他们的价值观迷失，而他们的孩子也跟着陷入迷失之中。最后教育出来的孩子终生为了无止境的欲望而奋斗，枉费此生。所以，从小我们就要教会孩子如何正确面对欲望，欲望可以让我们享受生活带来的快乐。但是，我们也不要因为过多追随欲望而迷失自己。

孙悟空在五行山下被唐僧救出来以后，他们在取经的途中，第一伙碰到的强盗有六个人，分别以眼看喜、鼻嗅爱、舌尝思等名字命名。吴承恩给他们起这样的名字的用意在于表达若想去取经、想寻求内心的宁静，就必须克服感官刺激所带来的欲望，否则内心将受到影响。在这个地方改编的时候，为了让小朋友容易理解，我给孙悟空加上了一些心理的描述。例如，眼看喜这个名字，让他想到自己当年看到金箍棒就起了贪心；鼻嗅爱，就想到当年自己闻到美食、美酒的滋味，偷吃蟠桃大会的很多美味。结合这部分内容，我们可以问孩子几个问题。

第一个问题，可以询问孩子，当年孙悟空闯下滔天大祸，是否真的因为看到或闻到美味的东西而贪心？那时的贪心是否导致了祸端？通过这个讨论，启蒙孩子明白通过追求感官刺激的满足来填补欲望的这种行为的危险性，让孩子树立基本的意识，意识到欲望一旦过度是非常危险的事情。

第二个问题，你是否曾像孙悟空一样，明明自己拥有了足够多的东西，但是看到别人有自己没有的东西，仍起了贪心，想要更多？通过这个问题，启发孩子用理论联系实际生活。

第三个问题，你有没有什么时候特别想要什么东西，但是爸爸妈妈觉得那个不合理，没有给你买，过后觉得没有也就算了，认为没有什么东西非要不可，生活中有没有这样的情况？通过这个问题，让孩子进一步感觉到欲望是可以控制的。欲望的满足是无止境的，不如把它控制好。

第20集
收小白龙

唐僧在观音菩萨的帮助下给悟空戴上了紧箍，这猴子心中恼火，就要去南海打菩萨。三藏就赶紧拦住他，说道："徒弟呀，这紧箍咒既然是菩萨交给我的，那他肯定也会念，你去找他，他要是念起紧箍咒来，那你不是被他念死了？"悟空一听说得有道理，他不敢去了，只能回心转意地跪在地上说："师父，这就是他管束我的办法，他想让我陪你西去。好，我愿保你去西天取经，以后再无退悔之意。"唐僧说："好吧，既然这样，那我们就西去吧。"

走了几天，这正好是冬天，天气冷，朔风凛凛，滑冻凌凌；不光天冷，路还险，悬崖峭壁崎岖路，叠岭层峦险峻山。两个人走得是又累又渴，老远听到了"呼啦啦"的流水声，唐僧回头问：“悟空啊，这是哪里有水响啊？”悟空回道：“师父，这个地方叫蛇盘山，蛇盘山中有一涧水，这涧水叫鹰愁涧。”话说完，没多大一会儿，他们走到了涧水边，这水好美呀：“涓涓寒脉穿云过，湛湛清波映日红。”“千仞浪飞喷碎玉，一泓水响吼清风。”

就说这里的水发出的响声巨大，就像一条水龙，在清风中吼叫。师徒俩一边喝水一边休息，一边欣赏着美景。突然间，听见那涧水之中响了一声，撺出一条龙来，推波掀浪，冲着唐僧就飞过来了。慌得行者赶紧保护师父，他把师父从马上抱下来，然后一起逃跑。那龙也不追赶他们，张开大口，一口就把那白马连同马鞍都吞入口中。随后又潜回水中隐藏起来。待悟空回来时，发现马没了。三藏就说：“徒弟呀，我的马还能找到吗？”悟空说：“师父，放心，等我上去看。”

悟空飞向空中，用他那火眼金睛四下观看，却连个影都找不着。飞向地面后，又告诉师父：“师父，我们的马可能是被那龙给吃了。”三藏问道：“徒弟呀，那龙能有那么大的嘴吗？怎么可能把马和马鞍都给吃了呢？可能那马儿受惊跑了吧！”悟空说：“师父，我这双眼能看得见千里远，千里之内那蜻蜓扇下翅膀，老孙都看得见，别说那么大的马了。”三藏又说：“那他吃了我的马，我怎么前进呢？可怜呐，这前面的千山万水，我怎么走啊？西天我怎么去呀？”说着说着，三藏就哭起来了。行者一看，这师父虽然不会神通，但也是个男子汉，丢了匹马哭什么呀？当年的天上地下多少神仙联合起来打他，他也没哭过。他就冲着师父喊道：“师父，你不要这么脓包好不好？你坐着，等老孙去找他，让他把马还回来。”

尽管这唐僧可能有些软弱，那孙悟空也不能说他是个脓包呀。毕竟他是孙悟空的师父，哪有这样讲话的，这只猴子！悟空刚要走，三藏又扯住他说：“徒弟呀，你又去哪里找他？你这一走，他又从水里撺出来把我给吃了怎么办呢？”行者一听更加恼火，心里想：“我怎么有这么个软弱的师父？”他就更不耐烦地说：“你这也不行，那也不行，你又要马骑，又不让我去，像你这样，你就坐在行李上等着吧，一直坐到老。”师徒俩正在这左右为难，忽然就听到空中有人言语：“二位不要烦恼。”

抬头一看，天上来了一路众神，仔细问过，原来是观音菩萨派来的，他们将一路在天上暗中保护取经人。师徒俩谢过众神，行者把师父就交给了他们，这下唐僧不怕了。悟空拿起铁棒到了涧水之上，去找那孽龙算账，悟空喊道：

“泼泥鳅，还我马来，还我马来！”那条龙听到有人在上面称他为泥鳅，他心中恼火，跃浪翻波，跳将上来，悟空一看他出来了，大吼一声：“休走，还我马来！”抡着棍劈头就打，那龙也不怕他，张牙舞爪来抓，他们两个在涧边前就来了一场赌斗。

“龙舒利爪，猴举金箍。”“那个须下明珠喷彩雾，这个手中铁棒舞狂风。那个是迷爷娘的业子，这个是欺天将的妖精。”来来往往，战罢多时，这龙哪里是大圣的对手，力竭筋疲之下，他一转身钻到水里溜了。悟空哪肯放过那龙，又跳到涧边的高处，使出了他那翻江搅海的神通，将金箍棒变得极长，在涧水中搅动，把这条鹰愁陡涧彻底澄清的水，搅得似那九曲黄河泛涨的波。这龙在水里实在是待不下去了，他又气又恼，跳出水面高声骂道：“你是哪里来的泼魔，这样欺负我？”悟空说：“你管我哪里来的，你把马还给我。”

白龙说：“那马我已经吞下去了，又怎么吐出来？不还你又怎样？”悟空说：“不还马，我就打杀你，叫你偿命！”行者说完举棒又打，他两个又在山崖下苦斗。没斗几回合，孽龙实在是招架不住了，他将身一晃，变成了一条水蛇钻到草窠（kē）里去了。悟空持棒搜寻，却遍寻不着，心中焦急。这时候他念了一声咒语，召唤出此地山神与土地。山神和土地一出来，一看这是当年的齐天大圣来了，他们都知道他的厉害，怕他呀！赶紧问道："大圣怎么今天有空到我们这里来呀？"悟空问道："我问你，在这鹰愁涧中是哪里来的怪龙，他把我们的白马抢了吃了。"

土地神连忙回应："大圣，你是不知道啊，观音菩萨去寻访取经人的时候，路过这里，救了一条玉龙，就让它潜藏在这水中等那取经人的到来，没想到今天冲撞了大圣。"悟空说："他现在变成了一条水蛇，不知道钻到什么地方去了。"土地神说："这地下有很多的洞，钻下去以后都与那涧水相通。大圣，你这样是找不到他的，要想抓住他，你还得把观音菩萨请来。"悟空一听这个办法好，便迅速返回，告知三藏，他决定前往南海请观音菩萨。可是唐僧却说道："徒弟啊，要是去请观音菩萨，你要多久才能回来呢？师父在这山中饿了、冷了该怎么办呢？"悟空正为难，空中保护唐僧的一位神仙又说话了："大圣，小神帮你去南海把菩萨请来吧！"这位神仙名叫金头揭谛，行者赶紧向他道谢，金头揭谛随即就飞去了南海。

见到观音菩萨以后，他把这里的事情跟菩萨说了一遍，菩萨一听，认为必须亲自前往方能收服那小白龙，于是与揭谛一同飞往蛇盘山。悟空一看菩萨来了，他纵云跳到空中，他竟对菩萨大喊：“你这个慈悲的菩萨怎么想着法地来害我？”菩萨就训他说：“你这大胆的泼猴，我尽心渡了个取经人来救你，你不来谢我救命之恩，反倒来怪我。”悟空又说：“菩萨，你既然放我出来，就让我逍遥自在一些，你怎么送了唐僧一顶花帽子，哄我戴在头上受苦，还教他念什么紧箍咒，那老和尚念了又念，叫我这头上痛了又痛，你这不是害我吗？”

菩萨笑道：“你这猴子，你不服管教，如果不拘束你，你又诳上欺天，不这样制住你，你怎能走向正路？”悟空说：“好好好，就当我该被管教，那为什么菩萨又在这里养条孽龙来吃我师父的马？”观音菩萨道：“我是想让那龙变作一匹马，驮你师父到西天取经，去西方远隔万水千山，普通的凡马去不得。”说完，观音菩萨就让金头揭谛把小白龙从涧水中唤出。

小白龙见到观音菩萨，即刻化作人形，恭敬地向菩萨行礼道：“蒙观音菩萨救命之恩，我一直在等那取经人。”菩萨指着行者说道：“你看，这不是取经人的大徒弟吗？”小白龙一看是只猴子，才知道他也是保护取经人的，没想到这是一场误会。菩萨拿出了杨柳树枝，在瓷瓶中蘸取了些甘露，轻轻拂向小白龙，吹一口仙气，说道“变！”，那白龙就变成了一匹骏马，菩萨叫悟空把他领回去，见了三藏，自己转过身来正要回南海。没想到，这猴子开始耍上赖了。他还是因那紧箍咒之事心中仍存芥蒂。

他上去就扯住菩萨说：“我不去了，我不去了，西方的路那么远，让我保护这和尚，我什么时候能到，路途这样多磨多折，还没到，老孙自己也被磨死了，我不去了，我

不去了。”菩萨就劝他说：“你当年学道都可以勤加练习，今天怎么心生懒惰？这样吧，你西行要是碰到难处，我也会亲自来救你。你过来，我再赠你一样本事。”悟空一听，菩萨要亲自赠他一些本事，那他当然高兴了，连忙上前。菩萨将那杨柳叶摘下三片儿，放在了行者的脑后，喊了一声“变！”，那三片树叶变成了三根毫毛。菩萨说：“悟空，我赠你三根救命毫毛，遇到难处时可以随机应变，救得你疾苦之灾。”悟空一听，本来自己就有七十二变，这回又多了三根救命毫毛，更觉自己变化无穷，便不再抱怨，谢过大慈大悲的观音菩萨。那菩萨香风绕绕，彩雾飘飘，回转普陀而去。

悟空带上龙马回到了三藏身边，把整件事情详详细细地跟师父说了一遍。三藏收了龙马，并向金头揭谛表示感谢，又对着南方，朝着观音菩萨的方向拜了拜。这回有了龙马，他们西行的脚步更加轻快。他们这一走，走了几个月，不知不觉冬天都过去了，春天来了。这一天一直走到了天黑，师徒们向前方看去，山坳里，有楼台影影，殿阁沉沉，看上去正好是座寺院，他们就想去那寺院借宿一晚。到了寺院，那里的和尚们一看，他们是东土大唐来的取经人，热情地接待了他们。唐僧走进寺院一看，这里面供着一尊观音菩萨的金像，在那殿上还有四个大字：观音禅院。

唐僧恭敬地走上前去，虔诚地跪拜。就在这个时候，那泼猴子突然发现了这寺院中有一口大钟，他心血来潮，跳上了敲钟的大木头，像打秋千一样撞钟，撞上就停不下来。他为什么这样啊？不为什么，他就是猴性大发觉得好玩，你说你到别人的寺院里去住，要懂礼貌啊，他这样乱来不会又惹什么麻烦吧？在这寺中他们又会遭遇什么呢？

思维训练问答

☞ 训练使孩子懂得底线的思维

1. 大家觉得如果不给孙悟空带紧箍的话，他做错事情以后就是给他讲讲道理，让他自己反省自己的错误，这样行不行呢？

2. 如果有一天孩子长大了，他们当了父母，有了自己的孩子，他觉得有什么事情是绝对不会允许自己孩子做的？要是做了，会有什么惩罚呢？说出来听听。

3. 孩子认为哪些事情是他自己绝对不能做的？要是没忍住犯了错，应该怎么惩罚他呢？

4. 孩子觉得爸爸妈妈哪些事情是不可以做的呢？如果他们做了，又应该怎么惩罚他们呢？

故事中的家教思维

让孩子知道不管做什么事都有底线，绝对不能触碰突破底线的事。很多家长在这件事上缺乏自控力，却要求孩子凡事树立底线。

《西游记》里最有趣的跟底线相关联的情节就是，观音

菩萨教唐僧给孙悟空带了个紧箍，孙悟空就想尽各种办法，无论是跟唐僧还是跟菩萨，都想要把这个紧箍给摘掉。结合这部分内容，我们可以跟孩子讨论这么几个问题，让他们明白什么叫底线。

第一个问题，我们可以问孩子，如果不给孙悟空戴紧箍，遇到事情给他讲道理，让他自己反省自己的错误行不行？通过这个问题，我们就让孩子明白，小孩子犯了严重的错误，家长严格管教是有必要的。因为人性就是这样，有时候孩子可能很难自己反省，他们需要外界给予一些压力或引导。

第二个问题，可以激发孩子主动地去思考这个问题。你可以这么问，假设你当了爸爸、妈妈，有哪些事情是你觉得绝对不能允许你的孩子去做的？如果他做了，你会怎么惩罚他？你会如何设定这个底线呢？这样的问题可以激发孩子主动思考，爸爸、妈妈对他的哪些惩罚，他是应该欣然接受的，更重要的是他心里服这件事儿。

第三个问题，孩子觉得有哪些事情是自己绝对不能做的？如果孩子做了这些事情，觉得自己应该受到什么样的惩罚？这个问题的目的就比较实际：为孩子设定一些行为规则。

最后一个问题，那爸爸、妈妈有哪些事是不应该做的？如果做了，在这个家里应该受到什么样的惩罚？这个问题旨在让孩子意识到，底线不仅适用于孩子，也适用于家庭中的每一个成员。每个人都受它的约束，这绝不是爸爸、妈妈强加给孩子的。

第21集 黑怪窃袈裟

唐僧收了小白龙，一起相伴西行。当他们在观音禅院寻求借宿时，唐僧正在参拜菩萨，那泼猴跳在了敲钟的木杵上，像打秋千一样乱撞钟。他这一敲把那寺里大大小小的僧人全都给敲过来了，他们都问道：“是哪个野人在这里乱敲钟啊？”行者从那木杵上跳下来，喊了一句：“是你孙外公在这儿撞着玩儿呢！嘿嘿嘿嘿！”和尚们本来以为会是一个人，但这一看，它怎么长了一脸的毛，这也太吓人了。和尚们都被他吓得跌跌滚滚，趴在地上说道：“雷公爷爷呀！”

看来天上的雷公跟孙悟空长得有点儿像，行者一看他们管自己叫雷公，他就开始吹牛说：“雷公啊，那是老孙的

重孙子，你们不要怕，我们是东土大唐来的，去西天取经。”唐僧看到这个情况，赶紧过来安抚大家，给大家赔礼道歉。过后唐僧又嘱咐悟空说：“徒弟啊，我们到了别人这里要懂礼貌，不要动不动就炫耀我们认识雷公啊、电母啊这样的天神。”然而，悟空对此似乎并不在意。第二天早晨，这观音禅院的老院主亲自来了，他想看看这去西天取经的高僧长什么样。他便请唐僧师徒一起喝茶，聊了一会儿。老院主突然问了个问题：“高僧啊，你们从东土大唐而来，身上有没有带什么宝贝呀？给我们看上一看，开开眼。”唐僧一听心里一惊，他心里暗暗地想：“我们出家人应该专心地学习佛法，怎么能贪恋宝物呢？”

三藏赶紧回应道：“可怜我那东土没有什么宝贝，就是有，路程这么远也不能带呀。”猴子在一旁插话道：“师父，我前几天在你包袱里看见有个袈裟，那不是个宝贝，拿出来给他们看看。”这猴子爱炫耀的毛病又犯了，三藏就希望他赶紧住嘴，别在人家面前炫耀。但没想到，这寺中的和尚却攀比上了，他们全都嘲笑着师徒二人，有的就说道：“袈裟呀，我们老院主有七八百件呢！”说完了之后，还把装袈裟的库房的门给打开了，让他们师徒二人去参观。

唐僧是真没想到，这个寺庙的和尚怎么比悟空还愿意炫耀！他赶紧把悟空叫到一边，低声告诫道：“徒弟呀，我们不要跟人家比谁更富有，如果对方贪心看上你的宝贝，还要设计陷害你。”行者一看，那些和尚也在炫耀，哪里肯服输，对师父的话置若罔闻，他说道：“师父，看看袈裟能有什么差错，包在俺老孙身上。”他就打开了包裹，取出了袈裟，抖开时，就见那锦襕袈裟红光满室，彩气盈庭，“千般巧妙明珠坠，万样稀奇佛宝攒”。

这一看不要紧，在场的和尚们都是心欢口赞，那老院主也果然像唐僧说的，动了奸恶之心。他开口对唐僧提出了一个请求：“唐长老，我老眼昏花，看不清楚，能不能借给我，我拿到后房，仔细地看上一夜，明早再送还给你。”三藏一听，吃了一惊，这可是菩萨给的宝贝，怎么能让别人拿走去看上一整夜呢？唐僧不想借给他，但是你不借给他，你又住在人家这里。唐僧心里就生了猴子的气，进了这禅院就闯祸，先前是敲钟，后来是炫耀锦襕袈裟，怎么都拦不住他。三藏就埋怨他说：“都怪你，都怪你呀！”猴子不知错，还笑着说：“怕他什么？”他把袈裟包好，伸手就递给了那老院主说：“拿去看吧，不要弄坏了，明早还我。”

老院主拿到袈裟了，就赶紧回到了后房，手持灯火，一边细细端详，一边竞号啕大哭。和尚们便问他：“老院主，你哭什么呀？”老院主说：“我哭啊！这么好的袈裟不是我的，他们一走，我又看不见啦。”这老和尚也太贪心了，其他和尚七嘴八舌的，他们给他出了好多的馊主意。最后，他们商量出一个狠毒的办法，他们要放火把唐僧住的那个禅堂烧掉。这真是一窝贼和尚，为了件袈裟就要伤人性命。当天晚上深更半夜的时候，他们两百多个和尚悄悄地拿着柴火，就把唐僧住的禅堂团团围住。但是，他们刚有一点儿动静，就被孙悟空察觉。悟空心想：“你们想烧死我们，再拿我们的袈裟，好好好，看我怎么收拾你们。”

好行者，一个筋斗，他跳上了南天门。他干吗去了？他上天找那广目天王去了。他当年大战十万天兵的时候，他记得，广目天王手中有一宝物——避火罩。任何东西一旦被其笼罩，火就烧不着它。广目天王见大圣来找他了，又听大圣把观音禅院这件事儿从头到尾说了一遍。有一点他没想明白，随即问道：“大圣，这救火应该用水呀，你拿个避火罩去，这也救不了火呀！”悟空说：“广目天王，你有所不知，我要借助这个罩子罩住我师父不受伤，其余的房子让他烧去。谁叫他们放火？”广目天王笑道：“哈哈哈哈，你这猴子只管自家人，不管别人呢，好吧，我借给你。”

悟空回去的时候，那群贼和尚刚好把火点了起来。行者用那罩子罩住了唐僧、白马和行李，然后他站在房上捻起了诀，念起了咒，吸足一口气吹了出去。这口气下去化作了一阵大风，那火被吹得把所有的禅房都点着了，就见那：“黑烟漠漠，红焰腾腾。”“风随火势，焰飞有千丈余高；火趁风威，灰迸上九霄云外。”这火烧得还十分响亮，“乒乒乓乓，好便似残年爆竹；泼泼喇喇，却就如军中炮声”。须臾间风狂火盛，把一座观音院烧得处处通红，那些和尚们都被烧惨了，他们自己的房子都被烧着了，搬箱、抬笼、抢桌端锅，满院里是叫苦连天。

然而，这场大火唯独唐僧所住的禅堂和老院主的房间未被波及，因为悟空早已用避火罩护住了它们。因为他怕把袈裟烧化了，其他的房子全都烧成了灰烬。

唐僧这一晚上睡得可是安稳，一觉睡到了大天亮。早晨孙悟空把他叫醒，三藏穿了衣服走出禅堂外，他抬眼一看，大惊失色，问道：“悟空，这是怎么回事啊？这些房子怎么全都烧没了？”悟空就把昨天晚上整个这件事情跟唐僧说了一遍，三藏就狠狠地责怪他说：“天哪，天哪，火起时只该注水，你怎么注风啊，对了，我们的袈裟不会也烧坏了吧？”悟空说：“没事没事，老院主那个房间被我护起来了。”师徒二人赶紧往老院主那边走。

那些和尚忽然见到师徒二人，一个个被吓得魂飞魄散，他们误以为唐僧和悟空在如此大火中能够幸存，必定是鬼魂。师徒二人刚走到老院主的房间，传来了一个不好的消息，那老院主就在昨天夜里自杀了，为什么呢？因为昨天晚上大火的时候，把他寺庙的这么多房屋都烧着了，他就四处看，万分焦躁，等他再回到房间的时候，发现袈裟不见了。火也救不了，袈裟又找不着，他一时着急，觉得因为自己的贪心，什么都没了，没脸再见大家了。于是，他绝望地拽开步子，弓着腰往那墙上一撞，磕死了，唉！损人利己一场空啊！

悟空揪着这两百多个和尚就开始找袈裟，把那寺院翻的是底朝天，却仍不见袈裟的踪影。这宝贝是烧不化的，它怎么能没呢？三藏在这着急，他一想到这猴子就越想越气，想到悟空从进禅院开始就不听劝告，多次闯祸，不禁怒从心起。唐僧往地上一坐，开始念紧箍咒教训他，疼得悟空跌倒在地，抱着头求饶：“啊！啊！头痛！师父莫念啊！”那些和尚们也知道是自己酿成的祸，赶紧上来劝解，让唐僧就别念了。

三藏就要求他说：“我不管你用什么办法，把那袈裟给我找回来，不然我就再念那紧箍咒。”悟空就仔细地盘问这些和尚，他们把老院主害他师徒俩这件事详详细细地讲了一遍。悟空思来想去，觉得这袈裟真不像是这帮和尚偷的。他突然问道：“你们这附近有什么妖怪啊？”和尚们答道：“有，有，有，就在东南边儿有座黑风山，黑风洞里有个黑风大王，我们老院主还经常给他讲道。”悟空猜想有可能是昨夜的大火把那妖精引来了，他一看这袈裟是宝贝，便偷走了。他嘱咐那些和尚说：“我要到妖怪那里去看看，你们一个个的要照看好我的师父，还有我们的白马，要是敢有一点儿差错，哼哼！”话没说完，他从耳中掣出了金箍棒，照着那火烧的砖墙，“噗”的就一棍子将其打得粉碎，连带着震倒了七八层墙。和尚们吓得是骨软筋麻，都跪下来答应行者好好照看他师父。

好行者一个筋斗跳起来，去那黑风山了。大圣飞到黑风山，按住云头仔细看，这座山还挺漂亮，正赶上春天，“山草发，野花开，悬崖峭嶂；薜萝生，佳木丽，峻岭平岗”。行者正在这儿看，忽听得芳草坡前有人说话。他悄悄地躲在了那石崖之下，偷眼观看，原来是三个妖魔坐在地上聊天，中间坐着的是一个黑怪，在他左边是一位道人，右边则是一位穿着白衣的秀士。

就听黑怪笑道：“后天是我的生日，二位可以到我那里去做客，昨天晚上我得了一件宝贝，是一件锦衣，那是佛穿的衣服。到时候我就用他来庆祝我的生日，我们就把这宴会叫作佛衣会，怎么样啊？“哈哈哈哈哈！”那道人和白衣秀士都在旁边叫好，“妙！妙！妙啊！就叫佛衣会。”悟空听到黑怪提及“佛衣会”并炫耀所得的锦衣，心中顿时明白那正是他们丢失的袈裟。他心中就想：“要不是你这黑怪，我何苦挨那紧箍咒。”他忍不住怒气，跳出石崖，双手举起金箍棒高叫道：“你们这伙贼怪偷了我的袈裟，还要做什么佛衣会，趁早把它还给我！”他抡起棒来就要打，但是，人家可是三个妖精，悟空他打得过吗？就算打得过，那袈裟他要得回来吗？

思维训练问答

☞ 教孩子不攀比、不炫耀的思维习惯

1. 悟空随师父来到庙里，那里的和尚却问他们从东土大唐而来，有没有带什么宝贝呢？悟空听后，便忍不住炫耀起他们的锦襕袈裟。小朋友们，你们觉得悟空这样做对吗？

2. 其实是那些和尚先向悟空炫耀自己有七八百件袈裟的，他们主动打开库房让悟空参观，悟空这才拿出了锦襕袈裟。小朋友们，那你觉得这件事悟空真的有错吗？

3. 悟空炫耀锦襕袈裟，导致后来袈裟被偷走了。如果在我们的日常生活中，我们总是炫耀自己的钱财和昂贵的物品，会带来什么样的后果呢？

4. 你们家里的人有没有像悟空那样爱炫耀自己的好东西呢？先说说爸爸，再说说妈妈，再说说你。如果你们也炫耀过，想一想你有没有什么好办法，让家人改掉这个毛病呢？

故事中的家教思维

孩子很容易染上攀比、炫耀这个毛病，特别是当他们身

处一个充满比较和炫耀的环境中时。同学间的比较、周围成年人的影响，都可能让孩子逐渐养成这种习惯。尤其是到了青春期，攀比、炫耀自己家里有钱，这些情况就比较严重。所以，家长需要刻意地去引导孩子。如果我们不加以教育和引导，孩子很容易被周围环境所影响，形成不良的行为习惯。

《西游记》里锦襕袈裟被盗那一段儿，跟这个思维的关联度就比较大。结合这一段故事，我们就可以问孩子，唐僧到寺庙里去借宿，那些和尚就问他说："你们从东土大唐而来，有没有带什么宝贝？"孙悟空就说："我们有锦襕袈裟。"那孙悟空这样炫耀对不对？通过这个话题，我们就可以引导孩子一起来思考，如果我们有什么贵重的财物，不仅不能炫耀，而且还要有意地把它藏起来。因为有些人可能会因为贪心，看到你拥有财物而对你产生不良企图。

我们可以再引申一步，问孩子第二个问题。虽然孙悟空最后拿出锦襕袈裟与和尚们炫耀，但这并不完全归咎于悟空。毕竟，是那些和尚先炫耀自己拥有七八百件袈裟，并且主动打开仓库展示。你看人家先显摆，想把悟空比下来，之后悟空才把袈裟拿出来跟他们比的，那悟空这样做，他做得对吗？通过这个问题，我们让孩子进一步明白，有财物不要炫耀，即使是有人在跟我们攀比，并且是他们先炫耀的，我们也不要炫耀。因为跟人家做财务上的攀比，就算比赢了，最后对我们来说仍然可能只有坏处，没有什么好处。

接下来可以结合生活实际，再进一步问孩子一个问题，孙悟空炫耀锦襕袈裟，导致后来袈裟被盗了，那你觉得在日常生活中，如果我们炫耀钱财和珍贵的东西，那会有什么后果？我们可以通过这个问题促使孩子把这个思维应用在日常生活中。

最后我们再引导孩子反思一下，可以这样问他：你觉得咱们家人，比如爸爸、妈妈，还有你，有没有像孙悟空那样，也跟别人炫耀过咱们的珍贵东西？先说说爸爸，再说说妈妈，最后再说说你自己。如果咱们家里人身上有这个毛病的话，你有什么办法让大家都改掉这个缺点？通过这样的讨论，在这个问题上给孩子一个正当的思维方式引导。

第22集

大闹黑风山

经过观音禅院的一场大火，房子被烧毁了，老院主自杀了，锦襕袈裟被那黑怪给盗走了。悟空找到了黑风山，正巧听到那三个妖怪在那聊天，知道了袈裟的下落，他大喝一声，抡着棒子打了出来。那三个妖怪顿时惊慌失措，黑怪化作一阵风逃了，道人驾着一片云走了，只剩下白衣秀士跑得慢，让悟空上去一棒打死，拖过来一看，原来他是一条白花蛇变的。但是光打死他没用，还得去找那黑怪。行者又转过肩峰，抹过峻岭，又见那壁陡崖前耸出一座洞府。

行者到了门前，两扇石门关得紧紧的，门上边写了六个大字：黑风山黑风洞。悟空抡棒喊道："开门开门，把爷爷的袈裟送出来，饶你们一窝性命！”守门的小妖赶紧往回跑，报道：“大王，门外有一个毛脸雷公嘴的和尚来要袈裟呢！”这黑怪是刚跑回来，屁股还没坐稳，就听见悟空追上门来了，心中暗想道：“这厮不知是哪里来的，怎么又追上门来了？”这一回他躲不掉了，干脆穿上披挂，拿着武器出门迎战。

他一出来，这一次行者仔细地睁睛观看，这黑怪这身打扮：“碗子铁盔火漆光，乌金铠甲亮辉煌。”“手执黑缨枪一杆，足踏乌皮靴一双。”他从头到脚穿的是一身黑，就连他手中的武器，也用黑缨枪，这妖怪他得多喜欢黑色。行者就笑话他说：“哈哈哈，你这

厮是个烧煤的，还是个刷炭的呀，怎么黑成这样？哈哈哈哈，你从观音禅院盗走了我们的袈裟，赶快还给我，要不然，今天我推倒你的黑风山，踏平你的黑风洞。”那黑怪厉声高笑道：“那袈裟是我拿的又能怎么样呢？你姓什么？叫什么？从哪里来的？有多大手段，敢在这里夸口？”

悟空说道：“嘿嘿，你不认得你老外公是吧？告诉你，我姓孙，名悟空，要是问我的本事，说出来，吓得你魂飞魄散！”黑风怪又问：“那你有什么手段，说出来听听。”悟空说：“嘿嘿，我的儿，你站稳了，仔细地听，我‘自小神通手段高，随风变化逞英豪’。‘一点诚心曾访道，灵台山上采药苗。那山有个老仙长，寿年十万八千高。老孙拜他为师父，指我长生路一条。’”这猴子怎么这回又作成一首诗来吹牛，而且这次还从他小时候拜师学道的经历开始吹嘘，如果一直吹到他从五行山下跳出来那会儿，那岂不是要吹一整天，这仗还能打了吗？

小朋友们，不妨看他到底能把这牛吹成什么样，反正是用来吓唬妖精，也不是什么坏事儿，真要是能把袈裟吹回来，那也行。猴王又接着说：“‘三年无漏成仙体，不同俗辈受煎熬。十洲三岛还游戏，海角天涯转一遭。’”他连自己游历过海角天涯都拿来吹牛。“‘活该三百多余岁，不得飞升上九霄。下海降龙真宝贝，才有金箍棒一条。’”就连金箍棒他也拿出来吹了。“‘花果山前为帅首，水帘洞里聚群妖。玉皇大帝传宣诏，封我齐天极品高。’”这是要吹到大战十万天兵了。“‘几番大闹灵霄殿，数次曾偷王母桃。天兵十万来降我，层层密密布枪刀。战退天王归上界，哪吒负痛领兵逃。显圣真君能变化，老孙硬赌跌平交。’‘刀砍锤敲不得坏，又教雷打火来烧。’‘送在老君炉里炼，六丁神火慢煎熬。日满开炉我跳出，手持铁棒绕天跑。’”这是在说在斩妖台上，八卦炉里，谁也不能拿他怎么样。“‘你去乾坤四海问一问，我是历代驰名第一妖！’”你还真别说，他这些事儿拿出来一讲还真挺吓人，这天下真没听说过比他厉害的妖精，那的确算得上是乾坤四海的第一妖。

那黑怪会不会听他这么一吹牛，就把袈裟还给他呢？却见那黑怪放声大笑说：“哈哈哈哈哈，哎哟笑死我了，我当是谁的，原来是那个大闹天宫的弼马温呢，哈哈哈哈哈哈哈！”悟空吹牛的时候，自己都觉得自己太了不起了。他怎么也没想到，那黑怪根本就没把他那些英雄事迹当回事儿，竟然提起了他当弼马温那个事儿，把猴子气得说：“你这贼怪，偷了袈裟不还，还敢伤害你爷爷，不要走，看棍！”那黑怪侧身躲过，绰长枪，劈手来迎，两家这场好杀：“如意棒，黑缨枪，二人洞口逞刚强。分心劈脸刺，着臂照头伤。这个横丢阴棍手，那个直拈急三枪。白虎爬山来探爪，黄龙卧道转身忙。喷彩雾，吐毫光，两个妖仙不可量：一个是修正齐天圣，一个是成精黑大王。这场山里相争处，只为袈裟各不良。”

那黑怪与行者斗了十几个回合，仍是不分胜负。两个人打到了中午，黑怪突然举枪架住铁棒道：“孙悟空，我饿了，等我回去吃完了饭再和你打。”悟空说：“嘿嘿，先把袈裟还来，我就让你去吃饭。”那黑怪虚幌一枪，转身就跑回了洞内，紧紧地关上了石门。行者在外面怎样叫骂，他也不开门，悟空想了想：“那我也先回去吃饭吧，吃了饭再与你打斗。”他也就先回了观音禅院。

黑怪回到洞中，饱餐一顿后，竟开始写请帖，邀请各位山魔明天来参加他的生日聚会。这黑怪心也真够宽的，他的对手可是齐天大圣，他还在这儿琢磨生日聚会。悟空回去以后把这边的情况跟师父和那些和尚们说了一遍。吃完了饭又来找他，正飞着，就见一个小妖夹着一个木头做的礼盒从对面往这边走。行者猜到这里面装的估计是请帖，可能是去邀请其他妖怪参加所谓的“佛衣会”。悟空飞下去，举起棒把那小妖打成了肉饼，再把盒打开一看，果然是一张请帖。上面写的什么呀？

原来是要让观音禅院的老院主去参加佛衣会。老院主金池已死，但黑怪并不知情。悟空一想这是个机会，他念

动咒语，迎风一变，变成了老院主的模样，再来到黑风洞门前，喊了声：“开门。”小妖一看是金池长老，就把他请进去了，黑怪就和这假金池喝茶聊天，金池开口说道：“大王举办佛衣会，能不能先把那佛衣拿出来给我看看呢？”黑怪笑道：“哈哈哈哈哈，老朋友，这袈裟本是唐僧的，在你那里，你不是都看过了吗？”金池说：“哦，夜里太黑，我还没有看仔细。”

两个人正在这讲着，只见有个巡山的小妖来到黑怪的耳旁，悄悄地跟他说了句话，原来是他们发现了给金池送请帖那个小妖死在了路上。黑怪心中暗想：“看来这老家伙一定是那猴子变的。”他立刻拿起长枪，向行者刺去。行者现出了本相，拿出金箍棒架住枪尖儿，他们两个又打起来了，从他的洞中打出了洞外，这回打得更激烈：“棒架长枪声响亮，枪迎铁棒放光辉。悟空变化人间少，妖怪神通世上稀。这个要把佛衣来庆寿，那个不得袈裟肯善归？这番苦战难分手，就是活佛临凡也解不得围。”

他们两个从洞口打到山头，自山头杀在云外，吐雾喷风，飞砂走石，一直斗到了红日沉西，太阳落山了，还没有分出胜败。那黑怪突然来了一句：“姓孙的，今天天晚了，不好再打了，睡一觉，明天再打。”行者叫道：“儿子啊，你莫走，天黑也要接着打！”说完没头没脸地上去，又是一棍子，那黑怪又化作一阵清风转回了洞中，紧关了石门。行者见他又跑了，无奈地摇了摇头，决定先回观音禅院再做打算。

回到禅院后，悟空就跟那些和尚们仔细地打听了一下，得知这黑怪是一只黑熊成精。晚上的时候他睡不安稳，怎么能把这黑熊抓住呢？关键是他总逃跑。他思来想去，决定寻求观音菩萨的帮助。“这禅院名叫观音禅院，既然供奉的是菩萨，她怎能容忍一只黑熊精做她的邻居呢？”悟空自言自语道，“明天我就去南海寻她。”

第二天一大早他就飞到了南海，见到菩萨以后，行者就问道：“我和师父路过了一个禅院，叫观音禅院，拜的正是菩萨你呀，你怎么容一个黑熊精做你的邻居？现在他偷了我师父的袈裟，几次朝他要都不给，今天我来，就找你要。”菩萨回应道：“你这孽猴好大胆子，那熊精偷了你的袈裟，你怎么来向我讨要？怎么不怪你自己喜欢卖弄，之后你又行凶，以风注火，反倒来我这里发飙！”悟空一听，他自己做的那几件错事，菩萨都知道，他赶紧又开始说好话：“嘿嘿，菩萨还请饶恕弟子，那怪物不把袈裟还给我，我师父又要念那紧箍咒，老孙怕头痛，就来这里请菩萨，还希望菩萨慈悲心肠，助我去捉拿那妖怪。”菩萨说：“也罢，我看在唐僧的面上，和你走一遭吧。”

转眼间，他们飞到了黑风山。只见山坡上走出了那位道人，手持玻璃盘，内装两粒仙丹，正稳步前行。行者见状，毫不犹豫地冲上前去，一棒将其击倒。菩萨就教训他说：“你这个猴子还是这样放泼，他又没有偷你的袈裟，你怎么随随便便就把他打死。”悟空说道：“菩萨你有所不知，这个道人是那黑熊精的朋友，估计他要拿他这两粒仙丹去参加那黑熊精的佛衣会。”

悟空从地上把那仙丹捡起，他想出了一个好办法，对菩萨说：“菩萨，能不能劳烦你变成刚才那个道人？老孙就变成一粒稍微大一点的仙丹，待会儿见到那黑怪的时候菩萨就把这仙丹献给他。那黑怪贪心，一定挑着个大点的仙丹吃，到时候老孙就在他的肚子里狠狠地踢他，让他把那佛衣交出来。”说完，他把那一粒大点儿的仙丹给吃下去了，自己就变成了那粒仙丹。菩萨也觉得行者这个办法还是不错的，摇身一变，变得和那道人是一模一样，转眼间他们就来到了黑风洞口。接下来，他们的这个办法能奏效吗？黑熊精会把悟空变的那粒仙丹吞下去吗？

第23集
收猪八戒

悟空为了抓住黑熊精，把袈裟要回来，去南海请了观音菩萨，回来的时候恰好遇到了参加佛衣会的道人。悟空把他一棒子打死，又变成了一粒比较大的仙丹，菩萨则变成了那位道人。

他们来到了黑风洞门前，守洞的小妖一见，立刻喊道："凌虚仙长来啦！"原来这道人叫凌虚。黑熊精赶紧过来接待他，二人坐下，菩萨变的凌虚就对他说道："小道炼了两粒仙丹，吃了可以活上一千岁，大王，你可以选一粒来吃。"那黑熊精果然挑了那粒大的，顺着口就咽下去了。悟空进了他的肚子就开始又踢又打，把那黑熊精疼得是嗷嗷直叫。

菩萨现了本相，让他交出锦襕袈裟。他痛得实在是受不了了，赶紧把那件袈裟给拿出来了，行者“嗖”地一下就从黑熊精的鼻孔中飞了出来。

菩萨担心黑熊精过一会儿可能要还手，随手丢出一个箍来，套在了黑熊精的头上。黑熊精提起枪来果然要刺他们，菩萨早已在空中把真经念起，那箍就在他头上收紧，把这黑熊精疼得丢了枪，满地乱滚。这箍名为“禁箍”，虽与悟空所戴的“紧箍”名字不同，但威力相当，令黑熊精痛不欲生。念了一会儿，菩萨估计这会儿他应该疼怕了，就问他：“孽畜，如今你愿意皈依我佛门吗？”黑熊精说：“我愿意！愿意呀！菩萨，只望你饶我性命。”菩萨说道：“好吧，我那落伽山后无人看管，你去给我做一个守山大神吧。”

黑熊精一听菩萨饶了自己，而且还收留了他，又能为菩萨做个守山大神，他跪在地上感谢菩萨，决心从此以后跟着菩萨好好修行。悟空拿到袈裟以后，也走上前去感谢菩萨说：“菩萨辛苦你从南海走了一趟，还委屈你变成了妖精道人。”菩萨说：“悟空，菩萨妖精总是一念，若论本来皆属无有。”悟空心里就在想：“菩萨这话是什么意思呢？难道菩萨是在说，如果一个妖怪有了好的念头，他也能成为菩萨，如果一个菩萨动了坏的念头，也有可能成为妖怪。

我老孙也算是个妖仙，如今一心保护师父，也成了取经人。菩萨今天给这黑怪戴上箍，让他有机会改过自新，不正像他和师父当年对待我一样。”

行者觉得好像想明白了一些事情，更为自己过去做的错事感到惭愧，就对菩萨说道：“菩萨，弟子送你回去吧！”这猴子什么时候送过人呢，看来这次是真觉得自己错了。菩萨又回应他：“不要送了，快拿着袈裟回去找你的师父吧！”悟空回到师父身边，将事情的经过一五一十地告诉了他们。唐僧与和尚们知道是菩萨来帮忙，纷纷跪在地上朝南方礼拜。之后，悟空整理好行李，牵上白龙马跟师父继续西行了。

一连走了五六天，师徒们都有些疲惫了。这一天，天色渐晚，他们远远望见了一个村落，便打算在那里借宿一晚。唐僧催马前行，正好看见前面路对面走过来一个年轻人，行者上前问道：“我问你个信儿，这是什么地方啊？”没想到那年轻人竟然爱搭不理地说道：“庄上那么多人，干吗非得问我呀？”这年轻人真是太不了解悟空了，敢这样跟他说话。

行者一把就把他扯住，还逗他说：“施主，你不要生气嘛，你就跟我说说这地方叫什么，又有什么害处。如果你

有什么不开心的，告诉我，说不定我可以帮你的忙。”他一看悟空抓住他了，气得乱跳说：“在家里受家长的气，出来又受你这和尚的气，你放开我放开我。”行者看他越生气，心里就觉得越好笑，说着：“不放不放就不放，哈哈，今天就要问你。”唐僧也在旁边劝：“悟空，你就放了他吧，我们再去问别人。”然而悟空却不肯放手。

他实在没办法了，就把实情跟他说了：“我们这个庄上有一大半人都姓高，所以叫高老庄。我叫高才，我们家高太公有一个女儿，三年前嫁了人，但没想到这人是妖精变的呀。我们家高太公就想跟这妖精退婚，那总不能让女儿给个妖精当老婆，那妖精又不肯退婚，然后就叫我到外面去找法师来降那妖精。我请过和尚，请过道士，没有人能降住那妖精，这不又给了钱把我赶出来，又让我去找法师，这上哪儿去找啊？”

悟空笑着说：“哈哈，你今天的运气可真好啊，我们是从那东土大唐而来，去西天拜佛求经的僧人，别的不会，就是会捉妖精。只要你让我们在你家里借住一晚，那妖精我保证帮你抓住，怎么样啊？”高才觉得这行啊，管他们会不会捉妖，让他们先试试，就把他们带回了家。

见过了那位高太公，老太公把这妖精的事情跟唐僧师

徒详详细细地说了一遍。原来，他的女儿高翠兰被迫嫁给了那妖怪，导致全家人都不敢与她同住，只能让她和妖怪单独住在庄园后面的一所大房子里。悟空让高老太公把他带到女儿的房间去看看。走到那以后，高老太公因为害怕妖怪在屋内而站在门口轻声呼唤："女儿啊！"话音刚落，里面传出了高翠兰的声音："爹爹，我在这里。"行者闪着他的火眼金睛，向黑屋内望去，只见那高小姐是"樱唇全无气血，腰肢屈屈偎偎。愁蹙蹙，蛾眉淡；瘦怯怯，语声低"。

什么意思啊？就说她的嘴唇没有血色，显得无力，一脸的愁容，身体瘦弱，说话声音也细弱无力。行者心想："唉，可怜哪，嫁给了妖精三年，吓成了这样，这妖精着实可恶。"这时高翠兰已经走了出来，一把扯住自己的爸爸抱头痛哭，行者在旁边就劝她说："好啦好啦，不要哭啦，我问你那妖怪到哪里去了？"高小姐说："不知他到哪里去了，这些天他天亮就出去，到了晚上就回来，他也知道父亲想要退婚，常常躲着他，所以就晚上来，白天走。"悟空说："好了，我知道了，高老太公，你把女儿带到前面的房子里，今晚老孙就住在这里，把那妖精给你除了。"

行者摇身一变，就变成了那高翠兰坐在房间等那妖精。到了晚上，本来风平浪静，突然间就刮起了一阵大风，真的是走石飞砂，好一场大风。

“起初时微微荡荡，向后来渺渺茫茫。微微荡荡乾坤大，渺渺茫茫无阻碍。雕花折柳胜揌麻，倒树摧林如拔菜。翻江搅海鬼神愁，裂石崩山天地怪。”

这不用说，肯定是妖怪来了，悟空向那风中仔细望去，这妖怪长得也太丑了，黑脸儿、短毛、长嘴、大耳，难怪把高翠兰一家吓得都不得了。妖怪走进楼阁，行者吓唬他道：“你还是快走吧，以后就不要再来了，我爹他今天又请

了个法师来抓你呢！”妖怪说道：“哦，睡觉睡觉，别理他，我会天罡三十六变，还有一个神兵器九尺钉钯，怕什么法师、和尚和道士呢，俺老猪是曾经的天蓬元帅。”小朋友们，这是谁呀？这不是观音菩萨收的那个猪悟能嘛！让他在这儿等取经人，他竟然不知道这取经人就在眼前。可惜的是，悟空也不知道他就是猪悟能。

行者变的高小姐又说道：“我爹爹说这次请的可是五百年前那大闹天宫姓孙的齐天大圣，要他来抓你。”这妖怪又说：“啊，那闹天宫的弼马温可有点儿本事，我可弄不过他，那我这两天不在家住了，我还是出去躲一躲。”他开了门，转身就要走，行者一把把他扯住，脸一抹，现了本相说：“好妖怪，哪里走？你抬头看看我是谁？”那猪精转过眼来，一看，火眼金睛，龇牙咧嘴，这不正是闹天宫的齐天大圣嘛，慌得他手麻脚软，“哗啦”的一声挣脱了衣服，化作狂风脱身而去。

行者上前掣出铁棒，对着那阵狂风狠狠打了一棒，猪怪化作了万道火光，朝着他住的那座山飞去。行者一边追一边说：“嘿嘿，哪里走？管你是逃到天宫还是跑到地狱，老孙都把你追回来！”那怪的火光前走，大圣的彩霞随跟。正追赶，忽见前面一座高山，那猪怪钻入一个山洞中，取出九尺钉钯，站在洞口准备与行者一决高下。行者大喝一声：“泼怪！你是哪里来的邪魔？从哪里知道我老孙的？你有什么本事敢和我斗？”悟空这么一问，猪悟能会不会把正在等取经人这个事儿说出来呢？若是如此，两人便可免去一场争斗，直接前往拜见师父。

这猪怪就开始讲他当年怎么在天上做的天蓬元帅，后来自己又如何喜欢那嫦娥仙子，最后又怎么被玉皇大帝打到凡间变成了猪的模样。从头说到尾，就是没说菩萨让他在这等取经人的事。说了半天就是白说，行者哪管他什么天蓬元帅，他才不放在眼里，举起棒当头就打。两人于是在大半夜中的半山之上展开了激烈的战斗。

“行者金睛似闪电，妖魔环眼似银花。这一个口喷彩雾，那一个气吐红霞。气吐红霞昏处亮，口喷彩雾夜光华。金箍棒，九齿钯，两个英雄实可夸：一个是大圣临凡世，一个是元帅降天涯。”“钯去好似龙伸爪，棒迎浑若凤穿花。”

两个人是边打还边骂，闲言语乱喧哗，往往来来棒架钯。战到天将晓，那妖精两膊觉酸麻。猪怪坚持不住了。他赶紧又化作一阵狂风，钻回了洞里，把门紧紧地关好，不出来了。行者怎会放过他？来到洞门前，悟空挥舞起金箍棒，一顿猛击，将两扇石门打得粉碎。悟空嘴里骂道：“你这笨货，快出来与老孙打。”猪悟能一看，这门被打碎了，知道无法再躲藏，加之被悟空骂作“笨货”，更是怒火中烧，重新抖擞精神，拿着钉钯又出来和他打，猪悟能怒斥道：“你这个弼马温，你把我大门打破了，你你你你犯法！”

行者听了这样说，笑了：“哦，哈哈哈哈，我打了你门就犯法，那你强占人家高翠兰犯不犯法呀？”猪怪说：“你少废话，看今天老猪这钯，怎么收拾你。”行者又说：“哦，你这钯是种菜用的吧？也能拿来打仗？”猪怪又说：“啊？种菜用的？我这钯是在太上老君的八卦炉里炼出来的，下海能掀翻龙头窝，上山能抓碎虎狼穴，老猪知道你铜头铁脑一身钢，那你要是被我钯一下，也把你钯到魂消神气泄！”悟空说：“呆子，不要吹牛，今天老孙就站在这儿不动，我就让你筑我一钯，我就看看你能不能钯得我魂消神气泄。”

不会吧？这还是有点儿危险吧？这毕竟也是太上老君的八卦炉里炼出来的神兵器，那把脑袋钯坏了怎么办呢？还有，这猪悟能什么时候能告诉悟空自己也是在等取经人呢？

第24集
遇难黄风岭

悟空和猪悟能，谁都不知道对方也是保护唐僧西天取经的，就这么稀里糊涂地打了起来。悟空笑话他那九尺钉钯，说他那是种菜的钯子。猪悟能当然不服气，悟空为了证明自己的实力，挑衅道："呆子，不要吹牛，今天老孙就站在这儿不动，让你筑我一钯，我就看看你能不能钯得我魂消神气泄。"那猪怪看他这样狂妄，也不客气，猛地朝悟空的头部砸去。只听得"噗"的一声，钉钯撞击在悟空的头上，就看那猴子的脑袋被那钯尖筑得是火光艳艳，直冒火星。好行者呀，这一钯下来他动都没动一下。猪怪赶紧上去看，那猴子的头皮儿竟连一丝伤痕都没有，当下就把他唬得手麻脚软的，这怎么跟他打？

人家站到这儿老老实实让他钯都伤不着人家，这猪怪心服口服，嘴里念叨着："你这脑袋，好头啊！好头！"悟空看他服气了，又逗他说："嘿嘿，笨货，要不要再筑我几下呀？"猪怪说："你这猴子，我记得你大闹天宫的时候，是住在花果山水帘洞，你不在那儿好好待着，你跑我这儿来捣什么乱？"悟空回道："哦，你不知道老孙现在改邪归正了，正在保护一个叫三藏的法师去西天拜佛求经，正好路过这儿，听说你霸占人家的女儿就专门来抓你这笨货。"

哎呀！悟空终于把取经这个事儿说出来了，猪怪听到这个话乐坏了，"哐当"一声，把九尺钉钯都丢在一边，赶紧上来拽着悟空问："那取经人在哪里？你快带我去见一见。"悟空问道："哦，你见我师父干吗？"猪悟能就赶紧把观音菩萨让他等取经人的这个事详详细细地说了一遍。悟空对猪悟能的话仍有所怀疑，他猜想这猪怪是不是因为打不过他而编造的谎言。就对他说道："你要是真心实意，你就对天发个誓。"猪怪果然就"扑通"一声跪到地上，对着天发誓说："南无阿弥陀佛，我要不是真心实意的，就叫我劈尸万段！"

小朋友们，什么叫劈尸万段呢？意味着一旦违背誓言，其死后尸体将被分割成万段。他这誓发得可够毒的了，可

是猴子还是有点不信："你要是真心的，就把你那山洞老窝一把火烧了。"这个办法好，他要是把窝都烧了，就没有退路了，那肯定是真心向西。行者说完，那猪怪真的找了一堆柴火，回到山洞里把窝给烧了。猪怪说："誓也发了，窝也烧完了，这下应该可以了吧？"

没想到，悟空又提出一个要求："那你还得把兵器交给我。"猪怪又把九尺钉钯给了他，悟空又说："为了证明你的真心，那你把手背起来，让我把你绑上。"哎呀！差不多了，人家誓也发了，房子也烧了，兵器也给他了，那肯定是真心的，估计猴子要他玩呢！但猪悟能仍老实地照做。悟空拔了根毫毛，吹了口仙气，变出了一条粗麻绳，紧紧地把他绑了起来，然后又揪着他的大耳朵驾着一片云回去了。

在那高老庄上，高太公一家在等消息，忽然就看见了那云上一直欺负他们家的那个猪怪被行者给抓了回来。他们全家高兴极了！猪悟能看到唐僧以后就拜了师父，把观音菩萨让他在这等取经人的事，跟师父说了一遍。唐僧也欢喜呀，又多了一位有法力的徒弟，就对猪悟能说："既然你入了佛门，又做了我的徒弟，我就给你起个法名吧！"猪悟能说："师父，菩萨给我起过法名了，叫猪悟能。"唐僧说道："噢，这样啊，那我再给你起个别名吧，你跟我去西天取经，要戒掉以前的很多坏习惯，以后你就叫八戒吧！”悟能高兴地说：“好嘞，谢谢师父，那我就叫猪八戒了！”自此，师徒几人继续西行取经的旅程，又多了一个说话的人，旅途更加热闹而有趣。

一天天的西行，路边的景色也慢慢地发生了变化，那是“花尽蝶无情叙，树高蝉有声喧。野蚕成茧火榴妍，沼内新荷出现”。他们从春天走到了夏天了，在某一天，他们遇见了一座高山，好久没遇到这么高的山了，这山不仅高，还十分险怪。唐僧在马上细看，那山前：“有骨都都白云，屹嶝嶝怪石，说不尽千丈万丈挟魂崖。”再往山中仔细看，那里有好多的动物。

“崖后有弯弯曲曲藏龙洞，洞中有叮叮当当滴水岩，又见些丫丫叉叉带角鹿，泥泥痴痴看人獐；盘盘曲曲红鳞蟒，耍耍顽顽白面猿。至晚巴山寻穴虎，带晓翻波出水龙，登的洞门唿喇喇响。草里飞禽，扑轳轳起；林中走兽，掬律律行。猛然一阵狼虫过，吓得人心跄蹬蹬惊。”

这个地方是说不出的怪，师徒几人都非常小心。孙大圣停云慢步走，猪悟能磨担徐徐行，一边走一边仔细地往两边看。忽然就听见一阵旋风大作，这山中怎么会起这样大的旋风呢？三藏感到害怕，赶紧喊行者：“悟空啊，风起了。”但是，行者没当回事。他什么风没见过，这个旋风吓不着他，他就安慰师父说：“师父，没事儿，风有什么可怕的。”八戒又上前一把扯住行者说：“师兄，这风是挺大的，我们躲一躲吧。”八戒都说这风大，看来这风吹的是真不小。

行者想了想，说道：“好好好，待我把这风抓一把来闻一闻。”八戒笑了：“师兄，我还没听说过有把风抓过来闻的。”说话间，只见大圣避开风头，在风尾中抓了一把，放在鼻子前闻了闻，然后皱起眉头说：“这风果然不是好风，有些腥气，这味道，不是老虎就是妖怪，还真有些蹊跷。”行者这话刚说完，就见前面山坡下剪尾跑蹄，跳出了一只斑斓猛虎。三藏是吓得又从那马上跌下来了，行者上前搀住师父。八戒丢开行李，掣上钉钯，大喝一声：“孽畜！你往哪里走？”八戒往上一冲，那老虎“噌”地一下站起来了。接下来，这老虎做了一个非常吓人的举动。

谁也没想到，那怪物竟抬起前左爪，猛地抠向自己的胸膛，“呼啦”一声，他把自己的皮剥下来了，这是个什么怪物？只见他的模样：“血津津的赤剥身躯，红媸媸的弯环腿足。火焰焰的两鬓蓬松，硬搠搠的双眉的竖。白森森的四个钢牙，光耀耀的一双金眼。”他气昂昂地努力大哮，雄纠纠地厉声高声叫喊：“我是黄蜂大王部下的前路先锋，正想抓几个人回去下酒吃，今天就抓你们吧。”

八戒骂他道：“你这个孽畜，你知道我是谁吗？我是东土大唐来的三藏法师的弟子，是奉旨上西方取经的僧人。你早早的给我让开，别吓着我师父，如果你再敢猖獗，别说我这钉钯不留情。”话音刚落，那妖怪便疾步上前，朝八戒扑来。八戒赶忙闪过，抡着钯就筑他，那怪物手里没有兵器，他这么打是打不过的。转身逃向山下，跑到一片乱石丛中，取出了两口赤铜刀，转过身返回坡前，与八戒一往一来、一冲一撞的赌斗。

行者搀着唐僧把这一切看在眼里，他对师父说道：“师父，你别害怕，且在这坐着，老孙去帮帮八戒。”还没等行者上前，八戒已经把那妖怪打败了。显然，这妖怪虽然吓人，但实力并不强。它转身逃向山下，行者与八戒紧追不舍。那妖怪一看又来了一个，便慌了手脚，赶紧摇身一变，又变成了那只老虎。一直跑到山顶底下的一块大石头旁边，眼见行者和八戒就要追过来了，这妖怪也不知道为什么，又用爪子抠住胸膛，“哗啦”一下，把虎皮扒下来了，往旁边那石头上一盖，自己化作一阵狂风溜了。

这妖怪行事的确古怪，他逃走时为何要将虎皮遗弃在此处？八戒和悟空从远处赶来，远远望见那虎皮，乍一看还以为是那只老虎仍在此地，行者冲上去就是一棒。八戒也紧跟着筑了一钯。打完了之后，他们发现了在这底下不是老虎，只是一块虎皮盖在石头上。此时行者一下就想明白了，老虎为什么把这个皮铺在这个上面，正是为了吸引他们。那这虎怪又溜到哪儿去了呢？他驾着长风飞到唐僧那儿去了，将唐僧往风里一卷，转眼间就把唐僧带回他们的妖洞中。

虎怪见到黄风大王后，将刚才的事情一一禀报。他以为大王会高兴，抓这个白白胖胖的和尚可以吃，但没想到那黄风大王听后却大惊失色，说道："咦，这是唐僧啊，我听说他有个大徒弟叫孙行者，那可是当年的齐天大圣啊，要是找上门儿来可不好办，你们先把他绑在后园的定风桩上，等把他那徒弟抓着了，再吃他也不迟。"那虎怪回应道：

“还是大王想得远，说得有道理。”说完他就让那些小妖把唐僧绑到后园的定风桩上去了。

唐僧本来胆子就小，他是一边叹息一边痛哭，泪落如雨啊：“我的徒弟们，你们是跑到哪里去捉妖精了？你们妖精没捉来，我却被这魔头给捉来了，遭到这样的毒害，我们什么时候才能再相见呢？”唐僧在窑洞里边哭，八戒他们回去一看，师父没了，他也坐在地上哭：“天哪！天哪！上哪里去找师父？”只有悟空十分冷静，他在动脑筋想办法，说：“八戒，你莫哭！莫哭！你想想看那妖怪不过就在这山中，他跑不远，我们就在这里找找看。”八戒被悟空的话点醒，擦干眼泪，说道：“是，哭是没什么用，不如像猴哥你这样想想办法。”

兄弟俩又重新奔入山中，穿冈越岭地寻找唐僧的踪迹。没走一会儿，他们就发现在一个石崖之下耸出一座洞府，洞窟上写了六个大字：黄风岭黄风洞。他们又想起之前与那虎怪打架的时候，虎怪提起过他们那个大王叫黄风大王。这黄风洞肯定就是那黄风大王的老巢了，悟空拿着铁棒，对着那大门就高声叫道：“妖怪，趁早把我师父送出来，要不然我掀翻你们的老巢。”

小妖赶紧往回跑去报告：“大王，祸事了，门外有个雷

公嘴儿和尚，手里拿着一个大粗铁棒子，要他师父呢！”黄风大王赶紧把那虎先锋喊来说：“你看你先前把那唐僧抓来，现在他的徒弟找来了吧！”那虎怪呢？他比黄风大王胆子大，他说：“大王放心，我愿意带五十个小妖出去，把那孙行者也抓来一起吃了。”那他可是吹牛，之前他就打不过悟空和八戒，但是这次悟空和八戒能不能抓住他呢？别让他又剥了皮跑了。

第25集
灵吉定风魔

唐僧师徒来到黄风岭，结果唐僧被那虎怪一阵狂风给抓到黄风洞去了。悟空和八戒找上门来，黄风大王倒是有些害怕，那虎怪却说道："大王放心，我愿意带五十个小妖出去，把那孙行者也抓来一起吃了。"黄风大王便允许他带了五十个得力的小妖出洞迎战。虎怪转身出了妖洞，见到悟空高声大叫："你这个猴和尚，竟敢在这里大呼小叫？"行者骂道："你这个剥皮的畜生，竟敢把我师父抓了，你趁早把我师父还回来，我就饶你性命。"虎怪说："你师父是我抓了，要不然把你一起抓来吃了。"

悟空没有心思跟他废话，抡起棒子就打了过来，那虎怪赶紧持刀按住，也就打了个三五回合，那虎怪就被打得腰都酸了，他一转身又往那山坡上跑了。他就会跑，要不就是把皮剥了再跑。但是这一次他没想到在那半山上，八戒也在那儿等着。看他跑来，举起钯照着他脑袋就是一钯子，这一钯下去筑得九个窟窿鲜血冒，一头脑髓尽流干，死了。行者赶来看八戒把他打死了，就说道：“兄弟，亏你在这儿接着，不然又让他跑了，你还在这儿等着，我把这死怪给他拖回去，再去找那老妖，才能救得了咱们师父。”八戒说：“哥哥说得有道理，你去你去。”

好行者一手提着铁棒，一手托着死老虎又来到了洞口。再说那黄风洞中，一开始被虎怪带出去的那五十个小妖，他们一看那虎怪跑到山坡上去了，就赶紧回来报告大王：“大王，虎先锋战不过那毛脸的和尚，跑到东山坡上去了。”黄风大王一听，低着头也不吭声，你看这个妖怪挺奇怪。他那虎先锋本事不大，却胆识大，这个大王本事不知道怎么样，但是胆子好像挺小。虎先锋都被打跑了，他竟也不肯出手相助。

他正在这犯愁，又有一个小妖过来报告：“大王，虎先锋被那毛脸的和尚打死了，正拖到门口在那儿骂呢！”这回可把那黄风大王惹火了，他说了句：“这厮我没有吃他的师父，他却打死了我的先锋，可恨，可恨呐！”说完他穿上披挂，拿上兵器出来了。大圣正停立门外，见黄风怪走出来，看他的一身打扮，那是“金盔晃日，金甲凝光”。他戴的头盔、穿的铠甲都是黄色，难怪他叫黄风大王。再看他使的什么兵器，“手持三股钢叉利，不亚当年显圣郎”。他用的兵器是一柄三股钢叉，往那一站的气势跟当年的二郎神还有点儿像。

悟空见了他高声喊道：“妖怪，把我师父送出来！”那妖怪早听说过大圣的威名，趁机仔细观看，但他没想到这

行者看起来又瘦又小，身高还不过四尺，他就笑着说："可怜，可怜呢，没想到瘦得像个骷髅，长得像个病鬼。"悟空又说："你这儿子小看你孙外公，要不然用你手中的叉在我脑袋上打一下，我就能长三尺。"黄风怪又说："你你你你你说什么？你硬着头，让我在你脑袋上打一柄？"大圣毫不在意，将头一伸，示意黄风怪随意打。黄风怪一看还有这样打仗的，这不找死吗？于是抡起叉，照着行者的脑袋"当"的就是一下，没想到行者把腰弓了弓，一抬头，"嗖嗖嗖"地身形迅速增长三尺。

把那黄风怪吓慌了，赶紧把那钢叉按住说："孙行者，你用个护身的法唬我！"悟空笑着说："嘿嘿，儿子啊，先哄你玩玩，你外公我要是一出手，手太重，只怕你捱不起我这一棒子。"那黄风怪十分气恼，捻转钢叉，向大圣的胸口刺去，大圣灵活避开，用铁棒击打黄风怪的头部。他们二人在黄风洞口，这场好杀：

"妖王发怒，大圣施威。妖王发怒，要拿行者抵先锋；大圣施威，欲捉精灵救长老。叉来棒架，棒去叉迎。一个是镇山都总帅，一个是护法美猴王。初时还在尘埃战，后来各起在中央。点钢叉，尖明鐏；如意棒，身黑箍黄。戳着的魂归冥府，打着的定见阎王。全凭着手疾眼快，必须要力壮身强。两家舍死忘生战，不知那个平安那个伤！”

黄风怪的武艺还不错，跟大圣斗了能有三十回合，没分出胜负。行者突然使了个手段，把毫毛揪下一把，往口里一放，嚼碎，往上喷出，叫了一声“变！”，变出来百十个行者各拿一根铁棒。黄风怪害怕，这么多悟空，他哪里能打得过。先前他试图攻击大圣的头部却未能伤其分毫，如今正面交锋又难以取胜。谁都以为这黄风怪要完蛋了，就在这紧要关头，那黄风怪突然将头往后一转，目光望向地面，把嘴张得好大，深吸了三口气。

这个妖怪可真是怪，他这是要使什么法术吗？还是被悟空吓得喘不上来气儿了？就见他再把头转回来的时候“噗”吹出一口气，一股强烈的红风瞬间席卷整个天空。起初的时候，悟空看他的这个举动没放在心里，不就是吹个风嘛，悟空也会。但他没想到，当这风刮起来的时候，感觉不对了，他从来没见过这么厉害的风：

“冷冷飕飕天地变，无影无形黄沙旋。穿林折岭倒松梅，播土扬尘崩岭坫（diàn）。”这风可不是光吹个黄风岭，天地都被他吹乱了，那人得被他吹成什么样呢？

那是“烟波性命浪中流，名利残生随水办”。吹得都发了大水，好多人都被冲跑淹死了。别说人了，天上的神仙

都被他吹动了，“天王不见手心塔”，“哪吒难取匣中剑”。托塔天王手心里面的宝塔都被这风吹掉了，哪吒顶着这个风，想从匣中拔出他的宝剑，却拔不出来。这风这么大，悟空可就站在他面前，那得把悟空吹成什么样？好大圣，他一抖身，把毫毛变出来的那些小行者赶紧收回身上，往风中一立就顶住了。

悟空心里想：“这妖怪的武功一般，风吹得倒是厉害，他也就会这些，待我给他一棒子，结果了他。”悟空举棒上前打他，但是他怎么也没想到，就在他飞身上前的时候，这妖怪太贼了，对准了悟空的那两只火眼金睛“噗”又吹了一口风。悟空没防备，让他在眼睛上吹了个正着，一下就把他两眼吹得是酸麻胀痛，紧紧闭合，不敢张开了。

这一架黄风怪打赢了。接下来，他并没有趁悟空睁不开眼的时候继续去打他，而是赶紧收了风回到了洞中，又把洞门紧闭。

这个妖怪真聪明，论本事他不如悟空，但是为什么这场仗他能打赢？这妖怪小心谨慎，善于思考，他是怎么对付唐僧师徒的？抓走唐僧，但并不急于食用，而是先试探徒弟们的实力再做决定。打架能不打就不打，一旦要打，便利用自己最厉害的风，直击对方最薄弱的眼睛。开始以为他是胆子还小，现在再看他胆子还小吗？相反悟空太骄傲，伸出脑袋让人家随便打，根本就没把这妖精放在眼里。因此，当黄风怪吹出三昧神风时，悟空毫无防备，双眼被吹得酸麻胀痛，流泪不止。

八戒在山坡上就发现这风不对，赶紧跑过来接应悟空。悟空看见他说道："八戒，我被那妖怪一口风吹到眼睛了，这会儿我的眼珠酸痛，不停地流泪。"八戒说："哥呀，今天晚上我们先找个地方住下，明天找一个治眼睛的先生给你治好了，咱们再回来救师父。"于是，兄弟俩便朝南走去，在山脚下找到了一户人家。一敲门，一位老者接待了他们。这老者胆子还真大，他敢跟那黄风怪住邻居，这也不是个一般人家。

悟空和八戒进了屋，把他们师徒几人在黄风岭的遭遇和这老者说了一遍，老者听了并不觉得奇怪。他知道黄风怪的本领，于是对他们说道："那黄风怪的风不是一般的风，他那叫三昧神风，吹天地，天地暗；刮鬼神，鬼神愁；吹石崖，石崖裂；刮到人，人命休。你们还能活着走过来，看来你们是神仙哪！我这里，正好有一些眼药叫作三花九子膏，能治你的眼病。"悟空连忙说："那就谢谢老先生了，希望你能给我的眼睛点一点儿试试。"

老者取出一个玛瑙石做的小罐儿，拔开塞口，把药取出，点在行者的眼中，又嘱咐他：“你安心睡觉，明天早晨就能好。”兄弟俩再次感谢老者，躺到床上早早休息了。一觉睡到第二天早晨，悟空一睁眼，便觉得眼前的世界比往常更加明亮，他的眼睛已经完全恢复了。此时八戒也醒了，他往四周一看，惊讶地发现他们竟然睡在了地上，昨天的床哪儿去了？四周的屋子也没了，老者也不见了。他忙问悟空：“哥哥，这家人家怎么没了？”悟空说：“八戒，估计这老者一定是菩萨安排的那些一路暗中保护师父的天神变的。”

话不多说，行者在心里担心师父，师父被抓到妖洞里有一天一夜了，在里面肯定急死了。悟空就让八戒在这林中等着，自己将身一纵，又来到黄风洞门前。他捻了个诀，念了个咒，摇身一变，变成了一只花脚蚊虫顺着门缝就飞进妖洞里去了。进去以后，他飞来飞去找了半天，终于在后园的定风桩处找到了唐僧。

唐僧在那儿干吗呢？那还用问吗？在那哭呢！“悟空啊！悟能啊！你们在哪里呀？”悟空赶紧飞了过去，停在了师父的光头上，轻声叫道：“师父，师父。”唐僧一下就听出了孙悟空的声音，问道：“悟空啊，你在哪里呀？想死你了。”悟空说：“师父，我在你头上嘞，你莫要心焦，也不要烦恼，我们必须要抓住妖精，才能救你的性命。”唐僧又说：“徒弟呀，那你什么时候能抓住妖精啊？”悟空答道：“抓你的那只虎怪已经被八戒打死了，只是那老妖风势太厉害，我再想想办法，今天就能拿住他，你在这里放心，不要哭，我这就出去了。”

大圣变的那小花脚蚊子，一转身又飞到了黄风怪那里。正巧有一只小妖在附近说道：“大王，如果我们的神风把那孙悟空吹死了倒是好，如果没吹死，他要是请了一些神兵该怎么办？”黄风怪接下来讲了一句非常重要的话：“怕他什么？这天上地下除了灵吉菩萨，没人能定住我的风。”行者一听心想：“好嘞，这下省劲儿了，不用自己再亲自跟他打了，去找灵吉菩萨帮忙不就完了！”

悟空转身飞出了洞外，再到林中跟八戒说了一下情况，驾着筋斗云找灵吉菩萨去了，灵吉菩萨有什么办法能定住这妖风呢？

第26集

收沙悟净

悟空变成了花脚蚊虫，飞入黄风洞，他亲耳听到黄风大王提及只有灵吉菩萨能降住他的风。大圣就驾筋斗云去找灵吉菩萨去了。灵吉菩萨所在之处叫作须弥山，离这黄风岭有两千里远。但是，这对大圣的筋斗云来说，要不了多大一会儿就到了。远远望去，须弥山高耸入云，祥云缭绕，瑞霭缤纷。悟空在山坳之中发现了一座禅院，便径直走了进去。

在禅院内，他找到了灵吉菩萨，把事情的前前后后详细地跟灵吉菩萨说了一遍，菩萨说道："我受了如来佛祖的法令，专门在此镇押黄风怪。如来赐了我一颗'定风丹'和一柄'飞龙宝杖'，我曾经用这两个宝物抓住过他，之后又把他给放了，本来想给他个机会让他好好修行，没想到今天他又出来造孽伤害你师父，走，我陪你去一趟，我们把他降住。”

大圣谢过菩萨，转眼间他们一起飞回了黄风岭，这时候菩萨想出个办法告诉大圣说：“这妖怪有些怕我，我先停留在云端里，你下去引他，把它引出来以后我再施法力。”悟空就按灵吉菩萨说的做，再次来到黄风洞前。他不再客气，一棒子就把他那洞门打得粉碎，说：“妖怪，还我师父来。”

黄风怪被激怒，披挂整齐，手持钢叉冲出洞来。见了行者也不说话，拿起叉当胸就刺，大圣侧身躲过，举棒对面相还。没打几个回合，那妖怪又一回头，张大了口吸气，准备再次施展他的三昧神风。只见在那半空中的灵吉菩萨把手中的飞龙宝杖丢了下来，一个飞龙宝杖能有什么用呢？怎么就能降住这妖怪呢？

菩萨也不知念了什么咒语，那飞龙宝杖霎时间就变成了一条八爪金龙，金龙“拨拉”一下就抡开两脚，一只爪子抓住了妖怪的头，另一只爪子在那妖怪的身上使劲儿地抓他，不过两三下，妖精就承受不住了，现了原形。大圣仔细一看，原来是一只黄毛貂鼠变的。行者刚上前举棒要打死他，灵吉菩萨却及时制止：“大圣，你不要伤害他，他本是佛祖所在的灵山脚下的一只得道的老鼠，因为偷了琉璃盏内的灯油，又怕天上的金刚抓了他，才躲到这里来的，现在他在这里陷害唐僧，那就让我把他抓回去见如来佛祖定他的罪。”行者就依了菩萨，再谢过菩萨。随后，他转身前往林中找到了八戒，一同返回黄风洞，将唐僧解救了出来。

他们两人一边给师父讲整件事情的经过，一边安慰师父，又弄了些茶饭给师父吃。直到唐僧休息好了，师徒几人又向西行了，他们不知走了多少日子才走出了黄风岭。这山林也太大了，足足走了八百里才走出来，再往西却是一脉平阳之地，高山渐渐稀少。路上的景色是寒蝉鸣败柳，柳树叶有点儿掉了，此时的天气，大火向西流，天儿不那么热了。

夏天很快过去了，进入了秋天。这一天，他们在路上走着，突然遇到了一条宽阔的大河，浑波涌浪。三藏在马上看了这大水，忙呼喊道：“徒弟们呐，你们看那前面的水太宽了，也看不到边，连只船都没有，我们怎么过去呀？”这对悟空和八戒来说倒简单，一飞就过去了。但是唐僧不行，那取经必须一步一步走过这段路程，如果是徒弟背着他飞过去的就不算。唐僧就有点儿着急了，这可怎么办呢？他正在烦恼，刚回了马，忽然看见岸上有一块石碑，他叫上徒弟们一起去观看，只见石碑上写了三个字：“流沙河”。

哎呀！这不是沙悟净待着那条河吗？观音菩萨不是让他在这里等取经人吗？师徒们再仔细看，石碑下边还有四行小字，“八百流沙界，三千弱水深。鹅毛漂不起，芦花定底沉”。这就能解释为什么这条大河连艘船都没有了，这大河连一只鹅毛、芦花都飘不起来，更别说船只了。不知道河里淹死过多少人。看来若是收不了沙悟净，这条河谁都别想过去。师徒们正在这里看碑文，忽然就听得浪涌如山、

波翻若岭。河当中滑辣地钻出了一个妖精，十分丑恶："一头红焰发蓬松，两只圆睛亮似灯。不黑不青蓝靛（diàn）脸，如雷如鼓老龙声。""项下骷髅悬九个，手持宝杖甚峥嵘。"那脖子上挂九个骷髅的不正是沙悟净吗？希望他可不要像八戒碰到悟空那一次，见了面就只知道打，最好能赶紧说自己在这里等取经人。

沙悟净一个旋风般冲上岸来，直扑唐僧，行动迅捷得连一句话都来不及说，更别说提及取经之事了。这家伙还不如八戒，八戒起码还会和悟空骂几句，他一个字都没说就先动上手了。行者慌忙上前把师父抱住，八戒掣出铁钯赶紧就冲了上去，他们两个在流沙河岸各逞英雄，"九齿钯，降妖杖，二人相敌河岸上。这个是总督大天蓬，那个是谪下卷帘将"。"这个没头没脸抓，那个无乱无空放"。他们两个水平差不多，来来往往打了二十回合，不分胜负。行者在旁边看他们打得来劲儿，便飞身而上，举起金箍棒向沙悟净的头顶砸去。沙悟净慌忙躲过，随即又潜入流沙河中，跑了，这怎么办？

沙悟净也不知道他们是取经的。流沙河，又过不去，师徒三人围坐一起商议对策，行者先想了个办法说："我们再去捉他，捉了他以后不要杀他，他生活在这水中，必然知道这水性，就让他送咱们师父过河。”八戒说：“哥哥，那这次你下去抓他，老猪在那儿看守陪着师父。”悟空又说：“贤弟，你不知，在这天上地下，老孙怎么打都行，但如果到水里，老孙就得捻诀，还得念那避水咒，要不然就得变作鱼虾蟹鳖才能进到水中，这样一来，在水里打架我就没那么厉害了。”

八戒又说：“那老猪当年在天上，正好总督天河掌管了八万水兵，我的水性倒是好些，我只是怕他们水里有一窝妖精，我一个人弄不过他们。”悟空说道：“八戒，你只管到水中与他交战，打得差不多的时候，你就假装打不过他，再跑出水面，等那妖怪一出来，老孙就下手帮你。”八戒一听，也只能用这个办法了。他越浪翻波，跳入水中，一直游入水里。沙悟净听到水面上传来的动静，警觉地起身观望，一看又是八戒，他举杖高呼：“和尚哪里走？”八戒问他：“你是个什么妖精？叫什么名字？怎么在这里伤人性命？”悟净答道：“我才不是什么妖怪。”

接下来他就把在天上怎么打碎了琉璃盏，又怎么被玉皇大帝贬下凡间这些事从头到尾说了一遍，但唯独没有提及观音菩萨让他在此等候取经人的事情。哎呀！真是急死人呢，结果没想到他又说了句：“今天我太饿了，你们正好来到我流沙河，看你这皮肉太粗糙，我还是把你剁成肉酱来吃吧！”这说着说着又提起这茬了，八戒一听说这个话，骂道：“你这泼物，你说谁粗糙，俺老猪这皮肉嫩着呢，一掐都能掐出水来，今天你吃你祖宗我一钯！”

又打起来了：“卷帘将，天蓬帅，各显神通真可爱。那个降妖宝杖着头轮，这个九齿钉钯随手快。”“只听得波翻浪滚似雷轰，日月无光天地怪。”他们两个在水里打了足足有两个时辰，不分胜败。八戒突然想起之前猴哥跟他说的话，他赶紧假装失败，掉头就往水上跑。引得悟净随后赶来，快要上岸时，行者早就耐不住性子，掣出铁棒跳到河边，望着悟净劈头就打，悟净见行者快要上岸时，不敢相迎，只得回身，“嗖”又钻到河中。

这下又完了，取经的事儿也没说破，沙悟净也没抓住，师徒三人再次围坐一起商讨对策，八戒先嚷道：“你这个弼马温，你刚才太着急了，你等我把他骗到河岸的高处，你再从河边拦住他，让他回不去，你那一下把他打跑了，他什么时候才能再出来？”悟空说：“贤弟，这次我不再急性了，你再下去一趟，把他引上来，这回我管保把他擒住。”

好八戒抹了抹脸上的汗水，抖擞精神又下了河，悟净忽听得水响，立刻回头查看，见到八戒又来了，举起宝杖喝道："慢来！慢来！看杖！"八戒用九尺钉钯架住宝杖说："你是个什么哭丧杖，让你祖宗看杖！"悟净就说起他这宝杖的来历。两人再次交谈起来，然而，他们是否会提及等待取经人这件事呢？

"名称宝杖善降妖，永镇灵霄能伏怪。只因官拜大将军，玉皇赐我随身带。或长或短任吾心，要细要粗凭意态。"

悟净手中的宝杖还真的是一件宝贝，原来是玉皇大帝赐给他的，而且也能变长，也能变短，想让它粗它就粗，想让它细它就细，这一点儿有点儿像如意金箍棒。但是这悟净就只介绍这兵器，还是不提取经人的那件事。最后又说出一句："看你那生锈钉钯是锄田的还是煮菜的？"这句话一出口，那不又打起来了，八戒说："你管我这钯子做什么的，只怕荡了你一下，你九个眼子一起流血，叫你没处贴膏药。"八戒挥钯便打。这次两人的打法有所不同，"这个揪住要往岸上拖，那个抓来就将水里沃"。悟净也知道他这是想把自己引出去，一旦上岸，悟空便会出手。斗了三十回合，八戒又假装打败了，拖着钯往岸上走，悟净追上来。

这回他不敢上岸了，八戒上了岸又回头骂他："你这泼怪！你上来！这地方高，脚踏实地好打！”悟净又回骂说：“你这厮哄我上去，又叫那帮手来，你下来，我们在水里斗。”行者在岸上一看，悟净不容易上当了，急得他是心焦性躁，一个筋斗云就跳在了半空，像一只老鹰一样“唰”地落下来，就要抓沙悟净。悟净早有防备，急转身“嗖”地又钻入了水中。这下真是完蛋了，他们只要碰到一起就骂，又不好好说话，没机会说到取经这个事儿。悟净已经知道他们想把他引上岸，这回说什么也不出来了。

这怎么过河呀？师徒几人是一点儿办法都没有，唐僧在这儿干着急，就又哭着说：“像这样的艰难我怎么渡得了河呀！”如果要是面对面地打，大圣想拿住悟净那太容易了，但是关键是悟净老逃跑，这师徒几人还能想出好办法吗？流沙河怎么过呢？

第27集 窃人参果

唐僧师徒来到流沙河遇到了沙悟净，可是谁也没提去西天取经的这件事，他们都把对方当成敌人打了起来。打到最后，沙悟净躲进流沙河里不出来了。唐僧师徒是一点儿都没办法了，他们正商量着，悟空突然想起了观音菩萨。菩萨之前交代过，如果在西行路上遇到什么困难，可以去南海找她。

这件事由菩萨来解决就简单了，她肯定会告诉大家，其实你们都是取经人。早点儿想到菩萨就好了，何苦打这么半天。悟空驾起筋斗云，转眼间来到了南海，见到菩萨把事情的经过详细地说了一遍，菩萨就派木吒去把事情说清楚。木吒与沙悟净曾有过交战，两人相识，因此误会相对容易解开。可是，那流沙河怎么过呢？那上面连个鹅毛都浮不起来，沙悟净有什么办法能让唐僧过去呢？

就在这个时候，菩萨从袖中又拿出了一个红葫芦，再告诉悟空说：“悟空，悟净的脖子上挂了九个骷髅头，你把这葫芦安在那九个骷髅头当中，就能变成一只法船，可渡唐僧过流沙河。”原来，这九个骷髅头是九个被沙悟净误杀的取经人留下的，因头骨能浮于水面，悟净便将其串成项链挂在颈上。未曾想，今日这些骷髅头竟能发挥如此妙用。也好，就让唐僧帮助他们实现取经的愿望吧。

木吒和大圣捧着红葫芦离开潮音洞，来到了流沙河。木吒立在云端高声喊道：“悟净，悟净，取经人在此，怎么还不快快归顺？”悟净在水中一听，这是木吒的声音，赶紧跳出了河面。木吒就把唐僧师徒介绍给了他，悟净就赶紧磕头道歉。打了半天，原来打的都是自己的师父和师兄们。唐僧心里高兴，为悟净重新起名为“沙和尚”，并亲自为他剃度。悟净谢过师父之后，他又摘下骷髅头，连同红葫芦一起变作一只大法船，唐僧师徒们上了船，顺顺利利地就过了流沙河。

他们继续西行，这回多了个沙和尚，他们路上就更加开心了。又在路上走了好一段日子，历遍了青山绿水，看不尽野草闲花，又见了些“枫叶满山红，黄花耐晚风”，枫树叶都红了，这是走到深秋的季节了。

有这么一天，他们在路上遇见一座高山挡住了去路。三藏停下马，说道：“徒弟呀，前面这座山我们要仔细，怕里面有妖怪。”唐僧这是有经验了，前几次碰到高山，里边都碰到妖怪了，行者劝他道：“师父，这马前有我们三个，你怕什么？”等他们进入山中，就发现这山完全不是三藏想的那样，这真是一座好山：

“涧水有情，曲曲弯弯多绕顾；峰峦不断，重重迭迭自周回。又见那，绿的槐，斑的竹，青的松，依依千载斗秾华；白的李，红的桃，翠的柳，灼灼三春争艳丽。龙吟虎啸，鹤舞猿啼。”这是个仙山真福地。

三藏在马上欢喜地说：“徒弟呀，我们一向西来，经历了许多山水，都是嵯峨险峻，像这样好的山景，咱们还是第一次见到。”唐僧还真会看，这山就是一座仙山，名叫万寿山。山中有一座观，叫五庄观。观里有一尊神仙，道号镇元子。这镇元子可厉害，他是地仙之祖，就连太上老君那样的神仙都是他的朋友。这仙山不得了，竟然居住了这样一位神仙。

这一天，镇元子在五庄观中推算出唐僧师徒将会前来

借宿。他就叫来两位道童对他们吩咐道："这几天唐僧师徒会来我五庄观借宿，那唐僧本是如来佛祖的第二个徒弟，叫金蝉子，五百年前他曾敬茶给我，现在他转世为取经人，到我五庄观的时候，你们摘两个人参果给他吃。"

人参果是什么呢？这种果子长得像个小孩一样，有鼻子，有眼，有胳膊，有腿，它又叫"草还丹"。它在天地初开之时便已存在，生长缓慢，需三千年开花，三千年结果，再过三千年方能成熟。其珍贵之处在于，即便经过万年生长，最多也只能结出三十个果子。这果子你只要闻一闻，便能活到三百六十岁；吃一个，更是能活到四万七千年。天底下人参果树就这么一棵，就长在这五庄观里，这果子得有多宝贵。唐僧还真是好福气，能吃到这样的果子，但是不巧的是，就在这天，镇元大仙必须带着徒弟们上天去学习道法，无法亲自招待唐僧。于是，他留下清风和明月两位道童在家中看守，等着唐僧的到来。

再说，唐僧师徒在山中一边走，一边观赏、游玩，走着走着就到了五庄观。唐僧师徒往门里走，里面走出了两位道童，急急忙忙地出来迎接，不是别人，正是那清风和明月。他们上前问道："请问老师可是大唐往西天取经的唐三藏？"唐僧答道："贫僧就是，仙童，怎么知道我的贱名啊？"仙童一听没错，这正是唐僧，就把他们请到屋里来，请他们坐，倒上茶来招待他们，又把镇元大仙的嘱咐详详细细地说了一遍。但是，唯独没说人参果的事。这是为什么呢？唐僧他们是师徒四人，可是镇元大仙临走的时候交代只能拿出两个人参果给唐僧吃，又没说给他的徒弟吃。若唐僧独自一人享用，而他的徒弟们则在一旁观望。唐僧见状也觉得难以下咽，而徒弟们则心中不是滋味，觉得这样分配并不妥当。再者说这果子非常珍贵，如果唐僧的徒弟们心生贪念，前去偷摘，该如何是好？看来这果子怎么给唐僧，让他一个人偷偷吃掉，还不能让他的徒弟们知道，这是个难题呀！

不过，唐僧师徒在安顿下来后，唐僧就安排悟空先去放马，再让沙僧去收拾行李，又叫八戒去解开包袱，拿些米、粮做饭吃。这样一来，唐僧便独自留在了房中。清风和明月一看，这是个给他人参果的机会，他们两个回到房中，一个拿了金击子，一个拿了丹盘，这是个什么东西呢？这是专门用来摘取人参果的工具，他们两个赶到人参果园内，敲下两个果子，赶紧端回来送到唐僧面前。明月上前说道："唐师父，我们这五庄观也没有什么好东西可以给您吃，摘两个素果给您解渴。"唐僧定睛一看，赶紧就退步三尺，战战兢兢地说道："善哉！善哉！怎么这观里吃人呢？这样小的孩童怎么拿来给我解渴呀？"清风就上前解释说："你这和尚肉眼凡胎，不识我们仙家宝贝。"明月也跟着解释说："老师，这个叫'人参果'，吃一个没事的，是树上长出来的。"唐僧看着那果子吓得直说："胡说！胡说！树上怎么会结出人来？快快拿走，我不吃！我不吃啊！"

两个道童一看，这人参果也送不出去，干脆将人参果拿回自己房中。可是这果子怎么办呢？你放的时间长，不吃它就变得僵硬了，但是镇元大仙也没说过让他们两个吃，他们两个又不敢吃。不吃这果子只能是扔了，太浪费了，如果吃了呢，他们两个这不算偷吃，师父应该不会怪他们。想到这儿，他们两个上去就一人拿一个抱在手上开始咬。

一口下去，那个滋味，甜甜的、脆脆的、香香的。再一想到吃完这果子能活上四万七千年，把他们两个都乐疯了。

但是谁也没有想到，这两个道童的房间的旁边是厨房，谁在里面呢？刚才唐僧不是安排猪八戒解开包袱，拿些粮食去做饭吗？八戒正好取了粮食在厨房里做饭。从道童们取出金击子准备摘人参果的那一刻起，八戒的耳朵就竖得老高，他们的对话和动作，他全都听得一清二楚。尤其是当他们开始享用那香脆的人参果时，一边嚼着脆，一边又用嘴唇吸着它流出来的果汁，八戒的馋虫被彻底勾了起来。那猪本来就馋，他一听到有这样好的鲜果，又那么好吃，他早就忍不住了，那口水都流出来了，这哪还有心思做饭。但是，八戒他胆子没那么大，不敢去人家树上偷，他就在那儿想办法，该怎么办呢？就在这个时候他想到悟空了。这要是告诉了猴子，他要是忍不住，那什么坏事儿不敢干呢？人家那果子长了一万年才能长出三十个，你去给人家偷吃了，那镇元子跟太上老君都是好朋友，法力肯定不弱，哪能放过他们？

八戒走到厨房门口，时不时地伸头探脑，没过多久，一会儿见到行者放完马回来了，他赶紧冲着悟空招手说："猴哥，到这儿来！到这儿来！"行者走进厨房，八戒就把这人参果的事前前后后都跟那猴子说了一遍，最后他又求悟空说：“猴哥，把我馋死了，都流口水了，你怎么也得给我弄一个尝尝新，你手脚快，你去那园子里弄几个来，咱们尝尝。”这个馋猪，他这不是惹事吗？悟空回应说：“呆子，这个容易，老孙去手到擒来。”还指望悟空能控制一下八戒，可悟空不也是贼性不改吗？他按八戒告诉他的使了个隐身法，来到隔壁的房间。此时，两个道童恰好不在，他拿了那金击子奔着人参果园就去了。

没一会儿就找到了人参果园，把那园门一开，就看见中间有棵大树，那是青枝馥郁，绿叶阴森，那叶儿却似芭蕉模样，直上去有千尺余高，粗有七八丈围圆。

行者仔细地寻找人参果，就见那向南的树枝上露出了一个人参果，那真长得像小孩一样钉在枝头，手脚乱动，还点头晃脑，风一吹还发出声音，就好像那小孩说话一样。猴子“嗖嗖嗖”地爬上树，拿着金击子朝那果子上“嘭”地敲了一下，果子“噗”地就落到地上来。他再赶忙爬下来捡果子，可是奇怪的是，那果子没了，怎么找都找不见，心想：“蹊跷！蹊跷！难道这果子长了脚会走？就算走，它也跳不出这院墙，哪儿去了呢？”就是凭着悟空的火眼金睛，还有他找不到的东西？这人参果到底哪儿去了呢？

思维训练问答

☞ 教孩子与人相处的思维

1. 你觉得人参果被偷，到底应该怪谁呢？

2. 假如，唐僧看到人参果后不怕，接受了那两个人参果，然后背着三个徒弟，自己把两个人参果全都吃了。你们觉得他做得对吗？

3. 假设你是镇元大仙，一开始的时候，你会怎么分这个人参果呢？

4. 假设你有个特别好吃的东西，但是很难把它分割开，而家里恰好来了四个小朋友，你打算怎么分呢？

故事中的家教思维

教孩子与人相处这件事，每位家长都会比较重视，但是与人相处很多时候涉及心理活动，你不容易直接传授给孩子。所以，最开始教给孩子的就是如何简单地分享自己的物品，以及如何掌握好这个度。从这些方面教孩子，他比较容易接受。

《西游记》里偷吃人参果那个情节跟这个思维关联度就

很大。这一段故事写得非常有趣，镇元大仙为招待唐僧，拿出两个果子却只想给唐僧一个人吃。但是问题是唐僧师徒有四个人，他的做法使得整个团队陷入了尴尬的境地。

这个问题我们可以拿来跟孩子讨论。先问孩子第一个问题，你觉得人参果被偷这件事怪谁？孩子一般会说怪孙悟空、猪八戒，因为他们是偷果子的行动者。但此时，我们可以引导他们深入思考，指出问题的根源可能在于镇元大仙的分享方式。通过这个问题，我们可以启发孩子，让孩子意识到即便是慷慨地把你的东西分享给别人，但如果分享技巧没掌握好，也可能导致不良后果。

第二个问题，如果唐僧一开始接受了人参果，并背着三个徒弟享用了这两个果子，你认为他做得对吗？为什么？这个问题就引发孩子去思考，当拥有好东西时，如何与亲密的伙伴分享？

第三个问题，如果你是镇元大仙，你一开始会怎么分配人参果？这个问题在于鼓励孩子从镇元大仙的角度思考问题。

最后再问孩子一个贴合生活实际的问题。假设你只有一份好吃的东西，但不能切开分给其他人，这时来了四个好朋友，你会怎么办？

第28集 大闹五庄观

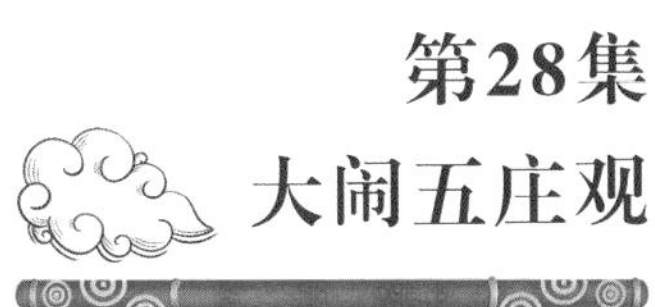

八戒偷听到了人参果的事儿，他想吃就让孙悟空去偷。悟空照做后，在树上打下一个果子，一落到地上就不见了，怎么找都找不着。他想了想，捻了个诀，念了个咒，就把这花园中的土地神给喊出来了。土地神一出来，一看是大圣，知道他厉害，赶紧施礼道："大圣，呼唤小神有什么吩咐？"悟空问道："嘿嘿，你知不知道老孙是这天下有名的贼头，当年我偷蟠桃、盗御酒、窃灵丹，什么没偷过，但也从来不敢有人从我这儿偷东西。今天我偷了个果子，怎么刚打下来就被你给偷去了？"土地神连忙说："大圣，你可错怪了小神了，这个果子与五行相畏。"

悟空问道："什么叫与五行相畏呢？"土地神答道："就是遇到金就落，遇到木就枯，遇到水会化，遇到火会焦，遇到土就入。刚才你用劲儿把它打下来，它落在土地上就钻进去了。你把它打下来的时候，要用丝帕垫着盘子才行。”原来这果子如此娇贵，大圣谢过土地，又上了树。这回他每打下了一个果子以后，就用衣服把果子兜住。衣服是锦布做的，人参果沾上就没事儿。不一会他就打了三个，兜好果子跑回了厨房，正巧这会儿沙僧也在，行者放开衣兜问道："兄弟，你看这个是什么东西啊？”沙僧说："这是人参果。”悟空说道："哦，你倒认得。”沙僧接着说："当年我做卷帘大将的时候，在蟠桃宴上见过，那是拿来给王母娘娘贺寿的，但是没吃过，哥哥给我一个尝尝。”悟空说："咱们兄弟一人一个。”

八戒一拿到这果子，就口水直流，一开始听见道童说的时候，他肚子里的馋虫来回地拱动。这会儿拿到果子了，他着急往嘴里一放，劲儿使大了，"咕噜”一下咽进去了，嚼都没嚼，没尝出什么味来。这个猪也太有意思了，他是最想吃的，结果好不容易弄到了，却没吃出什么味儿来。他眼珠一转，凑过来问行者和沙僧："你两个吃的那是什么呀？”沙僧说："啊，人参果。”八戒又问："那是什么味儿的呀？”悟空一听，就知道他什么意思，他想吃别人的，就告诉沙僧说："悟净，你不要理他！他自己的已经先吃完了。”八戒又说："哥哥，刚才我吃得快了些，不像你们这样细嚼慢咽，还能尝出个滋味来。我也不知道是有核无核，就吞下去了，哥呀，我馋了，要不你再去弄一个，老猪这回细细地吃。”悟空说：“你这不知足的东西，你以为这是吃饭，还能吃得饱，想这一万年才接三十个果子，我们能吃上一个已经是大有缘法了，不能再摘了。”悟空站起身来，把金击子顺着窗户眼儿又扔回道童的房间里，便不再理会八戒。

那呆子就在那儿絮絮叨叨、唧唧哝哝地说：“人参果吃得不快活，再得一个吃吃那才好。”他翻来覆去地嘴里就老叨咕这句话。声音恰好被回来的清风和明月听到。清风心里是万分惊恐，就对明月说：“明月明月，那长嘴和尚好像在说，还要弄个人参果吃吃，糟了，咱们的宝贝让人家偷了。”明月也意识到事态严重，他们两个急急忙忙地跑到人参园去，细细一数。树上的果子原来是三十个，镇元子开园的时候曾经摘过两个，就剩二十八个，刚才给唐僧摘两个，就剩二十六个，现在他们数来数去就剩二十二个了，少了四个。那数的没错，悟空摘了三个，还掉到地上一个，那不就正好少四个。这把这两位道童气得，自家的宝贝被人偷走，他们俩回头就去找唐僧去了。

那当然了，徒弟闯祸肯定找师父。进到屋里见到唐僧，他们两个各种污言秽语不断，什么你秃前秃后啊，什么你贼头鼠脑啊，什么难听就骂什么。唐僧听得一头雾水，不明所以，等听明白是怪他偷吃人参果时，他连忙解释："阿弥陀佛！那东西我一看见就心惊胆战，怎么还敢偷吃它，我不敢干这贼事。"道童又说："你是没吃，可是被你的徒弟给吃了。"唐僧说："这倒是有可能，你们先别嚷，等我把他们叫过来问一问，如果是他们偷了，叫他们赔给你。"道童又说："赔什么赔？你有钱到哪里去买呀？"唐僧急忙说："现在还不知道是不是他们偷的，我把他们找来，如果是他们偷的，先让他们赔礼道歉。"

唐僧走出屋子，呼唤着徒弟们，沙僧首先听到师父的呼唤，感觉好像出事儿了。他说："不好了，师父叫我们，看来我们偷吃人参果的事儿被人给发现了。"悟空说："我们偷吃人东西这个事儿传出去太丢人了，待会儿师父问我们就死不承认。"八戒也说："呃对，呃对，我们就不承认。"三兄弟商量好了，一起来到师父跟前，唐僧就问道："徒弟们，他这观里有什么人参果，像孩子一样的东西，你们有谁给偷吃了？"八戒说："我老实，不知道，也没看见过。"清风在旁边就指着悟空说："他在笑，就是他。"孙悟空说："我？我老孙天生就这个笑模样，你丢了果子还不让我笑了。"唐僧又说："悟空，你不要生气，咱们出家人不说谎，如果真吃了人家的东西就给人家赔个礼，何苦要这样抵赖？”

悟空觉得师父说得在理，他性格直率，也不愿多费口舌。就算做错了事，他也谁都不怕。这时悟空说道：“师父，是八戒他在厨房里听这两个道童说什么人参果，他就想尝个新，老孙就去打了三个，我兄弟一人吃了一个，如今吃也吃了，你们要怎么样呢？”明月一听，明明丢了四个果子，他只说偷了三个，那怎么能让他耍赖，说道：“你明明偷了我们四个果子，怎么说是三个？你这个贼和尚。”八戒在旁边一听，他来劲儿了说：“阿弥陀佛，你这个猴子偷了四个，你就拿三个出来分，你是不是自己先吃了一个？”两个道童一听，也怀疑悟空多吃了一个，骂他就骂得更狠了。

哎哟！这可不太好了，那猴子是个什么脾气呀！他干了坏事，说说他也就行了，别把他给骂急了。那八戒就在旁边火上浇油，一个劲儿地冤枉悟空多吃了一个，猴子受过这样的气吗？恨得钢牙咬响，火眼睁圆，把条金箍棒揝了又揝，可别再骂了，把那猴子骂急了，可真要出事的。可是那道童哪肯停，八戒又在这里火上浇油，最后这猴子实在是忍不住了，他心中念叨：“这童子如此可恶，你当面打我也还好，让我受这样的气，好好好，今天我就送你们一个绝后技，叫大家以后谁都吃不成。”就见那猴子偷偷地

在脑后扒下了一根猴毛，吹了口仙气，“噗，变”，他变了个假行者，站在这里让他们骂，他的真身飞到人参园里去了。他不会打这个树，拿树撒气吧？镇元子回来肯定饶不了他，这祸就闯大了。

就见他掣出了金箍棒，施展出推山移岭的神力，“噼里啪啦”地几下，人参果树便轰然倒地。前面的土地神说过，这人参果遇金而落，悟空的金箍棒是铁的，就属于五金中的一类。他那一敲，满树的果子全都掉到土里了，一个都找不着了。这下这猴子可算痛快了，心想：“好！好！好！大家都散伙！”他收了铁棒又回去了，把毫毛一抖，收上身来，又站在原处。清风和明月在这也是骂了半天了，终于累了，打算回房休息。往回走的时候，清风就觉得有点儿奇怪，说：“明月，你说那猴和尚也受得了这气，怎么刚才骂了半天，他一声都没出啊？会不会他真的没有偷四个，是我们数错了呢？”明月说：“嗯，说得也是，要不然我们再去人参园里重新数数吧。”他们两个太不了解这猴子了，再去数有什么用呢，连树都死了，太可惜了。

两人来到人参园，推开门一看，眼前的一幕让他们震惊得脚都软了，直摔跟头。他们扑在人参果树上哭了半天，心想怎么办？觉得还得惩治唐僧师徒。于是，清风和明月决定不能就这样放过他们。两位道童又商量出了一个办法，他们两个转身回到了唐僧的房间，师徒四人正在那儿吃饭，他们假装过来端茶、倒水，就像什么事也没发生一样，待他们离开后，清风和明月一人把了一扇门，把门关上，迅速拿出一把铜锁把门给锁上了。他们这个办法是想把这唐僧师徒锁在里面，不让他们跑，等到镇元大仙回来再慢慢地收拾他们。

清风把门一锁，继续开骂："你这个害馋劳、偷嘴的秃贼！你偷吃了我们的仙果，又把我们的人参果树给推倒了，你们这伙贼人就算去了西方参拜了佛祖，又能怎么样？"说完，就把那五庄观的山门、二山门，又将五庄观的所有门都锁上，继续痛骂直到天黑。唐僧也在屋里批评悟空说："你这个猴头每次都闯祸，你偷吃了人家的果子，让他骂几句又能怎么样？怎么又跑去把人家的树推倒了？"悟空却不以为意，任由他们痛骂。等到了天黑，窗户外一点儿动静都没有了，估计道童也睡了，行者他把那金箍棒攥在手中，使了一个解锁法，朝门上的锁头一指，锁就开了。唐僧师徒们骑上马，挑上行李，朝着西边就跑了。

行者离开之前，特意来到了道童的房间，从那窗户眼儿弹进去两只瞌睡虫，恰好弹在两个道童的脸上，做完这一切，他心中彻底安定了下来，知道这两个道童睡了几天也睡不醒。

唐僧师徒们在路上跑了整整一夜。说来也巧，第二天正赶上镇元大仙在天上听完了道，带着徒弟们回到了五庄观。大仙看到清风和明月这一番沉睡，一看就知道这是让人家动了法术。大仙念动咒语，解了那瞌睡虫。清风和明月醒来，看到师父归来，他们连忙跪在地上，将所受委屈和人参果树的遭遇一一诉说。大仙一听十分恼怒，本来是好心好意地用那么宝贵的人参果招待他们，结果他们胆敢做出这样的事来。大仙安排弟子们留守五庄观，向西飞去，他要把唐僧师徒们抓回来，严加惩处。

转眼间，大仙在天上就发现了他们。他按下云头，变作一个道人向他们走了过来，大仙问道："长老，你是从哪里来的？"三藏回应道："贫僧是从东土大唐差往西天的取经人。"大仙又问："那你有没有经过万寿山五庄观呢？那正是贫道住的地方。"此言一出，唐僧顿时冷汗直流，心知徒弟们偷食人参果已是不对，又未等主人归来便连夜逃走，更是错上加错。他们该如何向镇元大仙解释这一切呢？

第29集
观音活树

悟空带着师父和师弟们连夜跑出了五庄观，他们连夜疾行，然而终究还是被镇元大仙追上。大仙化身为一个道人，故意上前考问他们是否曾到过五庄观。悟空一听就觉得不对劲儿，他赶紧上前答道："不是，不是，我们是从上边那个路来的。"大仙指着他笑着说："哈哈哈哈哈哈，你这个泼猴！你瞒谁呢？你到我观里推倒了我的人参果树，又连夜跑到这里，不要走，趁早还我树来！"行者听了这话，并未悔改，反而更加恼火。掣出铁棒，不由分说望着大仙劈头就打。大仙一侧身躲过，踏着祥光飞到空中。行者也腾云急赶上去，那大仙在半空现了本相，你看他"头戴紫金冠，无忧鹤氅（chǎng）穿"。

鹤氅是什么意思啊？就是用仙鹤的羽毛织成的袍子，穿在身上随风飘动，给人一种飘逸出尘的感觉。再看他的面容，“三须飘颔下，鸦翎叠鬓边”，下巴上还飘着长长的胡须；再看他手中的兵器，“相迎行者无兵器，止将玉麈手中拈”。他手中的兵器，并非刀枪剑戟，而是一支玉做的麈尾。什么叫麈尾呀？这麈尾一头是玉制的棍柄，便于手持，另一头则绑着许多长长的马尾巴毛，通常用于拂去尘埃或驱赶蚊虫。然而，在这位大仙手中，它竟成了对付悟空的兵器，看来这镇元大仙真不一般。他们也就打了两三个回合，大仙突然在云端里挥动衣袖，施展了“袖里乾坤”的法术，一下子就将唐僧师徒和白龙马都笼罩在了衣袖之中。悟空说：“我们被他笼在这衣袖里了。”八戒说：“哥哥，这个没事，等我一顿钉钯，筑他几个窟窿。”

八戒就使钯乱筑，但没想到摸起来是软软的袍子，用钉钯一筑，它就变得比铁还硬，根本划不破。大仙驾乘祥云回到五庄观，让徒弟们把他们拉出来，绑在柱子上。绑好了以后，大仙说道：“徒弟们，取出我的七星鞭来抽他一顿，给我的人参果出出气。”徒弟们拿出七星鞭就问：“师父先打哪个？”大仙说：“唐三藏是师父，他自己做的就不对，先打他。”悟空说：“哎哎哎哎，先生差了，偷果子的是我，吃果子的是我，推倒人参果树的也是我，怎么不先打我？打他干什么呀？”大仙说道：“哈哈哈哈，你这猴子说得倒也有道理，好，那就先打他。”看见小仙抡鞭要打，行者担心他那鞭子里有什么法术，睁圆了眼睛细细观察，看那样子是要打腿，他扭了扭腰，喊了一声，“变！”，他两条腿就变成了两根铁，那小仙噼里啪啦就打了他三十鞭。

打完之后，大仙又吩咐道：“下一个再打唐三藏，他管教徒弟不严，放纵顽徒撒泼。”悟空又说：“诶诶，慢慢慢慢，先生又差了，偷果子的时候，我师父根本就不知道，还在屋里和你那两个道童说话，就算是他教训我们不够严格，我当弟子的应该替他挨打，还是打我吧！”大仙笑道：“哈哈哈哈，你这泼猴虽然狡猾奸顽，倒是还挺孝顺，好，还打他。”小仙拿起皮鞭又打了他三十下。这打下来也打了一天，悟空是没怎么样，但那小仙可累得够呛。天色渐渐晚了，大仙和徒弟们就回去休息了，把他们师徒绑在这柱子上，但是一根麻绳哪绑得住孙悟空。天一黑下来，悟空把身子变小，顺利从那绳子里跑了出来。他又给师父和师弟们松了绑，又吩咐八戒：“你去那山崖边儿弄四棵柳树过来。”八戒问：“哥呀，要这个干吗呀？”悟空说：“有用，你快去弄！”

八戒变成了猪，用他强健的鼻子在地上拱了四下，竟然拱倒了四棵柳树，并将它们带回了原地。行者把那枝枝杈杈都去掉，就留那大树干，便把它们绑在了柱子上，再用绳子捆好，大声念动咒语，喊了声“变！”，就见了四棵柳树变成了他们四个人，栩栩如生。你问他话，他还会说话，还会答应。师徒四人再次踏上西行的征程，唐僧因连续两个夜晚未眠，白天又遭捆绑，身心疲惫至极，气得他就埋怨这三个徒弟：“你们闯出祸来，却连累我一起受罪。”悟空说：“师父，你不要抱怨，打的是我，又没打你。”沙僧说：“师父，我不也是绑在柱子上陪着你吗？”八戒说：“就是嘛，老猪也陪着呢！”这什么徒弟，做了错事不承认，合起伙来责怪师父。他们三个都是神怪，不怕累，唐僧是普通人，身子骨哪受得了，又气又累，在那马背上就睡着了。

到了第二天早晨，镇元大仙和徒弟们起来吃了早斋，又去惩戒他们。先是对唐僧进行了惩罚，随后依次是八戒、沙僧。打完了之后又来打猴子。结果，鞭子刚打到那柳树变的行者身上的时候，悟空在这边就深深地打哆嗦，他口中喊道：“不好了，不好了！”唐僧问：“悟空怎么了？”悟空说：“他们现在正在打那四棵柳树，我以为昨天他们已经打了我两顿，今天就不会再打我了，但没想到他们又来打，那树是我变出来的，他们在那边打树，我在这边就打哆嗦。”行者慌忙在这里念了个咒，把那法术收了，法术一收，那四棵柳树就现了原形。大仙一看是柳树变的，他就呵呵冷笑，还夸猴子说：“哈哈，孙行者，真是一个好猴王啊！曾经听说他大闹天宫的时候布下地网天罗都拿不住他，看来有它的道理啊，你走了也就走了，却绑些柳树在这里冒名顶替，今天我绝不饶你！”大仙说完，纵起云头又向西去抓他们了。

唐僧师徒正往前走着，就听见云上有人喊：“孙行者，哪里走，还我人参树来！”八戒说：“糟了，咱们死对头又来了。”行者安顿好师父，带着师弟们拿出兵器，一起上前，把大仙围在空中乱打乱筑。这场恶斗啊！

那是三件神兵施猛烈，一根麈尾自飘然。左遮右挡随来往，后架前迎任转旋。打了半个时辰，他们三兄弟不能取胜，大仙又把他那袖子在空中一展，把他们又都一袖子给带回去了。这一回把他们抓回去以后，大仙让徒弟们开出一口大锅，下面架上干柴，烧上烈火，锅里又倒上一锅清油，烧得滚烫。这是要干什么呢？就看那行者在那笑着说：“八戒，八戒，你看看他们抬出锅来，这是要给咱们煮饭吃的啊，哈哈哈。”八戒说：“也好，咱们吃饱了，就算死了也是个饱死鬼。”大仙说：“把孙行者下到油锅里炸一炸，给我的人参果树报仇。”悟空说道：“诶，这真好啊，老孙好久没洗澡了，身上正好痒痒的。多谢了啊，嘿嘿。”

说话间，四个仙童走了过来，心知这是来捉拿他的。他往两边一看，发现西边有一只大石狮子，悟空想到个办法，施了个法术，喊了一声“变！”，只见那石狮子瞬间化身为他的模样，稳稳地站在原地，而悟空自己则跃上云端。那四个仙童走近准备捆绑时，那石狮子却纹丝不动。他们疑惑不解，又唤来其他仙童帮忙，前后加起来共有二十余人，费尽九牛二虎之力才将石狮子抬起。然而，当石狮子被扔进油锅时，由于其重量惊人，油锅里的油瞬间沸腾四溅，溅到仙童们的脸上，烫出了一片片红泡。更糟糕的是，石狮子的重量还将锅底砸出了一个大洞。

这下镇元大仙也看出来了，这猴子不好惹，若非他护着唐僧，恐怕连捉拿都是个难题。就是抓着他，你又能拿他怎么样。大仙又开口说道：“罢了罢了，饶他去吧，把唐三藏给我解下来，换口新锅，把他给炸一炸。”大圣在云端目睹一切，又飞回来了说：“不要炸我师父，我来下油锅。”大仙正找不着他，看他一回来骂他：“你这猢狲怎么捣坏了我的锅灶？”悟空说：“刚才我是大小便有点儿着急了，怕把我这猴尿尿到你锅里，你不好煮菜吃，啊嘿嘿嘿嘿嘿。”大仙他站起身走上前来，一把抓住悟空，对他说道：“我也知道你的本事，只是这次你不讲道理，太欺负人了，我就是抓你到西天去见你那佛祖，你也得还我人参果树来！”悟空又说：“嘿嘿嘿嘿，你这先生好小家子气，你就是想让那树活嘛，这有什么难？你早说这话，倒省了这一场争斗。”大仙说：“哦，你要是有这样的神通救活我的树，我愿意与你八拜为交，结为兄弟。”悟空说：“好，那你放了他们。”

行者来到师父跟前，告诉三藏：“师父，我要去一去东洋大海，遍游三岛十洲访问那些神仙们，求一个起死回生的办法。”唐僧说：“悟空，那你这一去要什么时候回来呀？”悟空答：“只需要三天。”唐僧说：“好，就给你三天，你要是三天不回来的话，我可要念那紧箍咒了。”悟空道：“好的，遵命，遵命。”

大圣整了整虎皮裙，急纵筋斗云，快如掣电，疾如流星，奔着东洋大海去了。大圣先找到的地方叫蓬莱仙境，里面有三位老神仙，分别是寿星、福星、禄星。三星一看大圣来了，就问他：“大圣今天怎么有工夫到这里来呀？”大圣就把人参果树这个事儿说了一遍，那三星都怪他说：“你这猴儿，那镇元子乃是地仙之祖，你在他那里闯了祸怎么逃得掉啊？那人参果树是仙木之根，怎么医治啊？没有办法，没有办法。”行者一听，三星都没办法，不禁眉头紧锁，眉峰双锁，额蹙千痕。悟空又说：“只是师父要三天之内必须回去，不回去他又要念那紧箍咒了，我再去别的地方找，时间不够啊！”三仙说：“我们和那镇元大仙也算熟悉，我们可以跑一趟，到那儿跟你师父说明白，让他宽限几天。”悟空忙说：“感激感激，那就请三位跑一趟吧。”

大圣再起身去了方丈仙山，找了东华帝君，又去了瀛洲海岛，找了瀛洲九老。然而，每当提及人参果树之事，众仙皆摇头叹息，表示无能为力。孙悟空这下可有点儿灰心了，该找的神仙也都找了，这可怎么办呢？他正在那空中犯愁，忽然抬眼一看，发现这里离落伽山不远，“诶，观音菩萨在那儿，不如我去找找她，说不定她有办法。”观音菩萨是悟空最后的希望了，她能救活人参果树吗？

思维特点

☞ 推理思维

1. 吸力推理：猪八戒的耳朵变尖、大家的武器也被吸得往上飘。

2. 重量推理：猪八戒还坐在地上。

3. 情节推理：悟空英勇无畏地往前冲，所以第一个被吸进去。

培养孩子推理思维的益处：对人对事有更敏锐的分析力，更强的思考力，能根据有限信息推理出结果……

☞ 如何通过绘画培养孩子推理思维

1. 创造推理环境

家长多让孩子续编画面，家长可以先动手画画，比如先画个大袖子，告诉孩子："我想画收了师徒四人的感觉，你帮我想想，应该是谁最先被收了？"在孩子说得起劲儿时把画笔交给孩子。

2. 生活中重视因果教育

家长经常与孩子互动，讨论"如何预防火患？""如果被坏人抓走，如何自救？"之类的问题。

3. 环境刺激

家长根据孩子兴趣点出发，让孩子多看感兴趣的推理漫画、悬疑动画短片、推理类小说等。

第30集 三打白骨精

大圣遍游十洲三岛，找了很多神仙都没找出办法来救活人参果树。他正在空中发愁，忽然看见了不远处的落伽山，他就想去找菩萨，看有没有办法。

他按落了云头，找到菩萨，并详细说明了来意。菩萨一听，首先责备他道：“你这泼猴，不知好歹！他那人参果树，乃天开地辟的灵根，镇元子又是地仙之祖，我都让他三分，你怎么能打伤他的树！”悟空说：“菩萨，弟子知错了，所以，我才遍游十洲三岛去找救活那树的方子。”菩萨又说道：“那你怎么不早来见我？却往岛上寻找？”行者听了菩萨这话，就知道她必然有方法，于是急切地问道：“菩萨，那你有办法救活这树了？”只见菩萨往她手中的瓷瓶一指，说道：“我这净瓶的‘甘露水’，善治得仙树灵苗。”悟空问道：“那你可曾试过吗？”菩萨说：“试过，试过，当年太上老君曾与我打赌，他把我的杨柳枝拔了去，放在他那炼丹炉里烤焦，我拿回来又插在这瓶中，只用了一天一晚，它又重新长出青枝绿叶。”悟空高兴地说：“那太好了，烤焦了的杨柳枝都能救活，那推倒了的人参果树就更不在话下了。”

菩萨手托着杨柳玉净瓶和大圣前去五庄观救人参果树了。菩萨到了五庄观，大家都出来迎接她，镇元子说道：“菩萨，多谢啦，竟然劳烦您亲自跑了一趟。”菩萨说：“唐僧是我的弟子，孙悟空又冲撞了先生，我理当救活宝树。”随后，菩萨转向悟空，示意他伸出手来：“悟空，伸出手来。”行者把左手伸开，菩萨用杨柳枝蘸了些甘露滴在他手心，嘱咐他放在树根之下。须臾间，就从地上冒出一股清泉来，行者、八戒和沙僧合力把那树又扛了起来。菩萨用杨柳树枝蘸着这甘泉水，一边念着咒语，一边洒在树上。只见人参果树渐渐恢复了生机。没过一会儿，那果树就长得青枝绿叶浓郁阴森。那些人参果也一个个地从地上冒了出来，清风和明月高兴地过来数，数完之后发现树上有二十三个人参果。清风就奇怪了，上一次数是二十二个果子，今天怎么就变成二十三个了？悟空说道："那一天老孙就说，我只偷了三个，另一个果子是掉到地上，钻到土里去了。"这样一说，大家才知道那天确实错怪悟空了。

镇元大仙一看果子都活过来了，心里高兴。这次他不再吝啬，拿起金击子，从那树上一下就敲下了十个人参果。他热情地邀请众人入座。给菩萨吃了一个，给福、禄、寿三星一人吃一个，再给唐僧吃一个，镇元子自己吃一个，悟空、八戒、沙僧又一人给了一个，他自己观中的徒弟们共同分一个，正好十个。

这件事终于有了一个完美的结局，镇元子还和行者结为兄弟，他热情地挽留他们住了五六日，最后都舍不得悟空走了。但是，西天取经可不能贪玩儿，终究还是有告别的一天。这一天唐僧师徒离开了五庄观，继续西行。在路上走了几天，又看见一座高山，悟空走在前边，横担着棒，剖开山路，就看那山上"虎狼成阵走，麂鹿作群行。无数獐犯钻簇簇，满山狐兔聚丛丛"。还有千尺大蟒，万丈长蛇。"大蟒喷愁雾，长蛇吐怪风"。

唐僧在马上看得是战战兢兢，这座山可不比那万寿山，有点儿吓人，山里会不会有妖怪？正走到那嵯峨险峻之处，三藏突然说道："悟空啊，走这一天我的肚子有点儿饿了。"

这可不太好，万一要是有妖怪，有悟空在身边还好点儿，可悟空如果去化斋去了，真要来个妖怪，那怎么办呢？可师父饿了，又不能不去弄饭吃。悟空飞起身向南看去，见有一座高山，阳光照射之下有一片鲜红的点子。他又按下云头，对师父说道：“师父，有吃的了，那南山上有一片儿红，估计是熟透的仙桃，我去摘来给你吃。”看来这摘桃的地方不远，悟空走这么一会儿，应该不会出什么事儿吧？他起身飞去，谁都没想到的是，云中正走来一个妖怪，悟空的筋斗云惊动了他。唐僧真是多灾多难，妖精早就听说吃上一块唐僧肉可以长生不老，今天一看这不送上门来了嘛，他想上去拿住唐僧，但是发现他身边有沙僧和八戒，妖精不敢轻易动手，他低声说道："今天我要好好地戏弄戏弄他们。"

好妖精，停下阴风，在那山坳里，摇身一变，变作个月貌花容的女儿，那是眉清目秀，齿白唇红，漂亮极了！左手提着一个青砂礶儿，右手提着一个绿磁瓶儿，奔着唐僧就来了。八戒最先看见了她，见她"汗流粉面花含露，尘拂蛾眉柳带烟"。她的脸上出了点汗，像花瓣上带着露水一样。

当年八戒因迷恋嫦娥的美貌而行为不端，被玉皇大帝贬至人间。今天又看见这漂亮的妖怪，他的老毛病可别又犯了。你看他早就坐不住了，站起身来走过去跟人家搭讪说："女菩萨，你往哪里去啊？你手里提着的是什么东西啊？"妖怪说："长老，我这青礶里装的是香米饭，绿瓶里装的是炒面筋，看你们是僧人，想把这饭送给你们吃。"八戒一听，欣喜若狂，像得了猪癫风，回头就跑着说："师父！有人给咱们送饭来了，那猴子摘桃去，还不知道什么时候回来，不如咱们先接受了人家送的饭，先吃着。”完了，八戒这次又上了妖怪的当，他被那妖怪的美貌所迷惑，全然忘记了保护自己和师父的重任。看看唐僧是什么反应，就见他也站起身来，合掌在胸前说道：“女菩萨，你住在什么地方啊？怎么劳你给我们这些和尚送饭呢？”妖怪又说道：“师父，我的丈夫在北边的山坳里种地呢，我这是给他去送饭，只因我的父母喜欢学习佛法，每次见了和尚，都会送些斋饭给他们吃。如果他们知道我把这饭送给了你们，一定会特别的高兴呢！”唐僧又说：“善哉，善哉，假如我们把你的饭吃了，你的丈夫知道了，他会骂你的，再说我的徒弟去给我摘果子吃了，这饭我不能吃。”妖怪又说道：“师父啊，我那丈夫是个善良的人，要是知道我把这饭送给师父吃了，他高兴还来不及呢！”唐僧推脱说：“不行，不行，这饭我不能吃啊。”真不错，唐僧没有被那妖怪的美貌所迷惑。

可是，八戒在旁边生气地说：“天下的和尚多了去了，也没见过像你这样的，现在猴子不在，饭能分成三份，我们都能多吃点儿。一会儿那猴子回来还得分成四份，饭都不够吃。”话音刚落，他便迫不及待地凑近那礶子，欲要下口。若真被他吃了，万一中毒，就剩沙僧一个人，能打过那妖精吗？八戒的心思完全被眼前的美貌女子和美食所惑，完全不顾大局。就在这紧要关头，行者回来了。他用火眼金睛一眼就看出那女子是妖怪变的，掣出铁棒当头就要打。唐僧赶紧上去把他拉住说：“悟空啊，你这是要打谁呀？”悟空说：“师父，你面前这个女子是个妖怪。”唐僧马上说道：“哎呀，你这猴头，这女菩萨十分善良，要把这饭送给我们吃，你怎么说她是妖精啊？”悟空说：“嘿嘿，师父，你不知道，当年老孙在水帘洞里的时候，如果想弄点儿人肉来吃，也是像她那样变成个美貌的女子去迷惑你，等把你引到洞里，就把你蒸了或者煮了吃，吃不了的还晒成肉干呢！”

唐僧听完仍然不相信，执意认为那女子是好人，要护着。悟空哪管那些，他掣出铁棒罩着那妖精，劈脸就是一棒。那妖怪有些手段，使了个解尸法，飞走了，只留下一具假尸装作被悟空打死在地。妖精虽然跑了，但不管怎么说，唐僧安全了。悟空回过脸来，想拿桃给师父吃，但是，他没想到师父在那儿脸都气白了，还战战兢兢地说道：“你这猴子这样无理！劝了你多少次！你还是无缘无故地伤人性命。”唐僧不信悟空，反而责怪于他。悟空无奈地对师父说道：“师父，你先别怪我，你过来看看这礶子里是什么东西。”沙僧搀着师

父走上前来，仔细一看，那先前的面筋，哪里是面筋呢？那是一礶子拖着长尾巴的蛆变的，实在是太恶心了，再看那米饭，那也不是米饭，那都是些青蛙、癞蛤蟆变得，在那满地乱跳。这些恶心之物，都是那妖怪所变的幻术。

唐僧一看，有点儿相信悟空了，这就对了嘛，你自己看不出谁是妖怪，但是悟空有火眼金睛啊，你相信

他不就安全了吗？但是，这个时候猪八戒此刻却插话道：“师父，人家明明是个女子，路上遇到咱们，给咱们送饭吃，怎么就是妖怪了？哥哥他棍子重，一棒子把人家打杀了，他是怕你念那个紧箍咒，这才使个障眼法，把米饭面筋变成了这些东西，这是他唬你呢！”三藏一听，他竟然不信悟空，信了这头猪的话，手中一捻诀，口里一念咒，把那行者痛得直呼：“哎哎哎师父，头痛！头痛！”哎呀！这也太冤枉悟空了，他明明是好心好意地保护他们，最后还要受冤枉、被惩罚，行者苦苦哀求说：“师父，莫念！师父，莫念！有话好好说，咱们有话好好说呀！”

唐僧终于不念咒语了，又训他说道：“有什么话可说，我们出家人时时不离善心，扫地的时候都要小心不要伤到蚂蚁，点灯的时候也要小心不要烧到飞蛾，用纱布把那灯照起来，你却步步行凶，平白无故地把人家打死，你就是取了经来又有什么用啊？你回去吧！”悟空问：“啊？师父，你叫我回哪里去啊？”唐僧说：“我不要你做我徒弟了，你该回到哪里，就回到哪里去。”唐僧怎么会做出这样的决定？悟空真要是走了，别说去西天了，连这座山都难以安全穿越，那妖精不来抓他才怪，再说这对悟空也太不公平了。悟空会走吗？如果他不走，那他又该怎么办呢？

思维特点

☞ 焦点思维

1. 眼神聚焦：每个人的眼神，都集中朝云彩的方向看去。

2. 位置聚焦：云朵放在画面中上位置，很显眼。

培养孩子焦点思维的益处：处理事物时更容易聚焦，具有更强的判断力，更容易突破性地解决难题，会想尽办法解决焦点问题……

☞ 如何通过绘画培养孩子焦点思维

1. 画面聚焦

孩子画动物时，问问孩子：“你最想画什么动物？你最想画这个动物的什么状态？如果画老虎的愤怒该如何去表现？”

2. 重复多次练习聚焦

再反复引导孩子思考愤怒的老虎，它的眼睛是什么样的？它的嘴巴是什么样的？它愤怒时体态是什么样的？

3. 指引注意力

每段时间围绕一个焦点做事。比如问孩子：你最近最想玩的是什么？你最近最想做的事是什么？你今天只做一件最重要的事，会是什么？把孩子的注意力指引到焦点上，忽略其他不重要的事情。

给孩子讲《西游记》

第二册

［明］吴承恩◎著　大嘴飞◎改编　王鲁闽◎绘

清華大学出版社

北京

图书在版编目 (CIP) 数据

给孩子讲《西游记》 / (明) 吴承恩著 ; 大嘴飞改编 ; 王鲁闽绘 . -- 北京 : 清华大学出版社 , 2025. 1.
ISBN 978-7-302-67883-0

I. I207.414-49
中国国家版本馆 CIP 数据核字第 2025TZ7482 号

责任编辑：张立红
封面设计：异　一
版式设计：赵廷宏
责任校对：卢　嫣
责任印制：杨　艳

出版发行：清华大学出版社
网　　址：https://www.tup.com.cn，https://www.wqxuetang.com
地　　址：北京清华大学学研大厦 A 座　　邮　　编：100084
社 总 机：010-84370000　　邮　　购：010-62786544
投稿与读者服务：010-62776969，c-service@tup.tsinghua.edu.cn
质 量 反 馈：010-62772015，zhiliang@tup.tsinghua.edu.cn
印 装 者：北京博海升彩色印刷有限公司
经　　销：全国新华书店
开　　本：146mm×210mm　　印　　张：41.125　　字　　数：658 千字
版　　次：2025 年 3 月第 1 版　　印　　次：2025 年 3 月第 1 次印刷
定　　价：238.00 元（全四册）

产品编号：095771-01

第31集
恨逐美猴王

悟空识破了那化为美女的妖怪并将其击退，但是，唐僧却不相信那女子是妖精变的，不但念紧箍咒惩罚悟空，还要赶他走。他竟然对悟空说："我不要你做我徒弟了，你该回到哪里，就回到哪里去。"悟空惊讶道："啊？师父，你不要我做徒弟，那西天的路你去不成啊！"唐僧道："就算我被哪个妖精蒸了，或者煮了吃了，那也是我的命不好，用不着你管，你快回去吧。"哎呀！怎么能这样对待悟空呢，这也太让人伤心了，让我们看看悟空会怎么回应他。悟空说道："师父，我也不是不能回去，只是我还没报你的恩呢。当年老孙大闹天宫，被压在那五行山下，幸亏有师父救我，如果不保你去西天，那我不是知恩不报吗？再说西天路上有数不尽的妖魔鬼怪，俺老孙实在是不放心呐。”

真是好猴王，被人冤枉成这样，还能对师父忠心耿耿。唐僧见悟空如此忠诚，心中也生出了些许动摇，他最终决定再给悟空一次机会：“好吧，我先饶你一次，下一次你要是再无缘无故地打人，我就把这咒语念二十遍。”悟空欢喜道：“好的，师父，念三十遍也行，以后我不敢打人了。”说完，他又高高兴兴地把桃子拿过来给师父吃。

再说那妖精逃了命，又飞到云端，气得咬牙切齿，心想：“早就听说那猴子厉害，今天一看还真有些手段。要不是他，我已经吃到唐僧肉了。不行，我要再下去戏弄戏弄他们。”好个妖精，只见他按落阴云，降落在一个山坡上，化身为一个看似年迈的老太太，看起来大约八十岁，手拄竹杖，一边走一边哭泣：“女儿啊，你在哪里呀？”这妖怪真可恶，他要是单打独斗，哪里是悟空的对手，可他不是变成弱女子，就是变成老太太，总是能骗过唐僧。悟空要是去打他，就得挨那紧箍咒，这可怎么办？就在这个时候，八戒又先看到了妖怪，他就开始胡言乱语道：“师父不好了，刚才那女子的妈妈来找人来了。”悟空说道：“兄弟，你不要胡说，刚才那女子也就十八岁，这个老太太能有八十岁，都能做她奶奶了，怎么会是她的妈妈，肯定是个假的，等老孙去看看。”

好行者，拽开步子走近前观看，那妖怪哪里逃得出行者的火眼金睛。她还在那装呢，“走路慢腾腾，行步虚怯怯。弱体瘦伶仃，脸如枯菜叶”。就说这妖怪学得还挺像，慢腾腾、虚怯怯地走，把那脸变得像枯黄的菜叶一样，还真像个老太太。可是悟空是什么脾气，宁可挨那紧箍咒，也不会允许这妖精伤害他师父半点儿。这回怕她跑了，话都没说一句，抽出铁棒照头就打。这妖怪是真的狡猾，他一看悟空来了，又脱身飞走了，留了一具假尸体被悟空打死在那。

哎呀！这下完了，妖怪没打着，唐僧岂不是又要念起紧箍咒。就见三藏走过来，为那假尸体难过。他甚至还给自己这忠心耿耿的徒弟念了二十遍紧箍咒，悟空痛得快要昏死过去了，这也太委屈他了。他从地上滚过来哀告道：“师父，莫念了！莫念了！有什么话只管说呀。”唐僧气道：“还有什么话说，我这样劝你，你却怎么只是行凶？把这些普通人打死一个又打死一个。”悟空委屈道：“师父，他是妖精啊！”三藏又气道：“你这猴子胡说！哪有这么多妖怪！你无心向善、有意作恶，你去吧！”悟空道：“师父，你又叫我回去，回去也可以，只是还有一件事你要帮我做了。”“师父！”开口说话的是八戒，他是不是看悟空挨了太多遍的紧箍咒，心疼他，要给他说情？我们且听听他怎么说。

八戒道：“他要和你分行李呢，他跟你做了这么几年和尚，不想空着手回去，他看你那包里有些衣服、有些帽子，他想要分两件。”这头猪他怎么能说出这样的话呢，不过是因悟空刚才击退了那妖怪所化的美貌女子？那还不是为了保护他们。悟空也气得暴跳如雷，就骂他：“你这个尖嘴的笨货，老孙已入了佛门，怎么会贪恋你的什么行李？”这时唐僧问道：“那你不是贪恋行李，为什么还不走？”真是气死人了。唐僧也说这样的话。悟空又说道：“实话告诉师父吧，当年老孙在那花果山水帘洞的时候，手下也管着四万七千群怪，头戴的是紫金冠，身穿的是赭（zhě）黄袍，腰系的是蓝田带，足踏的是步云履，手执的是如意金箍棒。现在回去头上却多了个金箍，会让人家笑话，师父，看在我跟了你这么多年，你就念个松箍咒，把我头上的箍摘了我就回去。”

唐僧回道：“当年菩萨只教了我紧箍咒，没有教我松箍咒，我实在是摘不下来呀！”悟空忙说道：“那要是没有松箍咒，你就还带我西行吧！”好一个有情有义的美猴王，他心里清楚，唐僧哪里会什么松箍咒！他愿意忍受一切委屈，只为护送唐僧西行取经。唐僧一看，也没有办法摘紧箍，无奈说道："你起来吧，我再饶你一次，以后不能再行凶了。"悟空喜道："好好好好，再不敢了，我再也不敢了。"悟空满心欢喜，他将委屈抛诸脑后，重新搀扶唐僧上马，手握金箍棒，为师父开路前行。

又说那妖精，行者第二棒也没打死他，他飞回空中，他得意地飞回空中，自夸道："好个猴王，果然有些手段，我变成个老太婆也被他认出来了，我要是这样就放他们走了，那唐僧岂不是被别的妖魔给抓去吃了。不行，我还要

下去戏弄戏弄他们。”好妖怪，按耸阴风，飞到山坡下，摇身一变。这次他又变成什么了？他变成了一个老公公。那是“白发如彭祖，苍髯赛寿星”。“数珠掐在手，口诵南无经”。

什么意思？就说他这次变成了满头白发长着长长的胡子，手里掐着佛珠，口里面还念着佛经的老公公。这一回唐僧在马上先看见他了，见他手持佛珠，口中诵经，不禁心生欢喜：“阿弥陀佛，你看那老公公还在念着佛经呢。”八戒又在旁边说道：“师父，你先别夸奖他，这个老公公可能是来找他的女儿和他们家老太婆的吧？”悟空道：“呆子你不要胡说，你这样会骗了师父的，让老孙再去看看他。”悟空早就看出他是妖怪，这回他把棍子拿在身边，走上前去，笑问：“老官儿，往哪儿去呀？怎么又走路又念经啊？”妖怪回道：“我是出来找我女儿的。”悟空道：“哈哈，你瞒得过他们，你瞒不过我，我认得你是个妖精。”那妖精一听，他又被认出来了，吓得他一时无言以对。

行者手中攥着铁棒，心中犹豫不决：“今天我要是不打死他，他就还在这儿骗我师父，要是趁我们不注意的时候把师父抓了去，我还得费心劳力地去救他，要是一棒子打死他，又怕师父念那紧箍咒，不行不行，还是要打他，就算师父念那紧箍咒，凭我花言巧语哄他一哄也就算了。”好大圣，想到这里，他念动咒语叫出了山中的土地和山神，大圣飞起身对他们说道："土地山神，你们听着，这个妖怪来了三次戏弄我师父，这一次我要把他打死，你们在半空中为我作证，不要让他跑了。"土地山神忙回道："大圣，你尽管去战，我们在这里看着。"大圣这一棒挥下，速度快得让妖怪无法闪避。终于把他打倒在地，断了他的灵光。太好了，这妖怪终于被打死了。但是，唐僧那边怎么交代呢？

你看他骑在马上又被吓得战战兢兢，说不出话来，举起手又要念紧箍咒。行者知道他要念，赶紧跑到马前，哀求道："师父，莫念！莫念！你过来，你看看那妖怪的模样。"唐僧走过来看，原来是一堆骷髅，惊讶问道："悟空啊，这个人刚刚才死，怎么就变成一堆骷髅了？"悟空回道："师父，这个妖怪就是这僵尸变的，被我打杀以后，她就变出了本相。你看看她那脊梁骨上还有一行字呢。"唐僧仔细一看，上面刻了四个字"白骨夫人"。原来她是一堆白骨成精啊，唐僧看了以后有点儿相信悟空了。这时八戒又插嘴道："师父，你别信他，他那手重棍子凶，把人家打死了，就是怕你念那紧箍咒，故意又把人家变成了这个样子，这是他哄骗你呢！"唐僧一听又信了八戒，抬起手来，又开始念紧箍咒。

行者忍不住疼痛了，赶紧跪在路旁，只叫："师父，莫念！莫念！莫念啊！有话你尽管说。”唐僧道：“还有什么好说的？今天你在这荒郊野外，一连打死三个人，以后到了城市之中，人烟密集的地方，你拿出你的哭丧棒，一时不知好歹，乱打起人来，要打死多少人呢？等你闯出大祸来，叫我们怎么能走得了啊，你回去吧！”悟空委屈道：“师父，你错怪我了，这厮分明是个妖怪，她要害你呀，我打死她替你除了害，你不信我，反倒信了那呆子的话，你这已经是第三次赶我走了。我走也行，可是我真要是走了，你手下没有人保你上西天哪。”好一个有情有义的美猴王，他说这个话的意思不还是不想走吗？他想吓唬唐僧，让唐僧知道没有他的保护去不了西天。唐僧能不能明白悟空这番心意，看他怎么说。

唐僧道：“你这泼猴，实在无理，难道就你是人，悟能、悟净就不是人吗？他们就不能保我去西天吗？”唐僧能不能念在曾经的情意不赶他走呢？

第32集
误入波月洞

白骨精连续变化三次，最后一次终于被猴王打死。但是，唐僧却每一次都不相信悟空，硬说他打死的是好人，他就非要把悟空赶走，悟空是伤心至极啊，说道："苦啊，你那时出了长安，到了五指山救我出来，我拜你为师。我们曾经一起入过古洞、穿过森林、擒过魔、捉过怪，收了八戒，又得了沙僧，我们吃尽了千辛万苦，今天你一时糊涂，竟然叫我回去，你用不上我了，要赶我走，好！好！好！只是我这头上多了这紧箍。"唐僧说道："好，以后我不念那紧箍咒了就是。"悟空又道："这个难说，万一你以后碰到了毒魔、遇到了苦难，自己脱不了身，八戒、沙僧又救不了你，到那时你要想起我来，再念那紧箍咒，离你十万里路，我也头疼。”悟空还是想找理由留下来，但唐僧更加愤怒，竟然从马上下来，叫沙僧从包袱里取出了纸和笔来，他这是要干吗呀？他写出了一封贬书。

什么叫贬书？就说唐僧想让悟空走，嘴上说不算，这是唐僧决心将悟空逐走的书面证明，表明他永不后悔这一决定。写完之后递给孙悟空，“猴头！我们以此为证，以后再也不要你做我的徒弟了！如果我再和你相见，就让我下那地狱！”哎！好绝情，这得让悟空多伤心。行者接过贬书，放在自己的袖子里，他又对唐僧说道：“师父，我也是跟了你一场，又蒙菩萨教导，今天不能继续送你西行了，你请坐，受我一拜，让我走也走得放心。”唐僧竟然转过了身，不理不睬，嘴里面还唧唧哝哝地说道：“我是个好和尚，不用你这坏人拜我。”大圣不管他怎么说，从脑后拔了三根毫毛，吹了口仙气，喊了声“变！”，变出三个行者，加上自己共四人，从四方围住唐僧，一同跪拜。之后他站起身来走向沙僧，又嘱咐道：“贤弟，你是个好人，只是以后要留心那八戒说你的坏话，一路上要保护好师父，万一他要是被妖精抓住了，你就说老孙是他的大徒弟，那些妖怪听说了我，就不敢伤害师父。”唐僧在旁边听了，又来了一句：“我是个好和尚，不提你这坏人的名字，你回去吧。”大圣看唐僧三番两次地都不肯回心转意，无奈离去。

你看他，“一头拭迸坡前草，两脚蹬翻地上藤”，纵身一跳，顷刻之间不见了踪影。在回花果山的路上，他一个人凄凄惨惨，忽然又听到下方传来了好大的水声。仔细一看，原来是东洋大海的海潮发出的水声，海潮声又让他想起了师父，眼泪止不住地往下流。他站在云端停了好久，最后才飞回花果山去了。

再说那唐僧听信了八戒的谗言，赶走了悟空，上了马，又和徒弟们西行了。翻过这座高山，眼前是一带林丘。林丘，是指无数低矮起伏的小山丘绵延不断，却不见高耸入云的巨峰。深入这片林丘，只见松林茂密，树木层层叠叠，藤蔓缠绕其间，形成一片幽暗而神秘的景象。这里的松树尤为茂盛，高耸的枝干上，总是缠绕着茂密的树藤，将阳光遮挡得严严实实，使得林丘内部更显阴森。唐僧走在里面，就跟徒弟们说道：“徒弟呀，一定要仔细，恐怕这里会有妖邪妖兽啊。”你看那呆子没了悟空，他成了大师兄了，拿着个钉钯在前面开路，沙僧在后面牵着马，护着师父。走着走着，唐僧又说道：“八戒呀，走这一天我饿了，你去给我找些斋饭吃吧。”在这深山密林中，他一饿就容易出事儿。

八戒要去化斋，就剩沙僧一个人保护唐僧了，要是来

个妖精还真不好对付。但是没办法，饿了总得吃饭。八戒就说道：“师父，那你下马，我去给你化斋去。”“你到哪里去化斋呀？”“这个你不用管，我这一去，钻冰取火寻斋至，压雪求油化饭来。”他还作上诗了，悟空不在他可能耐了。你听他那诗作的，“钻冰取火寻斋至”，他这是说要在冰上使劲儿地钻，通过这种摩擦钻出火来，那冰能钻出火来吗？在木头上才能钻出火来呀。“压雪求油化饭来”，他要把那雪压扁，使劲压，压出油来。那雪是水变的，又不是油变的，怎么能压出油来呢？他就是在那儿表决心呐。意思是说：“今天再难办到的事儿我都给你办到，饭我一定能弄回来。”

八戒向西行去，走了十多里地，却连一户人家都没有看到。他心里就开始犯嘀咕：“当初那猴子在的时候，老和尚要吃饭，他出去就能弄着饭，今天轮到我出来化斋，走了这么远，连户人家都没看见，这可真是不公平啊。”他走着走着，又觉得有点儿犯困了。他想回去，但是又一想：“我要是这么就回去了，说没化到斋，那老和尚肯定觉得我偷懒。没走多远，不行不行，我呀还是在外面多晃荡一会儿，再回去才好交代。”他看到旁边有一个草丛，便一头扎了进去，呼呼大睡起来。刚才还说钻冰取火寻斋至，压雪求油化饭来呢，此刻八戒却早已抛诸脑后。

唐僧在林间等待，心中焦躁不安，就对沙僧说道：“徒弟呀，那悟能去化斋，怎么这么晚还没有回来呀？”“师父，你还不晓得他吗，他就是找到了人家，他会管你？他要自己吃饱了才会回来的。”唐僧轻叹：“唉，也是啊，如果他现在在那里贪吃，我们什么时候才能等到他呀？天快黑了，我们先要找个住处啊。”沙僧安慰道：“不着急师父，你先坐在这里，等我去把他找回来。”哎，这沙僧怎么能这么安排呢？这林子里危机四伏，即便没有妖怪出没，只要窜出只老虎，就能对师父构成威胁。然而，沙僧却毫不犹豫地离去了。唐僧独自静坐片刻，内心五味杂陈。他一会儿想起悟空被他赶走的事，一会儿又忧虑八戒迟迟未归的安危，想着想着，他倍感烦闷，站起身来去散散步。但是，这深山老林，人迹罕至，路径难寻。唐僧在林中徘徊，不慎迷失了方向。

八戒和沙僧刚才向西行去，他往南去了，这会儿都走出那片松树林了。当他抬头望去，只见前方金光闪烁，彩气缭绕，仔细一瞧，原来是一座宝塔。太阳西下，阳光正好照在那宝塔的金顶使金顶熠熠生辉。他自言自语地说道：“我那徒弟没有缘法呀，这黄金宝塔下一定有寺院，寺院里一定有僧人，如果他们找到这里，不早就化到斋了吗？”

唐僧迈开步子，一直走到塔边，他往两边一看，“两边杂树数千科，前后藤缠百余里”。这景色有点儿怪，僧人一般不会选择到处都是杂树的地方建庙，而且前前后后有藤葛缠绕百余里。那来回走路也不方便。别着急，再仔细看，就见那：“花映草梢风有影，水流云窦月无根”。

这里的风，带着丝丝凉意，水中的月亮倒影若隐若现。再往那宝塔门前看去，“洞门外有一来一往的走兽成行；树林里，有或出或入的飞禽作队”。这里的景色看起来有点儿怪异。唐僧此刻应该转身离去，赶紧回去找徒弟。然而，他还是很好奇，他举步近前，来到塔门之下，只见门内挂着一副斑竹帘儿。他毫不犹豫地跨入门槛，揭开帘子，迈步进入。猛一抬头，见到了一张石床，上面侧睡着一个妖魔。你看他长得“青靛脸，白獠牙，一张大口呀呀。两边乱蓬蓬的鬓毛，却都是些胭脂染色；三四紫巍巍的髭（zī）髯（rán），恍疑是那荔枝排芽。鹦嘴般的鼻儿拱拱，曙星样的眼儿巴巴。两个拳头，和尚钵盂模样；一双蓝脚，悬崖榾（gǔ）柮（duò）桠（yā）槎（chá）”。他躺在那里，“斜披着淡黄袍帐，赛过那织锦袈裟”。

这妖精长得也够怪的，两边鬓毛是五颜六色，胡子是紫微微的，又长了双大蓝脚丫子，身上还穿个黄袍。三藏

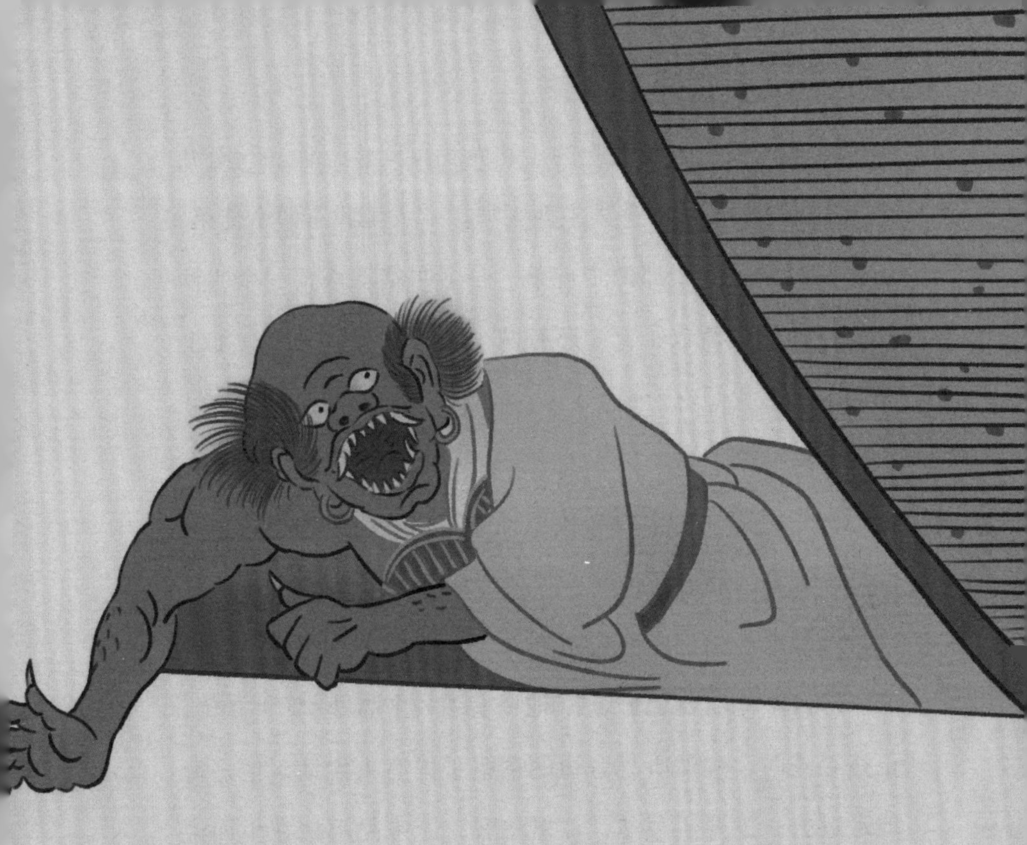

看了他长得这个模样，吓得一个倒退，遍体酥麻，两腿酸软，急忙抽身就要走。进了这个地方还想跑，早被一群小妖抓上前来。刚才他一进门的时候，那老妖就闻着味儿了，这会儿已经坐起来了。他问道：“你是从哪儿来的和尚？”“我本是东土大唐的僧人，要去西天拜佛求经，本来想到这塔下拜一拜，没想到惊动了你。”“哈哈哈哈哈，这是你自己撞上门来给我吃的。和尚我再问你，你一行有几个人呢？你总不敢一个人上西天吧。”“大王我有两个徒弟，还有一匹白马。我那两个徒弟，一个叫猪八戒，一个叫沙和尚，他们化斋去了。”“还有两个徒弟，连你三个，加上马四个，够我们吃一顿了。”小妖们一听有吃的了，就在底下接话：“大王，要不然我们去把他那徒弟抓回来。”“不用，他那两个徒弟化了斋以后找不见师父，会找上门来的，咱们慢慢等着，捉他们就行了。”小妖们绑好唐僧后关上门。

再说那沙僧出了林子也往西，走了有十几里路，没看见一户人家，也没找到八戒。他登上了一个高处，四下张望，正在寻找时，突然听见旁边的草窠子里有人说话。他好奇地走过去，拨开了草丛，往里一看，原来是那猪在里面说梦话呢，睡得那叫一个香甜。沙僧过去狠狠地揪住他那个大耳朵，“好呆子啊，师父叫你出来化斋，你却在这里睡觉。都什么时候了？”“唉唉唉，什么时候了？”“你快起来吧，就算没有斋饭吃，我们也先要给师父找个住处啊。”他们俩一路急急忙忙地往回赶，却发现师父不见了踪影，于是他们决定去寻找师父。他们能找到那妖洞吗？

思维训练问答

教孩子学会承受委屈

1. 为什么唐僧那样冤枉悟空，三番五次地要赶他走，悟空就是不走呢，悟空是怎么想的呢？

2. 如果你是悟空，唐僧那样冤枉你，你会不会感到很委屈，很生气，之后你会怎么做呢？

3. 在你的日常生活中，有没有什么事情是你宁愿受很大委屈都一定要把它做成的呢？讲出来给大家听听。

故事中的家教思维

不管本事大还是本事小，能力是强还是弱，承受委屈这件事，是每个人都逃不掉的。本事越大，承受的就越多。即使本事没那么大，哪怕只是一个家庭成员，上有老、下有小，很多改变不了的事情，我们都得去承受。所以，这种能力我们得刻意地去教孩子。

孙悟空论本事，上天入地相当厉害，以他的性格，那是一点儿气都不会受的。但是当他保护唐僧西天取经时，有了使命、有了责任以后，他慢慢地开始成熟起来，能承受更多

的委屈了。比如三打白骨精的情节中，他被冤枉后，唐僧反复地给他念紧箍咒，还撵他走，但是他为了完成保护师父西天取经这个使命，甘愿受这个委屈。

这部分内容，我们就可以拿来跟孩子讨论，启蒙他这方面的思维。第一个问题，我们可以问孩子，为什么唐僧几次三番赶孙悟空走，他就是不走呢？他是怎么想的呢？这个问题就引导孩子认识到，平时没事的时候，我们没必要去委屈自己，但是当我们有了一个使命、责任的时候，那就不一样了，我们要学会承受一些委屈。

第二个问题，可以进一步询问他，如果你是孙悟空，唐僧那样冤枉你，你会不会觉得特别生气、特别委屈？那当你有这样感受以后，你会怎么做呢？你也会像孙悟空那样，宁愿忍受这么大的冤枉和委屈，也要一心保护唐僧西天取经吗？通过这个问题，我们让孩子明白，为了我们热爱的事，为了我们爱的人，我们可以承受一定的委屈，这其实是个很了不起的品质。

最后一个问题，结合生活实际来问他，在孩子的日常生活中，有没有什么事情是一定要把它做成的，为了做成这件事儿，是否甘愿受一些委屈呢？让他讲出来听听。我们通过这些问题就把承受委屈这个观念植入孩子心里。

第33集
公主救唐僧

八戒去化斋，很久都没有回来，沙僧便去寻找他。唐僧一个人在松林中散步，不慎误入了一个妖洞。当沙僧将八戒带回后，却发现师父唐僧不见了。两人赶紧牵上马匹，挑起担子找师父去了。

没过多一会儿，他们也找到那座金光闪烁的塔。他们猜师父如果看见这样的塔，能不去拜吗？估计师父应该是去了那里。他们俩来到塔下，见到门上横放了一块白玉石板，上面刻着六个大字：“碗子山波月洞。”他们俩一看，不好，和尚住的地方通常得叫波月寺或者波月庙，怎么能叫波月洞呢？妖精住的地方才叫洞。沙僧就说：“哥呀，这是一个妖洞，师父要是在这里就很难办了。”八戒道：“兄弟莫怕，你把马拴上，再看着行李，待我上去问问他。”那呆子拿起钯，上前高喊：“开门！开门！”洞里的小妖把门打开一看，这两个人怎么长这样，比他们还像妖怪，转身回头就跑。叫道：“大王！大王！洞门外有一个长嘴大耳的和尚，和一个晦气脸色的和尚来叫门。”大王得意地笑道：“哈哈哈哈，看来是猪八戒和沙僧送上门来了。”他穿上披挂，拿着一口钢刀就往出走。八戒和沙僧在门外一看，这老妖长得十分凶恶：

那是“青脸红须赤发飘，黄金铠甲亮光饶”。“一双蓝靛焦筋手，执定追魂取命刀。要知此物名和姓，声扬二字唤黄袍”。

原来这怪物的名字叫黄袍，那黄袍怪一出门就质问：“你是哪里来的和尚，在我门口吆喝什么？”八戒道：“儿子，你不认得我是你老爷！我是从大唐来去西天取经的。我师父唐三藏要是在你那里，你趁早给我送出来，省得我带着钉钯打进去。”黄袍怪笑道：“哈哈哈哈哈哈，是有一个唐僧在我家，我也没有怠慢他呀，正在安排些人肉包子给他吃呢。要不然，你们也进去吃一个？”那呆子什么话都没听清，就听见一个“吃”字，差点就要往里冲。沙僧在旁边一把把他拽住了，说道：“哥呀，他骗你呢，咱们师父什么时候吃过人肉啊？”八戒这才回过神来，他掣起钉钯望着妖怪劈脸就筑，那怪物侧身躲过，挥起钢刀急架相迎，两个都显神通，纵上云头跳在空中厮杀。沙僧撇了行李、白马，举上宝杖，赶紧上来帮忙。这场好杀呀！

正是那“杖起刀迎，钯来刀架。一员魔将施威，两位神僧显化。九齿钯真个英雄，降妖杖诚然凶咤。没前后左右齐来，那黄袍公然不怕”。“只杀得半空中雾绕云迷，半山里崖崩岭炸”。

一个为声名，怎肯甘休？一个为师父，断然不怕。他三个在半空中，往往来来，战经数十回合，却始终难分高下。为什么不分胜负，你以为这妖精没那么厉害？要是真论手段，别说八戒和沙僧两个人了，就算对面有二十个人，也未必能胜过这妖怪。那为什么打个平手？别忘了在天上有一直跟随着唐僧保护他的神仙，六丁六甲、五方揭谛、四值功曹、一十八位护教伽蓝，他们都在暗中助八戒和沙僧一臂之力！

外边打得火热，洞里的唐僧又在那儿哭道：“悟能啊，不知道你在哪个村子里贪吃着斋饭呢。悟净啊，你又是到哪里去找他了？你们知不知道我遇到妖精了，在这里受难哪？你们什么时候能回来？早点儿救我脱难，再去西天

哪。”他正伤心烦恼之际，忽然看见从洞中走出一个女子，那女子走过来问道：“长老，你是从哪里来呀？怎么被绑在这里？”唐僧仔细看她，见是一个三十多岁的妇人，他就回答道：“女菩萨，你问这个有什么用啊？我不小心走到你家里来已经是该死的，要吃就吃吧，有什么好问的？”妇人解释道：“我不是来吃人的，从这里往西去三百里有个宝象国，我的家原本在那里，我是那国王的第三个公主，乳名叫百花羞。十三年前，八月十五的晚上，我一边观赏月亮一边玩耍，没想到被那妖精，一阵狂风把我抓到这里，又和他成了夫妻，生了儿女。我很久没有听到我父母的消息，我心里想念他们，如果你能帮我送一封信给他们，我愿意放你西去。”

唐僧一听，简直不敢相信自己的耳朵，没想到这次被妖怪抓住，竟然能被妖怪的夫人所救。他赶紧答应下来，应道：“女菩萨，如果你救得了贫僧的命，我愿意为你做那送信人呐。”那百花羞赶紧写了一封信交给唐僧，唐僧塞在他的袖子里，谢过公主就要往外走。那公主上去又一把拉住他，对他说道：“长老，前门你出不去，那里有很多妖精，你还是从后门走，我再去劝劝大王，让他不要与你的徒弟争斗。如果大王同意了，你们就在后门相聚。”唐僧谢过公主，赶紧从后门溜出去，找了个地方先躲了起来。

公主走到门前，冲着天空高声喊道：“黄袍郎！”黄袍怪在天上一听这是夫人在喊他，他心里想：“这夫人一定是有事，不然怎么会这个时候喊自己呢。”他一转身，丢下沙僧和八戒不管了。他按落云头见了夫人，问道：“夫人有什么事啊？”公主就以他们都是僧人为理由，希望他不要为难这些善良的僧人，不要再跟八戒和沙僧打了，特别是要放了唐僧。那黄袍怪虽然凶狠，但是他听夫人的话，公主这么一求情，他还真答应了。他转过身冲着天空高声喊道：“那猪八戒，你过来，我不是怕你不和你打，看在我夫人的份上，饶了你师父，你们去后门找他吧，以后要是再敢闯到我这里，我绝不轻饶你们。”八戒和沙僧一听还有这个好事，没想到这位夫人如此善良，救了师父。他们赶紧朝后门跑去，终于在那里与师父重逢。赶紧跑吧，别一会儿妖精再反悔。八戒和沙僧扶师父上了马，担着行李一路西去。

这回，他们走得格外得快，每到晚上便寻找借宿之处，早晨鸡一叫，他们就赶路。一程又一程，不知不觉走了二百九十九里路。

这一天，唐僧师徒猛一抬头，发现前方矗立着一座繁华的城池，楼阁林立，居民熙熙攘攘，热闹非凡。不用说了，

这肯定是那公主所说的宝象国。他们先找了一间客栈安顿下来，唐僧收拾完就去了宝象国的宫廷门外，见到宫廷管事的人，他就开始介绍自己，说自己是来自东土大唐的和尚，希望能面见国王，以换取通关文牒，也就是通行证。这样，在途中若被问及来历和目的，他便可出示此证，证明自己是奉大唐皇帝之命前往西天取经的使者。阁门管事的人听明白了，立即将此事禀报给了国王。国王一听，这是大唐来的高僧啊，就把他请了上来，又拿出宝象国的玉玺，在那通关文牒上给他盖了章，证明国王同意他从宝象国通行。

三藏谢了恩，接下来赶紧告诉国王关于百花羞公主的事情："陛下，贫僧这里有一份，你的家人写给你的书信。"国王一听心头一震，问道："有什么书信呢？"唐僧回道：

“陛下，你那第三位公主被碗子山波月洞的黄袍妖怪给抓去了，贫僧在那里与她相遇，她让我捎一封书信给你。”国王一听，眼泪“唰”地就下来了：“我的女儿已经丢了十三年了，我找遍了整座城也没有找到她，没想到是被那妖怪给摄走了。”国王这哭声是一声比一声凄惨，哭到最后是双手发抖，连那信都拆不开了。于是，他请殿上的学士代为拆开信件并朗读。公主在信中把她当年如何被抓走，这十三年来如何想念父母，写得详详细细。这信一读完，别说国王哭了，在场的所有人都掉下了眼泪。

国王哭了好久才抬起头来问道：“谁敢兴兵领将，为寡人捉住那妖魔，救回百花羞公主！”可是在场的众人都是普通人，谁敢去跟妖怪打呀？他们沉默了半天，又商量来商量去，最后一致认为，最有可能救公主的还得是唐僧。毕竟这是大唐国来的高僧，大法师，那按道理法师就应该擅长抓妖怪。国王苦苦哀求唐僧，唐僧慌忙说道：“贫僧只知念佛，其实不会降妖啊。”国王惊讶问道：“你不会降妖，西天那么远的路，你怎么敢去呀？”唐僧道：“陛下，贫僧一人当然不敢去西天，只是我有两个徒弟，他们能逢山开路、遇水搭桥，保护我才走到这里的。”国王问道：“你这和尚有徒弟，怎么不一起叫进来？”唐僧回道：“陛下，贫僧那两个徒弟长得十分丑陋，如果让他们进来，怕把陛下吓坏了呀！”国王不以为然地说道：“你把他们叫进来，我还会怕他们吗？”

就这样，八戒和沙僧被请上了殿。他们一进来，国王远远一看，就分不清是人还是妖，心中不免紧张。八戒他知道大家怕他，他还逗他们说：“你们呐不要怕我，我呢是刚看见的时候有点儿丑，你看时间长了，你就觉得我越看越好看了。”国王听他这么一说，又走近一看，仔细一看，这哪里是人？这分明是一头猪怪。旁边那个又是晦气脸色，把国王吓得，一头就从那龙椅上栽下来了。唐僧一看，赶紧上去道歉：“陛下，贫僧的徒弟惊到你了。”国王道：“长老，幸亏你刚才提醒我了，不然这一眼看上去真把我吓死了。”国王缓了一会儿，又赶紧问道：“猪长老，沙长老，你们哪一位善于降妖啊？”八戒急忙说道：“老猪会，我曾经是天蓬元帅，后来被玉皇大帝贬到人间，自打跟随师父从东土大唐启程，一路至此，最会降妖的便是我老猪。”

这牛让他吹的，当年他在高老庄的时候，悟空把他绑起来，揪着他的大耳朵去拜唐僧的时候，他怎么不说这件事？再说了，这会儿他是逞能了，待会儿国王真要是请他去抓妖怪，他能打得过黄袍怪吗？之前是他和沙僧两个人在天神的帮助才打了个平手，他会不会因为吹牛而倒霉呢？

第34集
唐僧变虎

百花羞公主放了唐僧，唐僧又帮她把信给了宝象国国王，国王求他们帮忙捉妖，再把公主救回来。八戒见状，开始吹牛，声称自己本领高强。国王半信半疑，就想考考他，对他说道："既然你是天将，到了凡间肯定会变化，要不然你变大给我看看。"那这个对八戒来说，还是比较容易的。他念了念咒，喊了一声"长！"，他把腰那么一躬，身体瞬间长到八九丈高，脑袋都快顶到宫殿的屋顶，把在场的人都吓呆了。

只有那镇殿的将军问了一句："长老，你这样变下去最高能长到多高啊？"将军这样问他，那不是又给他机会吹牛吗？那呆子说道："那要看刮什么风了，要是刮东风也可以长得再高点儿，西风嘛也将就。要是刮了南风，那我把那青天都能拱个大窟窿！”变这个跟刮风有什么关系呀，这倒是把这帮人给唬住了。国王又在那儿喊：“快收回神通吧，我知道你的变化啦。”八戒变回了以后，国王又请他喝酒，又求他捉妖。喝完酒，他足下升云，直上空中捉妖去了。

沙僧把眼前的一切看得清清楚楚，他知道那呆子在那儿逞能呢。沙僧清楚八戒的实力，知道单凭他一人无法对付黄袍怪，于是也赶紧驾云前去帮忙。没过多大一会儿，沙僧追上了八戒，他们哥俩一起来到了波月洞门前。八戒先出的手，他举起钉钯打在门上，“咣”的就一声，把那大门砸了一个大窟窿。吓得小妖们赶紧伸出头来看，一看又是他们两个，他们跑回去报告：“大王，大王，那长嘴大耳的和尚，和那晦气脸色的和尚又来了，还把大门给打破了。”黄袍怪一听，想不明白了，明明把他们都放了，怎么又回来了？

不管什么原因，既然对方已经打破了自己的大门，黄袍怪决定出去再次教训他们。黄袍怪披上披挂，拿上钢刀，走出洞门，见到了八戒和沙僧，他就高声问道：“我饶了你师父，你怎么又敢上来打坏我的门呢？”“你这泼怪干的好事，你把人家宝象国的三公主骗到你洞里来，霸占人家做你的妻子，这都有十三年了，今天我来就是让你把女儿还给人家国王，你赶紧给我进去拿绳子把自己绑了再出来，还省得俺老猪动手。”这把那老妖给气的，他心里想：“先前我放了你师父，现在你倒回来抢我妻子。”他越想越生气。

你看他“屹迸迸，咬响钢牙；滴溜溜，睁圆环眼；雄赳赳，举起刀来；赤淋淋，拦头便砍”。

八戒侧身躲过，举钉钯劈面迎来。随后，沙僧又举着宝杖上前齐打。这一场在山头上的赌斗跟先前不同了，不光是打架，他们还在互相对骂。八戒和沙僧就说：“你强占公主就不对。”妖怪觉得这关你们什么事儿，他们就这个事骂来骂去，嘴上骂着，手里打着。这一猛怪，二神僧，在那山坡前斗了能有八九个回合，八戒有点儿扛不住了，钉钯难举，气力不加。在这紧要关头，那呆子开口说了句话：“沙僧，你先上来跟他打着，老猪我上趟厕所去。”

这仗打得这么激烈，还能上厕所去？只见他转身就跑，一直跑到一个草丛前，一头钻了进去。他这哪里是上厕所呀，他这不是要逃跑吗？那草窠子里全都是刺儿，把他的头皮都刮破了，脸也戳伤了，但他也顾不上了，钻到那草窠子里就一动都不敢动了。这下他倒是安全了，那沙僧不是让他给坑苦了吗？黄袍怪没打几下，就把那沙僧抓住了。

小妖们上去把那沙僧捆起来，把他带到洞里去了。

黄袍怪回到洞中，坐在那里休息，他就觉得，怎么好像有什么地方不对劲儿。刚才打仗没时间想，这会儿他仔细一琢磨："那唐僧我已经放了，他应该不会反过来又找徒弟来抓我呀。不对，这一定是我那夫人叫唐僧给他的父母送信了。"想到这里，他十分恼怒，走到公主的房间，公主正在那儿梳头，他一把揪住她头发，把她扯出来说道："你穿的锦，戴的金，缺少的东西哪样不是我尽心尽力地给你找来？每日对你情真意切，你怎么只想着你的父母，竟找外人来打杀我。"公主哭道："郎君，你怎么能说这样的话呀，快放开我。"黄袍怪道："你还嘴硬，他就是唐僧的第二个徒弟沙和尚，已经被我抓来了，你去问问他吧！"说完，黄袍怪就带着公主来到沙僧面前，手持钢刀开始审问沙僧："沙和尚，你们两个敢打上我门来，是不是这女子送了信给那宝象国的国王，然后他叫你们来的？"

刚才这公主好聪明，死不认账，现在就要看沙僧的了，他说的每一个字都很关键。你看那沙僧平时挺老实的，这会儿他眼珠一转，真编出个谎来："妖怪，你不要无礼，她哪有送什么书信，只是因为你先前把我的师父抓在洞中，我师父看见了这公主的模样。再到宝象国的时候，发现国王在墙上，挂着公主的画像，他就问我师父沿途上有没有看见他丢失的女儿，我师父这才说出在波月洞看见过公主。那国王听后便要求我们把公主给他带回去，哪里有什么书信？你要杀就杀我老沙一个人，不要冤枉了公主。”

沙僧这个谎撒得漂亮啊，黄袍怪一听觉得沙僧说得有道理，再想想刚才他说话那个样子，理直气壮的，便相信了沙僧的话。回过头又赶紧为公主绾起头发，温柔地将她哄回了房间，公主终于得救了。但是，当天晚上这老妖就觉得心里不安，他为什么感到不安呢？你想，既然国王已经知道女儿在他这儿，那以后肯定会请法力高强的人再来救女儿，怎么办呢？他想了一晚上，也想出来一个谎言，什么谎言呢？第二天早晨，只见他摇身一变，变作了一个俊俏之人，那是“形容典雅，体段峥嵘”，看上去十分俊美。他变得这么帅气，想要干吗呢？就见他纵上云头，朝着宝象国那个方向飞去了。他来到阁门外，见到管事的人说道：“我是三驸马，特意来见国王，请你转告一下。”

什么是驸马呀？驸马就是国王女儿所嫁的丈夫。百花羞公主，那是三公主，所以她的丈夫就是三驸马。国王在里面听到消息心头一惊，之前才说三公主被妖怪抓去了，那三驸马不就是妖精吗？国王害怕，他就问：“我宣不宣他进来呢？”唐僧就在旁边劝他道：“陛下，妖精能腾云驾雾，你宣不宣他进来，他也都进得来，不如还是主动宣他进来吧，看看他说些什么。”国王听了长老的话，就把那妖精请了进来。妖精一进入大殿，众人便纷纷瞩目，只见他相貌堂堂，完全不像是一个妖精。

这时国王问道：“你家在哪里啊？什么时候跟我的公主成亲的呀？怎么今天才来认亲？”国王心急，一连问了他一大串的问题。这妖怪装模作样地给国王磕了头，就说道：“主公，臣住在碗子山波月庄，离这里有三百里远。”国王又问：“那我的公主怎么会跑到那里去和你结婚呢？”

这妖精明明住在波月洞，却谎称是波月庄，这不显然是在撒谎。现在国王又问他问题了，看他如何继续圆谎。黄袍怪又答道：“那是十三年前我在林中打猎的时候，看见一只斑斓猛虎，它身上驮着一个女子，正在往山坡下走。臣为了救那女子，一箭射去，把那猛虎给射倒了，又将那女子带回我家中，把她救活。之后的日子，她从来没有跟我提起过，她是公主。我喜欢她的美貌，她喜欢我的才华，我们两厢情愿就结了婚。而那只猛虎当时我只是把它射倒，并没有射死，就把它抓了回来。公主娘娘善良，劝我把它放了。”这妖精也太能撒谎了，这哪里像个妖精。我看他像个作家，你看他编的这个故事，既能证明自己不是妖精，又巧妙地解释了公主并非被他抢走的。照目前这个情况来看，这个谎已经编得相当圆满了，但是见那妖精提一口气还要接着往下说，他还要编什么谎呢？我们接着听听。

妖怪接着说："但是，没想到那猛虎回了山以后竟然修炼成精，专门害人，前几年有一个大唐国的高僧想要去西天取经，路过那里的时候就被那老虎吃了，他拿了取经人的通关文牒，还变成了他的样子。"他这谎撒得也太毒了，看来公主和沙僧的撒谎水平跟他比差远了。他这话一说出去，那殿上的人全都盯着唐僧看，就看唐僧从头到脚有没有什么地方像老虎。妖怪这谎，撒得是真聪明。第一，把所有的人都骗了；第二，把公主留住了；第三，报复了唐僧。他观察着周围，见众人已被他骗得团团转，认为时机已到，便指向唐僧说："主公啊，你看你那凳子上坐的不正是那十三年前驮着公主的猛虎吗，他根本就不是真正的取经人，借我半碗清水，我现在就让他现了本相。"国王已经完全被他给蒙骗，真的就给了他半碗清水。黄袍怪把水接在手中，走向唐僧，他施展了黑眼定身法，把水含在口中，冲着唐僧"噗"就喷了过去，口中又喊了一声"变！"。本来是个柔柔弱弱的唐僧，让他这么一变，变的是"锯牙包口，尖耳连眉，狞狰壮若大猫形，猛烈雄如黄犊样”。

国王一看，吓得魂飞魄散。殿上仅有几个大胆的将军拿着刀棒上去乱打乱砍。若非有天神保护，纵使二十个唐僧，此刻也早已被砍成肉泥。他们围起来，把这老虎用铁绳锁了，关入铁笼之中。要是悟空在，这些困难自然不在话下。但是悟空被唐僧赶走了，八戒又被妖怪打跑了，沙僧被抓，他自己又变成了笼中的老虎，西天还怎么去呀？搞不好，命都得搭在这儿了。但是别忘了，还有一个人没出场呢，这个人是谁呀？别着急，慢慢听我说。

新来的三驸马把唐僧变成了老虎，这个事儿早被一个人听在耳中，八戒和沙僧去抓妖怪这么久了没回来，也早被一个人看在眼里。现在唐僧身边没有人可用了，该他出场了，他是谁呢？

第35集 大圣归来

黄袍怪把唐僧变成了老虎，宝象国的国王又把唐僧锁进了铁笼子里，看起来他身边没有人能救他了。但是，整件事早被一个人听在耳中，现在唐僧身边无人可用了，该他出场了。就见他摇身一变，驾起乌云，直上九霄空中，化作一条白龙，知道是谁了吧？是白龙马。他在空中仔细观看，就见那妖怪这会儿已经不在朝堂之上了，正一个人在房间里喝酒、吃肉。小白龙摇身一变，化作一个宫女，看上去身体轻盈，仪容娇媚，很漂亮，朝妖怪的房间走了进去。但是小白龙很担心，八戒和沙僧合起来都打不过这妖怪。他一个人是妖怪的对手吗？看看他有什么办法。

他一进屋就开始哄骗妖怪："驸马呀，你别伤我的性命，我是来替你倒酒的。”妖怪答道：“好，那你给我斟酒。”小白龙接过酒壶，将酒倒入杯中，只见酒水在杯中缓缓升高，逐渐形成了一个如十三层小宝塔般的形状，尖尖的，满满当当，一滴也不溢出。妖怪一看，这个好玩，没见过还有人能把酒倒成这样。别忘了小白龙从小是从海里长大的，最会玩水了，这个对他来说不算难。妖怪高兴，端起酒杯一饮而尽，又问道：“你会跳舞吗？”小白龙回道：“略懂，只是空着手，跳着不好看。”妖怪拿起了自己的刀递给了他，让他舞着刀跳。

小白龙这办法不错，刚才他变成宫女给妖怪倒酒，是为了让他放松警惕。如今，他成功将刀拿到手，要找准机会一刀剁了这妖怪。小龙在酒桌前，上三下四、左五右六地舞起了花刀。那妖怪越看越高兴，完全放松了警惕。小龙瞅准了机会，望着妖怪劈刀就砍。那妖怪也真厉害，一侧身就躲过去了。这就不好办了，偷袭没成功，这要是正儿八经地打，小白龙不一定打得过他。

妖怪虽然现在手里没有刀，但他迅速拿起旁边的铁棒，驾起云头飞向空中。小白龙也现了本相，驾起云头，两个在半空中就杀了起来。“一个好似白牙老象走人间，一个就如金爪狸猫飞下界。”“一个放毫光，如喷白电；一个生锐气，如迸（bèng）红云。”“银龙飞舞，黄鬼翻腾。”

他们两个在云端里也就打了八九个回合，小白龙就开始有点儿手软筋麻了，他希望这场仗不要打得太久，他瞅准了机会，飞起刀去砍那妖怪。妖怪一只手接住了宝刀，另一只手抛下铁棒，正打中了小白龙的后腿。幸亏这宝象国周围有护城河，小白龙一头就钻到水里去了。妖精他不擅长在水里作战，拿小白龙没办法。小白龙在水中潜了半天，直到确定妖怪已经离开，他才咬着牙，忍着腿疼跳出水面。小白龙又回到之前拴马的地方，再变回白龙马，趴在地上休息。只是这回他浑身是水，腿上有伤。可怜，真可怜。现在这个情况，救唐僧还有希望吗？

如果说还能有一点点希望的话，那就只能指望八戒了。之前跟妖精打仗的时候，他不是一头钻到草窠子里去了吗，那这会儿他跑到哪儿去了？八戒钻到草窠子里以后，他怕妖精发现自己，就钻到里面就一动不动，结果待了一会儿，他就睡着了。你说这猪也太逗了，打架能打睡着了这种事儿，还真是头一次听说。

他在那草窠子里一直睡，直到大半夜他才醒过来。他坐在地上缓了半天才清醒过来，说道：“哦，之前我是和那妖怪打仗，钻到这里面来的。哦对，沙师弟是被那妖怪给抓去了，那我现在要是去救他的话，怕打不过那妖怪啊，我还是先回去找师父去吧。”那呆子急纵云头，回到他们先前的驻地，里里外外地找师父，找不着。他走到门口，一抬头看见白龙马了，问道：“哎哟，这马怎么一身的汗呢？腿上怎么还有一块青痕啊？谁把马打坏了？”白龙马一看，八戒回来了，就喊道：“师兄！师兄！”这一喊把八戒吓一跳。平时白龙马他不说话，今天突然开口把他吓着了。连忙说道：“哎哎哎哎哎兄弟啊，原来是你呀，你今天怎么说起话来了？”白龙马急忙回道：“你知道吗？师父有难。”八戒问道：“我不知道啊，有什么难？”

白龙马便把唐僧被变成老虎的事情详细地说了一遍给八戒听。八戒听完开口说道：“兄弟，你能不能挣开身上拴你的这根绳子？”白龙马道：“能挣开呀，怎么了？”八戒又说道：“哦，那你就把绳子挣开回你的大海里去吧。俺老猪挑上行李回我的高老庄去了，这经不取了，不取了。”他竟然遇到困难就想放弃。白龙马上去，一口就咬住他的衣服不让他走，止不住眼中滴泪，哽咽说道：“师兄啊，你可千万不能懒惰呀！”

八戒回道：“我不懒惰怎么办？沙兄弟被那妖怪捉去了，我又打不过他，你不散伙，你等什么？”小白龙沉默了半天，又流下眼泪说道："师兄啊，你不要说散伙的话，要想救师父，你只要去请个人来。"八戒问道："叫我去请谁呀？"白龙马答道："去请大师兄孙行者来。"八戒慌忙回道："我不去，之前他打死那白骨夫人，我在旁边撺掇师父给他念紧箍咒，我只是闹着玩，谁知道那老和尚真念起来，还把他赶走了，他心里肯定恨我。我要是去了，他手里那哭丧棒又很重，那要是打我几下，我就活不成了。"

小白龙又说道："他绝不会打你，他是个有情有义的猴王，你去了千万不要说师父有难，你只说师父想他了，他一定会回来的。"小白龙这个办法真不错。如果说唐僧有难，那悟空心里就会想："你有难的时候想起我来啦，你好的时候又把我赶走。"他肯定会生气。但如果说师父想他了，悟空他重情重义，能不来看师父吗？这是个好主意，看来白龙马真了解悟空。八戒一听，觉得他说得有道理，就回应道："也行，也行，你都这么尽心，我要是不去，显得我不尽心。"呆子拿起了九尺钉钯，跳起了身，踏上云就朝东去了。他这一走正好赶上顺风，他想快一点儿，于是把那两只耳朵变得老大老大，像两个帆一样，风一吹他就越飞越快，很快也就过了东洋大海。

到了花果山，他按落云头，往山里走，就听到有言语

声，他仔细往前看，一眼就看见了悟空，他正坐在一个大石崖上，和一群妖王在一起，面前有一千二百多只猴子。八戒想上去喊猴哥，但是，他又突然想到自己平时老是说人家坏话，他不好意思去。他就往草崖边，溜啊溜啊，就挤在了那一千二三百只小猴当中。可是，这怎么逃得过大圣的火眼金睛。八戒一露头的时候，悟空就看见他了，但他看那八戒又不过来打招呼，就只是藏在小猴之中。悟空就想戏弄戏弄他，便说道："孩儿们，咱们这里面混进来一个外来的人，把他抓上来。"小猴们一窝蜂地把那猪八戒给抓上来了，又把他按倒在地上。行者又逗他，说道："我这里的猴子长得都是一个模样，你这个嘴脸长得完全不同，你是哪里来的外人呢？叫什么名字？"八戒气道："你就在那儿装，我和你兄弟这么多年了，你故意说不认识我。"

悟空又说道："那你把头抬起来，让我看看。"那呆子把嘴往上一伸，说道："你看吧，你认不得我，你还不认得我这嘴吗？"悟空笑道："哈哈哈，原来是猪八戒。"八戒一听猴哥认他了，高兴地跳了起来，欢喜道："哎呀，你认得我就好说话了。"悟空又问道："八戒，你是不是也被师父赶出来了？"八戒此时就想起了小白龙教他撒的那个谎。他连忙说道："我不是贬回来了，主要是师父想你了。"悟空委屈道："他怎么会想我？"八戒继续道："你不能这么说，有一次师父骑在马上，正在往前走的时候，他就喊徒弟，我耳朵大，没有听见，那沙僧也耳聋。师父就在那儿说'你们就是不行，还得悟空是个聪明伶俐的人，问他一句，他能答上来十句呢'。就这样想起你了，让我来请你回去看看。"这谎撒得不错，那这重情重义的行者会不会跟着他回去呢？我们接着往下听。就见猴王从那石崖上跳下来，一把搀住八戒，说道："贤弟，你大老远地赶来，我带你在我这花果山里先玩上一玩。"

这猴子是怎么想的？他既不说去救师父，也不说不去，反倒带着八戒来花果山游玩，他到底怎么想的？大圣带上八戒在这花果山中四处游览，吃喝玩乐，不知不觉间，大半天时间就过去了。可是，八戒却玩得心里发慌，师父在大铁笼子里困着呢，沙僧在妖怪洞里，小白龙又受伤了，他希望猴哥赶紧回去。他就劝悟空："哥哥，师父在那儿盼着咱们两个回去呢，咱们还是早点儿回去吧！"悟空道："贤弟，你来都来了，在我这水帘洞里再玩玩。"八戒忙推脱道："不玩了，不玩了，师父还在那儿等着呢，我们赶紧回去吧。"悟空回道："噢？既然是这样，那我就不留你了，咱们在此告别吧。"八戒惊道："啊？哥哥，那你不去啊？"悟空

又道:“我在这里自由自在的，做什么和尚啊，你自己回去吧。回去了告诉师父，他既然都把我给赶走了，以后就不要再想我了。”

不会吧，悟空真的是这么想的？师父想他了，他都不去看？这不像那个当初有情有义的美猴王了。八戒实在没有办法了，只能转身离去。这一路上他是一边走一边骂:“你这个猴子，你不做和尚，你反倒在那儿做妖怪。”他以为悟空听不到，其实他一转身，悟空就派了两只小猴在后面悄悄地跟着他，偷听他的自言自语。两只小猴急急忙忙跑回来告诉悟空，说道:“大圣爷爷，那猪八戒不老实，他一边走一边骂你呢。”悟空气道:“你们去把他给我抓回来。”这回猪八戒可惨了，被小猴们五花大绑地给抓回来了。悟空就告诉他们，说道:“你们先打他二十棍，再抽他二十鞭，最后，老孙再用铁棒来打他。”

这孙悟空到底是要干什么呢？他心眼儿没那么小啊，之前八戒说他坏话，他也没放在心上，也没说要打他一顿，今天就这么嘟囔他几句，怎么就要下这么重的手呢？就看那八戒磕头求饶，说道:“哥哥，你看在师父的面子上，你就饶了我吧。你就是不看师父，你也看菩萨的面子上，饶了我吧。”悟空道:“好，我不打你，但是你要跟我说实话，不要瞒我。师父是不是在哪里有难了？”八戒继续撒谎道：“没有难，师父就是想你了。”悟空气骂道：“你这个讨打的笨货还要骗我，我老孙人在水帘洞，心却在师父那里，他步步有难，处处该灾，你趁早告诉我，免得挨打。”

八戒听了悟空这番话，心里才明白，从他到这儿来，悟空第一眼看见他，就知道他来干什么来了。悟空并不在意他之前对小白龙撒谎的事情，也不在意师父是不是有难时才想起他，没有难时就把他赶走。这下好了，悟空肯定是能回去了。但是，他能打过黄袍怪吗？能把师父从老虎变成原来的样子吗？

第36集 智降黄袍怪

小白龙被黄袍怪打败以后，就让八戒去请悟空回来。悟空虽然身在水帘洞，心里却一直惦记着师父。八戒到了花果山以后，就把师父、沙僧和小白龙的情况都跟孙悟空说了一遍，悟空哪能不管师父。他安排好小猴儿们以后，就和八戒携手驾云离开了花果山。

飞过东洋大海，快到岸边的时候，悟空突然说道：“兄弟，你在这等我一下，我下海去净净身子。”他的意思是要到海里边去洗个澡。悟空今天好奇怪，他为什么偏偏要在这儿洗澡，花果山水帘洞不是有很多水吗，不能洗澡吗？八戒也感到奇怪，也在想这个问题，便问道：“哥呀，咱们忙着赶路呢，你净什么身子啊？”悟空答道：“你有所不知，这几天我回来后老跟妖精们在一起，身上沾了些妖气，师父爱干净，我怕他嫌弃我。”好大圣，师父当初没白救他，这一路也没白教他，他心里是真装下了师父，也是真感激师父。八戒在云端上看着也深受感动。

洗完了身子，他们转眼间来到了波月洞门前，恰好看到门口有两个小孩在那儿玩，一个八九岁，一个十来岁。悟空飞上去一把抓住两个孩子，飞升至那金光闪闪的塔尖之上。这把两个孩子可给吓坏了，开始不停地哭泣，叫喊着：“妈妈，妈妈。”孙悟空这是要干什么？你降妖除怪，爱打谁就打谁，把两个孩子抓上去，这有点儿太过分了。小妖们早就听到了孩子的哭声，赶紧回头就跑，跟公主告状去了，大声喊道：“不好啦，不知道是什么人把两位公子抢去了。”原来这两个孩子是妖怪和公主的孩子。公主一听慌了，赶紧就跑出门去，看见悟空之后便冲着塔尖厉声高叫：“你这汉子，我跟你没什么仇，你抓我的孩子干什么？我告诉你，他的父亲可厉害，你要是伤了他们，他的父亲不会饶了你。”悟空回道：“嘿嘿，我是唐僧的大徒弟孙悟空，你洞里正绑着沙和尚，你把他放出来，我就把两个孩子还给你。”公主立即命令小妖们把沙和尚放了出来。

沙僧出来以后，一看悟空来了，三兄弟又聚在一起，心里都感到非常高兴。八戒又把悟空怎么回来救他的事跟沙和尚说了一遍，讲完也过了好半天。奇怪的是，悟空一直也没把那两个孩子还给公主，他倒是快点儿还呀，那两个孩子还在那哭呢，心里得有多害怕。此时，行者突然想出了一个降服妖精的办法，说道：“八戒、沙僧，你们抱着这两个孩子，去一趟宝象国，把那妖精激出来，我在这里等着打他。”这沙僧听不明白了，问道：“哥呀，怎么激那妖精啊？”悟空说道：“你们两个驾起云，站在那金銮殿上，把这两个孩子往那大门口的台阶上一摔，势必会有人来问你们摔死的是什么人？你们就说是那黄袍妖怪的儿子被你们抓回来了，那妖怪听见了，肯定会回到这里，免得我跑到那城里和他厮杀，搞不好还会伤害更多人呢。”

这只猴子他怎么能把两个无辜的孩子摔死来做诱饵！以他的本领完全能想出更好的办法，孩子有什么罪过？这么做实在是太凶残了。这样看来，当初唐僧虽然是错怪了他，但鉴于他那种好斗的性格，唐僧即使念他一百遍紧箍咒作为教训，也不为过。可惜，他并未学会师父所教的善良。那八戒和沙僧也是不知好歹，抱着两个孩子就去了。公主一看孩子被抱走了，就来找悟空理论道：“你这和尚怎么没有信用，你说放了沙僧就把孩子还给我，现在我放了沙僧，可是，孩子怎么被你们抱走了？”悟空回道：“公主，你也别怪我，我是让他们抱着你的孩子去见他外公去了。”这猴子倒是会说谎。公主十几年没看见自己的父母了，本来心中就觉得有些亏欠。那八戒和沙僧抱着孩子去见她父母，她也不会太反对。悟空见公主被稳住，便说：“我曾听八戒说你救过我师父，还给你父母捎了封信。今天老孙来了，帮你把这妖精给拿下，再带你回去见你的父母，你觉得怎么样啊？”公主答道：“那黄袍郎可不是一般的厉害，你怎么降伏他？”悟空道：“这个嘛不用你管，到时候你躲开就行了。你跟他做了十三年的夫妻，你对他多少也会有感情，怕我打他的时候你舍不得。”公主为见父母，便听从悟空的话躲了起来。

再说那八戒和沙僧，他们带着孩子飞到了宝象国的上空。他们真听了悟空的话，把那两个孩子在大门口的白玉阶前一摔，实在是太惨了。他们确实需要师父管束，要是唐僧在场，恨不得给他们一人带个紧箍，每个人被念个一百遍。摔死孩子的事情很快传到了黄袍怪的耳中，他抬头看到他们，心中疑惑：“那沙和尚明明被绑在了我的洞中，怎么会跑到这里来？会不会是猪八戒使的什么诡计。我要是这样上去和他们打的话，国王不就识破我是妖怪了。再说了，这两个孩子是不是我的还不一定，我先回到洞里看一看。”

悟空这个办法还真灵，真把这妖精给引回去了。黄袍怪飞回洞中，悟空早就摇身一变，变成了公主的模样。黄袍怪一见到悟空变的公主，悟空就开始挤眼泪，扑簌簌地泪如雨落，然后又跌脚捶胸地号啕痛哭，呜呜呜呜呜。黄袍怪见状连忙问道：“夫人呐，你怎么了？你怎么如此悲伤啊？”悟空道：“郎君，你这一趟出去，今天早晨咱们的两个孩子被猪八戒和沙和尚抢去了，他们说要把孩子带到宝象国去见他外公，现在也不知道孩子怎么样了。”黄袍怪一听大怒，真的是他的儿子被猪八戒和沙和尚活活地摔死了，他今天要杀了那些和尚为儿子报仇。

行者在那儿装得满地打滚，捂着胸口痛哭。黄袍怪一看，有些担忧，关切道：“夫人，你别哭，你怎么了？你胸口不舒服吗？我来帮你治一治。”悟空又装道：“我就是舍不得孩子，哭得我心口疼。”黄袍怪又安慰道：“没关系，你坐起来，我这里有件宝贝，在你痛的地方抹一抹就好了。”行者一听，心中暗笑，没想到自己假扮公主这个办法，竟然又骗出妖精的一件宝贝。黄袍怪搀着他，把他带到了洞中，一个深远密闭的地方。他一运功，就从嘴里吐出来一颗舍利子玲珑内丹。

什么是舍利子玲珑内丹呢？就是这妖怪通过长年累月地练气功，从身体里炼出来的一种内丹。

悟空一看，太上老君的金丹是从八卦炉里炼出来的，而他这个内丹是从身体里炼出来的，应该也是个好东西。于是，他悄悄将那宝贝拿在手中，假装在胸口摸索，趁着妖精不注意，一口就吞下去了。再抬起手来往脸上一抹，他现了本相，喊道："妖怪，你看看我是谁。"黄袍怪惊讶地问道："夫人，你怎么变成了这副嘴脸？"悟空又道："你这个泼怪，谁是你夫人，连你祖宗都不认得。"黄袍怪说道："我看你眼熟，好像在哪儿见过，一时想不起来了。"悟空答道："我是唐僧的大徒弟孙悟空，是你五百年前的旧祖宗。"黄袍怪一听知道他的厉害，就把那些小妖全都喊出来了，密密层层地把他围在了洞里。猴子一看，高兴坏了，好久没打仗了，手都痒痒了。

你看他双手持棍，喊了声"变！"，他变成了三头六臂，金箍棒一晃变成三根，他抡起棒子一路打了出去，势如猛虎冲入羊群。可怜那些小妖们，碰着的头颅粉碎，刮着的血似水流！往来纵横，打到最后，就剩老妖一个人了。这可把他气惨了，儿子被人家摔死了，玲珑内丹被他抢去了，夫人不知道哪儿去了，山洞里的小妖又全被他打死了。那怪物举起宝刀，劈头又砍，好行者掣起铁棒，敌面相迎，这一场在那山顶上，半云半雾地杀。

"大圣神通大，妖魔本事高。这个横理生金棒，那个斜举蘸（zhàn）钢刀。悠悠刀起明霞亮，轻轻棒架彩云飘。""你来我去交锋战，刀迎棒架不相饶。""猛烈的猴王添猛烈，英豪的怪物长英豪。死生不顾空中打，都为唐僧拜佛遥。"

他们两个打了有五六十个回合，仍是不分胜负。行者心里就想，这家伙有两下子，我得想个办法对付他。好猴王高高地举起金箍棒，摆了个高探马的架势。妖怪一看，

他怎么把两只手举起来了？那下半身不是露出来了吗？他抓住机会抡起宝刀往他腿上砍。孙悟空一看，他上当了，刚才坐那个高探马的架势，就是为了引他往腿上砍。他急转身，用金箍棒将宝刀搅开，顺势向妖怪的头顶狠狠砸去。这一棒子下去，打得他是无影无踪。但是仔细一看，孙悟空就觉得奇怪，说道："我的儿啊！怎么这么不禁打呀，就算打死了，这地上也应该有堆脓血呀，怎么连个影都没有，估计是逃了。"

孙悟空又跳上云端，用他的火眼金睛四处寻找，可是怎么都没找到。这时，他突然想起妖怪之前说过的话，说他看着悟空眼熟。他就想，那只有天上下来的精怪才有可能认识他，凡间的妖怪应该不会看他眼熟。想到这里，大圣心中又恼火起来，凡间的妖怪都打不过来，天上还老下来精怪捣乱。他攥着铁棒，翻起筋斗，找玉帝去告状去了。见到玉帝以后，他把刚才的事情跟玉帝说了一遍。玉帝听后，便命令相关负责的神仙去调查此事。从那九曜星官，十二元辰就开始查起，满天的神仙查了个遍也没发现少谁。最后查到二十八宿的时候，发现这二十八位神仙当中少了一位，少的这位神仙名叫奎（kuí）木狼。玉帝就传来另外二十七位神仙，对他们说道："你们去把奎木狼收上来吧。"

二十七位神仙一起来到南天门，他们开始念起咒语来。

原来那妖怪躲到山涧中去了，那里水气大，能遮住他，大圣在天上就看不见他。然而，当他听到收他的咒语时，知道自己的行踪已暴露，便匆忙飞往南天门。大圣早在那里等着他呢，见了他就要打他。另外那二十七位神仙就来劝架，忙说道："大圣！大圣！别动手别动手，别动手啊，我们都已经把他收上来啦，还是押着他去见玉帝吧。"他们一边劝，一边拉架，二十七位神仙加上他们两个，他们一行二十九人乱哄哄地来到了玉帝面前。过了一会儿，他们连扯带拉地来到了玉帝面前，玉帝就问他道："奎木狼，你在天宫不好好任职，跑到凡间去做什么呀？"奎木狼回道："万岁，饶恕臣的死罪呀。那宝象国的公主，前世是我们天宫上披香殿的仙女，她想和臣结为夫妻，但天宫中不允许。于是，她就转世为宝象国的百花羞公主。臣就下到凡间与她做了十三年的夫妻。"

原来是这么回事，但是他也不应该在凡间陷害唐僧。玉帝会怎么处罚他呢？

思维训练问答

☞ 教孩子懂孝道

1. 悟空从花果山回来的路上，为什么要停下来专门到海里去洗个澡呢？

2. 唐僧曾经冤枉过孙悟空，可孙悟空还去救他，而且为了照顾师父的感受，孙悟空还特地洗了澡。你觉得孙悟空这么做是因为他傻，还是因为他特别孝顺，能以德报怨？

3. 如果你受了极大的委屈，还能像孙悟空对待师父那样对待爸爸妈妈吗？

4. 分享一下爸爸妈妈对你的恩情，这些恩情是否足以像悟空记住师父那样，永远铭记在心？

故事中的家教思维

孝顺父母是我们一定要教给孩子的重要价值观，但如何教却是个挑战。因为教孩子千百种孝顺的方式，不如让孩子心里真正地装着父母。

悟空从花果山回来去见师父，他因为身上有妖气，便自己跑到海边去洗净。这部分内容我们就可以单独拿出来跟孩子讨论。我们可以问孩子第一个问题，悟空为什么要到海里去洗澡？这个问题可以使孩子回想起悟空在这一集故事里所体现出来的孝道。

第二个问题，唐僧冤枉悟空并把他赶走了，悟空反倒回来救他。而且不只是救他，就连在路上他还要想到洗澡，把自己的妖气洗掉，这么在意师父的感受。那你觉得悟空这么做，是说明他有点儿傻，还是说明他是真正的孝顺呢？是只记师父的恩，而不记师父的仇呢？这个问题就让孩子去深入理解什么叫孝顺，让他知道要记住父母和师父的恩情，不要把他们不好的地方一直放在心上。

第三个问题，如果你受了那么大委屈，你还能像悟空对师父那样去对待爸爸妈妈吗？这就把这个思维从故事里引申到日常生活中。

最后一个问题，你说说爸爸妈妈对你有什么恩情，值得你像悟空记他师父一样，记一辈子？通过这个问题的指引，不仅让孩子理解这个问题，还能让孩子通过回忆重新感受到父母曾经对他的好。

第37集
八戒巡山

悟空在玉帝的帮助下查出黄袍怪原来是二十八星宿当中的奎木狼。玉帝派出神仙把他抓上天庭以后，他又在玉帝面前说明了他下界找百花羞公主结婚的原因。但是他也不应该陷害唐僧，玉帝听完就免了他的职，又惩罚他去兜率宫给太上老君烧八卦炉去。悟空一看黄袍怪得到了应有的惩罚，就辞别了玉帝和天上众位神仙。

他先来到波月洞和八戒、沙僧会合，到了以后，他找出百花羞公主，把黄袍怪和她前世发生的事情详细地说了一遍。公主现在是个凡人，前世发生的事儿她哪记得，但是听悟空讲完，她这才意识到自己所遭遇的不幸，也是自己前世的选择，怨不得别人。现在唯一能做的就是赶快回去好好孝敬自己的父母。

兄弟三人带她回去见了国王，又赶紧来到铁笼前救师父。悟空一看，那平时很和善的师父今天竟然变成了一只凶恶的猛虎，他就笑道："嘿嘿哈哈哈哈师父，你不是个好和尚吗？你老怪我行凶作恶，怎么今天弄出了这么个凶恶的嘴脸来呀？嘿嘿哈哈哈哈！"八戒说道："哥哥，你就救救师父吧，你别在这儿揭他的短了。"悟空骂道："呆子，就你喜欢说闲话，你不是他的好徒弟吗，那你怎么不救啊？"八戒回道："哎呀哥哥，我要是能救，我请你回来干什么呀？"悟空又说道："你去给师父取碗水来。"八戒飞跑出去，打了一碗水回来递给行者。悟空念动真言，照着老虎，劈头一口水喷过去，"噗！"。就看那妖怪在唐僧身上施展的妖术渐渐失效，唐僧恢复了原样，他缓了半天，定眼一看，才看出来这是悟空回来了。他上前一把搀住悟空问道："悟空啊！你是从哪里来的呀？"沙僧站在旁边，就把事情的前后跟师父讲了一遍。唐僧听完是感激不尽，哭着说道："悟空啊，多亏了你了，我们西天取经你功劳第一。"悟空回道："师父不说这些，不说这些。"

辞别国王与公主以后，师徒四人又齐心协力地一同西去了。一路上他们"饥餐渴饮，夜住晓行"。不知不觉又到了春天。

那时节，“轻风吹柳绿如丝，佳景最堪题。时催鸟语，暖烘花发，遍地芳菲。海棠庭院来双燕，正是赏春时”。

草儿也发芽了，花儿也绽放了，连燕子也开始搭窝了。师徒几人一边在路上走，一边欣赏着风景。正走着，见到前面一座高山挡住了去路。唐僧一看就嘱咐大家道：“徒弟们要仔细了，前面又有高山了，怕有虎狼阻挡。”他们小心翼翼地走进山中，越往上走，越觉得这座山异常险峻，道路崎岖难行。那是“湾环深涧下，孤峻陡崖边”。一边是深深的涧水，一边是高高的悬崖。

“湾环深涧下，只听得唿喇喇戏水蟒翻身；孤峻陡崖边。但见那崒嵂嵂出林虎剪尾。”“上高来，似梯似凳；下低行，如堑如坑。”“巅峰岭上，采药人寻思怕走；削壁崖前，打柴夫寸步难行。”

就连那些经常上山的采药人和砍柴夫，都觉得这里难以行走。唐僧更是步履维艰，他没走几步，就得歇一歇。停住往前看的时候，发现前面山坡上站着一个人，手里面拿着斧子，身上扛着一捆干柴，不用说，这是砍柴的樵夫。那樵夫也发现了唐僧师徒，便停下手中的活，走到一块石崖上，对着唐僧他们高声喊道：“欸，那往西去的长老啊，你先停一下，我可有件事要告诉你，这山上可有一群毒魔狠怪，专门吃你这从东来往西去的人。”唐僧一听，又吓得是魂飞魄散，战战兢兢，在马上坐都坐不稳了，便说道：“徒弟们呐，你们谁过去仔细打听打听？”悟空甩开步子走上山坡，对那樵夫问道：“大哥，大哥。”樵夫回道：“长老，你们到这儿来干吗呀？”

悟空道：“我们呀，不瞒大哥说，我们是从东土大唐而来，去那西天拜佛求经。坐在马上的是我师父，刚才听你这么一提醒，他让我过来问得详细些。你说这山中有妖，那妖是老妖啊，还是新出来当妖精的呀？他都有些什么手段呢？”樵夫答道：“这妖怪可狠毒。”悟空又问道：“怎么个狠毒啊？”樵夫又答道：“这个山呢，从东

往西有六百里，叫作平顶山，山中有个洞叫莲花洞，洞中有两个妖怪。他们是画了图，写了字儿，要抓和尚，特别是要吃一个从东土大唐来的和尚。”悟空说道：“我们正是从大唐来的。”樵夫忙嘱咐道：“别说你是从大唐来的了，就你那名字里有个唐字儿，你都别想过去，他正要吃你们呢。”悟空笑道：“哈哈哈，只是不知道它是怎么个吃法呀。”樵夫问道：“那你想让他怎么吃啊？”悟空道：“要是从头开始吃那还好，要是从脚开始吃那就麻烦了。”樵夫好奇问道：“从头吃和从脚吃有什么区别呀？”悟空答道：“你想啊，要是从头吃，一口就咬死了，之后凭他怎么煎炒熬煮也不知道疼。要是从脚吃起，都吃到腰了，还没死呢，那不是零零碎碎地受苦啊！嘿嘿嘿嘿！”

你看那猴子根本没把樵夫说的话当回事儿，在那胡说八道逗人家玩儿。我要是那个樵夫我都不理他了。这位樵夫倒是实在，还在那儿耐心解释：“和尚啊，他才嫌你麻烦呢，他把你捆起来往那蒸笼上一蒸，蒸熟了再吃。”悟空道：“这个更好，更好，很快就蒸死了，只是在里面受点儿闷气。”樵夫又说道：“和尚，这个事儿可不能开玩笑，那妖怪随身有五件宝贝，神通广大。”悟空笑道：“没关系，没关系，管他是什么妖怪，有什么法宝，我们见得多了。”好大圣，他对妖怪丝毫没有畏惧。

悟空谢过樵夫，转身对师父说：“师父，这里的人胆小，有那么个妖怪，就把他们吓成这样。不要放在心上，我们走，有我呢，怕他做什么？”师徒四人继续前行，没走几步，唐僧突然抬头一看，说道：“徒弟们，刚才那报信的樵夫怎么不见了？”八戒也说道：“这可真是大白天见着鬼了。”悟空也纳闷道：“估计他是钻进林子里去砍柴了吧？让我看看。”好大圣，睁开了火眼金睛，漫山越岭地观看，连个人影都没找着。再抬头望向云端，那保护唐僧的天神正站在那里。今天负责保护唐僧的这位天神名叫日值功曹，悟空一看就明白了，刚才那樵夫肯定是他变的。悟空纵云飞到他跟前，责问他道：“你怎么有话不直说？你变个樵夫演什么戏呀？”天神答道：“大圣，我报信来晚了，怕你们责怪我，就变成个樵夫提醒你们。不过大圣啊，你可真的要仔细呀，那妖怪确实厉害，保护好你的师父啊。”

天神都专门跑来报信，说这妖怪厉害。那看来这妖怪是真不简单，看来这次唐僧又要有大麻烦了。行者回来的时候，心里就暗自地想：“我要是把日值功曹的话全都告诉师父，他又要哭。如果不告诉他，又怕他不当回事，被那妖怪抓去了，又要我劳神费心地去救他。不如让八戒先出头，和那妖怪先打一架，这样又可打探到妖精的情况，我又可以在那守着师父。八戒要是打赢了更好，万一要是打输了，我再去救他也不迟。悟空想到这里，心中暗自高兴，但是他反过来又一想，那八戒本来就懒，他能愿意去吗？再说师父又老护着他，不行不行，我得想个办法。”

大圣眼珠一转，脑子里真想出个办法来。他把眼睛揉了揉，挤出些眼泪来，朝着师父就走过来了。大圣这是在装哭，他这是什么办法呢？此时，八戒远远地就看到悟空回来了，他口中就说道：“沙和尚，你呀，把那担子放下来吧，把那行李拿出来，咱们俩呀把他给分了吧！”沙僧疑惑道：“二哥为什么要分行李啊？”八戒道：“你分了吧，你就回你那流沙河，再做你的妖怪。我老猪回我高老庄的家，再把那白龙马给卖了，给师父呢买口棺材，咱们散伙，就别去西天了。”师父气道：“你这个笨货正在走路，怎么就胡说八道起来了？”八戒狡辩道：“谁胡说了，你们看那孙行者是不是哭着回来的。那是个能钻天入地、斧砍火烧、下油锅都不怕的好汉，现在你看，把它愁成这样，肯定是这山中的妖怪太凶狠了，我们又没那么大本事，怎么过得去嘛？”

这下可坏了，悟空的办法还没用出来呢，这猪八戒就想散伙了。接下来悟空的计划还能奏效吗？咱们接着看，待会儿悟空能使出什么办法来。

这会儿悟空也走回来了，唐僧就问他："悟空啊，你怎么哭丧个脸，这样烦恼啊？"悟空装道："师父，刚才报信儿的是日值功曹，他说前面的妖怪太凶狠了，不能前进了，咱们改天再去吧。"唐僧忙道："徒弟呀，这山我们都走进来一大截了，怎么能退回去呢？"悟空继续道："我是担心那妖怪多，我打不过来，护不住你呀。"唐僧道："你说的也是，但是啊！不要忘了呀，还有猪八戒和沙僧，我让他们全力地协助你啊！"

原来悟空刚才故意装哭说他打不过那么多妖怪，想要退回去，是为了引出唐僧的这句话。他知道唐僧会提到猪八戒和沙僧协助他。那下一步悟空肯定会说让猪八戒去打头阵。那呆子要是偷懒不去，师父就不会护着他了。悟空这是个好办法，很聪明。你看他又接着说了："师父，要想过此山，那得让八戒帮我两件事儿，那还有点儿希望，要不然别想过去。"这时八戒说道："师兄啊，你要是不想去，咱们就散伙，你别攀着我去啊。"唐僧说道："八戒，你好好问问师兄，看看他让你做什么。"你看悟空这个办法在起作用了，唐僧帮他使劲儿了。八戒问道："哥哥，那你叫我做什么呀？"悟空答道："八戒，第一件事是看着师父，第二件事是到前面去巡山。”八戒说道：“哎呀，猴哥看师父是坐在这里，巡山是到前面走去。我怎么可能又坐在这里，又到前面去走啊。”

悟空道：“呆子，我不是叫你两件事儿一起干，两件事儿你选一件就行。”八戒又问道：“那你倒是说说，你叫我看师父怎么看？巡山的话要怎么巡？”悟空又答道：“看师父呢，就是师父要走路，你就要扶着他，师父要吃东西，你就要去给他化斋，要是把师父饿着了，你就该打。要是没伺候好，师父脸黄了，身体瘦了，你也该打啊。”八戒回道：“这个难难难，我要是到哪个村子里化斋，人家一看以为我是从山里走出来的猪，说不定还想把我围起来宰了吃了呢。”悟空急忙说道：“那你就巡山去。”八戒又问道：“巡山又怎么巡嘛？”悟空道：“巡山嘛，就是打听打听，看看这山叫什么山，有什么洞，有多少妖怪。”八戒笑道：“哎，猴哥，这个行，这个行，那老猪去巡山去吧。”

哈哈太好了，悟空的办法灵了，猪八戒扛起钉钯就往深山里走了。但是，日值公曹可说了，这山里的妖怪很厉害，八戒这一路巡山能平安地回来吗？

第38集 平顶山遇难

日值功曹前来报信，说平顶山里有妖怪，悟空为了保护师父，让八戒先去巡山去了。八戒前脚扛着九尺钉钯一走，悟空后脚就在这儿笑。悟空这么一笑，唐僧就在旁边看明白了，说道："你这个泼猴，刚才装哭说了一通，原来你就是要骗他去巡山。兄弟之间应该常怀怜爱之意，怎么可以常怀嫉妒之心？"悟空回道："师父，我不是在笑我把他骗了，我笑的是，你看这八戒一去，他绝不会真的巡山，也不会敢见妖怪，他一定会找个地方躲一会儿，回来之后会撒个谎哄咱们。"唐僧问道："你怎么就知道他会这样？"悟空回答："我猜他就会这样，不信的话，我在后面跟着他听一听。"师父同意便说："好，也好，你去可以，但是，你别捉弄他。”

行者赶上山坡，摇身一变，变成了一只小小的蟭蟟（jiāo liáo）虫儿。这个小飞虫让它变的，那是“翅薄舞风不用力，腰尖细小如针”。这变得可真是太小了。小虫的腰细得像个针儿一样，翅膀又薄，真是太不容易被发现了。他往前飞，赶上猪八戒以后，“嘤”地一扇翅膀，就稳稳地停在了八戒耳朵后面的一根长毛上。八戒扛着钉钯，大摇大摆地走了七八里路。他看走得差不多了，就把钉钯往地上一扔，转过头来怨，指手画脚地就开始骂道：“你这个没有主意的老和尚，找掐的弼马温，还有那个装孙子的沙和尚，你们都在那儿挺自在，叫我一个人出来巡山，知道有

妖怪躲着走就完了呗，非得叫我出来，把他找着，晦气，真晦气，等我找个地方，我先睡一觉去。”他拖着钯子往前走了几步，就看见前面山坳里有一弯红草坡，那红草细细的、软软的，正适合睡觉。他跑向前去，一头就钻进去了，笑道：“快活，就算那弼马温也没有我这样自在。”之后他把腰一伸，就躺在那儿睡着了。悟空在旁边听得一清二楚，忍不住笑得肚子疼。

这会儿他偷懒睡觉了，那悟空哪能饶了他？就见悟空摇身一变，又变成了一只啄木鸟。他用了尖尖的红铜嘴，朝着八戒的大猪嘴唇上，狠狠地戳了一口。八戒痛道：“哎哎，妖怪妖怪，戳了我一枪，好疼啊。”他摸嘴一看又道：“哎呀，都泱出血来了。”他又急忙往两边看，奇怪道：“哎，这又没有妖怪呀。这时候他又抬头往天上看，就发现了悟空变的那个啄木鸟。”气骂道：“你这只死鸟，弼马温欺负我也就算了，你也来欺负我，看来你是把我这嘴呀当成树干了，想在里面找虫吃。这一回啊我把嘴揣到怀里睡，你就啄不着了。”他用衣服把嘴一裹，躺在那儿又睡了。行者哪会饶了他？这回飞到他耳朵后面，照着他那猪头又狠狠地啄了一口。八戒又痛道：“哎呀，哎呀，哎呀你这个死鸟啊，有可能是我占了它的窝了吧？哎算了算了，不睡了。”

想到这里，八戒又站起身来，拖着他的钯往前走，大概走了四五里，他就看见路边有三块大青石头，这会儿他也累了，不想走了。他就开始琢磨，回去以后怎么骗大伙？随后他想出个办法来，他将三块石头视作唐僧、悟空和沙僧，对着他们开始编谎，自言自语道："等我回去见了师父，他要是问我八戒呀，这里有没有妖怪呀？我就说有妖怪。他要是问我这是什么山呐？那我就说是石头山。他要是问，这是什么洞啊？那我就说是石头洞。他要是问这是什么门？那我就说是钉钉铁叶门。要是再问我这门进去有多远呐？那我就说，入内有三层，问我门上有多少钉子啊？那我就说我记不清楚了。"他觉得自己编的谎足够圆满了，还反复练习了几遍，然后才心满意足地往回走。悟空早变成小蟭蟟虫，在八戒耳后听得清清楚楚。听完，行者腾开两翅先飞回去了。

他回来以后就把刚才八戒干的那些事儿、编的那些谎，全都跟师父和沙僧说了一遍，还告诉他们道："师父，待会儿等那呆子回来的时候，你就问他这山是什么山，那洞是什么洞？还有那门是什么门？"这个事也太逗了，这等于大家都在这等着看那八戒一会儿回来怎么表演撒谎呢。八戒在回来的路上，一边走，嘴里一边就念叨着，他在练习刚才编的那个谎。

没一会儿，八戒回来了，看到师父就装模作样地下跪行礼。唐僧赶紧扶起他来问道："八戒呀，刚才你去巡山，那走路爬山的人最辛苦了。"八戒连忙应道："正是，正是。"师父问道："这山里有妖怪吗？"八戒回道："有妖怪，有一堆妖怪呢！"师父又问："既然是碰到一堆妖怪，他们怎么肯放你回来呢？"八戒继续编道："呃，他们呢一看到是我老猪，就管我叫猪祖宗、猪外公，还安排饭给我吃呢，还说等我们过去的时候给咱们摆旗敲鼓，送我们过山呢。"悟空气道："呆子，你这是在草里睡着了说的梦话吧？"八戒听行者这么一说，心里一慌，心想："爷爷呀，我在草里睡觉，他怎么知道啊？"行者上前一把揪住他说道："你过来，我问你。"八戒心虚道："你问就问，你揪我干什么？"

悟空问道："那山是什么山呢？"八戒答："石头山。"悟空又问："洞是什么洞？"八戒答："石头洞。"悟空继续问："门是什么门？"八戒答："是钉钉铁叶门。"悟空追问："门进去，里边有多远？"八戒答："里边有三层。"悟空怒道："好了好了，后面的不用说了，后半截你要编的谎，我记得清清楚楚。我要是问你那门上有多少颗钉子，你是不是要回答我，老猪也记不清了。你把那三块石头当成我们三个人一问一答，练习撒谎有没有啊？”这一下把那八戒吓得，扑通一下就跪下了。委屈说道：“哎，我去巡山，你一直在跟着我偷听了吧？”悟空道：“你这个笨货，这么要紧的事你竟然睡觉。我要是不变成那啄木鸟啄你，你还在那儿睡呢！”八戒道：“哥哥呀，我就这一次，下次我再也不敢了。”悟空道：“你再去巡山，再敢说谎，我一定不会轻饶你。”

八戒知道错了，赶忙奔着大路又去巡山去了。走了七八里路，看见山坡上跑过一只老虎，他冲着老虎就大声喊道：“师兄啊，这回我不说谎了，我知道你又是来听，看我怎么编谎的。”他以为那老虎是悟空变的，看样子，刚刚把他给吓怕了。又往前走一段，一阵山风吹过来，把一截枯木吹倒在八戒跟前，他又跌脚捶胸地说道：“哥呀，我都说了，我不说谎了，你看你又变成一棵树，来吓唬我。”再走一段，他又听见一只老鸦在那喳喳地叫，他又说道：“哎哟，哥哥呀，我都说了，我不编谎了，不编谎了，你又变成个老鸦鸟在那听什么呀？”其实这次悟空根本就没去，他这是被吓着了，自惊自怪，乱想乱猜。

他又往前走了一会儿，忽然听到对面有人在喊他，那人问道：“哎，那对面走过来的是什么人呢？”八戒抬头一看，这下可坏了，面前站了三十多个妖怪。八戒就想起了日值功曹先前给他们报的信儿，说这山里的妖怪专门抓那从东往西来的和尚。他赶紧编了个谎说道："我就是从这儿路过的。"那些妖怪也不回应。他们当中有个妖王名叫银角大王。他手里拿着一张图，这群小妖就围在一起，看一眼八戒又对着看看图。就听那银角大王的嘴里念叨着，这个骑白马的是唐僧，这个毛脸的是孙行者。

八戒一听，这伙妖怪那早就盯上他们了，这肯定是要抓唐僧，然后吃他的肉，想长生不老。连图都画出来了，他生怕被人家给认出来，赶紧用衣服把嘴一包，往怀里一揣。但是，那银角大王哪那么好骗，他冲着八戒就喊道："你把嘴伸出来。"八戒惊慌回道："嗯，我生下来就这样，嘴是伸不出来的。"银角大王又道："小的们，小的们，你们去拿钩子把他的嘴勾出来。"八戒一看这藏不住了，干脆把嘴伸出来。妖精们一看明白了，这就是猪八戒，怎么办？开打吧。

妖精使着一把七星剑，和八戒在山中一往一来地赌斗，两个人打了将近二十个回合，不分胜负。八戒是越打越发狠，银角大王看他是又抓耳朵、又吐口水，又舞钉钯，这是要玩命，心中有些恐惧，回过头赶紧喊小妖们一起上。这一对一的打还好点，小妖们一拥而上，八戒慢慢地有些招架不住了。他心里有点儿发慌，觉得情况不妙，他扭头要跑，结果山路不平，“啪嚓”一下摔了个大跟头。小妖们一下就扑了上去，有抓鬃毛的、有揪耳朵的、有扯着脚的、有拉着尾巴的，扛扛抬抬，把八戒就抓进妖洞里去了。

这下可不好办了，八戒要是没被抓的话，他还能跑回去报个信儿。现在唐僧对前方的情况一无所知，他坐在坡前等着八戒，左等右盼，却迟迟不见八戒的身影。悟空在旁边发现师父有点儿着急，就走过去劝道：“师父，那呆子有些懒惰，走起路来会慢一些，不如你先上马，我们往前赶，一定能追上他。”师徒几人在悟空的带领下继续赶路。

再说那伙妖怪，银角大王把八戒抓回了妖洞中。那妖洞之中，还有一个妖王，他叫金角大王。金角大王是大魔，而银角大王则是二魔。大魔一看，二魔抓回了猪八戒，就对他说道：“前面抓了猪八戒，后面就一定还会有唐僧，你再出去巡山，千万不能让他跑了。”二魔回应道：“好的，好的。”二魔应允后，率领了五十个小妖出门去找唐僧去了。没走多远，他发现天上祥云缥缈，锐气盘旋，便对小妖们说道：“唐僧来了。”小妖们不明白，就问道：“唐僧在哪里呀？我们怎么没看见？”二魔回道：“唐僧是金蝉子转世，这样的好人头上有祥云笼罩。”

他往那祥云下一指，示意小妖们：“你们看那不就是。”

就在这时，唐僧打了个冷战，银角大王又一指他，唐僧又打个冷战，连着指了三下，唐僧就打了三个冷战。看来唐僧能感应到他，就说道："徒弟们，我怎么打了三个冷战？"悟空安慰道："师父，看来你有点儿受惊了，莫怕！莫怕！待老孙给你打出一条路来，给你压压惊。"好大圣，抡起铁棒，上三下四、左五右六，使起了他的神通。这山上的乱石树木哪经得起金箍棒的打，没几下就打出一条路来。

银角大王目睹悟空的神通广大，把他吓得魂飞魄散，说道："这几年总是听说孙行者，今天一见果然是名不虚传，就他那条铁棒，我洞中的四五百个小妖也经不起他一棒，看来要抓住唐僧不能硬打，要利用他的善良骗过他，再抓住他。"

这妖怪够阴毒的，打不过就骗，他会怎么骗呢？

思维特点

☞ 重点思维

1. 要事优先：把最重要的由悟空变的乌鸦画在画面中心位置，强调画面重点。

2. 取舍：画面简单干练，舍去丰富的场面，只保留了两个主角在画面中。

培养孩子重点思维的益处：更能抓住事物重点，更容易有明确的目标，更能有效率地处理实际问题。

☞ 如何通过绘画培养孩子重点思维

1. 主题绘画

从孩子的意愿出发，引导孩子画“开心地钓鱼”“被木头吓到的老人”等主题，并引导孩子使所有细节都围绕主题。

2. 言语引导

可以经常问孩子，“你最喜欢你画里的什么？”“你周末最想干什么？”等问题，并在互动时只让孩子说一个“最”，长期互动，孩子的思维就能从宽泛变为聚焦，从散乱变为能抓住重点。

3. 取舍

引导孩子对主角进行重点描绘，对不重要的部分可以概括处理，比如观众或者远处的人可以用简单的形状来概括。

第39集
三山压大圣

八戒去巡山被捉，银角大王回到洞里，又带了五十个小妖想去捉唐僧。在山顶上正巧看到悟空拿出金箍棒使出神通在给唐僧开路。他觉得悟空的本事不一般，硬打是打不过的。他想利用唐僧的善良来欺骗他，他能想出什么办法来骗唐僧呢？只见他跳下山来，坐在那道路旁，摇身一变，变成了老道士。他假装那腿被摔断了，还把那脚变得鲜血淋漓的，嘴里还哼哼着叫道："救人呐，救人呐！"这是个什么办法呢？他变成一位摔伤腿的老道，这能骗唐僧什么呢？我们往下接着再看。

没过一会儿，唐僧师徒一行人经过此地，三藏见那妖怪脚部伤势严重，就赶紧问他："先生啊，你的脚怎么摔成了这样啊？你是从哪里来？想到哪里去呀？”妖怪答道：“哎呀，我本来是和我的徒弟一起要往西去，回我的道观。可是，没想到在路上碰到了一只斑斓猛虎，它叼走了我的徒弟，吃了他。我一时心慌，摔倒在这乱石坡上，把脚摔坏了。”唐僧道：“这样啊，那我把马给你骑吧，你骑回了道观再还给我。”妖怪继续装道：“哎呀，师父，我的腿胯摔坏了，骑不得马呀！”

这妖怪奇怪，给他马他不骑。难道他想让唐僧背他，想趁着唐僧背他的时候把唐僧抓走？可是，背人也轮不到唐僧背，唐僧肯定让徒弟背。他究竟想做什么呢？就在这个时候，唐僧转过身来对沙僧说道：“悟净啊，你把行李放在马的身上，你就背他一程吧！”悟净回道：“好的师父，我来背。”妖怪扫了他一眼却说道：“哎呀，我让这老虎给吓怕了，这位师父晦气脸色，我实在是不敢让他背呀。”唐僧道：“那悟空啊，你来背他吧。”悟空答道：“好的师父，我背，我背。”这妖怪似乎早已打定主意要让悟空背了，于是老老实实地趴在了行者背上。这就更怪了，先前他跟八戒打架的时候，他未必打得过八戒，这会儿他还来招惹悟空，岂不是找死吗？他这是什么办法呀？沙僧也在旁边笑话他说道：“你这个没眼色的老道，我背着你不好，你选择让他背，

等到师父看不见的时候，他还不得把你摔向石头，摔断你的筋？”

行者一边背着妖怪一边笑道：“你这个泼魔，怎么敢来惹我，你那些鬼话瞒得了我师父，可瞒不了我，我早看出你是这山中的妖怪。”妖怪又装道：“师父啊，我是好人呐，我不是妖怪。”行者也不管他那些，背着妖怪故意放慢了脚步。等到唐僧和沙僧走进山坳，身影消失时，行者开始盘算如何将这妖怪摔个半死。妖怪心里也清楚，这会儿悟空估计要摔他了，他开始在悟空的背上捻着诀，念动真言，他这是想干吗？随着他的咒语声，就见天空突然飞来一座大山——须弥山，劈头就压向了行者。大圣慌得微微侧身，让那山压在了自己的左肩背上，却仍稳稳地扛住了。悟空调侃道：“你弄座山来，我倒不怕，只是你压得有点儿偏呐。”

现在看明白了，刚才这妖怪为什么假装脚摔坏了。他假装受伤，就是想要悟空背他，然后用大山压死悟空，之后就能轻轻松松地抓唐僧了。但是，他太不了解孙悟空了，一座山就想压死他？他一看不行，又开始念咒，这次调来的是峨眉山，再度向行者压去。劈头又压在行者背上，行者急忙把头一偏，这回压在了他右肩背上。妖怪怎么也没想到，悟空竟然能一个肩膀扛一座山，还能继续往前走，吓得他浑身是汗，没遇到过这么厉害的对手。他赶紧调整一下情绪，又念动真言。这回他竟然调来一座更大的山，这座山是泰山。行者也搞不明白，这每一座山都有山神管着，怎么能让一个妖怪说调来就调来。他再大的神通也架不住这三座山来压他，最终悟空被压得七窍喷红。

什么叫七窍喷红啊？七窍便是指两眼、两耳、两鼻孔和一张嘴这七个孔穴。喷红是什么意思啊？就是流血了。

悟空被压得七窍都流了血。悟空这一战，似乎又败在了自己的骄傲之上，一旦觉得情况不妙便赶紧放下妖怪，你背着他较什么劲呢？要是单打独斗，他打猪八戒都费劲，在悟空手里，岂不几棒子就把他打死。不过这也确实很难想到，谁想到这个妖怪会有这么奇怪的神通。好一个妖怪，他压倒了行者，又疾驾长风，追赶唐僧去了。在云端里，他伸手欲抓唐僧，沙僧一看慌得举起宝杖，当头就挡。妖精拿起一口七星剑，对面来迎，他们来往相持，也就打了八九个回合。沙僧不是他的对手，已经打得是软弱无力，难以抵抗了。妖怪趁机抓住了沙僧，用左臂夹住他，右手又抓住了唐僧，脚尖一勾，勾起行李，再张开大嘴一口咬住了白马的鬃毛，后再使出一阵风，把他们一起带回了莲花洞。

回到洞中，金角大王对二魔的战绩赞不绝口，第一次出去把猪八戒抓回来了，第二次出去把唐僧和沙僧也给抓回来了。但是，他也对孙行者的未归表示担忧：“二弟呀，那唐僧我们是抓来了，但是那孙行者神通广大、变化多端。我们要是这样就把唐僧给吃了，他不会甘心，以后他要是打上门来，我们可不安生啊。”二魔却大笑道：“哈哈哈哈哈哈哥呀，你太抬举他了，他已经被我压在三座大山底下了。想抓孙行者，用不着我们亲自动手，只要找两个小妖，拿上我的紫金红葫芦，再带上你的羊脂玉净瓶，就能把他给收了。”大魔一听言之有理，两个魔王就拿出了他们的宝贝，召唤了精细鬼和伶俐虫两个小妖，二魔拿起宝贝，就教他们说道：“你们两个拿着宝贝上到山顶，把葫芦倒过来，底朝天、口朝地喊一声：‘孙行者’。他要是答应，就会被收进来。之后你们要赶快把‘太上老君急急如律令奉敕’的帖子贴上，过不了一会儿，他就会化为脓血。”

这妖怪怎么会有太上老君的帖子呢？难道他跟太上老君有什么关系吗？这个不好说，咱们先去看看悟空在里边怎么样了。

从他被那大山压倒以后，土地和山神都被他惊动来了，保护唐僧的天神当然也被惊动了。这会儿负责保护唐僧的天神已经不是日值功曹了，换成五方揭谛中的金头揭谛，他见土地和山神到来，就赶紧来问道："你们知不知道这山底下压的是谁呀？"土地和山神道："我们不知道啊。"金头揭谛说道："是五百年前大闹天宫的齐天大圣孙悟空啊，你们呐，你们呐，怎么能把山借给魔头来压他呢？"土地和山神道："我们只是听到那魔头念起遣山的咒法，就把山移过来了，谁知道是孙大圣呢？"说完他们赶紧念动真言，又把山遣回到了原位。行者一看山移开了，赶紧跳出来，满身尘土，十分狼狈。大家赶紧围过来帮他拍打尘土、清理干净。再仔细看看，这大圣可真是厉害，刚才虽然把他压得七窍喷红，现在来看没什么事了，依然雄赳赳的。

这会儿他的肚子里还压着一股火呢，就责问那土地和山神问道："你们为什么听那妖精的呀？他让你们遣山，你们就遣山。"土地山神委屈道："大圣你不知道啊，那妖怪神通广大，法术高强，他逼着我们每天都要派一个人到他洞里去伺候他呢，他念咒，我们怎么敢不遣呢？"悟空一听十分惊讶："我老孙当年大闹天宫，名称大圣也从来不敢把土地和山神抓来使唤，这妖怪遣山的本领胜了我，如此不把神仙放在眼里，也胜了我。天呐！既然生了我老孙，怎么又生出这个家伙？"大圣正在这里感叹，忽然间那山坳里霞光焰焰，他就问土地和山神，说道：“你看那是什么东西在发光啊？”土地和山神回道：“哎呀！那是妖怪的宝物啊，恐怕是用来要抓你的。”悟空道：“那我问问你们，平时这伙儿妖怪喜欢跟什么人来往啊？”土地和山神答道：“他们喜欢炼丹炼药，愿意跟一些道人来往。”

看来，这些妖怪对学道有着浓厚的兴趣，然而他们的动机似乎有些不纯。按理来说，学道这是好事，悟空不就是跟须菩提祖师学的道吗？那这伙儿妖怪是怎么学的？这不都学偏了吗？专门琢磨怎么吃唐僧肉呢！悟空让几位神仙先回去，他自己摇身一变，变成了一个老道士，坐在路旁等待小妖的到来。不多时，两个小妖走过来了，见悟空也是道士，觉得十分亲切。精细鬼就先来问道：“你是从哪里来的呀，我看你不像我们这里的道士。”悟空回道：“我呀是从蓬莱山来的。”伶俐虫又说道：“蓬莱山呐，那是海岛神仙住的地方。”悟空得意道：“所以，我就是住在那山上的神仙啦。”两位妖怪道：“哎呀，你是老神仙呢！”悟空又说道：“我今天到你们山上来，是想教一个好人学道成仙。你们两个谁想跟我学了成仙呢？”小妖们争先恐后道：“我跟你去，我跟你去。”悟空道：“好好好，那我问你们，你们是从哪里来？要到哪里去呀？”妖怪回道：“我们是从莲花洞来的，大王让我们去收孙行者。”悟空又问：“是那个跟唐僧去西天取经的孙行者吗？”

妖怪答道：“正是正是，你也认得他呀？”悟空道：“认得认得。那猴子有些无理，我也很讨厌他，我可以帮你们去抓他。”妖怪道：“师父，不用你去了吧？我们有宝贝。”精细鬼接下来又给悟空详细地解释：“我拿的是红葫芦，他拿的是玉净瓶。”悟空接着问道：“那怎么装他呀？”妖怪道：“我只要把这宝贝底儿朝天、头朝地，喊他一声孙行者，他要是敢答应，就会被装进来的，然后在上面再贴一张太上老君的帖子，用不了多大一会儿，他就化成脓血了。”行者一听暗自心惊，意识到这两个宝贝的威力不容小觑，当时日值功曹提醒我，他们有五件宝贝，两件宝贝就这么厉害，那剩下三件宝贝还不知道有多强呢。想到这里，悟空伸手在尾巴上拔下一根毫毛来，他在口中暗自说了一声“变！”，一下子变出了一个一尺七寸长的大紫金红葫芦，比精细鬼的那个红葫芦大多了。

行者这是要干什么呢？估计他可能想到了什么好办法，他想的是什么办法呢？

思维特点

☞ 重点思维

1. 重心明确：整体画面着重表现了悟空的狼狈与内心的不服气。

2. 有主次：大山和悟空为主要形象，其他为次要形象。

第40集
悟空夺宝

两个魔王为了能安心地吃上唐僧肉，派出了精细鬼和伶俐虫拿上他们的宝贝去收了悟空。行者却变成了一个老道哄骗了这两个小妖，在跟他们聊天的时候，已经把这两个宝贝了解得一清二楚，然后又用自己尾巴上的一根毫毛，变出了一只一尺七寸长的大紫金红葫芦。伶俐虫把它接在手中仔细观察后，说道："师父，你这个红葫芦好看，又大，但是不一定中用。"悟空问道："怎么会不中用呢？"伶俐虫又道："我们这两样宝贝每一个都可以装下一千个人呢。"悟空不屑道："你们这个装人，有什么稀罕？我这个能把天装下呢。"啊？装天？这也就是悟空敢这么胡说八道，如果小妖让他现场装一个，他怎么办呢？

接下来，小妖问的就是这个问题，说道："可以装天，不信，不信，除非你现在就装一个给我们看。"悟空道："这个呀，要看我的心情。天要是把我惹恼了，我一个月可能装他七八次。我心情要是好，半年可能也不装他一次。"伶俐虫一听，他心里就想："他这个葫芦能装天，我要是能给他换过来，那该多好啊！"他就又跟精细鬼说："哥呀，要不然，我们跟他换葫芦？"精细鬼道："哎呀，但是人家那个能装天，能跟咱们这个装人的换吗？"伶俐虫又道："他要是不干，我们就把净瓶也一起给他，两个宝贝换一个宝贝。"行者在这一听，心中早已洞悉两人的意图，他们两个心动了，想要和悟空调换宝贝，就赶紧说道："好吧，好吧，那我就装给你们看看。"

好大圣，他捻起了诀，念起了咒，实际上是向五方揭谛传达信息，请求他们上奏玉帝，把天先藏起来半个时辰配合他一下。五方揭谛又赶紧把这个事情上奏给玉帝，玉帝听后，也是一脸茫然，从未有人提过类似的要求？装天，那天能装吗？怎么装啊？看来悟空这回这个谎扯得太大了，玉帝都帮不了他了。就在大家都为难的时候，哪吒三太子挺身而出。他站出来说道："万岁，天也能装。"玉帝疑惑道："噢？天怎么装啊？"哪吒回道："装，当然是装不了，但是我们去找北方的真武大帝，借一下他的皂雕旗，在南天门上一展，就能把日月星辰全都遮住，下界一看就是漆黑一片，那妖怪必然会认为天已经被装起来了。”玉帝一听，这还真是个办法，就让哪吒专门去办这件事。

三太子来到北天门，找到真武大帝，借了皂雕旗，又派神仙去通知大圣，告诉他现在一切准备就绪。悟空一看时机成熟了，便把那假葫芦往空中一抛，那是猴毛变的，轻飘飘地飘在空中。哪吒见那边葫芦都抛起来了，他这边把皂雕旗展开，日月星辰瞬间全被遮起来了，原本是大白天，霎时间就变得“乾坤墨染就，宇宙靛装成”。

天空是一片漆黑，两个小妖都惊呆了，问道：“刚说话的时候是中午，现在怎么都黑成这样了？”悟空笑道：“日

月星辰，都装到葫芦里面了，怎么会不黑呢？”小妖又问：“师父，你在哪里说话呢？”悟空道：“我就在你们面前呢。”小妖道：“哎呀，这天太黑了，根本看不见你呀，这葫芦太厉害了。好了好了，我们知道它能装了，快把天放出来吧。”好行者一看，这一举把小妖骗住了，他赶紧念动咒语通知哪吒。哪吒就把旗子一卷，又露出了中午的阳光。两个小妖目睹了这一切，对悟空手中的葫芦惊叹不已，眼珠都快掉出来了，他们赶紧拿出身上的两个宝贝去与悟空交换。行者真没白折腾，成功地完成了计划，他纵身一跳来到南天门前，感谢了哪吒。

那两个小妖拿到假葫芦以后就开始研究、鼓捣，他们也希望能尝试把天也装一下，那哪能管用？悟空就在半空中看着他们俩笑，哈哈哈哈。就在这时，悟空又把身上的毛一抖，把那变成假葫芦的毛也收回身上了。这下两个小妖可惨了，他们满地找这个葫芦，找不到了，弄得是四手皆空。没想到自家的宝贝弄丢了，最后连根猴毛都没捞着。两个小妖是悔死了，他们抱头痛哭，怎么办？现在唯一的希望就是回去的时候别被两个大王给打死了，他们懊悔不已，只得垂头丧气地返回。

行者又是摇身一变，它变成了一只小苍蝇，他携带着两件宝贝也像金箍棒一样随着它一起变小了，他就带着宝物和两个小妖一起去了莲花洞中。他们两个把整件事情跟两位魔王说了一遍。这两个魔王还真挺好，没发怒杀了他们。那大魔十分恼怒，说道："那神仙肯定是孙行者变的，骗取了我们的宝物。这猴子神通广大，到处都是他的熟人，不知道是哪个毛神把他放出来的。"这时候二魔想了个办法，便说道："我们有五件宝贝，现在去了两件，还有三件，七星剑、芭蕉扇都在我的身边，还有一条幌金绳在压龙山压龙洞中的老母亲那里，不如我们再找两个小妖把老母亲请来。一来请她吃唐僧肉，二来让她把幌金绳拿来，正好用来抓住孙行者。"大魔一听，觉得这是个好办法，这次他们另外叫来两个小妖，一个叫巴山虎，一个叫倚海龙。现在这第三件宝贝出现了，悟空能不能顺利地弄到手呢？

在巴山虎和倚海龙离开洞口后，悟空悄悄尾随其后。走了差不多有两三里路的时候，行者心生一计，他迅速飞到前方，摇身又一变，变成了一个小妖。悟空这又是个什么办法呢？他之前那个办法变出个葫芦装天，是个既大胆又巧妙的办法。这一次他用个什么妙招呢？

当两个小妖刚一走近的时候，行者就喊住了他们，叫道："诶诶，走路的，等我一等。"倚海龙就回头问道："你

是哪里来的？”悟空道：“自家人你都不认得。”小妖道：“自家人？没见过，不认得。”悟空继续道：“这也难怪，你们负责山洞里边的事情，我负责山洞外边的事情，你可能不记得我。”小妖道：“那也有可能，你在这里干什么？”悟空道：“嗨，大王不是派你们去请老奶奶，又怕你们在路上贪玩走得慢，让我出来催你们。”倚海龙一听，这点事他都知道，这肯定是自己洞里的小妖。也不怀疑他，就对他说道：“好！那我们一起走。”他们就带着行者继续疾行。大约行进了七八里路，行者就问他们，咱们离压龙洞还有多远？倚海龙用手一指，就见前面有一片黑林子，说道：“就是那里。”行者得知老妖的巢穴所在后，他立定脚步，待到这两个小妖走到他前面，悄悄地抽出了金箍棒，朝着他们俩，一棒子就把他们两个打成了肉饼。随后，他将他们拖至路边的草丛中，悟空又从身上拔下一根毫毛，吹一口气喊了一声：“变！”，这毫毛变成了巴山虎。他自己摇身一变，变成了倚海龙。

现在看明白悟空这个办法了。他化身为小妖，是为了与他们拉近距离，从而了解老妖的详细情况。如今，他扮演他们，是为了接近老妖，制服它，并夺取其宝物。悟空三五步就窜到了林子里，开始找寻压龙洞。不久，他便发现了两扇半开的门，悟空在门口叫喊：“开门，开门。”叫喊声惊动了里边一个女怪，那女怪走出来把情况问清楚后，就把悟空给带了进去。悟空走到第二层门的时候，他探头向里望去，只见屋内正中央坐着一个老奶奶。

那妖怪长得是“雪鬓蓬松，星光幌亮。脸皮红润皱纹多，牙齿稀疏神气壮”。

这妖怪是满头的白发，但是白得发亮。脸上的皱纹虽然多，但是红扑扑的，看来这妖怪保养得还不错。行者刚要往里走，突然想起一件事，就见他捂着脸落下泪来。这悟空今天奇怪，他哭什么呀？怕？他是不可能怕的，难道他觉得这妖怪太老了，舍不得打，还是又想出什么妙招，在那儿装哭，想骗妖精啊？

你都猜不出行者在心里是怎么想的。你知道他在想什么吗？原来他心里在念叨：“今天我要是想把这老妖精的宝贝骗出来，就不能硬打，我现在的身份是个小妖。进去看到这老奶奶，我得给她行礼下跪。我这一生给谁跪过？我只跪过须菩提祖师、如来佛祖，还有观音菩萨，再就是我师父。今天让我给这老妖跪下，唉，我实在是受不了这屈辱，但是我又有什么办法，还不是为了救师父？”想到这里，行者撞进去，扑通一声就跪在地上，口中还念道：给奶奶磕头了。

好悟空，能做到这一点真是让人佩服。当年为争一口气敢和玉皇大帝斗，今日却能为救师父，向一个老妖怪低头，这种能屈能伸的精神，才是真正的男子汉。

这时候老妖开口说话了，“我的儿，起来”。这妖精还不知道现在跪在她面前的是什么人呢。你管他叫儿，今天算是活到头了。老妖接着问：“你是从哪里来的呀？”悟空回道：“平顶山莲花洞，两位大王，叫我来请您去吃唐僧肉，再把幌金绳拿着去抓孙行者。”老妖一听要吃唐僧肉，高兴极了，她立即安排了两个小妖抬轿，自己坐上轿子便出发了。行了五六里路，两个抬轿子的小妖累了，便停下来休息。悟空这个时候又想出了一个办法，他从胸脯上拔下一根毫毛，一变变成了一张大饼。他抱着这张饼，装作吃得津津有味的样子。两个小妖见状，也馋得直流口水，纷纷围过来想要分食。悟空就招呼他们，说道：“来来来，都是一家人，一人掰一点儿。”

两个小妖正专心在这儿分饼，悟空偷偷掣出他的铁棒，一棒挥下，只听两个小妖闷哼一声，便倒地不起。坐在轿子中的老妖听到异响，心中生疑，便探出头来查看。悟空早在轿子前面等着她，待她一伸头，又是一棒子抡下去，把她脑袋打了个大窟窿，那是脑浆迸流、鲜血直冒。行者将她拖出轿子，仔细一看，原来这所谓的老奶奶竟是由一条九尾狐狸所变，便说道："孽畜！你叫老奶奶，那我老孙就得叫上太祖公公。"好猴王在她身上这一搜，那第三件宝贝，幌金绳就被他搜出来了。现在三件宝贝都在悟空手里了。他再拔两根毫毛，一个变作巴山虎，另一个变作倚海龙，又拔下两根，变成了刚才那两个抬轿子的小妖，自己摇身一变，又变成了刚才的那位老奶奶。

这可真是"七十二变神通大，指物腾挪手段高"。悟空和这四个假小妖继续往莲花洞走，不用说，他又是要用这老奶奶的身份去收拾那两个魔头。没过多久，他们到了莲花洞，两个魔头一看老奶奶来了，又是下跪，又是磕头。行者就在那装模作样地说道："我儿起来，起来。""哈哈哈哈哈哈！"这不是八戒的笑声吗？此时那八戒正吊在妖洞中的房梁上，他突然笑什么？

思维特点

☞ 细节思维

1. 着装细节：衣服、条纹裤、鞋子、道袍等都被处理得非常细腻。

2. 动态细节：几个小妖一前一后地托着东西，一前一后地走着路。

3. 武器细节：大金葫芦的旁边还有葫芦的盖子。

培养孩子细节思维的益处：孩子思考问题更细腻，更容易想到别人想不到的细节，细节也是成败的关键因素。

☞ 如何通过绘画培养孩子细节思维

1. 焦点牵引

假如孩子画了一条简单的裙子，可以问孩子："这裙子给你穿的话，你想要添加什么样的花纹啊？会不会中间还有个蝴蝶结？"这样孩子在平时的思考会变得越来越细致。

2. 鼓励和引导

通过找出孩子画中的细节来鼓励和引导。比如："老人的脸上的皱纹都被画出来了，真细致！""裤子上条纹都清晰可见，画得真细致！"

3. 观察

比如孩子喜欢蚂蚁，就带孩子观察："蚂蚁的眼睛在哪？嘴巴在哪？""两只蚂蚁怎样沟通？""蚂蚁是怎样搬运东西的？"

第41集 悟空战双魔

“哈哈哈哈哈哈！”这不是八戒的笑声吗？此时，那八戒正被吊在妖洞中的房梁上，他突然笑什么呀？沙僧也这样问他：“二哥呀，我们被人家吊着，你笑什么呀？”八戒道：“我还以为这老奶奶来，要把我们蒸着吃了呢！可没想到，这哪是什么老奶奶呀，这不是那弼马温吗？哈哈哈！”沙僧道：“你怎么知道是大师兄啊？”八戒道：“他刚才一弯腰的时候，那尾巴揪起来了。我这个地方吊得高，看得清楚。”沙僧道：“啊，你小点儿声，别让那妖怪听见。”

这时，就听魔王说道：“最近二弟抓到了唐僧，特地请母亲来吃唐僧肉，可以长生不老啊。”行者道：“我儿，那唐僧肉我还真不是特别喜欢吃，听说那猪八戒的耳朵好像很好吃，不如把他的耳朵割下来炒成菜下酒吃。”八戒听了，沉不住气道：“你个遭瘟的！你来就是为了割我耳朵是吧？”

魔王听到八戒说这话，瞬间起了疑心。这时，正好门外几个巡山的小妖跑进来喊道：“大王，不好了！孙行者在路上把奶奶打死了，这个奶奶肯定是他变的。”二魔听完咬牙大怒，他掣出七星宝剑照着行者劈脸就砍。好大圣，他将身一幌，只见满洞红光下他飞出去了。大魔见状，被悟空吓怕了。先前三座大山没压住他，后来两件宝贝被他骗去了，这次老奶奶被他打死，幌金绳不用说，肯定被他抢去了。

他对二魔说道：“二弟呀，要不然算了吧，把唐僧等人都还给他，这猴子我们惹不起呀！”二魔道：“大哥，你说的是哪里话？我费了这么多周折，才把唐僧他们抓到手。待我先出去与他斗一斗。要是打赢了，我们就吃了唐僧；要是打输了，再放了唐僧也不晚。”大魔一想，说得也有道理，就让他去了。二魔穿上披挂走出洞外。悟空朝洞口一看，这妖怪是怎样的打扮：“头戴凤盔欺腊雪，身披战甲幌镔铁”。“颜如灌口活真君，貌比巨灵无二别。”这妖精长得挺吓人，有点儿像巨灵神。但脸长得很白，加上一身银白色的铠甲，看着还挺威风。

妖怪开口说道：“孙行者，快还我宝贝和我母亲的命来！”大圣道：“你这泼怪，还是早点还我师父和师弟吧。要是敢说半个‘不’字，我看你还是自己搓根绳吊死吧，

也免得你孙外公我亲自动手！”妖怪急纵云跳在空中，抡宝剑来刺，行者掣铁棒劈手相迎。“那两员神将相交，好似南山虎斗，北海龙争。龙争处，鳞甲生辉；虎斗时，爪牙乱落。爪牙乱落撒银钩，鳞甲生辉支铁叶。这一个翻翻复复，有千般解数；那一个来来往往，无半点放闲。”他们两个战了有三十回合，不分胜负。

还别说这银角大王竟然真能接住悟空这么多棒。悟空心里想：“这泼怪倒也架得住老孙的铁棒！现在我已经夺了他的三件宝物，这样跟他打下去也费工夫。”想到这里，悟空把那幌金绳抽出来，朝着那魔头一抛，“唰”地一下就把妖怪捆起来了。嘿！这宝贝还真灵，妖怪被捆得结结实实。

这太简单了！这样就把妖怪降住了。悟空走上前去，想捉他，但是他没想到的是，那妖精竟然念起咒语。他念的是“松绳咒”，咒语声一响，幌金绳“唰”地一下松开了。唉！这也难怪，人家自己的宝贝，当然知道怎么用了。就见那绳子刚一松开，妖怪顺手又把它抛向悟空，结果“唰”地一下就紧紧地把大圣给捆起来了。悟空想迅速变小跑出来，可是那幌金绳也跟着变小，越绑越紧。

妖怪一把把他扯过来，又拿起七星剑照悟空脑袋连砍了七八剑，“当当当”地直冒火星。他砍后仔细一看，那行者连头皮儿也不曾红一点儿。妖精见弄不死他，便从他身上搜寻被悟空抢走的两件宝贝。宝贝搜出来以后，就把行者带回了莲花洞，再用幌金绳把他捆到了柱子上。这一仗悟空吃了亏，但也不必为他担心，凭悟空的神通，一条幌金绳恐怕捆不住他。妖精们见唐僧师徒四人全都被抓回来了，就开始摆酒庆贺。

悟空就趁他们喝酒庆贺放松警惕的时候，用起了他的神通。他拔下一根毫毛，变成了个假行者，用这假身子撑着幌金绳，真身却晃一晃，跳出来变成了个小妖站在地上。他变成小妖是想干什么呢？就见悟空几步走到了大魔跟前，说道：“大王，那孙悟空总是在那儿蹭来蹭去的，我怕把咱们的幌金绳给蹭坏了，还是换一条粗绳子绑他吧。”大妖觉得这小妖说得有道理，就同意了他的说法。悟空就来到柱子旁，用一根粗绳子把假行者捆了起来，再把那幌金绳卸下来，偷偷地揣进了自己的袖子里，再拔根毫毛，变出个假绳来，双手捧着献给了大魔王。

悟空得了宝贝后，转头跳出洞外，现了原身，高叫道：“妖怪！者行孙来了。”者行孙？悟空这是怎么了，连自己的名字都说错了？哦，对了！对了！洞里边还绑着个假行者呢，如果他说自己是孙行者，那不露馅了吗？不过他编的这个名字还挺有意思。洞里的这两位魔王得到消息以后，大魔一听又害怕了，光一个孙行者就把他们闹得够呛，这会儿又来了个者行孙。二魔就安慰他：“哥哥，你不要担心，我们这葫芦能装下一千个人呢，待我出去拿这葫芦再把他装了。”

说完，二魔拿着葫芦走出了洞口，看到了悟空，他问道：“你是从哪里来的？”行者道：“我是孙行者的兄弟，听说你抓了他，今天我特意来找你。”二魔道：“我是抓了他，他正在我的洞中。今天你既然来了，我也不跟你动手。我喊你一声，你敢答应吗？”行者道：“这有什么难？你如果喊我一千声，我就敢答应你一万声。”妖怪听他说这话，拿着葫芦跳到天上，把那葫芦底朝天，口朝下，高声叫道：“者行孙！”悟空心里就想：“我真名叫孙行者，这者行孙是我起的假名字，这假名字我要是答应了，怕没什么事儿。”

想到这里，悟空忍不住就答应了他：“爷爷在此！”他一答应不要紧，“嗖”地一下就被收到葫芦里。这葫芦太厉害了，答应个假名字也能被收进去。妖精把那葫芦口用帖子一贴，等着把他被化成脓血。不过大家不必担心，就凭悟空的本事，这葫芦能奈何得了他？悟空心里也这么想：“当年我在太上老君的八卦炉里炼了七七四十九天，反倒炼出了我铜头铁脑，火眼金睛，看这个东西能把我怎么样？”

妖怪回到洞中，把那红葫芦往桌上一放，两个魔王就一边看着一边等，等着悟空化成脓血。大魔就在那儿猜：“那孙行者就很厉害，这者行孙也弱不了，让他在这葫芦里多闷一会儿，过一会儿咱们就摇摇这葫芦，他要是化成了脓血，就会有‘哗哗’的水声。”悟空在葫芦里听得清清楚楚，思道：“妖怪不就是想等老孙化了吗？”这时候，他眼珠一转，想出个办法来。他在里边忍了一会儿，就开始大声喊叫：“哎呀！我的脚，我的脚怎么化了？”又过了一会儿，他又开始喊：“我的天呀！我的腿也化了！”过会儿又喊：“我的娘啊！我的腰截骨都化了！”

妖怪在外边听得清清楚楚。大魔说道：“二弟，你听！他已经化到腰了，那应该是差不多了。把帖子揭开看看。”悟空在里边一听，逃跑的机会来了。他赶紧拔下一根毫毛，

把它一变，变成了一个自己的半截身子，把它放在葫芦底儿。自己却变成了一只小蟭蟟虫，趴在葫芦口上。此时，二魔把那帖子一打开，悟空趁机“嗖”地一下就飞了出去，又在空中打了个滚儿，变成了那个叫倚海龙的小妖。二魔在葫芦口往里瞧，看见了悟空的半截身子，一动都不动，跟死了一样。他道：“哥哥！者行孙已经死了。”说完，他盖好葫芦盖儿。这下两个魔王放心了，他们又开始饮酒庆贺。

悟空变的那个倚海龙就站在他们旁边伺候，给他们倒酒。妖怪端起了酒杯，就把红葫芦放在旁边。悟空来来往往地伺候，在他们不注意的时候，就把那红葫芦揣在了自己身上，又变个假葫芦放在那儿，找个机会又撤出了莲花洞。来到洞外，悟空厉声高叫道：“妖怪，你出来。行者孙来了！”两个魔王在洞里听到这个消息后，大魔又害怕了：“哎呀！二弟，我们是捅了猴子窝了。先前那孙行者被幌金绳捆起来了，者行孙又被装到葫芦里了，这回又跳出来个行者孙，这可怎么办呢？”二魔道：“大哥，不要担心，我们这葫芦能装下一千个人，待我出去再把他装了。”

说完二魔拿起葫芦走出了洞外。他看到悟空，便问道：“你又是谁？从哪里来？”行者道：“嘿嘿我是行者孙，来自花果山水帘洞。听说你抓了我两个兄弟，今天我特意来找你。”二魔道：“你那两个兄弟被我抓了，就在我洞中，今天你既然来了，我喊你一声，你敢答应吗？”行者道：“喊我一声？那我喊你一声，你敢答应吗？”二魔道：“哈哈哈哈哈！我喊你，是因为我有个宝葫芦可以装你，你喊我有什么用啊？哈哈哈！”行者道：“我也有个宝葫芦，也能装你。”那魔道：“噢，你也有葫芦？那你敢不敢拿出来给我看看？”悟空从袖中把葫芦拿出来给他一看，妖精吃了一惊道：“你这葫芦从哪里来的？怎么跟我的一模一样？”

悟空反过来问他道：“那你倒是说说，你的葫芦从哪里来的？”二魔道：“我的葫芦是在开天辟地的时候，一位太上老祖在昆仑山脚下一根仙藤上采下来的，后来由太上老君保管到现在。”悟空一听，心里暗自高兴：“蠢妖怪，连葫芦的底细都告诉我了。”想到这，他赶紧扯了个谎应付妖怪道：“我的葫芦也是从那儿来的，当时那仙藤上结了两个葫芦，一个公的一个母的。你那个葫芦是母的，我这个是公的。”这悟空是太能扯了，葫芦也分公母啊，那妖怪也让他说晕了，但关键是这个假葫芦要能骗到妖精，别让他发现了，万一发现了，一会儿悟空喊他的时候，他该不答应了。悟空这次能不能战胜他呢？

第42集
盗宝收妖

悟空说自己手里这葫芦是公的，二魔手里那个葫芦是母的。妖怪被他说晕了，干脆不搭理悟空，直接跳在空中，把葫芦底儿朝天，口朝下，对着行者大声喊道："行者孙！"悟空道："这就喊我了。好好好！我现在就答应你，你听好了。"悟空就应道："爷爷在此！爷爷在此！爷爷在此！爷爷在此！爷爷在此！爷爷在此！"这猴子一连答应了八九遍。妖怪在空中举着葫芦看傻了，怎么这葫芦今天不灵了？他嘴里就叨咕："天哪！难道这母葫芦一看到老公就怕了吗？"悟空听他叨咕，说："母葫芦怕公葫芦。"笑得肚子都痛了。"哈哈哈！笑死我了！笑死我了！好了，好了，还是把你那母葫芦收起来吧。接下来轮到我喊了！"好大圣迅速纵身跃上筋斗云，把那葫芦底朝天，口朝下，对着妖怪就高声喊道："银角大王。"那二魔还真硬气，他张口应了："哎！"。这一声"哎"刚说出口，还未等妖怪反应过来，"嗖"地一下就被那葫芦收进去了。这一下真是太好了，就数二魔难斗，这下被悟空给收服了。悟空赶紧把盖儿盖好，再把帖子贴上。

接下来便去救师父了。在路上这会儿工夫，悟空就听那葫芦里，"稀里哗啦"开始有响声了，这二魔哪像悟空那么厉害，进去不一会儿就已经化成水了。来到洞前，小妖们一看，二大王没回来呀，就一个悟空拿着葫芦回来的，里面还"稀里哗啦"直响，他们一看就明白怎么回事了。小妖们吓得赶紧往洞里跑："大王！大王！祸事了！祸事了！行者孙把二大王装在葫芦里化成水了。"大魔一听，忍不住放声大哭："贤弟呀！贤弟呀！你怎么这样就死啦！"小妖们一看大王在哭，他们也跟着一起哭，满洞的妖精哭成了一片！

八戒这个时候正吊在梁上看这满洞的妖精哭成了一片，觉得好笑，就欠嘴道："嘿，妖精们，还是让我老猪告诉你们是怎么回事儿吧。一开始的那个孙行者，到后来的者行孙，再到最后这个行者孙都是我师兄一个人变的。他有七十二般变化，他潜了进来，把你们的宝贝偷了出去，又把你弟弟装进了葫芦里。现在你弟弟已经死了，你们哭也没有用。对了，你们现在最好把锅刷干净，里边下点儿蘑菇，下点儿竹笋，弄点儿豆腐、木耳、新鲜的蔬菜，给我们做顿饭吃。我们给你们死去的弟弟念念经。嘿嘿嘿！怎么样啊？”你说这猪这会儿在这欠嘴，虽然悟空在外面打了胜仗，但还没进来接他们呢，他把人家惹恼了，人家这会儿把他杀了怎么办呀？你看那大魔被他气的呀，高声叫道：“把那头猪解下来，蒸得稀烂，等我吃饱了再去给二弟报仇。”

就在这紧要关头，门外跑进来一个小妖禀报道：“大王，行者孙在外面又骂上了。”大魔一听真是火上加火，这回他胆儿也大了，将手中剩下的三件宝贝都拿出来了。先看了看玉净瓶，他心里想：“这个宝贝已经没有用了，那猴子已经知道怎么用了，喊他名字，他未必答应。”他拿起剩下的两件宝贝——七星剑和芭蕉扇。他穿好披挂就走出了洞外。二魔之前用过七星剑，好像也不能把悟空怎么样，看来不是特别厉害。但是这芭蕉扇还没用过，看看悟空待会儿怎么应对吧。大魔此时已经召集了三百多个小妖排列在妖洞之外。悟空一看大魔还挺威风，他“头上盔缨光焰焰，腰间带束彩霞鲜。身穿铠甲龙鳞砌，上罩红袍烈火燃”“七星宝剑轻提手，芭蕉扇子半遮肩”。他穿了一袭火红的战袍，手里提着七星剑，后背插的正是芭蕉扇。

这时候，大魔开口骂道：“你这猴子十分无礼，伤害我兄弟的性命，实在是太可恨了！”行者骂道：“你这头死怪物，你一个妖精的命舍不得。那我师父、师弟，加上白龙马一共四条命，我就舍得！快快把他们给我送回来，再赔我们些钱，欢欢喜喜送我们西去。兴许我还饶了你这老妖的狗命！”妖怪理亏，哪里骂得过他？举起宝剑劈头就砍，悟空持铁棒举手相迎。这一场洞外好杀。别看魔王胆儿小，还真有点儿本事。“金箍棒与七星剑，对撞霞光如闪电。”“那个皆因手足情，些儿不放善；这个只为取经僧，毫

厘不容缓。”“只杀得天昏地暗鬼神惊，日淡烟浓龙虎战。”“一来一往逞英雄，不住翻腾棒与剑。”

老魔和大圣战了二十回合，不分胜负。这时候他把那剑梢一指，叫道：“小妖们一齐上！”那三百多个小妖一拥而上，把行者围在垓心。悟空怕这个吗？他拔下一把毫毛，放到嘴里嚼碎，“噗！”地喷了出去，喊了一声：“变！”，一根根的毫毛全都化为了行者。你看长得高的假行者使棒，长得矮的假行者抡拳。那些小妖被打得四处逃散，最后打的就剩老妖了。他被满山的行者围在当中，这时候大魔有点慌了，他左手拿着宝剑，右手伸到脖子后面把那芭蕉扇取出来了，照着行者“呼啦！”扇了一扇子。地上顿时火光焰焰，原来这宝物能扇出火来。结果他扇一下还不够，一连扇了七八扇子。这火烧得怪，霎时间烧得满山赤红，却一缕青烟都不冒。“那窝中走兽贪性命，西撞东奔；这林内飞禽惜羽毛，高飞远举。这场神火飘空燎，只烧得石烂溪干遍地红。”就说这烧的兽也跑了，鸟也飞了，溪水也烧干了，石头也烧烂了。

悟空一看，自己倒是不怕这火，但他身上这些毫毛变得猴子怕。他赶紧一抖身，把那些毫毛收回身上。他又拿出一根毫毛变成了个假身子，在那假装念着避火咒哄骗妖怪。他自己趁着机会飞到莲花洞去救师父了。来到山洞中，悟空发现洞里也火光焰焰。难道这大火烧到洞里来了？再仔细一看，发现不是火光，而是金光，那正是大魔留下的羊脂玉净瓶发出的光。悟空见了高兴道：“啊哈哈！没想到，这宝贝得来的一点儿都没费工夫。”悟空顺手就把那宝物揣兜里了。接下来，他又要去救师父，可他又一想：“这大魔马上就要回来了，我带着师父、师弟们不好收拾他呀，要不然我先出去，等我收拾完他再来救师父也不晚。”转身他又独自跳出洞外，可他刚出了洞门，就见那老妖一手拿着宝剑，一手拿着扇子从南边回来了。

见到行者，老妖劈剑就砍，悟空疾驾筋斗云侧身而逃，逃得无影无踪。大魔也没心情追赶。他独自一个人走进洞中，往四周一看，唉！洞还是那个洞，现在却变得冷冷清清。他的二弟死了，带出去的小妖们也全都打散了。他独自一人显得十分凄惨。他把宝剑随意放在桌子的旁边，扇子斜插在肩膀后面，人往那一歪，昏昏默默地睡着了。再说大圣，这会儿他调转筋斗云，把玉净瓶系在腰间，准备回莲花洞去救师父。顷刻间，他来到洞门前，看那妖洞门开着，他悄悄地走了进去，又见大魔一个人坐在那儿睡着了。悟空不着急抽出棒子打他，而是直奔他肩上插的那把芭蕉扇而去。他伸手一拔，转身就跑，结果那扇子柄刮着大魔的头发了。大魔醒了过来，一看又是这猴子，这次又把芭蕉扇给抢去了。

大魔快气疯了，恨不得把这猴子整个儿给吞下去。他提起宝剑，怒气冲冲地追出洞外。他们是宝剑来，铁棒去，又打起来了。这一回打了能有三四十个回合，天都快黑了。大魔手里也没什么宝贝了，就一把七星剑，哪能打得过悟空啊？他想往莲花洞里逃，但他又一想，莲花洞里一个妖怪都没有了。对了！去压龙洞吧，就是之前九尾狐狸老奶奶待的那个洞。大魔万般无奈地往那边跑了。悟空并未追赶，急忙前往莲花洞解救师父。这下好了，他们师徒四人又能平平安安地团聚在一起了。唐僧见到悟空就心疼地问他："悟空啊，这一次真的是辛苦你了。"八戒对悟空夺来的那些宝贝感兴趣，就让猴哥给他拿出来看。沙僧则在洞中找米，找面，找菜。他们把锅灶刷得干干净净，做了一顿美美的晚餐，欢欢喜喜地饱餐了一顿之后，就在洞中安然入睡了。

大魔逃至压龙洞，若他能悔过自新，不再作恶，悟空也已经找到师父了，估计不会再去找他。但是他偏偏不甘心，第二天一大早，他就把压龙洞的那些妖怪领了出来，还要找悟空来寻仇。这会儿悟空在洞内听到外面风声阵阵，他知道一定是妖精来寻仇了，他让沙僧保护好师父，再让八戒出去跟他一起降妖。悟空腰上系着红葫芦、玉净瓶，袖子里揣着幌金绳，肩膀后边斜插着芭蕉扇，手里又拿着如意金箍棒走出了洞外。

悟空定睛一瞧，这回大魔带来的这些妖怪全都是狐狸精。但这有什么用，这些妖怪法力平平，手中也无强大法宝。悟空兄弟俩一个舞钯，一个抡棒，上去一通儿好杀。那些狐狸精们连猪八戒都打不过，被那钉钯筑得到处冒血。大魔跟悟空斗了一会儿，又渐渐支撑不住了。就在这个时候，沙僧又从洞中走出来，他来帮忙了。妖精们一看又来了个厉害的，这哪能打得过，跑吧！他们这一跑不要紧，弄得大魔也慌了，他也扭头跑。大圣趁乱疾纵云头，他掏出玉净瓶，朝着大魔，高声喊道："金角大王！"大魔心里正慌着呢，他以为是哪个小妖喊他，就回应了一声："哎！"他这声"哎"一出口，"嗖"地一下，就被那玉净瓶给收了。悟空用帖子把口贴好。两个魔王都被收了，这场仗悟空算是赢了。大魔王被收进来的时候，他手中的七星剑也掉在地上了。悟空又走上前来，把这七星剑捡在手中。最终，这五件宝贝也全被悟空收了。八戒、沙僧也走了过来，都为猴哥高兴。

他们一起回到洞中，收拾好行李，欢欢喜喜地又保护师父西去了。他们正在路上走着，路旁猛然闪出一位眼盲的老者，他一把就扯住了三藏的马，口中问道："和尚哪里去？还我宝贝来！"行者一听他讲这话，就用火眼金睛仔细一看："哎呀！这不是妖怪，这是太上老君来了。"他赶紧上前施了个礼，问道："老官儿，你这是要到哪里去呀？"老君一看悟空把他认出来了，就飞起身来伫立在空中。悟空也飞了上去，道："你刚才说要什么宝贝呀？"老君道："那葫芦是我用来装丹的，净瓶是我用来盛水的，宝剑是我用来炼魔的，扇子是我用来扇火的，绳子是我系袍子的一根带子。那两个妖怪，一个是我看金炉的童子，一个是我看银炉的童子。他们走下界来，我正找不到，原来被你给降住了。"太上老君这话讲得有点没道理呀？他的童子没看好，给人家惹了这么大麻烦，见了面也不道个歉，一见面光知道要宝贝，就算是神仙，这么做也不对呀。就凭悟空那脾气，能把宝贝还给他吗？

思维特点

☞ 整体思维

1. 大场景：整个画面宏大丰富。

2. 空间整体：分为地面、远山、云层。

3. 画面布置：左下角的洞门，右下角的大树，远山，空中的人物，整体画面布局均衡。

培养孩子整体思维的益处：孩子思考问题时会更周全，能提前统筹布局，能更有章法地处理问题。

☞ 如何通过绘画培养孩子整体思维

1. 绘画引导方向

每次孩子画画，至少从三个方向引导思考，让画面更丰富。比如孩子画风景画，可以引导孩子：远处有什么？近处有什么？天空有什么？地面上有什么？这样画面就比较丰富饱满。

2. 随笔画

围绕孩子兴趣点，多启发孩子画街道、沙滩、公园布局图等随笔作品，不要求细致，简单勾勒大场景就行。

3. 感受场景

多带孩子登高望远，体验“一览众山小”的感觉；多带孩子看看简易地图等。

第43集 国王托梦

太上老君见了他们以后，跟他们要宝贝。大圣一听就不干了，他们师徒让那两个妖魔折腾成这样，老君也不道个歉，上来就讨要宝贝。大圣道：“老官儿，你实在无理，纵容你那两个童子为妖，这要怪你管教不严了。”老君一听，赶紧解释：“这不关我的事，你错怪我了。这是海上观世音菩萨，她找了我三次，让我那两个童子化成妖魔，在这里试探你们师徒是不是真心向西取经。”原来忙活了半天，考验他们的是菩萨呀。悟空一听是菩萨的主意，只好把宝贝还给了太上老君。老君接过宝贝，赶紧把葫芦和净瓶的盖子打开，往外一倒，飘出来两股仙气，再用手一指，大魔和二魔就化成了金银二童子。他们走过来又伴在老君身边，一起告别了唐僧师徒，飞向兜率宫。

唐僧师徒继续西行，一路上又是说不尽的水宿风餐，披霜冒露。师徒们在路上走了些日子，有一天又看见前面有一座高山挡住了去路。爬过去将又是一番艰险。三藏在马背上感叹道：“哎，徒弟们呀，西天怎么这么难去啊！自从离开长安城，春尽夏来，秋残冬至，已有四五个年头了，怎么还没到啊？”行者一听，师父是觉得心里苦啊，就开始逗他：“师父，这还早着哩，咱们还没出大门呢。”

八戒道：“哥哥，你不要乱说，这哪有什么大门啊？”行者道：“兄弟，我们这不是还在屋里转吗？”沙僧一听，也笑了，道：“师兄啊，你这不是乱说吗？哪有什么屋子啊？”行者道：“兄弟，你看，这青天就是咱们的屋顶，太阳、月亮就是咱们的窗子，高山就是咱们屋里的柱子，天地就像咱们的一个大客厅，你说是不是啊？”本来是个挺辛苦的旅程，叫悟空这么一说，大家反倒觉得特别有趣，又精神百倍地往前走了。

大圣横担着铁棒，领着唐僧，在前面开路。唐僧在马上仔细观看，好一座山景啊，真是：“山顶嵯峨摩斗柄，树梢仿佛接云霄。青烟堆里，时闻得谷口猿啼；乱翠阴中，每听得松间鹤唳。”好山！进了山再看，就“看那八面崖巍，四围险峻。古怪乔松盘翠盖，枯摧老树挂藤萝。”“时听大虫哮吼，每闻山鸟时鸣。麂鹿成群穿荆棘，往来跳跃；獐犯结党寻野食，前后奔跑。”师徒们走在山间，边玩边看四周的景色，不知不觉中，红轮西坠，天要黑了。

三藏在马上遥看，就见那山坳里有楼台迭迭，殿阁重重。他就说道：“徒弟们，天色晚了，前面好像有寺院，我们都到那里借宿一宿吧。”师徒们就快速走到寺院门前，见上边写了三个字“宝林寺”。他们跟寺里的僧人借宿一晚。走了一天，大家也都累了，赶紧安顿一下就睡了。

睡到半夜的时候，三藏就做了个梦。他梦见禅堂外有人喊他：“师父！”三藏就在梦中抬眼一看，门外站着个人，浑身上下水淋淋的，眼里边还流着泪，口中叫个不停：“师父啊！师父！”三藏就对他说道：“你是个妖邪吧，这大半夜的你来找我做什么？我可告诉你，我那三

个徒弟个个都会降龙伏虎，要是让他们看见你，还不让你碎尸粉骨、化作灰尘。你趁他们不知道赶快走吧。”那人道：“师父，我不是妖邪，你仔细地看看我。”三藏这才仔细看看他，呀！只见他“头戴一顶冲天冠，腰束一条碧玉带，身穿一领飞龙舞凤赭黄袍”。这是皇帝的打扮。唐僧断定他不是妖邪，就问他：“你这深更半夜眼中又含着泪，是不是有什么委屈要对我说呀？”

他听唐僧这么一问，那是“泪滴腮边谈旧事，愁攒眉上诉前因”，道：“师父啊，往西去四十里远近，有一国叫乌鸡国。我是那里的皇帝。五年前，乌鸡国遭遇了一场干旱，一旱就是三年，地上长不出粮食，饿死了我们多少百姓啊！最后河也枯了，井也干了。就在这危难时刻，从那座钟南山上来了一个道士，他说他能向天求雨，我和文武百官就让他登坛祈祷。他拿出令牌向天发令，顷刻间，还真的是大雨滂沱。他救了我们乌鸡国所有的百姓。我当时万分感谢他，就跟他结为了兄弟，还安排他在宝林寺住下。朕还亲自陪他在这里同吃、同住。可是谁能想到，在乌鸡国的御花园里散步的时候，我们走到一口八角琉璃井边时，他也不知道往那井里扔了什么东西，井中就闪出万道金光来，他蒙骗我说那里有宝物，结果却躲在我的身后一把将我推了下去，之后又用石板把井盖住，盖上泥土，还在上面种上了一棵芭蕉树。”

唐僧听到这儿明白了，原来这是一个冤死的鬼魂。那人又接着说：“我死以后，他又变成我的模样，做起了乌鸡国的国王。”三藏一听，心中产生了一个疑惑，道：“你既然已死，怎么不到阴间的十代阎王那里去告他的状啊？”那人道：“唉！你不知道啊，那妖怪神通广大，十代阎王都是他的朋友。”唐僧道：“既然是这样，你找我来又有什么用呢？”那人道：“我哪有能力直接找得到你呀？你的身边有各路天神保护，我这是让夜游神一道神风把我吹过来的，他让我拜见你，说你有个大徒弟是齐天大圣，专会斩妖除怪。”三藏道：“我那徒弟干别的不行，但是斩妖除怪十分有本事。”

可是唐僧又一想：“这恐怕不行吧？全国的百姓已经把那妖怪当成了皇帝，我那徒弟如果硬去打那妖怪，他们岂不是要和我们作对吗？”那人道：“不必担心，我有个儿子正是当朝太子，明天他会出城打猎。师父，你可以到那时去见他，见到后就把实情告诉他。”三藏听了，觉得还是不妥，道：“我可以去见他，可是他已经把那妖怪当成父王了，又怎么会相信我说的话呢？”那人道：“不要担心，我身上有一块叫金厢白玉圭的玉，我儿知道那是我的宝贝，妖怪虽然变成了我的样子，但是他没有这件宝贝。你把它拿给太子看，他会为我报仇的。”三藏答应了下来，道：“好吧，就按你说的办吧。”那冤魂叩头拜别。

三藏猛然从梦中醒来，醒来以后，他吓出一身冷汗。他喊道：“徒弟们！徒弟们！”，师兄弟三人赶紧围过来安慰师父。三藏就把这桩梦细细地给他们讲了一遍，悟空听了呵呵笑道：“这国王托梦分明是照顾老孙的生意呀，看我怎么收拾这妖怪？”这时，唐僧忽然又想起，道：“徒弟们，那国王还说，他会留下一柄金厢白玉圭。”八戒道：“师父，做梦这个事儿你也信？”沙僧道：“二师兄，管他是真的假的，我们先看看再说。”沙僧举起了火把，行者把门推开，师徒几人朝门前台阶一看，就在那星月光下，有一柄金厢白玉圭。悟空上前把它捡起，心中便想出办法来了。好大圣拔下一根毫毛，吹了口仙气，叫了声：“变！”，那毫毛就变作了一个涂着红金漆的小盒。

悟空把白玉圭放到盒儿里，又递给了师父，道：“师父，你把这东西捧在手中，明天天亮的时候，你就去那大殿中坐着念经，我就去把那太子引过来。我会先跑进来，变成一个小小的和尚，也就你手掌心那么大，也钻到那小红盒里。他来到这寺中必然要拜佛。师父，你只管坐在那里，不要理他，也不要对他行礼。他一个当朝太子看你对他如此无礼，定然会问你，到时候你就说你是从东土大唐而来，去西天拜佛求经送宝的。他必然会问你，‘你送什么宝啊？’你就把你身上穿的锦襕（lán）袈裟给他看，然后再告诉他就这样的宝贝也只算是三等宝贝，你手中还有一等、二等的宝贝呢。他必然好奇，继续来问的时候，你就把我放出来，就说‘这个小人儿叫立帝货。他上知五百年，下知五百年，中知五百年，共一千五百年过去未来的事儿，他全都知道’。你这样一说，他必然会来问我。我就把乌鸡国王的事告诉他，他要是信了最好，他要是不信，你就说你手中还有一等的宝贝，你就把这金厢白玉圭拿出来给他看。按照这个办法，他很可能相信我们。”三藏觉得悟空说得有道理，就把悟空的话都记在心上。接下来，师徒们又回到床上去睡了。但是，这一晚上谁也没睡好，就盼着天亮了。恨不得“点头唤出扶桑日，喷气吹散满天星”。

终于到了第二天早晨，东方天发白，行者一早就向西飞去，飞到那里一看，果然有一座城池。正观看间，忽然又听到一声炮声响亮，又见城池的东门，闪出一路人马，足有三千人，他们正是出来打猎的队伍。这伙人一口气跑了二十里地。行者站在空中，就看那军营里有个小小将军，顶着盔，贯着甲，手执青锋宝剑，坐下黄骠马，腰带满弦弓，真个是“隐隐君王像，昂昂帝主容”。不用说了，这肯定是太子。悟空心想：“等我戏弄戏弄他。”好大圣，按落云头，摇身一变，变作了一只小白兔，他窜去太子的马前就开始乱跑。

太子一看，拈起了箭，拽满了弓，“嗖”的一箭就射了出去。大圣是眼疾手快，一下就接住了箭头，别人看上去就好像弓箭射中了一样。悟空带着那支箭朝前跑，太子骑马在后面追。悟空跑了一路，就把太子引到了宝林寺的山门之下。行者赶紧现了本身，把那支箭插在门槛上。他自己赶紧跑到师父那儿去，摇身一变，变成一个二寸长的小小和尚，钻到那红盒子里去了。

此时，太子也赶过来了，到了寺门前不见了兔子，只看到那支箭插在门槛上了。他心里就想：“难道我射中的是只兔子精吗？”他又抬头看，这不是宝林寺吗？这太子会不会像悟空设想得那样进去拜佛呢？他万一转身回去打猎怎么办呢？太子是会进还是会退呢？

第44集
计劝太子

乌鸡国的国王来到唐僧的梦中，把自己遇害的经历告诉了唐僧。唐僧醒来之后又把这个梦跟几位徒弟说了一遍，悟空为此想出了一套办法，让那太子相信自己的亲生父亲已经被害死了，现在的国王是妖精变的。

第二天悟空变成了一只小白兔，一直把那太子引到了宝林寺的门前。等太子追到门前，却发现兔子没了，再抬头看，发现自己恰好来了宝林寺。他一想反正这兔子也没了，不如进去拜拜佛。他就带着他的人马，走进了寺庙，寺里的和尚一看是当朝太子来了，吓得赶紧都来叩头行礼。等到太子走到佛像前，刚要拜，他就发现在这大殿之中坐着一个和尚。这位和尚看见自己也不叩头，也不行礼，往那儿一坐，也不说话。太子这就火了，说道：“你这和尚十分无理，我是当朝太子，你看见我也不起身，还在那儿坐着不动，来呀，把他给我拿下。”

这和尚不是别人，正是唐僧，悟空的办法灵验了，成功吸引了太子的注意。然而，他现在正在找人抓唐僧，这可怎么办呢？不要担心，悟空早在那小红盒儿里念起了咒语，让各路天神施法术保护唐僧。当那些人试图捉拿唐僧时，仿佛被无形的屏障所阻挡，无论如何也触碰不到他。太子一看拿他没办法，就问他：“你这和尚怎么用隐身法来欺负我？你到底是从哪里来的？”唐僧答道：“贫僧没有用什么隐身法，我是从东土大唐而来，去西天雷音寺拜佛求经，并向您献上宝物。”太子又问：“献宝？你有什么宝贝？”

你看太子的确被宝贝吸引了，一步步陷入了圈套。唐僧就答道：“我身上这件锦襕袈裟就是其中一宝。”太子看了看，他又不是和尚，再说平时他见过的奇珍异宝太多了，这件袈裟他看不上，就又问唐僧：“你还有什么其他的宝贝吗？”三藏一听，赶紧按照悟空之前的安排，取出那小红匣子道：“刚才贫僧身上这袈裟只是我带来的三等宝贝，我这里还有二等宝贝，在这红盒儿之中放着一个小和尚，他的名字叫立帝货，他上知五百年的事情，中知五百年的事情，下又知五百年的事情，一共知道一千五百年过去、未来的事情。”太子说：“那这个好玩啊，赶紧拿出来让我看看吧。”

三藏把盒子打开，悟空从中跃出，在地上来回走动。太子见状，怀疑地说：“这么星星大点的小人能知道什么？”悟空见他说这个话，嫌自己小，便摇身一变，恢复了原样，周围的人都看呆了，就在那纷纷议论，这小人怎么长得这么快啊？照这么长下去，过不了几天不就把天都捅破了吗？那太子这下觉得有意思了，就问悟空：“立帝货，老和尚说你知道过去和未来的事情，我不太相信，你能不能跟我说一说呀？”

悟空笑道：“嘿嘿，别急别急，你慢慢听我说，你本是这乌鸡国王的儿子，五年前你们这里有过一场大干旱，三年都不曾下雨，万民受苦，就在这危难的时候，从那钟南山来了一个全真道人，他呼风唤雨救了你们，你的父王就和他拜为兄弟，有没有这回事啊？”太子说：“有有有，可是后来这道人不见了，掀起了一阵神风就飞走了，而且他还带走了我父王的宝贝，金厢白玉圭。”这太子竟然会这样想，也属正常。他将眼前的假国王误认为是父王，自然疑惑那金厢白玉圭的下落。他当然认为是被那妖道一阵神风给刮走了，悟空见他糊涂就笑他，太子问他：“你笑什么？你接着说。”悟空又说：“不行不行，你这里的人太多了，不能说。”

太子迅速挥袖示意，让随行的众人退至四门外，寺里的和尚也全都退去了，这时候整个大殿里就剩下唐僧、悟空和太子三人了。悟空这办法设计得是真好，第一等宝贝金厢白玉圭还没拿出来，就已经找到机会跟太子说出事情的真相。悟空走到太子跟前，严肃地告诉他：“殿下，现在做你们国王的是那妖道变的。”太子忙说：“胡说，胡说，怎么会是妖道变的？自从那妖道走了以后，我们这里是国泰民安、风调雨顺，再也没有过一场干旱，如果不是因为我父王，大家怎么能过上这样好的生活呢？”费了这么大的劲才把真相告诉他，他竟然不信。不过，这太子讲出的话也确实令人奇怪，既然这国王是妖道变的，那这妖道是吃人的，可为什么这么多年没有祸害大家，这接下来可怎么办呢？

对了，还有金厢白玉圭没拿出来呢，太子看了这件宝贝，会不会相信现在的国王是假的？当初这宝贝不见了，也并不是妖道用风刮走的。此时，三藏已把白玉圭捧在手里，送到太子面前，太子一看说：“哎呀，你这个和尚，你是五年前那位全真道士，一阵风带走了我父王的宝贝，今天你又装扮成和尚把他送回来，来人啊！”

这个混太子，他不但不相信，还冤枉唐僧当年假扮成骗人的道士，悟空也懒得跟他兜圈子了，上前拦住他说：“你不要嚷，这消息要是让外人听到了，传到那妖精的耳中就完了。实话告诉你，我本名也不叫立帝货，我是这位师父的大徒弟，名叫孙悟空。我们要去西天取经，昨天路过这宝林寺，在这借宿一晚，睡到半夜，你父王的鬼魂来到我师父的梦中，说他已经被害，他被推进这御花园中的八角琉璃井内，而那妖道又变成你父王的模样，做起了国王。今早我飞在空中看了看，那国王果然是妖精变的，本想把他拿下。正巧看见你从城门出来，后来你射中的那只兔子就是俺老孙变的，我又把你引到这宝林寺内，就是为了把实情告诉你。现在白玉圭也看到了，你怎么就不念及你父亲养你的恩情，为他报仇啊？”太子听了悟空这番话，心里开始有点儿相信了，悟空看他疑惑不定，上前一步又劝他：“殿下，你不用怀疑，你可以现在就回去问问你母亲，那国王是真是假，你母亲还察觉不出来吗？”太子说：“嗯，你这话说得有道理。好，我回去问问。”

太子拿上白玉圭，骑上马回到了乌鸡国，见到母亲，上前就问:“母亲，儿有一件事要问你，现在的国王到底是什么人呢？”娘娘听太子这么一问，吓了一跳说:“我的儿啊，你今天是发了疯了吗？国王是你的父亲啊。”太子又说:“母亲，你再好好想想，三年前和三年后父王对你有什么不一样的地方吗？”听到太子这样一问，娘娘两眼泪如雨下，一把把太子抱入怀中说:“儿啊！三年前你父王对我是温又暖，三年后他却对我冷如冰啊。”太子又说:“你为什

么不早说呢？”太子开始更加确信悟空讲的是真话，他又把之前唐僧做的梦和悟空跟他说的那些事全都告诉了母亲，还把金厢白玉圭拿出来给母亲看。娘娘刚一看到这金厢白玉圭，瞬间泪流满面地说：“儿啊！昨天睡到半夜的时候，我做了一个同样的梦啊，我也梦到你的父王浑身水淋淋地站在我的面前，他告诉我说他已经被那妖怪给害了，他请了一位叫唐僧的人来降伏这妖怪，既然你已经见到了唐僧，就快快去找他，为你父亲报仇吧。”

太子安抚好母亲，回头骑上马，又去了宝林寺，告知唐僧师徒自己全凭悟空安排。悟空见他全都信了，明白事儿就好办了。他想了想，与太子殿下说：“今天晚上你还是要回到那乌鸡国中，而且要把你这些人马都带回去，不然怕那妖精起了疑心。”太子按悟空说的，把人马带了回去。到了晚上，悟空就怎么也睡不着，他脑子里又想起一件事来，怎么想都觉得不对劲儿。他起身来到师父的床头，把他喊醒说：“师父，我还有一件事儿要和你商量商量。”唐僧问道：“悟空啊，什么事啊？”悟空说道：“师父，我在想，我们应该在明天捉妖之前，把那国王的尸体先捞上来，再用布把它包起来，明天降妖的时候，万一那妖道不承认自己是假国王，我们就把这真国王的尸体拿上去，在场的人一看就会相信咱们。”

唐僧说：“悟空啊，你说的这确实是个好办法。”悟空又说：“但要想把这件事做成，师父，你可不能护短呢？”唐僧说：“啊，我怎么护短了？”悟空说：“那八戒生得笨，你总是护着他，要想捞那国王的尸体得下到八宝琉璃井的井底，在水里的功夫八戒要比我强啊，我得让他帮我下去捞。”唐僧说：“可是，八戒他不一定肯去呀！”悟空忙说：“你看看，我说你护短吧，你怎么知道他不肯去呀？待会儿我去叫他的时候，不管我说什么，你就假装在这睡觉，别吭声。”唐僧说：“好好好，我不吭声，随你去叫他吧。”

行者离开师父来到了八戒床前，对他喊道：“八戒、八戒！”这两声没喊醒他，悟空上去一把揪住他的大耳朵，还有他那个猪鬃毛，使劲一拉说：“八戒、八戒，你快醒醒！”八戒说：“你别闹、你别闹，明天一早我们还赶路呢，赶紧睡觉、睡觉。”悟空说：“呆子，谁跟你闹了？我这有点儿好事才喊你。”八戒问：“什么好事啊？”悟空说道：“今天太子跟我们说，乌鸡国里的那个妖道身上有个宝贝，十分厉害，明天我们要去降他，可不能反倒让他那宝贝把我们降了，咱们不如先下手为强，把他那宝贝给偷来。”八戒说：“你是让我去做贼，那也行，但是事成之后，那宝贝得归我。”悟空又问他：“你要那宝贝做什么？”八戒答：“我要留着它，以后化斋的时候，拿它多换点饭吃。”

悟空真是了解他，随便瞎编个宝贝就把他给骗起来了，这可真叫“清酒红人面，黄金动道心”。意思说你想让一个人脸红，你给他喝点酒，喝完脸就红了；你想让一个人起贪心，你拿点金子去诱惑他，他一看到金子就容易动心。

这八戒改不了他的贪心，像鱼一样就被悟空给钓走了。兄弟二人纵祥光飞到乌鸡国，来到城内，他们找了一条路，沿着路走去找那御花园，正走着，看到前面有个白色的门楼，上边儿有亮着的三个大字，映着星月光辉。兄弟俩仔细一看，正是“御花园”三个字，悟空又往前走，发现这门已经被封了，上面还上了一把锁。看来这妖怪挺狡猾，他把国王推到井下以后，还把整个御花园封起来了，不让人进来。八戒掣起钉钯一筑，把那门打得粉碎，悟空又往前走，刚一进去，他竟然忍不住跳了起来，他看见什么了？这世上还有能让悟空怕的东西？

第45集
借丹还魂

八戒一钯子把门给筑碎了，悟空迅速踏入其中，他竟然忍不住跳了起来。“哎呀！”八戒道：“猴哥，偷东西你叫什么呀？你怕别人不知道啊！”行者道：“兄弟，你看！”八戒往前走了两步，向里看去，这乌鸡国的御花园本来应该十分漂亮的，可眼前的景象却是“彩画雕栏狼狈，宝妆亭阁攲歪”“茉莉玫瑰香暗，牡丹百合空开”。意思是这亭子破败到东倒西歪，连那上面的彩画都要掉下来了。园子里倒是开了些花，什么茉莉、玫瑰、牡丹、百合，但是开得十分黯淡，还乱七八糟的。再往四处看，情况更惨：“巧石山峰俱倒，池塘水涸鱼衰。青松紫竹似干柴，满路茸茸蒿艾。”意思是这里有假山倒了，池塘里有鱼快死光了。竹子和松树长得都像一根根的干柴火一样，满地都是杂草。国王死在这么个地方，也真是惨啊。

接下来，就赶紧找那口八角琉璃井吧。悟空就往四处看，也没见到有口井啊。这时候，他想起了师父的那个梦。国王在梦里说过，妖精把他推下井以后，又在上边盖上土，还种上了一棵芭蕉树。那接下来先找树吧。兄弟俩继续往前走，果然看见前边有一棵芭蕉树，这树长得与其他花木不同，十分茂盛。他们走了过去，悟空就告诉八戒："八戒，动手吧！那宝贝就在这树下边。"他这样骗八戒能行吗？八戒真把这树移开，却发现底下什么都没有，只是一口井，那悟空怎么交代呀？这会儿他挥起钯子，用力一击，芭蕉树应声而倒。接着，他又用嘴拱开周围的泥土，大约有一米深。终于，就见这土下面露出了一个石盖，这正是八角琉璃井的井盖。

呆子欢喜道："哎呀！哥哥，你看这还真有宝贝，都用石盖儿给盖上了。"小朋友们，你看这头猪多贪心，他一心就想着宝贝，所以看什么都成了宝贝。悟空又对他说："八戒，你再把这石头掀开。"呆子又用他那大猪嘴一拱，拱开了一看，就见这井中是霞光灼灼，白气明明。八戒笑道："哎呀！哥哥，你看这宝贝放光呢！"其实哪里是什么宝贝放出来的光啊？是晚上的月亮映在水里倒映出来的光。

这猪八戒是太有意思了，他贪图宝贝的心已经让他昏了头，失去了正常的判断了。悟空见已成功骗过八戒，便取出金箍棒，瞬间变长至七八丈，深深插入井中。八戒顺着金箍棒就往下爬，悟空在上边看着他又笨又蠢，就忍不住想捉弄他一下。待八戒刚触及水面，悟空迅速抽出金箍棒照着他后背狠狠地按了一下，结果，八戒整个人都被按到水里去了。

悟空大笑："哈哈哈！有意思！有意思！"八戒赶紧从水里遁出来，嚷道："你这个遭天杀的猴子，你把我放下来就完了，你按我进去干什么呀？"行者笑道："兄弟，刚才你在水底下看到宝贝了没有？"八戒道："没有看到，下面全都是水。"行者道："那宝贝在水底下呢。你再下去摸一摸。"八戒为了宝贝，便再次跳入水中，一头又扎到水里。这回他往深游了游，没想到，这井水是深不见底，而且越往下越宽敞。游着游着，八戒突然看见眼前有一座大牌楼，上面写了三个字"水晶宫"。八戒心里想："海里有个水晶宫，难道这井底通到大海了吗？"八戒没想到这水晶宫乃是井龙王的居所。

八戒正在嘴里嘟囔着，一个巡水的夜叉开门发现了他，急忙跑回宫中禀报："大王，祸事了，上面来了个长嘴大耳的和尚。"龙王一听，心里很高兴，道："这是天蓬元帅来了。昨天夜游神来过我这里，他带走了乌鸡国国王的魂魄，说是去唐僧那里请齐天大圣去降妖呢。这肯定是他们来啦。"上一次乌鸡国国王说过，他没有本事靠近唐僧，因为唐僧身边有各路天神保护，是夜游神一路神风把他吹到唐僧梦里来的，那说的就是这个夜游神。

这会儿龙王走出水晶宫把八戒请了进来，两个人互相客气地聊了一会儿，龙王就开始问他了："天蓬元帅，你保唐僧西天取经，今天怎么有时间来我这水晶宫里啊？"八戒道："是这样，我师兄孙悟空说，'你这儿有什么宝贝让我来取呢？'"龙王一听大圣说有什么宝贝，那估计他们想要这乌鸡国王的尸体了。他就把八戒带到尸体前，八戒一看这就是个死人，直挺挺地躺在那里，这叫什么宝贝呀？便道："龙王啊，你这是说笑吧？像这样的人，老猪在山里做妖怪的时候也不知道吃了多少，早都吃够了。这叫什么宝贝啊？"龙王道："元帅，你可是不知道啊，这是那乌鸡国王的尸体呀，自从他掉到我这水晶宫里来，我用定颜珠把他给定住了，保存了几年，他这身体没有坏掉。你把他驮上去，大圣就能把他救活。你朝这国王要什么宝贝，他会不给你呀？”八戒道：“你这意思是让我把这死人给你驮上去啊？我才不驮呢。若要驮，那你就给钱。”龙王道：“我这哪里有钱啊？”八戒道：“白驮？那谁干呢？”八戒说完转身就要走。龙王看他不肯驮，就找两个夜叉，直接把尸体抬出宫外，往那儿一放，不驮也让他驮。

八戒不管那些，出了门就游走了，很快他又游回到了井底的水面上。现在他全搞明白了，折腾整整一个晚上，这哪是找什么宝贝来了？明明就是被那猴子给骗了。把他给气的呀！他试图用双手扒住井壁，想要自己爬上去，他烦死那猴子了，不想让猴子来拉他。然而，尝试了几下后，他发现井口狭窄，他身子又胖，哪儿爬得上去啊！再说这井墙上都长满了苔藓，又湿又滑，根本就不可能爬上去。无奈之下，八戒只好压下心中的怒火，向悟空求援：“师兄啊，你把棒子再伸下来救我一救啊。”悟空一听，八戒上来了，就问他：“兄弟，你找到宝贝了吗？”八戒道：“哪有什么宝贝啊？这井底下有个井龙王，他让我驮一具尸体。”行者道：“那尸体就是宝贝，你把它驮上来呀。”八戒道：“我驮他干吗呀？只不过是一个死人。”行者道：“呆子，你要是不驮，我就自己回去，把你一个人扔到这儿。”八戒一听更生气了，但是有什么办法呀？再怎么不愿意干，他也得委屈自己了，便道：“哥哥！你别走！别走！我驮！我驮！”

八戒再次潜入水中，没过一会儿，便背着国王的尸体浮了上来。这回悟空就把金箍棒伸下去了，但是八戒两只手驮着国王，腾不出手来，他就只能张开他的猪嘴，牢牢地咬住金箍棒这一头。就这样悟空拽着他的猪嘴，慢慢把他提上来了。他上来之后，把国王的尸体往地上一扔，张嘴就开始骂上了：“你这个猢狲，人家在那儿睡觉睡得好好的，你说什么偷宝贝，哪有什么宝贝啊？让人家来驮死人！你知不知道那井水有多臭？把我这衣服全都给弄脏了，你给我洗呀？”悟空看他那生气的样子，弄得一身湿，就一直笑他。

这八戒也活该，谁叫他贪心啦。他若不贪图宝贝，谁能骗得了他呀？再说悟空降妖，他作为师弟，本来他就应该帮忙。悟空这儿差不多笑够了，就又对他讲：“兄弟，你再把这国王背起来，把他驮回宝林寺。”八戒道：“还让我驮，我不驮，要驮你自己驮。”悟空见他又想偷懒，就吓他：“你驮不驮？今天你要是敢不驮，我就打你二十棒。”八戒一听感觉悟空要来真的，他就有点慌了，道：“哎！你别打，你那棒子又重，打我二十棒，还不得把我打成像这死国王一样。”没办法，八戒没好气儿地把那国王拽过来，又背在背上。

悟空捻起诀，念起咒，深吸一口气，向地面吹去，把他们全都带回去了。没过多长时间，二人落了地。那呆子被悟空骗成这样，心里咽不下那口气，他暗中算计着："叫这猴子捉弄我，一会儿我看见师父，我也捉弄他。我就说这猴子能把这死人救活，他要是不救，我就叫师父给他念紧箍咒，把他脑浆给勒出来。"八戒一边算计，一边将国王的尸体安置在一旁，随即向唐僧走去，就骂上了："师父，你看，这是那孙行者的外公，被我给驮回来了。"行者道："呆子，你不要胡说，我什么时候有个外公了？"八戒道："不是你外公，那你叫我驮什么？费了我那么大的力气。"

此时，三藏已经走上前来，他仔细地看着这个国王。看着看着，他竟然落下泪来："陛下呀，可怜你抛下了你的妻子和孩子，满朝的文武百官还不知道你已经死了。"八戒见唐僧动了善心，觉得这是报复悟空的好时机，他就在旁边儿开始撺掇："师父，你别哭。猴哥说他能把这死人救活了。"唐僧一听有这样的好事，就转过身来对悟空说道："悟空，你要是能把他救活就救救他吧。"

行者道："师父，你怎么信这呆子的话呀？这人都死了三年了，怎么救得活呀？"八戒道："师父，你可别信他这话，你若不给他念那紧箍咒，他不会使出真本事的。”唐僧还真的信了，抬起手来就开始念紧箍咒。这边一念，悟空那边疼得是头昏脑涨，哀告道：“啊！啊！师父，师父，你别念！别念！”八戒道：“师父，你念他，念他，你不念疼他，他肯定不会救人的。”行者道：“啊！呆子，你怎么撺掇师父来咒我，啊！啊！啊！”

八戒道：“刚才你捉弄我，就不让我来捉弄捉弄你呀。”悟空疼得实在受不了了，赶紧跪在地上向师父求饶，道：“师父，别念！别念！我救！我救！”唐僧一听这乌鸡国王有救了，就放下手来，道：“悟空，你有什么办法救他呀？”行者道：“师父，我上一趟兜率宫，去找那太上老君，要一粒九转还魂丹来救他。”三藏看悟空果然有办法，就为国王高兴，道：“悟空，那你就快快去吧。”

悟空也没把八戒害他的事儿当回事儿。好大圣纵起筋斗云直奔三十三天外的兜率宫就去了。行者来到了兜率宫，见那太上老君正在丹房中炼丹。太上老君也早看见了他，就开口问道：“你不去保唐僧西天取经，来我这里做什么呀？”悟空就把他们师徒在乌鸡国的遭遇跟老君说了一遍，说完，他就恳求太上老君：“现在能救活那国王的也只有老君你的仙丹了，希望道祖垂怜，把那仙丹借我一千丸吧。”

啊？他之前偷了人家那么多仙丹吃，人家躲都躲不过来，现在他连要一丸都困难，他开口就要一千丸，悟空这是疯了吧？他这样能把仙丹要来吗？太上老君能把那仙丹给他吗？

第46集 智斗妖道

悟空来到了兜率宫，看到太上老君，一开口竟然说道：“现在能救活那国王的也只有老君你的仙丹了，希望道祖垂怜，把那仙丹借我个一千丸儿吧。”太上老君知道他就是胡闹，就对他说：“什么一千丸，两千丸！你当这是吃饭呢！没有！没有！”行者笑道：“没有？若是没有，百十丸也行。”老君道：“你这泼猴不要胡闹，也没有，没有。去！去！去！”行者道：“那实在不行，十来丸也行。”老君道：“还是没有。”这下坏了，因为他胡说八道，要不来金丹了。但是你看这猴子，他反倒笑道：“嘿嘿嘿！没有啊？既然没有，那我就到别的地方去找找。”

他转过身来，拽开步子真就走了。其实老君心里早就明白，这猴子不过想要一粒金丹，他是怕太上老君不给他，故意说要一千丸，然后再慢慢降下数目。他心中盘算，若是老君见一丸与一千丸相比显得微不足道，或许会慷慨赠予。太上老君见他鬼点子多，所以刚才故意不给他，但这猴子既已离去，又能去哪里寻得金丹呢？他还不是转一圈儿，还得回来偷啊。老君又赶紧让仙童出去把他叫回来。悟空一看太上老君又把他喊了回来，心中更得意了。老君一见到他，就对他讲："你这猴子手脚不老实，我就把这还魂丹送你一粒吧。"

道祖善良，知道他是去救人，能不帮他吗？然而，这猴子却再次刁难，道："老官儿，你既然知道我老孙的手段，不如就把你那些金丹全都拿出来分了，我分四份，你分六份怎么样啊？要不然，我把你那些金丹全都给你捞干净。"老君见他放刁也懒得理他，拿出葫芦倒出一粒金丹，道："只有这个了，你把它拿去救活那皇帝吧。"这猴子呢？他倒好，拿着金丹就走吧。他却不走，只继续在那儿放刁："别忙，别忙，我先尝尝，看看你这金丹是真的还是假的？小心被你给哄了。"

说完，他把那金丹往嘴里一扔，老君见状，急忙上前揪住他，道："你这泼猴，你要是敢咽下去，我就把你打杀了。”行者笑道：“看你那样儿，小家子气，谁吃你的东西？你那能值几个钱？金丹不是在这儿吗？”这猴子其实没咽下去，只是戏弄老君而已。老祖道：“哈哈哈！你这泼猴，去吧！去吧！不要在这里纠缠。”大圣闹归闹，他知道道祖一片好意。他谢过道祖，转过身离开了兜率宫。

你看他“千条瑞霭离瑶阙，万道祥光降世尘”。须臾间，悟空回到了宝林寺。师父和师弟们一看悟空把金丹拿回来了，都为他感到高兴。沙僧赶紧跑去端来一碗清水备用。悟空来到国王身旁，把金丹往他嘴里一放，再以清水送服。师徒四人围在一旁等待，约莫过了一个时辰，国王的肚子开始发出咕噜声。看这样子是要活过来了，他们都瞪大眼睛在那儿看着，可是又等了半天，国王的身体却一动都不动，悟空就有点儿失去信心了，道：“哎呀呀！师父，若是这金丹救不活他，俺老孙也没有办法了。”三藏道：“悟空，你不要急，他刚才肚子叫，是他身体里的血已经开始流动了，但是因为他死了太久，他的元气已经尽了，要有人给他一口气就好了。”

悟空道：“这个好办。”悟空弯下腰，用他的雷公嘴噙着皇帝的口唇，“呼”吹了一口气进去。这国王是真有福气啊，他能吃到太上老君的金丹，还能得到悟空这一口气。

悟空这口气也真是厉害，进到他的嘴以后，就下到他的肚子，又下到他的脚底，转上来又冲向他的头顶。就见他眼睛一睁活过来了。国王睁眼就认出了唐僧，翻过身来“扑通”一声就跪在了地上，道：“师父！没想到昨天我还是个鬼魂，今天就活过来了。”他们师徒四人就一边安慰他，一边为他祝贺，国王整个晚上是说不尽的感激。

到了第二天早晨，他们五人朝着乌鸡国的方向出发找那假国王算账了。走了不过半天的时间，老远就看见了乌鸡国。进了城，他们四处观看，好漂亮的一座城啊！就见这里是“花迎宝扇红云绕，日照鲜袍翠雾光”。街上的人们都身着五彩斑斓的衣裳，有些人手中还轻摇着一把扇子。街道两旁开满了红色的鲜花，阳光洒下，红花映着宝扇，好像一团团的红云萦绕在行人之间。再往街道两旁看，那是“孔雀屏开香霭出，珍珠帘卷彩旗张”。就说这两边儿卖什么的都有，热闹极了。“太平景象真堪贺，静列多官没奏章。”就是一看这个乌鸡国很太平，官府里也没有人因打架、偷东西来这里告状的。你说这乌鸡国真奇怪，这国王明明是个妖怪，他也不吃人，也不干坏事儿，还把国家治理得这么好，这到底是不是妖精？

转眼间他们来到了国王所在的宫廷门外，向阁门大使说明了来意。他们是从东土大唐而来，要去西天取经。现在要倒换一下通关文牒，需拜见国王。上次提过，通关文牒就是个通行证，他需要乌鸡国国王用玉玺在上面盖个章，证明允许他们通过了。阁门大使进去通报后，假国王请他们入内。真国王默默地跟在唐僧师徒身后，他看见两边站着的文武百官，一个个威严端肃，像貌轩昂。可惜的是，没有一个人能认出他是曾经那个真国王。他暗自伤心。转眼间行者带着他们来到了白玉阶前，见到假国王，他们几个全都在那直挺挺地站着，谁也不下跪。这是悟空早就跟他们商量好的。悟空这么做是什么意思呢？就听见两边的文武百官这会儿就开始议论了："哎呀！这和尚怎么如此愚拙呀？见到国王怎么不拜？""太无礼啦！"

这时候，那假国王也看不下去了，就开口问道："和尚，你们是从哪里来的？见到我怎么不拜？"行者道："我们是东土大唐而来，我们大唐国是上邦，你们乌鸡国是下土边邦，我们上邦的人来到你们下邦，你都没出来接我们，反倒让我来拜你。"这猴子不是胡搅蛮缠不讲理吗？噢。明白了。他为什么讲歪理啊？他只是故意要找碴，想把那妖怪激怒了，好揍他。就看那妖怪果然大怒，他叫两边的文武百官："来呀！把这和尚给我拿下。"那些武官们踊跃上前。

悟空只是轻轻地往两边一指，说了声："别过来。"这些人就全都定住了。那妖怪一看悟空有两下子，站起身来，想跳下去和悟空对打。猴王一看他要上钩，心中就暗自高兴："正等着你来呢！来呀，来呀，看我一棒子打死你！"妖怪正要起身，没想到从他旁边一下出来了名救命星。谁呀？太子！他一把就拉住这假国王，跪在那恳求他："父王，你不要生气，他们是大唐国派来的和尚，我们要是打杀了他们，只怕那大唐的皇帝会派兵来打我们。"

这太子奇怪呀，他这样一拦着，这不破坏了悟空的计划吗？你猜他心里怎么想的？他是怕这妖怪伤着唐僧。他多此一举，真是不知道悟空的厉害呀。妖怪还真听了他的话，他还是坐在那里。但是他心里咽不下这口气，他心里就想："既然我不能直接打杀他们，那我就找找他们的茬儿，如果能挑出他们什么毛病，再打杀他们，大唐的皇帝也不会怪我的。"想到这儿，他就开始问悟空："你们几个和尚什么时候从东土出来的？那大唐的皇帝为什么偏偏派你们出来取经？"行者就把来龙去脉说了一遍。妖怪坐在这儿听来听去，觉得挺有道理的，找不出什么毛病。突然间他发现唐僧收了三个徒弟，理论上应该是四个人，但眼前却有五个人。找着破绽了，他开口问道："既然唐僧收了三个徒弟。那你们应该是四个人，那这多出来的一个人是你们拐来的吧？”

他这破绽找得好，这个假国王竟然问起真国王来了。悟空一看他问这个事儿，心中暗自高兴，就高声地答道：“你问这个人，那你就听我给你慢慢说来。他祖居原是此间人，五载之前遭破败。天无雨，民干坏，钟南忽降全真怪。呼风唤雨显神通，然后暗将他命害。推下花园水井中……”悟空就把这真国王受害的经历说了个遍，妖怪一听他干的这点儿坏事，悟空全知道了，今天这是专门找上门来了，吓得他心头撞小鹿，面上起红云。怎么办？看来是骗不下去了。他回头从旁边镇殿将军的腰里抽出一把宝刀来，驾起云头，望空而逃。沙僧一看，气得暴跳如雷。八戒气得高声喊叫：“哎呀！你这急猴子，你着什么急说啊？你看，把他给吓跑了。”沙僧道：“是啊，大师兄，我们去哪里找他呀？”悟空也不着急，笑道：“嘿嘿嘿！没事，没事。”他先把那些文武百官解了定身法，又安排真皇帝和大家见了面。紧接着，就见他说了声：“去！”就不见了踪影。

原来此时，他已经飞在了九霄空中四处张望，就见那妖怪正在往东北方向跑。悟空一个筋斗云飞上去，那妖怪哪里飞得过他。悟空叫道：“那怪物往哪里跑？老孙来了！”

妖怪一听悟空追上来了，急回头掣起宝刀。悟空上去就是一棒子。那妖怪侧身躲过，掣宝刀劈面相还。这一场好杀，真是："猴王猛，魔王强，刀迎棒架敢相当。一天云雾迷三界，只为当朝立帝王。"仅几个回合，那妖怪不是悟空的对手，一看打不过就赶紧跑。这回他往哪跑啊？他又跑回乌鸡国去了。他飞回了宫殿中，摇身一变，竟然变成了唐僧的模样，像模像样地往唐僧身边一站。紧接着，悟空也跟下来了，他举着金箍棒正想找妖怪打，一看这妖怪没了，师父却多出来一个。不过，这个事儿也难不住悟空，就见他睁开那火眼金睛，往这两个师父身上一看，奇怪呀！妖怪身上应该有妖气，这两个人身上谁都没有妖气。悟空是左看右看，他也开始犯难了。这时候突然传来一阵笑声："嘿嘿嘿！"这是八戒在笑。这正打仗呢，而且妖怪就在师父的身边站着，多危险啊！八戒这是疯了，他笑什么呀？

第47集 遇红孩儿

乌鸡国那个妖道在空中被悟空打败了，他一转身又逃回了乌鸡国，这回他竟然变成了唐僧的模样，往他身边一站，悟空用火眼金睛却没看出来哪个是真师父，哪个是假师父。这时候就听见八戒在旁边笑了。他笑什么呀？这儿正打着仗呢。行者见他笑，就生气地说："呆子，你笑什么？你觉得有两个师父很好玩是吧？"八戒道："嗨，哥呀，你老说我呆，我看今天你比我还呆。你不就是想知道哪个是真师父吗？这还不好办？"行者道："哦？那你倒说说怎么办？"八戒道："你只要忍着些头痛，让师父念念那紧箍咒。我和沙师弟就站在两个师父旁边，一听就听出来哪个是真的，哪个是假的。"悟空一听八戒说的还真是个好主意，就对师父说：“师父，那你就念紧箍咒吧。”

唐僧抬起手，开始念起紧箍咒。妖怪在旁边就慌了，他哪儿会念什么紧箍咒？他就在那胡哼乱哼。八戒立刻识破了妖道的伪装，毫不犹豫地掣起钉钯照着妖道就筑。妖道急忙纵身跳起云头。沙僧紧随其后，拿起宝杖追击而上。这下妖怪可麻烦了，之前跟悟空一对一地对打，没打几个回合就打败了。现在八戒和沙僧一起围攻他，再加上悟空也上场了，他今天不死定了吗？悟空拿起金箍棒，也没着急往上冲，他心里想：“我要是这样就上去，怕那妖怪害怕又跑了，我不如飞得高点儿，给他来个捣蒜打。”

想到这里，悟空飞到了高空中，他拿起金箍棒从上往下，想像捣蒜一样一棒把妖怪捣死。就在这紧要关头，突然从东北边飘来一朵彩云，那云里传出来一句喊声：“孙悟空，先不要打他。”悟空听到喊声急回头往后看，哎呀！这不是文殊菩萨来了吗？他赶紧收起铁棒，上前行礼，道：“菩萨，你怎么来了？”文殊道：“我来帮你收服这妖怪。”行者道：“好的，那就劳烦您了。”

只见文殊菩萨从袖子里拿出一面照妖镜来，他往那妖怪身上一照，妖怪马上就现了原形。他一现原形不要紧，长得是真吓人：“眼似琉璃盏，头若炼砂缸。青毛生锐气，红眼放金光。”他长着红色的眼睛，一身青毛。原来这是一头青毛狮子，他是文殊菩萨的坐骑。什么叫坐骑呀？就说这文殊菩萨每次出去的时候，他不骑马，他骑着一头狮子，这就叫他的坐骑。他们兄弟几人正在这儿看妖怪，这时候文殊菩萨说道：“孙悟空，他是我的坐骑，今天我把他收回去。”

悟空一听这是菩萨的坐骑，心里就有点儿不乐意了，道：“菩萨，既然他是你的坐骑，那你为什么不早点儿把他收回去？害得我们师徒在这儿大费周折。”菩萨道：“悟空，你有所不知，是如来佛祖派他来到这里的。”行者道：“佛祖派他来这里干什么？”菩萨道：“当初这乌鸡国王十分善良，我就变成一个小和尚来到这里，想要给他讲经，让他学习佛法。见到他时，我故意为难他几句，看他是不是真的善良，没想到他竟然把我当成坏人，用绳子把我捆起来，还把我扔到河中泡了三天三夜。如来佛祖听说了这件事，看他这样傲慢，决定给他一些惩罚，让他有所醒悟，就把青毛狮子派来把他推到井中淹他三年。”

行者听到这里还有个疑问，便道：“惩罚那乌鸡国王倒也可以，可是，这青毛狮子这么多年在这里要害多少人呢？”菩萨道：“他没有害过人。自从他到了这里，把乌鸡国治理得风调雨顺，国泰民安。”原来是这样，怪不得这么多年也没人怀疑他是假国王。这菩萨身边的狮子就是善良。正说话间，这青毛狮子已经飞了过来，文殊菩萨坐在了他的背上，踏上祥光就飞转回他那五台山去了。

再说那乌鸡国国王又重新回到他的王位，他对唐僧师徒感激不尽，他们走的时候，他眼泪汪汪地送别，道："师父，你到了西天再回来的时候，一定要到我这里再住几天。"

告别了乌鸡国国王，师徒四人又上路了。正赶上秋天要走了，冬天快要来了，就见路两边的风景又不一般，那是"霜凋红叶林林瘦，雨熟黄粱处处盈。日暖岭梅开晓色，风摇山竹动寒声"。这是在说树上的红叶落了，路两旁的黄米成熟了，岭上的梅花开了，山中竹林里的寒风起了。天气一天天地凉下来了。师徒们夜住晓行，一心只向灵山进发。走了有半个多月，忽然有一天就见前面一座高山拦住了去路。这山高得真是摩天碍日，仿佛与天相接。三藏一看见这高山心里就害怕了，道："悟空啊，你看前面又是大山峻岭，你们要好好提防，怕是又有妖怪来抓我。"

行者道："师父，你放心往前走吧，自有俺老孙在这防护着呢。"三藏只能加鞭策马奔跑到山前。离近了，再看这座山："高不高，顶上接青霄；深不深，涧中如地府。再往山里边走，又见那青石染成千块玉，碧纱笼罩万堆烟。"山里边绿茵茵，雾气蒙蒙的。他们正在这儿小心翼翼地走，突然，前方山坳中冒出一朵红云，直冒到九霄空中，又结聚成一团火气。悟空看见大惊，一把把唐僧从马上推下来，道："不好，有妖怪来了。"八戒慌得赶紧掣起了九尺钉钯，沙僧忙得赶紧抡起了宝杖，兄弟二人把师父围护在当中。

悟空说的还真准，那团火气里还真的有妖怪，这个妖怪岁数不大，还是个小孩儿，他早就听说吃了唐僧肉可以长生不老。他在这个地方等了好几年，今天终于碰到唐僧了。他在云端仔细地观看，看清楚以后，他心中暗想："好个白白胖胖的和尚，今天终于被我碰上了。他旁边这三个丑和尚怎么都抡着拳，拿着兵器，像要打架的样子？哦，一定是他们当中有一个厉害的看见我了，这要是硬打，我不一定打得过他们。听说和尚都很善良，那今天我就用他的善良好好地骗骗他。"

想到这儿，他按下云头，飞到前面山坡里，摇身一变，变成了一个七岁的小顽童，他光着身子，用麻绳将自己的手脚捆住，然后挂在树枝上。他就开始头朝着天喊："救命啊！救命！"这可不太好办了，这妖怪要是硬打，悟空还真不怕他。但是，现在他使出这个办法来欺骗唐僧，那唐僧可真的容易上当啊。

再说悟空这边，忽然抬头一看，就见那红云散尽，火气全无。悟空就说道："师父，没事儿了，上马吧，我们继续走。"唐僧道："悟空，你不是说有妖怪来了吗？怎么又敢往前走了？"行者道："师父，别怕，这会儿那红云散去了，估计这是个过路的妖怪，不是冲咱们来的，现在他已经走了。"听行者这样一说，他们几个放心了，继续向山中进发。正走着，没多大一会儿，他们就听到妖怪的呼救声了："救命啊！救命！"这声音传过来了，看看唐僧怎么应对吧。唐僧一听到救命声，赶紧就问："徒弟们，你们听，这是什么人在叫啊？"行者道："师父，你别管闲事，我们继续往前走。快走，快走。"唐僧虽未听清呼救内容，但见悟空如此坚决，策马继续前进。太好了，他还真被悟空给劝住了。

又走了一里多路，那妖怪的救命声又传过来了："救命啊！救命！"这回唐僧听见之后，可就坐不住了："徒弟们，你们听这叫声不像是个鬼魅妖邪，他每一句喊声在这树林中都有回音呢。这是人喊救命的声音，我们去救救他吧。"行者道："师父，今天你先把你那慈悲心收一收，等咱们过了这座山你再发慈悲吧。你没听说过吗？有的蟒蛇成精了以后，就躲在草窠里，在后边儿喊你的名字，你要是回答了他，他就会跟上你，到了半夜的时候，他就会把你吃掉。"

三藏听悟空这么一说，觉得也有点儿道理，想了想，他又加鞭催马前行。太好了，这次又被悟空化解掉了。要是没有悟空的这份精明，唐僧这一路不知道会被吃多少次。但是这次前行，悟空就有点儿不放心了："照这样走下去，这妖怪还会喊，师父早晚会上当。不行不行，我得想个办法。"

想到这里，他把沙僧喊过来，对沙僧说道："沙师弟，你先护着师父往前走，我在这儿先撒泡尿。"等他们一走远，悟空还真想出个办法来。他把手一抬，念起了咒语，好大圣，用移山缩地之法将一座小山移至自己与唐僧之间。这是个好办法，那妖怪和唐僧之间隔着一座小山，他再喊救命就不容易听见了。悟空移完了山，拽开步子赶上师父继续奔山。又走了一会儿，又从那山峰之后隐隐约约地传来了喊救命的声音："救命啊！救命！"三藏这次听到这救命声，就说道："徒弟们，这个人和我们没有缘分，他没有遇到咱们。你们听，他的声音越来越远了。"这下安全了，幸亏有悟空，唐僧才没被妖怪蒙骗。

再说那妖精喊救命，喊了这么多声，在树上也挂了这么半天，却无人搭理他。他干脆抖一抖身子，从树上下来了。但是他不死心，唐僧肉还没吃着，不想让唐僧师徒这么就走了，他又纵起红云飞向空中观看。正巧悟空也在抬头观看，他一眼就认出了这妖精。大圣赶紧又把师父从马上拉了下来，急声喊道："兄弟们，仔细！仔细！有妖怪来了。"慌得八戒和沙僧又赶紧拿起武器保护好师父。

这回这妖怪在空中把一切都看得清清楚楚了。他心里嘀咕着："好一个和尚，我说怎么刚开始的时候看到白白的和尚骑在马上，转眼间就下了马，还被三个丑和尚围了起来。原来是这个猴和尚有眼力认出我了，看来我得先把他弄倒，要不然弄不到唐僧肉吃。"想到这里，妖怪又按下云头，这一次，他就落在唐僧师徒面前不远的地方，又找了棵松树，还像刚才的样子挂了上去。

悟空这边一看，天上的红云又散尽了，就又跟师父讲："师父，上马吧。我们继续往前走。"唐僧一边上马，一边心里就觉得有点不耐烦了，道："悟空，刚才你说有妖精。怎么又敢上马往前走了呢？"行者道："师父，这又是个过路的妖精，不是冲咱们来的。"虽说唐僧师徒还是相信悟空的话，但是，这一次他们就有点儿放松警惕了。

三藏坐在马上，还没等坐稳，刚走了一小段路，就听见那妖怪开始喊救命了："师父，救人啊！"三藏抬眼一看就看见他了，就在前面树上吊着。真是麻烦，可惜悟空刚

才费了一番功夫，到底是让这唐僧看到了，这次他能不上当吗？那妖怪会怎么收拾他？悟空还能护得住他吗？

第48集

寻枯松涧

三藏见那孩子手脚被缚，挂在树上，心生怜悯，他开口就骂悟空："你这泼猴，一点儿善良之意都没有，就知道撒泼、行凶，我那样和你讲，'这里有人在喊救命'，你还说什么蟒蛇精的事来吓唬我，你看这树上吊的不是人吗？"这下谁都没办法了，唐僧已经上当了。悟空哪里敢上去劝？就怕他念那紧箍咒。等一会儿看那妖怪怎么收拾唐僧吧。有的坏人就像这妖怪一样，装成可怜兮兮的样子，利用你的善良引诱你去帮忙，你帮了他，反倒他还想法子害你，咱们得加倍小心。这时候三藏开口问道："你是哪家的孩子啊，被吊在树上？快告诉我，我好救你。"

那妖魔道："师父，我的家就是这山，往西边走有一条枯松涧，我就住在那里。我们遇到了一伙强盗，他们杀了我的爸爸，又抢走了我的妈妈，还把我吊在这里三天三夜了，好不容易碰到了你，师父你大慈大悲救救我吧。”你看这妖精多能装，说着说着眼睛还流出眼泪来了。唐僧赶紧让八戒把他放下来。那妖怪又开口说道：“师父，你把我送回家吧，我的家里还有其他的亲人。”唐僧道：“好吧，孩子，你骑上我的马走吧。”那妖怪道：“不行，不行，我的手已经被绳子勒麻了，我的腿胯也被吊疼了，我不能骑马。”

唐僧道：“八戒，你来背他吧。”八戒道：“好哩，师父。”妖怪一看是让八戒背，连忙说道：“这位师父嘴巴长，耳朵大，背后还有鬃毛，如果是他背我，我觉得扎得慌。师父，我不想要他背。”唐僧道：“哦，那悟净你来背他吧。”沙僧道：“好的。师父。”妖怪看了看悟净，又说道：“哎呀，师父，这个也不行，到我们家中的那伙强盗，他们就是故意把脸抹黑，然后还粘上假胡子，我被他们吓怕了。这位师父的晦气脸色，跟他们有点儿像，我不想让他背。”唐僧道：“那好吧，那悟空你来背他吧。”行者道：“好，好，好，那就让俺老孙来背他。”这妖怪还很高兴，道：“好，就让他背。”这妖怪也真奇怪，你让谁背不好？你让猴王背。难道他会像之前那个银角大王一样也在悟空背上移几座大山把他压倒？

悟空把这妖怪背在背上，用手一掂量，他就感觉不对，这孩子怎么这么轻呢？一共也就三斤多重，就算是刚出生的婴儿，有的也有七八斤重的，这么大个孩子就三斤多重，那不是妖怪是什么？悟空就在那儿笑道："呵呵呵！你这泼怪物。今天也是你该死了，竟然敢在俺老孙面前捣鬼。"妖怪道："我捣什么鬼了？我可是好人家的孩子。"行者道："好人家的孩子，你竟敢哄俺老孙，你既然是好人家的孩子，为什么骨头这么轻？"妖怪道："我，我骨骼长得小。"行者道："那你今年有几岁了？"妖怪道："我七岁。"行者道："七岁？你就算一岁长一斤，现在你也应该有七斤了，我看你连四斤都不到。"妖怪道："那是我小时候吃得不好。"行者道："好吧，好吧，那老孙就背着你，你要是想尿尿的话，得告诉我，可不能尿在俺老孙的背上啊。"

就这样他们一路往西走，悟空就故意拖在后边，等师父和师弟都走远的时候，他准备收拾这妖怪了。这妖怪也能感觉到悟空准备动手了。他骑在悟空的背上使了个神通，"嗖！嗖！嗖！嗖！"吸了四口气，攒足了劲儿，朝悟空的背上"呼！"一口气就吹了出去！谁敢想，不到四斤的孩子吹一口气就千斤重。他这一招跟银角大王的神通有点儿像，悟空不会被他压倒吧？就听见悟空在笑："哦？嘿嘿嘿！我的儿啊，你竟然用个重身法来压我。"看来没事，这妖怪最多是吹口风出来，还不会把几座大山移过来，还没有银角大王那本事。

这妖怪在悟空背上一看，不但没把他压倒，还把他给压笑了。妖怪知道情况不妙，赶紧让自己的元神从身体里飞了出去，伫立在了九霄空中。只见悟空早把他的肉体一把扯过来，朝着旁边的石头"啪"地摔了下去，一下就把他摔成了肉饼。悟空觉得还不够，上去又把他胳膊腿给他扯下来，往四处一扔。这猴子还是有点儿太凶残，你把他打死也就算了，你把他胳膊腿扯下来，这样做就有点儿过分了。

那妖怪在空中看得也有些恼火，他心中想道："哼！你这个猴和尚，就算是我要吃你师父，你也不至于对我下手这么毒。"这妖怪一怒之下，弄起了一阵旋风来。那可真是："淘淘怒卷水云腥，黑气腾腾闭日明。黄沙迷目人难走，怪石伤残路怎平。"刮得三藏马上难存，八戒不敢仰视，沙僧低头掩面。悟空当然能看出这是妖风，赶紧顺着风追，可是那妖怪早就趁着风头把唐僧给抓走了，不知道抓到什么地方去了，无踪无影。

等着风一过去，三个兄弟碰在一块儿，不用说了，什么都明白了，去找师父吧。他们走着走着，就发现这山可真是难走，连个路都没有。三个人是附葛扳藤，寻坡转涧。意思是这山十分陡峭，上坡的时候没有路，得抓住那藤葛往上爬，走在山谷中也没有路，全都是涧水。他们几个只得蹚着水走，三个人走得浑身是湿漉漉的。这样走了五七十里，别说找师父了，连个飞禽走兽也没看见。

悟空是越走越生气，早已识破那妖物的真面目，可是要说出来谁又能信呢？现在又要这样去找，趟了一身水，他想着想着火就压不住了，就见他纵身一跳，跳上了巅险峰头，大喝一声："变！"就变成了三头六臂，就像他当年大闹天宫的那个样子。他又把金箍棒拿在手中，晃一晃，变成三根，噼里啪啦地开始打。他是东打一路，西打一路，不停地乱打。我的天！这山怎么经得住他这样打？八戒就悄悄对沙僧说："沙师弟不好了，你看把他气得，气出'气心风'来了。"

八戒这话刚说完，没想到，这山中竟然被悟空打出一群神仙来。这群神仙太奇怪了，你就看他们一个个都穿得破烂流丢的，身上不是挂一片，就是披一片，那裤子穿的不是没个腿儿，就是缺个裆，没有一件衣服是完好的。这好歹也是一群神仙，怎么穷成这样啊？就见他们走过来，对着悟空赶紧叩头，说道：“大圣，我们是这山里的山神和土地，我们到这里特地来迎接你。”行者道：“你们这里怎么有这么多的山神和土地？”众神道：“上告大圣，我们这里叫作‘六百里钻头号山’。我们这里是十里一个山神，十里有一个土地，一共有三十名山神、三十名土地。昨天就听说大圣要来，我们人多没有到齐，所以迎接你来晚了，请大圣不要发怒。”

行者道：“好好好，我先饶了你们。我问你们一个问题：“这山上有多少妖精？”众神道：“多少个妖精？一个妖精就把我们祸害成这样了。”行者道：“这妖精是在山前住还是在山后住？”众神道：“他也不在山前，也不在山后，这山的中间有一条涧，叫作枯松涧，枯松涧的旁边有一座火云洞，他就住在那洞里。他常常把我们抓去，让我们给他烧火、做饭、烧水，晚上还得给他看大门，伺候他。然后还经常向我们要钱，我们哪儿有钱啊？拿不出来，他就来拆我们的庙，剥我们的衣服，有的时候还把我们头给剃光了。实在没办法，我们就从这山里抓一些小动物去给他吃。”

悟空心里就想：“难怪这一路连只飞禽走兽都没见到，原来都让这妖怪给吃了。不过，这妖怪也够厉害的，当年老孙在花果山的时候，最多也就是到龙王那借根金箍棒，也没有把周围的神仙都抓来伺候我呀，这妖怪竟然把神仙欺负成这样。”想到这里，他又问道：“那你们再说说他是哪里来的妖精？叫什么名字？”

众神道：“大圣，你要是这样说起来，其实你也应该知道他，他是牛魔王和罗刹女生的儿子，他曾经在火焰山上修行了三百年，炼成了‘三昧真火’。他这三昧真火神通广大，没有人能打得过他。后来，牛魔王就让他来镇守这号山，他有个乳名叫红孩儿，号叫作圣婴大王。”看来这妖怪善于用火，之前悟空背他的时候，他还没用出真本事。不过，悟空听他们说了这些，他一点儿也没担心，反倒笑了：“哦？嘿嘿嘿！哈哈哈！”

他笑什么呀？当初玉皇大帝给悟空封官“弼马温”，他嫌这个官职小，就回到了花果山，然后他给自己起了个称号叫齐天大圣。后来惹得天兵天将来打他，结果那个巨灵神和哪吒都被他打跑了，晚上的时候他就和七十二洞妖王一起喝酒庆贺，其中有一个妖王就是牛魔王。当时他看悟空给自己起了个称号叫齐天大圣，挺威风，他也跟着学，给自己也起了个外号叫平天大圣。刚才那些土地和山神说的就是这个牛魔王。

悟空让这些土地和山神先走了以后，他就对八戒和沙僧说道：“师弟们，刚才他们说的牛魔王不仅是老孙的朋友，他还是俺老孙的兄弟。当年我们结拜为兄弟，老孙长得小巧些，我就自称是他的小弟，他的个头大些，我就管他叫大哥。这样算起来，我还是那妖精的老叔呢。等我见了他，跟他说一说，应该他就不会伤害咱们师父了。”沙僧听了猴哥这话，却有些担心，道：“大师兄，就算是亲人，如果有三年没见面，互相之间也都不会那么亲了。你这都有五百年没见了，怕那妖精不认你呀。”行者道：“沙师弟怎么能这样说！就算他不认我，也不至于伤害师父啊。”三兄弟讲到这里，也不再多说，他们收拾好行李，牵上白马，就去找枯松涧了。

他们不分昼夜，走了将近百十里，就看见了一片松林，松林中有一条曲曲折折的涧水，在那涧水的另一头有一座石板桥，石板桥正好通着一座洞府。这会不会是那妖洞呢？之前山神和土地说这里有个枯松涧。恰好这里有棵松树，松树林中有涧水，旁边又有个洞府。难道他们真找着了？

第49集 一战红孩儿

他们走了将近百十里，就看见了一片松林。松林中有一条曲曲折折的涧水，在那涧水的另一头有一座石板桥，石板桥正好通着一座洞府。那不用说了，肯定是妖洞。悟空就问道："师弟们，你们谁看行李？谁和我去降妖？"八戒就站起来，道："猴哥，我没有耐心在这儿坐着，还是我跟你去降妖吧。"

兄弟俩就往前走，快要接近洞府的时候，看到门前立着一块石碑，上边刻了八个大字"号山枯松涧火云洞"。这就没错了，肯定是那妖怪的洞穴。他们再往前走，就看见那洞门外有一群小妖正在抡枪舞剑地玩耍，这些小妖也全都是些小孩儿。这个妖怪也真奇怪，自己是个小孩儿，又领着一群小孩儿，这火云洞快赶上幼儿园了。大圣走上前去，厉声高叫道："你们这些小妖都趁早回去，告诉你们的洞主，赶紧把我唐僧师父送出来，我免你们这一洞的精灵不死！要是敢说半个'不'字，我就掀翻你们的山场，踏平你们的洞府！"可把这些小妖给吓坏了，他们转身就逃回洞里了，把那火云洞的两扇石门紧紧地给关起来了。小妖回去禀报："大王，大王，不好啦，祸事啦！"

这会儿妖王正准备把唐僧蒸着吃了，一群小妖已经把唐僧的衣服给扒光了，又把他洗干净了，还把他绑在柱子上，又是刷锅，又是刷蒸笼。妖王听到了这个消息就问道："有什么祸事？"小妖道："有个毛脸雷公嘴的和尚，还有一个长嘴大耳的和尚，在门前要什么唐僧师父呢！"妖王道："看来是孙行者和猪八戒找上门来了。离得这么远，他们找上门来得还挺快。小的们把车给我推出去。"就见这些小妖推了五辆小车从洞里跑出来了。他们打架就打架，推出车来有什么用啊？八戒也觉得奇怪，就问悟空："猴哥，他们是不是看咱们打过来了害怕，就把车推出来打算搬家呢？"行者道："应该不是。我们看看他要把车放在哪里？"

这些小妖专门把这五辆车停在了五个不同的地方，看样子好像是摆了个阵法。紧接着，又从那洞门口跑出来几个小妖，他们扛着一丈八寸长的火尖枪。红孩儿在最后才走出来，他一把接过了那火尖枪。他身上连个盔甲都没穿，就只是在腰间束了一条锦绣的战裙，连脚丫都是光着的。行者和八戒就仔细地在那儿瞧他，你还别说这个红孩儿长

得还挺好看，“面如傅粉三分白”，小脸长得白白净净的。“唇若涂朱一表才”，小嘴唇红嘟嘟的。“鬓挽青云欺靛染”，两边的头发都挽起来，还是蓝色的。“眉分新月似刀裁”，两条小眉毛长得像两个弯弯的小月亮一样，还挺可爱。再看他那身形，“战裙巧绣盘龙凤，形比哪吒更富胎”。“双手绰枪威凛冽，祥光护体出门来”，他还有点儿哪吒身上那种英气。

兄弟俩正在这儿瞧着，那红孩儿忽然高叫道：“什么人在我这里吆喝？”行者道：“哎哟，我的大侄子，今天早晨你还变成一个黄黄瘦瘦的小病孩儿，吊在那松树枝上，这会儿你又变成这个样子，我都快认不出来你了。你还是快快把我的师父送出来吧，要不然你爸爸知道了，该怪我老孙欺负他的孩儿了。嘿嘿嘿！”红孩儿听了这话，他哪肯相信，道：“哼！我跟你又不是亲戚，谁是你的大侄子？”行者道：“这你就不知道了，当年我和你爸爸做兄弟的时候，你还没出生呢。”红孩儿道：“你这猴子就在那儿胡说！你是哪里人？我又是哪里人？我的爸爸怎么会跟你做兄弟？”

行者道：“哎呀，你是不知道，我乃是五百年前大闹天宫的齐天大圣孙悟空。当年那些天兵天将来打我的时候，你的爸爸和我联手来对抗他们，那个时候我们就结成了兄弟。你爸爸牛魔王的个头大些，我就叫他大哥，老孙生得小巧些，他就叫我小弟。当时我叫齐天大圣。他就把自己叫作平天大圣。”

悟空这样一说，红孩儿应该信了吧？这么大的一件事，牛魔王在孩子小时候给他讲故事时，也应该讲起这件事啊。可是哪里想到，牛魔王不给孩子讲故事。红孩儿没听过这件事，他就是不相信悟空说的。这回他都懒得搭话，直接拿过火尖枪，照着行者就刺过来了。行者闪过枪头，抡起铁棒骂道：“你这小畜生，不知高低，看棒！”那妖怪也使了个身法，让过铁棒骂道：“泼猢狲，看枪！”

他们两个各使神通，跳在云朵里。好杀呀！“行者名声大，魔王手段强。一个横举金箍棒，一个直挺火尖枪。吐雾遮三界，喷云照四方。一天杀气凶声吼，日月星辰不见光。语言无逊让，情意两乖张。那一个欺心失礼仪，这一个变脸没纲常。棒架威风长，枪来野性狂。二人努力争强胜，只为唐僧拜法王。”

那妖魔与孙大圣战了二十回合，不分胜负。但是，八戒在旁边看得明白，那妖怪虽然没败，但是他打起来只能是遮遮挡挡，没有能力主动进攻悟空。他心中就暗想：“照这样打下去，那猴子要是使个什么手段，那妖怪肯定得被打败。到时候，老猪连个功劳都没有。”想到这里，八戒他抖擞起精神，举起九齿钯飞到空中，照着妖怪劈头就筑。妖怪一看，又来一个，这肯定打不过呀。他立马败下阵来，拖着枪逃回洞里。行者喊道：“八戒，快赶上！赶上！”

兄弟俩一路追到了火云洞门前，就见妖怪站在洞口，一手拿着火尖枪，然后站在五辆小车当中的那辆小车上，另一只手捏起了拳头，照着自己的鼻子上捶了两拳。妖精这是要干什么呀？八戒也感到奇怪，就在那儿笑话他：“哈哈哈！你这是想要赖吧？你是不是想把鼻子打出血了，然后再把这血抹到脸上，等找到你爸爸的时候，你好跟他说，我们大人欺负你小孩儿，是不是啊？哈哈哈哈哈哈！”

悟空也笑道：“就是，你是不是想到牛魔王那去告状啊？哈哈哈哈哈！”兄弟俩正在这儿笑，怎么也没想到那小妖怪捶了两拳以后，念了个咒语，竟然从口里喷出了火，鼻子里还紧跟着迸出浓烟，那五辆小车也瞬时间变成了五辆火车，“噗！噗！噗！”，他连喷了几口，结果，那大火红焰焰地烧起来。整个火云洞门前都是烟火弥漫，烧天炽地。

八戒见状，慌忙说道：“哥哥呀，这个可不行了，这要是钻到火里，我怕他把我烤熟了，在我身上撒点香料，再

把我给吃了。快走！快走！”他也不顾行者，边说边逃跑。悟空什么火没见过，想来这火也不会害怕。他捏着个避火诀，冲到火里就去找妖怪了。红孩儿一看，他竟然穿过来了，照着悟空“噗！噗！噗！”又喷了几口大火，这火烧得比之前更大了。“炎炎烈烈盈空燎，赫赫威威遍地红。却似火轮飞上下，犹如炭屑舞西东。”这火不是天火，也不是野火，那是妖怪修炼成的三昧真火。这火不仅是从妖怪的嘴里喷出来，只要那火苗沾上五辆小车一点儿，那火就会变得越来越旺。悟空虽然说他不怕火烧，但是这烟熏得他看不见妖怪在哪儿，一时间也打不着这妖精，便抽身跳出了火海。那红孩儿却看得清清楚楚，他看悟空跑了，便把大火一收，霎时间，这火也没了，烟也散了。他带着小妖们又把小车推回到了洞中，把石门关了，回去大摆宴席庆贺去了。

再说悟空这边，他飞回了枯松涧，刚一按落云头，就听见猪八戒和沙僧在那松树林子里讲话。他落了地，上前就呵斥八戒：“呆子，你好没情义，见到火你转身就跑，把老孙一个人留在那里。”八戒也不解释，只顾在那儿笑：“嘿嘿嘿！猴哥，之前沙师弟说你，你还不信，你硬说那妖精会认亲，你看看人家哪相信你是他爸爸的什么兄弟呀，还不是放出那无情大火来烧你。”行者道：“呆子，别胡说，不过这个我也没想到，你先说说刚才我和他打斗的时候，那怪物的神通和我比怎么样？”八戒道：“哥哥，那他不如你。”行者道：“他的枪法和我的棒法比起来怎么样？”八戒道：“他也不如你。”

他们两个就在这儿，你一言我一语地讨论刚才打仗的情况。沙僧在旁边听着听着就笑上了：“哈哈哈哈哈哈！”悟空一听，这沙和尚笑什么？沙和尚一般不开玩笑，他如果笑了，那肯定是看明白什么事了。悟空连忙问道：“沙师弟，你笑什么？”沙僧说：“大师兄，我在笑，那妖怪神通不如你，枪法也不如你，他只是会放些火。你只要灭了他的火不就行了？”悟空说：“你这样说倒是有些道理。那我不如去趟东洋大海找龙王，让他帮我喷点儿水浇灭他的火就行了。”沙僧道：“是啊，是啊，大师兄。”悟空道：“那好，你们在这里等我，我现在就去找龙王。”沙僧道：“好的，哥哥，你放心去吧。”

好大圣，他离开了此地，纵起云头，顷刻间飞到了东洋大海，他分开波浪径直游向了水晶宫。门前的夜叉见了他，赶紧回去禀报龙王。龙王一看大圣来了，赶紧带着虾兵蟹将们出门来迎接，悟空被他们请到宫里。落了座，悟空就开始跟龙王讲述，师父是怎么被那红孩儿骗的，又是

怎么被他掳去的，后来他们又是怎么去打斗，然后又被大火烧走的。

龙王听他把话讲完，心里明白了，大圣是希望再跟红孩儿打架的时候，红孩儿一旦喷出火，让自己去喷点儿水，把那火给他灭掉。按道理，这个事对龙王来说应该简单，但是没想到龙王开口说道："大圣啊，我听明白了，你是想让我帮你下点雨，可是下雨的事你不能来找我。"行者道："你是龙王，下雨的事不找你，找谁？"龙王道："大圣，你不知道，虽然每次降雨都由我亲自去降，但是一定要玉皇大帝同意才行。而且还有天上几位神仙在一起相互讨论什么时候下，下多少，在哪里下，商量妥当后再请来雷公电母配合我，我们才能一起把这雨降了。"原来下个雨这么麻烦。可是，如果悟空又跑到天上找玉皇大帝，玉皇大帝再找几位神仙商量，再找来雷公电母配合，这么长的时间那唐僧不早让红孩儿吃了。悟空有没有什么快点的办法把水借来呢？

第50集
二战红孩儿

行者道："哎呀呀，我不需要什么风云雷电，也用不着你下多大雨，你只要在那妖怪喷火的时候，你喷出点水浇灭他就行了。"龙王道："噢，是这样，如果是这样，那我一个人的力量还不够，把我那几个弟弟叫来，一起来帮你吧！"东海龙王的弟弟是谁呀？之前咱们提过有南海龙王敖钦、北海龙王敖闰、西海龙王敖顺。这下好了，有四海龙王一起帮忙，那红孩儿不管吐多少火出来也能把他浇灭。不过，悟空却说道："那我还要再跑到北海、西海、南海去找你这三个弟弟，这么远的路跑下来，我还不如直接去找玉皇大帝了。老孙救师父，心急呀。"龙王道："大圣，不急，不急，我只要敲一下我这龙宫里的铁鼓金钟，我那几位弟弟一会儿就能过来的。”说完，龙王就叫人把铁鼓金钟敲响了。

果然没多大一会儿，其他三海的龙王都来到了这里。这情景让悟空一下想起五百年前他来这里要金箍棒和披挂的场景，当时也是通过这种方式把三海龙王叫来的。三海龙王一来，见到东海龙王敖广就问道：“有什么事啊，大哥？”敖广和孙大圣就把刚才的事跟三海龙王又重新说了一遍，几位龙王听完之后都愿意支持。四海龙王开始点兵出战，乃是：“鲨鱼骁勇为前部，鳠（hù）痴口大作先锋。鲤元帅翻波跳浪，鯾提督吐雾喷风。”“横行蟹士轮长剑，直跳虾婆扯硬弓。”总之海里的这些兵将们全都腾云驾雾地飞到天上来了，这可真是“四海龙王喜助功，齐天大圣请相从。只因三藏途中难，借水前来灭火红”。

行者看到龙王们这样帮他，他忍不住想起了当年，道：“当年我一身本事又到龙宫里抢了金箍棒，却惹得他们到玉皇大帝那里告我的状，最后把我压在五行山下五百年。而今天我为了保唐僧取得真经，让天下人学习佛法，懂得自然规律，四海龙王却自愿帮我。看来我这一身本事加上这根铁棒，也比不上我为更多人做一件好事啊。”悟空能明白这番道理，他可真是又有了很大的进步。

行者领着龙兵，不多时，就来到了号山枯松涧上。他对龙王们说道："敖氏昆玉……"这"敖氏昆玉"是什么意思？几位龙王都姓"敖"，所以就叫"敖氏"。那"昆玉"呢？我们知道这世上石头有很多，但是最宝贵的石头要属玉石。玉石之中最宝贵的呢？那要数昆仑山上的宝玉才是最好的。所以这"昆玉"指的是昆仑山上的宝玉。悟空将几位龙王比作昆仑山上的宝玉，那是对他们的尊敬和赞美。回想五百年前，他到几位龙王那去抢铁棒的时候，哪有过一句尊敬和赞美啊？今天能说出这样的话，这一路跟着唐僧学到的实在是太多了。

悟空继续对龙王说："辛苦你们走了这么远，这下边儿就是妖精住的地方，你们先停在空中，不要抛头露面，老孙先下去和他赌斗一番。他要是喷出火来，你们就注意听我呼唤，到时再一起喷雨。"说完，行者又按落云头，见了八戒和沙僧。八戒一看猴哥回来了，赶紧上来问道："哥哥，你这么快就回来了，你请到龙王了吗？"行者道："请到了，请到了。你们注意看好行李，一会儿下大雨的时候，别把行李给淋湿了。"沙僧道："好的，大师兄，你放心去吧。"

悟空跳过枯松涧，来到火云洞门前，高声叫道："妖精，开门！开门！"小妖们听到以后赶紧又回去报告："大王，孙行者又来了。”红孩儿听到也不慌张，他仰着脸大笑：“哈哈哈！那猴子上次我们没把他烧死，这一次你看我不把他烧个皮焦肉烂。”他跳起身，纵起长枪出了洞外，小妖们跟着也把小火车推出来了。红孩儿见了悟空，他就高声喊道：“哼！你怎么又来了？”行者道：“妖怪，你还我师父来。”妖怪道：“你这猴头，那唐僧能做你的师父，为什么就不能做我的下酒菜？你想要他，你想都别想！”行者听了后十分恼怒，他掣起金箍棒劈头就打，那妖怪使火尖枪急架相迎。这一场打斗跟之前不同，好杀啊：“怒发泼妖魔，恼急猴王将。这一个专救取经僧，那一个要吃唐三藏。心变没亲情，情疏无义让。这个恨不得捉住活剥皮，那个恨不得拿来生蘸酱。”“棒来枪架赌输赢，枪去棒迎争下上。”

那妖王与行者打了二十个回合，见不能取胜，他虚晃一枪，疾抽回身子，又攥起了他的小拳头，朝着他的鼻子上锤了两下。这回他不光是嘴里往外喷火，眼睛里都往外冒火。霎时间赤焰沸腾，那门前的车子上也烟火迸起。大圣一看时机来了，回头就喊道：“龙王何在？”那龙王率领众水族朝着妖怪的火光里就喷下雨来。好雨，真的是：“潇潇洒洒，密密沉沉。潇潇洒洒，如天边坠落星辰；密密沉沉，似海口倒悬浪滚。”就说这雨下来，就好像天上那密密麻麻的星星，噼里啪啦往下掉一样，这雨还越下越大，起初时如拳大小，次后来瓮泼盆倾。开始的时候下得像拳头那么大，后来就好像拿着盆，拿着桶直接往下泼一样。“沟壑水飞千丈玉，涧泉波涨万条银。”地上的河道全都让水给灌满了。这雨下得这么大，什么火浇不灭呀？

可是，谁能想到偏偏红孩儿的三昧真火，这雨就浇不灭，而且不但是浇不灭，这雨水浇到三昧真火上，反倒像朝火里浇了油一样，越浇火烧得越旺。悟空也管不了那么多了，直接捻起避火诀，钻到大火里，抡起铁棒就去找那红孩儿。可是那红孩儿早就看见行者跑过来了，他瞅准了悟空，一口浓烟劈脸喷来。悟空一看不好，烟喷过来了，赶紧扭头躲，可是没躲过去，这口烟熏得他眼泪直流。原来多大的火他都不怕，但是一有烟就不行了，在那浓烟里眼睛都睁不开，怎么打妖精啊？悟空赶紧抽身，纵起云头，跳出了火海。红孩儿一看，悟空又跑了，他收了大火，收了小车，又回到了洞中，把石门紧紧地关了起来。

大圣飞在空中，就觉得浑身被火烤得燥热呀，正好身上的衣服也烧着了，他就想先跳到底下的涧水当中去凉快凉快。他往水里一跳，那身上的火倒是灭了。可是他哪里想到，刚才他身子烧得太热了，这涧水又太凉了，一下就

把他激着了。咱们如果出了一身的汗，再让那冷风一吹，那不都得感冒吗？这猴子虽然是铜头铁脑一身钢，可是刚才他被烧得太热了，又往那么凉的水里一跳，结果一下就把他激得火气攻心，三魂出舍。可怜气塞胸膛喉舌冷，魂飞魄散丧残生！他竟然在水中晕死过去了。四海龙王在天空看得清楚，那齐天大圣是什么人物？当年是刀砍、斧剁、雷劈、火烧都不能伤他分毫，今天竟然在这里死过去了。把他们慌得在空中就高声喊道："天蓬元帅！卷帘大将！你们快别在那松树林中隐藏了，快去那涧水中救你们师兄吧！"

他们兄弟俩赶紧跳到涧水中去找悟空，就看见从那涧水的上游翻波滚浪地淌下一个人。沙僧赶紧跳到水里，仔细一看，正是孙大圣的身躯。他把大圣抱住，拖上了岸，再用手指在他鼻子上一试，没有了气息，又摸摸他的手脚，浑身都冰凉，沙僧急得眼泪"唰"一下就出来了："师兄啊，可惜了你呀，你是亿万年长生不老的性命，今天怎么成了个短命的人啊？"八戒在一旁看着，他是一点儿都没着急，他好像在思考着什么，这时候他开口说道："沙师弟，你别着急，咱们猴哥他有七十二般变化，他就有七十二条命，你摸摸他胸口，看有没有热乎气儿。"

沙僧赶紧就按八戒说的话去做，把手往行者的胸口一按。你还别说，还真有点儿热乎气儿。沙僧道："二师兄，大师兄的胸口还真有点儿热乎。"八戒道："那就好，你别着急，你现在就把大师兄的两条腿抓住，看我给他按摩按摩。"

咱们别光看猪八戒愚笨，他好歹也是个神仙，就见八戒把两只手放在一起，来回搓呀搓，他把手搓热，然后就在悟空身上的关键穴位上按来揉去。他根本就没揉几下，须臾间，悟空就气透三关，眼睛一睁醒过来了，还大喊了一声："师父！"把沙僧可给乐坏了："啊哈哈哈哈！大师兄，你没事啦。你看看你活着的时候一心为了师父，死了的时候心里还在惦记着师父啊。"八戒道："刚才要不是老猪救了你，你就了帐了。你得谢谢俺老猪啊。"

孙悟空道："感谢两位师弟。"这时候悟空想起龙王们还在天空等着呢，他赶紧站起身，仰头向天空喊道："敖氏兄弟何在？"龙王道："大圣，我们在这里呢。"悟空道："那就好，那就好，辛苦你们了，跑了这么远。"龙王道："大圣，你没事就好！"龙王们看悟空没出什么事，也放心了，就率领众水族回到东洋大海去了。

沙僧搀着悟空坐在松树下休息了一会儿，三兄弟就开始讨论，怎么能降伏这妖怪呢？行者就说道："这妖精神通

不小，需要找一个比老孙的本事还要大的天神才能降住他。可是当年我在大闹天宫的时候，十万天兵没有人能拿得住我，我去请谁来帮忙呢？”沙僧道：“大师兄啊，当年观音菩萨不是说过如果我们路上遇到困难，可以去南海找他吗？”悟空道：“可是，现在我皮肉酸麻，膝盖也软，翻不了筋斗云。”八戒道：“师兄，要不然这样，我去南海找观世音菩萨。”行者道：“这样也好。八戒，你见了观音菩萨一定要有礼貌，如果菩萨能亲自来，就一定能抓住这妖怪。”八戒道：“好嘞，那我这就去。”八戒驾起了云雾，朝着南海的方向就飞去了。

再说这红孩儿，虽然今天打赢了悟空，但是他老觉得有什么不对劲儿，毕竟这一仗连四海龙王都惊动了。这祸是不是闯得有点大呀？他在洞里坐立不安就走出了洞外，跳上了天空，想四处观望观望。那他会不会碰到八戒呀？孙悟空都斗不过他，猪八戒要是碰到他还不得被活捉呀？猪八戒去找菩萨会不会被他看见呢？

第51集 八戒中计

妖精觉得祸有点儿闯得太大了，他在洞里坐立不安，就走出了洞外，跳上了天空。他想四处观望观望，没想到，他这一出来正赶得巧，只见猪八戒驾云南行。往南飞能去哪儿啊？天底下哪个妖精不知道，南边最厉害的就是观音菩萨，这肯定是找观音菩萨帮忙去了。红孩儿眼珠一转，想出个办法来，他纵起云头赶超了八戒。红孩儿摇身一变，他竟然变成了观音菩萨的模样。他就在不远处的一座山岩上一坐，等待八戒到来。八戒飞了一会儿后，一抬头就看见观音菩萨了。八戒盼着赶紧见到菩萨，心急如焚。这尊菩萨就在眼前，他还哪有心思去考虑菩萨是真的还是假的。他赶紧飞过去跪在地上给这假菩萨叩头，道："菩萨，弟子猪悟能在这里给您叩头了。”妖怪道:“悟能,你不去保唐僧取经到这里来,见我有什么事啊?”八戒就把之前在枯松涧和火云洞门前遭遇的一切跟菩萨讲了一遍。听后,假菩萨开口说道:“原来是这样,那火云洞洞主也不是一个好杀人的人,一定是你们什么地方冲撞了人家。你起来吧,我带你一起去见那火云洞洞主,到时候你去给他赔个礼,我叫他把师父还给你。”

那呆子哪知道好歹,心里还高兴呢,就跟着这假菩萨去了火云洞。到了洞门前,假菩萨生怕他不上当,又嘱咐他一句:“悟能,你不要担心,这洞主,我曾经和他认识,你跟我进来就好。”八戒跟着假菩萨往洞里,前脚刚一迈进去,洞里的小妖们就一拥而上,把八戒按到地上,还用个大袋子把他的身子装起来,袋子外面就露出一个猪头,然后又把他吊在房梁上。红孩儿早已现了原身,他得意地对八戒说道:“猪八戒,你有什么本领,也来保唐僧取经,还敢请观音菩萨来降我。你好好睁大眼睛看看,还认不认得我——圣婴大王。我先把你吊起来三五天,然后把你蒸了下酒吃。”把八戒给气得,他就破口大骂:“你这个泼怪物,我管你用什么办法来吃我,叫你们一个个吃了我之后都得猪瘟,而且还得遭那个肿头天瘟!”八戒吊在那里骂了又骂，嚷了又嚷。

再说悟空这边，他正和沙僧坐在松树下休息，就感觉迎面吹来了一阵风。这风从他鼻尖上一过，悟空发现这风中有一股腥味儿，刺激他打了个喷嚏，便道："不好，不好，这阵风不对，有可能是八戒撞到妖怪了。"这悟空也太厉害了，浑身还酸疼呢，坐在地上休息，都能闻出这风中有妖精。沙僧就安慰他："大师兄，不会吧？二师兄要是碰到妖怪，他不会跑回来吗？"行者道："不行，不行，我得再到那妖洞前去看看。"沙僧道："哎呀，大师兄，你的身体不舒服，要不然就让小弟先去看看吧。"行者道："沙师弟，不行啊，我放心不下，还是我亲自去看吧。"悟空咬着牙，忍着疼痛站起身来，又捻起了金箍棒，越过涧水，来到火云洞门前，他高声叫道："泼妖怪！"守门的小妖一听就知道这是行者的声音，吓得他赶紧往回跑："大王！大王！那孙行者又来了。"红孩儿发号施令，让小妖们先去洞前迎战。

行者也不面对面地跟他们打。他一头钻到门旁的草丛里，摇身一变，变成了一个装东西的包袱。悟空变成包袱有什么用啊？别着急，咱们往下看。小妖们出来以后也没见到行者，往洞两边再一瞧，就发现了这草窠当中的包袱。他们又回去报告："大王，那孙行者害怕了，他跑了，而且还把包袱丢到咱们门前了。”红孩儿一听，他笑道：“哈哈哈哈哈！这猴子看来是怕了，不过他留下个包袱有什么用？估计也没什么好东西。你们先把那包袱背回来看看。”小妖们奉命跑出去捡包袱了。他们哪里会想到悟空竟然会变成个包袱？有变成一只鸟的，变成一只老虎的，哪有变成包袱的？他们把这包袱背起来就进了洞。噢，看明白了，悟空就是要用这个办法，让小妖们把他搬到洞里去，这样他就能了解洞中的情况了。红孩儿看到这包袱以后，发现这里也没什么好东西，就把包袱扔在一旁。

好了，这就给了悟空机会了。好行者，你看他变成包袱还不够，他假中又假，虚里还虚。他拔下身上的一根毫毛，变成一个一模一样的包袱，然后他的真身从原来那个包袱变成了一只小苍蝇。他“嘤”地展翅飞到了门框上，方便他站在高处静静地观察一下这妖洞中的情况。悟空清楚听到了八戒的声音，他吊在房梁上，嘴里在那哼唧，也不知道在说些什么。悟空“嘤”地一下又飞到装八戒的那个口袋上，这下他就能听清了。原来八戒一句好话没说，就是在那儿骂：“你怎么就变成个假菩萨把我哄进来了，把我吊在这里，还说要吃我。等有一天，你看我师兄，我师兄，他大展齐天无量法，满山泼怪登时擒！解开皮袋放我出，我筑你千钯方趁心！”孙悟空一听，把他逗得忍都忍不住，肚子都笑痛了。这呆子受了这么大的气，还把老孙编到他的诗里骂那妖怪，今天我这个做大师兄的一定要把他们救出来，好好收拾收拾那妖怪。

悟空正在这儿想着，忽然就听到妖怪在那喊道：“六健将何在？”这六健将是红孩儿从这些小妖当中选拔出来的六个将领，他们的名字都特别有意思，一个叫云里雾、一个叫雾里云、一个叫急如火、一个叫快如风、一个叫兴烘掀、一个叫掀烘兴。这名字起得都颠来倒去的，听起来还挺好玩。六健将听到大王呼唤他们，赶紧走过来，上前跪下。红孩儿就问他们：“你们知道老大王的家住在哪儿吗？”六健将道：“知道，知道，我知道。”妖王道：“好，那你们去把老大王请来，告诉他说我这里抓到了唐僧，请他来吃唐僧肉，能让他

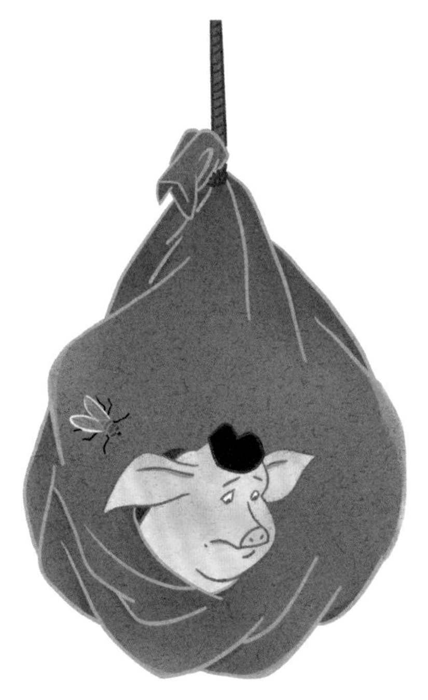

长生不老。”六健将领了指令，走出妖洞。行者在这儿一听，发现救师父的机会要来了。

悟空随着六健将飞出了洞外，又飞到他们前面有十几里远的地方，他摇身一变，变成了牛魔王的样子。他变成牛魔王的样子有什么用啊？他可能是想让这几个小妖把他当成真的牛魔王请回洞里。悟空变完牛魔王，又从身上拔下几根毫毛来，再变出几个小妖，又变出一只鹰，变出一只猎犬。驾鹰牵犬，搭弩张弓的，装成打猎的样子。没过多大一会儿，那几个小妖来了，兴烘掀和掀烘兴这两个小妖眼睛好使，先看见了牛魔王，他们赶紧上前跪下，道：“老大王爷爷，你在这里啊。”其他四个妖怪也赶紧跑过来跪下。小妖们接着说：“爷爷，小的们是从火云洞里来的，是圣婴大王让我们来的。大王让我们把老大王爷爷请回去，去吃唐僧肉，说是吃完了可以长生不老。”行者道：“哈哈！好乖的儿女们，好好好！就按照你们说的，我跟你们去。”

不多时，他们就来到了火云洞的洞门前。红孩儿走出洞外，把悟空变的这个牛魔王迎了进去。悟空坐定，红孩儿过来叩头说道：“父王，孩儿给你行礼了。”行者道：“我的儿，免礼免礼。”红孩儿道：“父王，孩儿前几天抓了一个从东土大唐而来的和尚，听说吃了他的肉可以长生不老。

孩儿不敢自己吃，就请父王一起来吃。”行者道：“我的儿啊，你说的这个和尚是唐僧吗？”红孩儿道：“是的，就是他。”行者道：“我的儿啊，你知道他是孙行者的师父吗？”红孩儿道：“知道啊。”这假牛魔王就摇头摆手地说道：“我的儿啊，你别去惹他呀，别人还好惹，孙行者那样的人不好惹呀。五百年前他大闹天宫的时候，十万天兵都没有拿得住他，你还是趁早把他的师父给他送回去吧，他要是知道你吃了他的师父，他都不用来和你打，他用他那金箍棒在山上捌个窟窿，一撅把山都撅飞了。”

现在看明白了，悟空刚才为什么要变成牛魔王啊？他希望通过这种方式劝导红孩儿，让他赶紧把唐僧放了，这样他们不就渡过难关了吗？可是那红孩儿怎么会这么容易放弃！他开口说道：“父王，你怎么说这样的话，反倒长他的志气，灭了孩儿的威风。那孙行者有兄弟三人，他和猪八戒来找我打斗过，我看他们也没什么本事，全都被我用三昧真火给烧跑了。后来，他们还请了四海龙王下雨来灭火，结果，那猴子被我烧得钻到水里昏死过去了。之后猪八戒还不死心，想去南海找观音菩萨来降我，还不是也被我骗进来了，现在都还在那梁上挂着呢。还有今天早晨，那猴子上门来吆喝，被我们吓得转身就跑，连包袱都丢到洞口了。”行者道：“哎呀！我的儿啊，你只知道你那三昧真火能赢得了他，但是你知不知道他还会七十二般变化呢？”红孩儿道：“管他变成什么我都认得出来。谅他也不敢进到我洞里来。”行者道：“儿啊，他不会变那大的让你看得见的东西，他万一要是变成一只小飞虫呢，比如说变成一只蜜蜂、苍蝇或者是蚊子什么的，又或者直接就变成了父王的样子，你怎么认得出来他呀？”

红孩儿道：“哼，那我也不怕，就算他长着铁胆铜心，我谅他也不敢到我这洞里来。”行者一看，怎么吓都吓不住这妖怪，看来变成牛魔王劝红孩儿放唐僧的办法行不通。悟空想了又想说道：“哈哈哈！孩儿啊，看来你真是有办法收拾他。但是，今天我不太想吃肉。”红孩儿道：“父王，你为什么不吃肉啊？”行者道：“这些年来你妈妈总是劝我，让我多做些善事，少吃人，少吃肉，多吃些水果、蔬菜什么的。”红孩儿一听这话，就有点儿怀疑他了。他太了解自己的父亲了，做妖精做这么久，吃了多少人了！今天刚好赶上吃唐僧肉的时候，他却吃素了。红孩儿心生疑惑，他转过身来，在另一处唤来了六健将，就问他们道：“我问你们，这老大王你们是从哪里接来的？”小妖道：“我们是从半路上接来的。”红孩儿道：“我就说嘛，你们怎么回来得这么快？这老大王一定是假的！你们等我再去问他一下，如果他是假的，我们一起就把他砍了。”

红孩儿转过身来，又开始对悟空问道：“父王，有一天我碰到一位老神仙，他说孩儿长得好看，就问孩儿我是哪年，哪月，哪天，什么时候生的，还说要给孩儿算命，可是这些我自己都不记得了。父王，你能告诉我吗？”这妖怪可太聪明了。出生年月这种事，知道就是知道，不知道就是不知道，悟空可怎么往下接呀？他还能骗住红孩儿吗？

思维特点

☞ 创新思维

1. 反差创新：一头很重的猪竟然能轻盈地飞。

2. 夸大创新：猪八戒的耳朵异常得大。

3. 发散创新：为了画猪飞得轻盈，分别通过飘起的双脚、被吹得微仰的头部、前凸的大肚子、脚下的云朵等几个方面来表现八戒的轻巧。

培养孩子创新思维的益处：对事对人懂得从新奇的角度观察，具有创建性解决问题的能力，办法总比困难多……

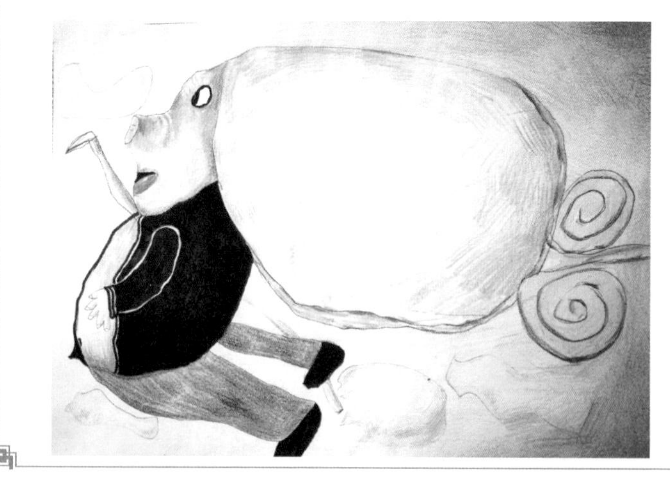

☞ 如何通过绘画培养孩子创新思维

1. 激发创造性想象

孩子画一头会飞的猪，可以问孩子："怎么画它飞得很厉害呢？会不会脸都吹变型了，你觉得还可以怎么画……"鼓励孩子说出5个以上的表现方法。

2. 提倡民主，诱发创新

提供足够宽松的环境，接纳孩子任何答案，孩子的创造力才能充分发挥。

3. 放飞想象，天马行空

经常和孩子互动"荒谬"的话题，比如问孩子："你看前面的摩托车，遇到其他车时会不会突然分成两半避开呢？""自行车会不会骑着骑着飞起来？"……

第52集 观音盛海

红孩儿问悟空他的生日时辰是什么时候？这个事儿悟空知道就是知道，不知道就是不知道，悟空怎么往下接呀？你看悟空一点儿没害怕，端坐在椅子中间，脸上反倒还喜盈盈的说道：“哎呀，儿啊，你的生日，父王平时都记得，今天这怎么就想不起来了？等明天回去问问你的妈妈。”妖王道：“哼！我父亲从来都是把我的生日牢牢地记在心里，你根本就不是我父王。小的们，来呀！把他给我拿下！”小妖们一哄而上，抡枪的、舞刀的一起向行者扎来。悟空掏出铁棒架住，现了原身，他哈哈大笑：“哈哈哈哈哈哈！我的儿啊，你怎么来打你爸爸了？”说完后，就化作一道金光溜出火云洞了。把那红孩儿气的，白管他叫了半天爸爸。但是他也知道，他追不上悟空，干脆把石门一关，也不理他了。接下来一心就想着怎么把唐僧吃了。

行者飞出洞门以后又回到了枯松涧，见到沙僧以后还在那儿笑："哎呀！哈哈哈！有意思，有意思。"沙僧一看悟空笑着回来的，他就觉得有点儿奇怪，问道："哥哥呀，你这师父也没有救出来，你笑什么呀？"悟空就把红孩儿刚才管他叫爸爸这个事从头到尾跟沙僧说了一遍，说完了，还忍不住在笑。沙僧听了可一点儿都不高兴，他反倒赶紧提醒悟空："师兄，你管他叫儿子，他心中要是气不过，会害咱们师父的。你还是快去请观音菩萨吧。"行者道："对呀，师弟，你提醒得对，我这就去，这就去。"

行者说走就走，他纵起了云头，直奔南海。到了落伽山，看门的神仙看到了悟空，就回去告诉观音菩萨，菩萨准悟空进来。悟空走进来，见了菩萨赶紧跪拜。菩萨就开始问他："悟空，你不随金蝉子西天取经，到我这里做什么？"悟空就把他们遭遇红孩儿的事儿详细地给菩萨讲，菩萨只管在那儿静静地听着。当悟空提到红孩儿假扮菩萨骗八戒的时候，只见菩萨突然大怒。咱们都知道，菩萨手中常托着一个杨柳玉净瓶，他一听说红孩儿敢假冒他，气得把这玉净瓶扔到海里去了。悟空看愣了。他心里想："啊？菩萨怎么也会生气？老孙还从来没见过菩萨生气，我是哪句话把他给气着了？可是把这玉净瓶扔了可惜了！他不要倒是给俺老孙啊。”他心中正这样想着，就见那玉净瓶在海中翻波滚浪地又钻出来了。再往下看，发现一只巨大的神龟把它驮上来了。那神龟爬上崖边，对着菩萨点了二十四下头，就当拜了二十四拜。

悟空见了这情景，他觉得有点儿好笑，就小声在那儿嘀咕：“有意思，有意思，原来菩萨还养了一只大乌龟，每次生气的时候把这瓶一扔，又让那龟给他捡回来，菩萨可真会玩儿。”悟空正在这偷笑，菩萨突然喊他：“悟空，你在下面说什么呢？”行者道：“没说什么，没说什么。”菩萨道：“那你把那瓶拿上来。”行者道：“好的，好的。”行者上

前抓住瓶口往上一提，“哎哟！”这瓶子纹丝不动。悟空再使点劲儿，“哎！”这瓶子还是一动不动。这小小的瓶子有这么重？悟空上前又使劲儿，这次他可使出了全身的力气，“哎！”可他怎么也没想到，那就像蜻蜓撼石柱，净瓶是一动都不动。蜻蜓能撼得动石头柱子吗？悟空在这净瓶面前竟然像一只小蜻蜓一样。他心中大惊：“这是怎么回事儿？难道俺老孙的神通都没了？不对呀，刚才我还驾着筋斗云来的。”

菩萨这时候开口讲话了：“悟空，你怎么还不把它拿来？”行者道：“我实在是拿不动啊。”菩萨道：“你这猴头，平时牙尖嘴利，现在连个净瓶都拿不动，还怎么去降伏妖怪呀？”悟空觉得自己是太丢脸了，就赶紧给自己找了个借口：“菩萨，可能是我之前和那妖怪打架打的，被他那火烧得我的筋有点儿软了，所以力气就小了些。”菩萨道：“告诉你真正的原因吧，这瓶子平时是个空瓶。刚才我把它扔下去，他已经游遍了三江五湖，八海四渎，溪源潭洞之间，现在这玉净瓶里已经装下了一滩汪洋，你虽拿得起金箍棒，可你哪里有拿得起一个大海的力量？”这小小的玉净瓶竟然装下了一个大海。

这时候菩萨慢慢走上前，伸出右手，两个手指在瓶上轻轻一捏就把它给提起来了，然后又放在左手的手掌中。悟空在旁边看呆了，他一直以为自己神通广大，十万天兵都战不过他，可是，怎么都没想到自己用尽了全身的力气，还不如菩萨两个手指头的劲儿大。就是海中那驮着瓶子上来的神龟，它的劲儿也比他大呀，再加上刚刚被红孩儿打败过，悟空开始反思自己过去是不是太狂妄自大了。

菩萨刚才虽然没批评他，但是他假装生气把玉净瓶扔到海中，又让行者去把它拿来，所做的这一切都是在默默地教化他。菩萨继续说："悟空，我这瓶中的甘露水和那龙王的雨水不同，可以灭妖精的三昧真火，我要让你自己拿着玉净瓶去降妖，可你拿不动。我如果找身边的一位善财龙女帮你拿瓶去降妖，又怕你降了妖以后把我这宝贝骗去不还给我。"

行者道："菩萨，老孙自从跟了唐僧以后，不再干那种事了。"菩萨听他说了这个话，就想有意试探他一下，道："既然是这样，那你就留下个什么东西做抵押，等你把宝贝还给我的时候，我就把这东西再交还给你。"行者一听，菩萨让他留下一件东西做抵押，他眼珠一转就开始要赖了："菩萨，你看，我这身衣服和这虎皮裙都不太值钱，我这铁棒倒是还可以，可是若给你留下，我还要用它来降妖呢。

如果说值钱的东西，那还真有一件，我头上这金箍是金的，不如你念个松箍咒，就把这箍留在你这里，怎么样啊？”

菩萨道：“你这猴儿倒是会算，我不要你的衣服，也不要你的铁棒，更不要你的金箍。我曾经给过你三根救命毫毛在你的脑后，不如你摘下一根抵押在我这里。”行者道：“菩萨，这个可不好，可不好，你想，这三根救命毫毛它们放在一起，正好是一群，你给它拆下一根来，它们不就分开了？”菩萨道：“你这猴子一毛也不拔。”行者笑道：“菩萨不看僧面看佛面，你可千万要救我师父一难吧。”菩萨哪会跟他计较，就对他说道：“走吧，走吧。”

他们走出潮音仙洞，来到大海边，菩萨道：“悟空，你先过海吧！”行者刚想纵起身驾筋斗云，可是，他连忙又把身子收回来，“扑通”一下跪在菩萨的面前，道：“菩萨，弟子不敢在你面前施展筋斗云，翻来跳去的，对菩萨不敬。”这猴子今天被菩萨收拾得老老实实的，自己那点本领再也不敢拿出来显摆，他变得更谦虚了。

菩萨听悟空这么一说，就让他身边的善财龙女到莲花池中劈下一半莲花瓣儿来。菩萨把莲花瓣放在了石岩下边的水上，就对悟空讲：“悟空，你上那莲花瓣儿上，我渡你过海。”行者道：“菩萨，这莲花瓣儿又轻又薄，怎么能载得动我们两个呀？”菩萨道：“你先上去看看。”悟空当然信得过菩萨，他就纵身往下一跳，那莲花瓣霎时间变得比海船还大。悟空又问道：“菩萨，这船又没有桨，又没有帆，我们怎么划呀？”菩萨笑了笑：“呼！”轻轻地吹了一口仙气，那船就开了。和他们同行的还有惠岸行者——木吒。

没用多长时间，他们就飘过大海，到了另一个岸边。菩萨对木吒说道：“你快上界去，找你的父王托塔李天王，借他的天罡刀一用。”这天罡刀是什么了不起的宝贝吗？为什么菩萨降妖偏偏要用呢？咱们接着往下看。木吒来到了天庭，见过了托塔李天王，详详细细地跟他说了一遍，为什么要借这天罡刀来用？托塔李天王当然会借给他了。这天罡刀还不是一把，一共是三十六把刀凑成一副。木吒接到手中，谢过父王，出了南天门，又飞到菩萨身边。菩萨把它接在手中，向空中一抛，又念了几声咒语，就见那天罡刀变成了一座千叶莲花台。菩萨又纵身飞上去，端坐在上边。悟空在旁边看了就忍不住笑：“菩萨，你好抠门儿啊，你自己有一座五色莲花台，你不坐着飞过来，反倒要向别人借。”菩萨道：“悟空，你不要乱讲，快快跟我来。”

他们几人又驾起云头飞离大海，顷刻间就看见前边有一座山头。悟空认得，就赶紧告诉菩萨：“菩萨，那座山就是妖精所在的号山。”他们飞过去时，菩萨停在空中又念了几句咒语。这咒语一念，满山的山神和土地都钻出来了。他们一看是观音菩萨来了，就赶紧过来跪拜。菩萨就吩咐他们：“你们快去把这山中所有的生灵，不论是窝中的小动物，还是那洞中的小虫，都把他们安顿在山顶上。”菩萨这是要干什么呀？把这些生灵都安顿在山顶上，跟降妖有什么关系啊？反正菩萨吩咐了，土地山神赶紧回去就办。

等到他们都安顿好了，就见菩萨把净瓶翻转过来，“呼啦啦”倾出水来，真是“漫过山头，冲开石壁。漫过山头如海势，冲开石壁似汪洋”。菩萨这样一弄，待会儿那妖精想喷火的时候，那火就烧不起来了。同时这些生灵都已经被安顿在山顶上了，大水也冲不着他们，这是在保护他们。悟空在旁边看了，心中暗想道：“好一个大慈大悲的菩萨呀，这要是老孙有这般法力，我才不会去管那些小动物、小虫呢，一瓶子就把水倒出去了。今天跟菩萨又学到如何善良。”

菩萨倒完水，对悟空说道：“悟空，你把手伸过来。”行者伸出手。菩萨又抽出他那杨柳树枝，在悟空的手心里写了一个迷路的“迷”字，然后又嘱咐他：“悟空，一会儿你捏着拳头去与那妖精交战，你只许战败，不许战胜，引他过来。如果他不来，你就张开手用这‘迷’字引他，等把他引到我这里，我自有法力收他。”

悟空领命，他一手攒着拳头，另一手拿着金箍棒，径直地飞到火云洞门口。悟空这一仗能把红孩儿骗到菩萨这儿来吗？

思维训练问答

教孩子学会谦虚

1. 菩萨用杨柳玉净瓶装完海以后，为什么他让悟空先拿呢？

2. 当悟空发现自己用了全身的力气还不如菩萨两根手指头的力气大以后，他心里是什么感受呢？你说出来听听。

3. 悟空和菩萨要一起过海，可是在过海的时候，悟空不敢在菩萨面前翻筋斗云了，这是为什么呢？

4. 你觉得自己在哪方面也曾经像悟空之前那样骄傲过吗？如果有，你想如何克服它呢？

故事中的家教思维

无论是在学校还是在家庭生活中，我们通常都会给好学生更多的认同、赏识、赞赏，他们很容易得到这些资源。差学生经常受到鄙视，我们周围的文化环境就是这样的。如果一个孩子侥幸学习非常好，那么他在这个环境中，就很容易也鄙视那些学习不太好的孩子，他自己也容易骄傲。

所以，当一个孩子各方面都表现得特别好时，我们就一定要教给孩子不要骄傲。然而，若我们仅通过直接的道理来传达这一点，孩子可能难以真正领会，尤其是当他们自认为很优秀时。而借助故事来传达这个观点会更为有效和引人入胜。

观音菩萨把杨柳玉净瓶往水里一扔，没过多长时间，杨柳玉净瓶就盛下了整个海，随后菩萨让孙悟空去提起它，但孙悟空却提不动的情节，让孙悟空觉得自己的神通在菩萨面前那简直就是不值一提。

这部分内容我们可以单独拿出来和孩子讨论，我们可以问孩子第一个问题，菩萨用净瓶装完海以后，为什么让悟空先拿？问这个问题，我们引导孩子理解，菩萨是在以这种方式警示悟空的骄傲，并借此机会向孩子展示骄傲并非一个好的品质，需要我们去纠正。

再问孩子第二个问题，当悟空发现自己使尽全身的力气，还不如菩萨两个手指头力气大，这时他的心里是什么感受？这个问题就指引孩子站在悟空的角度去反省。

再问孩子第三个问题，悟空和菩萨要一起过海。那为什么在菩萨面前，悟空不敢翻筋斗云了？这个问题让孩子明白，不管你有多大的本事，也要学会收敛。

再问他最后一个问题，你觉得自己在哪方面也曾像悟空之前那样骄傲过？如果有，你想如何克服它？这个问题引导孩子回到现实生活中，引起孩子积极、正向的思考。

第53集
收伏红孩儿

菩萨让悟空伸出手来，在他的手掌心写了一个迷路的“迷”字，让他把红孩儿引到菩萨这里来。悟空领命，他一手攒着拳头，另一只手拿着金箍棒，径直地飞到火云洞门口，高叫道：“妖怪！开门！开门！开门！”小妖们一听这又是行者的声音，赶紧跑到洞里报告他们大王。红孩儿听到这个消息以后嫌烦，懒得和悟空再打了，就跟小妖们说：“别理他，别理他。”这妖怪到底是个小孩儿，那孙悟空是什么人，你不理他就完了？悟空在洞外又喊了两声，发现没人理他，他哪有心情等下去？他把铁棒一举，照着他那门上“当”地一下，就打了个大窟窿。这下红孩儿在洞里坐不住了，他急纵身跳出洞外，挺起了长枪对着行者骂道：

“你这猴子又来气我，还打破了我的门。”行者道：“嘿嘿，我的儿呀，你终于肯出来见你的爸爸了。哈哈哈哈！”之前悟空变成牛魔王戏弄过他，这会儿妖精刚消了气，悟空又提起这个事儿来。

红孩儿气得挺起长枪，劈胸就刺；行者举铁棒，架隔相还。他们斗了有四五个回合。悟空想起了菩萨的话，只许败不许胜。他幌了一棒子，就赶紧捏起拳头，拖着棒子往回跑。这红孩儿看他跑了，竟然懒得追，只说了一句：“我才懒得理你，我现在要回去把唐僧涮洗了吃哩。”这妖精可真逗，到底是个孩子，都这种情况了，还惦记着吃唐僧肉呢。悟空见他不过来，就想试试菩萨在他手心写的那个字，看灵不灵？他把手掌打开，用那“迷”字对着红孩儿。说来也是真好笑，那红孩儿看到这“迷”字，就好像着了迷一样，挺起长枪就过来了。悟空再拿起铁棒跟他打了几个回合，又假装打败了，引着红孩儿跑去菩萨所在的地方。

这回气得那红孩儿直骂：“你这猴子，之前跟我打架都是能打二三十回合，今天怎么打四五回合就老是跑啊？”行者道：“儿子啊，今天爸爸我怕你放火。”这句话倒提醒了红孩儿，他攥起了拳头，真想放火。但是他往四处一看，发现这所有的低洼处全都已经注满了水，自己又离开了火云洞很远了，没带那些小火车，这放火也不方便。他就又对行者喊道：“今天我不放火了，有本事你别跑，你过来。”行者道：“我不过去，你过来。”红孩儿又喊：“你过来。”悟空看他不过来，用拳头里那个“迷”字对准了红孩儿。红孩儿见了他的手掌又着迷了，飞身就追赶他。这两个人跑的，前走的如流星过度，后走的如弩箭离弦。

不一会儿，就跑到观音菩萨面前来了。行者将身一晃，躲在菩萨的身后。菩萨看到妖怪来了，她竟然一动不动，就在那莲花台上坐着。妖怪看行者不见了，反而只有菩萨坐在那儿，他就走近前，睁圆眼，对菩萨问道：“你是孙行者请来的救兵吗？”菩萨没答应，他还是坐在那儿纹丝不动。菩萨这是要干吗？他让悟空把妖怪骗过来，又不收拾妖怪就这么干坐着。那妖怪也觉得奇怪，这回他把那枪提起来，又高声问道：“嘿！你是孙行者请来的救兵吗？”菩萨还是不吭声。这回那妖精失去耐心了，他朝着菩萨的胸口，一枪就刺过来，菩萨霎时间化作一道金光，走上了九霄空中，行者也跟着飞了上来。

此时，行者心里也觉得有些奇怪，就在旁边问道：“菩萨，刚才那妖精再三地问你，你怎么装聋作哑不敢出声啊？还被他戳了一枪，现在莲花台都丢给他了。”菩萨道：“悟空，你莫言语，尽管看。”就见妖怪在那冷笑道：“泼猴头，几次你都打不过我，又去请了个脓包菩萨，还不是被我一枪戳得无影无形地跑了，就连这莲花台都丢给我了。这个东西挺好玩儿，我也上去坐坐。”这妖怪到底是个小孩儿，看什么都新鲜，他也学着菩萨的样子，在当中盘腿一坐。之前咱们可说过，这莲花台那可是三十六把天罡刀变成的。菩萨这儿遭动作，不会就想把他引到这莲花台上，然后再变成天罡刀去扎他吧？

再说悟空这边，他看红孩儿在莲花台的上面玩得高兴，就在菩萨耳边说风凉话：“哎呀呀！菩萨，你看你这莲花台送人了吧，我看那妖精身子长得小巧，比你坐在上边还稳当呢。”菩萨道：“悟空莫言语，再看法力。”菩萨说完，拿出杨柳树枝朝那莲花台一指，叫了声：“退！”只见那莲台花彩俱无，祥光尽散，转眼间那妖精不是坐在莲花台上了，而是坐在那三十六把天罡刀的刀尖儿上。紧接着菩萨又对木吒说道：“用你的降妖杵去捶那刀柄，把天罡刀钉在他身体里。”木吒按下云头，拿起他的降妖杵，照着刀柄“当！当！当！”筑了能有千百余下。把那妖怪筑得是“穿通两腿刀尖出，血流成汪皮肉开”，两条腿都扎透了。好怪物，你看他咬着牙，忍着痛，丢了长枪，双手还去拔那些刀尖，他想要爬出来。行者早看得明白，就在旁边提醒菩萨：“菩萨，那怪物不怕痛，想要拔刀呢。”又见菩萨把那杨柳枝垂下，念起了咒语，咒语声一出，就见那天罡刀的刀尖全都变弯了，就像鱼钩一样，把红孩儿牢牢地勾在上面。

这下那红孩儿可慌了，这怎么往外跑啊？百般无奈，他开始求菩萨了：“菩萨，菩萨，我不知道你法力无边，求你可怜可怜我，饶我性命吧，我再也不敢做坏事了，我愿意入佛门学习佛法，以后做个好人。”观音菩萨是最善良的了，他一听妖怪讲这个话，就按下云头，从袖子里拿出一把剃头刀来。妖怪剃了头发以后，像个小和尚似的，在头顶上和头两边儿还给他留下三撮头发，乍一看还挺可爱。这个就叫“摩顶受戒”，代表着菩萨引他入了佛门。菩萨给他剃完了头发，又对他说道：“既然你已经入了我佛门。从现在开始，你就叫善财童子吧。”菩萨又给了他个称号，妖精赶紧点头谢菩萨。接下来菩萨又用手一指，说了声：“退！”那些天罡刀就“噹啷！噹啷！”地脱落到了地上。那童子身上的伤口自然修复了。

他看身上到处都好了，疼的地方也不疼了，伤的地方也不伤了，就弯下腰，捡起长枪，开口对菩萨说道：“哼！你哪有什么真法力降我，刚才只不过是被你骗了。看枪！”

他竟然朝着菩萨劈脸就刺过来。他太不知道好歹了，菩萨原谅了他，他竟然还恩将仇报，把行者气得抡起铁棒就要打他。菩萨只说：“别打，我自有办法。”说完，他又从袖中取出一个箍儿来，这箍儿和悟空头上戴的箍儿很像啊。菩萨就对悟空说道：“我佛如来赐了我三个箍儿，第一个是紧箍儿，戴在了你的头上；第二个是禁箍儿，戴在了黑熊精的头上，现在他已经做了我的守山大神；这第三个箍儿叫金箍儿，就留给他戴吧。”好菩萨，他把箍儿迎风一幌，一下变成了五个，再朝着童子身上一抛，又喊了一声：“着！”就见那些箍儿一个套在他的脖子上，两个套在了他左右手上，还有两个套在了他左右脚上。

菩萨又捻起了诀，念起了咒。把那童子疼得搓耳揉腮，攒蹄打滚，求饶道：“哎呀！哎呀！菩萨，我不敢了！不敢了！”菩萨念了几声就停了下来。这些金箍是见肉生根，都长在他的肉里。他想往下抹，可是越抹越痛。悟空在旁边可给乐坏了，又多了一个跟他一样戴箍儿的，他就在那儿笑话红孩儿：“哈哈哈哈哈哈哈哈哈！我的乖乖，菩萨这是宠着你呀，给你带了项圈，还给你带了镯子。哈哈哈！”红孩儿哪受过这个气呀？悟空在那儿羞辱他，他又忍不住了，绰起长枪，照着行者又是一顿乱刺。行者赶紧闪身跑到菩萨后边去了，连声喊道："菩萨，给他念咒！念咒！念他！"菩萨将杨柳树枝，蘸了一点甘露朝他洒去，叫了一声："合！"只见他丢了长枪，两只手一下就合在胸前了，两只脚也并在一起了，怎么使劲都分不开。他挣扎了半天，最后终于是明白了，他在菩萨面前真就像个小孩子一样，完全没有还手的能力。没办法了，他又跪在地上给菩萨磕头。菩萨心里也清楚，他只是眼前没办法打不过，不是真心下拜，就对悟空说："他野心不定，我让他一步一磕头地走回我的落伽山，你就赶快回到洞中去救你师父吧。"

悟空谢过菩萨，转身回去救师父。到了火云洞，他和沙僧两个人先打杀了那些小妖们，然后又放下猪八戒。到了后院才找见师父，就见唐僧衣服都已经被小妖们扒光了，赤条条地被捆在柱子上，一个人在那哭呢。他们赶紧救下师父，帮他把衣服穿好，又在洞中找些米面做了饭。晚上的时候，他们一边吃着饭，

悟空一边讲着菩萨帮忙降妖的经过，师徒几人是从心里感激菩萨呀。

第二天早晨，他们一大早起来，又攀鞍上马，找大路向西去了。这会儿还是冬天，天气还比较冷。他们每天是迎风冒雪，戴月披星。一个月后，慢慢地春天来了，那是三阳转运，万物生辉。“三阳转运，满天明媚开图画，万物生辉，遍地芳菲设绣茵。”就说这冰雪覆盖大地的冬天，在春天一来，草也绿了，花也开了，大地上就好像被画上了五颜六色的图画。

师徒们一边游览景色，一边缓慢前行。行走间忽然听见一声吆喝，就好像是成千上万人的呐喊声。这就奇怪了，这荒郊野外的怎么会有那么多人的呐喊声呢？唐僧有点儿怕，他兜住了马，回头问悟空：“悟空啊，这是什么响声啊？”八戒也听到这声音了，他嘴快就说道：“这声音有点像山崩地裂。”沙僧也觉得动静挺大的，道：“我看像雷声霹雳。”行者道：“你们别猜了，还是让老孙亲眼去看看吧。”悟空纵起云头，向远一望，他看见那边有座城池，这就难怪了，有城池就有人，有人就有呐喊声。悟空又飞近了看，就见那城中祥光隐隐，没见有什么凶气，不像是有什么妖精的样子。但是，这声音是从哪里传出来的呢？毕竟这座城池和他们所在的地方还有一定距离。

悟空又四处查看，就见在城门之外的一块空地上，攒簇了好多和尚，他们正在一起拉车。看那车应该不轻，他们一拉就一喊："加把劲儿啊！嘿！嘿！"刚才那震耳的响声就是他们喊出来的。悟空有点儿好奇，这些和尚拉的是什么东西？他就按下云头飞近了去看，车里边拉的全都是些砖头、瓦块、木头、土坯，这都是盖房子用的。这一切都很平常，没什么稀奇的。悟空就想飞回去告诉师父。可就在这时，从那城门口走出两个少年道士，他们引起了行者的注意。你看他们那身打扮："头戴星冠光耀耀，身披锦绣彩霞飘。足踏云头履，腰系熟丝绦。面如满月多聪俊，形似瑶天仙客娇。"他们两个的打扮和这群和尚正好相反。和尚们是一身臭汗，穿的衣服还破破烂烂。两个道士却穿得像神仙似的。接下来又发生一件事儿，就让悟空觉得有点儿不对劲了。

思维训练问答

☞ 教孩子学会接纳

1. 红孩儿是妖怪，菩萨降住了他为什么不杀他，反而让他做个善财童子呢？

2. 如果降住了红孩儿的是悟空，那你觉得悟空会怎么做呢？

3. 你觉得和悟空相比，红孩儿闯的祸大，还是悟空当年闯的祸大呢？

4. 悟空今天都进步好多了，他进步到这样的程度，除了因为他自己的努力，你觉得他还要感谢谁呢？

5. 对于你身边表现很差的人，你觉得你应该看不起他、羞辱他，还是应该尽可能地鼓励他、帮助他，等着他慢慢变好呢？

故事里的家教思维

我们常常会灌输给孩子一些价值观，不要偷盗、要懂得分享、要好好学习。这么教孩子是好的，但是它存在一个很大的风险，这个风险就是孩子慢慢地把你给他的这些价值

观，作为自己的行为标准，标准一旦确立，他可能会难以容忍行为低于这些标准的其他孩子。比如他们班里有些学习不好的孩子、不懂分享的孩子，那他可能因此瞧不起人家。甚至于用这些好的价值观来要求自己，一旦在某事上犯错或未能达到自己的期望，他甚至可能无法接受自己的不足。这样的思维模式对孩子的成长是极为不利的。所以，我们要教会孩子能接纳别人的不足，也能接纳自己的不足。

观音菩萨降伏红孩儿以后，她没有说因为你是妖怪，我就把你杀了。反倒收他做善财童子，引他向善。这部分内容我们就可以拿出来跟孩子讨论。我们可以问孩子第一个问题，菩萨为什么不杀他，而让他做个善财童子？这可以作为引导孩子思考接纳与包容的起点。

再问孩子第二个问题，要是悟空他自己降住了红孩儿，你觉得他会怎么做？孩子们可能会回答悟空会一棒打死红孩儿。其实在孩子们心中，如果他是孙悟空的话，抓住了红孩儿，他可能也会一棒子把他打死。那这和上一个问题比较起来，就让孩子明白，虽然消灭一个“坏人”看似简单，但接纳并引导他向善，是一种更为高尚和有效的做法。

再问孩子第三个问题，你觉得和悟空相比，红孩儿闯的祸大，还是悟空当年闯的祸大？通过对这两个人物闯祸的时间以及严重程度的对比，我们要引导孩子意识到任何人都有改变的可能，孙悟空这个“好人”也是从当年的“坏孩子”一步步变好的。这样的讨论有助于让孩子理解，即便自己现在过得不错，也没有资格去排斥比自己差的人，而是应该学会接纳他人和给予他人改过自新的机会。

再问孩子第四个问题，悟空今天进步到这样的程度，除了因为他自己的努力以外，他还应该感谢谁？通过这个问题的指引，让孩子再一次看到，正是那些具有接纳心的人，他们的善良与美德为悟空的进步提供了支持和帮助。

最后再问孩子一个问题，对于你身边表现很差的人，你觉得我们是应该看不起他、羞辱他，还是应该尽可能地鼓励他、帮助他，等着他慢慢变好？这个问题就是引导孩子在前几个问题的思考当中总结出一个正向的结论。

第54集 车迟解难

从城门口走出两个道士，看他们的穿着打扮像两个神仙似的。接下来一个奇怪的现象引起了孙悟空的注意。那两个道士一出现，这些和尚看起来有点儿怕他们，加倍努力地拉车、干活，就好像如果要偷懒，那两个道士会严惩他们一样。悟空心中暗想："这和尚、道士都是劝大家要做个善良的人，怎么这里的道士好像欺负这些和尚啊？不对，不对，我得去弄个明白。"

想到这里，悟空摇身一变，他也变成了一个过路的道士。他走向前，向那两个道士行了个礼。那道士就问他："先生，你是从哪里来呀？"行者道："我是四处云游的道士，今天路过这里，正好觉得有点儿饿了，想到城里去化些斋饭吃，正好碰到你们两位，我想问一问，到了城中，哪条街道上更容易化到斋饭呢？”那道士道：“你说这话就给咱们做道士的丢人了。”行者道：“我哪里丢人啦？”道士说：“你是远道而来的道士，你不了解这个地方，这个城名叫车迟国，在这车迟国中，从君王到百姓都喜欢道士，你只要进了城，他们会抢着给你斋饭吃的。”悟空西天取经的路上可是走了很远了，但像这样的事儿他可从来没听说过。

他继续问：“那怎么会这样呢？”道士道：“二十年前，这个地方有过一场干旱，天上不下一点雨，地上不长一根苗，这里的人从君王到百姓，天天跪在地上求雨。就在他们都要渴死的时候，天上降下了三位仙长。那三位仙长，大师父叫虎力大仙，二师父叫鹿力大仙，三师父叫羊力大仙。”行者问道：“那他们什么样的法力帮助大家求到雨了呢？”道士道：“这还不简单，他们能呼风唤雨，点石成金，指水为油。像你脑袋这么大的石头，他一指就能变成金子；放着一大桶水，他一指就能变成油；呼来一场风，换来一场雨，这对他们来说就是一件小事儿。这三位仙长就是我们师父。”行者道：“原来是这样，难怪君王那么喜欢道士。那我能不能也有这个缘分见一见你们的师父啊？”道士道：“这个不难，我们两个是我们师父最喜欢的徒弟了。你这样，你先在这儿坐一会儿，我们两个办完公事回来后带你去。”

行者道：“咱们是道士，最逍遥自在了，你们还有什么公事啊？”道士道：“你看那些和尚，他们是专门给我们干活的，我们得去看看，看他们有没有偷懒。”行者道：“这我倒从来没听说过，这天底下的和尚和道士从来都是劝人向善的，怎么偏偏在这里是和尚给道士干活儿的呢？”道士说：“这个也是因为二十年前的那场干旱，在我们师父来之前，就是这帮和尚，他们先念经求的雨，求了好长时间，一点儿用都没有。后来，我们师父一来就把雨求来了，从那往后，国王就再也不相信他们这些和尚了，把他们的庙拆了，佛像也给毁了，还把这帮和尚抓起来让他们给我们干活。”行者听闻，发现这对那些和尚太不公平了，他今天要管管这个事儿。

行者眼珠一转，编出个谎来，道：“原来是这样啊。哎呀！那今天我可能没有机会见你们的师父啦。”道士问：“这是为什么？”行者道：“我这走出来呀，一是为了到处云游云游，二来是为了找我们家一个失散了多年的叔叔，我这个叔叔几年前出家当了和尚，这一直都没有收到他的信儿。我在想，他会不会也和这些和尚们被抓在一起了呢？”道士说：“是这样啊，要不然，我们两个先在这里坐一会儿，你自己过去看看，看看那些和尚里有没有你叔叔，要是真有，反正就他一个人，我们就把他放了。”行者道:“那好，谢谢二位了，谢谢二位了。”

悟空转过身来，走到那片沙滩中。和尚们一看，这儿走过来一个道士，就齐刷刷地给他跪下了。其中一个年纪大点儿的和尚就说道:“我们正在这里用力干活，没有偷懒。”行者看他们吓成这个样子，就知道平时他们没少挨打。他高声说道:“我不是来管你们的，今天我要从你们当中找

一个亲人。”和尚们一听这是来找亲人的，那如果谁被他认成亲人，不就被救出去，就有活路了吗？他们一个个地赶紧伸长了脖子，把脸都露出来，还有的和尚怕悟空注意不到，他就假装在那儿咳嗽。“嗯！嗯！咳！咳！咳！”悟空一看他们那个样子就觉得太好笑了，他忍不住就说：“哎呀！你们这些和尚们好好的经不念，怎么给人家做起奴婢来了？”

和尚们一听就知道他是不了解情况，就把他们的遭遇给行者讲了起来，道：“你老人家是从外地来的，不知道我们这里的事情啊。”接下来他们也把二十年前和尚求雨失败，而那三个仙长求雨成功的事，跟悟空从头到尾讲了一遍。但是让行者没有想到的是，他们还讲了另外一件事：“我们被抓来的和尚一共有两千多人，有六七百人熬不住，已经累死了，还有七八百人实在受不了，自杀了。现在就只剩下我们五百多人，想死都死不了啊。”行者问道：“怎么想死还死不了啊？”众僧道：“你可不知道啊，我们都自杀过，想上吊，绳子断，用刀割，伤口很快就会好。跳到河里吧，沉不下去，吃毒药又伤不着我们。”

行者道：“还有这样的好事。那你们不是长寿了吗？”众僧道：“什么长寿啊？长受罪还差不多。”行者问道：“那你们是怎么做到的，杀不死自己呢？”众僧道：“那是天上的六丁六甲、护教伽蓝，这些神仙们每次看见我们要死的时候就出来保护我们。”行者道：“那这些神仙也没道理呀，让你们早点死，你们不就早点投胎转世成人吗？非要这样保护你们干什么？”众僧道：“你不知道，这些神仙们曾在梦中告诉我们，现在受一些苦，说总有一天我们会等到一位从东土大唐而来，去西天取经的圣僧，他手下有个大徒弟是齐天大圣，神通广大，专管我们这些不公平的事，我们就只能等他们来帮我们。”

行者听完这个话，心中暗笑道：“老孙的名声又传到这儿来了，好吧好吧。今天这件事儿就让我来管上一管。”想到这里，他辞别了这些和尚，转身走向了那两个道士。两个道士一看他回来了，就问道：“回来了，哪位是你的亲人呢？”行者道：“哎呀呀！那五百位都是我的亲人。”两个道士道：“你开什么玩笑？怎么会有五百位亲人？”行者道：“这有一百个是以前我们家左边的邻居，还有一百个是我们家以前右边的邻居，再一百个是我父亲那边的亲人，又一百个是我母亲那边的亲人，最后一百个是以前我交的朋友。”道士说：“喂！你疯了吧？怎么在这儿胡说。”

行者道：“嘿嘿！胡说？你的意思就是不放喽？”道士

说："当然不能放。"行者哪有心思跟他们废话，道士刚说完不能放，他就从耳中取出了金箍棒，捻一捻碗来粗细，晃了一晃，照着两个道士的脸上就那么一扫，把他们打得是头破血流身倒地，皮开颈折脑浆倾！

再说那些和尚们，离远了在那看着呢，就看见悟空把两个道士打死了，把他们吓得赶紧跑了过来，一下子把悟空围起来道："哎呀！你怎么把他两个打死了？他们的师父能放过你吗？那国王也会连着我们一起惩罚的。"行者道："你们怕什么？你们不是在等那齐天大圣孙悟空来救你们吗？我这不就来了吗？"众僧道："哎呀！你怎么是齐天大圣啊？我们认得他呀。在梦中，那太白金星曾经告诉过我们，说那孙大圣长得是金睛幌亮、圆头毛脸、龇牙尖嘴。"行者一听，这不说的就是自己吗？他就逗这些和尚，把手指往东边一指，道："你们往那里看。"和尚们顺着悟空指的方向看去，也没发现什么呀。等他们再回过头，悟空就现了本相。和尚们一看，那正是金睛幌亮、圆头毛脸、龇牙尖嘴的齐天大圣。

他们这才弄明白，刚才那道士是齐天大圣变的。他们个个倒身下拜，道："爷爷呀！爷爷！希望你救救我们吧，帮我们消掉这灾难。"行者道："好！好！好！你们跟我来。"行者让他们跟着自己干什么呀？就见他走到了沙滩中，使起神通，他把那些车全都提起来，然后在空中一撞，撞得粉碎，车里的东西也碎得到处都是。行者道：“好了，你们今天就不要再干活了，都回去。等明天我去找那皇帝，再灭了那三个道士。”悟空干什么就是痛快。

按理说这些和尚应该高兴吧，可是没想到他们更慌张了，道：“哎呀！爷爷呀，你明天去找皇上灭道士，可是他们今天要是来抓我们，我们可怎么办呢？”行者道：“是这样，好好好，那我就教你们一个护身法。”好大圣，你看他在身上拔下一把毫毛来，往嘴里一放，再把它嚼碎，吐出来，又给每一个和尚都分一小截毫毛，行者又教他们：“你们把这毫毛塞在你无名指的指甲里，如果有人来欺负你们，你们只要攒紧拳头喊一声‘齐天大圣’，我就会来救你们。”

众僧道：“爷爷呀，要是你走远了，我们喊你听不见怎么办呢？”行者道：“放心，放心，不管我走多远，只要你一喊，都保你没事。”和尚们虽然心里高兴，但是不太相信能有这么神。这时候，那中间有胆子大的和尚就悄悄地攒起了拳头，小声地喊了一句：“齐天大圣！”别看他的声音小，他刚一喊完，“唰！”一个齐天大圣就站在了他的面前，手里还拿着一根铁棒，那气势就算千军万马也不敢靠近。其他的和尚一看他喊显灵了，也都跟着喊了起来。

他们当中有百八十个人喊了，就变出了百八十个齐天大圣。和尚们又“扑通”的一声跪在地上给悟空磕头：“爷爷呀，你显灵了！你真的显灵了！”行者看他们都信了，又教他们：“如果你们想把我再变回去，你只要喊一声‘寂！’，我就会又重新变成毫毛，回到你的指甲缝儿里。”这下和尚们放心了，也散了，各回各处。

今天皇帝和道士们会不会找这些和尚的麻烦呢？第二天孙悟空又能不能灭了这些道士呢？

第55集 大闹三清观

悟空在车迟国的城门外解救了这些和尚又耽误了很多时间。唐僧是左等他也不回来，右等他也不回来，就继续让沙僧和八戒引他向前走。走了一会儿，他们也发现了这座城，当他们来到城门边的时候，碰到了悟空。此时还有十几个和尚没走，他们正围着悟空说话，一听说这是齐天大圣的师父，他们就围在师徒三人的身边，好照顾他。和尚们看他们远道而来，就想办法为他们安排住的地方。正好这城中有一个“敕建智渊寺”，这智渊寺是先皇（也就是现在这个皇帝的父亲）指定建造的，所以哪怕其他的庙都被拆毁了，这座庙也没被拆。这些和尚都属于这个寺庙，他们就把唐僧师徒请到智渊寺里休息。

一切都安顿完，这一天就过去了。到了晚上二更的时候，大圣就听见寺庙外好像有很大的动静。他走出了门外，纵起云头，向四处看去，就发现在正南方有这么一座道观。道观的名字叫三清观，那观门前聚集了很多道士，少说也有七八百人。他们是一边奏乐一边念经，面前的大桌子上还摆上很多好吃的，这一看就是用来供奉道祖的。那七八百的道士当中还有三个领头的，每人身上穿着一身法衣。这不用说了，这三个领头的道长一定是白天那两个道士说的虎力大仙、鹿力大仙和羊力大仙。悟空心中暗想："嘿！嘿！正好！正好！你们都在这儿，那我就下去要要你们。"这些道士被悟空撞上了，那他们今天晚上恐怕要遭殃了。

悟空按下云头，来到了沙僧的床前，先把他叫醒。沙僧道："哥哥，你还没睡呀。"行者道："嘿！嘿！沙师弟，你起来，起来，我带你去弄点儿好吃的。"沙僧道："大师兄，这么晚了，有什么好吃的呀？"行者道："这城里有座三清观，观里的道士供了很多吃的。有馒头，有烧果，还有好多配套的饭。"沙僧道："好的，大师兄。"猪八戒在一旁睡得正香，但是，只要旁边有人在说吃的事儿，他就算是做着梦，在梦里听见，他也会醒的。他"唰"就睁开了眼睛，赶紧问道："哎，哥哥，你刚才在说什么吃的？怎么不带我去呀？"行者道："兄弟，你小点声，别把师父吵醒了。要

去就快点儿跟我一起来。”

三兄弟走出房间，踏上云头，到了三清观。八戒朝下一看，他就说道：“哎呀！哥哥，他们念经念得正起劲儿，咱们怎么下去吃啊？”行者道：“这有什么难的？”就见悟空朝着地上吸了一口气，然后“呼”吹了出去。那三清殿里立刻狂风大作，把那些灯火全都吹灭了。道士们正在这里专心地念经，一看来了这么一股子邪风，把房子里吹得漆黑一片，他们就害怕了。那个为首的道士，虎力大仙就安慰大家：“不要怕，今天念经就念到这儿吧，你们先回去休息，明天早些起来接着念。”就这样，这些道士们就散了，各自回去了。

三兄弟走入三清殿，八戒跑在最前头，他抓起那些吃的就想往嘴里啃。悟空掣出铁棒打在他手上。八戒赶紧把手往回一缩，就开始嘟囔：“老猪还没尝到什么滋味呢，你打什么打呀？”行者道：“呆子，你要是这样吃，万一被人家看见了，咱们吃不安稳。”八戒道：“那要怎么吃？”行者道：“八戒，你仔细看看，这三清殿供的是哪三位神仙？”八戒道：“这你还不知道吗？中间的是元始天尊，左边的是灵宝道君，右边的是太上老君。”行者道：“对了，我们就是要变成他们的样子来吃，这样才吃得安稳。”沙僧和八戒都觉得悟空这个办法好，这三兄弟摇身一变。八戒就变成了太上老君；行者变成了元始天尊；沙僧变成了灵宝道君。变完身以后，八戒高兴地爬上了高台，他用嘴一拱，就把那三位道祖的神像都给拱倒了，三兄弟这才顺顺利利地坐上去了。

还没坐稳，八戒又伸手要吃。行者道："八戒，你不要着急，还没到吃的时候。"八戒道："哎呀！哥哥，都已经变成这样了，怎么还不让吃啊？"行者道："兄弟啊，你看这三座神像都躺在地上，万一来了一个道士看见了，咱们还是吃不安稳。刚刚我进来的时候，看见右手边有个小门，当时我闻到那里边臭气熏天，那肯定是个茅厕。你去把这三个神像都搬到茅厕里去。"八戒笑道："哈哈哈哈！猴哥呀，你这个办法好。"这猴子，也就是他敢对这神像如此不敬。八戒有他撑腰，又有些笨劲儿，就跳下高台，把三个神像都扛起来就往茅厕里去了。办完了事儿以后，八戒回来又变成了老君。三兄弟坐上高台，这回他们可以尽情地享用眼前的美食。你看八戒，他也不管是冷的、是热的，也不管是水果还是点心，抓住就往嘴里啃。这顿饭吃的就像流星赶月，风卷残云。没多大一会儿，满桌子的吃食就让他们吃完了。悟空一直也没吃什么，他就吃了点儿鲜果，他主要是陪着两个师弟，他们一路西行，不是打妖精，就是昼夜赶路，难得有时间这么开心。吃完了，他们还舍不得走，坐在那儿聊天儿。本来这应该是个愉快的夜晚，可他们没想到的是，麻烦正悄悄地找上门来了。

之前在这念经的一个道士，他走的时候把身上的一个铃铛落在这儿了。这个铃铛呢，他们在第二天早晨举行活动时要用。他本来躺下都睡觉了，突然想起来铃铛落下了，又赶紧穿上衣服，摸着黑又回到了三清观。他进了大殿，把手伸在桌案上摸来摸去，没摸几下还真就让他摸着了。这个小道士回过头来就准备回房，按理来说他这一走就应该没什么事了吧，但是他刚一回头就隐约听到身后有人在喘气，他也不能完全确定是不是真的有人，但是他心里就有点儿害怕。他赶紧快步往门外走，他这一快走，一脚就踩到地上一枚荔枝核了。这不用说呀，一定是他们三兄弟刚才吃荔枝吐出的籽儿，吐到地上啦。

他踩上去之后"刺溜"一下就摔了一跤，把手里的铃铛都摔碎了。其实这也不算什么，怪就怪那个猪八戒，他一看道士摔了，就忍不住哈哈大笑起来："嘿嘿嘿嘿嘿！"这下完了，这一笑就给笑露馅了。那小道士是一步一个跟头地往外跑，一直跑到了他们师父的房间，叫道："师、师、师、师父，不好了，不好了，刚才我把我的铃铛落在三清殿了，我去取的时候那里有人在哈哈笑呢。”道士道：“拿灯来，我们去看看是什么邪怪？”说话的是虎力大仙，他这一声令下，大大小小的道士全都从床上爬了起来，又点着了火，跟着三位道长就去了三清观。

行者他们三兄弟一想，现在跑也来不及了，关键是跑了以后那三尊雕像还在茅厕呢，他们干脆就装作那神像坐在那儿，一动都不动。道士们进了大殿以后，就拿着火到处找，这大殿上除了那三座神像以外，也没有发现什么人。那虎力大仙就说了：“没有发现什么坏人，但是这些供品怎么被吃了？”鹿力大仙就接着分析：“这个不像妖怪吃的，像人吃的，你看有核的都把核吐出来了，有皮儿的把皮儿剥了，只有人才这么吃东西，但是，怎么没看见有人在这里呀？”羊力大仙又接着往下猜：“可能是我们诚心在这里念经，感动了道祖。道祖来了，他们把供品吃了。赶快，赶快，我们趁着道祖还没有走，让他们赐我们一些金丹和圣水吧，这样我们吃了以后就能长生不老了。”羊力大仙这话一说完，可把这些道士们给乐坏了，他们赶紧站得齐齐整整的，跪在地上，就给三位道祖的圣像磕头，磕完头又奏起了乐，念起了经。

他们向上启奏道：“道祖啊，道祖，赐我们一些金丹和圣水吧。”八戒看这些道士现在已经都变成这个样了，觉得这是闯祸了，他就悄悄地跟行者讲：“猴哥，咱们刚才吃完了就悄悄地走掉就好了，还在这儿闲聊，这下怎么办呢？”行者道：“嘿！嘿！兄弟，别急，看我的。”他就假装灵保天尊开口说道：“你们这些小仙们，我们刚从蟠桃会上来，身上没有带什么圣水金丹。改天吧，改天再给你们带来。”悟空装得还挺像，一下把这些道士们全都唬住了。他们一听这道祖显灵说话了，那就更不能放弃了。他们赶忙磕头，又奏乐，又念经，又继续求：“爷爷呀，爷爷，今天你既然都来了，一定要给我们一些长生的办法呀。”沙僧在旁边听得有点儿慌了，这圣水金丹怎么给他们呢？他就悄悄拽了拽悟空，道：“哥呀，他们不放过咱们呀，就是要圣水。”行者道：“好，那我们就给他们一些。”

八戒道：“哎呀，猴哥，我们哪里有什么圣水呀？”行者道：“别急，别急，你们看我的。”悟空又开口说道：“你们这些晚辈小仙们不要拜了，既然你们这样诚心，我们就留一些圣水给你们吧。”道士们一听道祖同意了，哎呀，这心里都乐开花了，又跪在地上磕头。行者道：“好啦，好啦，你们不要拜啦，你们去拿些器皿来装圣水吧。”他们赶紧拿器皿来装。那虎力大仙贪心，拿了一口缸来；鹿力大仙端了一个砂盆来；那羊力大仙呢，他找了个大花瓶，把花都扔出去，把空瓶摆在了桌子上。行者道："好啦，器皿也拿来了，那你们现在都出去，我们装圣水的时候不能让你们看见，这是天机不可泄露。"道士们拜谢过后赶紧走出门外，把门关紧。

悟空倒是把他们给骗了，但是，这圣水他从哪儿去弄呢？只见他站起身来，走到那花瓶前把虎皮裙一掀，"哗哗哗！"地就撒了一泡猴尿进去。哎呀！这悟空也太能耍他们了，把八戒在一边乐得呀："呵呵呵！猴哥呀，你这也叫圣水呀？那我也有，我也有。"那呆子把衣服一掀，"呼啦啦"地尿了一大盆。沙僧也不落后，整整尿了半缸。尿完他们又假装端坐在上面。行者一本正经地喊他们："小仙们来领圣水啦。"道士们推开门，又一顿磕头。

他们把这缸、盆、瓶搬在一块儿，小道士们赶紧拿茶盅舀出了一盅，先给他们三个师父喝。虎力大仙一大口就喝完了，喝完之后，他还在那儿吧唧嘴儿。鹿力大仙在旁边看着就着急，就问："师兄，好喝吗？"虎力大仙道："哎呀！好像不太好喝呀。"羊力大仙也在那儿着急，他说道："让我来尝一尝。"他也一口喝了进去，吧唧吧唧嘴儿，道："哎呀！怎么有一股猪的尿骚味啊？"这几个道士已经尝出味道来了，那会不会露馅儿呢？

第56集 车迟求雨

悟空三兄弟把尿当成圣水，骗那道士喝下了。虎力大仙先喝，羊力大仙又喝，羊力大仙喝完之后，也觉得很不对劲儿，他就说道："哎呀！怎么有一股猪的尿骚味啊？"这三个道士也真是可怜，喝了人家的尿不说，还在这儿吧唧嘴品尝，实在是太恶心了。三兄弟坐在那高台上强忍着笑意。行者看他们已经尝出这圣水不对劲儿了，感觉也隐瞒不住了，干脆就说出来吧。

行者是边笑边骂他们："哎呀呀，你们这帮蠢货，哪个三清道祖会降到你们这儿来？我们是东土大唐来的僧人，今日闲来无事，到你们这弄点儿供品来吃。多谢你们刚才叩头下拜，我们也没什么能报答你们的，只能撒点儿尿给你们喝了。啊哈哈哈哈哈！”八戒道：“呵呵呵呵！对！对！只能给你们点儿尿喝了。”沙僧也笑道：“哈哈哈！这味道还不错吧！”三兄弟一边笑一边戏弄他们，把这些道士们气惨了。道士们觉得这实在是太丢人了，喝了人家的尿，还被人这样骂来骂去。他们伸出手来抓到什么就是什么，什么扫帚、砖头、瓦块，没头没脸地就往他们身上丢。三兄弟早已驾起祥光飞向智渊寺。回去之后，这个事儿他们是一点儿都没跟师父说。

第二天早晨，师徒四人还得去车迟国的宫殿找国王倒换通关文牒。这他们能成功吗？本来这国王就喜欢道士，讨厌和尚，再加上昨天晚上他们闯了祸，悟空还明明白白地告诉人家，他们是东土大唐而来的和尚。如果道士们向国王告状，别说是倒换通关文牒了，他们四个人都别想走。这会儿他们已经来到了宫门外，门阁大使把这个消息汇报给了国王，国王听到以后就说了一句话：“这几个和尚是来找死的吧，你们怎么不把他们抓起来？”这下彻底完了，通关文牒还能倒换吗？

就在这个时候，一位大臣站了出来，说：“陛下，那东土大唐，乃南赡部洲，号曰中华大国，到这里有万里之遥，路上会遇到很多妖怪，这和尚能走到我们这里应该是有一些法力呀。”国王对别的没什么兴趣，一听说他们有点儿法力，他来兴趣了，就宣师徒几人进殿。他们走进来，唐僧递上通关文牒。国王打开来仔细看。就在这时，有官员上来报道：“陛下，三位国师来了。”那国师不是别人，正是昨天晚上喝了他们尿的那三位道长，这下坏了，通关文牒肯定是倒换不成了，他们一定会阻拦国王的呀。

国王请国师们进来，三位道士走上大殿，一眼就看见他们师徒了。虎力大仙先开口问国王：“陛下，那四个和尚是哪里来的啊？”国王说：“他们是东土大唐去西天取经的和尚，正在这里倒换官文。”道士们一听，鼓掌大笑，正要找他们呢，在这儿碰上了。鹿力大仙就跟国王告状：“这些和尚是昨天来到我们车迟国的，他们先在东门外打杀了我们两个徒弟，又放走了五百个和尚。到了晚上又大闹三清殿，他们捣毁了神像，偷吃了供品不说，他们还撒尿，假充圣水来给我们喝。”

国王一听，这还了得，唐僧师徒刚刚来到车迟国就敢这样撒野。国王听后勃然大怒，认为唐僧师徒刚到车迟国便如此放肆。悟空一看这情景，迅速反应，双手合十，厉声高叫道：“陛下，你先不要发火，请容我给你细细说来。他说城外有两个徒弟被我们打杀了，他可有什么凭证啊？

他们还说我们闹三清观，这也是胡说！这是栽害我们！”国王问道：“他们怎么栽害你们了？”行者道：“嘿嘿！你想啊，我们从那东土大唐远道而来，连你们这里的街道都不熟悉，怎么会知道你们这里有个三清观呢？又怎么会知道你们三清观里有供品可吃？还说我们撒尿给他们喝。那当场为什么没有抓住我们？”

国王本就性格犹豫，加上悟空这番辩解，更是不知道谁说的是真，谁说的是假呀。就在他犹豫不定的时候，宫殿外又走进了一个官员，他说道：“陛下，门外正有三四十名乡老说，今年整个春天都没有雨，再不下雨，庄稼恐怕要旱死了。他们请求国师爷爷给降一场雨。”这个事来得好，一下子就解了国王的困境。他心中有了主意，既然百姓需要降雨，那他便有了应对之策。

国王就对唐僧师徒说道：“朕向来敬重道士，就是因为当年干旱无雨，当时我这里的和尚一个都求不来雨，幸亏三位国师，他们成功求来了雨，救了我们这里全国的百姓。你们今天远道而来，竟敢冒犯我们的国师，我本来该治你们的罪。但现在百姓求雨，除非你们和我们的国师赌上一场。如果你们也能求得雨来，我就给你们倒换通关文牒，让你们西去。要是求不来，我就杀了你们。”这个事儿来得挺好，让那道士跟孙悟空赌求雨。这天上地下的，只要是跟下雨相关的神仙，哪个不怕这齐天大圣啊？瞧着吧，看一会儿悟空怎么耍他。悟空回应了国王，道："求雨呀，小和尚我稍微懂那么一点儿。"你看他还装上谦虚了，他懂得是一点儿吗？

国王看唐僧师徒敢跟着赌。就带着他们走出了宫殿外，来到了坛场。什么叫坛场啊？坛场就是专门用来求神、拜神的地方。准备就绪，虎力大仙先站起了身，要登上坛场去求雨。行者一看他要先动手，上去一把把他拦住，道："大仙，你这是要干什么去啊？"虎力大仙道："我登坛求雨啊。"行者道："我们可是远道来的僧人，你不请我们先去求雨，你自己先去，你这不是欺负我们吗？既然你要先去也好，但是你要先向国王讲清楚。"

虎力大仙问道："讲什么？"行者道："你也想去求雨，我也想去求雨，待会儿真把雨求来了，是算你的还是算我的呀？"国王在旁边听到悟空这么一说，他笑了，他小声嘀咕道："看来这小和尚有两下子。"沙僧在旁边听到了国王的话也是心中暗笑："哈哈！有两下子？你是不知道他的本事啊。"此时，虎力大仙开口说道："好，说清楚就说清楚。一会儿我上了坛，看我手中的令牌：我一声令牌响风就会来；二声令牌响云就会起；三声响电闪雷鸣；四声响就大雨倾盆；五声响云散雨收。”这大仙说得是够清楚，行者也说：“妙啊，老孙还真没见过，你请，你请。”

就见虎力大仙拽开步子前进，到了坛门外，抬头观看，那里有一座高台，大约有三丈多高。台子左右插着有二十八宿旗号，顶上放一张桌子，桌上有个香炉，炉中正是香烟霭霭。两边有两个烛台，台上是风烛煌煌。就是蜡烛正点着火呢，在那香炉边儿上靠着一个金牌，金牌上刻着的是雷神的名号。底下又有五口大缸，缸中注满了清水，水上浮着杨柳枝；杨柳枝上托着一面铁牌，牌子上写的全都是五方蛮雷使者的名录。上面还有很多其他的摆设就不一一说了，相当的复杂。

就见大仙上了高台以后，手里拿着一口宝剑，口中念

起了咒语，又拿着几张写上字的黄纸，这个叫道符。他把这道符放在那蜡烛上一烧，又听见“啪”的一声响，那是他在空中以令牌发出的声响，你还真别说，他这个令牌刚响完，瞬间半空中就悠悠地有风飘来。八戒心中一惊：“不好了！不好了！他还真有点儿本事。令牌一响，还真像他说的刮风了。”

行者见他有两下子，就对八戒小声地说道：“兄弟，待会儿你不要跟我说话，只管看好师父，我上去看看。”说完，他拔下一根毫毛，吹了一口仙气，肉体停留在原地，自己的元神则飞到了九霄空中。悟空刚来到空中就高声叫道：“那司风的是哪个？”原来是两位专门管刮风的神仙，一位是风婆婆，还有一位叫巽二郎。他们一看这是大圣来了，就赶紧过来给大圣行礼。行者就接着说：“我保护唐僧西天取经，路过这车迟国，正在与那妖道赌胜祈雨，你们怎么不助我老孙，却助那妖道？我先饶了你们，赶快把风给我收掉，再敢有一丝风把那道士的胡子吹得动，老孙就各打你们二十铁棒！”吓得两位神仙赶紧说道：“不敢！不敢！”

他们迅速将风收去，转眼间一丝风都没有了。八戒在地面，马上就感觉到风停了。他知道这是他猴哥的手段，故意高声嚷嚷起哄：“不是说一声令牌以后就有风吗？风呢？哪里有风啊？怎么没见有风啊？下来吧你！该轮到我们上去了。”那大仙也不理八戒，他又烧了一个道符，再把令牌拿起，在空中“啪”又打了个响。他还真灵，只见空中是立刻云雾遮满。他是怎么做到的呀？他怎么就能指挥这些天神呢？孙大圣是又奇怪又生气，在空中高叫道：“又是谁在天空中布云呢？”

这回这两位神仙一个是云童子，一个是布雾郎君，他们看到这是大圣在喊，就赶紧过来施礼。行者又把之前那些话跟他们说了一遍，云童子和布雾郎君立刻就收了云雾。不一会儿，太阳就出来了。从地面上看，整个天空万里无云了。八戒一看悟空又得手了，他就在那儿高声笑道：“嘿嘿嘿！这什么大仙啊？就是哄着皇帝欺骗这里的老百姓，他那令牌都响两下了，也没见有什么云啊。”

现在这道士内心焦躁，出了一脑袋汗。这回他把头发都散开，又举起宝剑再烧了一张道符，口中念着咒，又一令牌打出去。令牌声刚响，南天门就走出三位神仙来。都是谁呀？邓天君带着雷公和电母出来了，正好撞见行者，悟空又把之前的事情说了一遍。不过，他实在是奇怪，就问道：“下边那是什么妖道？怎么就喊得动你们呢？”是啊，这是很奇怪啊，那妖道怎么就这么大本事，能把这么多天神找来呢？

第57集

神龙现身

悟空和虎力大仙比祈雨，那虎力大仙打响第三声令牌以后，邓天君就和雷公、电母从南天门出来，要帮他打雷闪电了。悟空看到他们出来以后就很奇怪，他问道："下边那是什么妖道？怎么就喊得动你们呢？"邓天君回话道："大圣，那道士用的是武雷法，他烧了那道符，已经惊动了玉帝。玉帝见百姓需要雨，当然会降旨让我们来降雨。"行者道："原来是这样。好！好！好！既然是这样，那你们就先停一停，雨还是要下，只是待会儿老孙让你们下，你们再下。"就这样，雷也没响起来，电也没闪起来。

那道士在下边可急坏了，已经打出三道令牌，天空一点反应都没有，再打第四道令牌就得下雨了。如果再不应验，那今天这不就彻底输了吗？昨天的尿白喝了，仇也别想报了。他再接着祈雨的时候，手都有点儿抖了，他是又添香、又烧符、又念咒、又打下令牌。这回这令牌再一响，半空中来的是四海龙王，那更是悟空的老朋友了。悟空上前把今天这个事儿又跟他们说了一遍，结果，那道士一滴雨都没求来。

接下来该轮到悟空了，他对各位天神说道："今天请各位助我一功。那道士的令牌四声都响完了，现在该轮到老孙下去求雨了。不过，俺老孙可不会烧什么道符，打什么令牌。"邓天君听他这样一说就有些为难，道："大圣，你不烧道符、不打令牌，那我们就得不到你的号令啊。没有号令，刮风、下雨、打雷、闪电的顺序不就乱了吗？"行者道："你说的也是，那就以老孙的棒子为号，你们看我的棒子往上第一指，你们就开始刮风；第二指，就布云；第三指，就电闪雷鸣；第四指，就要下雨；第五指的时候，就大放晴天。"神仙们都听明白了，各自做好准备。

悟空按落云头，将身一抖，把毫毛收上身来。他朝着虎力大仙高声叫道："先生，你还是下来吧，你四声令牌都响完了，也没有见到什么风云雷雨呀，该让我来了。"道士无言以对，只能把高台让给悟空。国王在一边看着奇怪，他就问:“国师平时你挺灵的，今天怎么求不来雨了？”道士道:“今天龙神们都不在家。”这妖道还挺会编，他这是欺负国王不懂，在胡编乱造。但是行者一把戳破了他的谎言，道:“陛下，龙神在家呢，只是他请不来，你看着，让我给你请来。”国王道:“好好好，那你请来，给我看看。”悟空上去一把扯住唐僧，说道:“师父，走，我们祈雨去。”唐僧一听，他慌了，道:“悟空啊，我，我哪里会祈雨啊？”猪八戒在一旁笑了，道:“呵呵！师父，这猴子害你呢。你要是求不来雨啊，他连你和那高台一块都烧了。”悟空道:“呆子，别胡说，师父你别怕，你只要坐在上边念经就行了。求雨的事有俺老孙呢。”这倒也好，唐僧坐在上边念经，悟空就能腾出手来施展神通了。

唐僧上了高台，念起了经。这时候，悟空从耳中把金箍棒取了出来，幌一幌，碗来粗细，丈二长短，就见他把那金箍棒往空中一指。风婆婆在空中早已蓄势待发，她取出一个巨大的口袋，二郎神上前将系口的绳子解开。只听得呼呼风响，满城中揭瓦翻砖，扬砂走石。真个好风，但见那折柳伤花，摧林倒树。只见树木被连根拔起，花草被摧残。往天上看去，天边的红日也被风沙所掩，显得黯淡无光。街道上那是六街三市没人踪，万户千门皆紧闭。人们一看风这么大，都跑回屋里去了。正在这狂风大作时，悟空又施神通，他把金箍棒一转，往空又一指。这回看“推云童子，布雾郎君。推云童子显神威，骨都都触石遮天；布雾郎君施法力，浓漠漠飞烟盖地。茫茫三市暗，冉冉六街昏”。

本来刚才让风刮得天就暗下来了，现在这么厚的云再压下来，天像黑了一样。这昏雾朦胧，悟空又把那金箍棒转一转，再向天一指，这回是“雷公奋怒，电母生嗔。雷公奋怒，倒骑火兽下天关；电母生嗔，乱掣金蛇离斗府”。那雷声响的，就好像天上有一头火兽在那儿怒吼一样，闪电就像一条条金蛇在空中乱舞。这把那满城的人吓得呀，他们哪儿见过这么大的雷电呢？老百姓是家家焚香，户户烧纸，跪求天神不要发怒。行者听了雷电声越响，他就越来劲，他高呼那邓天君，道：“老邓，老邓，你仔细替我查看查看，有哪些贪财害人的贪官，还有不孝顺父母的子孙，多给我劈死几个。”这猴子看动静越大，他是越兴奋。悟空的喊声越大，天上的雷电声也越发震耳欲聋。此时，行者把金箍棒又向天一指，这回该四海龙王出手了。

只见那：“龙施号令，雨漫乾坤”“天上银河泻，街前白浪滔”“真个桑田变沧海，霎时陆岸滚波涛”。悟空是越玩越开心。国王在那可有点儿坐不住了，吓得他赶紧冲着行者喊:“哎呀！小和尚，雨够了！雨够了！下得再多禾苗就被浇坏了。”行者再扬起金箍棒，向天又一指，霎时间雷收风息，雨散云收。在场的所有人都吓傻了，没见过这场景啊。国王这嘴里是一直在夸:“好和尚啊，好和尚，真是‘强中更有强中手’！我那国师祈雨，怎么也得求上一阵儿。这小和尚求雨是说来就来，说走就走啊，这么一会儿工夫，天上就万里无云了。走吧，走吧，我们回去，我给你们倒换通关文牒。”

这回这道士该老实了吧，输得太惨了，再找借口也找不出来了。可是三位道士咽不下这口气呀。虎力大仙上前又拦住国王，道:“陛下，这场雨不是那和尚的功劳。”国王道:“你刚才不是说那龙神不在家吗？然后这小和尚又去求，这样才求来了，那不是他的功劳，又是谁的功劳呢？”虎力大仙道:“我求雨时，确实那些龙神不在家，但是，他们却接到了我的命令。等他们赶回来下雨的时候，正好被这和尚给撞上了。”这虎力大仙也太不要脸了，这样的谎话都能编得出来。行者当然看不惯他耍赖，上前说道:“既然是这样，那四海龙王刚刚下了雨还没走，你本事那么大，那你把他们叫出来给我们看看啊。”国王在那一听要把龙王叫出来，他倒是高兴了，道:“哈哈哈！那倒是好啊，寡人当皇帝当了十三年了，还没见过龙神长什么样呢，你们这就把龙王叫出来看看，谁叫出来谁就赢。”

那道士怎么也没想到孙悟空竟然会跟他比谁能先把龙王叫出来！他主动惹出来这件事，收不了场了，他只能硬着头皮，扯着脖子开始叫了。不过任凭他怎么叫喊，那龙王也没现身，喊了半天，虎力大仙颗粒无收，算服了。他就对悟空说：“你来叫，我叫不出来。”大圣把头一仰，向天高叫道：“敖广何在？让你的弟兄们也都现身来看看。”龙王们一听便意识到这是行者的声音，赶紧现出了本相，四条龙在半空中度雾穿云，直奔着车迟国的金銮殿就飞过来了。国王见他们是：“飞腾变化，绕雾盘云。玉爪垂钩白，银鳞舞镜明。髯飘素练根根爽，角耸轩昂挺挺清。”底下的百姓仔细观看，眼睛都不舍得眨一下。国王赶紧命人烧香磕头。看了一阵之后，国王对龙王们说道：“有劳各位龙神降临啦，请回吧！寡人改天酬谢你们。”

龙王一走，国王下定了决心，赶紧倒换通关文牒，放唐僧师徒西去。这回这道士应该输得心服口服了吧？可是哪里想到这三个道士“扑通”一下就跪到地上了，给国王叩拜。国王一看这情景慌了，道：“国师啊，你们怎么行这么大的礼呀？”道士道：“陛下，我们在车迟国也服侍您二十年了，今天不能因和尚求雨得胜，就免去他杀我们徒弟的罪呀，我们还要和他们赌上一赌。”国王道：“哎呀，还要赌啊，你们还想要赌什么呀？”虎力大仙道：“我要和他们赌坐禅。”国王道：“哎呀！国师啊，那和尚从小就是坐禅长大的，你跟他们比什么坐禅呢？能比得过吗？”虎力大仙道：“我这个坐禅很特殊，叫作‘云梯显圣’。”国王道：“什么叫‘云梯显圣’啊？”虎力大仙道：“我要一百张桌子，拿五十张放在最下层，其他的桌子一层一层地往上叠，上去的时候不能用手攀，要驾一朵云飞上去。坐上去之后，谁都不能动，谁先动谁就输。”

行者听后没吭声。这也不像悟空啊，他最喜欢与人赌斗了，这次他怎么没应战呢？八戒在一旁也奇怪，就问道：“哥哥呀，你怎么这回不吭声了？”行者道：“兄弟，你不知道，如果让俺老孙踢天弄井，搅海翻江，这些事儿老孙都干得来，但是让老孙坐禅，这个我怎么坐得住啊？就算你把我锁在一根铁柱子上，我也忍不住要爬上爬下呀。”八戒和沙僧一听，觉得悟空说得有道理。他是猴啊，他猴急，你让他跟别人比谁能坐得住？那你这不是难为他吗？正在这为难呢。唐僧说话了，道：“悟空啊，这坐禅我会啊。”哎呀，咱们怎么把他给忘了？三藏那可是大唐高僧，坐禅是

他最擅长的事。你让他坐几天，他都可以一动不动。这是真没想到啊，唐僧在西天路上降妖除怪上也能出上力。这可真是头一回。

三藏又说："悟空啊，只是这高台我飞不上去啊。"行者道："师父，这个你放心，有老孙呢。"悟空这下有底气接受虎力大仙的挑战，道："好好好，我们就比坐禅。"那国王也昏庸，谁说什么他就听什么，自己也没个主意就同意他们赌斗了。云梯没用多长时间就搭好了，虎力大仙将身一纵，踏云而上。行者拔下一根毫毛，变作自己的模样，自己的真身化作一朵五色祥云，把师父也托上去了。二人坐定，比赛就开始了，这一坐就是几个时辰。

这时候，那个鹿力大仙开始动歪脑筋了，他把这手悄悄地往后脑勺上摸了一摸，拔下一根短头发来，再用手捻了一捻，捻成个团儿，他照着唐僧的身上"啪"这么一弹，这头发落在唐僧身上变成了一个臭虫。臭虫一口咬住三藏，这把唐僧痒得不行，痒了还不敢挠。先是痒，后是痛，折磨着唐僧十分难受，又不敢用手去摸，因为谁先动谁就输。他满脑袋都是汗珠。哎呀！那唐僧会不会忍不住动一下，输掉这场比赛呢？

第58集 车迟斗法

唐僧和虎力大仙比坐禅。这时候，鹿力大仙拔下一根短头发，把它变成一只臭虫，弹在了唐僧身上。唐僧被那臭虫咬得浑身难受，满脑袋的汗都下来了。八戒在下边先看出师父有点儿不对劲儿了，道："哎！你们看，师父是不是犯了什么头风病啊？怎么看着有点儿不对劲呢？"悟空当然不相信他这话，道："别胡说，咱们师父那是志诚君子，他说会坐禅，那肯定是坐几天都没问题。估计师父一定是遇到什么困难了，待老孙上去看看。"悟空早已变成一只小飞虫。他"嘤"地展翅，落在了唐僧的头上。他仔细察看，看见有一只豆粒大小的臭虫在咬师父，他赶紧用手打掉，再给师父挠一挠，吹一吹，揉一揉。唐僧马上感觉舒服了，他又继续坐禅。

行者心中暗想："不对呀，师父是个光头，脑袋上又没头发，怎么能生出虫子来？一定是那妖怪搞的鬼，看我也去折腾他一下。"行者起身飞向了虎力大仙，他摇身一变，变成了一只七寸长的蜈蚣。这只蜈蚣直接就钻到虎力大仙

的鼻子里，狠狠地咬了一口。把虎力大仙咬得缓不过来，一个跟头从那云梯上栽下来了，差点摔死他。这不用说了，唐僧赢了。悟空又变作五彩祥云，把师父托下来。国王看这种情况，那还赌什么了？国师根本就不是悟空他们的对手。国王想赶紧准备倒换通关文牒，放他们西行吧。

可是，那群道士还是不死心，这回鹿力大仙上来奏道："陛下，我师兄因为旧病复发，所以才输给他们，先别放他们走，我还要和他们赌一赌。"国王问道："你还要和他们赌什么呀？"鹿力大仙道："我要和他们赌'隔板猜枚'。"国王道："什么叫'隔板猜枚'？"鹿力大仙道："就是在一个板子的后面放上一个东西，我在前面不用看就能猜出来那是什么。"这妖道水平也太低了吧，就比这个岂能比得过悟空？那国王也真是昏庸，又同意他们赌了。他就下旨让人在白玉阶前放一个朱红漆的柜子，又叫娘娘选一件宝贝，再把宝贝放进去给他们猜。一切都准备好后，那鹿力大仙也不客气，他抢着先猜。你还别说那个鹿力大仙还有点儿本事，他施了个法术还真猜中了。他对国王说道："陛下，我已经猜出柜子当中用的物品了，那是山河社稷袄，乾坤地理裙。"

原来是件宝贝衣服。接下来是悟空猜。让悟空猜出那是

什么，这个倒很容易，但问题是鹿力大仙在他前面已经说出来了，悟空接下来该怎么办呢？他也说是山河社稷袄，乾坤地理裙。那鹿力大仙就得说，你跟我学的，不是你猜出来的。那怎么办呢？就见那悟空，灵机一动，他直接变成一只小蟭蟟虫，从柜子缝钻进去了，进去一看，果然是件衣服。接下来他把那衣服拿起来，吹了一口仙气，又叫了一声“变！”他把那衣服变成了一件破烂流丢一口钟。然后转身飞回到唐僧身边。他告诉师父：“师父，你就告诉那国王，说那柜子里摆的是一口破钟。”唐僧就按悟空说的告诉国王：“陛下，你这柜子里放的是一口破钟。”

国王一听这话不乐意了，因为他自己开口说要放个宝贝进去。唐僧说这里是一口破钟，这不等于在说国王自己把破钟当宝贝吗？国王就说道：“来呀，把这和尚给我拿下，竟敢嘲笑我车迟国无宝。”唐僧赶紧高声呼道：“陛下，你不如先打开柜子看一看，再治我们的罪。”国王觉得说得也有道理，就让人把柜子打开。柜子一打开，果然是一口破钟出现在大家眼前。别说国王了，那鹿力大仙都看傻了，根本搞不明白自己是怎么输的。

这回那国王来劲儿了，那几个道士没说要赌，他却赌上了。他亲自走到了御花园，到树上摘了一个碗大的桃子放到盘上，把它藏到了柜子里。他们又开始猜，这回是羊力大仙上了台，他施完法术就对国王说道:“贫道猜，这其中是一个仙桃。”他猜得没错。那悟空这次又怎么办了呢?他又飞到柜子里一看，是个桃子，这回他什么也没变，几口就把那桃给吃了，就剩个桃核儿放在那里。他又飞回到师父耳边，对师父说道:“师父，你就说里边儿是一枚桃核儿。”唐僧按照悟空说的，就对国王说:“陛下，柜子里是一枚桃核儿。”国王一听到这个答案，连柜子都没开，直接对唐僧说道:“你说错了，是个桃，怎么能是桃核儿呢?那是朕亲手放进去的。这一次国师赢了。”三藏还是那句话，道:“陛下，你打开看看就是。”国王叫人把柜门打开，大家往柜子里一看，也看不见什么桃。国王再仔细看，那盘子里果然就剩下了一枚桃核儿。把国王吓得连声说道:“国师啊，你不要再和他们比下去了，他们一定有鬼神在帮忙啊。”八戒和沙僧在旁边就忍不住笑:“你不知道那猴子是吃桃长大的吗?你放什么不好，你放个桃进去，他不给你吃了才怪。”

几个道士是赌一场输一场，可他们还是不服气。这回那虎力大仙把国王叫了出去，他偷偷地跟国王说道:“陛下，这和尚会搬运的法术，但是，这搬运术只能搬东西，不能搬人的身体。这次我把一个道童藏在里边儿，肯定他就搬运不了了。”那不对呀，他们这么弄，不是明摆着欺负人吗？虎力大仙让个道童进去，然后自己来猜，都已经知道答案了，哪有这么赌的？而且国王作为裁判还帮着他要赖，这也太欺负人了。就这样，他们让一个小道童钻到柜子里去了。等他们全都安排好了之后，悟空又飞到柜子里去了，他一看是个道童。

悟空反应是真快，他摇身一变，变成了虎力大仙，就在那柜子里低声和道童说道：“徒弟。”道童说：“师父，你是从哪里来的？”行者道：“我使用法术变进来的。我怕那和尚猜出你来，咱们这回弄个难的让他猜不出来，我想把你的头发剃了。你不做道士，做和尚，他们应该怎么也猜不出这里藏着个和尚。”道童说：“好的，师父。只要我们能赢了就行。”悟空把金箍棒掏出来，变成了一把剃头刀，没几下子就把那道童的头发刮个精光。他心里暗自高兴，往道童身上又一看，见他穿了一身道袍，行者就又在他身上吹了一口仙气，喊了一声“变！”，那身道袍就变成了一身土黄色的僧衣，他觉得还不够，就又拔下两根毫毛，变成了和尚天天敲的木鱼儿。然后又对道童说道：“徒弟，待会儿外边有人要是喊你道童，你就千万不要动。如果有人喊你和尚，你就拿着这个木鱼儿一边敲，一边走出去。”道童说：“好的，师父你就放心吧！”

悟空安排好后，就又飞回到唐僧身边。这一次虎力大仙什么法术都没用，直接猜道：“陛下，我猜到那柜子里是一个道童。”他猜完之后就冲着那柜子喊：“道童出来！”喊了好多声，道童在里边一动都不动。虎力大仙心里就觉得奇怪，自己的徒弟在里边怎么不听话呢？正想不明白怎么回事儿呢，三藏开始猜道：“陛下，我猜里面是个和尚。”猜完，他又对那柜子说道：“小和尚，你出来吧。”那道童在里边儿听得清清楚楚，唐僧话音一落，他就顶开柜子盖儿站了出来，他穿着一身僧衣，敲着小木鱼儿就向他们走了过来。这回猜的，那殿上的文武大臣都为唐僧叫好了。国王是彻底认输，他对国师说道：“国师，算了吧，算了吧，就让他们西去吧，别赌了，他们这一定是有鬼神帮忙。”

可几个道士今天是赌急眼了，他们就是不想让唐僧师徒这样走掉。虎力大仙道：“贫道从小就在钟南山学艺，我还要与他们赌一赌，把头砍下来，还能再安回去。”鹿力大仙一看大哥动真格的了，也跟着说：“那我就和他们赌剖腹剜心，还再放回去长好。”这也够吓人的了，把肚子剖开，把心掏出来，然后再安回去。羊力大仙也在那儿凑热闹，道：“我跟他们赌下到滚烫的油锅里去洗澡。”国王是越

听越害怕了，今天这不是要拼命吗？可是，他们这么一说呀，把行者可给乐坏了，笑道："嘿嘿！哈哈！嘿嘿嘿嘿嘿！好！好！好！我赌，我赌，我跟你们赌，随便你们出什么题目，我今天都奉陪到底。"

八戒在旁边听得有些心慌，道："哎呀！哥哥，这下油锅我知道你行。可是把头砍下来再长出来，我可没见过你有这个本事啊。"行者道："兄弟，放心，放心。"行者又走上前去，对国王说道："陛下，我曾经在寺庙里修行过，有一个师父教过我砍头的方法，也不知道管不管用，今天正好拿来试试。"国王道："哎呀！小和尚，你还年轻，那砍头怎么能试呢？一试完就死了。"可是，国王又怎么能劝得住他们呢？

就这样，他们一行人到了杀场上，那杀场是专门砍犯人头的地方。他们每一次赌斗都是道士先来，这一次行者先来了，道："这一次你们都不要跟我抢，让我先去。"唐僧一把抓住悟空，道："悟空啊，你要小心！"行者道："师父，放心吧，我去去就回来。"大圣走上杀场，刽子手立即把他按住。一切准备好，就听那刽子手大喊一声："开刀！"喊声一出，刀落下。平时悟空的脖子不论是刀砍还是斧剁，那是一根毫毛都伤不到他。今天他有意地让这刀把脑袋砍下来，刀一落，行者脑袋下来了，刽子手还上去踢了一脚，踢了能有三四十步远，但即便是这样，行者连一滴血也没流。

在场的人看得心里都悬着呀。这时候，就听见悟空的肚子里发出了说话的声音："头来，头来，头来！"喊声一出，行者的头就慢慢地往回滚。鹿力大仙一看，行者有这样的本事，他赶紧念起了咒语，这咒语惊动了当地的土地神，原来三位道士在这里时间长了，早已降伏了当地的土地神，他让土地神把悟空的头牢牢地扯住，别让他往回滚。那土地果然听他的话，悟空的头就像生了根一样，牢牢地长在地上了。悟空一看，这脑袋回不来了，这几个道士敢在这个节骨眼上要赖，他"唰"地一下站了起来，肚子里喊了一声："长！"只见"嗖"地一下，从他脖腔子里又长出一个脑袋，把那在场的文武百官吓得全都是心惊胆战。

砍头、剜心、下油锅这些事是书里编的神仙鬼怪才能做到的，人可不行，小朋友们可千万不能跟着学。现在悟空砍完头了，接下来那虎力大仙也有这个本事吗？

第59集
赌杀三邪

悟空和虎力大仙比赛谁在砍头后能安然无恙，悟空率先进行，结果他砍完头以后，从那脖腔子里直接长出个新脑袋来。八戒在一旁高兴道："沙僧，真没想到咱们哥哥还有这样的本事啊。"沙僧道："二师兄，咱们哥哥有七十二般变化，就有七十二个头。"悟空这时候也回到他们身边了。唐僧赶紧上去安慰他："悟空，辛苦了。"行者道："师父，不辛苦，还挺好玩儿的呢！"沙僧和八戒赶紧过来摸悟空的脖子，看看有没有刀疤或者伤痕。

兄弟们正在欢喜，就听见国王说道："朕赦你们无罪，给你们倒换通关文牒，你们快西去吧，快西去吧。"不对啊，悟空刚砍完头，那虎力大仙还没砍呢，国王这是要偏袒他的国师啊。但是，悟空哪会让他称心如意，道："哎，陛下，这可不对啊，我都已经砍了头了，那国师还没砍呢。""砍就砍！"虎力大仙边说边走向了杀场。虎力大仙硬要赌，国王也劝不住了。虎力大仙上了杀场以后，刽子手也把他给按在那儿，抡起了刀。"嚓！"一声把他的脑袋给剁下来了，刽子手还是一脚把他脑袋踢了有三十多步远，他也是一滴血都没流。看来这虎力大仙也是真有两下子。大家正瞪着眼睛观看呢，就听见虎力大仙的肚子里发出了说话声："头来，头来！"他也会悟空的这个法术。喊完之后，他的脑袋真就"咕噜噜"地向他滚过来了。

可是，孙悟空怎么会让他的脑袋轻易地滚过来？刚才悟空收脑袋回来的时候，虎力大仙呼唤土地，把悟空的脑袋固定在地上，这回轮到悟空来收拾他了。就见他在腿上拔了一根毫毛，吹了一口仙气，又喊了声："变！"那毫毛瞬间就变成了一条大黄狗。大黄狗飞快地扑过去，叼起他的脑袋飞快地跑，一直跑到了御水河边，把他脑袋扔进河里。国师没了脑袋，大家都替他紧张，就盯着他那脖腔子看。

他会不会也像悟空刚才那样，从脖腔子里长出个新脑袋来？可是，他哪有悟空那样的本事，只见他那脖腔子忽然间是骨都都的红光迸出，喷得到处都是血。他身子一栽，死过去了。死过去还不算完，转眼间他那尸体变成了一只没有脑袋的黄毛虎。国王一看吓坏了，自己的大国师怎么会是一只动物呢？他看看这尸体，又看看鹿力大仙和羊力大仙，他心里想："我这几位国师会不会都是什么动物成精啊？"

鹿力大仙看出了国王的心思，他赶紧站起来说："我的大师兄死在了这里，还被这和尚变成了一只老虎，我绝不饶他，我要跟他比一比，剖腹剜心！"行者道："剖腹剜心？哎呀呀，正好，正好，我这西天取经的路上老是吃不饱，前几天碰到一个好心人给了我一顿饱饭吃，结果我多吃了几个馒头给撑着了。这几天我的肚子一直在痛，可能是生虫子了，正想借把刀把肚子剖开，然后再洗一洗。"国王光听他说都觉得害怕呀，但是没办法，他们两人约好要赌也只好同意了。

悟空先走向了杀场上的一根柱子，往上一靠，把衣服解开。刽子手拿一把短刀，朝着行者的肚子，"哗"一下就把他肚子割开了。行者又把手伸进去，把自己的肠子、胃、心全都给掏出来了，还专门摆出来给大家看，把大家吓着了。那国王活了这么大把年纪，从来没见过这样的场景。大家看完，悟空又把这些内脏都放回到肚子里，最后再吹口仙气，喊了一声："长！"他肚子就完好如初了。国王实在是不想看他们再赌下去了，又对他们讲道："哎呀，快点儿，快点儿，通关文牒给你们，你们快西去吧，别耽误你们取经。"行者道："好好好，但是也让您的二国师把肚子剖一剖，剜一剜。"

鹿力大仙道："好，我也不一定就会输给你。"国王哪里能拦得住他们呢？鹿力大仙转眼间也走到了刑场上，他往柱子上一靠，把衣服也解开。刽子手拿起短刀"呼啦"一下也把他的肚子剖开了。鹿力大仙跟行者一样，伸手到肚子里，把自己的肠子、胃、心也都掏出来给大家看，悟空一边看着一边就想："鹿力大仙估计也能把那些内脏安回去长好，不过，没那么容易。"

想到这里，悟空又从腿上拔下一根毫毛来，他吹了口仙气，又叫了声："变！"那毫毛就变成了一只饿鹰，"唰"地就飞了过去，一把抓住他的内脏，展开翅膀飞走了。在场的人都紧张坏了，鹿力大仙没有内脏还能活吗？他没挺多大一会儿，躺在地上也死过去了。刽子手走上去把他的尸体给拖过来，仔细一看，我的天哪！原来是一只白毛角鹿。国王看了是越来越相信，这几个国师可能真的是什么动物成精的。

这时候，羊力大仙又站出来，道：“今天我两个师兄全都死了，还被这小和尚变成了野兽，我要给他们报仇，就让我跟他赌一赌油锅洗澡。”行者道：“这个好啊，这个好，这个好，俺老孙好久没洗澡了，身上正好还痒痒的。”国王看他们今天是要赌个你死我活，也没办法，就下令让人给他们烧火、架锅、倒油。等到油烧开的时候，悟空又上前问道：“陛下，这洗澡是文洗呀，还是武洗呀？”

这猴子真是太逗了，洗个澡还分文洗和武洗？国王也是弄不明白，就问他：“小和尚啊，这洗澡怎么还分文洗和武洗呀？文洗怎么洗？武洗又是怎么洗呀？”你看那猴子就开始在那儿瞎编：“这文洗，就是穿着衣服下去洗，在里边儿打个滚儿就出来，但是身上不能沾上油，如果有一点儿油污就算他输。至于武洗，就是要把衣服脱光，跳到油锅里，管你是翻筋斗，还是竖蜻蜓，全身都要洗遍。”

羊力大仙听悟空这样说，就开口回答他：“要是文洗，就怕你在衣服上施什么法术，把身体保护起来，我看还是赌武洗。”行者道：“好好好，武洗就武洗。”悟空“哗”地一下脱光了衣服，他纵起身跳在了锅里，就见他翻波斗浪得像玩水一样在锅里玩起来了。猪八戒在旁边看着这个高兴啊，就说道：“嘿嘿嘿嘿，沙僧啊，平时我错看这只猴子了，没想到他有这么多本事呢。”行者在锅里听到了八戒的话，他心里想道：“那呆子在笑我呢，这可真是‘巧者多劳拙者闲’。”这是什么意思啊？就是说这能干的人，巧的人平时就总是多操劳，那笨拙的人反倒是很悠闲。

悟空想到这里，他就想逗逗八戒，就见他在那油锅里打了个水花，摇身一变，变成了一颗小小的枣核儿，轻飘飘地沉到油锅的底部。在场的人本来就有点儿担心，看他突然打了个水花，人就不见了，再等等看，还是没见人影。大家觉得可能是出事儿了，国王就赶紧让人拿铁笊篱去捞他。可是笊篱的眼儿太大，悟空变得枣核儿太小了，笊篱在油锅里一捞也捞不上那枣核。捞了半天，什么也没捞着。国王觉得悟空一定是被炸没了。

那昏聩的国王一看这场景，你猜他说什么？他道：“来呀，把这几个和尚都给我拿下。”悟空仅仅赌输这一次，他竟然要把他们都杀了。唐僧一看这个情况，他赶紧上前高呼道：“陛下呀，你先不急着杀我们，我这徒弟从我去西天取经一直保护我，今天他死在了这里，让我去锅边跟他讲几句话，为他送行吧。”国王答应了他。

唐僧来到锅边已经泪如雨下，道：“悟空啊，你一路保护师父，忙前忙后，本来是想我们一起到达雷音寺见佛祖

的，没想到，今天你死在这里了。”八戒在旁边听师父说了一半，他就听不下去了。他跟唐僧想的不一样，他也来到锅边，开口说道：“你这个该死的猴子，你自己赌输了不说，你还要连累我们几个被国王处死，你这个闯祸的猴子，无知的弼马温！该死的泼猴子，油烹的弼马温！活该你猴儿了帐，马温断根！”

行者躺在锅底下，本来想多逗他们一会儿，但是听八戒在外边骂他，他忍不住现了本相，赤淋淋地就从油锅里跳出来了，道：“哼！你这个笨货，你在骂谁？”他这一蹦，把唐僧吓得是又惊又喜，道：“悟空，你没死啊！”沙僧也乐了，道：“哈哈！大哥，他装死装惯了！”那油锅旁正站着一个监斩官，他看到悟空从油锅里跳出来了，他就高声对国王说道：“陛下，刚才那和尚已经死了，现在恐怕是他的魂魄又回来了。”悟空听他这样一说，大怒，他从油锅里跳了出来，揩了油腻，穿上衣服，掣出铁棒，朝着那监斩官就是一棒，把他打成了肉团。他为什么发这么大脾气呀？

因为他在锅底的时候就听见了国王的话，自己刚才赌赢了那么多场都不算，现在国王以为这场他们输定了，就要把他们处死，他憋着一肚子的气没地方撒呢。他打死这监斩官还不算完，三步两步又蹿到国王面前，他一把扯住国王，这回他也不跟国王讲什么礼仪了，直接就说道："陛下，让你那三国师也下去炸一炸吧。"国王吓得，赶紧道："三国师，你下去跟他赌一赌吧，别让他打我呀。"羊力大仙道："好，赌就赌。"羊力大仙也来到油锅旁，他把衣服脱光，纵身一跃入了油锅。悟空看了看就觉得有点儿好奇："我是铜头铁骨，才不怕那热油炸。这妖道用的是什么手段？怎么也不怕这热油炸呀？"想到这里，他松开了国王，朝着油锅走过去，他悄悄地把手放在油锅边摸了摸，结果却发现不对劲儿，刚才自己跳进去的时候，那油是滚烫的，现在这油竟然变凉了。

他心中暗想："这妖道一定是施了个什么法术，找了个龙王来护了他。这龙一定还是条冷龙，把那锅的周边缠起来了，这样再大的火也烧不热他呀。"想到这里，好大圣，纵身跳在空中，念起了咒语。他这是干什么呢？北海龙王敖顺被他用咒语喊过来了，这猴子正在气头上，看见龙王就破口大骂，也不讲什么礼貌了："你这带角的蚯蚓，有鳞的泥鳅！你怎么帮那妖道，用一条冷龙护住他了？"龙王向下看了看，顿时就明白了，赶紧对大圣解释："大圣啊，这不是我在帮他呀，那冷龙是他自己用法术修炼出来的，这样吧，现在我把他的冷龙收走。"行者道："好！好！那你就赶快把它收了。”龙王化作一阵旋风，到了油锅边儿一把抓起那冷龙，就带到海里去了。

冷龙被龙王抓走了，等这油烧热了以后，能把那羊力大仙炸死吗？

第60集 遇阻通天河

悟空找来了龙王帮他，龙王化作一阵旋风到了油锅边儿，一把抓起那冷龙就带到海里去了。羊力大仙在油锅里还不知道具体发生了什么，只感觉这油在迅速地变烫。但是这油锅滑呀，爬也爬不起来，还把他滑了一个大跟头，这一跟头栽进去，霎时间就把他炸得骨脱、皮焦、肉烂了。这油不光是把他炸死了，还把他炸得现了本相。大家一看，这是一只羚羊。那国王看着眼前的一切，你猜猜他什么反应？他竟然号啕大哭、泪如泉涌。哭啊，哭啊，一直哭到天黑。

他哭得是这三位国师帮了他这么多年，如今却不得好死，实在是惋惜呀！悟空实在是等得不耐烦了，他上前高

呼道："哎呀呀，你这国王怎么这么愚蠢呢？你看这三个道士，一个是虎，一个是鹿，一个是羊。他们表面上是来帮助你，其实他们是在这里等待时机，等到了时候会把你整个车迟国都抢去，最后他们来当国王。今天幸亏是俺老孙在这里替你把他们除掉了，你还哭呢，你哭什么哭？赶紧把通关文牒给我们，送我们西去。"国王被悟空这番话说醒了，他觉得悟空说得有道理，赶紧给唐僧师徒倒换通关文牒，又大摆宴席感谢他们。

第二天一大早，师徒四人要离开车迟国，向西出发。可一到大门口，有一群人拦住了他们。这些人是谁呀？不是别人，正是之前悟空放走的那五百个和尚。他们来干吗？他们来把悟空的毫毛还给他来了。行者将身一抖，将毫毛收好，回过头又对国王说道："这回我帮你灭了那妖道，以后你要好生对待这些和尚，希望你既能敬道，也能敬佛。"国王道："好好好，就按你说的办。"国王感激不尽，送唐僧师徒西行了。

这一去，又是晓行夜住，渴饮饥餐。不知不觉春尽夏残，又是秋光天气。这一天，他们一直走到天黑，也没找到一个借宿的人家。唐僧就问悟空："徒弟呀，今天晚上我们住到哪里呀？"行者道："师父，咱们这出家取经的人可不能和那些在家的人比，他们要是困了，可以睡在床上，盖着暖和的被子，可是咱们有路走路，没路的话就在地上睡了。”八戒道：“哎呀，哥哥，你这样说就不全对了，我老猪挑了一天的担子，这路又险峻，把我都累坏了，咱们要是能找一户人家好好地休息一晚上，明天早晨养足了精神，好继续赶路啊。”行者道：“好吧，好吧，那我们就趁着这月光再往前走一程。如果能找到人家，我们再借住。”于是师徒几人随着行者继续往前行。

走不多时，就听见前面滔滔浪响。八戒说道：“完了，完了，这路是走到头了。”沙僧道：“这听起来是有水挡住咱们的去路了。”唐僧道：“那我们怎么过去呀？”八戒道：“师父，你别急，让老猪上去看看，看看这水能有多深。”说完，八戒从地上捡起一块鹅卵石。三藏感到奇怪，就问道：“悟能，你怎么知道这水的深浅呢？”八戒道：“这个嘛，只要我把这石头往水里一扔，要是能溅起水泡来，那就说明这水很浅。如果你听到‘咕嘟嘟’下沉的声音，就说明这水很深。”行者道：“那你快去试试看。”八戒向前走到水边儿，他拿着鹅卵石往河中一抛，听见的却是“咕嘟嘟”下沉的声音。他回来告诉师父：“哎呀，这水好深啊！”唐僧道：“那再看看这水有多宽吧，如果不宽，我们还是容易过去的。”

“这个好办。”行者说道，“等我去看看。”好大圣，他驾起云头跳在空中，他往那河中看去，但见那：“洋洋光浸月，浩浩影浮天。千层汹浪滚，万迭峻波颠。岸口无渔火，沙头有鹭眠。茫然浑似海，一望更无边。”就说这河宽得看不到岸边，而且河岸附近也没有渔船。行者收了云头，回到地面告诉师父：“哎呀呀，这河宽啊，宽啊，凭老孙这火眼金睛，白天的时候我能看到千里远，这晚上我少说也能看得三五百里远。但是，在这大河上我却看不到边儿。”唐僧一听，悟空都看不着边儿，他一着急，就哭了：“哎呀，那我们可怎么过河呀？”正哭着，沙僧

突然又说道：“师父，你别哭，你看那河边儿好像有个人在那里。”师徒四人看过去，那河边是好像站着个人。悟空拿起铁棒，三五步走上前去，走近了一看，那不是个人，反倒是一块立着的石碑。

悟空上前仔细观看，上边儿写着三个大字，十个小字。那三个大字是“通天河”，这是河的名字。十个小字是“径过八百里，亘古少人行”。这是说这河有八百里宽呢。这时候唐僧也走了过来，他一看上面写着八百里，他哭得更厉害了：“哎呀，这可怎么办呢？”他又哭了一阵，八戒突然说道：“师父，你先别哭，你听，怎么好像有和尚敲鼓、敲木鱼的声音呢？”唐僧收住哭声，仔细地听，果然像八戒说的，远处的确传来了这个声音。这下好了，有声音就一定有人，他们就能找到住的地方了。师徒几人顺着声音找去，在漫过了沙滩后，眼前才出现了一个村庄。

这村庄还不小呢，约莫能有个四五百家人。可是，这个时候家家户户都已经关了门睡觉了，那是：“灯火稀，人烟静，半空皎月如悬镜。忽闻一阵白蘋香，却是西风隔岸送。”什么意思啊？就说虽然整个村庄的人都睡着了，但是这西风一吹过来，还飘来一阵白蘋菜的香。这一定是有一户人家没睡呀，而且还正做着吃的呢。

师徒们就顺着香味儿找了过去，走了一会儿就看见路头有一家儿，隔着窗子看去，那是“灯烛荧煌，香烟馥郁”。不用说，这香味肯定是从这家飘出来的呀。行者就想赶紧去敲门，唐僧却一把拦住他，道：“悟空，你不要撒泼，你那嘴脸丑陋，别吓着人家。”说完，他自己下了马，抖了抖衣衫，亲自走到了人家门外。这门半开着，三藏却没往屋内走。他在门口站了一会儿，正巧这时候从里边儿就走出一位老者。

三藏赶紧上前说道：“我们是从东土大唐而来的僧人，要去西天取经。今天晚上路过这儿，想在这里借宿一晚。”老者听他介绍完，却摇摇手说道：“和尚，你不要说谎，从东土大唐到我们这里要五万四千里路呢，就你一个人，怎么能到这里来？”唐僧道：“老施主你说的是，我还有三个小徒，他们逢山开路，遇水叠桥，一路保护我到这里来的。”

老者道：“你还有徒弟，好吧，好吧，把他们一起叫进来，我这儿有住的地方。”唐僧听到这个好消息后，高兴地回过头来叫徒弟们过来。三兄弟一听也高兴，有住的地方了。他们牵着马，挑着担，不问好歹，一阵风就闯进来了。

那老者猛然间看见他们三个这种样貌，吓得一下子跌倒在地，口中道：“妖怪来啦！妖怪来啦！”三藏赶紧上去把他扶起来，道："老施主，你别怕，他们不是妖怪，是我的徒弟。"老者道："哎呀！你这么俊的一个师父，怎么有那么丑的徒弟呀？"唐僧又安慰了他一会儿，老者定了定神，就把他们带到了厅房里。

进了厅房，果然看见那厅房中有几个和尚在那里念经，一边念经还一边敲着鼓，敲着木鱼。不用说了，之前听到的那个声音就是他们敲出来的。这几个和尚专心念经，也没注意看他们。可是那八戒嘴快，冷不丁地问道："和尚们，你们在念什么经啊？"和尚们猛然听到有人这么一问，他们就抬头观看，这一看，一个长嘴大耳的大猪头伸过来了，可把他们给吓坏了。再往旁边看，又看见了沙僧和悟空，几个和尚马上就乱作一团，那是"难顾磬和铃，佛像且丢下""跌跌与爬爬，门槛何曾跨！你头撞我头，似倒葫芦架。清清好道场，翻成大笑话"。

兄弟三人看着这些和尚乱成了一团，你撞我一下，我撞你一下，没多大一会儿就跑光了，他们就鼓掌大笑："嘿嘿嘿！哈哈哈！"唐僧看了这情景就过来骂他们："我天天教你们处处行善，可是你们呢，刚才吓到了那老施主，在这里又吓走了这些念经的僧人，把人家的好事都搅坏了。"师父一训，这几个徒弟不敢吭声了。

这家的老者心地善良，他没往心里去，还给师徒几人准备斋饭吃。不过说来也奇怪，这大晚上的找几个和尚来念什么经啊？师徒几人不明白，就问这老者。没想到这一问，那老者却唉声叹气地说起来：“刚才你们来的时候有没有看见一条河呀？”行者道：“见到了，见到了。”老者道：“那你们在河边看到什么了？”

行者道：“就看到有块石碑。”老者道：“那你们有没有沿着岸边往上游走走？”行者道：“那倒是没去。”老者道：“唉，那里有个灵感大王庙。”行者道：“灵感大王？灵感大王是个什么东西？”行者一提出这个问题，那老者眼泪就下来了，道：“这灵感大王年年帮我们这里下雨。”行者道：“那是好事儿，你怎么这样伤情烦恼啊？”

老者道：“下雨是好事儿，可是他不白下呀，他要吃童男童女啊。”行者道：“有这样的事儿？下个雨还要吃人家的孩子！看你这么难过，是不是今年要吃到你们家的孩子了？”老者道：“是啊，我们家正好有一个八岁的女娃，还有一个七岁的男娃。”

得亏这老者善良，把唐僧师徒请进来了，这事被孙悟空给撞见了，那不就好解决了吗？行者说道：“那把你的两个孩子叫出来。让老孙看看。”老者就把两个孩子叫了出来，那两个孩子十分天真可爱，他们还不知道自己要被吃的事儿，在屋子里一边吃一边玩儿。行者只在旁边看了一眼，默默念了声咒语，摇身一变，就变成了那男孩的模样。

老者一见，“扑通”一下就给唐僧跪下了，道：“哎哟，师父，刚才这位爷还在跟咱们说话，现在怎么就变成我们家孩子的样子了。”行者又把脸一抹，现了本相。他上去把老者扶了起来，就问道：“刚才我变得像这男娃儿吗？”老者道：“像啊，像啊，一样的嘴脸，一样的声音，一样的衣服，还一样的长短。”行者道：“好好好，那今天我就救你们家孩子一命，你可以把我拿去给那灵感大王吃。”太好了，悟空答应救这孩子了。但是，这灵感大王是什么来头啊？悟空打不打得过他呢？

第61集
钯筑灵感

悟空就对老者说道："好好好，那今天我就救你们家孩子一命，你可以把我献祭给那灵感大王。"那老者听悟空说这话，又"扑通"一下给唐僧跪下了，他是一边感谢，一边还要给些银钱报恩。行者在旁边看着就奇怪，问道："我说，你怎么只谢我师父，不来谢我呀？"老者道："到时候你被那灵感大王吃了，我只能通过感谢你师父来报答你呀。"行者听他这样说，更觉得有意思了，便笑道："嘿嘿！他要吃我？他能吃得了我？好好好，如果他真能吃我，我就给他吃。"那倒是，谁敢吃他呀？牙都得硌掉了。这个七岁的男娃终于是有救了。可是灵感大王说要吃一个童男和一个童女呀，八岁的女娃怎么办呢？

这时候，唐僧说道："悟能啊，你师兄救了这男童，你也陪他一起去把那女童也救了吧。"八戒道："哎呀，师父啊，你叫我变个山，变个树，变个石头，变个水牛都行，你让我变成这小女娃，我怕我变不了那么小啊。"行者道："八戒，叫你变你就变，你不要讨打。快点儿！"八戒道："哎哎哎，好好好，哥哥，我，我试一试，我变一变试试。"这呆子又仔细地看了看那女娃，他念动咒语，摇了摇头，叫了声："变！"他还真变出来了，变出跟那小女娃儿是一模一样的脑袋。不过悟空再往下一看就忍不住笑："嘿嘿嘿！"他笑什么呀？八戒他哪里变得都像，就是他那个大肚子没变回去。不过这个好办，悟空帮他呀。好大圣，照着他那肚子吹了一口仙气，又叫了一声："变！"就见八戒的肚子慢慢地就缩回去了。这下好了，两个娃娃都有救了。那老者的全家都跑出来，跪下给唐僧师徒磕头谢恩。

这兄弟俩都变成了孩子的模样了，该去降妖伏魔了。老者准备了两个红漆丹盘，把他们一人放到一个盘里，再把这盘分别放在两张桌子上，又找来四个年轻人，这四个人就像送供品一样，一路把他们送到灵感大王庙。刚放到庙里边，他们四个赶紧就回头往回跑，怕撞上妖精。兄弟俩在庙里待了一会儿。也没什么动静，八戒就不耐烦了，道："哎呀，哥哥，咱们还是回去吧，免得一会儿让妖精给吃了。"行者道："呆子，咱们今天要把那妖怪除掉，要不然，那两个孩子还不是得被他吃掉。"悟空这话刚说完，就听见外边狂风大作。这不用说呀，这是妖风起了。八戒说道："哥哥，那妖精来了。"悟空说道："兄弟，你别出声，待会儿让老孙来回应他。"

过了一会儿，风声一停，那妖怪推开门就进来了，兄弟俩仔细地看他，就见他"金甲金盔灿烂新，腰缠宝带绕红云"。一身金色的盔甲，腰上还系一根红腰带，挺威风。再仔细看他那样貌，"眼如晚出明星皎，牙似重排锯齿分"。他眼睛长得不大，但是很亮，那牙跟咱们的牙不一样，有点儿像狼的牙齿，估计吃起小孩儿来连骨头都剩不下。八戒和悟空正盯着他看呢，那妖怪就开口说话，道："今年是哪家给的供品呢？"行者装成小男孩，赶紧就回答："我姓陈，陈家给的供品。"行者开口这一答，把妖精吓了一跳。

他心里想道："这个小孩儿胆子怎么这么大呀？回答我的问题一点都不害怕。"那怪物紧接着又问他："那你们两个叫什么名字啊？"行者这回笑吟吟地答道："我叫陈关保，她叫一秤金。"妖怪一看他还敢笑，就更奇怪了，故意地吓唬他一句："今天我可是来吃你们的呀。"行者道："好吧，好吧，那你随便吃吧。”悟空倒把妖怪给吓着了。他哪碰到过这么大胆的孩子呀，心里总是觉得今天晚上有点儿不太对劲，他就想把悟空变的这个小男娃儿留到后面吃，先吃那个女娃儿。想到这里，他冲着八戒伸出手来。八戒一看，先来吃他来了，他立刻跳了起来，现出了本相，掣起钉钯劈手就一筑。那怪物赶紧缩回手，转身就跑。只听得“当啷”的一声响，八戒就笑了“哈哈哈哈哈哈！哥哥，我把他的盔甲打掉了。”

行者也现出了本相，往地上一看，有两个大鱼鳞，足有盘子那么大，看来这妖精是鱼变的呀。悟空赶紧喊了一

声:“快走！我们追上他。”转眼间，兄弟俩来到空中，那妖怪回头看见了他们，就问道:“你们是哪里来的和尚？竟然坏我的好事。”行者道:“你这泼物，我们是从东土大唐而来，去西天取经的圣僧三藏的徒弟，听说你每年在这里都要吃人家的童男童女，这些年你害死过多少孩子啊？今天一个一个地都给我还回来，要不然我就打死你！”妖怪听完悟空这话，他连话都没敢回，转身就逃。八戒上去又是一钯子，但是这次没打着他，那妖怪化作一阵狂风钻到通天河里去了。估计这妖怪就住在那通天河里。悟空看天已经黑了，追他也追不上，就对八戒说道:“兄弟，咱们两个先回去，明天再收拾他。”

那妖怪回到水里以后，往他那宫中一坐，一声不吭，十分郁闷。他手下那些大大小小的水族就过来问他:“大王，每年你吃完供品回来都很高兴，今年怎么这么不开心呢？”妖怪道:“唉！今年碰到一个死对头，刚才差点打死我。”众水族问:“大王，那是什么人呢？”妖怪道:“他们说是一个从东土大唐而来，去西天取经的什么圣僧的徒弟，我猜一定是大家传说的那个唐僧，他是十世修行的好人，听说吃他一块肉能长生不老。唉！现在别说吃他一块肉，我连那童男童女都吃不成了。”妖怪正在这唉声叹气的时候，旁边突然出现了一个鳜鱼精，她恭恭敬敬地笑道："大王要想捉住唐僧其实并不难，只是我不知道如果我帮你捉了他，你能分我一些酒肉吃吗？"妖怪道："别说是酒肉吃了，让我和你结拜成兄妹都可以啊。"鳜鱼精道："好的，大王，我知道你会呼风唤雨，只是不知道你会不会下雪呀。"

妖怪道："下雪呀，这有什么难的？"鳜鱼精道："那太好了。那你能不能让我们通天河的河面结冰呢？"妖怪道："这个当然也会了。"鳜鱼精道："那就更容易了。"妖怪问道："怎么个容易法呢？"鳜鱼精道："等到今天半夜三更的时候，大王你就出去施展法术，你起一阵寒风，下一阵大雪，把河面全给他冻上。我们就变成一些过路人，带上行李，推上车，假装在通天河上走。我猜，那唐僧着急取经，一定着急往西去呢，他一看河面结冰了，又有人在上面走，肯定也会踩着冰面过河的。大王，你就在河底下等着，等到唐僧走到河中间的时候，你就让冰化开，他们师徒就全都掉到我们通天河里来了。"妖怪道："哎呀！好办法呀！好办法！"说完，那怪物就等不及了，他立刻出了水府，踏长空兴风作雪，没过多长时间，就把那大河冻成冰了。

再说唐僧师徒，他们睡到快天亮的时候，八戒被冷醒了，他喊道："哎呀，师兄啊，怎么这么冷啊？"行者道："呆

子，睡个觉你冷什么呀？”三藏说道：“徒弟呀，真的是有些冷啊。”他们爬起来看看，推开门往外一走。呀！这一晚上是下了好大的雪呀！真的是：“六出花，片片飞琼；千林树，株株带玉。”再看空中，“却便似战退玉龙三百万，果然如败鳞残甲满天飞”。就说树枝上都挂满了雪，树都变成白色的了。天空中雪下得没停，而且那雪花下得是又大又密，就好像有人和三百万条白龙刚刚打过了架一样，把那白龙身上的龙鳞、龙甲打得满天飞。这西天路上是很少见到下这么大的雪呀，师徒们一边观赏一边玩耍，玩了一整天。到了晚上吃饭的时候，就听到街上有人在说：“好冷的天啊，把通天河都给冻住了。”“是啊，八百里通天河冻得跟镜面似的，你看没看见都有人在上面走了。”

坏了，唐僧听这话会不会上当啊？这要是踩着冰过河，这妖精准把他抓住啊。唐僧听完这话，他果然高兴，就对徒弟们说：“哎呀！太好了，再过今晚那河面冻结实了，明天我们就可以西去了。”师徒们睡过一晚，第二天早晨，他们一大早就起来了，一起到河边去看。嚯！那可真是“寒凝楚塞千峰瘦，冰结江湖一片平”。就说这河面被冻上以后，显得是格外的平，岸上两边的山峰被大雪覆盖以后，看起来又显得特别瘦。河面上“朔风凛凛，滑冻棱棱”“裂蛇腹，断鸟足，池鱼偎密藻，野鸟恋枯槎”。这是什么意思啊？就说这冰面上冷的呀，蛇要敢在上边爬，能把它肚子给冻裂了，鸟要是站在上面不动，能把它腿给冻断了。河底下的鱼儿都藏到水草里去了，天上飞的野鸟也不飞了，都落到枯树干上去了，估计这冰也是真冻结实了。

唐僧又往远处看，看见那河面上还有人在上面行走呢。但是，这些人是不是那妖精变的呀？可是唐僧取经心急，就对悟空说：“悟空啊，你快回老施主家，拿上咱们的行李，牵上马，咱们趁着冰冻西去吧。”完了，唐僧是上当了！不过悟空聪明啊，他会不会有所怀疑，阻拦一下师父呢？但悟空他平时胆子就大，过河这件事，他根本没当回事，他也没专门用他那火眼金睛仔细地去看看，那在河上走的是人还是妖精。他只是笑呵呵地回答师父：“好的，师父。”完了，悟空也上当了。就在这关键的时候，沙僧站出来说：“师父啊，我看我们还是在老者家多待几天吧，等到这河水化了，我们再找船过去，我担心如果我们太着急可能会出什么错呀！”

沙僧阻拦得好，唐僧会不会听他的话呀？

第62集 唐僧坠河

就见唐僧看着沙僧说道："悟净，你怎么能这样想啊？现在这季节，天是一天比一天冷了，这冰得什么时候才能化呀？我们要趁这几天冰冻结实了，赶快过去啊。"显然，唐僧没信沙僧的话。这时候，八戒又上来插一句："你们不用争了，我拿铁钯过去看看，如果我一下把冰筑破，就说明这冰冻得还薄，不能去。如果我筑一下，没筑动它，就说明这冰已经冻结实了，咱们就过去。"唐僧道："好好好，你快去试试吧。"那呆子撩起衣服，拽开步子，来到了河边，他抡起钯狠狠地筑了一下，就听"扑"一声，那冰面上让他筑了九个白印子，震得他手都疼了。八戒道："师父，这能过，能过呀。"沙僧一看这个情况，也没什么好说的了，就跟悟空他们一起回去取行李，牵着马打算出发了。

被解救的童男童女的一大家子人都出来送他们，又是送吃的，又是送用的，就为了感激他们。唐僧师徒辞别了他们以后，继续向西走。走了三四里远，八戒想到一件事，他把那九环锡杖拿给了师父，说道："师父，你骑着马的时候，万一踩到了冰冻得薄的地方，容易掉下去，你把这九环锡杖横着拿，万一掉下去了，用这锡杖一横，你就能爬上来。"八戒的这个主意还真是个好主意。按他说的，唐僧把锡杖横在手里，行者也把铁棒横起来，沙僧用肩横挑着他的降妖宝杖，八戒把自己的九尺钉钯横在腰间。师徒四人一走就走了整整一天。到了晚上，他们还是在河面，这河太宽了，八百里呀，走饿了拿出点儿干粮吃。但是，他们不敢躺在这里睡觉，这冰面实在是太凉了，怎么办？继续赶路吧。

趁着星星、月亮在冰面上反着的那点光，他们摸黑往前走，这一走整整走了一夜。走到天亮的时候，还在这大河上呢，他们又觉得有点饿了，就再拿点儿干粮出来吃吧。吃完以后继续西行，正走着，就听见那冰面上"咔嚓！咔嚓"，冰底下"哗啦！哗啦！哗啦啦"，水里像是传来了巨大的声音。这是怎么回事啊？这还用说吗？那妖精早在这底下等他们呢，他刚一在冰底下听到了那白龙马的马蹄声，便赶紧施展起神通，成功把那冰面给裂开了一条缝。那冰裂开的时候，好个孙大圣，他跳在了空中，八戒和沙僧跳在了两边，可是，白龙马驮着师父却掉到了水里。妖怪早就看准了唐僧，上去一把就把他捉住，与他那些鱼精虾将们就回了水府了。还没进门，那妖怪就开始喊起来了："鳜妹！鳜妹！"他喊的是什么？鳜妹是什么意思啊？他身旁之前不是有一只鳜鱼精吗？那鳜鱼精给他出主意说，让他把通天河给冻上，然后唐僧走到中间的时候，把冰一化开就抓住唐僧。当时这灵感大王说，如果这个办法好用，能抓住唐僧，他就认这鳜鱼精当他的妹妹。

现在他成功了，他还挺讲义气，没等看到鳜鱼精，就已经喊上鳜妹了。那鳜鱼精呢，在水府里听到大王喊她，就赶忙出来迎接。灵感大王进了水府以后，就赶紧吩咐小的们大摆宴席，把刀磨快，杀唐僧来吃肉。可是那鳜鱼精却跳出来劝他："大王，你可不能着急呀。那唐僧还有几个徒弟，咱们先等几天，如果他那徒弟也不来找他，到了那个时候，我们一边吹弹歌舞，一边从容自在地享受唐僧肉，那该多好啊。"妖王觉得她说得有道理，就把唐僧先关在一个六尺长的石头盒里，再用一个大水泡把他给包住，这样唐僧便可以在水里喘气。

再说那水面上，八戒、沙僧跳到裂缝两侧后，看见白马和行李也掉到水里了，就赶紧捞行李。白龙马分开水路，涌浪翻波，负水而出。悟空在空中看得清楚，他们马也上

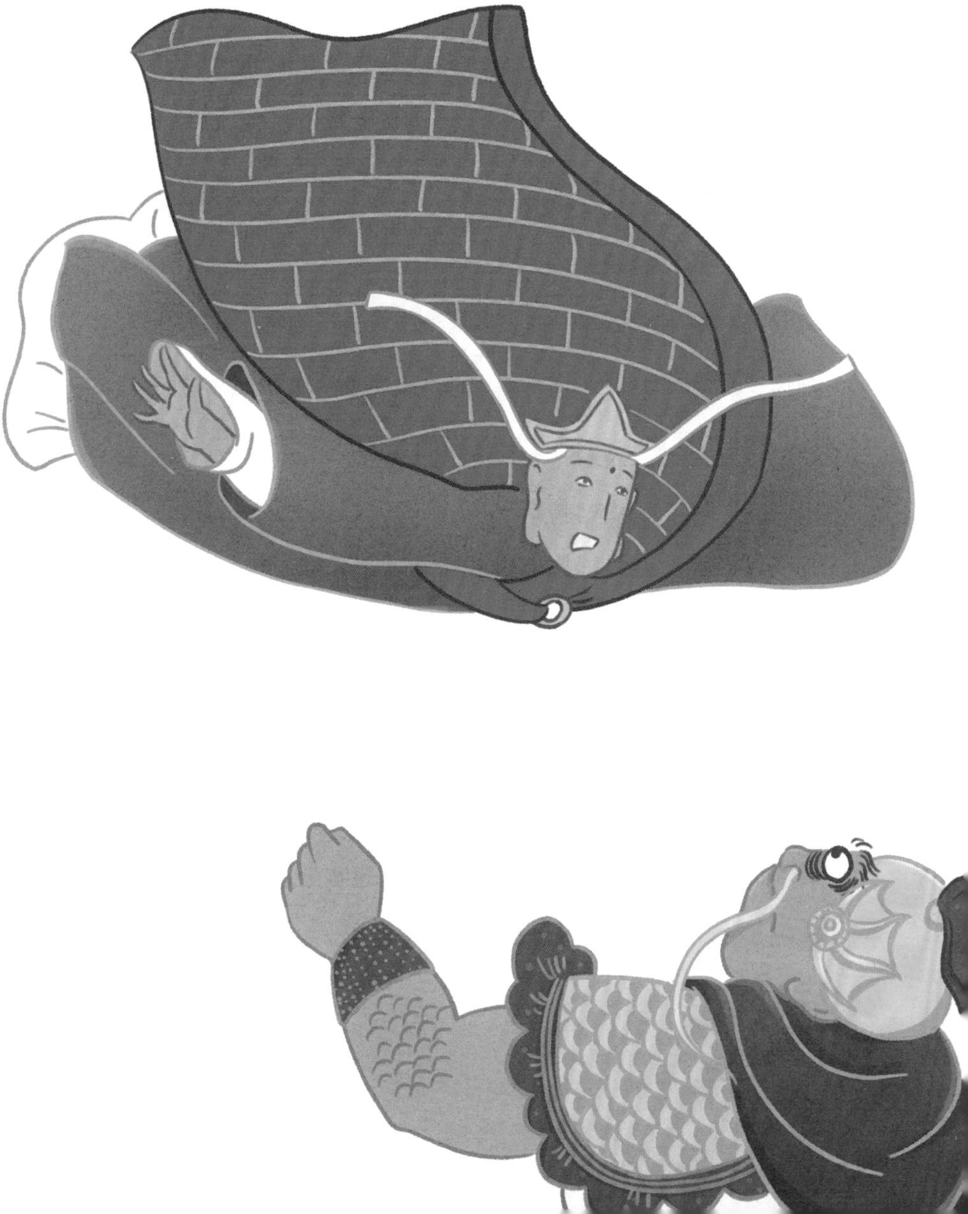

来了，行李也捞上来了。师父呢？师父没了！行者就问："八戒，沙僧，师父呢？师父哪里去了？"八戒道："哎呀，猴哥呀，师父是不是沉底儿了？"悟空心里一下就明白了，什么沉底，那就是让河里的妖怪给掳去了。这几天突下大雪和河面冻冰，那肯定是妖怪干的。他又对师弟们说道："我们还是先回到那老施主家吧。那妖怪已经抓了师父，定然会收了神通，到时候这冰都会化的。"他们弟兄三人又赶紧回到老者家。那老者一看唐僧掉水里了，心疼得眼泪都掉下来了，生怕唐僧有个三长两短的。悟空就安慰他，道："不要担心，我师父死不了的，就是被那妖怪给抓去了。正好，正好，我们现在回去找那妖怪算账，这一次我们就把他打杀了，免得他以后再回来祸害你们。"

三兄弟收拾好，再次来到河边。这时候冰已经化了，悟空就问："兄弟们，你们谁先下水？"八戒道："哥哥，我们两个本事都不如你，还是你先下水吧！"行者道："呆子，你又不是不知道，我在天上、在地上那是厉害，可是到了水里我还得捻着诀，念那避水咒，可是一用手捻诀，我就不能抡铁棒了。"沙僧在旁边倒想出个办法，道："哥哥呀，这样吧，我们背你下去，你就不用念避水咒了。"行者道："这倒是个好办法。好好好，那二位贤弟，你们谁愿意背我呀？”八戒听到行者这么一问，他心里偷偷地就乐了，他乐什么呀？他心里想道：“这猴子好多次都捉弄我，这回我背他，我背他到水里以后，我也来捉弄捉弄他。”想到这里，他就开口说道：“哎，哥哥呀，我来背你，我背你。”悟空实在是太了解八戒了，他一看八戒说话的时候，脸上还有一丝坏笑，他就知道八戒肯定要捉弄自己。行者说道：“好好好，你背就你背。”

三兄弟在水里游了能有百八十里。八戒便开始使坏了，可是他哪知道，悟空早就拔出一根毫毛来，变成一个假身子让八戒背着，自己的真身变成一只小虫，叮在八戒的大耳朵上面了。八戒正游着，突然假装摔了一跤，他借着摔跤的这个劲儿，把悟空往前那么一扔。原本这假身子就是那毫毛变的，他这么一扔在水里更是飘得无影无形了。沙僧在旁边看了，可当真了，道：“二哥呀，你怎么搞的？不好好走路，自己摔了也就算了，把大哥都不知道摔到哪里去了呀。”八戒笑道：“呵呵！那猴子不禁摔，一摔就给摔化了。兄弟，你别管他，咱们两个去找师父去。”沙僧道：“我才不听你的，大师兄虽然水性没我们好，但是，他的本事比咱们都大呀，你不把大师兄找回来，我不跟你去。”行者忙道：“悟净，悟净，我在这儿呢。”

沙僧道："哈哈，大师兄，你在哪里啊？"他又对八戒道："呆子，这下你是死定了！叫你捉弄大师兄，现在只能听到他的声音，看不见人，看大师兄怎么收拾你吧。"八戒一看，原来捉弄这猴子没捉弄成，赶紧跪在泥里磕头，道："哎呀！哎呀！哥哥呀，我错了，等救了师父上了岸，我再跟你赔礼道歉啊。你在哪里出声呢？你现了原形吧。"行者道："呆子，这回你可要好好背我，我一直都在你身上呢，我不弄你，你走！你走！"那呆子絮絮叨叨地赔礼道歉，和沙僧继续往前走，走了有百十里路，忽然抬头望见一座楼台，上边儿写着四个大字"水鼋之第"。沙僧说道："估计这就是妖精的住处了。"不过这说来也奇怪，那水鼋指的是跟龟和鳖同一类的动物，那灵感大王分明是一条鱼精啊，他身上的鱼鳞不都被八戒打下来了吗？他不是龟呀，他为什么给他的水府起的名字叫"水鼋之第"呢？

先不管它。这时候沙僧接着又说："咱们现在还不知道里面的情况，不好这样打进去呀？"行者道："这个好办，让俺老孙先进去看看。"好大圣，他离开了八戒耳朵，摇身一变，成了一个长脚虾婆，他在水里两三跳，跳进了门里。一进门就见到怪物坐在上边儿，身边坐着那只鳜鱼精，他的水族排列在两边儿。行者仔细又听，他们正在商量怎么吃唐僧肉呢。看了一会儿，从里边走出了一个肚子大大的虾婆婆。等她走到了外边，行者跟上去就问她："老妈妈，大王他们正在商量吃唐僧肉，你可知道那唐僧放在哪里吗？"虾婆道："哎呀，这个你不知道吗？大王降雪结冰，昨天的时候就把唐僧抓回到这里，现在已经放在了宫殿后边的一个石头盒子里。只等着看他的徒弟来不来上门吵闹，如果他们不来找，就把他吃掉。"

行者听完，找机会就溜到了宫殿后边，悟空上前刚好找见了一个石头盒子，就像一个大石头棺材似的。悟空走过去趴在那盖儿上仔细地听，就听见唐僧在里边"嘤嘤"地哭呢。悟空赶紧安慰他："师父，师父，是我呀，老孙来了。"唐僧在里边一下就听出了是悟空的声音了，忙道："徒弟啊，快救我出去。"行者道："师父，你放心，等我把那妖精抓住就来救你。"唐僧道："好，快些，快些呀！如果再拖一天，恐怕我就要被闷死了！"行者道："好的，师父，我这就去降妖，在这儿等着我。"

说完，悟空急回头就跳出了门外。八戒和沙僧赶紧上来问："哥哥，里边怎么样啊？"行者道："正是那妖怪抓了师父，不过，师父现在还挺好的，装在一个石头盒子里。你们两个快去和他挑战。老孙先跳出水面，在岸边等着他，你们如果打得过他就打，打不过就假装打输了，把他引到水面，等我来打他。”八戒道：“哥哥，放心吧，等我和沙师弟去会会他。”行者捻着避水法钻出了水面，立在岸边。

八戒先闯到门前，厉声高叫道：“妖怪，把我师父放出来！”小妖们听到以后赶紧回去报告大王，道：“大王，门外有人要找师父呢。”妖怪道：“这一定是那泼和尚来了，快去取我的兵器和披挂来。”小妖赶紧取来。妖怪穿好披挂，拿上兵器，推开门走了出来。八戒和沙僧仔细看去，好怪物，你看他：“口咬一枝青嫩藻，手拿九瓣赤铜锤。一声咿哑门开处，响似三春惊蛰雷。这等形容人世少，敢称灵显大王威。”

这回看上去好像比上次更厉害了，八戒和沙僧能顺利地打过他吗？

思维特点

☞ 逻辑思维

1. 有条理：师父没有法力最先落到河水里，禅杖和帽子较轻，沉下的速度也比较慢，八戒和悟空也被强大的吸力弄得人仰马翻。

2. 有主次：特意用了少有的竖构图，比较大的篇幅给了河水，主要突出河里的场景。

3. 系统性：所有画面细节，都符合师徒四人被吸到河里这个主题。

培养孩子逻辑思维的益处：认识事物更加全面，做事更严谨周全，思考更深入更有条理。

☞ 如何通过绘画培养孩子逻辑思维

1. 画日记

生活场景本身具有逻辑性，多引导孩子画出生活日常，记录自己的美好生活瞬间。

2. 画自编故事

鼓励孩子多画自己编写的小故事，并在此过程中和孩子互动，谈论符合逻辑的故事情节。

3. 思维导图

生活中常带孩子用思维导图记录读过的文章。

第63集
棒打灵感

灵感大王拿着兵器出门来迎战八戒和沙僧，他穿着一身披挂，拿着兵器，看着好像还变得更厉害了。不过，感觉这个妖怪没有太大的神通，八戒和沙僧应该能收拾得了他。再看那妖怪，身后还跟出了百十个小妖，一个个抡枪舞剑，排开站在两边，妖精问道："你是哪个寺庙里来的和尚？为什么在我这里喧嚷啊？"八戒大声道："你这打不死的泼物，前天还在灵感大王庙里和我顶嘴呢，怎么就不认识我了？"妖怪道："你这和尚，那天你变成个娃娃，我没有吃你，你反倒伤了我。我已经是让着你了，你怎么又找上门来？"八戒道："呸！你让着我什么了，你？你弄出这么老大的风雪，你把河都冻上了，然后骗我们过河，害得我师父都掉到河里去了，你趁早把我师父送出来，咱们什么事都没有。今天你要是敢说半个‘不’字，你看看我手中的钉钯，绝不饶你。”

妖怪道：“你这个和尚，胡夸大口，那雪是我下的，河是我冻的，你师父也是我捉的。今天我可不怕你，我手中有兵器，不像那天我是因为没带兵器才被你筑了一钯。今天你不要走，我和你交战三个回合，三个回合你打得过我，我还你师父，要是打不过，我连你一起吃掉！”这妖怪的兵器有这么厉害吗？那天可是被八戒一钯子就给打跑了。今天沙僧和八戒联手跟他打，他就多了一件兵器，他就能打过他们？八戒握紧九尺钉钯说道：“好好好，乖儿子，今天我就让你仔细看看我这钯。”八戒刚要动手，那妖精又开口讲道：“呵呵呵！你原来是个半路出家的和尚。”

这个妖精也真逗，你说打就打吧，怎么这么多废话呢？！八戒也跟他继续聊起来，道：“我的儿啊，你还真有点儿灵感，你怎么知道我是半路出家的呢？”妖怪道：“你看你那钯就是种地用的，估计你以前是个种地的，后来当了和尚，带着钉钯来的吧？”八戒道：“嘿嘿，儿子，我这钯那可不是耕地的钯子，我这钯能‘筑倒太山千虎怕，掀翻大海万龙惊。饶你威灵有手段，一筑须教九窟窿’！”八戒还挺会说，说他那钯子能筑倒大山，能掀翻大海，山中的老虎也怕，海中的蛟龙也怕。

妖精哪里肯相信，他举起那铜锤劈头就打来。八戒使钯架住，还不忘也回他一句："你这泼物，原来你也是半路成精的邪魔。"嗨，这都已经打上了，八戒这么一句，那妖怪又开始啰唆起来，道："你怎么认得我是半路上成精的？"八戒道："嘿嘿，你用个铜锤，你以前是不是在哪里打铁，打银子？你是个铁匠吧？后来不干了，就把人家锤子给偷来了。"妖怪道："我这才不是打铁打银的锤子。你看'九瓣攒成花骨朵，一竿虚孔万年青。原来不比凡间物，出处还从仙苑名'。"他说他这个锤子是从一个神仙之地来的，看来这个妖精也有点儿来头。

这时候沙僧在旁边就看得不耐烦了，本来是降妖救师父来了，怎么就研究起兵器了呢？这妖怪怎么就这么爱说？他忍不住上前高叫道："你这怪物休得浪言什么神锤，不要吹牛，你来吃我一杖。"妖怪拾起他的铜锤赶紧架住，看样子，这下是真要打起来了。可是，哪想到这妖怪又聊起来了，道："呵呵！怕你也是个半路出家的和尚吧？"说来也邪门，本来沙僧是跟他打架来的，叫他这么一说，沙僧也跟他聊起来了，问道："你怎么就知道我是半路出家的和尚？”妖怪道：“看你这样子，以前是个磨面粉的吧？”

沙僧继续问道：“你怎么看我就像磨面粉的？”妖怪道：“不磨面粉，你用个擀面杖干什么呀？”他说沙僧的降妖宝杖是擀面杖，这把沙僧给气得，就骂他：“你这个孽障，真是没见识。我‘这般兵器人间少，故此难知宝杖名。出自月宫无影处，梭罗仙木琢磨成。唤做降妖真宝杖，管教一下碎天灵’！”他逗得沙僧又把这降妖宝杖从哪里来的、有什么威力又说了一遍。这下每个人的兵器都说完了，应该没什么再说的了吧？打吧，这回真打起来了。

他们在这水底是一场好杀：“铜锤宝杖与钉钯，悟能悟净战妖邪。一个是天蓬临世界，一个是上将降天涯。他两个夹攻水怪施威武，这一个独抵神僧势可夸。”“看他那铜锤九瓣光明好，宝杖千丝彩绣佳。钯按阴阳分九曜，不明解数乱如麻。捐躯弃命因僧难，舍死忘生为释迦。致使铜锤忙不坠，左遮宝杖右遮钯。”三人在水底下斗了两三个时辰，不分胜负。没想到，这妖精拿到他的兵器以后还真变厉害了。

八戒看这样打下去，未必打得赢，他就冲沙僧眨了眨眼睛，使了个眼色。两个人就假装失败，拖着兵器就往水面上跑。他们想把妖怪引出去后，让悟空来收拾他。妖怪

见他们俩跑了，他就更来劲儿了，对着那些水族们说道：“你们在这里守着，看我去收拾他们。”就见他“如风吹败叶，似雨打残花”，一路追上去把他两个赶出水面。

那孙大圣正坐在东岸上，目不转睛地盯在水面上看呢，忽然就见到波浪翻滚，喊声号吼，“哗啦”一下，八戒先跳出来了，口中喊道：“来了！来了！”紧接着，沙僧也跳出来了，道：“来啦！来啦！”那妖精随后也赶了出来，口中喊道：“哪里走！”妖怪刚一露头，行者喊道：“看棍！”一棒子打下去。可那妖怪顺利闪身躲过，举铜锤急架相迎。一个在河边涌浪，一个在岸上施威。他们交上手也就不过三个回合，那妖精招架不住了，他一转身打个浪花，又淬到水里边去了。行者转回岸上高处，对他们说道：“兄弟们，辛苦了。”沙僧道：“哥呀，这妖精在岸上不行，在水里厉害着呢。我和二哥左右夹攻，才跟他打了个平手。哎呀！这可怎么救师父啊？”

行者道：“是的，我们不能迟疑呀，怕他回去把咱们师父给吃了。二位贤弟，你们再下去。”八戒道：“哥哥呀，这次我们下去把他引上来的时候，你藏在空中，你也别出声，只要他把头伸出来，你就拿你那金箍棒照着他的脑袋给他来个捣蒜打，只要你能着着实实地给他一下子，就算打不死他也能打他个头疼发晕。这个时候我老猪再上去补他一钯子。我管教他了帐！”行者道：“好！好！这叫里迎外合。”说完，兄弟俩又潜到水里边去了。

再说妖怪，刚才他回到水府之后，那鳜鱼精就上来赶紧问：“大王啊，刚才那两个和尚被你追到哪里去了？”妖怪道：“他两个被我追到水面上去了，但是没有想到，他们岸上还有个帮手，我刚一露头就抡起铁棒来打我，第一下我躲过去了，再和他打的时候，你不知道他那铁棒有多重，我的铜锤招架不住他啊！没打上三个回合，我就被他打败了。”鳜鱼精道：“大王，你记得他长得是什么样子吗？”妖怪道：“他长的是个毛脸儿，雷公嘴，尖耳朵，折鼻梁，是个火眼金睛的和尚。”鳜鱼精道：“那和尚我认得他。大王啊！幸亏你跑得快，不然你会被他打死的。当年我在东洋大海的时候，曾经听老龙王说过他的名号，他就是五百年前大闹天宫的齐天大圣啊！如今他保唐僧西天取经，改了名字叫孙行者，他可是神通广大变化多端。大王啊，你千万不要再去和他打了。”

他们两个正在这儿说着，门外的小妖又跑进来，报道：“大王！大王！那两个和尚又打来了。”这回这妖精学聪明了，他说道：“幸亏鳜妹你告诉我呀，这回我不去打了。”话音刚落，急传令道:“小的们，你们把大门关紧，不管他说什么，我们就是不开门。”小妖们用石头和土块，把那门堵得是严严实实的。

兄弟俩在门外叫了半天却始终没人应。八戒就有点儿等不及了，他抡起钯子，照着那大门连筑了七八钯，结果门让他给筑碎了，但是里边全都是石头、土，堆得又厚又高，攻不进去呀！沙僧说道:“二哥呀，我们还是先回去跟大师兄商量商量再说吧。”八戒道:“好吧，咱们先回去。”兄弟俩又重新回到了水面上。悟空正半云半雾地站在空中，见到他们哥两个出来了，却没见到妖精，他就按下云头问他们道:“那怪物怎么没一起上来呀？”

兄弟俩儿把水底下的情况跟悟空说了一遍，行者想了想，这硬打确实不是个办法，那怎么办呢？这时候他想到个办法，就对八戒和沙僧说道:“你们两个在这河岸上看着，别让妖精跑到别的地方去，我去去就回。”八戒道:“哥哥呀，你要去哪里啊？”行者道:“我去普陀岩，拜问观音菩萨，看看这妖精是哪里来的，叫什么名字？只要我找到他的老家，我把他的家人还有他的邻居全给他抓起来，看他放不放师父。”八戒道:“哥哥，你这么干太费时间了，只怕你耽误久了，他们把咱们师父给吃了。”行者道:“不费时间，

不费时间，我去去就来。”

好大圣，纵起祥光，离开河口，直奔南海就去了。大约飞了半个时辰，早就看见了落伽山，他按下云头落到普陀岩上，这里正有一帮给菩萨看门的神仙，他们见悟空来了，就赶紧围过来行礼。有个神仙就说道：“大圣，菩萨今早说过，你今天一定会来，让我们在这儿等你呢。”行者道：“那好，那好，快让我进去。”神仙们说道：“可是菩萨说过不让你进去，让你在这儿等他一会儿。”行者道：“哎呀！不行啊，我着急呀！”一个仙童道：“大圣，你还是等等吧。”这个说话的声音悟空怎么听着耳熟啊？行者仔细看去，这说话的是谁呀？善财童子！你们还记不记得善财童子是谁呀？是那红孩儿！悟空一看是他就笑了，道：“嘿嘿嘿！怎么样，老孙是个好人吧？那个时候你还在山洞里当妖精，现在跟菩萨学好了吧？”善财童子道：“孙大圣，我是要感谢你呀，让我有机会在菩萨身边学习。”行者道：“那你还不赶快告诉菩萨让我进去。”善财童子道：“不行，不行，菩萨说得很清楚，就是让你在这里等他。”

这就怪了，菩萨既然知道悟空要来，那肯定是知道唐僧遇难了。既然知道唐僧遇难，为什么不让悟空进去呢？他让悟空等什么呢？

思维特点

☞ 空间思维

1. 遮挡关系：河水汹涌，把远处的山遮挡了，只能看到山尖。

2. 远近空间：近处的河岸和河水，远处八戒和沙僧。

3. 上下空间：分别刻画了地面和空中的不同场景。

培养孩子空间思维的益处：对方向、空间等有更敏锐的感受力，更强的方位感，有不同角度分析问题的能力……

☞ 如何通过绘画培养孩子空间思维？

1. 听场景丰富的故事

山前有骨都都白云，屹嶝嶝怪石，山后有弯弯曲曲藏龙洞，洞中有叮叮当当滴水岩。又见些丫丫叉叉带角鹿，泥泥痴痴看人獐……

2. 空间词汇

孩子画画时，常用“左右”“前后”“上下”“远近”等空间词汇指引孩子思考。

3. 空间游戏

用积木搭出停车场构造、楼房等，女生多玩折纸游戏等。

第64集 鱼篮观音

悟空来到南海找观音菩萨。可是，菩萨却安排好看门的神仙，告诉悟空先不要进，在门口等着。可是，悟空哪有耐心等，急纵身就跳进去了，也没人敢拦他。他进去走了几步就看见菩萨。看今天菩萨这打扮好奇怪呀，你见他“懒散怕梳妆，容颜多绰约。散挽一窝丝，未曾戴缨络”。什么意思啊？就说菩萨脸还没洗呢，头发也没梳。这是怎么回事啊？菩萨睡懒觉啦，刚刚起来。悟空继续仔细看，菩萨是“不挂素蓝袍，贴身小袄缚。漫腰束锦裙，赤了一双脚”。这是说菩萨也没穿件外衣，而且鞋还没穿，光着个脚。这是怎么回事啊？悟空更好奇了。他又仔细看，“披肩绣带无，精光两臂膊。玉手执钢刀，正把竹皮削”。

这就更怪了，如果说菩萨刚起来，他为什么手里还拿着一把钢刀啊？而且还正在那削竹子？梳妆打扮好了以后，再削竹子就不行吗？再说了，削竹子用来干什么呀？行者更着急了，就开始叫喊："菩萨！菩萨！"菩萨道："悟空，你在外面等候。"悟空赶紧跪下叩头，又喊道："菩萨呀，我师父有难，我就是来问问，通天河里的妖怪是从哪里来的？"菩萨道："你先出去，等我出来。"行者一看，这就不能继续再问了，出去等着吧。出来之后，他又问守着门外的那些神仙，道："哎呀呀，今天也不知道菩萨怎么了？也没梳妆，也没打扮，就在那削竹子。"神仙们道："我们也不知道是怎么回事啊，今天菩萨刚一起床就跟我们说，让我们在这里等你，说你一定会来，然后就进去削竹子了。你就耐心等着吧。"

没过多长时间，菩萨提着一个紫竹篮走出来了。这紫竹篮一看就是刚刚编好的。看来，菩萨削的那个竹子就是为了编这个篮子用的。菩萨又开口说道："悟空，我们快去救你师父。"行者慌忙跪下，道："弟子不敢催菩萨，不敢催菩萨，还是先等菩萨梳妆好，穿好衣服，我们再去吧。"菩萨道："不用穿外衣了，我们就这样赶快去吧。"说完，菩萨纵祥云腾空而起，悟空紧随其后。

顷刻间，到了通天河。八戒和沙僧看到菩萨以后也吓了一跳，八戒道："这猴子也真是性子急，也不知到了南海以后是怎么催菩萨的？沙师弟，你看菩萨还没来得及梳好头，穿好外衣，就被这猴子给逼过来了。"八戒这话刚说完，就见菩萨从腰间取下一根细绳，一头系在竹篮上，另一头拿在手里。菩萨把竹篮往通天河里一扔，嘴里还念叨着咒

语。没过多久，菩萨把篮子往出一提，那篮子里就有一条金鱼，还眨巴眼睛呢。菩萨对悟空说道："悟空，快去救你

师父吧！”行者道：“菩萨，那妖精还没除呢，怎么救我师父啊？”菩萨道：“这篮中的鱼儿就是那妖精。”八戒道：“菩萨，这小金鱼怎么有那么大本事啊？”

菩萨道：“这金鱼本是我那莲花池中的一条鱼儿，因为每天听我讲经，有了一些本事。他用的九瓣铜锤是我莲花池中一朵没有开的莲花，他摘下以后炼成兵器。不知是哪一天，海潮泛涨，他就来到了这里。我今天早上起来看花，发现他不见了，掐指一算，原来在这里成精害你师父，所以我来不及梳妆，织个竹篮来捉他。”行者道：“菩萨，原来是这样啊，那今天你既然来都来了，就稍等一等，我叫那些陈家庄的百姓过来拜拜你，你也好告诉他们，这妖怪已经被你给收了。”菩萨道：“好吧，好吧，你们快去叫吧。”八戒和沙僧一起跑到村庄里，高声呼道：“都来看观音菩萨呀！看活观音菩萨！大家出来看吧！”这一村的男女老幼一听说菩萨来了，赶紧跑出来。他们跑向河边，也不顾泥水，都跪在里面，磕头礼拜。这其中还有人会画画，赶紧把菩萨的样貌画下来了。这可正好画到一个没有梳妆，拎着鱼篮的鱼篮观音。村民们画完之后，菩萨就回南海去了。

八戒和沙僧潜入河底救出了师父。为了送唐僧师徒过河，村民们开始热情地准备，有的人去打船，有的人来做桨，还有的人去搓一些绳索，再有的人又给请来水手。大家在岸上忙得热火朝天，忽然就听到从河中间传来了喊声：“孙大圣，不要打船啦，花费人家财物，我送你们师徒过河去。”这喊声不对呀，刚才拜菩萨的时候，村里的人都在岸上，没人在河里啊，再说河里的妖怪已经被观音菩萨抓走了，这是什么人在河里喊呢？这估计不是人，是不是从河里又冒出个妖怪来呀？那些村民当中胆小的人看都没敢往河里看，转身撒腿就跑了。还有些胆大的人跑到房子后边，伸出个头来偷偷地看。

须臾之间，从那水里钻出一个妖怪来。你看它：“翻波跳浪冲江岸，向日朝风卧海边。养气含灵真有道，多年粉盖癞头鼋。”这上来的是个什么妖怪呀？头上长得疙疙瘩瘩的，身后背个大壳，看起来像一只大乌龟呀，但是那不叫龟，叫鼋。之前咱们讲过，在这通天河里那灵感大王住的水府，门口顶上不是有四个大字“水鼋之第”吗？就是这鼋。那老鼋又开口叫道：“大圣，不要打船，我送你们师徒过去。”行者抡起铁棒说道：“你这个孽畜，如果你敢到跟前，我就一棒子打死你。”那老鼋却说道：“我感激大圣的恩情，情愿好心送你们师徒过河，你怎么反要打我呀？”行者道：“我对你有什么恩情？”

老鼋道："大圣啊，你不知道这河底的'水鼋之第'，原本是我的家呀，九年之前，一场海啸把那妖精冲到了我这里，他仗着本事比我高，与我争斗，伤了我许多儿女，又抢走了我的水族，我斗不过他，他就强占了我的水府。今天要不是大圣你在这里搭救师父，请来观音把那妖精收去，我怎么可能夺回我的水府啊。现在我和我之前的水族们又可以团聚了，你对我的这份恩情重若丘山，深如大海呀。而且你不仅救了我，你还救了这一村的人，保住了他们的儿女，你这恩情一举两得，我怎么能不报答你们呢？"行者听他这样一说，心中暗自高兴，他收了铁棒，但是因为之前在通天河上吃过一回亏，他不敢完全相信这老鼋，就又问道："你说的都是真的吗？"老鼋道："我怎么敢撒谎啊？都是真的！""都是真的？"行者道，"那这样，你对天发个誓。"

那老鼋果然张开红嘴，对着天就发誓："我如果不是真心送唐僧过通天河，就让我的身子化为血水。"行者道："好好好，那你上来！上来！"老鼋这才上了岸，它将身一纵，爬上河崖。大家就又都跑回来观看。它身后背着那个大壳儿，足有四丈围圆。四丈围圆，那得差不多七八个人手拉着手才能把他围起来。这么大的壳，驮唐僧师徒四人够了。

既然有老鼋送他们过河，就不用打船了，那就走吧。

唐僧师徒四人牵着马，带上行李就上到老鼋的背上，村民们都出来送行。行者还是觉得有点儿不放心，他就从腰上解下一根细绳，又用这细绳从老鼋的鼻孔中穿过，他一手牵着这绳，就像牵马一样，另一只手拿着金箍棒，一只脚踩在老鼋的头上，另一只脚踏在老鼋的壳上。老鼋也理解他只是想保护他师父。临出发的时候，行者还不忘吓唬他，道："老鼋，老鼋，你要慢点儿走，在河里，你这脑袋要是敢歪一歪，把我师父掉到河里，我就给你一棒子。"老鼋道："不敢，不敢。"它蹬开四足踏水面，十分稳当。

没用一天工夫，八百里通天河跨过去了。师徒四人的鞋和裤子是一点儿都没沾着水，他们上了岸。三藏合起双掌谢他，道："老鼋，你受累了，我也没有什么东西可以送给你，等我取经回来再谢你吧。"按理来说，他们到这里就应该告别了吧？可是没想到就在这个时候，老鼋开口又向唐僧提出了一个请求。什么请求啊？他说道："师父，谢我就不用了。我听说西天佛祖不生不灭，能知道过去未来的事情。我在这河里修行了一千三百年了，现在觉得身子还是很轻快，我都已经修炼得会说人话了，我很想知道我活到什么时候才能死去，重新投胎做人？"唐僧答道："好的，好的，我一定帮你问到。”老鼋这才淬入水中，安心地去了。

行者再服侍唐僧上马，八戒担起行李，沙僧跟随左右，师徒四人挑大路奔西去了。在路上又走了一些时日，进入冬天了，路两旁的景致又有所不同。但见那“林光漠漠烟中淡，山骨棱棱水外清”。树上的叶子掉光了，山上的石头也看得清清楚楚的。天气越来越冷了，师徒们正走着，又遇见一座大山拦住去路。这一座山路窄崖高，石多岭峻，人马难行。这一座山的特点是石头多，路还窄，十分不好走。三藏一看到这情景，他有经验了，又像以前一样停下马来喊徒弟：“徒弟们，你看那前面山高，只恐怕又有虎狼作怪，妖兽伤人，要仔细呀。”行者道：“师父放心，有我们三个在，使出荡怪降妖之法，怕什么虎狼妖兽！”悟空这样一说，给了他底气，三藏继续催马前行。

按照以往的经验，每次碰到这样的高山都会碰到妖怪，这一次也不知道在这山中会有什么等着他们呢？

第65集
锦绣背心

唐僧师徒离开了通天河继续西行。有一天，他们看见远处又一座高山挡住了去路，唐僧害怕了，悟空就鼓励他不要怕，要勇敢前行。唐僧就继续前进，到了山谷口，又催马登山。他们抬头观看，好山！那是“嵯峨矗矗，峦削巍巍。嵯峨矗矗冲霄汉，峦削巍巍碍碧空”，这山高得挡住了天。再看两边儿，“怪石乱堆如坐虎，苍松斜挂似飞龙”。这山里的松树多，石头多，而且形态很怪，看着有点儿吓人。又见那“飘飘雪，凛凛风，咆哮饿虎吼山中。寒鸦拣树无栖处，野鹿寻窝没定踪”。本来这山就难走，现在又下着大雪，刮着风，把师徒四人愁得够呛，只能咬牙坚持，真是“冒雪冲寒，战澌澌”。他们好不容易翻过了一座巅峰峻岭，站到山顶往前望去，望见前面山坳中有楼台高耸，房舍清幽。

唐僧一看有人家了，心里高兴，他赶紧喊道："走了一天了，又饿又冷，你们看，幸亏前面山坳里有人。我们去化些斋饭吃吧。"行者听师父说完，他也急睁眼观看，只见那里是凶云隐隐，恶气纷纷，便对唐僧道："师父不好，那楼台亭宇之处不是个好地方。"唐僧道："你怎么知道？"行者道："嘿嘿！在西方路上有的是妖怪、邪魔，他们很会变化房屋，管他什么楼台亭宇，他们都变得出来。"唐僧道："那看起来不像是妖怪变的呀。"行者道："师父，你有没有听说过有一种龙叫作'蜃'呢？"唐僧道："这倒听说过。"行者道："那'蜃'最善于变这些楼台、亭宇了，很多鸟儿看到这景象就想飞过去歇息歇息。可是它们哪知道一旦停下来，就算成千上万的鸟儿也会被他一口吞掉。我看那里气色凶恶，千万不能进去啊。"悟空是火眼金睛，他说的准没错。唐僧这回也学乖了，他听了悟空的话，不敢再往前走了。可是不走可以，他现在觉得肚子饿，他就说道："徒弟呀，我们可以不去那里化斋，可是我走了一天了，实在是饿得受不了。"

你说这唐僧早不饿，晚不饿，偏偏在这个时候饿，万一悟空去化斋了，妖精来了怎么办呢？不过他现在就是饿了，走不动了，只能让悟空去化斋。悟空把师父扶下马，对他说道："师父，你先在这儿坐下，我去别处给你化斋去。"八戒从包裹里把他们化斋装饭用的钵盂给拿过来了。行者接在手中，刚要走，他不放心，转过身来对沙僧嘱咐道："贤弟，你一定不要让师父前进，保护好师父，就在这里等着，等我化斋回来。"沙僧道："好的，大师兄，你放心吧。"行者转过身来又要走，可是他还是不放心，他想了个办法，他从耳中把那金箍棒掏出来，对师父和师弟们说道："你们现在坐在一块儿，我想出了一个保护你们的办法。"他们就听悟空的，坐在了一堆儿。悟空拿起金箍棒，在他们周围的地上画了一个圈子。画完就告诉他们，道："老孙画的这个圈儿比那铜墙铁壁还要厉害，凭他什么虎豹狼虫，妖魔鬼怪，都无法靠近你们。你们只要不走出圈外，就一定安全。在里面等我回来，一定！一定！"唐僧道："好的，悟空，你放心去吧。"行者这才安下心来，驾起云头化斋去了。

虽然他们答应了悟空，可之前悟空已经看出来，前面山坳里那房屋中有妖气，这说明妖怪离他们不远，只希望悟空化斋的时候，那妖怪不要来骗他们。他们也真能听悟空的话，千万别出圈儿。悟空最好能赶快回来。这会儿悟空已经驾起了云，一直往南飞去了。飞了一会儿，他看到前面地上长出几棵大树来，都快挨着云彩了。在那树底下，有一个小村庄。看来可以化斋了，悟空按下云头，刚走到一户人家门口，就听到“吱呀”的一声，门开了，走出一位老者。行者赶紧走上前说道：“老施主，我是从东土大唐而来去西天取经的和尚，正好路过你这里。我的师父饿了，我来你这里给他化些斋饭。”那老者听了却说道：“你还是别化了，你走错路了。”行者道：“没错，没错。”老者道：“没错？去西天的大路要往北去，有上千里远。”这老者说得倒对，悟空刚才眨眼的工夫差不多就飞得有千里远。悟空又笑着对他说：“对，对，你说得对，正是往北一千里。我的师父正坐在路边等我化斋回去呢。”老者道：“你又胡说，你化完斋走回去至少要六七天，你师父早就饿死了。”

哎呀！这老者也是，悟空跟你要点儿饭，你就给他吧，说这么多废话干吗呢？就怕待会儿唐僧等不及走出那圈儿，或者是妖精来了把他骗去。没办法，悟空只能是耐着性子跟他解释：“不瞒老施主，我是刚刚离开我师父也就喝一杯茶的工夫吧，就已经飞到这里了。”老者听了惊道：“你不是和尚，你是鬼！是鬼呀！”说完，他转身就往屋里跑。行者哪能让他跑呢？上去一把就把他扯住了，道：“施主，你往哪里去呀？有斋饭就快点儿给我化一些吧。”老者道：“不方便，不方便，你再找别人家去吧。”行者道：“我走几家，不如就走你这一家。”老者道：“不行，不行，我们家的米刚下锅还没煮熟呢，你到别处去化斋吧。”行者道：“没煮熟，那我就坐在这里等。”那老者听了生起气来，他拿起手中的拐杖照着悟空就打。就是跟他要点儿饭，你就给人家点，就算实在不想给，你也不应该打人呢！这老者拿起拐杖照着行者的脑袋就打了七八下。

这幸亏是打了悟空，这要是打了别人，那脑袋就打出血了！不过，今天他打了这猴子，恐怕他要倒霉呀。行者挨完了打，他更有理了，道：“哈哈！刚才你打了我七八下，我都记着呢，你打我一杖，我就要你一升米。”这老者气得没办法，也打不走悟空。他回过身进了屋，随手把门也关上了。这难不住悟空啊，悟空伸起手来捻了个诀，使了个隐身遁法，直接穿过墙就进到厨房里去了。进了厨房，悟空看他灶台上正煮着一口大锅，锅盖掀开，里面正煮着香喷喷的白米饭，看样子是煮熟了。他拿起钵盂往锅里狠狠地一扣，舀了满满一钵饭，然后转过身走出屋子，驾起云找师父去了。

这一来二去耽误了不少时间，也不知道现在唐僧那边怎么样了？其实，悟空刚走不大一会儿，八戒在那边就坐不住了。坐不住就坐不住吧，他想出个馊主意来，他跟唐僧说：“师父，这猴子也不知道跑到哪里玩去了。他化斋？他化什么斋啊？他给咱们画了个圈儿，让咱们在这儿坐牢吧。”唐僧道：“八戒，我们怎么坐牢了？”八戒道：“师父，你不知道，那猴子说画这圈儿像铜墙铁壁，如果真的有虎狼、妖兽来了，画一个破圈儿能挡住什么呀？还不是把咱

们白白送给别人吃啊！”唐僧道：“悟能，你说这些话是什么意思啊？”八戒道：“我看，坐在这儿又冷又吹风，我脚都凉了，不如咱们继续往西走。那猴子化斋回来，在天上能看见咱们。”

哎呀！你说这猪嘴不是一张惹祸的嘴吗？如果大家真听了他的话走出这圈儿，那就危险了。唐僧今天也不知道是怎么了？悟空的话不听，偏偏听这头猪的话。他站起身来真的要跟八戒往西走。沙僧一看他们两个要走，也没阻拦，跟着一起往西走了。他们这也太不让人省心了，悟空走的时候一再嘱咐他们，他们又答应得好好的，现在没过多大一会儿，就把悟空的话给忘了，希望悟空赶快回来吧，在这个期间，别再出什么事儿了。

他们没走多大一会儿就走到了那山坳中的房屋前，不过还好，走到现在至少还没碰到妖精。那就赶快绕过这片房屋，继续往前走吧，离这个地方远点儿。可是谁想到，那猪八戒看这房子漂亮，门又半开着，他就想进去看看有没有什么吃的。他随手把马就拴在了门前。悟空不在这儿，也没人能管他，他大摇大摆地就想往里进。唐僧见了还嘱咐他几句：“八戒，你进去的时候仔细点儿，别冲撞了人家。”八戒道：“好哩，好哩，我知道。”

那呆子把钉钯别在腰间，整了整衣服就进去了。进去以后是三间大厅，静悄悄的，没个人影儿，连个桌椅、板凳都没有。再往里走，穿过一条走廊，往前一看，有一座小楼，楼上的窗子半开着，透过窗子隐约能看到里边儿有一个黄色的帐幔。这帐幔就是我们用的蚊帐的别名。八戒进了那小楼，三两步走上楼，他伸手把那帐幔一掀，天哪！差点把他吓一个跟头。你猜他在床上看见什么了？看到的是一具骨头架子，也不知道这人在这里死了多久了，皮肉都烂没了，就只剩一身骨架。八戒定了定神儿，不那么怕了，忽然间又发现在那黄色的帐幔后边儿有什么东西在闪闪发光。他绕过了帐幔，看见那后面有一张彩漆的桌子，桌子上放着三件锦绣背心，刚才发光的就是这三件锦绣背心。那呆子见是这么好的东西，便起了贪心，上去直接把那三件背心抓在手中，转过身来下楼找师父去了。见到师父，他把里边的情况跟师父说了一遍，又拿出这背心想要他们三个人一人穿一件。

唐僧赶紧告诫他："八戒，不可，不可呀，我们出家人，不管人家主人在不在，都不能拿别人的东西。咱们就坐在这里避一避风，等悟空回来，我们吃了斋饭就走。"八戒道："师父啊，又没人看见。再说了，我老猪都没穿过这么好的锦绣背心，你不穿我穿。等猴哥回来我再脱下来，再给放回去就完了。”沙僧一听，这也不算偷，因为还要还回去，他就对八戒说：“二师兄，那也给我一件穿穿。”他们俩儿把外衣脱了，又把那背心往身上一套，还没等把这衣服穿戴整齐，他们两个忽然就觉得这身上非常不舒服，背心越来越紧，紧得站都有点站不稳了。他们两个就想把背心赶紧脱下来，可是，哪想到这背心越绑越紧，像绳子一样，最后把他们两个手都捆在一起了，两个人“扑通”一声就倒在地上了。这哪是什么背心啊？这肯定是哪个妖怪放在那儿，专门引人来偷，然后反过来把人绑起来的东西。他们两个被那背心绑得浑身疼啊。唐僧急得赶紧上前想给他们解开，可哪里解得开呀？

他们的叫喊声惊动了藏在这里的妖怪，妖怪一听有人喊，知道肯定是绑到人了。他使出法术，把眼前这屋子全变没了。唐僧师徒眼看着从旁边蹿出了一群小妖，连扯带拉地就把他们抓到妖洞里了。这回碰到的又是什么妖怪啊？悟空回来能不能找得到他们呢？

思维训练问答

教孩子莫起贪心

1. 猪八戒看到阁楼里没人，而且看见主人已经死在床上了，锦绣背心看起来又没有人要，他就拿了那件锦绣背心，他做得对不对呀？为什么呢？

2. 如果我们看到路上有钱，周围又没有人，你去不去捡？为什么呢？

3. 如果你真的把掉在路上的钱捡了起来，你会怎么处理呢？为什么？

故事中的家教思维

教孩子不要贪心，这是件很难的事情，能够反思且自我节制的人并不是很多。

猪八戒偷拿锦绣背心这个情节，我们可以拿出来跟孩子讨论，让他明白人不要贪心。我们可以先问孩子第一个问题，猪八戒看到阁楼里没有人，而且看见主人已经死了，锦绣背心看起来是没人要的。这种情况下他拿这件锦绣背心，他做得对不对？为什么？通过这个问题让孩子树立一个什么意

识，就是拿不拿别人的东西，跟这个东西的主人在不在场其实没有关系。人不起贪心，不是自己的东西就不要拿。

再问孩子第二个问题，如果我们看到马路上有钱，周围也没有人，要不要去捡，为什么？面对这个问题，很多孩子可能就会说“啊，那我会去捡”。其实捡与不捡，是什么答案不重要。重要的是，教孩子要先把自己的贪心放下，如果没有贪心，不是为了自己的私利，捡有捡的道理，不捡有不捡的道理。

接下来，我们还可以问孩子第三个问题，如果你捡了这个钱，你会怎么处理？为什么？通过这个问题，我们就能引导孩子，在守住自己本心的前提下，怎样处理好身外之物。

给孩子讲《西游记》

第三册

〔明〕吴承恩◎著　大嘴飞◎改编　王鲁闽◎绘

清華大学出版社
北　京

图书在版编目 (CIP) 数据

给孩子讲《西游记》/ (明) 吴承恩著 ; 大嘴飞改编 ;
王鲁闽绘 . -- 北京 : 清华大学出版社 , 2025. 1.
ISBN 978-7-302-67883-0
I. I207.414-49
中国国家版本馆 CIP 数据核字第 2025TZ7482 号

责任编辑：张立红
封面设计：异　一
版式设计：赵廷宏
责任校对：卢　嫣
责任印制：杨　艳

出版发行：清华大学出版社
网　　址：https://www.tup.com.cn，https://www.wqxuetang.com
地　　址：北京清华大学学研大厦 A 座　　邮　　编：100084
社 总 机：010-84370000　　邮　　购：010-62786544
投稿与读者服务：010-62776969，c-service@tup.tsinghua.edu.cn
质 量 反 馈：010-62772015，zhiliang@tup.tsinghua.edu.cn
印 装 者：北京博海升彩色印刷有限公司
经　　销：全国新华书店
开　　本：146mm×210mm　　印　　张：41.125　　字　　数：658 千字
版　　次：2025 年 3 月第 1 版　　印　　次：2025 年 3 月第 1 次印刷
定　　价：238.00 元（全四册）

产品编号：095771-01

第66集 丢金箍棒

唐僧师徒被几个小妖抓到妖洞里去了，见到魔王以后，那魔王就高声问道："你是哪里来的和尚？竟然这么大胆，敢偷我的衣服？"唐僧就跟人家解释，说自己是从东土大唐而来去西天取经的和尚，自己的大徒弟去化斋了，二徒弟一时起了贪心，偷了人家衣服。唐僧看见妖精也不会撒个谎，哪个妖精不想吃唐僧肉啊？他不该说自己是从东土大唐而来去西天取经的和尚。

这妖精当然听说过吃唐僧肉可以长生不老，一看唐僧送上门来了，心里高兴。不过他也注意到，唐僧刚才说，他大徒弟去化斋了。现在就只有这大徒弟没抓到，他就又问道："你大徒弟叫什么名字？去哪里化斋了？"八戒一看情况不妙，凭他们自己是跑不掉了，正好妖精问猴哥呢，就把悟空当年的威风说一说吧，看看能不能吓住这妖怪？他就张口说道："我师兄那是五百年前大闹天宫的齐天大圣孙悟空。"

他说完这话还真管用，这妖精听说过悟空的名号，他心中有些害怕，就不敢马上吃他们了，便对小妖们说道："你们去把这几个的兵器收了，再把他们带到后边去，等我抓了他大徒弟，一起洗刷干净再吃。"小妖们收了八戒和沙僧的兵器，就把他们师徒三人带到后院了。你说他们这又何苦呢？当初为什么不听悟空的话？就在那圈里待着多好啊！真的是气死人呢！再说悟空驾着云，拿着饭，往回赶。等他回到他们先前停留的地方，发现师父、师弟们全都没了，白马也不见了，悟空就感觉出事了。

他赶紧往前面的山坳里看，发现之前的楼台、屋舍全没了，就剩下一堆堆的怪石。行者心里明白，这还用说吗？肯定是妖精已经抓住唐僧了，法术变的楼台屋舍便没用了，就收了法术把房屋变没了。唉！找师父去吧。悟空就顺着马蹄印朝西走，一边走他心里一边生气，都不听他的话，害得他现在还得救他们。他走了能有五六里，就听见北边的山坡上有人说话。

悟空看过去，发现有一个老翁带着一个仆人站在那里。他连忙走上前问道："老公公，你有没有见到师徒三人牵着一匹白马？他们是取经的和尚。"老翁笑着道："哈哈哈！有啊，我看见了，是不是有个和尚长得长嘴大耳的？"行者忙道："对！对！对！"老翁道："还有一个好像是晦气脸色？"行者道："有！有！是！"老翁道："我看见他当时牵着一匹白马，上边还坐着个白白胖胖的和尚。"

行者忙道："对！对！我就是要找他们。"老翁道："哎呀！那你恐怕不用找了吧，他们走错路了，走到妖洞里去了。"行者道："那麻烦老公公，你告诉我那妖洞在什么地方？我好去救他们。"老翁道："这座山叫金岘山，山前有个洞，洞中有个独角兕大王，那大王是神通广大，威武高强。那师徒三人走到那里去了，恐怕已经没命了。"行者道："好的，谢谢老公公，我这就去救他们。"

可是悟空万万没想到的是，他刚一转身，那老翁和他身边的仆人"扑通"一下，双双跪在他的面前，还朝他不断地磕头。悟空就奇怪，这是怎么回事啊？就见他们两个现了本相。原来哪是什么老翁和仆人，他们就是这座山的山神和土地。这下可把大圣给惹恼了，他高声骂道："你们两个毛鬼真是讨打！你们明明知道是俺老孙，却变成个老翁和仆人，还告诉我不要去救了，你们这是要干什么呀？”土地道：“大圣啊，小神知道你性子急，不敢直接告诉你，怕你怪我们没有帮你保护好师父，所以才变成这样子，让你先听我们把话讲完。”行者道：“好好好，那你们先记着这顿打，这钵盂你们给我收好了，看我去收拾那妖精。”

说完，他拽一拽虎皮裙，拿起金箍棒奔到山前去找妖洞了。刚过了山崖，只见那里乱石磷磷，翠崖的边上有两扇石门，门外正有许多小妖在那儿舞枪弄剑。行者上前高叫道：“你们这些小妖们回去告诉你们大王，我是唐僧的大徒弟齐天大圣孙悟空，让他赶紧把我师父放出来，免得我把你们一个个的全都打死。”小妖们害怕呀，赶紧往洞里跑，去报告大王：“大王！大王！门口有一个毛脸雷公嘴的和尚，他说他是齐天大圣孙悟空，来要他的师父呢？”那魔王听到之后，不但不慌张，心里反而还高兴道：“我正等着他来呢，自从天宫下到这凡间，还没找人试试我这一身的本事呢。今天他来了，那就拿他先试。”这妖怪说他是从天宫下到凡间，看来，这又是从天上下来的一个妖怪呀。

转眼间，这妖精来到洞外，高声喊道：“哪个是孙行者？”行者仔细看，妖怪长得又凶又丑：“独角参差，双眸幌亮。”这妖精长得很有特点，脑袋上长了一个独角。再仔细看："舌长时搅鼻，口阔板牙黄。"就说这妖精舌头长得特别长，有多长呢？他时不时地把舌头伸出来，舌头还舔着自己的鼻子。这个是真有意思，你不信可以试试，不管你舌头长得有多长，你想舔着自己鼻子呀，都舔不着，但这妖怪就能。你说他这舌头长得能有多长啊？再往下看："两只焦筋蓝靛手，雄威直挺点钢枪。"他长了一双蓝颜色的大手，握着一把钢枪。

大圣上前说道："你孙外公在这里，快点儿把我师父还给我，要是敢说半个'不'字，我叫你们死无葬身之地。"妖怪道："你这大胆的泼猴精，有什么手段敢说这样的大话？"行者道："你这泼物，看来你是没见识过老孙的手段！"妖怪道："管你什么手段，你师父偷我的衣服让我抓住了，今天我要把他蒸了吃。"行者道："呸，我师父是个忠良正直的人，怎么会偷你的衣服？你少废话，赶紧上来比试比试。"那妖怪看来有两下子，丝毫不畏惧，挺起钢枪劈面迎来。这一场好杀！你看那："金箍棒举，长杆枪迎。金箍棒举，亮藿藿似电掣金蛇；长杆枪迎，明幌幌如龙离黑海。正是英雄相遇英雄汉，果然对手才逢对手人。那魔王口喷紫气盘烟雾，这大圣眼放光华结绣云。只为大唐僧有难，两家无义苦争轮。"

他们两个打了三十多回合，不分胜负。那魔王看悟空棍法齐整，一往一来，全无破绽。心中高兴，看来今天是碰到好对手了，还连声为悟空喝彩，道："好猴儿！好猴儿！真个是那闹天宫的本事！"大圣也喜欢他枪法不乱，右遮左挡，甚有解数，他也打得痛快，就叫道："好妖精！好妖精！果然是一个偷丹的魔头！"两人夸着对方，还继续打。又打了一二十回合，这时候那魔王枪尖点地，喊那些小妖一起上。只见那些小妖一个个是拿刀弄杖，执剑抡枪，把悟空就围在了中间。行者他会怕这个吗？只喊出一句：“来得好！来得好！正合我意！”他使金箍棒前迎后架，东挡西除。

这群妖怪是越打越来劲儿，没有后退的意思。行者打着打着就忍不住焦躁了，把金箍棒往空中一丢，喊了一声“变！”，瞬间就变作了千百条铁棒，好便似飞蛇走蟒，盈空乱落下来，妖怪们一看这棒子一多起来，不行，打不过呀！一个个是魄散魂飞，抱头缩颈，都跑到洞里逃命去了。那魔王可跟这些小妖不一样，他一点儿没害怕，跑都没跑，还唏唏地冷笑，道：“呵呵呵！你这猴子好无礼呀，看我的手段！”说完，他从袖子中取出了一个亮灼灼白森森的圈子，就见他往空中一抛，叫了一声“着！”，“唿喇”一下，你猜猜怎么着了？行者的金箍棒被他收去了，弄得孙大圣是赤手空拳。悟空一看这可不好，兵器丢了，赶紧翻起筋斗云逃命去了。这可真是“妖魔得胜回归洞，行者朦胧失主张”。

在西天路上，这些妖怪也真是奇怪，有的会刮风，有的会喷火，有的会用宝贝一下子把人收进去。这个妖怪没见到他有太大的本事，但是，他就是能把悟空的兵器给套去。就这一招，悟空不好收拾他呀。这降妖真是难为悟空了，任凭他本事再大，他也没法想象每个妖怪各有什么奇怪的本领啊。

这会儿悟空败了阵，空着手跑到金𫶇山背后的一块石头上坐了下来，坐着坐着，扑棱棱的两行眼泪就掉下来了，道："师父啊！俺老孙一心想要保你去西天取经，可是，没想到今天金箍棒让人抢去了。这可让我怎么办呢？"他独自难过了一会儿，情绪慢慢平稳了，心里就暗暗地想起一件事儿来。什么事儿呢？刚才打仗的时候，那妖怪打到高兴的时候夸了他一句，那句话怎么说的？"好好好，真的是大闹天宫的本事！"悟空仔细地回想这句话，他心中暗想："这妖怪很有可能是天上下来的，否则怎么会知道我有闹天宫的本事？"想到这里，行者看到出路了，他决定上天去查一查。

悟空翻身纵起祥云，直到南天门外去找玉皇大帝了。到了灵霄宝殿，见到玉皇大帝以后，他就把妖怪这事儿详细地说了一遍，还对玉帝说道："玉帝帮我查一查，是不是天上哪位神仙下去了，变成了这妖精啊？"悟空一番话讲完，站在灵霄宝殿里的众神仙们就一起笑了："哈哈哈！呵呵呵！嘿嘿嘿！"他们笑什么呢？悟空说这事儿也没什么好笑的呀。葛仙翁就先说道:“我说你这猴子最喜欢放刁了，今天来了怎么对玉帝这样有礼貌啊?说几句话还鞠个躬，我们都快不认识你啦。”行者道:“哎呀呀!你们还取笑我，还不是因为今天我的棒子丢了!”这猴子也真逗，能耐少了些，他反倒谦虚了一些。玉皇大帝接下来就派天神给悟空查，像四天门、三十三天、二十八宿等，所有的神仙都给他查了一个遍，却发现没有少任何一位神仙。这下玉帝可就没办法了，但是唐僧有难，他不能不管。

玉帝又开口对悟空说道:“孙悟空，你可以挑选几员天将帮助你下界去降妖。”行者道:“多谢玉帝，可是我找谁呢?当年老孙大闹天宫的时候，除了二郎神，这满天的天神，没人打得过我，可那妖精使出那宝贝，他的本事不在俺老孙之下呀。”悟空说得没错，就算他们找到一个更厉害的天神，万一跟妖精打起来的时候，他又拿出那圈子一套，再把兵器套走了，怎么办呢?

第67集
轮战兕大王

悟空说："我找谁呢？当年老孙大闹天宫的时候，除了二郎神，这满天的天神，没人打得过我。可那妖怪使出那宝贝，看来，他的本事不在老孙之下呀。"葛仙翁听他这样一说，便劝他道："大圣，你可不能这样说呀，这降妖比的不是谁厉害，说不定哪位天神就正好克他。"悟空觉得他说得也有道理，就回应玉帝道："那就派托塔李天王和哪吒三太子陪我下去降妖吧。"玉帝道："好吧，就派他二人助你去降妖。"行者道："还有，再给我派两个雷公，趁着天王和他正在打斗的时候，让雷公在云里朝那妖怪的脑瓜顶上锭他一下，把他锭死。"玉帝道："好好好，就依你。"就这样，托塔李天王和三太子，还有两位雷公随着悟空去了金嶢山。

到了之后，几位就开始商量，谁先去打头阵？托塔天王就说："我儿哪吒曾经降服过九十六洞妖魔，善能变化，随身又有降妖兵器，就让哪吒先出战吧！"三太子抖擞神威，和悟空就来到了洞门前。洞门紧闭，一个小妖都没有。行者上前高叫道："妖怪，开门！开门！还我师父来！"没过多大一会儿，那妖怪就被悟空喊出来了。他出了洞口，第一眼没见到悟空，先看见哪吒了。那哪吒是"相貌清奇，十分精壮""绣带舞风飞彩焰，锦袍映日放金花。环绦灼灼攀心镜，宝甲辉辉衬战靴"。

他可不像悟空，一看就是个瘦瘦的猴和尚。可是那妖精胆子真大，看到这样的天神，他也不怕，反倒笑呵呵地问道："哈哈哈！你是李天王的三太子吧？你名叫哪吒，今天你来到我的门前呼喝什么呀？"太子道："泼魔作乱，困害唐僧，玉帝让我来抓你。"妖怪道："估计你是那孙悟空请来的帮手吧？一个小孩儿，你能有什么武功啊？还口出浪言，不要走，吃我一枪！"太子使出斩妖剑劈手相迎，两个对上手了。

这打斗刚刚开始，悟空就跳回山顶，他高声叫道："雷公何在？"雷公忙道："大圣，我们在。"行者道："快去！快去！瞄准那妖精的脑袋，用你们的雷公凿，凿他一下。"

两位雷公驾起云光，拿出雷公凿，刚要下手，只见哪吒三太子使出法术，他摇身一变，变成了三头六臂，手持六样兵器朝那妖精砍去。两位雷公心想：“这还用我们出手吗？估计哪吒可能要降住他了。”可是哪里想到，那魔王摇了摇头，也变出个三头六臂来，握着三柄长枪相迎。这妖精还真不简单，原来以为他就是靠那圈子，法力可能就一般。哪知道他也会变成三头六臂。哪吒看这妖精不简单，他又使出新的法术，把手中的六般兵器往空中一抛。

哪六般兵器呢？砍妖剑、斩妖刀、缚妖索、降魔杵、绣球、火轮儿。他又大叫一声：“变！”那些兵器就一变十，十变百,百变千,千变万，满天的兵器就如同骤雨冰雹，纷纷密密，往这妖魔就打过去了。那魔王还是不怕，他一只手又取出了那白森森的圈子，也往空中一抛，叫了一声：“着！”唿喇一下，六样兵器全被他套去了，慌得哪吒空手赶紧逃生。这场仗魔王又打赢了。两个雷公刚才看他们打得太精彩了，甚至忘记出手了。不过，这会儿两个人暗笑道：“幸亏刚才我们的雷公凿没有拿出来，要不然现在也被他套去了。”

此时三太子已经飞回来了，他对天王说道：“这妖魔果然神通广大。”行者道：“嘿嘿嘿！什么神通广大呀？他就是有个圈子厉害，管你拿什么兵器都给你套走。”哪吒道：“你这猴子，我是因为帮你才丢了兵器，现在你反倒取笑我。”行者道：“三太子，你烦恼什么呀？要说烦恼，我老孙比你要烦恼呢，我师父让人抓了，金箍棒也被他套去了。已经这样了，难道我还哭吗？还不如这样笑一笑。”他们两个在那儿拌嘴，李天王嘴里就叨咕着：“这妖怪不管是什么武器，他都能套去。我们要找一个他套不住的东西才能降住他。”行者道：“套不去的那就是水和火了。”李天王道：“对呀，你说得有道理，水和火他套不去。”行者道：“好好好，那你们在这儿等我，我再上天去一趟。”雷公问：“大圣，你又上天去做什么呀？”行者道：“我去彤华宫找那火德星君来帮我们放火烧他。”哪吒道：“这是个好主意。大圣，你快去！快去！”

行者纵起祥光去了彤华宫，见到火德星君以后，他把跟这个妖怪打仗的过程说了一遍。火德星君听完以后就感到为难了，他为难什么呀？就听他说道：“大圣啊，那哪吒可是三坛海会大神，他曾经降服过九十六洞妖魔，神通广大，他都打不过，我怎么降得住那妖呢？”悟空就跟他解释道：“这妖怪也没那么厉害，他只是手里有个圈子，不管你拿什么武器，他都能套去。后来托塔李天王出主意，说要找他套不住的东西去收拾他，老孙就想到火他套不去，所以才找你来帮忙。”火德星君觉得大圣说得有道理，就率领火部众神去金岘山帮他们了。

到了山顶，悟空带着李天王先去挑战。他又到妖洞门前高喊：“妖怪！妖怪！你给我出来。”很快，妖怪带着小妖们从里边出来了，道：“你这泼猴，这一次又请谁来帮忙啦？”行者道：“这回我请李天王来收拾你。”妖怪道：“李天王，你这是要给你儿子报仇，取回兵器吗？”李天王道：“我一来是要为儿子报仇取回兵器，二来就是要救走唐僧，不要走，吃我一刀。”那怪物侧身躲过，挺长枪随手相迎。他们两个在洞前，这场好杀！你看那：“天王刀砍，妖怪枪迎。刀砍霜光喷烈火，枪迎锐气迸愁云。一个是金岘山生成的恶怪，一个是灵霄殿差下的天神。那一个因欺禅性施威武，这一个为救师灾展大伦。天王使法飞沙石，魔怪争强播土尘。播土能教天地暗，飞沙善着海江浑。两家努力争功绩，皆为唐僧拜世尊。”

大圣见他们打得正来劲儿，翻身跳到高峰上，就喊火德星君：“火德星君看准了，放火烧他。”正好这个时候妖怪和天王正斗到好处，那妖怪一下就把圈子拿出来了。天王了解他呀，这又是要套武器了，他赶紧把刀藏起来，转身逃了。紧接着，火德星君连同他带来的火部众神一起放起火来，他们使出火枪、火刀、火弓、火箭，还放出各种喷火的神鸟、神兽。但见那半空中，“火鸦飞噪；满山头，火马奔腾。双双赤鼠，对对火龙。双双赤鼠喷烈焰，万里通红；对对火龙吐浓烟，千方共黑”。光这些还不够，各种放火的器具也拿出来了，就见那“火车儿推出，火葫芦撒开。火旗摇动一天霞，火棒搅行盈地燎”。

好一场天火呀！估计这一回妖怪要完蛋了吧？这么大的火，就算他掏出圈子来，怎么套啊？但是，谁能想到那妖怪根本不怕。“唰”一下又把那白圈子掏出来了，往空中一抛，就听“唿喇”一声，那圈子虽然没套走火，但他把那些火龙、火马、火鸦、火鼠，还有火枪、火刀、火弓、火箭这些神鸟、神兽和放火的工具给套走了。那放火的东西一套走，火烧不一会儿就灭了。这场仗妖怪又赢了，他转回洞中不搭理他们了。

再说那火德星君是什么东西都没了，手里就剩一杆旗子。他们回来刚与悟空会合，都在那儿抱怨：“这个凶魔，真是罕见！我这些火具全都被他给套去了。”行者道：“嘿嘿嘿！不用抱怨，不用抱怨，俺老孙还有办法呢，我再到天上去一趟。”火德星君道：“大圣啊！你还要到天上去找谁呀？”行者道：“那妖怪不怕火就定然怕水，常言道，水能克火。等老孙去找水德星君，放大水来淹他。”火德星君道：“大圣啊，如果你用水来淹他，不是把你师父也淹着了吗？”行者道：“没事，没事，俺老孙自有办法保护他们。”火德星君道：“好吧，好吧，那你快去吧。”

好大圣又驾起筋斗云，这回他去了北天门，找水德星君。见面以后，大圣就把之前斗妖怪的事儿又跟水德星君说了一遍。水德星君决定要帮他，他派出了黄河水伯神王。水伯从袖子里取出一个小盂儿来，是用白玉做的。什么是小盂儿啊？不是在河里游泳的那个鱼，它是个装水的工具。行者一看这盂儿也太小了，这能装下多少水呀？就问水伯："你这盂儿也太小了，这一盂儿能装多少水呀？"水伯就告诉他："我这一盂儿能装下一个黄河那么多水，半盂儿就有半个黄河水。"行者道："那太好了，只要有半盂水就够了。"

水伯同大圣飞往了金嵬山，到了山顶以后，行者就嘱咐他："我先下去叫那妖精开门，只要那妖精把门一打开，就直接就把那水往里一灌，把那些怪物全都淹死，之后俺老孙再下去把师父捞出来，再把他给救活。"悟空这是什么馊主意啊？大家还以为他会用什么办法事先把唐僧罩住呢。原来是先用大水淹着唐僧，然后他再下去把师父救回来。唐僧被水淹得受多少罪啊？这个臭猴子这叫什么办法呀？

行者飞下山，又来到妖洞前，高声叫道："妖怪！妖怪！出来！出来！"没过多大一会儿，那妖怪挺着钢枪又出来了。水德星君在山头上一看，门开了，妖精正要往外走，他抓住这个机会，赶紧把那盂儿往下一倒，"哗！"大水就下来了。妖精一看，之前是要放火烧他们，这回是要放大水淹死他们。他赶紧又把那圈子拿出来了，这回他把圈子紧紧地夹在两个石门中间，这能有用吗？圈子能防住水吗？当时也看不准，水太大了。

大圣急纵筋斗云跳离水面，他回到山顶，和几位天神一起往下观看，就见那水泼得真是好！一勺之多，果然不测。“只听得那潺潺声振谷，又见那滔滔势漫天。雄威响若雷奔走，猛涌波如雪卷巅。”就说那发大水的声音像打雷一样响，激起的浪花就像下的雪卷起来了一样。“低低凹凹随流荡，满涧平沟上下连。”只要是有沟、低洼的地方，水都已经流满了。到现在为止，还没见那妖怪的圈子起什么作用，难道水真的把他们给淹死了？

第68集 大圣盗宝

黄河水伯帮悟空降妖，在空中用他那小盂儿轻轻一倒，就倒出了滔天巨浪。行者刚开始看着大水来了，心里挺高兴。可是，看着看着他心里就有点儿发慌了，水漫四野，都流到田地里去了，那不把农民种的庄稼淹坏了吗？他赶紧对水伯说：“水伯，水伯，把你那水收一收，恐怕把庄稼都淹了。”水伯说：“小神只会放水，不会收水呀。”不过也不用特别担心，这山十分高峻，那水顺着山沟、山谷也都流下去了。再看那妖洞，几个小妖从妖洞口跑了出来，他们在洞外吆吆喝喝，舞枪拈剑地玩呢。这时候众人才看清楚，原来这场大水根本就没流到洞里去。那圈子是怎么起的作用？难道是水流进去以后又被那圈子套出来了？说不准，水太大了，谁也没看清楚，白费劲一场。行者看那几个小妖玩得高兴，气得他双手抡起拳，闯到了妖洞门口，大声喝道："妖怪哪里走？看打！"吓得几个小妖丢了枪棒，赶紧就往洞里跑去禀报："大王！大王！他们又打来了。"

魔王挺起长枪出了门，开门就骂："你这泼猴，你几次都打不过我，一会儿来放火，一会儿又来发大水。现在你拿我也没什么办法了吧，怎么又跑来送命？"行者道："儿子，你说反了吧？是我来送命，还是你出来送命？来来来，吃你孙外公一拳。"妖怪道："你这个猴子实在是缠人，现在我使枪你使拳，看你那拳头也没多大，还不如个锤子大呢。算了，我把枪放下，陪你打一路拳！"这妖精是有点儿真本事，几次对悟空一点儿都不惧怕。就见妖怪把衣服往起一撩，丢开架子，伸出两只拳头来，真有两个铁锤那么大。大圣也摆开架子，两个就打起来了。这一伸手，打得是真精彩！"拽开大四平，踢起双飞脚。青狮张口来，鲤鱼跌脊跃。妖精便使观音掌，行者就对罗汉脚。"他们两个打了数十个回合，没分出胜负来。对打的两人谁也没紧张，可是那些在旁边观战的人全都激动起来了。

在那高山顶上，李天王看得是厉声喝彩，火德星君鼓掌称夸。两个雷公和哪吒三太子看得也来劲儿了，率众神相助。那些小妖也看得兴奋，是摇旗擂鼓，舞剑抡刀，想助大王一力。大圣一看这架势，这要全动起手来，打得太乱了，干脆他从身上拔下一把毫毛来，往空中一撒，叫了声“变！”，瞬间就变出三五十个小猴来。他们一拥而上，把那妖精围住了。

小猴儿们是抱腿的抱腿，扯腰的扯腰，抓眼的抓眼。这场景又让人想起悟空从须菩提祖师那儿学完本事，刚回花果山的时候，打混世魔王就是这么打的。可是，这个妖怪没有那么蠢，他又掏出那个圈子往天上一抛，不过，这回他套什么呀？悟空手里也没兵器，那些小猴手里也没兵器。就听见“唿喇”的一声，那三五十个小猴瞬间被套去了，而且都现了本相，变成毫毛了。这到底是个什么圈子呀？他不光能套武器，就连毫毛也能套去。这场仗妖精又打赢了，他转身回洞，把门关上了。

这时候几位天神走了过来。他们过来干吗来了？把大圣一番夸赞。哪吒先说道：“好大圣，真是个好汉！你这一路拳打得是锦上添花。后来你使的分身法更是让人眼花缭乱。”行者道：“各位，你们刚才看，觉得那妖怪的本事和老孙比到底怎么样啊？”李天王道：“大圣，那妖怪拳松脚慢，不像你的拳脚紧疾，最后你又使出那分身法来，要不是他抛出圈子，再打一会儿，他都不是你的对手。”李天王也觉得悟空本事比他高。

大圣道：“其实那魔王好治，就是他那圈子实在是太难对付了。”水伯听了这话，想出个办法道：“我看要想取胜，除非你能拿到他那宝贝，然后再去抓他。”行者道：“可是，那宝贝怎么得到啊？”两个雷公在旁边就笑了，道：“哈哈！要说偷，大圣这可谁都比不过你呀。当年大闹天宫的时候，你偷御酒，偷蟠桃，偷龙肝、凤髓还有老君的仙丹，那是何等手段！今天正好用到这儿吧。”这几句话把悟空提醒了，道：“好说！好说！既然这样，你们坐在这儿等我。”

好大圣跳下山顶，又来到洞口。他摇身一变，变成了一只麻苍蝇儿。你看他变得那是太像了！“翎翅薄如竹膜，身躯小似花心。善自闻香逐气，飞时迅速乘风。”他轻轻地飞在门上，爬到门缝边，钻了进去，只见那大小群妖，舞的舞，唱的唱，排列在两旁。那老魔王高坐台上，面前摆着些蛇肉、鹿脯、熊掌、驼峰，还有山蔬果品。桌上还放着一只青瓷酒壶。他们这儿有酒有菜，在庆贺今天的胜利呢。

行者混到小妖之中，摇身一变，他又变成了一只獾头精，在妖洞里四处观看，找不见这魔王的宝贝，也不知道他把那圈子藏在哪儿了？他又偷偷地转去大厅后边，进了后厅有个房间，他走进去就听见被妖怪套来的火龙、火马在他头上嘶叫呢。原来，它们已经被妖怪高高地吊在房梁上了。悟空再抬头看，他发现在东边的墙壁上正靠着他的金箍棒。

这丢了一阵子的宝贝再度见到了，他是心热手痒，几步上前把金箍棒拿在手里。哈哈，这回他要报仇了。就见他现了原形，抡起棒子一路打了出去。慌得那群妖怪是胆战心惊，老魔王哪会想到悟空在里面打出来了，他一时也找不到自己的兵器在哪儿，真是措手不及！悟空这边推倒三个，那边放倒两个，打出了一条血路，一直打出洞门口。这可真是“魔头骄傲无防备，主杖还归与本人”。悟空打出洞口后跳到山顶上，天神们见悟空手里只有自己的宝贝——如意金箍棒，那他们的武器呢？哪吒就开始怪悟空：“嘿！猴子，你只把你自己的宝贝偷回来了，我们的宝贝呢？”行者道：“三太子，别急，别急，只要我金箍棒在手，不愁那些宝贝我抢不回来。”

正说着，那魔王带着那群小妖从洞口跑出来了，他们要找悟空算账。行者叫道：“好好好，正合我心意，看老孙再去收拾他们！”好大圣举铁棒劈面迎来，高声喝道：“泼魔哪里走！看棍！”那妖怪使钢枪架住，骂道：“贼猴头，你着实无礼！你怎么大白天的来偷我的宝贝？”行者道：“你这个不知死的孽畜！是你大白天的把我的宝贝套到你那儿去了，现在反倒说成是你的宝贝了。不要走，吃老孙一棍！”那怪物抡枪隔架，又是一场好战！

“大圣施威猛，妖魔不顺柔。两家齐斗勇，那个肯干休！这一个铁棒如龙尾，那一个长枪似蟒头。这一个棒来解数如风响，那一个枪架雄威似水流。一条铁棒无人敌，打遍西方万里游。那杆长枪真对手，永镇金兜称上筹。相遇这场无好散，不见高低誓不休。”他们两个打了有三个时辰，仍是不分胜负。打着打着天都黑了，那妖怪突然把长枪一支，说道：“孙悟空，你听我说，这天昏地暗的，现在不是打架的时候，我们都先回去歇息歇息，明天再打。”行者道：“明天再打？你这个泼畜生。老孙正打到兴头上，什么黑天白天的，今天一定要打出个输赢！”那妖怪有点儿招架不住，又打累了，他不敢跟悟空再斗，虚幌一枪，转身跑回洞里去了。

悟空也没硬追他，翻身又跳回山顶。你看这回打架，那妖怪没把圈子拿出来，估计他心里清楚，如果再把圈子拿出来，悟空肯定会把金箍棒藏起来，藏起来之后又会用拳头跟他打，他可能怕自己占不着便宜。悟空现在倒是把他慢慢摸清楚了，越来越能收拾他了。再说在山顶上，那几个天神看悟空翻上来了，赶紧围过来，又夸赞他："你真是有能有力的大齐天，无量无边的真本事！"行者笑道："火德星君过奖，过奖了。那妖怪现在被老孙打累了，不如我趁着这个时候再钻到他洞里去偷他那圈子，顺便再把你们的宝贝给偷回来。"三太子关心悟空，看他打了一天也累坏了，就劝他："大圣，你打了一天也累了，不如休息一晚，明天再去。"行者道："你年纪还小，你不明白这些事儿，你见过哪个做贼的是白天去偷啊？偷东西都要晚上趁人家睡觉了再去偷。"火德星君道："是啊，三太子，大圣最会偷东西了，就听他的吧。"

好大圣笑嘻嘻的，他又跳下了高峰，来到洞门口，摇身一变，这一次又成了一只蛐蛐儿，变得同样好看！那是"嘴硬须长皮黑，眼明爪脚丫叉"。他蹬开大腿，三五跳，跳到门边，又从门缝钻了进去。进了妖洞之后，他蹲在墙根儿底下，就看见那些大小群妖们正在狼吞虎咽地吃东西呢。这是白天把他们给打得又累又饿。吃完东西以后，那魔王开始安排了："你们两个在这儿看守，你们两个在那儿看守。"他安排什么呢？他怕悟空再进来偷他们东西，他让几个小妖看门。安排好以后，这魔王就脱衣服睡觉了。悟空见他把上衣一脱，这可看着宝贝了，原来他那个圈子一直套在胳膊上，那他睡觉躺下的时候能不能把这个圈子拿下来呀？要是能拿下来，那悟空想把它偷走可不是难事。

可是，这妖怪不但没拿下来，躺下之前还把那圈子往胳膊上推了推，觉得套紧了才安心地睡下。这怎么偷啊？往下一拿，他不就醒了吗？悟空有悟空的办法。他摇身又一变，这一次他变成了个小跳蚤，他跳上床，钻进妖怪的被子里了，慢慢地又爬到妖怪的胳膊上。他这是要干什么呀？就见他扎扎实实地朝着妖怪胳膊上，就咬了一口。“哎哟！”把妖怪疼得，一下就把身子翻过来了，口中大骂道：

“你们这些欠打的小妖，怎么不把床给扫干净啊？不知道是个什么东西，咬了我一口。”说完，他反倒把那圈子又往胳膊上抹一抹，然后才躺下。哎呀！这可不好办了，他越套越紧，怎么偷啊？悟空想再试试，伸出嘴来照他胳膊上又狠狠咬了一口。妖怪翻身又骂道：“哎呀！咬死我了。”不过，他喊完之后闭着眼睛又睡了。行者心想：“看来这个办法不行啊，算了，算了，我先不要他这圈子了，我先把他们的兵器给偷回来。”

妖怪的圈子他是没偷到，那天神们的神兵器他能偷回来吗？

第69集

求取金丹砂

妖怪把宝贝套在胳膊上了，睡觉也不摘下来，悟空怎么也拿不下来，既然拿不下来就不偷那圈子了。行者转身又跳到大厅后边那个房间去了，来到门前。这回这房间上锁了，这难不倒悟空，他现了本相，念动咒语，用手往那锁头上一抹，锁就开了。他推门闯进去，本来是黑天，屋里也没有火。但是，天神们的兵器全都闪闪发光，把这屋子照得像白天一样。他看见屋里有张桌子，桌子上放的是什么呀？正是他身上的毫毛。大圣满心欢喜，他把毫毛拿过来呵了两口热气，叫了一声“变！”，毫毛又变成了三五十只小猴，这回他让这些小猴把那些兵器全都拿了，又把那些放火的神鸟、神兽也都放出来了。

走吧！可悟空会这么简简单单地走吗？他骑上了那火龙，又让这些火鸟和火兽在洞里放起了熊熊大火。等这火烧起来了，他带着兵器和这些鸟兽逃出了洞外。那妖洞里被火烧得，就听得乒乒扑扑，炸雷连炮，慌得那些大小妖怪梦梦查查，披着被，蒙着头，喊的喊，哭的哭，被火烧死了一大半。大圣跳回山顶，天神们一看大圣回来了，一拥上前，就见他骑着火龙，喝喝呼呼，还带着一群小猴们回来了。小猴儿们手里抱着他们的兵器，天神们笑吟吟地把各自的宝贝都拿回去了。

再说那兕怪也被这大火吓得魂不附体，他赶紧起来摘下圈子，带着小妖们灭火。他东推东火灭，西推西火消，灭了半天。等火灭完，才发现小妖们男男女女的加起来烧死了上百号人。你说这妖精也是，偏偏惹那猴子干什么？放了唐僧不就完了？到现在还没弄明白这火是哪儿来的呢？他先查看藏兵器的地方，一看才发现兵器没了，他再跑到后边，看见唐僧师徒们还在那儿绑着，白马也没动，行李也没人拿。他嘴里就叨咕："这看起来也不像是孙悟空干的，他也没救他师父啊？"可是，旁边的小妖们可不这么看，他们说道："大王，这一定是那猴子干的。他把那神兵器偷走了以后，让那些神鸟、神兽们放的火，否则那神兵器都哪儿去了？”这番话提醒了这妖魔，是啊，如果不是悟空进来了，谁能把那些神兵器偷走啊？

这时，妖怪猛然间想道：“难怪昨天我开始的时候睡不着，原来是那猴子变成了虫子来咬我的胳膊，他一定是想先偷我的宝贝，后来发现偷不去，就把神兵器给偷走了，然后又使那些火鸟、火兽们纵起火来，哼！不过，不管这贼猴子用什么办法，他也不能把我怎么样，他不知道我的本事，只要我身上带了这件宝贝，就是掉到大海里，我也不怕淹，进入大火中，我也不怕烧。”经过这一番折腾，这一宿也快过去了，天都快亮了。

在那高峰上，哪吒三太子对行者说：“大圣，天快要亮了，我们趁那妖魔挫了锐气，与火部众神共同助你去擒住他。”行者笑道：“说得有道理，我们齐心协力地去玩玩他！”天神们一个个抖擞威风，来到洞口。行者叫道：“泼魔，给我出来和老孙斗一斗。”这会儿门口正有几个小妖在那里扫地撮灰。为什么呀？因为昨天那场大火把两扇石门都烧成了灰烬。小妖们一看来了这么多天神，把他们慌得，丢了扫帚，扔了灰耙，赶紧往回跑报告：“大王，大王，孙悟空和那些天神们又来啦。”

这回把兕怪气得真是发怒了，圪迸迸钢牙咬响，滴溜

溜环眼睁圆。挺着长枪，带了宝贝，走出门来一见到他们就破口乱骂道：“你这个偷营放火的贼猴！你到底有多大手段，敢这样看不起我，几次三番地与我打斗？”行者笑道：“嘿嘿嘿嘿！泼怪物，不是老孙看不起你，实在是我的本事比你大得太多了。来来来，你靠近点儿，我把我的本事说来给你听听，‘我自小生来手段强，乾坤万里有名扬。当时颖悟修仙道，昔日传来不老方。立志拜投方寸地，虔心参见圣人乡。学成变化无量法，宇宙长空任我狂’。”

猴子这不是又开始吹牛了吗？上次他跟黑熊精打仗的时候，他不就这样把自己过去的经历编成了诗，从他学道开始，一直吹到大闹天宫。可是，上次没起到什么作用，反倒被黑熊精给笑话了一顿。这回他又那样吹牛，能吓住那兕怪吗？他这牛一旦吹起来就会吹好长，咱们先听听，看看最后妖怪怎么反应。

悟空就接着吹：“我闲在山前将虎伏，闷来海内把龙降。祖居花果称王位，水帘洞里逞刚强。御赐齐天名大圣，敕封又赠美猴王。只因宴设蟠桃会，无简相邀我性刚。暗闯瑶池偷玉液，私行空阁饮琼浆；龙肝凤髓曾偷吃，百味珍馐我窃尝；千载蟠桃随受用，万年丹药任充肠。玉帝访我有手段，即发天兵摆战场。九曜恶星遭我贬，五方凶宿被吾伤。

普天神将皆无敌，十万雄师不敢当。威逼玉皇传旨意，灌江小圣把兵扬。相持七十单二变，各弄精神个个强。南海观音来助战，净瓶杨柳也相帮。老君又使金刚套，把我擒拿到上方。即差大力开刀斩，刀砍头皮火焰光。百计千方弄不死，将吾押赴老君堂。六丁神火炉中炼，炼得浑身硬似钢。七七数完开鼎看，我身跳出又凶张。诸神闭户无遮挡，众圣商量把佛央。其实如来多法力，果然智慧广无量。手中赌赛翻筋斗，将山压我不能强。压困老孙五百载，一些茶饭不曾尝。金蝉长老临凡世，东土差他拜佛乡。解脱高山根下难，如今西去取经章。泼魔休弄獐狐智，还我唐僧拜法王！”

悟空这牛是越吹越得意，吹到最后，自己都觉得自己格外了不起！看看那妖怪有什么反应？那妖怪只说了一句：“原来你是个偷天的大贼！不要走！吃我一枪！”这半天白吹了，在妖怪的心里就是个贼，压根没把他当齐天大圣看。大圣看吹牛不解决问题，那枪都捅过来了，他赶紧使棒相迎，两个搭上手了。哪吒在旁边看，早就耐不住性子了，他把六件兵器往下一抛；火德星君也在旁边发狠，使出那些放火的物件放出火来；雷公也要开始凿他；天王也举起了宝刀。

孙大圣一看这阵仗更来劲儿了，这么多天神还收拾不了这妖怪？可是人多真的有用吗？这些天神会不会觉得自己带的人多就大意了？如果这时候妖怪又把那圈子掏出来，那不一下就把他们兵器全都套住了吗？而且这样套兵器更省劲儿，省得一个一个打了。就见那魔头微微冷笑，从袖子里偷偷地把宝贝取了出来。完了，妖怪真的是这么想的，他就是要利用这些天神的骄傲，利用他们没防备的情况。妖怪把圈子往空中一抛，喊了一声："着！"又是听到"唿喇"的一声，六件神兵、火部物件、雷公凿、天王刀、行者棒全被他捞去了。妖怪又打赢了，回过身来，他还喊出这么一句："小的们，搬出土石，把门重新修好，咱们回去吃唐僧肉去。"

这几个天神看兵器丢了后，赶紧逃命，都跳回山顶，他们都傻眼了，实在是太丢人了！一群天神，加上个齐天大圣，被不知道从哪里来的妖怪收拾成这样。哪吒就怨行者的性子太急，雷公就怪天王放刁，他们互相埋怨上了。行者看大家都不开心，就来劝他们："大家不必烦恼，胜败是兵家常事，那妖怪没什么了不起的，他就是多了个圈子，咱们只是败给了那个圈子，又不是败给了那妖怪。现在俺老孙又想出个办法，之前去问玉帝，这妖精是哪里来的，他查不出来。那老孙再去趟西方找佛祖，叫他慧眼观大地，看看这怪物到底是长在哪里，那圈子又是个什么宝贝。不管怎么样，俺老孙一定把他拿下，给你们出气，最后一定让你们欢欢喜喜地回到天庭。”众神道：“好的，大圣既然这

样说，那你就快去吧。”

话音刚落，行者纵起筋斗云飞向了灵山。到了灵山，按下云头，四处观望。这可真是个好地方：“元气流通天地远，威风飞彻满台花。时闻钟磬音长，每听经声明朗。又见那青松之下优婆讲，翠柏之间罗汉行。”就说此时的灵山，眼睛看到的地方是风中飞花，耳朵里能听见的是僧人们的念经声。行者正在四处观看，忽听得有人叫他：“孙悟空，你从哪里来？要往何处去？”行者急回头看，原来是一位尊者。大圣上前行礼道：“我正有一事，要见如来。”尊者道：“你这顽皮的猴儿，既然要见如来，怎么不到寺里，却在这山中看景色？”随即道：“好吧，跟我来吧。”

这位尊者带领悟空去见了佛祖。佛祖一见行者就问他：“孙悟空，你不保唐僧来我这里取经，却独自到这里，有什么事啊？”行者就把那兕怪抢他师父，用宝器套他和那些天神兵器这个事儿告诉了佛祖。如来睁开慧眼，看遍四大部洲。看过之后，佛祖心中明白是怎么回事儿了，但奇怪的是，他却对行者说：“这怪物我已经知他是哪里来的，但现在还不能告诉你，你四处乱讲会惹祸到我灵山，我助你一些法力，帮你去捉他吧。”行者赶紧拜谢道：“如来，你助我什么法力？”如来道：“就让十八尊罗汉打开宝库，取出十八粒‘金丹砂’来助你。”行者问道：“那金丹砂有什么用啊？”如来道：“你先去洞外和那妖魔缠斗，这时叫罗汉放出金丹砂，转眼间就会变成满地细砂，那怪物自然陷在其中拔不出脚，到那时就凭你如何揪打他。”行者笑道：“嘿嘿嘿！好办法！好办法！妙啊！赶快去！赶快去！”

罗汉们取出金丹砂，就和行者出了门。行者出门往后看了一眼，他发现不对。刚才佛祖讲了，是请十八位罗汉陪他去降妖，他看身后只有十六位罗汉，就说道：“这如来怎么哄我？刚才明明说是十八位罗汉跟我去，现在怎么只有十六位？”正说着，又从门里走出了降龙和伏虎两位罗汉，他们听悟空在讲如来的坏话，就对他说道：“悟空，你怎么又放刁？刚才如来是有话要和我们讲，所以才晚出来的。”行者道：“嘿嘿！要不是我在这儿吵，你们能出来吗？”罗汉们也不跟这猴子一般见识，就笑呵呵地驾起祥云陪他一起去了。

这次是佛祖帮忙了，但是，真的能降住那妖怪吗？

第70集 收伏兕怪

十八罗汉带着金丹砂随悟空降妖去了。不多时，他们来到了金峣山顶。众天神看十八罗汉都来了，就上来迎接。这下收拾妖精，大家都有信心了。大圣捻起拳头，又到妖洞门前去骂："妖怪，快出来，跟你孙外公比比高低！"小妖们听到以后飞跑去禀报，魔王得知消息后简直把他烦死了，道："哎呀！贼猴子这次又请谁来帮忙了？"小妖道："没看到有什么人帮忙。"魔王道："就他一个人？他没了棒子，估计这次又要跟我比拳吧？"他拿起钢枪走出洞门外，看到悟空骂道："贼猴子！你几次都打不过我，就不该再来了，怎么又来吆喝？"行者道："呵呵！你这泼魔不知好歹！要想让孙外公不来，你投了降，赔个礼，再把我师父、师弟们送出来。”

魔王道：“那三个和尚已经被我洗干净了，正要宰杀，我看你还是走吧。”行者一听他说“宰杀”二字，火就上来了。他丢个架子，抡起拳，望着妖精就扑了过来。妖精知道行者的厉害，这次他不敢跟他硬拼拳了，直接使长枪相迎。行者左跳右跳，完全是哄那妖魔。他想把妖精引得离他那洞口远一点儿，这样十八罗汉好下手。妖精哪里知道，他就跟着行者打。打了一会儿差不多了，行者冲着山峰高叫道：“十八罗汉何在？”

十八罗汉听到喊声，各显神通，他们拿出金丹砂往下一抛。这金丹砂是真奇怪，原本也就十八粒，可是抛下来后竟然变得：“似雾如烟初散漫，纷纷霭霭下天涯。白茫茫，到处迷人眼；昏漠漠，飞时找路差。打柴的樵子失了伴，采药的仙童不见家。那是细细轻飘如麦面，粗粗翻复似芝麻。”就说这砂不仅铺天盖地，而且还细，迷人眼睛，出来砍柴的、采药的人都找不着家了。那妖精看着这砂，当然也觉得迷眼睛，他赶紧把头低下。可是他这一低头，发现自己脚下的砂子有三尺深了，自己完全陷在这砂子里了，吓得他赶紧把腿往外拔，可是这砂子哪能站得住，他脚一落地，还没站稳，又陷进去二尺深。

这回这妖精可有点慌了，整个人都陷在砂子里了，还怎么打仗？想回妖洞里都难了。看来佛祖这个办法是真厉害，这下妖精可能要完了。妖精站在砂子里没办法了，他只能又把那圈子拿出来，不过他那圈子应该没大用吧，佛祖的宝贝也能让他套去？别着急，咱们听听看。就见妖怪，把圈子取下，还是往天空中一抛，喊了一声："着！"接下来又听到了那熟悉的声音，"唿喇"就这么一声，十八粒金丹砂还真被他套去了。不会吧？这圈子也太厉害了，佛祖的宝贝都拿他没办法，接下来该怎么办呢？见那妖怪拽回步子，回了洞中。

十八罗汉一个个是空着手，停着云，站在空中发呆。李天王看了也失去信心了，他说道："这妖精太难降了，我们怎么才能夺回兵器啊？又什么时候才能回到天庭？还有什么脸面见玉帝呢？"大家正为难，降龙和伏虎二位罗汉说道："大家不要慌，悟空，你记不记得刚才我们两个从佛祖那里晚出来一会儿啊？"行者道："记得，记得，怎么呢？"罗汉道："那是佛祖吩咐我们两个，那妖魔神通广大，如果丢了金丹砂，就让你去离恨天兜率宫找太上老君，找到他你就能降伏那妖怪啦。"行者道："可恨！可恨！那如来佛祖怎么不早说？"罗汉道："你快去吧。快去吧。"

好大圣，纵起筋斗云直去三十三天，到了兜率宫门前，他直接往里闯。可是门口有两个小仙童拦住了他，问道:“你是什么人？硬往兜率宫里闯？”行者才懒得搭理他们，只道:“我是齐天大圣，要找李老君。”仙童道:“你怎么这样粗鲁？你先停下，我进去通报。”行者道:“走开！走开！”悟空甩开他们，径直往里走。这猴子是猜出来了，估计那妖怪是因为太上老君没看管好从兜率宫里跑出来的。猴子有理，他就硬气。他往屋内闯的时候，太上老君正在往外走，两个人撞了个满怀。行者赶紧行了个礼，说道:“老官儿，好久不见。”老君道:“你这猴儿不去取经，来我这里干什么？”行者道:“西天路上我遇到点儿阻碍。”老君道:“你遇到阻碍，来我这里干什么？”

行者一边儿跟老君说着话，一边儿他就在兜率宫里四处看。他走一走，找一找，走过几层廊宇，忽然见到在养牛的牛栏边上一个小仙童正在那睡觉呢，但是牛栏里没有牛。行者回头问道:“老官儿，你的牛呢？”老君惊道:“哎呀！这孽畜也不知道是什么时候走的。”正说着话，小仙童醒了，他看到老君发现自己睡懒觉了，慌得赶紧跪在地上说道:“爷爷，弟子睡着，不知道牛什么时候走的？”老君道:“你这次怎么如此贪睡？”仙童道:“弟子在丹房里捡到了一颗仙丹，当时吃了就一直睡到现在。”老君道：“这粒仙丹你吃完以后要睡上七天，估计这牛到下界也有七年了，你再仔细看看他有没有偷走我什么宝贝呀？”

行者在旁边就说道：“不用看了，他没什么宝贝，就是拿了一个圈子，他那圈子十分厉害。”老君道：“看来这孽畜偷了我的金刚琢。”行者道：“金刚琢？当年我大闹天宫的时候，和二郎神苦战不分上下，不就是你抛下了金刚琢，打了老孙的脑袋吗？”老君道：“对！对！对！正是这件宝物。”行者道：“他现在用这宝物套走了我的金箍棒。后来我找李天王和哪吒帮我，他又把李天王和哪吒的兵器也套走了。我又找火德星君放火烧他，他又用圈子把他们的火具给套去了。后来我又请了十八罗汉，用金丹砂来降他，还是被他给套去了。老官你纵放怪物，抢夺伤人，你该当何罪？”老君道：“你这泼猴儿，我那金刚琢凭你什么兵器都能被它套去，水火也不能把它怎么样。”说到这里，老君又从他宫中摸出一件宝贝——芭蕉扇，说道：“幸亏我的芭蕉扇还在，如果他把芭蕉扇也偷了去，我也拿不住他了。”

大圣听老君这么一说，知道芭蕉扇能对付那金刚琢，他就欢欢喜喜地带着老君去金峨山了。到了以后，各位天神都来跟老君告状。老君就说道：“孙悟空，你先下去和他

打斗，把他引出来，我好降他。”行者跳下峰头，来到洞门前，又高声骂道：“泼孽畜，趁早出来受死。”那魔王很快挺着钢枪又出来了，行者这回有把握能拿住他，他十分神气，就骂：“你这泼魔，这次恐怕你要死定了。不要走，吃我一掌！”他急纵身跳上前去，动作太快了，那妖怪没反应过来，上去一伸手，朝那妖精脸上就给了他一大耳刮子，打完回头就跑。这猴子也太逗了，这不叫打仗，这不乱来吗？那妖怪也气坏了，本来以为他会用拳头打自己，没想到上来先打了自己一耳光。

他抡起枪就追悟空，正跑着就听见高峰上有人喊道：“那牛儿还不回家，要等到什么时候？”怪物抬头一看，这不是太上老君吗？吓得他是心惊胆战，他心里想道：“这贼猴子真是个地里鬼，竟然把我的主人给找来了！”老君念了念咒，把芭蕉扇拿出来朝他轻轻地一扇。那金刚琢就不听妖怪的话，直直往老君这里飞。妖怪只能把宝器从胳膊上摘下来，再抛向半空，老君一把接住。老君再拿着芭蕉扇一扇，就见怪物立刻力软筋麻，现出了本相。大家仔细看，原来他是一头青牛变的。老君照着金刚琢吹了口仙气，又把他穿在那妖怪的鼻子上，直接把他牵在手中。这下妖怪终于被收了，老君骑到青牛背上，辞别众位神仙，回他的

兜率宫去了。

天神们又进到妖洞中，把那些小妖都打杀了，把兵器全夺回来了。行者赶紧去救自己的师父和师弟们。师徒四人谢过天神和罗汉们，先把他们送走，再挑上行李，骑上马，又向西行了。“师父，吃了饭再走吧！”这是谁在说话呀？吓得三藏一惊，不会是又有妖精来了吧？悟空顺着声音看去。谁呀？就是最开始那土地山神，悟空不是让他们给看着饭吗？他们这会儿把饭又热了一遍给端上来了。四人吃过饭，又谢过土地山神，餐风宿水地向西行了。

走了一段时日，渐渐到了春天了，那是“几处园林花放蕊，阳回大地柳芽新”。树也发芽了，花也开了。正走着，遇到一条小河，那是“澄澄清水，湛湛寒波”。河水很清澈，虽然这小河不大，但是要想过去还必须得有条船。师徒四人就四处张望，看看哪里有船。三藏坐在马上就往河对岸观看，远远看见河边儿有一棵大柳树，柳树后边有个小茅屋。行者这个时候也看到那个茅屋了，他就说道：“那里好像有个人家，一定会有船，能把我们摆渡过去。”八戒则高喊道：“摆渡的，你划船过来，有没有人呢？”几声以后，就看见柳树后边还真的“咿咿哑哑”地划出一只小船来。

小船不断地靠近他们，师徒们就仔细观察那个划船的人，她“手腕皮粗筋力硬，眼花眉皱面容衰”。这是说她的双手因为总划船，皮肤变得粗糙，手上的筋还特别硬，脸上长的皱纹比较多，看来这个人岁数不小了。等她靠了岸以后，行者又问她：“你是摆渡的吗？”那人说道：“是。”她说起话来“声音娇细如莺啭，近观乃是老裙钗”。什么意思啊？就说你别看她手长得很粗，但她说起话来声音细细的，再仔细看，她是个女的，一位老妇人。行者就觉得奇怪，划船这种事一般都是男人来做，这怎么让一个老妇人来划船呢？他就又问：“你的丈夫怎么不来划船呢，却让你来划？”那老妇人没回答悟空，就只是看着他们师徒四人微微地笑了笑。师徒几人上了船，那妇人撑起船，摇起桨，顷刻之间就过了河。等到师徒几人下船的时候，给过她钱，那妇人接过钱还是不说话，又看了他们一眼，还是笑嘻嘻的。

这个人有点儿怪，第一呢，她不说话；第二呢，老看着他们笑。她笑什么呢？难道她是妖怪？可如果是妖怪，刚才在河里，她应该动手啊。

第71集 错饮子母河

这会儿唐僧觉得有些口渴，看这小河水很清澈，他就想喝口水。八戒在行李中把钵盂拿出来，到河边儿舀上一碗水，拿回来先给师父喝。三藏喝了一小半儿，剩下的全被那呆子给喝了。师徒四人喝完水骑上马继续西行。走了大约一个小时，三藏在马上就开始哼哼："哎哟！徒弟们，我怎么觉得有点儿肚子痛啊？"三藏那边刚说完，八戒也觉得肚子有点痛了："哎哟！我怎么感觉肚子也有点儿痛啊？"沙僧马上想道："是不是刚才喝凉水喝的呀？"这话刚说完，三藏就有点儿痛得严重了："哎呀！徒弟们，怎么越来越痛啊？"三藏在那儿刚喊完，八戒又跟着喊："哎哟！我也痛啊！怎么肚子痛上了？"

他们两个不光是肚子痛，那肚子还变得越来越大了，用手摸上去，里头还长出了个大肉球子，听着里头像是“咕噜咕噜”乱动。如果说他们是刚才喝水喝的，那也不大对，哪有刚喝完水肚子里长东西的？难道是摆渡他们过河的那个老妇人搞的鬼？不过她怎么搞鬼啊？难道她往河里下了点什么药？那也不能，那毕竟是一条河，你就算下点儿药，那水一冲也跑了，应该不是这个原因。师徒俩正痛得受不了的时候，悟空看见路的尽头有一个酒馆，他赶紧告诉师父：“师父，前边儿正好有个卖酒的人家，我们坚持一下走到那里，让他们给烧点儿热汤喝，然后再问问他们这附近哪里有卖药的？我给你买药治肚子痛。”师徒们看到希望了，咬牙坚持着赶紧往那酒馆的方向走。

到了门口，见店门口坐着个老婆婆。行者上前问道：“婆婆，我们是东土大唐来的僧人，刚才过那条河的时候，喝了其中的水就觉得肚子痛。”那老婆婆道：“什么？你们在那条河里喝了水？”行者道：“正是，正是，就是东边那条清水河。”婆婆笑道：“哈哈哈！哈哈哈！你们可太逗了，你们太有意思了。先进来吧，先进来，我再跟你们说。”他们随着老婆婆进了屋，行者又赶紧嘱咐：“快烧些热汤来给我师父喝吧。多谢你了，婆婆。”可是那婆婆很奇怪，她也不给烧汤，她就笑嘻嘻地走到屋子的后门，冲着屋外喊上了："你们来看！快点儿都来看！"这个就怪了，让她烧点热汤，她不烧，她还在那喊人看，有什么好看的呢？

这时候，从后门走进来三个中年妇女。她们进来看见唐僧师徒以后，也跟着开始大笑，"哈哈哈！"乐得就没完没了。这到底是怎么回事？刚开始碰到那个划船的老妇人不回答问题，看着他们就笑。这会儿又碰到四个妇人，还是看着他们笑。行者实在受不了了，他哪有那个好脾气看着她们一直笑却不解释，气不打一处来，他大喝一声："呔！

笑什么笑？”他这一声吼，可把那几个妇人给吓着了，她们连忙往后退了好几步。行者上前一把揪住那个老婆婆道：“快快快，给我们烧汤来，我就饶了你。”老婆婆道：“这位爷，烧汤是没有用的，治不了他们的肚子痛，你放开我，让我慢慢跟你说。”行者放了手，那老婆婆接着说道：“我们这里叫西梁女国。我们这个国家里全都是女人，一个男人都没有，所以好不容易看见你们几个男人来了，我们几个当然很欢喜了。”

天底下还有这么奇怪的事儿，整个一个国家没有男人，

全是女人。那这里的小朋友不就只有妈妈，没有爸爸了？难怪她们一见到师徒几人就笑呢。那位婆婆又接着说道："别的地方的人要是生孩子，爸爸和妈妈两个人特别地相爱，才能生出个小宝宝。我们这里只有女人，没有男人，那要生孩子怎么办呢？我们就只能到东边儿那条清水河里喝那河里的水，那河叫子母河，喝了那水以后，你就会觉得肚子痛，还会怀上一个小宝宝。你们喝了那河里的水，当然要生孩子了。给你们烧点儿热汤，可热汤怎么会管用啊？"

三藏听闻这话大惊失色："徒弟，为师我怎么办呢？我怎么怀上个孩子呀？"八戒也听傻了："哎呀！我的爷爷呀！我们可是个男人，身上又没生孩子的通路，这孩子怎么生出来呀？"八戒这样一说完，那几个妇人更是笑得前仰后合了，连悟空也跟着一起笑了起来："哈哈哈！呆子，估计那孩子会从你肚子上钻个洞，钻出来的。嘿嘿嘿！"八戒说："这还不疼死我呀！""哈哈哈哈！"沙僧在那儿也忍不住笑："二哥，你别扭动了，小心伤着你的孩子。"那呆子越听越发慌，连痛带害怕，吓得眼泪都出来了，他拽着行者就求他："哥哥！你问问那老婆婆，让她给我找一个厉害一点儿的产婆，给我接生的时候让我少受点儿罪。"

三藏不跟他们胡扯，赶紧在这边又问道：“你这里有没有医生啊？我们去买一剂堕胎的药吧，把胎打掉就好了。”婆婆道：“我们这里没有打胎的药，但是，要想把肚子里的胎儿打掉，还是有办法的。”行者道：“有什么办法？”婆婆说：“从我们这里往南去有一座解阳山，山中有个破儿洞。洞里有一眼‘落胎泉’，只要把那井中的泉水打上来喝一口就能把胎儿打掉了。只是现在那水不容易取到了。”行者问道：“为什么？”婆婆道：“因为这几年那里来了个道人，叫如意真仙，他把那水看起来了，谁要想去打水，还要给他准备很多礼物，求着他，他才能给你一碗。”这个好办，悟空想要拿点儿什么，那还用带礼物吗？

行者开口问道：“婆婆，那解阳山离这里有多远？”婆婆道：“有三十里远吧。”行者道：“好了！好了！那老孙去取些水来喝。沙师弟，你看好师父。”沙僧道：“放心吧，大师兄。”行者道：“婆婆，你有没有什么能装水的东西借给我用用啊？”婆婆道：“好，我这里有个大瓦罐，你要去就多打一些回来，如果喝不完，剩下的我们可以留着用。”悟空接过瓦罐，走出屋门，纵起云头就向那解阳山的方向去了。几位妇人一看这悟空会飞，把她们给吓坏了，赶紧给唐僧跪下，又磕头又作揖，她们觉得今天碰到的不是罗汉就是菩萨。

悟空转眼间来到了解阳山，按下云头，早看见山中有一座庄院。大圣朝那里走了去，来到门口，就见门口的绿茵上盘坐着一位道人，大圣放下瓦罐，走上前去。那道人也看见悟空了，他还先打了个招呼：“你是从哪里来的？到我们这庵中有什么事吗？”行者道：“我是从东土大唐而来去西天取经的僧人。我们路过子母河的时候喝了其中的水。现在我师父肚子痛，我听说这里有个破儿洞，破儿洞中有落胎泉，那泉水可以消了他们的胎气。”道人听了这话笑了，道：“那是，我们这里是有个破儿洞，不过现在我们改名字了，我们叫聚仙庵。我师父是如意真仙，我是他的大徒弟。你叫什么名字？”行者道：“我是唐三藏的大徒弟孙悟空。”

道人道：“好，那我进去给你通报一下。你准备了什么礼品没有？”行者道：“我们是过路的和尚，没有什么礼品。”那道人道：“哎呀！那你真是傻，我师父守着这山泉，如果大家都来打水，都不给他钱，我师父还守着山泉干吗呀？你先回去把礼物准备好，再来取泉水吧。”行者道：“你进去一趟，就说是孙悟空来找他，他只要听了我的名字，别说是一碗水了，就连整个井都会送给我。”道人一看，眼前这和尚既然能讲出这番话，应该不是一般人，他决定还是先进去通报一下。

那如意真仙正在屋内弹琴，道人进去站在那儿也不吭声，等着如意真仙把琴弹完了，他才开口说道：“师父，外边有个和尚，说他是唐僧的大徒弟孙悟空。”悟空这名号是报出去了，不过能有用吗？虽然悟空的名气是大，但也不至于不管走到哪儿，别人都知道他吧？咱们看看这如意真仙是怎么反应。就看那真仙本来弹琴的时候安安静静，心情看着挺愉快，一听到孙悟空这名字，他扑棱一下站起来了。这是怎么回事？看来他还真听说过悟空，不过他站起来之后，第一个动作是把他的兵器给拿了过来，那是一把如意钩子。就见他怒从心上起，恶向胆边生，这不是什么好事啊。他生气了，跳出门口，高声叫道：“孙悟空何在？”

行者听到喊声，转过头来。他心中奇怪，怎么唤他的声音是这样的啊？他仔细看了看那真仙打扮：“头戴星冠飞彩艳，身穿金缕法衣红。足下云鞋堆锦绣，腰间宝带绕玲珑。”这看上去不像是个什么凶恶的妖怪，但是他可是气势汹汹地拿着兵器。行者先跟他客气客气，合起双掌，还给他行了个礼，道：“先生，贫僧是孙悟空。”那真仙笑道：“嘿嘿！你真的是孙悟空？”行者道：“真的是，真的是。”真仙道：“你认得我吗？”行者道：“不认得，但是刚才倒是听有人说过你。我师父刚才喝了子母河的水，那西梁女国的人告诉我们，你这泉水可以解胎气，就提到了你，如意真仙。”

真仙道：“这么说你师父是唐三藏了。”行者道：“正是，正是。”真仙道：“好！好！好！那圣婴大王你总听说过吧？”行者道：“圣婴大王？那是红孩儿啊，是号山枯松涧火云洞的红孩儿。”这真仙很奇怪，他怎么问起红孩儿了？那真仙道：“那是我的侄子，他的父亲牛魔王是我的哥哥，我听说你害了我侄子，我正愁找不着你呢。”行者道：“哈哈！先生，你弄错了吧？那牛魔王是我的朋友，我们曾经还结拜为兄弟呢。再说那善财童子已经跟着观音菩萨学习佛法了，你应该来感谢我呀。”那真仙道：“你这猢狲！我那侄子在山中自己当大王多好，去给那菩萨当什么奴才。你吃我一钩！”说完，他举起手中的如意钩，朝着悟空就打来了。

这个如意真仙是真不知道好歹，他竟然觉得红孩儿跟着菩萨一起学习是个坏事，还要找悟空的麻烦，也不知道这如意真仙有没有什么真本事，或者有没有什么难对付的法宝？悟空能顺利取到泉水吗？

第72集 女儿国国王

如意真仙举起他那如意钩子向悟空打了过来，悟空举棒架住。也真是巧，怎么就在这里碰到红孩儿的叔叔了。悟空实在是不想跟他打，就劝他："先生别打，别打，我只是取一碗泉水就好了。"如意真仙骂道："泼猢狲，你不知死活！如果你能跟我打上三个回合，我就让你取水；如果你被我打败了，我就把你剁成肉酱给我侄子报仇。"他这番话可把悟空给惹急了，悟空说道："你这个不知深浅的孽障，我在让着你，你看不出来吗？既然要打，过来，过来，看棍！"说着悟空这棒子就打出去了，那真仙如意钩劈手相还。两人在聚仙庵前好杀："如意钩强如蝎毒，金箍棒狠似龙巅。当胸乱刺施威猛，着脚斜钩展妙玄。"刚开始两个人打得挺猛，但是打了十几个回合以后，那如意真仙有些招架不住了。他一看自己可能不是悟空对手，赶紧拖着如意钩就往山上跑了。看来这个如意真仙的本事不大。

大圣也懒得理他，直接就往聚仙庵里去找水。进去一看，之前那个道人就是如意真仙的大徒弟，正在井边看着呢。悟空就喊他:“呔！让开，小心挨打！”那道人更没什么本事，他一看师父都被打跑了，他还站在那儿干吗呀？他撒腿就跑。悟空走上前，井中有个桶，桶上栓了一根绳子，这个叫吊桶。悟空把桶往井里一扔，弯下腰拽绳子往上提水，可是突然觉得脚脖子上好像被什么东西套住了，那个套子使劲往后一拖，悟空是“啪嗒”一下就摔在地上了，嘴都啃到地上，摔了个嘴啃泥。这怎么回事？原来那如意真仙正面打不过他，趁着悟空撅着屁股弯着腰在那打水的时候，他从悟空的身后悄悄地走过来了，再用如意钩子钩住了悟空的脚脖子，狠狠地往后一拖，这不就把悟空摔了个跟头吗？不过，这架打得实在是太恶心了。悟空是什么人？跟多少人打过多少次架了，但从来没有过被人家弄趴到地上，然后吃了满嘴泥的，把悟空给气坏了。他翻身爬起来，使铁棒就去打他。

可是如意真仙呢知道自己打不过悟空，转身就跑。大圣见他跑了也懒得理他，还是回去打水。他又弯下腰，拽起绳子开始往上提水，提到一半的时候，他又感觉脚脖子被套住了，紧接着又是狠狠一扯。这一回，悟空不仅是像上次那样摔了个跟头，他连那吊桶的绳都掉到井里去了。这个如意真仙是太逗了，打不过悟空，就用这么个办法。悟空再次从地上爬起来，双手抡棒，没头没脸地就打回去了。如意真仙还是一样，转过身来撒腿就跑，根本就不跟他打。这一回就不好办了，吊桶的绳也掉到井里了，不好往上提水呀。悟空想了个办法："我不如回去找沙师弟，让他来帮我一下。"想到这里，悟空跳起身，拨转云头回去了。

三藏和八戒一看悟空回来了，赶紧问："哥哥，有没有打回水来呀？"悟空把刚才的事儿就跟他们说了。沙僧当然愿意跟悟空去帮忙，悟空就安排那婆婆来照顾他师父，又从婆婆家里借走一个吊桶。兄弟俩驾起云又回到解阳山，按下云头，到了聚仙庵门口。悟空高声喊道："开门！开门！"转眼间，那如意真仙拿着钩子又出来了，他开口就骂："猢狲，你又来干什么？"行者道："我只是要取点儿水。"真仙道："你又不送礼来，而且你又是我的仇人，我凭什么白给你水呀？"大圣道："看来你是不想给了？"真仙道："不给，不给！"大圣道："好好好，那你就看棍！"

悟空一棒打过去，两个人又打起来了。这回那是："两家齐努力，一处赌安休。咬牙争胜负，切齿定刚柔。添机见，越抖擞，喷云暧雾鬼神愁。朴朴兵兵钩棒响，喊声哮吼振山丘。大圣愈争愈喜悦，真仙越打越绸缪。"他们两个在庵门口打起来，斗到山坡下边去了。以如意真仙的本事，这次怎么跟悟空打了这么长时间，还打到山坡下边去了？其实这是悟空的调虎离山之计，故意把他调开的，根本就没使出真本事。

现在这如意真仙被引开了，沙僧提着水桶就可以往里闯了。进去之后还是那道人在井边守着，他看见沙僧就问道："你是什么人，竟然敢来取水？"沙僧连话都懒得跟他说，拿起降妖杖，一杖就把他胳膊给打断了。沙僧道："我看你是个人，不是妖，要不然刚才我就打杀你了。"那道人站起身来就跑了。沙僧来到井边，把吊桶扔了进去，很快打上了满满一桶水。他走出门来，驾起云雾，在空中高喊道："哈哈！大哥，饶了他吧，我们回去，我已经打到水了。"如意真仙这才明白，刚才悟空是在故意引他呢。

悟空使铁棒挡开他的钩子，对他说道："今天，一来，我看你没有害过人；二来，看在牛魔王的情分上，我就暂且饶了你。老孙要使出真本事，别说是你一个，就是你十个，我都早把你打死了。”说完，大圣转身要走，可是哪知道那真仙不知好歹，把那钩子伸出来，想去偷偷地钩悟空。这下悟空察觉出来了，他转身一把就把那如意真仙推了个跟头，再上去把他那如意钩儿抢过来，一折成了两段，再把这两段放在一起，又一折折成了四段。“当啷！”给他往地下一扔，骂道：“我看你还敢不敢无礼？”这回这真仙就老实了，他坐在地上是一声也不吭。悟空看他那样子就笑他：“嘿嘿嘿嘿！老孙走了。”大圣驾起祥云，找上沙僧，兄弟俩回去了。

八戒正靠在门口捂着肚子哼哼哩：“哎哟！疼死我了，什么时候回来呀？”行者看他在那哼哼，就悄悄走过来逗他：“呆子，你什么时候生宝宝啊？”八戒道：“哎哟！哥哥呀，你别闹了，你拿没拿回水来呀，疼死我了！”沙僧笑着从后边走过来，道：“水来了！水来了！”几个人就赶紧伺候这师徒俩。水喝下去以后也就是一顿饭的工夫，他们两个就觉得肚子里面一阵一阵的绞痛，然后又咕噜咕噜地响。

突然，他们觉得忍不住要上厕所了，那婆婆赶紧拿过两个桶来给他们，他们就坐在桶上解决。他们两个往桶这一坐，没多大一会儿，那肚子里化掉的血团、肉块儿就被他们两个全都排出去了。这下终于松快了，他们两个的肚子没那么疼了，但是身子有些虚弱。那婆婆又给他们煮了些粥，熬了些汤，两人吃过就躺下休息了。

第二天早晨起来，觉得没什么事儿了，师徒四人谢过婆婆，又继续西行了。走了不到三四十里，他们进入了西梁女国的城门。城门口一进，就看到这里的人那是："长裙短袄，粉面油头，不分老少，尽是妇女。"这个景象是真有意思，整个一个国家的人都是女人，一个男人都没有。师徒四人在街上一走，那是太显眼了，这些女人们呼啦一下就围过来了，一边看他们，一边议论，还一边鼓掌："快看，快看，有男人来啦！""哎呀！太有意思了！快来看哪！"

她们连看带喊的，围过来的人是越来越多了，围得师徒四人连路都走不了了。但是这不行，还要往西走呢。行者想了个办法，道："呆子，你把你的嘴脸露出来，吓吓他们。"那八戒最愿意干这事儿了，他把他那猪头摇上两摇，又竖起他那一双蒲扇大的耳朵，再扭动他那猪鼻子和大嘴唇嚷道："嗨，你们都给老猪让开！"

这一喊真管用，把这些妇女们吓得跌跌爬爬地都躲在一边儿了。孙大圣也弄出个丑相来给他们看，沙僧就摆出他那晦气脸色，也挺吓人。这回谁也不敢围过来了，她们战战兢兢地站在街边上，一边看一边悄悄地议论。师徒四人就这样往前走，走到了一个叫迎阳驿馆的地方，他们碰到了一个官员，这个官员也是个女的，她骑着马拦住他们，问道："你们是从哪里来？"行者道："我们是从东土大唐而来，去西天拜佛求经的，我师父是唐王的御弟。"小朋友们，什么叫唐王御弟呢？悟空怎么今天又编出这么个说法呢？那是因为当初唐僧为了帮助南赡部洲的人，决定去取真经，皇帝受感动，敬佩他，就认他当自己的弟弟。皇帝的弟弟那也叫御弟。

悟空说出师父是唐王御弟，那是希望显得他们尊贵一点儿。这样女儿国国王知道以后不就容易给他倒换通关文牒吗？这样一说，把那女官吓得够呛，她赶紧下马跪在地上给他们叩头道："老爷恕罪，下官不知道你们是从东土大唐而来的，没有去迎接你们，还希望你们原谅。"这挺好，你看她这么客气，估计在这里倒换通关文牒，不是什么难事。这个女儿国就是怪了点儿，不管怎么说，只要没碰到妖怪就还好。

那女官起身之后，就回去见女儿国国王了。见到女王后把唐僧师徒的事一上奏，女王是满心欢喜。她这么高兴干吗呢？人家取经跟她有什么关系？就见她跟满朝的文武说道：“寡人昨天梦到‘金屏生彩艳，玉镜展光明’，这是喜兆啊。”这女王说的什么意思呢？就说她昨天晚上做了个梦，梦见什么呢？梦见金色的屏风上和镜子里都散发出五颜六色的光彩，她觉得这预示着将有好事发生。女王说完，那些女大臣们就不懂了，她们就问：“陛下，你怎么觉得这就预示着有好事发生呢？”

女王道：“你们想啊，我们女儿国每一代帝王都是女人，治国太累了。今天大唐国皇帝的弟弟来到我们这里，他身份尊贵，如果我能与他成婚，让他来做这国王，而我来做王后，让他来为我们治理国家，还能生子生孙，这不是很好吗？”这女王怎么会是这样的想法呀？唐僧是要取经的，怎么可能跟她在这儿结婚生孩子呢？万一唐僧不答应她，这女皇能给他倒换通关文牒吗？这一下可麻烦了，这回妖怪是没碰到，竟然碰上这种事儿了，这师徒四人怎么应对呀？

思维特点

☞ 对比思维

1. 形象对比：一个仙风道骨的真人和一个猴子。

2. 色彩对比：冷色对暖色。

3. 动态对比：静态对动态。

4. 武器对比：钩子对金箍棒。

培养孩子对比思维的益处：对人对事有更敏锐的洞察力和更强的概括力，具备更有张力的表达能力……

如何通过绘画培养孩子对比思维

1. 画对比歌

和孩子一起听《对比歌》，如："一个大一个小，大象驮着金丝鸟。一个胖一个瘦，小猪背着小小猴。一个高一个矮，骆驼和羊站一块……"并鼓励孩子画出来。

2. 细节对比引导

比如画多人物的时候，可以像下面这样引导孩子。

服装颜色方面："他们服装的颜色都是什么样的？"

表情方面："他们面部的表情有什么不同？"

动作方面："他们的动作是什么样的？"

第73集
唐僧遇招亲

女儿国的女王想把唐僧留下来和她成婚，满朝文武听完都觉得是个好事儿，大家都很高兴。但是唯有刚才见过唐僧的那个女官有所顾虑，她说道：“主公，你刚才说得都好，那唐御弟倒也是相貌堂堂，风姿英俊，只是那唐御弟还有三个徒弟，他们看起来却十分凶恶，相貌丑陋啊。”那女王听到这话也没难住她，她说：“这个好办，我们就为他们倒换通关文牒，之后只让他的徒弟去取经，把唐御弟留下就好了。”这女王倒挺聪明，想出这么个办法来，满朝文武也觉得女王提出的办法好。接下来，女王就安排当朝太师亲自向唐僧提亲。太师是满朝文武中除了女王以外最大的官儿了。太师接到女王的旨意以后，起身就去迎阳驿馆找他们去了。

再说唐僧师徒，此时他们正在迎阳驿馆等消息，只见外面有人通报，说是当朝太师来了。唐僧师徒心里清楚，这太师是除了女王以外最大的官员了，她怎么亲自来了？唐僧就先说道："我们只是倒换一下通关文牒，怎么惊动太师亲自来了？"行者道："师父，估计没那么简单？如果她不是来请我们的，很有可能是要把师父你留在这儿啊。"

唐僧道："悟空，这是为什么呀？"行者道："师父，你想想，这国中可没有男人，她们好不容易碰到你，而你又是唐王御弟，她们很可能是想让你留在这儿和那女王成亲。"还真被悟空给说准了。唐僧道："悟空，那为师该怎么办呢？"行者道："师父，她要真是让你和她成婚，你就先答应她，老孙自有办法。"悟空能有什么好办法呢？留在这儿跟人家成婚，就不能去西天取经了。不跟她成婚，她会愿给唐僧师徒倒换通关文牒吗？别着急，咱们继续往下看。

师徒几人在这儿说着，太师和之前那个女官已经从门外走进来。太师一眼就看见唐僧了，长得果然是气宇轩昂。双方打完招呼后，一坐下来就开始聊上了。太师从女王做的那个梦开始说，一直说到要把唐僧留下来跟女王结婚，结了婚以后还有很多好处，女儿国的金银财宝就全都是唐僧的了。可是唐三藏不知道该怎么回答，就闷在那里也不吭声。

八戒看着着急了，就伸出他的大长嘴说道：“太师，你还是回去告诉女王吧，我师父那是学了道的罗汉，一心只想取经，不想结婚。你们就赶快倒换了通关文牒，让我们西去吧。”行者却在旁边插言：“呆子，你别胡说。”唐僧看悟空说话了，以为悟空会有什么办法，就赶紧问道：“悟空，你有什么好办法呀？”行者道：“我看你就留在这里挺合适的。”唐僧道：“徒弟，我在这里过好日子是能得到很多金银财宝，可是谁去西天取经啊？”

太师在旁边看唐僧有点为难，不想答应的样子，但是悟空赞同，看来还有机会，她就赶紧接着说：“唐御弟，我女王说了，只叫你留在这里成亲，让你三位徒弟去西天取经就好了。”行者道：“对对对，你说得有道理，留下我师父一个人在这儿就行了。”太师听悟空这么一说，乐坏了，她感谢悟空道：“多谢小师父成全这桩美事。”八戒在一旁看猴哥都决定把师父留在这儿，他也就懒得多想了，他这会儿想起了什么呢？他还能想起什么呀？吃呗！他赶紧对太师说道：“既然把我师父留在这儿，那还不去准备点儿吃的呀！安排一顿宴席，让我们好好地吃一顿。”太师道：“好好好，这就安排，这就安排。”

太师前脚一走，唐僧一把扯住悟空就骂他：“你这猴头想弄死我吗？”行者道：“师父，你怎么说出这样的话？老孙之前不是跟你说了吗？让你先答应她，我自有办法。”唐僧问道：“你有什么办法呀？”行者道：“你先答应她，先让她把通关文牒倒换了，然后你就假装跟她成婚，等我们三人西去的时候，你就跟那女王讲要去送我们，那女王定然不会怀疑你。等你送我们到城门的时候，老孙使个定身法，把她们全都定住，然后我们赶快西行，等咱们走远了，我再回来解了她们的定身法，这是最妙的办法。难道你希望我使出那降妖荡怪的神通，把她们全打杀了，逼她们给咱们倒换通关文牒吗？”三藏被悟空这番话说得是如醉方醒，似梦初觉，他可算明白悟空的深意了，道：“哎呀！悟空啊，你这真是好办法，多亏了你了。”

再说太师回去之后把情况告诉了女王。女王估摸这事儿能成，就安排大臣们开始操办了。这下可热闹了，这些女官中有人打扫宫殿，有人铺设亭台，有人安排摆设宴席，还有人安排车马，女王打算坐着车马去接唐僧。别看这西梁女国全都是妇女，这女王出行的时候，那排场丝毫不比大唐国的差。先说那车：“六龙喷彩，双凤生祥。六龙喷彩扶车出，双凤生祥驾辇来。”就说那车上装饰的是有龙有凤，而且女王路过的地方是：“馥郁异香蔼，氤氲瑞气开。”整个车子带着花香味儿，满街的人都能闻到。车子的前前后后是：“金鱼玉佩多官拥，宝髻云鬟众女排。”这是说护送女王的队伍有好多人，排了好长的队，她们不仅在街上这样走着，还有：“笙歌音美，弦管声谐。一片欢情冲碧汉，无边喜气出灵台。”就说大家一边走，还有专门的人奏着音乐，让人感觉喜气洋洋。

不多时，队伍到了迎阳驿馆，师徒四人早就出来迎接了。女王卷起珠帘走下了车，直接就问：“哪一位是唐朝御弟？”太师在旁边指给他看。为了迎接女王，唐僧也换上了一身新衣服。女王见了他，果然是：“丰姿英伟，相貌轩昂。齿白如银砌，唇红口四方。顶平额阔天仓满，目秀眉清地阁长。两耳有轮真杰士，一身不俗是才郎。”

三藏的相貌十分出众，女王看得是心欢意美，她慢慢地展放了她樱桃小口说道：“大唐御弟，还不过来占凤乘鸾？”这意思是让他走过来，到她的车上来坐。三藏听到以后脸就红了，不好意思走过去。八戒在旁边，掬着嘴，他可好意思看，他就仔细端详那女王，真的是：“眉如翠羽，肌似羊脂。脸衬桃花瓣，鬟堆金凤丝。”就说她那眉毛长得像翠鸟的羽毛，皮肤就像雪白、细腻的羊的油脂一样；还有那脸庞微微泛红，像桃花瓣儿一样。

正看着，女王又走了两步："秋波湛湛妖娆态，春笋纤纤妖媚姿。""月里嫦娥难到此，九天仙子怎如斯。"就说这女王太美了，美过那月宫里的嫦娥，美过那天宫的仙女。那呆子看到好处，忍不住"口嘴流涎，心头撞鹿，一时间骨软筋麻，好便似雪狮子向火，不觉的都化去也"。这是说什么呀？就说那八戒看到女王的美，一开始嘴里都流口水了，然后心里又"砰砰砰"地跳，好像里面有个小鹿在乱蹦一样，又看了一会儿，他那骨头和筋都软了，就像一头雪堆的狮子向火扑过去了。狮子倒是凶猛，可它是雪堆成的，遇到火一烤，那不化了吗？八戒当时就是这个状态，女王太美了，他看得自己整个人都快化掉了。

先不说八戒了，行者看师父在这儿愣着，也不吭声，就走过去拽起师父走向女王的车子。女王喜滋滋地把三藏拉过来，两个人上了车。距离也拉近了，只可惜两个人心里想的事儿完全不一样："女帝真情，圣僧假意。女帝真情，指望和谐同到老；圣僧假意，牢藏情意养元神。"就说这女王一心想着要跟他结婚，可是唐僧不管你这女王有多漂亮，你这国家有多富有，他也不想留在这儿，一心只想去雷音

寺取了真经，回到南赡部洲好教化那里的人们，消除他们心中的痛苦。两个人想的不一样。

女王带唐僧回到宫中，只见宫里已经摆好了宴席，大家开始喝喜酒，为结婚庆贺。那宴席上别提有多热闹了，大家都玩儿到高兴处，三藏突然起身对女王说道："陛下，酒已经喝得差不多了，还请您为我们倒换通关文牒吧。明天一早，我那三个徒弟还要西去呢。"女王道："这个好办。"女王说完就派人把通关文牒给他倒换了。这一天大家是欢天喜地地过去了。

到了第二天早晨，三藏就按悟空之前的计划，哄骗女王说是要送三个徒弟出城。女王信以为真，还带上队伍陪着唐僧一起送。送到了城西门的时候，悟空突然厉声高叫道："女王，你不要远送了，我们就此拜别吧。"唐僧也回头说道："陛下，你请回，让贫僧西去吧。"女王一听惊到了，一把就扯住唐僧道："御弟哥哥，我愿意嫁给你，我这富有的女儿国也会成为你的，昨天我们结婚的宴会都办过了，今天你怎么变卦了？"能看得出来，这女儿国王是真舍不得唐僧。但是，唐僧师徒心意已定，要去西天取经。悟空转过身来，想使定身法定住她们。

可就在此时，在那人群之中闪出了一个女子，她高声喝道："唐御弟，你哪里走？不如我带你去玩玩吧。"女王还没说话呢，这人群当中竟然有人敢讲出这样的话，沙僧离那讲话的人距离最近，他感觉到不对劲儿，转头骂道："哪个无耻的东西？"说完，掣起降妖杖劈头就要打她。谁知那女子竟然弄起一阵风来，"呜——"，伴着这风声，唐僧被卷走了。本来以为这女儿国挺安全的，一路上没碰到什么妖怪，通关文牒也倒换了，没想到在这儿还是碰到个妖怪。这是个什么妖啊？把唐僧抓到什么地方去了？

第74集
探琵琶洞

女儿国王送唐僧师徒走的时候，在她的队伍中跳出一个女妖来，她弄起一阵旋风就把三藏给卷走了。大圣早听到风声，急回头却发现师父不见了，他高声问道："是什么人把师父抢走了？"沙僧道："大师兄，是一个女子，弄阵旋风把师父摄走了。"行者纵身跳在云端，用手搭在眼睛上四处观看，只见有一阵灰尘，风滚滚地往西北方向去了。太好了，起码发现妖精在哪儿了，这就好找。悟空道："兄弟们，快驾云跟我去追师父。"八戒和沙僧赶紧把行李放在马上，回应一声，全都跳在空中随孙悟空去了。把西梁女国的君臣们给吓坏了，她们扑通一下全都跪在地上，口中念叨着："想不到你们全都是腾云驾雾的罗汉，我却把你们当成普通男子，这才想要把御弟哥哥留在女儿国，看来我们是白花心思了。”她们都觉得很惭愧，起身以后，转过头都回女儿国去了。

再说孙大圣他们兄弟三人腾空踏雾，跟着那阵旋风，一直飞到了一座高山，只见灰尘息静，风头散了。这不用说了，肯定是在那附近有妖洞，妖怪把唐僧带回她老巢了。兄弟三人飞过去按下云头，又见到那里有一块大青石，像屏风一样，好像有意在挡着什么东西。他们三人牵着马，转过那个大石屏，发现后边竟然有两扇石门，门上边儿写了六个大字“毒敌山琵琶洞”。

八戒一看，这不是妖洞吗？他拿起钉钯上去就要筑门，行者却一把把他拉回来，道：“兄弟，别急，我们虽然随着那妖风赶到这里，但是并不能说明这洞一定是刚才那妖精的，万一你把门给筑坏了，又恰巧是别人住在这里，咱们不是找麻烦吗？你去和沙师弟牵上马到屏风前边去等我，老孙先进去打探打探，摸清了情况咱们再动手。”

哈哈，好厉害的悟空，这要是放在他以前，早上去一棍子把那门打得稀烂了。现在他经历的磨难多了，变得会思考了。有很多事情都是悟空说的这样，我们在一开始可能以为某件事情应该是这样，可是你仔细想一想，你会发现它有多种多样的可能，未必像你最初所想。沙僧也在旁边给悟空叫好，道：“好！好！好！大师兄，好啊，越着急的时候，你越是往宽处想啊。”说完，他二人牵了马，回到石头前面等着。

孙大圣显了个神通，捻着诀，念个咒，摇身一变，变做一只小蜜蜂，那变得是真个轻巧！“翅薄随风软，腰轻映日纤。嘴甜曾觅蕊，尾利善降蟾。”这是说他变出的小翅膀十分的轻薄，风一吹还跟着颤呢。小腰变得特别的细，在太阳底下一照，就像一根线一样。你说这妖精怎么能发现他呢？行者从门缝钻了进去，又飞过两道门，正好见到里面有个花亭子，上边坐着个女妖怪，旁边儿还站着几个丫鬟，身上穿着彩衣绣服，还欢天喜地，她们正在高高兴兴地好像在说着什么。

行者轻轻地飞了过去，钉在那花亭格子上，侧耳倾听。正巧又有两个丫鬟捧上两盘热腾腾的包子端上来了。她们端两盘包子上来干吗呀？正好那两个丫鬟说道：“奶奶，这有一盘儿是人肉馅儿的包子，另一盘是豆沙馅儿的包子。”那女怪听完笑了，道：“好好好，小的们，去把那唐御弟带出来吧。”几个丫鬟走向后房，没多一会儿把唐僧扶出来了。悟空一眼看见，师父怎么变得面黄唇白，眼红泪滴？这是说唐僧脸色蜡黄，嘴唇也白了没有血色。悟空心中叹道："糟了，师父这是中毒了！"这女怪把唐僧抓来也就抓来了，给他下毒干什么呀？

此时，那女怪已经走下亭台，上去扯住三藏说道："御弟哥哥，你放宽心，我这里虽然没有西梁女国的宫殿那么富贵奢华，但是你跟我在一起也能清闲自在。你可以念你的佛，看你的经，我就和你做个伴儿，咱们在一起不是也挺好的吗？"这女妖怪说这话什么意思啊？这也是看上三藏了，要想跟他结婚呢。唐僧这几天是怎么了？刚开始喝子母河的水，差点生出个孩子来；后来碰到女儿国国王，要嫁给他；这会儿又碰到这个女妖怪，还是要嫁给他。这几天碰到的全是这类的事儿。三藏心里也奇怪这个事儿，他在心里琢磨着没回答她。

那女怪又接着说："你被我请来，一定是受到惊吓了，我准备了两盘包子给你尝一尝。"唐僧心里就想："我怎么回答她呀？她让我留在这里，我答应还是不答应她？那包子我是吃还是不吃啊？这妖怪和那女儿国王不同。女儿国王是人，可以讲道理，这妖怪要是惹了她，她会折磨我的。"

想到这里，三藏强打精神，故意开口问她："这荤包子是什么做的？素包子又是什么做的呀？"女怪道："荤包子

是人肉馅儿做的，素包子是豆沙馅儿做的。”唐僧道：“噢，那贫僧还是吃素包子吧。”女怪道：“好的，御弟哥哥。”女怪看唐僧肯接受自己给他的包子，心里还挺高兴，她拿起个豆沙馅儿的包子一掰两半给唐僧递了过去，唐僧接过。拿着吃就行了吧？还不行。那女妖怪说什么呢？

“御弟哥哥，你也拿一个肉包子掰成两半儿，给我一个吗！”这妖怪喜欢唐僧，她想让唐僧喂她。唐僧可害怕了，那是人肉馅的包子呀。他一听这名字浑身都发麻，你还让他拿起来再掰一半给妖精送过去。行者在旁边听着，就知道师父这会儿是为难了，他在旁边忍不下去了，现出真身，掣起铁棒高声叫道：“孽畜，你好无礼！”那女妖怪吓了一跳，这从哪儿蹦出个人来呀？吓得她口喷一道烟光，先把那花亭子罩住，好把唐僧先控制住，生怕他跑了。随手，她又拿出一柄三股钢叉，跳出亭门外，骂道：“你这泼猴，怎么敢私自闯到我的家里来，不要走，吃老娘一叉！”大圣使铁棒架住，且战且退。二人就这样乒乒乓乓地打出了洞门外。

八戒和沙僧正在石屏前面等着，忽然看见两个人打出来了，慌得八戒赶紧把马给沙僧牵着，道：“沙师弟，你先看着行李马匹，老猪上去帮忙。”呆子双手举钯上前叫道：

“师兄靠后，让我打这泼贱！”那妖怪见八戒来了，也使出个手段来，“呼啦”一声从鼻子里喷出火来，嘴里冒出烟来，又把身子抖一抖，三股叉在空中是飞舞冲迎。这空中被那妖怪弄得乌烟瘴气，兄弟两人都有点儿看不清楚她了。

你也看不出来那女怪长了几只手，她拿着钢叉，没头没脸地就滚了过来。行者和八戒攻住两边儿，打了一阵，妖怪突然开口说道：“孙悟空，你这不知深浅的猴子，你不认得我，我可认得你。我告诉你，你那雷音寺的如来佛祖还怕我呢，就你们两个毛人也敢打到我这里来。好、好、好，你们都上，一个个地仔细看打！”这妖怪竟然讲出这样的大话来，她知道悟空的名号，竟然没把悟空放在眼里，不把悟空放在眼里也就算了，她竟然还说如来佛祖都怕她，这也太能吹牛了吧？她多大本事咱们不知道，一边打一边看吧。

这果然是一场好战：“女怪威风长，猴王气概兴。天蓬元帅争功绩，乱举钉钯要显能。那一个手多叉紧烟光绕，这两个性急兵强雾气腾。”“这个棒有力，钯更能，女怪钢叉丁对丁。毒敌山前三不让，琵琶洞外两无情。那一个喜得唐僧谐凤侣，这两个必随长老取真经。惊天动地来相战，只杀得日月无光星斗更！”三个斗罢多时，不分胜负。

你还真别说，兄弟俩联手，这妖怪还能打这么半天，她的本事确实不一般。此时，那女妖忽然将身一纵，空中有烟雾，你也看不清楚她使了个什么神通，大圣突然觉得头皮被什么东西扎了一下，他大叫一声："哎呀！苦哇！"这一声喊出来，他就觉得自己那头皮越来越痛，忍都忍不住。悟空败下阵来。八戒见情况不妙，猴哥都被打败了，他也拖着钯，赶紧往后退。那女怪竟然把这场仗给打赢了，她收起钢叉，回到洞中。

行者抱着头，皱眉苦面地叫道：“厉害！厉害呀！疼得厉害呀！”不会吧？悟空那是什么脑袋呀？大闹天宫的时候，刀砍、斧剁、雷劈都伤不了他分毫。今天让妖精刺了一下，就疼成这样。沙僧心中也是这个疑问，他就上前问道：“大师兄，你这是头风病犯了吧？”行者道：“不是，不是，不是，被那妖精扎了一下。”八戒也上来问：“哥哥，我没见她扎你啊，看你这头上也没有什么伤，你怎么就会疼上了呢？”行者道：“哎呀呀！好痛啊！好痛啊！不得了！不得了了！刚才我与她正打着，她突然一跳，我也没看清楚她用的是什么兵器，就在我的头上扎了一下，我就这样了。”

八戒在旁边看猴哥也没什么大事儿，就开始取笑他：“哈！哈！你不是老吹牛说你的头在哪儿炼过吗？怎么就经不住这么一下呢？”行者道：“我是炼过，我吃过蟠桃，喝过仙酒，还偷过太上老君的仙丹，又在他八卦炉里炼了一炼，就连天兵天将的刀斧锤剑都伤不了我，今天也不知道是怎么了，被那女怪不知道用什么东西给扎了。”沙僧又走过来，扒开悟空脑袋上的猴毛，仔细地瞧一瞧，怪呀，也没发现有什么伤口。这时候八戒倒想个办法道：“要不我去西梁女国给你找副膏药，给你贴上。”找副膏药治头疼，这倒是个好办法。可是，悟空那是什么脑袋呀？他觉得疼了，能有膏药治得了吗？

第75集
战蝎子精

悟空的脑袋被那女怪扎了一下，他疼痛难忍。这时候八戒想个办法，道:“我去西梁女国给你找副膏药，给你贴上。”悟空道:“哎呀，找膏药又有什么用？我这头上又没肿，又没破，膏药治不了的。要不咱们就在山坡下找个避风的地方坐一晚，养养精神，明天再去收拾那妖怪。”他们就按悟空说的，拴好了白马，看好行囊，找个地方休息了。

再说女妖怪回到妖洞之后，让两个丫鬟把门看紧了，防止悟空再钻进来。转过身来想起了唐僧，她一想到唐僧，心里就美。她亲自走到后房，把三藏搀了出来。搀出来之后，又跟唐僧开始说结婚的事儿:“御弟哥哥，你看我本领又高，人长得又美，和我住在这洞里又不受苦，还去取什么经啊？

你就别去了。”唐僧看都不想看她一眼，一心只想去取真经，对她没兴趣。这妖精就苦苦地一遍一遍求他，不管怎么说，唐僧就是不答应她。妖精说来说去得半宿都过去了，唐僧始终连看都没看她一眼，把她给气得恼羞成怒，弄根绳子把三藏又给捆起来了。丫鬟们把三藏带到后房去，妖精躺在床上自己睡了。

兄弟三人在外边睡了一晚。第二天鸡一叫，悟空第一个起床，起来以后他赶紧摸脑袋上被扎的那个地方，道：“两位师弟，快起来，快起来，我这脑袋好像不疼了，就只是有那么一点儿痒。”八戒笑道：“哎呀！好得还挺快呢，有点儿痒你就找那妖精再给你扎一下，就不痒了。哈哈哈哈哈！”行者道：“去，别乱说。”沙僧道：“好啦，二师兄不要乱讲了，天都亮了，快点儿随大师兄去捉妖精吧。”行者道：“好的，沙师弟，那你就在这儿看好马，八戒跟我走。”八戒随着行者跳上山崖，又来到那大石屏之前，行者吩咐他：“八戒，你先在这儿不要动，我还变成蜜蜂飞进去先打探打探。”

好大圣面对石屏，摇身变成了蜜蜂，又飞了进去。进到门里边，看见两个守门的丫鬟正在那儿睡觉呢。再飞到花亭子，看到那女怪也躺在床上睡觉呢，这是昨天晚上折腾得太困了，还没睡醒呢。行者又飞到后房找师父去了，刚飞到后面就隐隐地听到师父在那儿呼唤他："悟空，你在哪里啊？什么时候来救师父啊？"行者轻轻地飞了过去，钉在唐僧的头上，道："师父，师父，我在这儿呢？"唐僧道："是悟空吗？悟空，你来了吗？"行者道："是的，师父，我就在你头上呢。"唐僧道："快救我命啊，我们赶快去西天取经。"

师徒俩正在这里对话，唐僧刚才那句"去西天取经"就传到了妖怪的耳朵中。你别看她在睡觉，她一心就想着跟唐僧结婚呢。她一听唐僧提到要去取经，这话对她来说太刺耳了，激得她一下就醒过来了。她滚下床来，厉声高叫道："你跟我好好的夫妻不做，取什么经啊？"这回行者没有着急现出本相，因为他知道这妖怪只是想和师父结婚，并没有想要杀害师父，所以他也不着急。"嗖"地一下飞了出去，到了洞外，行者高喊一声："八戒，筑它。"

那呆子举起钉钯，朝那石门用力一筑，"唿喇喇！"那门就碎成了好几块，吓得几个睡觉的丫鬟醒过来了，赶紧就往洞里跑，通知那女怪。女怪正在那儿责问唐僧，一听说门被打烂了这个消息，气得她举起那三股钢叉就冲出门了，她高声骂道："你们这两个泼猴野猪，你们没深没浅，竟然打烂我的门！”八戒骂道：“你这滥货，竟然敢困陷我师父，还敢嘴硬，我师父哪会做你的丈夫？你就别做梦了，快快把他给我送出来，我就饶了你。要是敢说半个‘不’字，老猪一顿钯，把你那山都给你筑倒了。”

那女妖怪抖擞身躯，仍然像之前那样使出了她的神通，鼻子和嘴里不断喷烟冒火，举钢叉就来刺八戒，八戒侧身躲过，举钯就筑。孙大圣过来用铁棒相帮。那女怪紧接着又使了个神通，变出来好几只手，左右遮拦，和兄弟俩打了有三五个回合。因为在那烟雾之中，看不清楚她，那女怪又使出她之前那个神通来，谁都没看清是怎么回事，就听见八戒一声惨叫：“哎呀！哎呀！哎呀！我的嘴被扎了呀。哎呀！哎呀！疼死我了。”八戒拖着钉钯，捂着嘴，负痛逃生。行者心中也有些迟疑，没再跟妖精继续打下去，他怕妖精又弄出个什么东西扎自己一下，先去照顾八戒吧。他虚丢一棒，败阵而走。这一仗算打完了，妖精又打赢了，她回洞的时候，让那几个丫鬟用几块大石头把门堵上，之后她就进去休息了。

沙僧正在山坡前放马，只听见什么地方好像有猪在哼哼：“嗨哟！哎哟！哎哟！”沙僧就四处看，这是哪里有野猪吗？忽然抬头才看见原来是八戒回来了，他在那捂着嘴哼哼呢。沙僧上前就问:“怎么了，二师兄啊?”八戒道:“哎哟!不得了了!疼啊，疼死我了!”行者这会儿也跑到跟前来了，这回轮到悟空来取笑他了:“嘿!嘿!好呆子。昨天我脑门疼，今天你弄了个肿嘴瘟了!哈哈哈哈!”八戒道:“哎哟!别笑了，疼死我了!”这个疼悟空知道，疼起来真是让人受不了，但是没办法，只能这么硬挺着。

三兄弟正在这儿着急的时候，沙僧发现在他们旁边不远处走过来一位老妈妈，她左手提着个竹篮，里面装了些青菜，沙僧就说道:“猴哥呀，那有位老妈妈来了，我去问问，看看这里是什么妖精，用的是什么兵器?怎么就能把人扎这么疼啊?”行者朝那老妈妈看去，用他那火眼金睛一扫，就发现她头顶上有祥云盖顶，左右有香雾笼身。

他赶紧告诉两位师弟:“你们快来吧，还不赶快叩头，那老妈妈是菩萨变的。”八戒嘴疼，他一听说菩萨来了，那肯定能帮他把嘴治好，他就先过去忍痛下拜。沙僧牵马躬身，孙大圣合掌跪下。菩萨看他们已经看出自己来了，就踏起祥云飞在半空中现了本身。行者赶到空中，拜告道:“菩萨，不知道是您来了，弟子本应该去迎接您，还希望您不要怪罪呀。我们正好在这里救师父，遇到磨难了，还请菩萨搭救搭救我们!”

菩萨道："悟空，这妖精十分厉害，她是个蝎子精，她扎你们痛的是她尾巴上的一个钩子，叫作'倒马毒'。她本是个蝎子精，之前曾在雷音寺听佛祖讲经，如来佛祖见她，用手推了她一把，她转过钩子就把如来左手的中指给扎了一下，如来佛祖也是疼痛难忍，之后又找金刚去捉她，没想到她却躲在这里。"行者道："菩萨既然找到她了，就请出手相救。"菩萨道："如果想要救唐僧，我也是降不住她的。你要找我一位好友。"

行者道："好好好，请菩萨告诉我，你那好友是哪位？我去请他。"菩萨道："你去东天门里光明宫告求昴日星官，只有他才能降伏这妖精。"说完，菩萨化作一道金光回南海去了。听菩萨这么一说，这妖精可真不简单啊，如来佛祖她也敢扎，而且还把如来佛祖疼得够呛。观音菩萨那么大的法力也不敢去降她，难怪悟空拿她没什么办法。不过那昴日星官又是谁呀？怎么就他偏偏能降这妖怪呢？想不清楚，先去把他请来降了妖再说吧。

悟空驾起筋斗云，须臾间到了东天门，和守天的门将打过招呼，直接就去了光明宫。到了光明宫，里边没有人，看来昴日星官不在家，大圣就往外退，想到别的地方去找他。不过也巧，刚一退出门来，昴日星官带着一群兵士回来了，悟空不认得他，但是那星官认得悟空，当年的齐天大圣，谁不知道他呀！星官赶紧过来，还主动跟悟空打招呼：“孙大圣，今天你到我这里做什么呀？”行者道：“我是专来劳烦您，请您帮我救我师父。”

星官道:“你慢慢说来，你师父在什么地方啊？”行者道:“在西梁女国毒敌山琵琶洞。”星官问道:“那山洞里有什么妖怪呢？”行者道:“观音菩萨说她是个蝎子精，还说只有你才能降她，就让我来找你去帮忙救我师父一难。”星官道:“原来是这样，既然是菩萨安排，好好好，我马上随你去降妖吧。”说完，大圣就带着星官走了。

二人出了东天门，直奔西梁女国飞去了。到了毒敌山，按下云头。八戒见到悟空身边的神仙，这不用说，肯定是菩萨说的昴日星官，他走上前来，伸出他的猪嘴就哀求道:“星官，我早晨与那妖精交战的时候，被她在嘴上扎了一下。现在还疼呢，你帮我医治一下呀。”星官道:“好好好，我来看看。”八戒道:“哎呀！你可千万要给我治好了啊。治好了，我好好地感谢你。”就见星官用手在八戒的嘴上轻轻地摸了一摸，再吹了一口仙气。那呆子当时就觉得不疼了。这把他给欢喜的，赶紧下拜，嘴里还喊道:“哎呀！妙啊！妙啊！”行者一看对八戒管用了，也走过来道:“星官，麻烦你也在我的头上摸一摸，我是昨天被她扎了一下，现在虽然不疼了，但是还有些痒呢。”星官也给行者摸了一摸，吹了口仙气，行者也是马上就觉得好了，这下把兄弟俩的毒都解了。

你看那八戒这会儿有昂日星官撑腰，也来劲儿了。他就说道：“哥哥，咱们去打那泼贱去。”星官道：“对对，你们把她叫出来，我好降她。”行者与八戒跳上山坡，又转到石屏之后，那呆子嘴里乱骂，举起钉钯上去又一顿乱钯，堵门口的那些石头全都被他钯开了。再往里走，还有一道门，八戒上去又是一顿钉钯，只见第二道门也被他筑碎了。守在里边的丫鬟害怕，赶紧飞跑回去禀报：“奶奶，奶奶，那两个丑男人又来了，他们把二层门也打破了。”

妖怪正在里边，刚给唐僧松绑想喂他点儿吃的。听说这个消息，她立刻拿起钢叉就往洞外走，正撞见兄弟俩走了进来，她抡起钢叉去刺八戒，八戒使钉钯迎架，行者在旁边又用铁棒来打。女妖怪一看这都打到洞里来了，使神通吧。兄弟俩知道，她的神通，就是要扎他们，转头就跑。女妖怪一直追到石屏后边，刚一出来，行者就高声叫道：“星官何在？”

星官能用什么方法降伏住这妖精呢？

第76集
深山遇贼

悟空和八戒把那蝎子精从洞中引了出来，悟空又喊昴日星官来收拾她。只见那星官早就站在了山坡上，他现出了本相，“嗬！”原来是一只大公鸡。这大公鸡昂起头来比人还高，而且头上长了两只鸡冠子，看上去那是十分的威风。看看他怎么收拾这妖精吧。就见他站在那里，也没使什么神通，也没用什么兵器，就是昂起头，对那妖精叫了一声：“喔喔——”这叫声听起来是挺嘹亮，可是三兄弟听了没什么感觉呀。这叫一声不痛不痒的怎么降妖啊？可是回过头来再看那女怪，别人不怕这叫声，她偏偏很害怕。星官刚刚叫完，那女怪就现出了本相。兄弟们上前仔细一看，“嗬！”好大一只毒蝎子呀！都说兄弟俩挨扎，唐僧被她抓去的时候会中毒，离她近了，谁都没好。正看着呢，就听见星官又叫了一声：“喔喔——”这一声叫完，那妖怪浑身酥软地死在了坡前。

这昴日星官也太厉害了吧？叫两声就把这妖怪弄死了，这可是如来佛祖和观音菩萨都降不了的妖怪呀！不过细想想也不奇怪，一物降一物，公鸡是专门收拾蝎子的。八戒看着这死妖精，想起之前自己的嘴被她扎得那么痛，他还是不解恨，拿着钯子上去又给她一顿钯，把蝎子精捣成一团烂泥了。星官完成任务了，他聚起金光，驾云而去。兄弟三人赶紧朝天谢道：“辛苦了，星官，改天有机会再去专门地感谢你呀！”说完，他们转回来，又去救师父去了。救完了师父，他们又发现洞里那些丫鬟也不是什么妖精，她们是那女怪从西梁女国抓来服侍她的，正好把她们都给放了，让她们回国。这下女儿国终于算过去了。唐僧师徒挑起行囊，又踏上了西去的路。

这个时候正赶上端午节，也就是农历的五月初五，正好是夏天，路上那是：“熏风时送野兰香，濯雨才晴新竹凉。艾叶满山无客采，蒲花盈涧自争芳。海榴娇艳游蜂喜，溪柳阴浓黄雀狂。”这是说风中尽是花香，山上长满了艾叶，低洼处又开满了蒲花，蜜蜂和黄雀都欢喜地在花丛中柳树里飞舞着。

师徒四人一边欣赏着美景，一边赶路。忽抬头又见前面有一座高山挡住了去路，跟以前一样。三藏勒马回头叫道："悟空，前面又有高山了，怕里面生出妖怪，我们要小心哪。"行者道："师父不怕，我们铁了心地要去取经了，还怕什么妖怪？"说得也是。在悟空的鼓励下，唐僧又勒马前行，须臾间上了山崖，举头观看，"嗬！"真个是："顶巅松柏接云青，石壁荆榛挂野藤。""苍苔碧藓铺阴石，古桧高槐结大林。"这是说这山很高，山中柏树、槐树比较多。再往林子里边走，"林深处，听幽禽，巧声睍睆实堪吟。涧内水流如泻玉，路旁花落似堆金"。这个是说林中的鸟儿多，叫起来婉转动听。山涧里有碧绿的流水，道路旁又堆满了金色的落花。这山景美呀！景色虽好，走起路来却很艰难："山势恶，不堪行，十步全无半步平。狐狸麋鹿成双遇，"白鹿玄猿作对迎。忽闻虎啸惊人胆，鹤鸣振耳透天庭。黄梅红杏堪供食，野草闲花不识名。"这山里各种动物多，野花野果也多。

师徒四人缓缓地走，一直爬上了山顶，又下了西山坡。走着走着，路开始好走了。那是一段平阳之地，开阔还亮堂，感觉这山里应该没什么妖怪。八戒这会儿也不知怎么了，突然就想让马快点走，他让沙僧挑着担子，自己双手举钯上前赶马。白龙马不怕他，凭那八戒怎么赶，白龙马就是不紧不慢地往前走。行者就不明白了，问道："八戒，你赶他干什么？我们慢慢地走嘛。"八戒道："猴哥，天色已晚，咱们从进了这山到现在一口东西还没吃呢，我都饿了，咱们快点儿走，找个人家化点儿斋吃。"难怪这懒猪刚才去赶马，原来他饿了。行者道："好好好，既然兄弟你饿了，我就让白龙马快点儿走。"悟空把金箍棒幌一幌，只喝了一声："小白龙，快点儿。"龙马当然听大师兄的话了，他撒开蹄子，如飞似箭，顺着平地就往前飞跑去了。这一跑把唐僧吓得赶紧使劲地抓住它，眼睛牢牢地盯在前面，生怕掉下来。白龙马带着唐僧一口气跑了二十里地，才缓缓地慢下来。

唐僧松了一口气，这口气刚松，忽就听得一棒敲锣声。"嘡——"坏了，从路两旁闪出三十多人来，一个个是枪刀棍棒，拦住了路口喝道："和尚！哪里走！"唬得唐僧战战兢兢，坐不稳，跌下马来，蹲在路旁的草丛里，口中连叫道："大王饶命！大王饶命！"领头的两个大汉说道："我们不打你，只是要钱。"三藏一听明白了，这伙人是强盗，不是妖精，这还算好。他松了口气，合掌当胸说道："大王，贫僧是从东土大唐而来，去西天取经的和尚，自从长安出来，路上已经走了很久了，身上就是有些钱也早都花光了，连吃饭都要去人家家里化斋，哪有什么钱给您呢？大王，你行个方便，让贫僧过去吧。”强盗道：“什么？我们是专门劫路要钱的，还行个方便？没有钱也行，把衣服脱下来，把马留下来，我就放你过去。”唐僧道：“阿弥陀佛，我是个取经人，我这衣服穿了一路了，你要是把我的衣服抢去了，怕你下辈子转世投胎的时候会变成畜生啊！”

强盗们听了这话以为是在骂他们，劫了这么多次路，他们也没遇到过谁拐着弯地说自己是畜生，他们就开口骂道：“你这和尚，我一棍子结果了你性命。”三藏没吭声，他心中暗想道：“唉，还要一棍子结果了我的性命。过一会儿那真正会玩棍子的人来了，看你怎么办呢？”那强盗刚一说完，还真的拿起棍子对唐僧动手。三藏一看这情况，自己的徒弟现在不在身边，不能吃眼前这个亏呀。本来他是从来都不说谎的，这会儿他也灵机一动，编出个谎来：“两位大王，千万别动手，我有个小徒弟在后面，马上就到，他身上有些银子一会儿给你们就是了。”强盗道：“嗯，这还差不多。好，我们就等你一下。”说完，这伙人七手八脚地把唐僧捆上了，又把他高高地吊在树上。

再说兄弟三人正朝这个方向赶。八戒有说有笑："哈哈哈！师父去得好快呀，现在还不知道在哪里等咱们呢。"忽抬头，看见师父老远地吊在树上，八戒又说道："哎呀，你看，你看师父，他等咱们就等咱们，还爬到树上扯着树藤荡秋千哩。嘿嘿嘿！"悟空听了这话，仔细看去，他看得远，一眼就看明白了道："呆子别乱说，师父那可不是在荡秋千，他是被人绑着吊起来了。"好大圣急登高坡仔细看，他看见了周围那伙强盗。这不用说，肯定是那伙强盗干的呀。悟空转过身来，摇身一变，变成了一个干干净净的小和尚。他穿一身僧袍，背着个蓝布包袱，拽开步子连飞带走地就先去了。来到树下，行者问道：“师父，您这是怎么了？周围这些都是什么歹人呢？”悟空变成小和尚，讲起话来还装得斯斯文文的。唐僧道：“哎呀！徒弟，快救我！”唐僧心里清楚，这小和尚肯定是悟空变的。

行者道：“师父，他们是干什么勾当的人呢？”唐僧道：“他们是拦路的人，想要些钱，我身上没有，他们就把我吊起来了。”那伙贼看他管唐僧叫师父，猜他肯定就是徒弟了，身上应该有钱，他们上来就把悟空给围住了道：“小和尚，你师父说你身上有钱，趁早拿出来饶你性命，要敢说半个不字，小心让你送了命。”行者放下包袱说道：“各位不就是要钱吗？我有，我有啊。马蹄金有二十来锭，粉面银有二三十锭，散碎银子有很多，我也数不过来。你们要是真想要的话，我连包裹都可以给你们，只是不要打我师父。”你看这悟空多会装，那伙贼都听傻了，没想到他身上背了这么多钱。赶紧先把唐僧放下来。行者让师父上马先走，唐僧骑上马就跑。

三藏前脚刚一走，行者就在后边喊上了：“哎！哎！哎！师父，你走错路了。”他背上包袱就要去追，可是，那伙贼怎么会让他拿着包袱跑呢？拦住他喝道：“你把钱留下，免得我们收拾你。”行者笑道：“好，好，好，不过，钱要分成三份，我要留下其中一份。”贼道：“你这小和尚还想要留一些，好，你先打开我们看看，如果钱多可以留点给你。”行者道：“哥哥呀，我说的不是这个意思，我哪有什么钱呢？我的意思是说，如果你抢了别人的钱，把它分成三份，然后其中的一份留给我。”这行者是太逗了，他不是在耍这群贼玩吗？那贼骂道：“你这贼和尚不知死活，跟你要钱不给，还敢反过来跟我们要，我看你找打。”

那贼头抡起棍子，照着行者的脑袋就打了七八下。行者只顾在那儿笑：“嘿！嘿！嘿！”这些贼一看七八棍下去了也没怎么样，还把他给打乐了，又上来两三个，一起乱打，又打了一阵，行者说道：“哎呀！各位，你们先消消气儿，休息一下，等我拿出来。”拿什么呀？就见他在耳中一摸，拿出根绣花针儿来道：“各位，我没什么钱，如果你们实在要的话，我就把这根针送给你们吧。”贼说：“我们又不是做衣服的裁缝，要你针干什么？”

悟空把金箍棒都掏出来了，这伙贼人要麻烦咯，悟空会不会把他们打死啊？打死的话，唐僧能饶了他吗？

第77集
师徒二心

悟空把金箍棒化作的绣花针从耳朵里掏出来，说要把这根针送给这些强盗们。强盗们说：“我们又不是做衣服的裁缝，要你针干什么？”转眼间，行者把金箍棒幌一幌，变作碗来粗细往地上一插道：“各位，你们要是过来能拿得动它，这棒子我就送给你们了。”这回这些贼看着就有点儿知道害怕了，互相之间还小声嘀咕着：“你别看那和尚长得小，好像还会些法术啊。”这伙贼人想上来试试。

先尝试的两人抱住金箍棒想搬，这可是一万三千五百斤重的兵器呀，人怎么能搬得动呢？这两个贼人就像蜻蜓撼石柱一样，半分半毫都拿不动。行者道：“哎呀，算了算了，你们还是别拿了。”行者一伸手，轻轻地把棍子握在手中，到现在这些贼有点儿看出来了，眼前这和尚有两下子。如果不齐心协力把他打倒，恐怕接下来要挨打，干脆一起上吧。他们又把行者围了起来，噼噼啪啪打了五六十下。行者还只是在那儿笑："哈哈哈！嘿嘿嘿！使点劲儿，使点劲儿啊！"等强盗们打完了，行者又说："好了，好了，你们也打累了，现在让俺老孙也打一棒吧。"他张开棍子幌一幌，有井栏粗细，悟空一棍就把其中一个强盗打倒在地上，嘴啃到地上，一声没吭，应该是死了。再起手荡地又一棍，又把第二个强盗打死了，其他的贼看着都吓坏了，转身就跑。

再说唐僧刚才骑马逃跑的时候，还真是跑错路了，本来应该往西跑，他跑到东边去了。往东边跑正好就迎上了沙僧和八戒了，三藏见到他们赶紧就喊："徒弟呀，你快去，赶紧和你大师兄说说，叫他棍下留情，不要杀了那些强盗。"八戒道："好了，师父，您在这儿休息一会儿，我这就去。"呆子跑到前面厉声高叫道："哥哥，哥哥，师父叫你不要杀人！"行者道："我晓得，晓得，我哪里杀人了？"

八戒道："那些强盗跑哪儿去了？"行者道："都散了，散了，只是两个强盗头儿躺在地上睡着了。"哪有打架打睡着的呀。八戒仔细朝地上躺着的那两个人看过去，哎哟！

死得好惨，脑浆都被悟空打出来了。他慌忙跑转回去，见到唐僧之后就告状："师父，强盗都散伙了。"唐僧道："那就好，散伙了就好。他们都是从哪条路散去的呀？"八戒道："哪条路散去的？躺在地上都直了脚了，你说哪条路散去的啊？"唐僧道："那不是打死了吗？那你刚才为什么说散去了？"八戒道："那打杀了，不就是散伙了吗？"

三藏听了这话，心中就恼火起来，走了一会儿，见到悟空之后，他嘴里就不停地絮絮叨叨，猢狲长、猴子短地

就骂他。又见到那两个死人血淋淋地倒卧在山坡之下，唐僧不忍心细看，就对八戒说：“八戒，你快使钉钯筑个坑，把他们给埋了吧。”八戒道：“师父，你怎么让我来干这活儿啊？明明是猴子打死的人，应该叫他去埋呀，怎么叫老猪去挖坑啊？”行者刚刚被师父骂得很恼火，就呵斥八戒：“呆子，你趁早去埋，要是慢了些，小心我给你一棍子。”那呆子怕他，老老实实到山坡下去筑坑。他先用钉钯筑了两下，又用他那猪嘴在地上拱了一拱，拱出来五尺深的坑。两个贼人放进去堆起一座坟来。三藏坐在坟前为两个死人念起经来，开始的时候念得确实是经，可是听着听着就感觉不对了，开始唠叨上了。唠叨些什么呀？

他道：“你们两个到了那阎罗殿里，该找谁就找谁。那猴子姓孙，我姓陈，你们跟阎王告状就告他，不要来告我。”这唐僧有意思，念着经拐到这儿来了。八戒听了也笑：“师父，别光说你自己呀，我和沙师弟也没打，都是那猴子一个人干的。”三藏还真听话，就按八戒说的继续唠叨：“对、对、对，不关八戒和沙僧的事，都是那孙悟空一个人干的。”大圣听了这话，心里不是个滋味儿，如果师父念一顿紧箍咒，他也不会在乎。可是他明明是为了保护师父才杀了人，现在师父却把所有罪责都推到他一个人身上了。他忍不住冷笑道："师父，你好没情义呀。为了护你取经，我费了多少殷勤劳苦，今天打死这两个毛贼，你去叫他只告老孙，要不是护你取经，我怎么会来到这里？又怎么会打死他们？这两个毛贼还是让我来给他们念念经吧。"

说完，那猴子拿起铁棒在坟上捣了三下，说道："遭瘟的强盗，你们两个听着，你们打我前七八棍，后七八棍，虽然说不痛不痒，但是惹恼了我，一差二错，老孙就打死了你们，告状嘛，随便你们去哪里告，俺老孙实是不怕你。玉帝认得我，天王随得我；二十八宿惧我，九曜星官怕我；府县城隍跪我，东岳齐天怖我；就连那十代阎王也曾经被我收拾得服服帖帖，五路猖神也曾经是老孙的晚辈；不论三界五司，十方诸宰，随你哪里去告。"

悟空这番话说出来，给谁听的呀？两个强盗都死了，听得到吗？很显然，这是说给他师父听的。三藏见他说出这种恶话来，心中一惊，他说道："徒弟呀，刚才我说的那番话是想提醒你做一个善良之人，你怎么还认真起来了？"悟空道："师父刚才你讲的那些话可有些伤人哪。算了，算了，我们赶快往前走，找个人家借宿吧。"

就这样，师徒四人继续往前赶路。但是这一回几个人心里都不太痛快，悟空觉得伤心，唐僧觉得委屈，八戒和

沙僧有点儿嫉妒悟空。走了半天，四个人无一人说话。这可不太好办，西天路上碰到再厉害的妖精，只要师徒齐心，兄弟齐心，就一定能战胜他。但是如果他们之间产生了误会，再碰到什么麻烦，那可就不好办，希望接下来别碰到什么不好的事儿。

他们沿着大路慢慢地向西走。忽然看到在大路的北边儿有一座庄园。三藏说道："徒弟们，我们就去那里借宿吧。"八戒道："对，对，就去那里吧。"唐僧走了过去，正好快到晚上了，忽见那门中走出一位老者来，仔细看去，他这岁数可大了，得有七十多岁。他见了唐僧先打招呼："这位僧人你是从哪里来的呀？"唐僧告知他，自己是从东土大唐而来去西天取经的和尚，自己还有几位徒弟相貌丑陋了些，让他不要害怕，今天晚上想在这里借宿一宿。老者很热情接待了他们，还告诉他们自己姓杨。进了屋以后，又有一位老婆婆忙前忙后地给他们准备饭菜。这位老婆婆是杨老汉的妻子，屋里除了这两个老人以外，再就有一个五六岁的孩子。到吃饭的时候，唐僧就问："杨老施主，你们家里除了你们三位就没有其他人了吗？您的儿子不在家吗？"

本来师徒四人从进屋到现在，那杨老汉一直都挺开心，可是一听到唐僧问到他儿子，那老者顿时就唉声叹气地说：

“唉！我那个儿啊，提起他来我就头疼，一天正经的事儿不做，专喜欢结交一些狐朋狗友，和他们在一起就是打架、劫道、放火、杀人，这不出去有五天了，还没回来。”

师徒四人听到这话，心中都一惊啊，他们都在想，前天打死的那两个强盗里会不会有这杨老汉的儿子呀？行者反应快，他故意上前问道：“老官儿，既然你有那么不孝的儿子，要他有什么用啊？不如让我替你把他找回来，然后打杀了他怎么样啊？”老者道：“哎呀，怎么能打杀呢？再不怎么样，他也是我的儿子啊！等我老死的时候，我还指望他把我埋了呢。”八戒听悟空这样说，又在旁边插嘴说道：“师兄啊，你管什么闲事啊？咱们又不是官府，你有什么权力打杀人家儿子啊？”几个人一晚上一边吃饭一边聊这个话题，吃完饭后就各自去睡觉休息了。

再说那伙儿贼人里还真有杨老汉的儿子。白天行者把那两个强盗头领打死以后，他儿子就和其他强盗四散逃生了，看悟空没有追过来，他们又聚在一起。等到了后半夜的时候，杨老汉的儿子回家了，同时他还把那一伙强盗也带回来了。到了家门口“咣咣咣”一敲门，老婆婆出去开了门闩。贼人一进来就嚷嚷着肚子饿，让老婆婆赶紧给他们做饭，老两口出来就给他们做饭吃。这伙贼人刚进院子，他们一眼就看到了白龙马，他们就问老婆婆："这马是从哪里来的呀？"老婆婆就把唐僧师徒走到这里借宿一晚的事情说了一遍。

这伙贼人听到以后是乐坏了，正找仇人找不着呢，这会儿自己送上门来了？正好现在又是半夜三更，大家都睡觉的时候，现在是下手杀他们的好时机。他们赶紧进了屋子，一边磨刀磨枪，一边商量杀掉唐僧师徒的办法。所有的这一切，被那善良的杨老汉看得清清楚楚，他不希望儿子干出这缺德事儿，他悄悄地到了唐僧师徒休息的房间，叫醒他们，又把儿子要加害他们的事情赶紧告诉了他们说："我们家有后门，你们牵上马快跑吧！"师徒四人谢过杨老汉，牵上马溜出后门向西跑了。等这伙贼人商量完，磨好刀枪后，再来找他们的时候，唐僧师徒已经跑得无影无踪了。

但是贼人们不肯罢休，他们朝着向西的方向追去了，一直追到天亮，还真被他们给追上了。唐僧在马上听到了他们的追赶声，回头一望，来了有二三十人。行者说道："师父，你们先走，这里交给俺老孙吧。"唐僧道："悟空，这一次你千万不要伤人，把他们吓走就行了。"行者道："嗯，好的，师父。"悟空嘴里是这么答应的，他心里真的是这么想的吗？希望他真的不要伤害这些强盗。如果他把他们打杀了，唐僧有可能会念紧箍咒来惩罚他，看看他会怎么做吧。

唐僧前脚一走，那群强盗赶上来了。悟空拦住路，对强盗们喊道："列位哪里去啊？"强盗道："贼和尚，你好无礼，还我大王命来！"又像之前一样，他们呼啦一下围上来，把行者围在当中，刀枪棍棒一起打来，乱砍乱搠。这可要坏呀，以悟空的脾气能不打他们吗？一出手能不打死他们吗？会不会惹得唐僧给他念紧箍咒？

第78集 真假美猴王

那伙贼人又呼啦一下围上来，把行者围在当中，刀枪棍棒一起打来，乱砍乱搠。行者等他们打累了以后，掏出金箍棒幌一幌，碗来粗细，随手那么一荡，把这伙贼人打得是星落云散，磕着的死，擦着皮的伤，还有命大的贼人跑了。行者又高声问道："你们这里哪一个是杨老汉的儿子？"有一个贼就一边哼哼，一边说道："哎哟，爷爷，那个穿黄衣服的就是。"行者去找杨老汉的儿子干吗呢？是要教他重新做个好人？只见行者走了过去，在地上捡起一把刀，抡起刀，一下就把杨老汉儿子的脑袋给砍下来了。悟空这残暴的毛病又犯了，他这么做不是找收拾吗？他不仅砍下这颗头，还把它拿在手中追师父去了。他追到师父的马前，对师父讲："师父，你看这恶人，我已经替杨老汉把他给收拾了。"三藏一看，一颗血淋淋的人头，吓得他从马上就滚下来了，口中骂道："猢狲，这泼猢狲吓死我了！快拿开！快拿开！"八戒上前把那人头踢在一旁，又用钉钯刨了个坑给埋起来了。沙僧上前把师父扶起来。

三藏定坐在地上，把手一抬，口里念叨起来了。他念叨什么呢？你看行者就知道了。霎时间他是耳红面赤，头昏眼胀，在地下打滚儿叫："啊呦！啊啊！师父，师父莫念！莫念！"三藏哪肯听他的，一连念了十几遍紧箍咒还不肯停。行者疼得刚开始是打滚，后来疼得又是翻筋斗，又是竖蜻蜓，口中叫道："啊呀！师父，饶了我吧！饶了我吧！有话，有话好好说！"唐僧道："我没有什么话说了，你不要跟着我再取经了，你回去吧。"行者忍痛磕头道："师父啊，你怎么就要赶我走？"三藏道："你这泼猴太过凶残，你并不适合取经。昨天在山坡上你打死了两个贼头，我已经批评过你。昨晚到那老人家里借宿，我们本应该感激人家才是，而你呢？却把人家儿子的头给砍下来了，就算他有再多的不对，自有官府去整治他，也轮不到你这样打杀他呀。我屡次劝你都不听，你还是走吧。"

行者道："师父，我知错了，我知错了。"三藏道："不要再说了，你快走吧，免得我又要念紧箍咒。”行者已经被念了半天紧箍咒了，脑袋实在是疼得受不了了。他不敢再求师父，怕他再念起来，只道：“好的，师父，我这就走！我这就走！”话音刚落，悟空乘着筋斗云无影无踪了。悟空一路可谓是忠心耿耿啊！今天他这样一去真的就走了吗？

就见那大圣飞到空中，忽然停住了，他心中想道：“如果我现在回了花果山，那些猴儿们还有小妖们会笑话我；如果去天宫，他们也不会容我；去海岛，我不好意思见那些神仙；去龙宫，那老龙王还是会劝我回来的呀。唉！算了，算了，还是去见师父吧，取经才是正道。”想到这里，悟空按下云头，又来到三藏的马前道：“师父，师父，你饶了弟子这次吧！以后我再也不敢行凶了。”唐僧的气还没消呢，连话都没跟悟空说一句，抬起手来又念上了紧箍咒。这一次念了足足有二十多遍，把那大圣疼得倒在地上，头上的紧箍陷在肉里有一寸来深浅，行者疼得快晕过去了。这时候唐僧才住了口，问道：“你还不回去，又来缠着我干什么？”行者道：“师父，莫念！莫念！我倒是有地方去，只是怕你没了老孙去不了西天。”

三藏道：“你这猢狲杀生害命，有你在身边只能是连累

我，我去不去西天不关你的事。快走吧，小心我又念那紧箍咒，再念起的时候我绝不住口，把你脑浆勒出来。”唐僧也有点太狠心了，悟空出于保护他的目的，还要念得把他脑浆都勒出来。大圣已经疼痛难忍了，看师父也不能回心转意了，没办法，只能又驾起筋斗云飞向空中。这次他忽然醒悟道：“这一次老孙虽然有不对，但是这老和尚做得也有点儿太过了，不如我去普陀岩，到观音菩萨那里去告他的状。”这倒是个好办法，他师父收拾他，然后他就去找菩萨收拾他师父，唐僧肯定听观音菩萨的话呀。

好大圣驾起筋斗云，没用上一个时辰就到了南洋大海，住下祥光，直到落伽山上，撞入紫竹林中。木吒和善财童子看到了大圣，迎接了他，又指引他去见观音菩萨。悟空来到宝莲台下，见到菩萨，倒身下拜，泪如泉涌。菩萨还从来没见悟空这样哭过，这次他哭起来像个小孩子一样，实在是太逗了！这是真委屈他了。菩萨看他那样子，心里忍不住乐。木吒和善财童子赶紧走上前去把悟空扶起来，还安慰他：“悟空，你有什么伤感的事说出来听听。别哭，别哭，有菩萨在这儿帮你消灾呢。”行者道：“当年我在花果山哪受过这些气啊？自从护唐僧西天取经，舍身拼命降妖除魔，就像老虎口里夺脆骨，蛟龙背上揭生鳞。”还真像悟空说的那样，老虎吃到嘴里的脆骨，你想从它嘴里掏出来，那多难哪。蛟龙背上长的鳞，那是你想撕就能撕一块下来的吗？悟空这一路降妖除怪，每一次都是这么凶险的。

悟空又接着说：“可是老和尚背义忘恩，我打了几个毛贼，他就要赶我走。”菩萨听悟空这样一说，就仔细问他：“悟空，你把前因后果仔细讲出来给我听。”行者就把整个事件细细地跟菩萨说了一遍。菩萨就开始给他评理：“你这猴子打死妖怪是你的功绩，打死人却是你的不善。”行者道：“菩萨说得是，就算我不对，他念念紧箍咒，惩罚我一下就行了，他不该这样赶我走啊，要不你大慈大悲念个松箍咒，把我这箍给摘了，我就回我的花果山水帘洞。”菩萨道：“你这猴子，当年如来佛祖传我紧箍咒，没有教我什么松箍咒。”行者道：“既然这样，那我走了。”

菩萨道：“你去哪里？”行者道：“我要上西天，拜告如来佛祖，让他给我念松箍咒。”菩萨道：“悟空，你别走，这件事虽然你做得不善，但是唐僧也有他做得不对的地方。现在你师父离开了你，让我看一看他眼前会不会遇到什么灾难。”好菩萨，端坐莲台，运心三界，慧眼遥观，遍周宇宙。这是说菩萨端坐，使出她的神通，去看看唐僧现在和未来会遇到什么事情。就见菩萨霎时间开口说道：“悟空，你师父顷刻之间，就会有难，过不久就会派人来找你，你就在这里等他，到时我帮你解释，还叫你和他去西天取经。”行者听了菩萨的话，就在这里等着。

再说唐僧自从赶走行者以后，他和八戒、沙僧又走了五十多里远，慢慢地，他觉得又饿又渴。三藏勒马道：“徒弟呀，我们走了有半天的时间了，又饿又渴，你们谁去化些斋饭来给我吃啊？”八戒道：“师父，你先下马，等我去看看附近有没有村庄，我去给你化点儿斋去。”三藏下了马，呆子纵起云头，在半空中仔细观看，一眼望去，四周尽是山，没看到有人家。八戒按下云头告诉师父：“没地方化斋，这四周也没有个人家。”唐僧道：“既然没有化斋的地方，那打些水来也行啊，我实在是太口渴了。”八戒道：“好的，师父，我去南边山下的涧水中给你舀些回来。”沙僧拿出钵盂，递给八戒，八戒驾云而去，三藏便坐在路边开始等。

可是八戒没有悟空快，去了半天也没回来，把唐僧渴得是口干舌苦难熬。沙僧在旁边儿看师父饥渴难忍，八戒又半天没取回水来，他就放好行李，拴好白马，对师父说道：“师父，你在这里等着，我去给你取些水回来。”三藏点头答应。沙僧急驾云光也向南山飞去了。这下可就剩唐僧一个人在深山里坐着了。这沙僧也是真糊涂，他陪师父在这多等一会儿又能怎么样呢？渴一会儿也不会把人渴死。两个人都走了，万一再来个妖精，那不轻轻松松地就把唐僧给抓去了吗？看看接下来会怎么样吧。

唐僧坐在那儿十分的苦闷。赶走悟空以后，他自己的心情也不好，现在是又渴又饿，坐在那儿还有点儿害怕，却只能在那儿苦熬着。熬了一会儿，忽听一声响亮，他欠身一看，怎么行者回来了？悟空跪在路旁，手中还捧着一个瓷杯子，说道："师父，没有俺老孙，你想喝口水都难吧？这水十分清凉，你先喝喝解解渴，喝过水我再去给你化斋。"

悟空不是在菩萨那儿等唐僧派人去找他吗？难道他不放心师父又飞回来了？他不生唐僧的气了？悟空向来是忠心耿耿，做出这样的事儿也不奇怪。可三藏却回应道：“我不喝你给的水，渴死是我的命，我不想要你了，你走吧。”行者道：“师父没有我，你去不得西天。”唐僧道：“我去得去不得，不关你的事！泼猢狲！你不要再来纠缠我。”

那行者霎时变了脸，对他发怒，喝骂长老道：“你这个狠心的泼秃驴！这样对我。”他丢了瓷杯，拿出铁棒，照着唐僧的后背，上去就是一棒。唐僧哪能架住他的棒子，当场就昏倒在地上。不会吧？悟空他再怎么样也不会出手打师父啊！这个不会是个假悟空吧？难不成妖精变的吧？就见他走向唐僧的旁边，把行李提在手中，驾起筋斗云，不知到哪儿去了。如果说他是妖精变的悟空，他应该抓走唐僧去吃唐僧肉，他打晕唐僧，抢走行李干吗呀？这不像是妖精干出来的事儿。可如果是悟空，他不至于下这么重的手打师父，就算他打了师父，他抢行李干吗呀？这就奇怪了。既不是妖怪也不是悟空，那是谁呀？难道是悟空先前被念了紧箍咒把脑袋勒坏了，神志不清了？

思维特点

☞ 细节思维

1. 着装细节：盔甲、披风、虎皮裙等都处理得非常细腻。

2. 头饰细节：花头巾、黄头巾、装饰品等。

3. 武器细节：金箍棒花纹、腰间的剑等。

培养孩子细节思维的益处：孩子思考问题更细腻，更容易想到别人想不到的细节，细节也是成败的关键因素。

☞ 如何通过绘画培养孩子细节思维

1. 焦点牵引

假如孩子画了个一块类似圆柱的木头，可以问孩子："表面会不会有粗粗拉拉的花纹啊？"孩子画了一件光秃秃的裙子，可以问孩子："这裙子给你穿的话，有没有什么花纹啊？会不会中间还有个蝴蝶结啊？"这样孩子平时的思考才能越来越细致。

2. 欣赏画面中的细节

孩子平日里画画不细致，偶尔画眼睛竟然加了睫毛，画手还加上了手指甲，这时候要及时地肯定孩子，比如告诉他："宝贝，你这思考得也太细致了吧，这手指甲你都能想到？"

3. 观察

比如孩子喜欢画向日葵，要带孩子详细观察，有根、茎、叶、花瓣、果实等，再细致观察，枝干上还有很多细小的绒毛，花瓣上还有细小的条纹。

第79集 沙僧斗行者

行者一棒子把唐僧打得昏死在地上，而这时八戒和沙僧都不在师父的身边。先说八戒，他托着钵盂到了南山，走到山坡下，在山谷之间看到一间草房。这是户人家，太好了，能化斋了。先前他在空中没有看到这草房，是因为被山给挡住了。八戒拽开步子向这户人家走去。快到门口的时候，八戒担心自己这副嘴脸吓着人家，他就捻个诀，念个咒，把身子摇了七八摇，变成了一个病恹恹的胖和尚。八戒也真逗，你变成个胖和尚就完了，你干吗要变得病恹恹的呢？估计他是想让人家可怜他，好给他饭吃。就见他哼哼唧唧地来到人家门前，高声喊道："施主，家里有没有剩饭呢？我饿得实在是受不了了，我是从东土大唐来的和尚，要去西天取经，我师父在路上又饿又渴，你们哪怕是有点儿冷饭，有点儿锅巴也行啊，给我们点儿救救命吧。”

正巧这家里有两个女人在家，男人们都出去干活儿了。她们刚好吃完饭，锅里还剩点儿锅巴。女主人推开门走出来，一看是个病恹恹的胖和尚，就接过他手中的钵盂，转过来进了屋，给他装满了锅巴，又递给了八戒。那呆子谢过女主人，转过身来现了本身，返回旧路。正走着，听到有人喊他：“八戒！”他抬头一看，是沙僧叫他：“二师兄，到这里来！”八戒赶过去，沙僧就告诉他：“二师兄，你去那山涧中打点儿水来，咱们师父渴了。”八戒道：“那这样，你把衣服撑开，我把锅巴倒到你衣服上，你把它兜着，我再去用钵盂舀些水来。”

过一会儿，兄弟俩兜着锅巴，舀着水，欢欢喜喜地回来了。回到原地，他们两人就看见师父趴在地上一动都不动，而且脸还正对着地面，这很明显是昏死过去了。白龙马早已挣脱缰绳，在路旁长嘶跑跳，再看行李不见了。八戒立刻就猜道：“不用说了，一定是那伙强盗，猴哥之前没把他们杀光，他们又跑回来把师父给打死了，他们一定以为那行李当中有钱就给抢走了。”沙僧没有心情分析这些事儿，他一下就扑在师父身上，赶紧用手摸，看师父还有没有气儿。他用手一摸，确实没有了呼吸。沙僧满眼落泪，伤心痛哭。八戒道：“沙师弟，你就别哭了。既然都这样了，这经也取不成了。你先看着师父的尸体，我骑着白马到个村子里，把它卖了，给师父买口棺材，回来再把师父埋了。咱们两个，你回你的流沙河，我回我的高老庄。”

沙僧哪有心情想这些事儿，他不相信师父怎么能这样就死了！不管他是真悟空还是假悟空，不管那棒子是真金箍棒还是假金箍棒，那都是有神力的，唐僧只是一个普通人，哪能扛住那一棒子？沙僧不舍得师父，他不愿意相信师父已经死了，他又把师父的身体翻过来，用脸温着师父的脸，又给他掐人中，又给他按胸脯，口中还大声喊道：“师父啊！我苦命的师父啊！”折腾了好半天，只见三藏“呼！”地从口鼻中喷出点热气来，慢慢地胸口也温暖起来。沙僧感觉到了，把他乐坏了，赶紧喊道：“八戒！八戒！你快来呀，师父没死，没死啊！”八戒赶紧跑过来，他们两个扶起师父，让他躺在自己的怀中。缓了好一会儿，三藏慢慢地清醒过来，兄弟俩再给师父喂点水。又缓了一会儿，唐僧觉得舒服些了。

突然，他口中骂道：“那泼猢狲打杀我了。”沙僧和八戒问道：“师父，你说的是哪个猢狲呢？”唐僧道：“还能有哪个猢狲？你们刚走，他就飞来纠缠我，让我不要赶他走。我坚持不收他，结果被他一棒打倒，看来这行李也是被他抢去了。”八戒听说猴哥敢打师父，气得他是咬响口中牙，发起心头火，骂道：“这泼猴子，怎么敢这样无礼？沙师弟，你看好师父，等我朝那猴子要行李去。”这蠢猪跟唐僧一样蠢，他们也不想想悟空能干出这种事来吗？就算是悟空干的，他抢包袱干吗呀？这时候，沙僧开口说话了：“二师兄，你别发怒，我们先扶师父到你刚才化斋的人家去要碗热茶汤喝，给师父调理好了，你再去找猴哥。”沙僧也相信是悟空干的，这三个糊涂蛋。

八戒按沙僧的话先扶着师父上了马，又回到刚才他化斋的那个人家。沙僧上前敲门，屋里又走出那位女主人。沙僧说明了情况，说自己是从东土大唐而来，去西天取经，想在这里讨些热茶汤喝。可是那女主人就奇怪了，问道：“刚才你们有一个胖胖的和尚曾经来过。就是说从东土大唐而来去西天取经的，还从我这里化走了一碗斋饭，说给他师父去吃。怎么你们又找上门来？恐怕你们是骗人的吧？你们还是去别人家吧，我这里什么都没有了。”唐僧看这情况，赶紧下马上前解释道：“刚才来化斋的是我的二徒弟，等我的二徒弟化完斋回去以后，看见我又被我大徒弟打晕了，然后我的二徒弟和我的三徒弟商量，要把我带到这里，给我要些热茶汤喝。”解释完这些话，八戒在旁边听得忍不住笑，也插嘴来解释：“其实，刚才你们看见的那个胖和尚就是我变的。”

师徒们进了屋以后，热茶汤喝完，又把饭吃饱。唐僧开始问：“你们谁去讨要行李啊？”八戒道：“师父，我去，我之前去过一次，我记得路。”唐僧道：“不行，不行，你不能去，你与那猢狲向来不和，到了那里万一说错了话，怕他打你，我看还是让悟净去吧。”沙僧道：“好的，师父，我去。”唐僧道：“你到了那里要看情况，如果他把行李给了你，你就假意地感谢他，如果他不给你，你就到南海去找观音菩萨，让菩萨帮你去要。”看来，唐僧也想到要找菩萨了。

沙僧听完师父的话，驾起云光，直奔东胜神洲就去了。沙僧的脚程慢，一路上费了三天三夜才到花果山，乘海风，踏水势，又赶了一段路，抬头望见高峰排戟，峻壁悬屏。沙僧爬上山峰，按云找路下山，一直寻到水帘洞前。这时候就听到一片喧哗声，原来是山中的无数猴精，滔滔乱嚷。沙僧又走近前仔细看，行者正坐在高高的石台上，手里边还扯着一张纸，他冷冷地念道：“东土大唐王皇帝李，驾前敕命御弟圣僧陈玄奘法师，上西方天竺国娑婆灵山大雷音

寺专拜如来佛祖求经。”他读的竟是这些话，而且还念了一遍又一遍的。沙僧仔细地听了听，这不是通关文牒上的文字吗？

他实在是有些生气了，他想不通猴哥把通关文牒偷来干吗呀？又想起之前他把师父打倒的事儿，沙僧忍不住厉声高叫道：“师兄，师父的通关文牒你念它干什么呀？”这个事儿想起来还是怪，如果眼前这个行者是真悟空的话，他读通关文牒干什么呀？这一路上又不是没看过，如果他是个妖精变的，那他拿通关文牒读来读去也没什么用啊？而且还跑到花果山来，一般的妖精躲那悟空都躲不过来，他跑到人家老巢里去，他就不怕挨打吗？那行者听到了沙僧的话，一抬头竟然不认得他，就对猴子们喊道：“把他给我抓上来！抓上来！”

猴子们一起围住沙僧，把他拖拖扯扯地抓了上来。行者就问：“你是什么人，竟敢擅自闯我的仙洞？”沙僧就觉得这猴哥可能是生气了，故意不认自己。他赶紧上前行礼，说道：“师兄，之前师父错怪了你，把紧箍咒念多了，当时做弟弟的我应该在旁边劝上一劝，师父做得不对，我做弟弟的也做得不好。师父赶走你是不对的，可你也不应该把师父打昏在地上啊，念在咱们往日兄弟的情分上，你把行李还给我吧。兄弟你还在花果山中享乐，我们随师父西天取经。”

行者冷笑道：“嘿嘿嘿！你这话我就不爱听了，我打唐僧，抢行李，并不是我不想去西天取经，也不是因为我想在这山里待着，如今我把这通关文牒读熟了，我要自己上西方拜佛求经，等我成了取经人，我要让这南赡部洲的人世世代代地感谢我，传扬我的名声。”听到这里，就更奇怪了。悟空那是何等的聪明，猜也猜得到，他自己去西天，如来佛祖怎么可能把经文给他呢？真悟空干不出这事儿来，可如果他是妖精变的，他怎么就敢到如来佛祖那里去呢？那不是找收拾吗？真是越听越糊涂了！沙僧也有这样的疑问，他就说道：“师兄，你怎么能取到真经呢？你也不是不知道，我们师父是金蝉子转世，金蝉子是如来佛祖的徒弟，是佛祖安排他取的经，你去了，佛祖怎么会把经文给你呢？”

行者道：“贤弟，你这话说得可就不对了，你说你有个唐僧可以护他去取经，难道我就不能有个唐僧，我护他去取经吗？现在我就把我这个唐僧请出来，让你看看。”说完，叫道：“小的们，把师父请出来。”猴子们跑进去从后边牵出一匹白马来，紧接着，还真走出了一个唐三藏来，后边跟着又出来一个猪八戒，挑着行李；最后又走出个沙和尚，拿着降妖宝杖。行了，讲到这里，这件事基本上就清楚了，这对面的猴子绝不是真悟空，悟空不可能有这个想法，他是个妖怪变的，而这个妖怪他怪就怪在与其他的妖怪不同。他对唐僧肉不感兴趣，他想要的是找个假唐僧去取经，然后名扬万里，让所有人崇拜他，记住他，这才是他想要得到的东西。这个妖怪太怪了，头一次碰到。

但是，沙僧还没猜透这是怎么回事儿，他只是看到眼前出了个假沙僧，就被气得够呛道："你是哪里来的一个沙和尚，竟然敢变成我的模样？吃我一杖！"好沙僧双手举起降妖杖，把那假沙僧劈头一下打死，一看原来是只猴精变的。那假行者看到这情况也恼怒了，他抡起金箍棒，领着猴子们把沙僧围起来。沙僧知道，自己哪是行者的对手？他东冲西撞，打出条路来，纵起云雾逃生去了。

思维训练问答

教孩子忠诚

1. 你觉得假悟空为什么会有机会插入进来作乱呢？

2. 唐僧在悟空犯错的时候就想要赶他走，在唐僧的心里，可能没有坚定地想着去西天一定要带着悟空走到底，那唐僧这样对待悟空，他做得对吗？

3. 你觉得爸爸妈妈会因为你犯错误而丢掉你，不再认你做他们的孩子了吗？

4. 你觉得在你的人生里有什么是无论如何都不会放弃的呢？

故事中的家教思维

教孩子有一个忠诚的品质，甚至长大以后可以忠诚于自己的使命，忠诚于自己的家庭，在追求理想过程中不放弃对自己忠心耿耿的伙伴，这种品质是能帮助孩子走向人生幸福和成功的重要品质。在真假孙悟空这个部分的故事里，唐僧因为悟空把妖怪打死了，然后就把他赶走的这个片段，我们可以拿出来和孩子讨论，让他感受忠诚的重要性。

我们可以先问孩子第一个问题，为何假孙悟空有机会混入其中捣乱呢？让孩子明白，这是因为你们内部产生了分歧，彼此不再心往一处想，产生了二心，这才导致了这场祸乱，怨不得别人。

再问孩子第二个问题，当悟空犯错后，唐僧为何想要赶走他，而不是坚定地继续决心与悟空共同前往西天取经？一旦发生一些争议的事件，他就想着要放弃悟空。唐僧这样对待悟空，他做得对吗？虽然唐僧有他的优点，但他对悟空的态度并未达到完全的一心一意，所以这场灾难他必然会经历，必须要从中学习。

再问孩子第三个问题，你认为爸爸、妈妈会在你犯错误后，选择放弃你，不再认你做他们的孩子吗？这个问题将孩子带回到日常生活中，让他感受到在这个世界上，有一心一意、永不放弃的真爱存在，这对我们每个人来说都是非常宝贵的。最后再问孩子这样一个问题，觉得未来在你的人生里有什么是无论如何都不会放弃的，通过这个问题让孩子联想如何把忠诚的品质运用到自己的人生中。

第80集
真假难辨

沙僧知道打不过他们，东冲西撞，驾起云雾就跑了。这个假悟空对沙僧没什么兴趣，也懒得去追他。沙僧没办法，只好驾着云雾直奔南海去找观音菩萨去了。飞了一天一夜才到了落伽山，木吒迎接又带他见了观音菩萨。见到观音菩萨，沙僧倒身下拜，正要跟观音菩萨说之前发生的事，忽然见到真行者站在菩萨的旁边。可是，这个笨沙僧到现在还没想明白，花果山那个是假悟空，他跟行者一句话还没说，掣起降妖杖朝行者劈脸就打。行者没还手，侧身躲过。沙僧就骂他："你这个造反的泼猴！还敢先跑到这里来骗菩萨！"菩萨看到这情景喝道："悟净，不要动手，有什么事和我先说。"沙僧就开始告悟空的状，说他在山坡下打死两个强盗，后来又把老汉的儿子的头给砍下来了，再后来又把师父打晕了，把行李抢跑了，最后又变出个假唐僧，假沙僧，假八戒准备西天取经，把这些事儿统统说了一遍。

菩萨听完就劝他：“悟净，你不要错怪好人，悟空在我这里已经待了四天，从没离开过，他怎么变出假唐僧呢？”沙僧道：“可是，我亲眼见到水帘洞里有一个行者，怎么敢

在这里胡说？”菩萨道：“既然如此，你也不要着急，叫悟空和你一起到花果山去看一看吧。”大圣听菩萨的话，就和沙僧一起回花果山了。兄弟二人纵起两道祥光，行者的筋斗云快，他嫌沙僧的动作慢，又着急想到花果山去看看，他惦记那些小猴子们，便对沙僧道：“沙师弟，我想先走一步。”沙僧道：“大哥，你还是慢些，你要是先回去了，再变出个妖猴来，我怎么知道是真是假呀？你还是慢些，与小弟同行。”这个笨沙僧，不信观音菩萨的话，也不信孙悟空，大圣为了自证清白只能慢些。

两人一起飞到了花果山，按下云头，在洞外仔细观看。水帘洞中果然有个行者正坐在石头之上和群猴饮酒作乐。那模样长得跟孙大圣没有差别，也是黄发金箍，火眼金睛，腰间也系着一条虎皮裙，手中也拿了一根一模一样的金箍棒。悟空看到这情景，脾气忍不了了，竟敢有人假扮他，而且，对方还跑到花果山来了。他掣起铁棒上前骂道：“你是哪里来的妖邪，竟然敢变成我的相貌，敢占我儿孙，霸我仙洞？”那假行者也不答话，举起铁棒就来相迎。两个行者打在一处了，果然是不分真假。这一顿好打：“两条棒，二猴精，这场相敌实非轻。都要护持唐御弟，各施功绩立英名。”“盖为神通多变化，无真无假两相平。一个是混元一气齐天圣，一个是久炼千灵缩地精。这个是如意金箍棒，那个是随心铁杆兵。隔架遮拦无胜败，撑持抵敌没输赢。先前交手在洞外，少顷争持起半空。”

他们两个各踏云光，跳斗上九霄云内。沙僧在旁边完全分不清真假，不知道该帮谁。悟空看出他为难了，就喊他：“沙师弟，在这里你要是帮不上忙，就先回去把这里的情况告诉师父。等老孙把这妖怪带到南海观世音菩萨那里去辨个真假。”讲这个话的人可能是孙悟空。可是，他这话刚讲完，另一个行者也把原话说了一遍。沙僧彻底懵了，赶紧拨转云头回去找师父。这个妖怪真怪，别人要吃唐僧肉，他却对这没兴趣，偏偏要取经，变成个行者的模样，本事还跟悟空差不多，甚至还不知道是从哪里弄来一根铁棒，跟金箍棒打起来也不输。

你看这两个行者，且行且斗，一直打到南海，到了落伽山上还打打骂骂，喊声不绝。菩萨早带着善财童子、木吒，还有龙女走出洞外观看，菩萨喝道：“那孽畜哪里走！”菩萨说完，两个行者都把对方揪住道：“菩萨，就是他刚刚变成了弟子的模样。我从水帘洞和他打起，打了半天，分不出胜负，沙僧也看不出真假，我叫他回去找师父去了，我把他带到你这宝山来，请菩萨帮我们看个真假。”他刚一说完，另一个行者也把刚才的话说了一遍。菩萨就这么一眼看上去，他也没分出真假来。两个行者站在那儿就继续吵："他是假的！我是真的！""我是真的！我是真的！""他是假的！他是假的！我是真的！"菩萨觉得光凭眼睛看是看不出来了，他想出个办法来，悄悄地吩咐木吒和善财童子："你们一人守住一个行者，等我暗念紧箍咒，看哪个疼得厉害便是真的，不疼的是假的。"

木吒和善财童子上前，一人看住一个行者。菩萨捻起诀，念动真言。说来也奇怪，菩萨也没出声，只是在心里悄悄地念，两个行者竟然一起喊道："哎哎哎！疼啊！疼啊！菩萨，莫念！莫念！"全都抱着脑袋在地上打滚儿。菩萨赶紧停住。两个行者一看不疼了，又揪在一起打起来了。木吒和善财童子，他们两个在旁边，谁也没看出来是真是假。这下菩萨也没办法了，这个妖怪是真厉害，菩萨多大法力，竟然认不出来他。这时候菩萨又说道："你当年官封弼马温，大闹天宫的时候，诸天神将都认得你，还是去天宫找玉帝辨认一下吧。"大圣觉得说得有道理，他谢过菩萨。另一个悟空也谢过菩萨，反正大圣干吗他就干吗，实在是太难分辨了。

两个人拉拉扯扯，口中还不停地嚷着，一直打到了南

天门，见到守天的门将，两位行者把情况跟他们说了一遍，先请他们来辨认。这些人当年都跟大圣打过仗，看看他们能不能看出来吧。然而，他们哪有那个本事，看了半天谁也分辨不出来。悟空道：“好了，好了，既然认不出来，都给我让路，我要带他去见玉帝！”另一个悟空也把这话说了一遍，两人一路闯到灵霄宝殿。见了玉帝，把之前的事情说了一遍。玉帝还真想出个办法来，他说道：“托塔天王，拿出你手中的照妖镜照一照他们吧。”这可能是个好办法，照妖镜是用来专门照妖怪的，看看能不能把假行者辨认出来。

托塔天王拿出宝镜一晃，把两个行者映在镜子中央。玉帝和众神急忙观看，这镜中竟然出现了两个悟空的影子，头上的金箍，身上的衣服都差不多，还是辨认不出来。这假悟空到底是个什么妖怪变的，这样的降妖法宝对他都没用？满天的神将也没办法了，只能让他们走了。两个大圣一个呵呵冷笑，一个哈哈欢喜，他们揪着头，拽着领子又打出去了。这一回他们又找谁去了？找唐僧去了。西天走了一路，成天一起待着，别人认不出来，师父总能认出来了吧？

再说沙僧从南海回来飞了三天三夜，这会儿正在屋里跟唐僧和八戒说那真假悟空的事情。忽然听见半空中喧哗人嚷，慌得他们赶紧出来看，正看见两个行者在天上打呢。八戒看了以后觉得手痒痒了道：“等我去认认看。”那呆子纵身跳起，高声叫道：“师兄，别担心，我老猪来了。”这两个猴哥一起回答他：“兄弟，来打妖怪！来打妖怪！”八戒的九尺钉钯都拿起来了，左看看，右看看，怎么一模一样啊？分不清哪个是自己的猴哥。这时候沙僧想了个办法，他低声对师父说道：“师父，你坐在这里，我和二哥一人扯住一个大师兄，你给他们念那紧箍咒，看哪个真疼就是真的，不疼的就是假的。”唐僧道：“对对对，悟净，你快去。”这回三藏也不说把两个悟空都赶跑了，他急着辨别悟空的真假，看来这会儿他在心里接受悟空了。沙僧飞起在空中喊道：“二位住手，我带你们去师父面前辨个真假。”大圣放了手，那行者也放了手。

沙僧上前一把搀住一个，他又喊八戒：“二师兄，你也搀住一个猴哥。”他们两人一人抓住一个，来到师父面前。三藏抬手念起紧箍咒，结果跟在菩萨面前念咒的效果是一样的，两个都抱着脑袋在地上打滚喊痛。三藏赶紧停下来仔细观看。哎呀！长得是一模一样，根本就分不出来真假。两个行者转眼间又打起来了，他们还大声喊道：“兄弟们，照顾好师父，等我带他到阎王面前辨认一下。”这个悟空说完这话，那个行者又说一遍。三藏是彻底懵了，眼看着自己从五行山下救出的大徒弟，朝夕相处这么久了，硬是认不出来。两位行者又驾起筋斗云找阎王。前脚一走，八戒说道：“我看他们去也好，我正好趁这个时候，去一趟花果山，把咱们的行李给拿回来。”你看八戒说这个办法还挺好，师父和沙僧都觉得是好办法。

此时，两位行者已经打到了阴间的阴山背后，唬得那满山的鬼战战兢兢，躲躲藏藏。他们赶紧跑到森罗宝殿上报道：“大王，背阴山上有两个齐天大圣打来了！”两个齐天大圣？当年一个悟空就把森罗殿搅得天翻地覆，大家都怕他。这回来了两个，而且还不知道来干什么来了！慌得第一殿的秦广王传报给二殿的楚江王，然后是三殿宋帝王、四殿卞城王、五殿阎罗王、六殿平等王、七殿泰山王、八殿都市王、九殿忤官王、十殿转轮王。一殿转一殿，霎时间，十王会齐，这时候又有阴兵飞报道：“森罗殿上阴兵、阴将已经聚齐，等待擒拿妖怪。”话刚说完，就听那强风滚滚，惨雾漫漫，二行者一翻一滚就打到了森罗殿上。

阎王问道：“大圣有何事，来闹我幽冥界？”大圣把情况跟十殿阎王说了一遍，阎王们一听，才知道他们不是来捣乱的，大家都松了一口气，不就是查个真假吗？这好办，阎王这里有生死簿，每个人什么时候生，什么时候死，在这生死簿上都有记载。阎王就找人把生死簿拿出来查，查了好半天，你猜猜发生了什么事儿？当年悟空在花果山的时候，他不是在梦中来过一次森罗殿吗？那一次他把生死簿上所有属猴的全都给一笔勾销了，所以跟猴沾边儿的查不出来。悟空是怎么也没想到，当年自己胡搞，今天在这儿把自己给截住了，这下就不好办了。阎王们和两个悟空就在这儿七嘴八舌地商量办法。大家正在这儿说着，立在森罗殿当中的一位菩萨开口说话了。这菩萨是谁呀？地藏王菩萨。他是专门给地狱里的小鬼宣讲佛法的，教他们好好做人，按照自然规律办事。地藏王菩萨说道："大家先别急，等我请谛听来听个真假。"谛听是谁呢？人家看都看不出来，它听能听出来吗？

第81集
路遇火焰山

两个行者来到幽冥界辨真假，大家想尽了办法也辨不出来。这个时候地藏王菩萨提出请谛听来辨认一下。这个谛听是谁？它是地藏王菩萨身边的一只神兽，谛听如果趴在地上用耳朵一听，就能霎时间听出，人也好、鬼神也好、动物也好，是善、是恶都能分得清楚，大家都觉得这是个好办法。谛听神兽被请出来，就见那神兽把身子往地上一趴，耳朵往地上一伏，根本就没费什么事儿，霎时间他抬起头来说道："我知道是什么妖怪了。但是却不能在这里说破，也不能在这里捉拿他。"菩萨就问他："为什么不能说破？"谛听回道："当面说破，妖怪会发怒，怕他掀翻这森罗宝殿。"菩萨又问："我们为什么不能擒拿他呀？"谛听又说道："这妖怪和孙大圣有着一样的神通，就算十大阎王合起来，也捉不住他。"菩萨再问："那你觉得谁能擒住他？"谛听神兽只回答了四个字："佛法无边"。这一下大家都明白了，要找如来佛祖去。

菩萨就劝他们两个道："你两个去雷音寺释迦如来那里分清真假吧。"行者回道："说的是，说的是。"说完，两个行者飞云奔雾，打上西天。再说西天佛祖，此时正在讲佛法，也正巧讲的正和这真假悟空有关。就听佛祖念道："人有二心生祸灾，天涯海角致疑猜。禅门须学无心诀，静养婴儿结圣胎。"

这说的大概就是，要赢得他人的信任，首先需要你先信任对方，这样两个人就一起努力一条心了。你不相信别人，别人也不相信你，这样两人就无法形成合力，而是各自为战。许多困境与灾难并非源于事情本身的难度，而是由于双方互不信任，心生芥蒂，从而招来了祸患。唐僧和悟空这次就是生二心了。大家说好一心一意共同去取经。走到半路上，唐僧要把悟空赶走，这二心一生出来，那妖怪就钻进来了。佛祖这一段佛法讲完，就对徒弟们说道："你们且看那二心的争斗者来了。"大家举目观看，果然是两个行者吆天喝地地打到了雷音寺，他们来到如来佛祖面前把情况说明。

佛祖合起双掌说道："观音尊者，你看这两个行者谁是真谁是假。"观音菩萨也正好在这里听佛祖宣讲佛法，菩萨就答道："前天弟子已经辨认过，辨认不出来。"如来笑道："你们法力广大，能知道天地之间的事情，但还不能认清这天地之间的物种，也不能做到为这些物种分清种类。"菩萨就问道："那天下物种如何分类？"如来佛祖答道："周天之内有五仙：天、地、神、人、鬼。有五虫：蠃（luǒ）、鳞、毛、羽、昆。这厮非天、非地、非人、非神、非鬼，也非蠃、非鳞、非毛、非羽、非昆。那么就有另外的物种，不在这十类之中，这另外的物种有四猴。"菩萨继续问："哪四猴？"

佛祖回道："第一是灵明石猴，它通变化，识天时，知地利，移星换斗。"佛祖的意思是说灵明石猴懂天文、懂地理的知识。佛祖又说道："第二是赤尻（kāo）马猴，晓阴阳，会人事，善出入，避死延生。"佛祖这是说赤尻马猴通晓这人世间的事儿。佛祖继续说道："第三是通臂猿猴，拿日月，缩千山，辨休咎（jiù），乾坤摩弄。"这个是说通臂猿猴懂得多，会辩真假。佛祖又继续说道："第四是六耳猕猴，善聆音，能察理，知前后，万物皆明。"这是说六耳猕猴像顺风耳一样，不管多远的事儿，他都能听到。什么事只要他想知道，就能弄得明明白白。如来佛祖继续说："这四种猴不入十类之中，我看这假悟空正是六耳猕猴所变，这六耳猕猴无论在哪，千里以外的事儿他都能听到。"

那假悟空一听佛祖说得全对，把他的老底揭出来了，这下把他吓得胆战心惊，纵身跳起来就想跑。到了雷音寺了，那能跑得了吗？如来手下早有四菩萨、八金刚、五百阿罗、三千揭谛、比丘僧、比丘尼、优婆塞、优婆夷、观音、木吒，一齐围了上去，孙大圣也拿着铁棒上前，如来说道："悟空不要动手，待我来捉他。"把那猕猴吓得是毛骨悚然，它感觉这下要完了，跑不掉了。它摇身一变，变成一只小蜜蜂，它想往上飞。你看七十二变，它也会。佛祖此时拿出个金钵盂，往空中一撇，正盖在它身上落了下来。大家都没太看清楚，还以为它已经飞走了。如来笑道："哈哈，这妖怪已经在我的钵盂之下。"上前把金钵盂揭开，那妖怪已经现了本相，果然是一只六耳猕猴。

孙大圣看了，忍不住抡起铁棒，瞬间把他打死。如来佛祖看了实在有些不忍心，说了声："善哉善哉，悟空你怎么把他给打死了？"悟空回道："如来，你不能可怜他呀，他打伤我师父，抢走我们包袱，大白天的就抢劫，就是送到官府里也该被砍头了。"这猴子确实残暴，他也不想想，当年他自己大闹天宫的时候，闯出的祸可不比这六耳猕猴大多了。佛祖也没说一下把他打死，只是把他压在五行山下，让他慢慢反省自己的错误。不过现在已经把假行者打死了，说什么也没用了。佛祖就说道：“你快去保护唐僧，到我这里来取经吧。”大圣他反而不走，他走上来磕个头说道：“去找师父，我不去了，我师父不要我了，不如你现在念个松箍咒，把我这金箍退下来，放我回去吧。”佛祖说道：“你不要犯刁，我让观音送你去。你师父不会不收你。”佛祖都这么说了，悟空只能合掌谢了恩。

就这样，悟空和菩萨一起就找师父去了。不多时，他们飞到了三藏所在的那户人家。沙僧看到了菩萨和悟空，就进屋告知了师父，唐僧赶紧出来迎接下拜，菩萨就把如来佛祖降了假悟空的事跟三藏说了一遍，然后又对他说道：“你今天要收留悟空，有他一路为你降妖伏魔，才能保护你到灵山。”这唐僧还能说什么？菩萨让他赶紧收留悟空，他只能是叩头感谢菩萨。三藏刚起身，又听见东侧的上方狂风滚滚，大家赶紧观看，是八戒回来了，他背着两个包袱驾风而来，这是把行李从花果山拿回来了。这一下一切都圆满了，菩萨就回去了。

师徒四人又重新聚到了一起，共同西去了。唐僧骑在马上，一边走一边就反思自己。他意识到了自己的错误，这次的确是自己生了二心，悟空一直对自己都是忠心耿耿，而自己却对徒弟未能做到不离不弃。他暗自下决心，从此以后再不放弃自己的徒弟，一定把他们带去西天取了经。

一路上又是说不尽的光阴似箭、日月如梭。经历了夏天的炎热，此时路两旁开始变成秋天的景色了。但见那："薄云断绝西风紧，鹤鸣远岫（xiù）霜林锦。光景正苍凉，山长水更长。征鸿来北塞，玄鸟归南陌。客路怯孤单，衲衣容易寒。"

这是说天上的鸟儿都向南飞了，天变得苍凉起来，渐渐冷了。师徒四人继续往前走，奇怪的是他们走着走着，就觉得这天气怎么又慢慢地变得热了起来？而且这天气还有点像蒸炉，好像又到了夏天一样。三藏勒马问道："徒弟们，现在已经到了秋天，这里怎么开始反热气呀？"三兄弟就开始猜想其中缘由。八戒先猜："我听说呢，西方路上有一个斯哈哩国，每天太阳就是落到这个国，大家都把那里叫成天尽头。我们是不是到了斯哈哩国了？"悟空笑道："呆子，你别乱说，到斯哈哩国还早呢。像咱们师父这样，走一走耽搁一下，走一走又耽搁一下，咱们就是从现在走到老，老了又小，老小三辈子都走不到。"八戒问道："那你倒是说说，如果不是斯哈哩国，为什么天气这么热呀？”沙僧说道：“二师兄，有可能就是天气有点儿反常吧。”

三兄弟正在这里争来抢去，就见前边儿路旁边有座庄院，那是红瓦盖的房舍，红砖砌的垣墙，门扇也是用红漆刷的，一片都是红。这天气本来就热，这庄园整个又是红的，越看越热。三藏下马说道：“悟空，你去那人家问一问消息，看看这里为什么这么热呀？”大圣应道：“好的，师父。”大圣收了金箍棒，整了整衣裳，走到那房前观看，正好从门里走出一位老者来，但见他：“穿一领黄不黄、红不红的葛布深衣，戴一顶青不青、皂不皂的篾（miè）丝凉帽。手中拄一根弯不弯、直不直暴节竹杖，足下踏一双新不新、旧不旧挈靸鞘鞋。面似赤铜，须如白练。”

这个老者戴个凉帽、拄个拐杖，脸色发红，又长着长长的白胡子，身材看着很干练。他猛地一抬头，看见了行者，吃了一惊：“嘿，你是从哪里来的怪人呐？”大圣回道：“老施主别怕，我不是什么怪人，我是从东土大唐而来，去西天取经的和尚，正好路过这里，发现你们这里的天气好热呀，我这不想来问问您这是什么原因呢？还有这个地方叫什么名字啊？”老者一听都是取经人，就不怕了，反倒还挺热情，把唐僧师徒们全都请进屋里来，又给他们倒茶水，

还给他们做饭吃。

聊了一会儿，三藏就开始提问了，问道："老公公，这里是秋天，为什么天气会这样炎热呀？"老者答道："哦，我们这里呀，叫火焰山，没有什么春天、秋天、冬天，全都是夏天，天天都是这么热。"三藏惊道："哦？那火焰山上天天烧着火焰吗？"老者回道："当然了，那火焰山总共有八百里火焰，就是那周围呀，都烧得寸草不生。"三藏道："哦，原来是这样。那这火焰山在哪个方向呢？"老者回道："在西边。你不是说要去西天取经吗？他正好在你西去的路上，我还在想呢，你们能过得去吗？你就是铜脑盖、铁身躯，走进那里，也要把你烧得化成汁啊。"火焰山既然是这样，那唐僧能过得去吗？

第82集

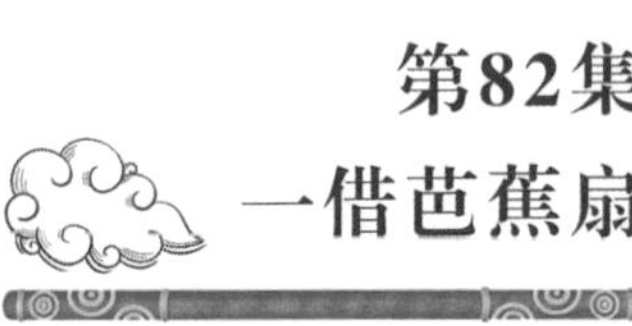

一借芭蕉扇

老者告诉唐僧，火焰山就在通往西天的路上，而且谁要是经过那里，那非得烧化了不可。这天气本来就热，三藏听了老者这一番话，心里更是上火。这怎么过去？除了悟空走过去可能不怕烧，其他几个都扛不住。

正在这儿发愁，只见门外有一个年轻人推着一辆红色的车子，刚好从门口经过，口中还喊道："卖糕了，卖糕了。"这是专门卖糕饼吃的。大圣随手从身上拔下一根毫毛，变成了几个铜钱。他跨出门外："卖糕的，我要买几个糕吃。"那年轻人接过钱，拿了几个糕放在行者手中，行者用手一拿，嘿呦，这糕好烫。左手倒到右手，右手又倒到左手。大圣说道："哎哟，好烫，好烫，好烫啊！"那年轻人道："呵呵呵呵，要是怕热，可不能来我们这儿啊，我们这里就是这么热的。”

行者听他这么一说，突然脑子里闪出一个问题，就问道：“这个地方这样热，应该长不出庄稼呀。如果长不出庄稼，你哪里有米面呢？没有米面，你又用什么做的这米面糕啊？”年轻人回道：“嘿嘿，这你就不知道了吧？若知糕粉米，敬求铁扇仙。”这还有个口诀，看来他口中说的这个铁扇仙，当地人都知道，而且能得到这糕粉米，恐怕都是要靠着铁扇仙。

行者继续追问：“这铁扇仙能帮上你们什么忙呀？”年轻人又回道：“铁扇仙呢，她有一把芭蕉扇，你求她施法，她用她的芭蕉扇，一扇熄火，二扇生风，三扇下雨。等下雨的时候，我们就赶快播种，及时收割，就能得到米面了。要是没有铁扇仙，我们这地里可是什么都不长啊。”行者听了这年轻人这些话，心终于定了下来。想过火焰山有办法了，只要找到铁扇仙，再把那芭蕉扇借来扇一扇不就好了？他拿着糕走进屋里，与大家分享。

过了一会儿，悟空又问老者：“你们这里那个铁扇仙住在哪里呀？”老者道：“你问她干吗呀？”悟空说道：“那铁扇仙的芭蕉扇不是一扇熄火、二扇生风、三扇下雨吗？

我把它借来，把火焰山给扇灭了，我们不就能过去了吗？”老者道：“哦，这铁扇仙倒是有，可是你们想请她来，要给她送上贵重的礼物啊。”行者哪儿关心什么礼物不礼物的，他找人家借东西从来不送礼物，他又接着问：“她住在什么地方？离这里有多远？”

老者回道：“她在西南方，那里有座翠云山，山中有一仙洞叫芭蕉洞，只是太远了，我们走个来回要一个月，一共有一千四百五十六十里路。”悟空笑道：“嘿嘿，好好好，你们就在这儿等我，我去了。”大圣说声去，眨眼间人就不见了，把那老者慌得，说道：“嘿呦，爷爷呀，这原来是个腾云驾雾的神人呢！”

行者霎时间来到了翠云山，按住祥光，开始寻找洞口。忽然听到山中传来“哐哐哐”的声音，这是山中有个砍柴的樵夫在砍树的声音。行者循着声音找去，果然看见一个樵夫，他走上去问：“哎哎，樵哥，这里是翠云山吗？”樵夫回道：“哦，正是。”

行者又问：“那这里有个铁扇仙和芭蕉洞吗？”樵夫又回道：“哦，有芭蕉洞，但是芭蕉洞中铁扇仙可没有，铁扇公主倒是有一个，她又叫罗刹女，是大力牛魔王的妻子。”行者一听到这一句话，脑袋瓜子“嗡”的一声，怎么就这么巧，她是牛魔王的妻子，那不就是红孩儿的妈吗！上次遇到红孩儿的叔叔如意真仙，要碗水都不给，还用如意钩子把他钩倒好几次。现在碰到红孩儿的妈，向她借扇子，她能借吗？按理说，红孩儿在菩萨身边学习佛法，这是件好事，她当妈的应该高兴，但是毕竟人家一家妖怪，她想问题跟正常人不一样，不管怎么样，悟空也得去试试。

他告别了樵夫，一路走向芭蕉洞，没走多长时间，就看见两扇门紧闭牢关，这肯定就是芭蕉洞了。行者再往洞外看看，那洞外景色风光秀丽："山以石为骨，石作土之精。烟霞含宿润，苔藓助新青。嵯峨（cuó é）势耸欺蓬岛，幽静花香若海瀛。几树乔松栖野鹤，数株衰柳语山莺。诚然是千年古迹，万载仙踪。"

这个是说这地方看着还不错，像个仙境，有山，有石，有松，有柳，有野鹤，有山鹰的，看起来不像个凶恶的妖洞，倒像个神仙住的地方。就是不知道那铁扇公主会不会心善一些，痛痛快快地把芭蕉扇借给悟空就得了。行者看够了，走上前去敲门，叫道："牛大哥，牛大哥，开门，开门哪。"悟空想看看牛魔王在不在这儿，只听"呀"的一声，洞门开了，里边走出个小丫鬟（huán）。只见，她手中提着花篮，肩上担着个锄头，正在洞里种花。

行者上前迎道："请你告诉你们公主一声，我本是取经的和尚，要去西天取经，遇到了那火焰山，过不去呀，想借芭蕉扇用一下。"那女子又问他："你是哪个寺里的和尚？叫什么名字？"行者答道："哦，我是东土大唐而来的，我叫孙悟空。"

女子转回洞内，向罗刹女报道："奶奶，洞门外有个东土大唐来的和尚叫孙悟空，想借用您的芭蕉扇过火焰山。"看看接下来这铁扇公主的反应。估计孙悟空的名字之前听过，这丫鬟刚说完就见她"骨都都红生脸上，恶狠狠怒发心头"，口中还骂道："这泼猴！今天来了！丫鬟取披挂、拿兵器来。"我的天哪，都气成这样了，而且这铁扇公主一听着就特别厉害，看来这扇子不好借了。

行者在洞外边先藏起来了，他想先偷偷看看那铁扇公主出来的时候，会是个什么情形。铁扇公主往洞外一走，只见她："头裹（guǒ）团花手帕，身穿纳锦云袍。""手提宝剑怒声高，凶比月婆容貌。"就是说头发用花手帕围起来了，但是她长得特别凶，手里还提着宝剑，悟空正看着，那罗刹女，高声叫道："孙悟空何在？"

行者赶紧上前躬身施礼："嫂嫂，俺老孙在这儿给你行礼了。"铁扇公主骂道："呸，谁是你嫂嫂？谁让你行礼？"

行者又说道："嫂嫂，那牛魔王是老孙的结义兄弟，也就是我的大哥呀。我不叫你嫂嫂，叫你什么？"铁扇公主又说道："你这泼猴，知道牛魔王是你兄弟，你为什么还坑我们的孩子？"行者又道："唉，嫂嫂，那红孩儿捉了我师父，又要蒸，又要煮的，幸亏观音菩萨把他给收去了。现在跟着菩萨叫善财童子，能跟着菩萨一起学习佛法，你要感谢老孙哪。"

铁扇公主又说道："你这个巧嘴的泼猴。可是这样一来，我再也见不到我的儿子了。"行者回道："唉，嫂嫂，想见你儿子有什么难的，你把芭蕉扇借给我，我把火焰山给它扇灭了。等我们师徒过了去，我专门去一趟南海。我跟菩萨说说，把红孩儿带回来，让你看看是不是比以前强多了。"铁扇公主骂道："泼猴，少在这儿耍嘴皮子，你把头伸过来，让我砍上几剑。如果忍受得了疼痛，我就把扇子借给你，忍不了的话，你就去死吧！"罗刹女敢讲这个话，她真是太不了解悟空了，不知道她自己有没有当真，如果真的砍几下，悟空扛住了，那扇子就得借给他了。那悟空这芭蕉扇得来的可就太容易了。

行者也是这样想，他两手一插，笑道："嫂嫂，这个主意好。随便你砍，一直砍到你没力气了，你就得把扇子借

给我，嘿嘿嘿。”那罗刹女毫不客气，她照着行者的头上乒乒乒乒砍了十几下，结果行者根本就没当回事儿，罗刹女的宝剑却差点被震飞了。她这剑砍的，越砍自己越害怕，她没碰到过这样的对手，任你随便砍，你都杀不死他。罗刹女转过身来，回头就想跑。

这铁扇公主说话不算数，人也砍了，扇子还不想借，那悟空能让她称心如意吗？于是问道：“嫂嫂，你往哪里去？你说话可要算数啊。把你的宝扇借我用用吧。”铁扇公主说道：“我的宝贝从不轻易借人。”行者说道：“嘿嘿，既然你不借，就吃你孙叔叔一棒。”悟空一手扯住铁扇公主，另一手从耳内掣出金箍棒，幌一幌，碗来粗细。罗刹女赶紧挣开他的手，举剑来迎。行者抡棒便打，两个在翠云山前，不论亲情，只讲出气，这一场好杀：“这个金箍铁棒多凶猛，那个霜刃青锋甚紧稠（chóu）。劈面打，照头丢，恨苦相持不罢休。左挡右遮施武艺，前迎后架骋（chěng）奇谋。却才斗到沉酣处，不觉西方坠日头。罗刹忙将真扇子，一扇挥动鬼神愁！”

就是说那罗刹女与行者从白天打到晚上，见行者棍子重，武艺又高强，心里想打不过他，最后干脆取出芭蕉扇，幌一幌，一扇子下去把行者扇得无影无形。行者在空中想停都停不住。他先前只听说芭蕉扇能把火扇灭，他哪里想到它可以把人也扇飞。这场仗罗刹女得胜，那大圣却在空中被扇得是飘飘荡荡，左沉不能落地，右坠不得存身，就像旋风翻败叶，流水淌（tǎng）残花。滚了一夜，一直到天亮，他才遇到一座高山，山峰上正好有一块大石头，行者紧紧地抱住那个石头才算停下来。他定了定神，仔细观看，这好像是小须弥山。

小须弥山，那是灵吉菩萨的所在地。怎么被扇出这么远来了？大声长叹一声："哎呀呀，好厉害的妇人哪，把我都扇到小须弥山来了。上一次也是因为和黄风怪打，没斗过他的风，来了小须弥山，这次又是因为没斗过风来了这里。这还真巧，上次灵吉菩萨借了我定风丹，我就不怕那黄风怪吹了。这次不如我再借得定风丹，估计那芭蕉扇也会拿我没办法。对对对，找灵吉菩萨去。"

行者正在想这个事儿，听见山下禅院传来了响亮的钟声，他走下山坡，一直走入禅院，见到了灵吉菩萨。灵吉菩萨看大圣来了，就问他："你这是取经回来了吗？"行者回道："没有没有，还早呢。"菩萨又问："你既然没有取回经，到我这深山里做什么？"行者又回道："嗨，自从上次你帮我降了黄风怪，我们这一路不知经历了多少苦难，现在才走到火焰山，那里的火焰挡着我们没有办法继续前进。后来听说那里有个铁扇公主，她能把那火扇灭，老孙就去向她借扇子。可是她却因为当年我找观音菩萨降了她的儿子红孩儿与我争斗，结果一扇子把我扇得悠悠荡荡，一直落到你这里来了，哎呀呀。”

菩萨笑道：“哈哈哈哈哈哈，那妇人名叫罗刹女，又叫铁扇公主，那把芭蕉扇，本是昆仑山后，自混沌开辟以来，天地生成的一个灵宝，假若扇着人，要飘八万四千里。我这里到火焰山只有五万余里，这是大圣，你能留住云才会停在我这里，换作别人，还要继续往前飞呢。”行者道：“哎呀呀，好厉害！好厉害！”菩萨又说道：“大圣放心，你这一来，是我和你们师徒之间的缘分，让我来助你们成功。”行者忙道：“好好好，谢菩萨。”菩萨说道：“我还是把我的定风丹借给你，有了我的定风丹，她那扇子应该是扇不动你的。”太好了，悟空有了定风丹，这回再和铁扇公主斗的时候，能不能把芭蕉扇借来呢？

第83集
二借芭蕉扇

灵吉菩萨为了帮唐僧师徒降服铁扇公主，把定风丹借给悟空了。行者接过宝贝，低头向菩萨行礼，辞别之后，驾起云头又飞回去了。顷刻之间又来到芭蕉洞的洞门前。这次悟空使着铁棒打着洞门，高叫道:“开门！开门！老孙要借你的扇子用用呢。”罗刹女在洞内听到这个消息，她心中又害怕了:“这泼猴怎么这么有本事？我用芭蕉扇把他扇出去，那要飘出去八万四千里呀。怎么才扇走，他就回来了，这回我再出去，却连扇他三下，让他飞都飞不回来，叫他都找不到回来的路。”

她站起身来，双手提剑走出门来，见到悟空，大声喝道:“孙行者，你不怕我吗？又来寻死。”行者道:“嫂嫂，你的扇子借我使使，别那么小气嘛，只要能保得唐僧过了火焰山，我就还给你。我是个诚信的君子，不是那借东西不还的小人。”罗刹女说道：“泼猢狲，你好没道理，你害了我的儿子，仇还没报，我就把扇子借给你，哪有这种好事儿？你不要走，吃老娘一剑。”

大圣公然不惧，使铁棒相迎。来来往往战了五七回合，罗刹女手软了，见情况不妙，赶紧又把扇子取出来。她望着行者，劈手就是一扇。行者巍然不动，还收了铁棒，笑吟吟地说道：“嫂嫂，这次跟刚才可不同了，随你怎么扇。老孙要是动一动就不算一条好汉。”罗刹女又扇了他两扇，悟空果然是一动不动。这下罗刹女慌了，转身就跑，回到洞里，把门紧紧地关上，不出来了。

行者见她关了门，这个难不住他。只见悟空把定风丹含在口中，摇身一变，变成了一只小蟭蟟虫，他从门缝钻了进去，进去之后看见罗刹女正喘着粗气坐在椅子上说道：“渴了渴了，快去拿茶来！”丫鬟赶紧过来给她沏了满满一壶茶，又给她倒在杯里，茶水上溅起的水沫还没下去，行者抓住了这个机会，他欢喜地朝那茶叶末，飞快地就飞了进去。罗刹女口渴，也没仔细看，端起茶杯三两口就把悟空给喝进肚子了，行者竟然用了这么个办法跑到她肚子里去了。

这悟空给喝进肚子了，让我们想起了他对付黑熊精那次，他也是变成一颗仙丹，黑熊精一吞就把他吞到肚子里了，然后行者就在肚子里打黑熊精，这次他可能又要用这个办法了。行者进了肚，他高叫道：“嫂嫂，嫂嫂，借扇子给我用用。”罗刹女在屋里听到行者的声音，把她给吓坏了，她赶紧喊道：“小的们！小的们！快去看看。洞门有没有关好？”丫鬟们跑去看，没有问题，回来就告诉她：“关好了，我们都关好了呀。”罗刹女说道：“那我怎么听见孙行者在咱们屋里叫唤呢？”行者又说道：“嫂嫂，嫂嫂，我在这儿呢。”这回丫鬟们听准了，回道：“奶奶，他好像在你身上叫啊。”罗刹女是越听越怕，说道：“啊，孙行者你在哪里？孙行者，你快给我出来啊。”

行者笑道：“哈哈嘿嘿嘿，嫂嫂，我在你肚子里呢，我现在已经看到你的肺和你的肝了，我也知道你口渴了，让老孙踢你两脚给你解解渴吧。”说完，悟空在她肚子里用脚往上一蹬，正踢在罗刹女的小肚子上。“哎呀哎呀”，罗刹女惨叫了两声，她疼痛难忍，坐在地上那叫苦道：“哎哟，疼死我了。”行者又道：“嫂嫂，我还看出来你刚才好像是打饿了，我再踢你一脚给你解解饿吧。”悟空又用头往上一顶，这回顶到了她的心上，罗刹女这回又心痛难忍，喊都喊不出来了，只是躺在地上打滚，汗珠子噼里啪啦地往下掉，脸也黄了，嘴唇也白了，被悟空折腾个半死，她实在没办法了，口中叫道：“孙叔叔饶命，孙叔叔饶命。”

行者一听这罗刹女都喊他叔叔了，就收了手脚道：“嘿嘿，你才认我这个叔叔。好好好，看在牛魔王大哥的份儿上，我就饶了你。你快把扇子拿出来给我用用。”罗刹女忙道：“好的，叔叔，有扇！有扇！你出来把它拿了去就是了！”行者又说道：“不行，你要先拿出来，让我看见。”铁扇公主又让丫鬟把宝扇拿出来放在旁边。

行者爬到她嗓子眼儿那不出来，又喊道：“你把嘴张开，让我看看。”罗刹女只得乖乖地把嘴张开给他看。悟空看见了，果然扇子拿出来了，就又变成一只小蟭蟟虫从她口中飞了出来，落在芭蕉扇上。罗刹女没看见他，还在那傻张着嘴喊道：“叔叔，出来吧。”行者现了真身，拿着扇子叫道：“嫂嫂，我已经出来了，这不在这儿呢吗？多谢了，多谢了。这扇子，用完了我就拿来还你。”

说完，他拽开步子就往外走。罗刹女也不敢追他，况且疼得浑身都没劲儿了。丫鬟们把洞门打开，把孙行者请了出去。太好了，和以前降妖比起来，这次算比较顺利的了。

借到了定风丹，往铁扇公主的肚子里一钻，就把芭蕉扇弄到手了，这回应该能成功灭了火焰山。悟空驾起云头回到了院子里。八戒看见了悟空，还看见他手里拿着的宝扇，他跑进屋赶紧告诉大家这个好消息，说道："师父啊，大师兄回来了。"

悟空按落云头走进院子，他还把扇子拿到老者跟前儿去问他："老官儿，可是这个扇子吗？"老者道："呵，正是正是。"师徒四人得到了宝物，又着急赶路了。辞别了老者，继续向西行。走了四十里，就开始觉得，这天气已经不是热了，而是又蒸又烤。沙僧叫道："哎呀，大师兄这脚底，烙得慌啊！"八戒也在那儿喊："哎呀，老猪的爪子都烫疼了。"再看白龙马跑得比平常都快，蹄子不敢在地上挨的时间太长，实在是太烫了。行者看大家都不太好受，就对大家说道："师父，你先下马，兄弟们看好师父。等我上前熄了火，把风雨等来，土地冷了些之后，我们再过山。"

行者举起宝扇走到火焰山的附近，拿起扇子尽力扇。悟空就盯着满山的火苗看，可是哪里想到这一下子扇下去，那满山火光是烘烘腾起。行者没搞明白怎么回事儿，这火怎么越扇越大？再扇一下试试，行者挥起芭蕉扇，又是一扇，这下会怎么样呢？只见那火苗烧得比刚才大了百倍，这是怎么回事？怎么火越烧越旺？行者心里就想：“哎呀，是不是有可能再扇最后一下子火就全灭了？”他抡起扇子又扇了第三下，结果这一回扇下去，火烧得有千丈高，而且都烧到他身子上来了。行者赶紧往回跑，可是还是跑得慢了，那火把他屁股上的毛都烧掉了，边跑边喊：“师父师弟们，快回去！快回去！火来了！”他们也不知道为什么要往回跑，但是他们看见连行者都吓成那样，那肯定是出大事儿了。先别问为什么了，转头先跑了再说。

师徒们一连气跑了二十多里地才停下来。唐僧最先开口问道：“悟空怎么样了？”悟空把扇子往旁边一扔，骂道：“这什么破东西，我被这厮给骗了。”八戒又接着问：“哎呀，哥哥，刚才为什么要往回跑啊？”悟空说道：“哎呀，别提了，我拿着扇子扇了第一下，就火光烘烘；第二扇，火气愈盛；第三扇，火头飞有千丈之高，要不是我跑得快，我浑身的毛都烧掉了。”八戒笑道：“嘿嘿，你不是常说你雷打不伤，火烧不坏嘛，你今天怎么又怕了？”行者骂道：“你这呆子，你懂什么？那天上的雷打、火烧，我是有防备呀！今天这火烧，我连避火诀都没念，更没使什么护身法。你看看，你看看我这屁股上面的毛全都烧掉了，哎呀。”沙僧问道：“大师兄，像这样的火，我们还怎么去西天呢？”唐僧听徒弟们议论着，自己是愁出眉间，闷上心头。

几个人一时之间都没办法了，只听得有人叫道："大圣不须烦恼，先吃些斋饭，再来商议吧。"师徒们回头一看，见到一个老人，身后还背着一个铜盆，盆里头有糕饼，有小米饭。师徒们心里就想："这是谁呀？哪里来这么个老者呀？"那老者又说话了："我本是火焰山的土地，知道大圣保护圣僧不能前进，特来献上一顿斋饭。"

行者说道："哎呀呀，送饭倒也是好事，可是现在我得要让火焰山的火灭掉，送我师父过去才行啊。"那土地又说道："哦，要灭火呀，要找罗刹女借她的芭蕉扇。"行者又把路旁的芭蕉扇捡在手中给他看："看看，这不就是那芭蕉扇，有什么用啊？火越扇越旺。"土地说道："这扇子不是真的，你被她骗了。"行者忙道："哦？那我如何能得到真的。"土地回道："想借芭蕉扇，需要找大力牛魔王啊！"

行者不明白问道："找他干吗？就算他来了，那罗刹女还是不能借扇子给我呀。难道这火焰山的火是他放的，他放的让他灭？"土地道："不是不是，但是谁放的火，我不敢说呀。"行者道："哦？怕什么？你就直接说嘛。"土地道："直接说，你可不能怪罪我呀。"行者说道："这有什么怪罪不怪罪的？"是啊，这土地说话真怪，就说一下谁放的火，

这有什么可怪罪的？土地继续说道：“这火是大圣你放的呀。”行者奇怪道：“哦？你这不是胡说八道吗？我什么时候跑到这里来放个火呀？”土地又说道：“嗨，这里原来是没有火的。当年你大闹天宫的时候被二郎神擒住，又把你押到太上老君的炼丹炉中去炼你，没想到没有把你炼死。你跳出来的时候，还记不记得你一脚把那炼丹炉踢倒了。”行者忙道：“记得！记得！然后呢？”

土地又说道：“那炼丹炉一倒就摔碎了，从上面掉下几块砖来，就掉到了这里，把这里都烧着了，从此，这里就变成火焰山了。”

大圣简直不敢相信，怎么掉下了几块瓦片儿，就把这地方烧成火焰山了。真没想到，当年闯下的滔天大祸，在这里等着他。行者接着又问：“那你再说说，你让我去找大力牛魔王干什么？难道他来了铁扇公主就能把那扇子借给我吗？”土地继续说道：“大圣，你有所不知啊！那大力牛魔王是罗刹女的丈夫，但是他却在积雷山摩云洞认识了一个玉面公主，他见那玉面公主生得漂亮，就娶她做了他的小妾。之后呢，就和这小妾住在摩云洞，不回芭蕉洞了。罗刹女的丈夫被人抢走了，她自然生气。你要是能把大力牛魔王请回来，罗刹女一高兴，到那个时候，你再向她借扇子，就不怕她不借了。有了这扇子，一来你可以扇灭这火焰山，送你师父西去。二来能让当地的农民种上庄稼、过上好日子。三来嘛，我也不用在这里继续做土地神啦，我可以回到太上老君的身边了。”行者问道：“到太上老君的身边干什么？”一个小小的土地神怎么就能上得了太上老君的兜率宫呢？

思维训练问答

☞ 教孩子为错误承担后果

1. 火焰山是怎么烧起来的呀?

2. 路遇火焰山这一难，是应该归咎于铁扇公主呢，还是悟空当年自己闯下的滔天大祸呢?

3. 爸爸妈妈有没有在过去犯过什么错，这些错误至今是否仍然在你的生活中留有痕迹?

4. 你有没有犯过什么错，这些错误有可能在未来对你或者他人的生活产生不良影响吗?

故事中的家教思维

我们常会听到这么一句话，说一个人犯过错，早晚都会有所报应。孩子不懂这个道理，因为他们犯下的错误都被家长默默地承担了。

孙悟空当年踢翻八卦炉，八卦炉的瓦片落在了凡间，结果成了火焰山。这个情节我们可以和孩子一起讨论，首先可以问孩子，火焰山是怎么烧起来的?这样的问题能引导孩子回顾故事情节，并让他们意识到，火焰山的形成是孙悟空当年行为的结果。

再问孩子第二个问题，路遇火焰山这一难，是该怪铁扇公主，还是该怪悟空当年自己闯下的滔天大祸？这样的问题能让孩子逐渐明白，每个人都要为自己的行为负责，过去的错误可能会在未来带来不良的后果。

再问他第三个问题，回到现实，爸爸妈妈有没有在过去犯过什么错，这个错误在今天是否还在影响着你？这样的提问能让孩子思考和分析，因为父母的错误可能对他们产生过影响，所以他们可能会更容易地找到答案。

再问他最后一个问题，你有没有犯过一些错误，这些错误有可能在未来影响你自己或者其他人呢？这样的问题能让孩子进行自我反思，意识到自己的行为和选择对未来的重要性。

第84集

一战牛魔王

火焰山的土地神说如果火焰山的火扑灭了，他就可以重回兜率宫。可是，唐僧师徒就不明白了，你一个小小的火焰山的土地神，你怎么去得了兜率宫？土地解释道：“唉，当年那炼丹炉炼大圣你的时候，我就负责看守那炼丹炉啊，你跳出来了，老君却责罚我没有看好，就把我贬到这里做土地神了。”行者道：“哦，原来是这样。好，那你说说积雷山在哪一个方向，有多远？”土地道：“往南去有三千多里远。”行者吩咐八戒和沙僧保护好师父，转过身来，“呼”的一声，渺然不见了。

没用上半个时辰，行者在空中看见一座高山。行者按落云头，停立巅峰上观看，真是好山：“高不高，顶摩碧汉；

大不大，根扎黄泉。山前日暖，岭后风寒。山前日暖，有三冬草木无知；岭后风寒，见九夏冰霜不化。”

大圣一边欣赏着美景，一边走入深山寻找路径。忽地在松荫下见到一个女子，手里还折了一朵香兰花，袅（niǎo）袅娜（nuó）娜地走过来，大圣赶紧躲在一块怪石头后边仔细观看，那女子长得：“娇娇倾国色，缓缓步移莲。”“如花解语，似玉生香。”

这个是说这女子长得十分漂亮，体态也很优美。大圣连忙上前躬身施礼，他想问问那摩云洞在什么地方，可那女子见了大圣的模样，吓得战战兢兢，赶紧往后退：“啊，你是从哪里来的？”大圣回道：“哦，我是从翠云山芭蕉洞来的。那铁扇公主叫我来请牛魔王的。”这女子听了这话，心中大怒，气得耳根子都红了，她开口骂道：“这个贱女人又想来抢我的丈夫。”大圣听了这话，马上就明白了，这个不是别人，正是那玉面公主。他故意掣出铁棒，大喝一声：“你这泼贱，抢了人家的丈夫，反倒还有理。”女子一看大圣把棍子掏出来了，吓得魂飞魄散，转身就跑。

大圣在她身后，穿过松树林，一直跟到摩云洞，顺利地把她老窝找着了。玉面公主刚一进屋就关上了门，早累得粉汗淋淋，唬得兰心吸吸，这是说跑得满头的汗，混着脸上的胭脂一起流下来了，心也吓得扑通扑通地跳。那牛魔王正在屋里看书，玉面公主跑进去一下扑进他怀里，抓耳挠腮地放声大哭："嘤嘤嘤，吓死我了，吓死我了。"牛魔王哄道："美人呐，你怎么这样烦恼啊？有话慢慢说呀。"玉面公主骂道："你这泼魔害死我了。"牛魔王问道："哦？美人你怎么怪起我来了？我哪里做错了？你慢慢说来，我给你赔礼道歉。"玉面公主就把刚才的事情说了一遍。什么铁扇公主派了一个毛脸雷公嘴的怪人到这里，说要把牛魔王接回去，而且还拿棒子要打她。

牛魔王听完这事觉得有些疑惑，他了解铁扇公主，她身边没有这种毛脸雷公嘴的人。牛魔王安慰道："美人，你先不要哭，让我先出去看看，他不像我妻子身边派来的人，有可能是别处来的妖怪。"好魔王拽开步子出了书房，走到大厅，他穿上披挂，拿起他那条混铁棍，在门外问道："是谁在这里撒野呀？"行者仔细观看，看看这牛魔王跟五百年前是不是还一个样？只见："头上戴一顶水磨银亮熟铁盔，身上贯一副绒穿锦绣黄金甲，足下踏一双卷尖粉底麂皮靴，腰间束一条攒（cuán）丝三股狮蛮带。"

这是说他头顶上带一个铁盔，银色的锃（zèng）亮，身上穿一件黄金甲。再看他那脸盘儿，一双眼光如明镜，两道眉艳似红霓。这老牛眉毛长得奇怪，红色的。口若血盆，齿排铜板。吼声响振山神怕，行动威风恶鬼慌。

这牛嗓门特别大，看起来挺威风。行者连忙上前打招呼道：“兄长，你还认识小弟吗？”牛魔王答道：“哦，你是齐天大圣孙悟空嘛。”行者道：“正是正是，好久不见了。”

牛魔王又道："你先不要花言巧语，听说你闹了天宫，被佛祖压在五行山下，后来解脱灾难后去保护唐僧西天取经。可是你为什么在后山枯松涧害我的儿啊？我正在生你的气，你还找上门来了。"

你看这窝妖怪想问题都这么想，明明跟着观音菩萨学习是件大好事，他们都觉得是个坏事。大圣就赶紧上前解释："哎呀，兄长，你错怪小弟了，当时你儿子捉了我师父，又要蒸，又要煮的，小弟又打不过他的三昧真火，没有办法，只能请菩萨来。现在你儿子在菩萨那里做了善财童子，将来肯定比你还要有出息呢。"牛魔王骂道："你这个巧嘴的猢狲，好好好，害我儿子的事先不说，那你刚才为什么要欺负我的爱妾玉面公主？"行者回道："哎呀，我第一次见她，我怎么会知道她是我的二嫂嫂啊？她当时又骂了我几句，小弟一时粗鲁就惊吓了她，还希望兄长宽恕宽恕！宽恕宽恕！"牛魔王道："好吧，既然如此，我们兄弟一场，我就宽恕你，你走吧。"

这牛魔王还挺有情义，可是悟空怎么能走？他得把牛魔王请回去，才能把芭蕉扇借到手。他就继续说道："大哥，饶了我，我感激不尽。不过我还有一件事请你帮忙。"牛魔王道："你这猢狲，我饶了你，你还不走。反倒还要来纠缠我，要我帮什么忙啊？”行者回道：“哎呀，兄长啊，小弟保唐僧西天取经，正好遇见那火焰山，过不去呀。问了当地人才知道，在大嫂嫂手中有一把芭蕉扇，专能灭那火。老孙就想借来用一下，可是她却借了我一把假的，我一扇，那火是越烧越旺，我实在没办法了，所以才跑来求你跟我去一趟，帮我跟大嫂嫂把芭蕉扇借出来用一下，保唐僧过了火焰山以后，一定还你。”

牛魔王一听这话，马上明白过来了，自己的妻子为什么要借一把假扇子给他？他们俩之间肯定有过争斗。他心里一想，这猴子先去欺负他大妻子，又来吓唬他的爱妾，把他气得是心如火发，咬响钢牙骂道：“你欺我妻，又欺我妾，实在无理。来！来！来！上来吃我一棍。”大圣可不是来跟他打架的。这一旦打起来，芭蕉扇还能借到手吗？他赶紧客客气气地说道：“哎，哥哥哥哥，要打呢，小弟也不惧你，只不过我今天不是来打架的，只是真心地想要把那扇子借来用一下呀。”牛魔王说道：“你要是三个回合能打得过我，我就叫我那妻子把扇子借给你，要是打不过我，今天我就一棒子打死你，报仇雪恨。”

这牛魔王口气真大，当年他也曾经在悟空大闹天宫时与其并肩作战，悟空的本事他应该了解，三个回合就敢说能打败悟空？悟空实在是不想跟他打，又对他说：“小弟自从保唐僧西天取经就一直有点儿懒，没练习什么武艺，咱们就比一比，不要真打。真打起来怕不是兄长你的对手啊。”那牛魔王可不听这一套，抡起混铁棍劈头就打，大圣持金箍棒随手相迎，两个这场好斗：

“金箍棒，混铁棍，变脸不以朋友论。那个说：‘正怪你这猢狲害子情！’这个说：‘你令郎已得道休嗔（chēn）恨！’那个说：‘你无知怎敢上我门？’这个说：‘我有因特地来相问。’一个要求扇子保唐僧，一个不借芭蕉忒鄙吝。语去言来失旧情，举家无义皆生忿。牛王棍起赛蛟龙，大圣棒迎神鬼遁（dùn）。初时争斗在山前，后来齐驾祥云进。半空之内显神通，五彩光中施妙运。两条棍响振天关，不见输赢皆傍寸。”

这大圣与那牛王斗了百十回合，不分胜负。看起来这牛魔王还真不简单，正打得难分难解的时候，只听见那山峰之上有人喊道：“牛爷爷，我家大王正等你去呢，座位都给你留好了。”不知哪来个小妖在喊他去参加宴会。牛魔王听到这声召唤，使混铁棒支开金箍棒，说道：“猢狲，你先停手，我先去参加个宴会。朋友来找我了，不能不去。”说完，他按下云头回洞里去了。

这老牛是真搞笑，打仗打了一半去参加宴会了，那能吃得下去吗？他进了洞以后又去先安抚那玉面公主："美人呐，刚才那雷公嘴的男子被我一顿棍子给打跑了，现在没事儿了，你放心地去玩儿吧。我现在有个朋友要请我去参加宴会，我去去就回。"说完他脱下盔甲，换了身衣服，走出门，跨上他的坐骑辟水金睛兽，半云半雾地向西北方向飞去了。

再说行者也不可能走，请不到老牛就拿不到芭蕉扇，火焰山还是过不去。他一直在那高峰上偷偷地看着。这会儿见他出来了，大圣想跟去看看，看能不能逮到什么机会。他摇身一变，变作一阵清风，跟着牛魔王就去了。可等到一座山里的时候，那牛魔王无声无息地就不见了。大圣觉得奇怪，他现了原身下去寻找，见到那山中没有别的，只有那么一面清水深潭，潭边上立着一座大石碣，石碣上写着六个大字："乱石山碧波潭。"这就不用说了，老牛肯定是下水去了。悟空心想："看来请他喝酒的不是个龙精、蛟精，就是个龟、鳖（biē）、鼋（yuán）、鼍（tuó）之精。"

好大圣，他捻着诀，念个咒，摇身一变，变作一个大螃蟹，能有三十六斤重。我的天，三十六斤重的螃蟹，一个西瓜差不多十斤左右重，他这螃蟹变得有三个西瓜那么

重了，你说这螃蟹得有多大？他“扑”地跳入水中，沉入潭底。忽见一座玲珑剔透的牌楼，楼下正拴着牛魔王刚才骑的辟水金睛兽。悟空走进牌楼，发现楼里边儿没有水，再往里看，原来是一只老龙精安排在这宴请牛魔王。满桌子的珍馐（xiū）美味，旁边又有唱歌的又有跳舞的，十分热闹。大圣变成的那只大螃蟹就往里爬，他觉得这水府里的螃蟹有很多，应该认不出他来。

哪想到老龙精一眼就发现他不是这水府的螃蟹了，他厉声喝道：“哎，这只野蟹是从哪里来的？把它给我拿下。”龙子、龙孙们一拥而上，把大圣给拿住了。这下可麻烦了，万一把他认出来，在这里打起来，大圣可未必占便宜。悟空也觉得情况不妙，他就赶紧求饶道：“哎，饶命啊！饶命啊！”老龙精问道：“你是哪里来的野蟹，在我这宴会上横行乱跑啊？”

这老龙精说得也是，你说人家举办宴会，你变成个三十六斤重的大螃蟹在里边横行乱走，那人家能看不见你吗？看见你能不抓你吗？这次悟空不该变成这大螃蟹，没变好，他就赶紧解释道：“我就生在这湖中，因为不懂什么礼仪，今天就横冲直撞跑到宴会上来了，还希望龙王能恕罪呀。”就凭他这样三言两语，那龙王能饶了他吗？

第85集
三骗芭蕉扇

悟空变成一只大野蟹擅闯宴会，结果被老龙精抓住了，他就解释说自己是一只野蟹，不懂礼仪。老龙精一听是个没有学过礼仪的野螃蟹，心情好，就懒得在宴会上为难他了，说道："行了！行了！行了！你们把他赶出去。"悟空运气还不错，只是被那些虾兵蟹将们赶了出来。走出来，又到了牌楼之下，辟水金睛兽还拴在那里，悟空猛然想起："哎，既然这牛魔王还在这里喝酒，那我可以变成他的模样啊，我只要骑着这辟水金睛兽去找罗刹女，她肯定不会怀疑我，到时候我再把那扇子骗来不就完了。"别说，行者这真是个好办法。

好大圣，他摇身一变，变成了牛魔王的模样。辟水金睛兽看主人来了，就乖乖地让他骑在自己身上，他夹着兽出了水面，驾起云，不多时就到了翠云山芭蕉洞的洞口。他学着牛魔王的声音大喊一声："开门了。"洞里的丫鬟出来看，是牛魔王回来了，赶紧跑回去报道："奶奶呀！奶奶！爷爷回来啦！"罗刹女听闻是牛魔王回来了，赶紧梳妆打扮，出门迎接。大圣从金睛兽身上下来，罗刹女当然认不出来这是悟空，还上前牵着他的手，往里走。

须臾间，酒宴摆好了，两个人坐下来开始聊天。罗刹女先是怪他，怎么走了两年，就在玉面公主那个积雷山待着也不回来。紧接着又说这几天悟空怎么上门欺负他的，拿棒子打她，又变成小虫钻到她肚子里，最后又是怎么跟她要扇子的。这些事儿全都说了一遍，大圣就假装气得捶着胸口回应她："哎呀！可惜呀！可惜呀！夫人怎么就把咱的宝贝让他骗去了呢？这个猢狲真是气死我了。"

罗刹女安慰道："哈哈哈哈哈，大王啊，你不必生气，我呀，给他的是个假扇。他拿着那个扇子在火焰山会越扇火越大的，估计现在他可能都被烧成烤猴了。"大圣道："啊，哈哈哈哈哈，夫人，你真是聪明啊，这就好这就好啊。那你那真扇子在哪里呢？"悟空是想赶紧拿到真扇子。罗刹女说道："放心，放心，真扇子我收着呢。大王，你这么久都没回来了，我们先喝点儿酒。”铁扇公主什么都没说。大圣没办法，不能再接着问了，怕引起怀疑，只能假装跟着一起喝酒。

罗刹女是两年没见到牛魔王了。看牛魔王好不容易回来，罗刹女一高兴那酒一杯接着一杯地喝，喝了一会儿，感觉有点儿醉了。这人一醉，就容易放松警惕。悟空感觉时机到了，他又问道：“哎，夫人啊，你那真扇子在哪里放着呀？你可一定要放好啊。怕那孙行者变化多端，再来给你骗去。”罗刹女回道：“大王，你看这不是在这儿吗？”她转过脸来，一张嘴，从嘴里吐出来一个有杏树叶大小的那么一个小扇子。她接着说道：“大王，你看，这就是咱的宝贝呀。”大圣高兴坏了，他赶紧把那宝扇接在手中，但是他又觉得它太小了，这怎么能扇火呀？可是他刚要问，铁扇公主又端起酒杯劝他：“大王来吃酒，吃酒。”悟空不敢着急，只能是又端起酒杯陪她喝了一阵。

现在罗刹女比刚才更晕了一些，大圣抓住机会又问她：“这小小的扇子怎么能扇得灭那八百里火焰山呢？”罗刹女说道：“哎呀，大王啊，你才离开这里两年，你是不是让那玉面公主把你给迷昏头了？怎么自家的宝贝都不会用了呢？你只要用你左手的大拇指在扇柄上的第七根红线上捻上一捻，再念一声‘呬嘘呵吸嘻吹呼’，这宝贝就可以变成一丈二尺长短了，只要照着那八百里火焰山一扇，它就会灭的。”好，折腾到现在，大圣终于把扇子拿到手上，口诀也记在心里了，到了他该回去的时候了，就见他把那扇子往嘴里一放，脸一抹，就现了本相，说道：“罗刹女，你看看我是你的亲丈夫吗？啊？缠了我这么半天，烦都烦死了。”这可把铁扇公主给惊着了，高兴了半天原来是孙行者，气得她把那酒席推倒，瘫坐在地上，口中直叫道：“气死我了，气死我了。”

大圣才不管她那些，走出洞外，驾起祥云，飞到了天空之上。宝扇终于拿到手了，他高兴地又把它从口中吐出来，试试看，就用左手大拇指捻住扇柄上第七缕红线，口中念道：“呬嘘呵吸嘻吹呼。”唰地一下，那扇子果然就长成了一丈二尺长短。这回可跟之前那把不同，只见祥光幌幌，瑞气纷纷，上边儿还有三十六缕红丝。太好了，行者想往回飞了，可是刚要一飞，他发现刚才他忽略了一个问题，就是他只问了把这扇子变大的方法，他没有问怎么把它变小的口诀，这么大个扇子，这么拿着也不方便。现在也没办法了，他只能把扇子往肩膀上一扛，往回飞了。这个倒也不算什么大事，不管怎么说，有了芭蕉扇，马上就要成功了，只是还有一件事有点儿让人不放心。

牛魔王宴会一结束后就发现辟水金睛兽不见了，他能猜出来呀，除了悟空，还有谁能把它偷走啊？偷辟水金睛兽干吗呀？那肯定是变成他的模样去骗芭蕉扇去了。就算牛魔王没想到，那铁扇公主也很可能去找他去。到那个时候，他夫妻二人憋着一肚子气，能饶了唐僧师徒他们吗？就算他们过了火焰山，估计他两个都要追着去打他们。先不想那么多了，现在悟空是把芭蕉扇拿到手了，这首先是一件好事。

再来说说牛魔王，他在水府之中，饭吃饱了，酒也喝足了，准备离席了。刚来到牌楼下，这才发现辟水金睛兽不见了。老龙精看了也有点儿发慌，毕竟这神兽丢在他宴会的门口不太好。他就问道："你们是怎么给牛爷爷看的金睛兽啊？是不是谁给偷了？"龙子龙孙们就说："我们没有偷，我们没有偷，都没有人往这里走过，只有刚才那只野螃蟹从这里走了一下。"

说到这里，牛魔王顿然醒悟："不用讲了，我知道是怎么回事了，一定是刚才跟我打斗的齐天大圣孙悟空偷的，那泼猴一定是变作我的模样，骑上我的金睛兽去我妻子那里，骗芭蕉扇去了。好了，你们请回吧，我这就去找他。"

这牛魔王还挺聪明，看一眼就知道怎么回事了。他跳出潭底，驾上黄云，直奔翠云山芭蕉洞就去了。

到了洞门外，老远就看见罗刹女在那跌脚捶胸，又哭、又闹、又骂。他再看洞门前金睛兽就在那儿拴着。不用说了，就是牛魔王猜的那么回事儿，他连忙走过去扶起罗刹女问道："夫人呐，孙悟空哪里去了？"罗刹女抬头看他，她确信这回这个肯定是真牛魔王，她开口就骂他："你这个泼老天杀的！你怎么这样不谨慎，让那猢狲偷了你的金睛兽，他又变成你的模样，我还以为是你回来了，才把宝贝叫他骗去了。"牛魔王安慰道："夫人，你不要心焦，看我去追上那猢狲，把宝贝抢回来，再剥他的皮、锉碎他的骨，再摆出他的心肝儿给你出气！"说完，他又冲着那些丫鬟喊："你们把我的兵器拿来。"丫鬟们回答道："哎呀，爷爷，你的兵器不在这里呀。"牛魔王又说道："你们就把罗刹女的青锋宝剑拿来就行。"她们赶紧把宝剑捧出来，牛王双手持剑，奔着火焰山就去了。

这会儿悟空飞到哪儿了？他得了芭蕉扇以后，他一高兴就不着急往回赶，慢慢悠悠地在天上飞着，结果就让牛魔王把他给追上了，离老远就看见悟空用肩膀扛着芭蕉扇。牛魔王大惊，他心想："哎呀，这猢狲竟然把用扇子的方法也学会了，我这要是上去跟他要扇子，他一定不会给，惹恼了，他要是扇我一扇子，还不得把我扇飞。唉，我这样办。唐僧有个二徒弟叫猪八戒，我不如就变成他的模样，就说来接他的，这猴子刚刚骗了芭蕉扇，心中得意，肯定想不到要怀疑我，而且他刚刚变成我的模样骗了罗刹女，他应该怎么也想不到我会用同样的方法，变成猪八戒去反骗他。”牛魔王这个办法厉害，凭悟空的性格，他还真容易上当。

好魔王，他也有七十二般变化，摇身一变，变成了猪八戒的模

样，看上去分毫不差。他飞向前喊道：“师兄啊，我来了。”大圣心里正欢喜着，一听是八戒的声音，他更高兴了。他回过头来，得意地跟牛魔王讲，刚才是怎么变成牛魔王，又是怎么把这芭蕉扇骗到手的，他越说是越得意，一点儿都没想到用这火眼金睛去看一看这是真八戒还是假八戒。牛魔王就假装听他说，一边听还一边夸他：“猴哥你可真厉害。”他看着悟空慢慢地已经完全放松了警惕。就开始对他说道：“猴哥呀，师父坐在那里等了你好半天了，就不放心，让我来接你，说让我给你当个帮手，我这也没什么可帮你的呀，要不然这样吧，我给你扛扇子吧。”

牛魔王这理由编得多好，太不容易被察觉了。悟空把扇子递给他道：“好好好，那就你来扛着。”牛魔王接过扇子，立刻就捻了个诀，“唰！”，扇子变小了，又变成一个小小的杏树叶儿那么大，他把它放在口中，摇身一变，现了本相道：“泼猢狲！你看看我是谁？”悟空回头一看，是牛魔王，这把他给后悔死了。芭蕉扇来得多不容易，刚才这么一大意，还没等拿到家，就被用同样的方法给骗回去了。这回他可没什么好脾气了，也不叫他兄长了，恨得是暴躁如雷，掣铁棒，劈头便打。

那牛魔王根本就不用兵器，直接把扇子变大，上去就扇了悟空一下。但是他不知道之前大圣把定风丹含在嘴里了，等他变成小蟭蟟虫钻到罗刹女的肚子里的时候，一不小心把定风丹给吞下去了。现在他五脏皆牢、皮骨皆固，定风丹长在他身上了，凭那扇子怎么扇，悟空是纹丝不动。牛魔王有点儿慌了，他赶紧把宝贝又变小放在口中，双手抡剑上前去砍。这两个在半空中一顿好杀：

“齐天孙大圣，混世泼牛王，只为芭蕉扇，相逢各骋强。粗心大圣将人骗，大胆牛王把扇诓（kuāng）。这一个，金箍棒起无情义；那一个，霜刃青锋有智量。大圣施威喷彩雾，牛王放泼吐毫光。齐斗勇，两不良，咬牙锉（cuò）齿气昂昂。播土扬尘天地暗，飞砂走石鬼神藏。”“言村语泼，性烈情刚。”“伶俐的齐天圣，凶顽的大力王，一心只要杀，更不待商量。棒打剑迎齐努力，有些松慢见阎王。”

他们两个本事差不多，打得没完没了。再说，唐僧坐在路上等悟空等得太久了，渐渐地有些担心，就问那火焰山的土地神：“敢问尊神，牛魔王的法力怎么样啊？”土地神回答道：“那牛魔王神通不小啊，法力无边，正是孙大圣的对手啊。”那既然是这样，悟空能打过牛魔王吗？芭蕉扇还能抢回来吗？

第86集 二战牛魔王

牛魔王变成八戒的模样，把芭蕉扇又给骗回去了，结果悟空为了争芭蕉扇又和他斗了起来。时间一久，唐僧等着急了，他就问了土地神：“哎，从这里到翠云山只有两千里路，悟空霎时间就能回来，可是，他走了一天了，还不见回来呀，一定是和那牛魔王斗起来了。悟能、悟净，你们谁去助你大师兄一下呀？”八戒回道：“师父，我倒是想去，可是，天要黑了，我又不认得路啊。”土地道：“哦，天蓬元帅，你不要担心，我可以陪你去，小神认得路。”这就好办了，八戒抖擞精神，和土地神纵起云雾去了。

他们正在空中飞着，忽听得喊杀声高，狂风滚滚。八戒按住云头观看，那行者正在和牛魔王厮杀。土地神在一旁赶紧提醒道:“天蓬元帅，你怎么还不上去帮忙啊?”那呆子掣起钉钯，厉声高叫道:“师兄啊，我来了。”悟空听到这个声音，知道这回是真八戒来了。可是，现在他还在气头上，口中骂道:“你这笨货，你耽误了我多少大事。”八戒回道:“哎呀，哥哥呀，我是不认得路，我才来晚了嘛。”悟空又说道:“我怪得不是你来晚了。这泼牛十分无理，我好不容易才把芭蕉扇骗到手中，他却变成了你的模样，还说来接我。我一时高兴，把芭蕉扇递在他手中，这才误了大事。”八戒一听也火了，他当面骂道:“你这遭瘟的牛，你敢变成你祖宗的模样骗我师兄。”说完他使钉钯，没头没脸地就乱筑下来。

牛魔王可跟行者打了半天了，有点儿力倦神疲了。这会儿八戒又上来一顿凶猛的钉钯，他有些招架不住了，转身就想跑。可是他哪里想到，那前来帮忙的土地神也不简单，他率领众兵拦住了牛魔王的去路。土地神高声喊道:“大力王，你快住手吧。唐三藏西天取经，无神不保，无天不佑，三界通知，十方拥护。你还是赶快把芭蕉扇拿来，把火熄灭，叫他们无灾无障地走过山去吧，要不然，上天怪罪于你，你必遭诛。”这兜率宫下来的土地神还真不一样，就是厉害。可是牛魔王他完全不服，叫道:“哎呀呀，你这土地好不讲理，那猴子害我儿子，欺负我爱妾，又诱骗我的妻子，我恨不得把他囫囵（hú lún）个地吞到肚子里，再把他化成大便喂狗，还想让我把宝贝借给他，门都没有。”

这个牛太固执了，其实悟空也没怎么伤害他一家子，更没有什么深仇大恨。再说当年大闹天宫的时候，他们还并肩作战对抗天兵天将，现在竟然恨得咬牙切齿。这时八戒骂道：“你这泼魔，拿出扇子饶你性命。”那牛魔王只能回头用宝剑又战八戒，孙大圣举棒相帮，又打上了。

“成精豕（shǐ），作怪牛，兼上偷天得道猴。”“钉钯九齿尖还利，宝剑双锋快更柔。铁棒卷舒为主仗，土神助力结丹头。”“胡乱嚷，苦相求，三般兵刃响搜搜。钯筑剑伤无好意，金箍棒起有因由。只杀得星不光兮月不皎，一天寒雾黑悠悠！”

他们斗了整整一夜，不分上下地打到天都亮了。这老牛可真厉害，很少有谁能和悟空打一夜的，而且还有八戒和土地神相帮。他们在天上飞来飞去地打，此时恰好打到了积雷山的摩云洞，喧哗声惊动了洞中的玉面公主。早有小妖进去报：“奶奶呀，咱们家爷爷正在和昨天那个毛脸雷公嘴的怪人，还有一个长嘴大耳的和尚，还有火焰山的土地神在洞外打呢。”玉面公主听到这个消息，赶紧叫齐洞中的大小妖总共百十号人，持刀、弄枪，全体出动去帮忙。

牛魔王打了一整夜了，都快要招架不住了，此时一看来了这么多救兵，他高兴坏了，打起仗来也更有劲儿了。那些小妖们一起上前乱砍。首先是八戒，被那些小妖给围上了，打他个措手不及，他赶紧倒拽着钯，败阵而逃。土地神带着阴兵们打了一晚上了，也有些累了，突然来了这么多妖怪，他们也有些害怕，所以也被打得四散奔走。大圣看他们都逃了，就先不跟他们纠缠了，他纵起筋斗云，逃出重围，去找他们两个去了。这场仗老牛打赢了，他带着小妖们回了摩云洞。

大圣找到土地和八戒以后，三人一会面，八戒有些泄气了，说道:“哥哥呀，这老牛也太厉害了，打了一晚上，我们三个都没把他抓住。那铁扇公主还没来呢，她要是来了，拿着芭蕉扇一扇，我们打得过人家吗？我看呐，这芭蕉扇借不着了。”土地神先开口劝他:“天蓬元帅，你不要泄气呀。”大圣附和道:“对对对，他们刚才突然来了很多妖兵，我们是没防备才被他们打乱了。其实要真打起来，他们未必是咱们的对手，这次咱们准备好了再打回去。”听悟空这么一说，他们又重新有了信心，再次打起精神，整理好队伍，杀了回去。

来到摩云洞前，兄弟俩使铁棒和钉钯，乒乒乓乓几下就把门给打碎了，牛魔王和玉面公主正在里边儿商量打仗的事儿，没想到悟空他们这么快就杀回来了，而且还把门打坏了。牛魔王十分恼怒，他拿起铁棍从里面走了出来，见到悟空，开口大骂："泼猢狲，你个头不高，才是多大点个人，竟敢这样撒泼，把我的洞门给打坏了。"八戒又上前骂他："你个死老泼皮，你又是什么样的人物？还敢说我猴哥是个不大的人，你看钯吧你。"牛魔王又反骂他："你这个就知道吃的笨货，我说他不大个人怎么了？你把那猴子叫上来。"悟空跳上前骂道："你这个不知好歹的疯牛，我昨天还当你是兄弟，看来今天只能当仇人了。吃我一棒。"牛魔王奋勇前迎。这场打斗比之前打得更凶狠。

"使钯筑，着棍擂，铁棒英雄又出奇。三般兵器叮当响，隔架遮拦谁让谁？他道他为首，我道我夺魁。"这两个说："你如何不借芭蕉扇！"那一个道："你焉敢欺心骗我妻！赶妾害儿仇未报，敲门打户又惊疑！"这个说："你仔细提防如意棒，擦着些儿就破皮！"那个说："好生躲避钯头齿，一伤九孔血淋漓！""牛魔不怕施威猛，铁棍高擎有见机。""丢架子，让高低，前迎后挡总无亏。兄弟二人齐努力，单身一棍独施为。"

他们打了将近三个时辰，斗了有百十余回合，悟空和牛魔王倒没怎么样，那八戒却越战越勇，他发起了呆性，举钯乱筑。牛魔王终于是招架不住了，败下阵来。他想往洞里跑，却被土地带着阴兵在洞口给拦住了，土地喝道："大力王哪里走？"老牛一看回不去家了，又往回跑，可此时行者和八戒又赶过来了。这下他有点儿慌了，赶紧卸掉盔甲、丢掉铁棍。他这是要干吗？你打架不穿盔甲、不拿铁棍，那能打得赢吗？

只见那牛魔王摇身一变，化作一只天鹅，向着天空就飞走了。真是没想到，牛魔王的七十二般变化也是这么厉害，这么大一头牛，转眼间就变成了一只天鹅。八戒和土地被他给骗了，东张西望地找不着他了。不过这种变化瞒不过悟空。悟空指着天空说道："你们两个不用找了，你看他不是在那儿飞呢吗？"八戒说道："哎呀，哥哥呀，你说的是那只天鹅吗？"悟空回道："正是，那正是老牛变的。"土地问道："大圣，那怎么办呢？"大圣回道："你们两个趁着现在，打到摩云洞去，把那些妖怪全都剿灭了，再拆了他的洞、断掉他的回路，俺老孙跟他去斗斗变化。"两人就按悟空的安排直接去了摩云洞。

再看悟空，他收起金箍棒，捻诀念咒，摇身一变，变作了一只海东青。海东青是什么？那是一种非常厉害的老鹰，这老鹰专门吃天鹅，他“飕”地展翅，钻到云里，又倒飞下来，落在天鹅身上，抱住天鹅的脖子就往天鹅的眼睛上啄。牛魔王知道这是悟空变的，让悟空啄着眼睛，那能行吗？他赶紧抖抖翅膀，又变作了一只黄鹰与那海东青搏斗。悟空摇身再变，变作一只乌凤来赶那黄鹰，牛魔王又变，变成一只白鹤，长唳一声向南飞去。行者立定，抖抖翎毛，又变成了一只丹凤。高鸣一声去追那仙鹤去了。白鹤见到丹凤，知道那是百鸟之王，没法继续跟他斗了。

算了，就不化作鸟类跟他斗了。牛魔王“唰”地一下，退下山崖，重新一变，这回他变成了一只香獐（zhāng），假装在崖前吃草，他变得是太像了，一般人哪能认得出来。不过，他逃不过行者的火眼金睛。行者也冲下来，摇身一变，变作一只饿虎，要去吃他。牛魔王一看被认出来了，他慌了手脚，又摇身一变，变成了一只金钱花斑的大豹，他想与那饿虎搏斗。行者见了，迎着风，他把头一晃，又变成了一只金眼狻猊（suān ní）。狻猊是什么？这是传说中的一种神兽，长得有点儿像狮子，专吃虎豹，他声如霹雳，铁额铜头。转过身来，刚要去吃那大豹。

牛魔王着急了，他赶紧又变作了一只黑熊，他仗着熊

的力气大，放开脚，想来擒那狻猊。行者见他比力气，就在地上打了个滚儿，变作了一头赖象。那是鼻似长蛇，牙如竹笋。大象的鼻子当然长了，他撒开了鼻子要去卷那熊。牛魔王一看，心想看来你要变大的跟我比力气，于是嘻嘻一笑："哼哼哼哼，看我的。"他现出原形，原来是一只大白牛。这个不用变，牛魔王原本就是一只大白牛，这可不是一般的牛，那是"头如峻岭，眼若闪光。两只角，似两座铁塔，牙排利刃。连头至尾，有千余丈长短；自蹄至背，有八百丈高下"。

我的天，千丈长、八百丈高，那比一座山都大了。牛本来就有力气，他又变成比山还大，这还让悟空怎么变？这牛魔王是真厉害，变完之后他自己也得意道："泼猢狲，看你今天能把我怎么样。哈哈哈哈哈哈哈哈！"悟空才不会怕他，他也现了原身，抽出金箍棒来，把腰一躬，喝了一声"长"，转眼间他身子长得是身高万丈，头如泰山，眼如日月，口似血池，牙似门扇，手执一根铁棒，着头就打。那牛王硬着头，使角来触。

这场恶战真的是撼岭摇山，惊天动地！因为他们两个都变得比山还大，那打起架来像两座山一样，他们惊动了附近各方的神仙，什么金头揭谛、六甲六丁、一十八位护教伽（qié）蓝全都被惊着了。那就别光看着了，赶紧来帮大圣围困魔王。各路天神是一拥上前，可是，这老牛公然不惧，你看他“东一头、西一头，直挺挺，光耀耀的两只铁角，往来抵触；南一撞，北一撞，毛森森，筋暴暴的一条硬尾，左右敲摇”。孙大圣当面迎，众多神四面打。

又打了一阵，牛魔王招架不住了，他心中着急，就地一滚，变回了本相，朝着芭蕉洞就逃了。行者也收了法相，与众多天神随后追袭，那牛魔王进了芭蕉洞以后就闭门不出了。这下牛魔王可不太好办了，这么多神仙合起伙来打他，他能打得过吗？但是芭蕉扇怎么弄到手呢？

第87集 灭火收魔

牛魔王被打得跑回芭蕉洞，行者和众神把翠云山围得水泄不通，忽听得八戒和土地率领着阴兵从后边回来了。行者见了就问："你们那边打得怎么样了？"八戒回道："那老牛的爱妾被我一钯给筑死了，什么玉面公主啊，原来就是一只狐狸变的，洞里的小妖也被我们杀光了，他整个摩云洞被我们一把火都给烧了。哎，猴哥，那牛魔王哪去了？"行者说道："他躲到芭蕉洞里不出来了。"呆子听了这话，抖擞威风，举起钯上前照门一筑，"呼啦"一声，不光是门被他打碎了，那门上的石崖都被他筑倒了。

今天这八戒是打兴奋了，越战越勇。芭蕉洞里的丫鬟赶紧去报："爷爷呀，爷爷，不知道是谁把咱们门打坏了。"

牛魔王是刚跑进去，气喘吁吁的，连口水都没来得及喝，再听到这个消息更是心中大怒，他从口中吐出扇子递给了罗刹女。他这是要干什么？难道是要用扇子扇他们？就见那牛王说道：“夫人，你把这扇子藏起来吧，我再去与他们斗。”他并不是要拿着扇子去对付他们，他是想把这宝物留给罗刹女，让她保护好自己。看这架势是不想活了，要出去跟他们拼命。罗刹女看到这个情况，双眼垂泪道：“大王把这扇子借给那猢狲吧，不要再打了。”牛魔王回道：“夫人，这扇子虽小，我却咽不下这口气呀。你在这里坐着，我还要和他们去拼上一拼。”

这回他带上先前那两把宝剑又出了门，看见八戒，招呼也不打，掣剑劈脸便砍，八戒举钯相迎，但是他这动作实在是太快了，这一剑劈下来，八戒向后退了几步，还得是大圣反应得快，他迅速上前抡棒当头就打，牛魔王急驾狂奔离开洞府，飞到了翠云山上。众神把他围了起来，又是一顿好打：

“云迷世界，雾罩乾坤。飒（sà）飒阴风砂石滚，巍巍怒气海波浑。”“你看齐天大圣因功绩，不讲当年老故人。八戒施威求扇子，众神护法捉牛君。牛王双手无停息，左遮右挡弄精神。只杀得那过鸟难飞皆敛翅，游鱼不跃尽潜鳞；鬼泣神嚎天地暗，龙愁虎怕日光昏！”

这是说，这仗打得鸟儿也不敢从这儿飞，鱼儿也不敢从这水底下游，就连龙虎都躲了起来。这次牛魔王却拼了命地斗，打了五十多个回合，可他一个人怎么能战得过这么多天神？五十多个回合下来，他抵挡不住了，败下阵来。

他往北跑，可是哪里想到迎面来了一位金刚，名叫泼法金刚。泼法金刚是哪里来的？他来自五台山的秘魔岩，是如来佛祖派来的。泼法金刚高喊：“牛魔王，你往哪里去？”牛魔王一看，这是佛祖派来的金刚，这哪能打得过？他转身又往南跑。结果又碰到一位金刚，这位金刚名叫胜至金刚，来自峨眉山的清凉洞，也是如来佛祖派来的。胜至金刚说道：“我奉了佛祖的旨意，在这里抓你。”

牛魔王听了是心慌脚软，又往东边跑，没承想往东跑又碰到一位金刚，这位金刚叫作大力金刚，来自须弥山摩耳崖。大力金刚说道：“我接到如来佛祖的密令，在这里捕获你。”牛魔王心想，竟然有三位金刚来抓他。他又往西一跑，这是唯一能跑的一个方向了。可是西边儿也来了一位金刚，这位金刚名叫永住金刚，他来自昆仑山的金霞岭，永住金刚说道：“你往哪里走？我领如来亲言，特来这里截你。”牛魔王心惊胆战的，他又怕又后悔。但是晚了，现在已是四面八方，罗网高张。

就在他仓皇之时，行者率领众神也赶过来了，这怎么办？还能往哪儿跑？只剩头顶上是没人的了，干脆驾起云往上边飞。可是他刚要飞，万万没想到谁又来了？托塔李天王带着哪吒三太子、巨灵神将等一众天兵天将早已幔（màn）住空中。李天王叫道："孽畜，我奉玉帝之意，前来剿（jiǎo）除你。"牛魔王实在是没办法了，还像之前一样，摇身一变，变作一头大白牛，使他那两只铁角朝天上顶李天王去了。

天王用刀来砍，行者也飞在空中要打。这时哪吒三太子厉声高叫道："大圣，昨天我们听说你们师徒在火焰山受阻，我们就上奏了玉帝。玉帝传旨让我们来助你。"行者道："哎呀呀，多谢！多谢呀！这厮神通好大，我也一时拿不住他呀。"太子笑道："哈哈哈哈，大圣，看我来拿他。"

那太子喝了一声"变"，他变成三头六臂，飞身跳在了牛王背上，从腰间抽出斩妖剑，往那牛脖子上一挥，就听见"唰"的一剑下去，整个牛头被他砍下来了。天王见太子已经降了牛魔王了，就收了刀。悟空也松了口气，想要上前庆祝，可是哪里想到，那牛魔王的腔子里"嗖"地又长出一颗牛头来。这回他口中吐着黑气，眼中放着金光。

我的天哪，牛魔王原来也会悟空的这个本领，这真是跟悟空的神通差不多，难怪如来佛祖和玉帝都派了人来帮忙。

哪吒用剑又是一砍，牛头又掉了，可是转眼间又长出了一颗，哪吒一连砍了十几剑，牛魔王就长了十几个头。哪吒看这么光砍不行，这回他从脚上取下风火轮，挂在了老牛的脚上，那风火轮焰焰烘烘地就烧了起来。牛魔王被烧得张狂哮吼，摇头摆尾。

此时他想变回原身再次逃走，哪里想到托塔天王已经把照妖镜拿在手中，他高举宝镜照住了牛魔王的本相，这

回牛魔王想动也动不了了，这宝镜治住他了。他一看实在是没办法了，只能跪地求饶道：“饶我性命啊！饶我性命！我愿意从今天开始，真心学习佛法，做个好人。”哪吒说道：“好，既然你不想死，那就把扇子拿来吧。”牛王道：“扇子在我妻子那里。”

哪吒顺手把身上的缚妖索解了下来，他跳在老牛的脖子上，先把他脖子缠住，又捉住他的鼻子，拿着缚妖索从牛魔王的鼻孔中穿过，就这样牵住了老牛。悟空、哪吒带着众神又去了芭蕉洞口，牛魔王高声喊道：“夫人呐，把那扇子拿出来，救我性命吧。”罗刹女听见了，一边哭一边往外跑：“我愿意把这扇子借给孙叔叔，帮他过火焰山。各位菩萨们，饶了我夫妻的性命吧！”大圣拿了扇子，带着众神回火焰山去了。

这会儿，三藏和沙僧等悟空等得直着急。他们是走一走、坐一坐，盼着他赶紧回来。忽见祥云满空、瑞光满地，唐僧看着就害怕了，说道：“悟净啊，这是哪来这么多神兵啊？”沙僧仔细望去，道：“哎呀，师父，那里有如来佛祖身边的四大金刚啊，还有金头揭谛、六甲六丁、护教伽蓝与过往众神。牵牛的是哪吒三太子，拿镜的是托塔李天王，大师兄执着芭蕉扇，二师兄与土地随后，其余的都是护卫神兵。”三藏听沙僧说完，赶紧穿上袈裟上前拜见天神。

孙大圣直接拿着扇子来到火焰山前，他用力朝那火焰山挥了一扇。那火焰山平平息焰，寂寂除光；行者喜喜欢欢又一扇，只听得习习潇潇，清风微动；第三扇再扇出去，满天云漠漠，细雨落霏霏。雨一落下，眼看着火焰山的火苗就全都被浇灭了。

众神看火焰山也熄灭了，就都各自回去了。牛魔王被牵到佛祖那里去了，现在身边就剩下罗刹女还没走。她怎么不走？她扑通一下跪在地上求悟空道：“还请大圣把扇子还给我吧。”八戒就在旁边骂她：“你个泼贱人，不知道高低。饶了你性命，你很走运了，你还想要扇子，我们要翻过山，再卖了，然后买些好点心吃。”这猪他多馋，这么好的宝贝竟然想拿去卖了买点心吃。罗刹女接着说：“大圣，你说过，等你把这火熄灭了之后，就把扇子还给我。经过这一场争斗，我也知道错了，以后我会做个好人。”

大圣说道：“那我问你，之前我在这村里听一个卖糕饼的小哥说过，你这扇子把火扇灭以后能管一年，明年火还会烧起来，你有什么办法能根治这火，扇灭之后让它再也不烧起来。”罗刹女回道：“要想断绝这火根，你要连续扇四十九扇，以后它就再也不会烧起来了。”大圣道："好好好。"

行者叫了几声好，转过身来，使尽全力往这山头连扇了四十九扇。只见那山上大雨淙（cóng）淙，要说这扇子真是个宝贝，扇子所扇之处，有火焰的地方它就下雨，没有火焰的地方就是晴天。扇完之后，悟空信守承诺，把扇子还给了罗刹女，罗刹女谢过大圣就走了。从此以后，她还真得努力做个好人，再不干害人的事。

这场大雨过后，唐僧师徒立马觉得凉快了，能感觉到是秋天了。他们带上行李、骑上马继续西行。穿越了火焰山，又走了一些时日，秋天过去了，进入了初冬时节，路两旁的景象，也发生了变化。但见那：

"野菊残英落，新梅嫩蕊生。村村纳禾稼，处处食香羹。平林木落远山现，曲涧霜浓幽壑（hè）清。虹藏不见影，池沼渐生冰。悬崖挂索藤花败，松竹凝寒色更青。"

这是说秋天的菊花落了，冬天的梅花开了。农民们都收割好庄稼了，家家都有香喷喷的饭菜吃。树上的叶子都落了，没什么可以挡住视线的了，所以透过林子都能看到远处的山。池塘里的水都开始结冰了，只有松树和竹子还是青绿色。师徒们继续往前走，看到远处有一座城池，这可能是又到另一个国家了，得更换通关文牒了。三藏策马前行，须臾之间，到了城门下，下马过桥，进门观看，只见：六街三市，货殖通财，又见衣冠隆盛，人物豪华。

就是说这里的街上卖什么的都有，人们身上穿的衣服，也都非常漂亮、贵重，看来这里的人还挺富有。他们正四处张望，忽然见到有十几个和尚披枷戴锁，就是说手上和脚上都锁着铁链，只有犯人才会被这样对待。他们不光是披枷戴锁，还在街边要饭，身上穿的衣服，那就更不用说了，又脏又破。唐僧师徒也是和尚，看见这群和尚遭这样的罪，三藏有些不忍心，三藏鼻子一酸，落下泪来，他对悟空说道："悟空啊，你上去问一问，他们这是怎么了？"行者按师父的话上前问道："嘿，和尚们，你们是哪个寺的？怎么一个个的都披枷戴锁呀？"和尚们抬眼看了看师徒四人，扑通一下全都跪倒在地上道："爷爷呀，我们是金光寺受冤屈的和尚啊！"这是什么冤屈啊，让他们这么惨？

思维特点

☞ 整体布局思维

1. 大场景：十个人物、一头牛，整个画面宏大丰富。

2. 空间布局：分为地面、空中、云层里。

3. 系统性：所有画面人物和情节都围绕牛魔王展开，不散乱，有章法。

培养孩子整体布局思维的益处：孩子思考问题时能更虑事周全，能提前统筹布局，能更有章法地处理问题。

☞ 如何通过绘画培养孩子整体布局思维

1. 绘画引导方向

每次孩子画画，最少从三个方向引导其思考，让画面更丰富。比如孩子画《遇到火灾》时，首先可以引导孩子思考遇到火灾的“人物”都在干什么，其次还可以引导孩子通过“处境”来思考画面，最后还可以引导他们思考灾难的“毁坏度”，这样画面就会比较周全丰富。

2. 随笔

围绕孩子兴趣点，多启发孩子画街道、沙滩、公园布局图等随笔作品，作品不要求细致，能简单勾勒大场景就行。

3. 感受场景

多带孩子登高望远，体验“一览众山小”的感觉，多带孩子看看景区和公园的布局图。

第88集 金光寺擒妖

唐僧师徒在西行路上遇见一个国家，刚进去就在街边遇见一群披枷戴锁的和尚，上前一问，才知道和尚们受了冤屈。三藏就问道："你们有什么冤屈呀？"那些和尚道："这里不方便说呀，要不然，你们到我们的寺里面去，我们慢慢说吧。"这倒也是个办法。唐僧师徒顺带也有了借宿的地方。

跟着他们没走多远，就到了金光寺，只见门上写了七个金字："敕（chì）建护国金光寺"。看起来这寺不一般，敕建，什么叫敕建？那是皇帝亲自要求建的寺庙。护国，是保护这个国家的。那你说这寺得有多重要？可是唐僧师徒越往寺里走，越发现这寺中的景象非常冷清，就见那"古殿香灯冷，虚廊叶扫风。满地落花无客过，檐前蛛网任攀笼。空架鼓，枉悬钟，绘壁尘多彩像朦”。

庙里连个香都没烧，地上还全都是枯树叶子，也没人打扫。满地的落花也没人清理，屋檐下的蜘蛛结了好多网也没人管。这寺看起来还有点儿破败。墙壁上绘的彩画都蒙上了很多尘土，这是有多久没打扫了？哪里还像个敕建护国寺。

三藏看了心里很不舒服。僧人们安顿好唐僧师徒，就全都围过来了，然后一下全都跪在地上，叩头道：“各位老爷呀，你们的长相都这么的不同，你们一定是从东土大唐来的吧？”行者道：“哦嘿嘿，你们这些和尚倒是很怪呀，你们怎么知道我们是从东土大唐来的呀？难道你们会算命？”那些和尚道：“唉，我们会算什么命啊？可能是我们身上背负的冤屈太多了，感动了天地。昨天晚上我们睡觉的时候，每一个人做的梦都是一模一样的！梦见有一个东土大唐来的圣僧来救我们的性命。今天在街上看到各位，就觉得应该是你们，所以才把你们请到这里来，想把我们的冤屈说给你们听，希望你们能洗刷我们的冤屈呀。”

三藏听了这话，心中十分高兴，因为他觉得自己有机会救他们，就问道：“这里是什么地方啊？你们又有什么冤屈啊？”和尚道：“爷爷呀，这个国叫祭赛国，是这附近最强大的国家了。当年南边有月陀国，北边有高昌国，东边有西梁国，西边有本钵国。他们都想和我们祭赛国结交，每年就会送我们一些金银财宝，而且还把我们看成是上邦。”三藏道：“哦？既然其他国家都把你们看得高一等，把你们当成上邦，那说明你们的国王和大臣都很贤良啊！”

和尚继续说道：“嘿，爷爷呀，我们这里的国王和大臣并不贤良啊，周围的国家把我们看成上邦，是因为我们金光寺啊。我们寺中的宝塔，当年总是祥云笼罩，瑞霭高升，夜放霞光啊！隔得万里远都能看见，所以，这四周的国家才觉得我们国家有神灵保佑啊。这才每年送金银财宝给我们，愿意和我们结交。只可惜三年前的一个晚上，这天上竟然下起了血雨，雨水就像人的鲜血一样，红淋淋的呀，雨整整下了一个晚上。天亮的时候家家害怕、户户生悲呀。更让我们没有想到的是，这场血雨之后，我们这宝塔放光的宝贝被人偷走，塔就再也不发光了。四周的国家看我们这里没有光彩了，就再也不送金银财宝给我们了。我们的国王和大臣们怀疑是我们这寺中的僧人偷的，可我们根本就没有偷，但他们把我们抓去千般拷打！万般审问呐！我们这里有一些老和尚抗不住，被活活地打死了。就剩下我们这些还算年轻的，又用锁链把我们锁起来，像犯人一样对待我们，还希望爷爷们，你们救救我们的性命啊！”

唐僧师徒听完也相信这些和尚可能是被冤枉的。可问题是怎么救他们？第二天他们倒是要见国王，倒换通关文牒，但跟国王怎么说？怎么能证明这些和尚没有罪？他们商量了一个晚上，三藏最后说道：“既然我们来到了这金光寺，这寺中又有宝塔，晚上吃过饭后，我去打扫打扫！同时也查看一下为什么一场血雨之后，那宝贝就不见了，万一能找到证据，也好在国王面前给你们作证啊。”和尚们给唐僧师徒安排好茶饭，吃完之后，悟空与师父各拿一把扫帚，二人带上一盏灯，扫塔去了。

进了塔门，唐僧先用扫帚扫了第一层，之后又上一层，就这样他们扫到第十层的时候，唐僧实在是扫不动了，就问悟空这塔一共有多少层？悟空回道：“师父，这塔总共有十三层呢。”难怪这四周的国家能看见这塔放光。那个时候没有什么高楼，十三层的塔那就算相当高了。悟空对师父说道：“师父，那你就在这里休息，上面几层由我来扫就好了。”说完他拿起扫帚就往上扫，扫到十二层的时候，就听到塔顶上有人言语，悟空心想：“怪呀，这大半夜的，谁会在这塔顶呢？待我去看看。”

好猴王，他放下扫帚，钻出前门，踏起云头观看，只见那第十三层塔的塔心里有两个妖怪，他们面前放着一个盘子、一只碗，还有一只酒壶。这两个家伙在那边猜拳、边喝酒。行者一看是妖怪，他就兴奋了，掣出铁棒，拦住塔门喝道：“好怪物，原来偷这塔上宝物的是你们两个。”两个妖怪看见悟空，顿时慌了，想要逃走。行者横起铁棒拦住他们道：“今天我要是打死你们的话，明天到那国王面前又没人给那些僧人作证。”说完，悟空又把铁棒伸过去，将两个怪物紧紧地按在墙上，他们一动都动不了，口中直喊道：“饶命啊！饶命啊！不关我什么事。”另一个怪物道：“宝贝确实让人给偷了，但不是我们两个干的呀。”这个信息很重要，这两个妖怪虽然说自己没偷，但是他们知道是别人给偷的，这最起码能抓上他们去给作证了。

行者一把把他两个扯住，下到宝塔的十层，悟空喊道：“师父师父，你看看这两个偷宝贝的贼，让我给抓来了。”三藏又惊又喜，他问道：“你们是从哪里来的呀？把宝贝偷到哪里去了？”两个怪物战战兢兢地说道：“我们两个是乱石山碧波潭万圣老龙派来巡塔的。”乱石山碧波潭，那不是牛魔王之前骑辟水金睛兽去喝酒的地方吗？看来刚才妖怪说的这个万圣老龙，一定是那个老龙精，真没想到这两个妖怪是从那儿来的。

妖怪继续说："对，他，他，他叫奔波儿灞，我，我叫灞波儿奔，他是鲇鱼精，我是黑鱼精。"奔波儿灞，灞波儿奔。这两个鱼精的名字是真有意思，谁给起的？从来没听说过有人叫这个名字。那黑鱼精又接着说："那万圣老龙有个女儿叫万圣公主，她找了一个丈夫，我们都管他叫九头驸马。他神通广大，三年前就是他和万圣龙王来到这里，下了一场血雨，污了这宝塔，又把宝塔中的宝贝舍利子给偷走了。"

原来这塔放光就是因为这舍利子会放光，那黑鱼精还在不停地说："我们万圣公主还去偷了王母娘娘的九叶灵芝草，她把它拿回来之后养在我们潭水底下，我们的龙宫啊，就金光霞彩，昼夜光明。我们龙王还说，最近有个叫孙悟空的去西天取经会路过这里，而且还听说他遇到什么不平、不满的事，就要管一管。听说他还神通广大，所以，老龙王就派我们来这里巡逻了。"

听着妖怪这么一说，悟空心里就偷偷发笑："看来这妖怪听了老孙的名号还有些害怕呢。"听他们说得差不多了，这些证据足够能证明那些僧人没有罪了。悟空就抓住这两个妖怪，随着师父下了宝塔回去休息了。见了八戒和沙僧，还有寺中的僧人，悟空又把刚才的事情说了一遍，大家都因为看到希望而感到高兴。八戒和沙僧把两个妖怪捆好，他们也回去睡觉了。

到了第二天早晨，三藏和悟空先去找国王倒换通关文牒去了，八戒和沙僧就留在寺里看妖怪。师徒二人来到宫

墙门口，遇见阁门大使，把情况说了一遍，阁门大使转身去上奏国王。国王听说东土大唐的高僧来了，他还挺高兴，特别想看看他们，就传师徒二人进宫面圣。

师徒二人走入朝堂，给国王行了礼，又把通关文牒递了上去。国王看了看通关文牒，口中念叨着："哎呀，你们大唐王很幸运啊，有你这样的高僧，能为他西天取经，我们这里的和尚就不行了，他们就知道作贼败国。"三藏一听国王聊到了这个话题，就想引国王把这个话说下去，这样他就有机会为那些僧人解释冤情。三藏假装问道："哦？这里的僧人怎么就作贼败国了呢？"国王就把三年前金光寺内宝物被盗的事说了一遍。三藏听闻，双手合掌笑道："万岁，那宝贝不是你这里的僧人偷的。"接下来，他就把昨天碰到那些僧人和那妖怪承认偷盗的情况说了一遍。

国王听了又是惊讶又是欢喜，他惊讶的是这里竟然会有妖怪，他欢喜的是大唐高僧才来一天就把这妖怪给捉住了。国王急忙问道："那妖贼现在在哪里啊？"三藏道："哦，那妖贼正被我的徒弟捆在金光寺。"国王道："好好好，那赶快把它给我带来。"只有悟空能去把妖怪带来，国王便给悟空安排了一个大轿子，找了几个人把他抬回去了。

到了寺中，悟空跟八戒、沙僧说明了情况，他们一人抓着一个妖怪，就随着悟空又回到了朝堂。国王从来没见过妖怪，今天这两个妖怪就站在面前，他就仔细观看，一个是暴腮乌甲、尖嘴利牙，另一个是滑皮大肚，巨口长须，他们各自还有一双脚。能看出来这两条鱼精是想变成人的样子，但是，他们的法力还不够，变得没那么像。接下来就轮到他们给那些和尚作证了，那国王能信吗？

第89集
战九头怪

悟空他们三兄弟把灞波儿奔和奔波儿灞带到了祭赛国国王的面前，让国王审问。有唐僧师徒撑腰，国王就壮起胆来大声问道："你们是哪里来的贼？什么时候来到了我这里，偷走了我们的宝贝，你们一窝还有多少贼？都给我一一说来。"奔波儿灞和灞波儿奔就把之前跟悟空说过的话，又跟国王一五一十地说了一遍。国王听完之后，当场就相信金光寺的僧人是被冤枉的。他马上下旨解下僧人们身上的枷锁，宣他们无罪。这真是太好了，就这样把僧人们给救了。这件事让国王特别开心，他大摆宴席，宴请唐僧师徒。这一说到摆宴席，八戒最开心了，你看他放开肚子狼吞虎咽地吃到最后，只要是桌上有的东西全都被他吃了个精光。

这僧人们也救了，通关文牒也倒换了。宴会结束以后，唐僧师徒就想要回去了，可是国王上前一步拦住了他们，他这是要干什么？就见他开口说道：“圣僧，我还有一件事情想要劳烦你们，希望你们能把那贼头给我抓回来，把宝贝给抢回来，再放回金光寺的塔中。”捉妖对悟空来说不是件难事儿，三藏当然答应他了，转过身来就叫悟空去，悟空欣然接受。

悟空带上八戒，兄弟二人一人揪住一个小妖，驾起风头直奔东南方就去了。国王和满朝文武见他们会腾云驾雾，对三藏更是多了一份敬意。大圣和八戒顷刻间来到了乱石山碧波潭，住定云头，大圣掏出金箍棒，吹了一口仙气，叫了一声“变！”，金箍棒变作了一把刀。悟空变刀干吗？他拿起刀，先割下黑鱼怪的耳朵，又割下鲇鱼的下唇，丢在了水里，喝道：“快去找那万圣老龙报知，就说他齐天大圣爷爷在此，让他赶快把祭赛国金光寺宝塔山的宝贝给我送出来，要是敢讲半个‘不’字，我就把这潭水搅浑，把你们一窝全都杀光！”

奔波儿灞和灞波儿奔一个捂着耳朵、一个捂着嘴唇，摇头摆尾地赶紧就跑进去了，游入了大门，他们就喊道：“大王大王，祸事了！祸事了！”那万圣老龙和九头驸马正在喝酒，看见他们两个带伤而归，就问道：“灞波儿奔，奔波儿灞，你们这是怎么了？”他们两个就把之前的遭遇说了一遍，还说齐天大圣正在水面上等着他们把宝物送上去。

那老龙一听说齐天大圣来了，早就吓得魂不附体。他知道悟空的厉害，之前牛魔王栽到他手里的这个事儿他听说了，他就对九头驸马说道：“我的好女婿，要是别人来了还好对付，那齐天大圣可不好办，其实我们要是现在就把宝物给他送上去，也就没什么事了。”可那九头驸马却不那么想，反倒狂妄地说：“哈哈哈哈，岳父大人，你放心，我自幼学武，在这四海之内有很多厉害的朋友，怕他什么？等我上去跟他打上三个回合，准让他投降。”这个驸马真是不知道天高地厚，三个回合就想打败悟空。看看接下来他会怎么样。那妖怪穿上披挂，拿上了一把月牙铲，走出宫门，分开水道，游到了水面。他高声叫道：“哪里来的齐天大圣？快上来送死。”孙悟空和猪八戒站在岸边，仔细看了看这妖怪：

“戴着一顶烂银盔，光欺白雪；贯一副兜鍪（móu）甲，亮敌秋霜。上罩着锦征袍，真个是彩云笼玉；腰束着犀纹带，果然像花蟒缠金。手执着月牙铲，霞飞电掣；脚穿着猪皮靴，水利波分。”这是说他穿了一身亮光闪闪的战甲，又披了个彩色的袍子，手中拿着月牙铲，看起来还挺威风。再仔细看："远看时一头一面，近睹处四面皆人。前有眼，后有眼，八方通见；左也口，右也口，九口言论。一声吆喝长空振，似鹤飞鸣贯九宸（chén）。"

这是说这九头驸马真有九个脑袋，离近了看，这九个脑袋朝向四面八方，这怪物长得是真奇特。他刚喊了一声，

见没人理他，就又喊了一声："哪个是齐天大圣？"行者按一按金箍，理一理铁棒道："老孙便是。"那妖怪道："你到祭赛国干什么？又伤了我的奔波儿灞和灞波儿奔。"行者道："我们是要去西天取经的和尚，到了祭赛国，听说你们偷了人家的宝贝，俺老孙碰到这样的事就要管上一管。"

那妖怪道："你一个取经的和尚就好好念你的经，我偷他的宝贝和你有什么关系？"行者道："你偷了人家的宝贝也害了那些和尚，不要忘了，老孙也是和尚，我看他们受苦，怎么就不能过来管一管？"那妖怪笑道："哈哈哈哈哈，既然如此，你就要小心了，我这把月牙铲可不长眼睛，要是一不小心伤了你的性命，我看你那经就不用取了。"行者大怒骂道："你这泼怪，有什么本事敢说这样的话？来！来！来！吃老孙一棒。"那九头驸马一点儿都不心慌，他用月牙铲架住金箍棒，就在那乱石山头和悟空杀了起来：

"怒发齐天孙大圣，金箍棒起十分刚。那怪物，九个头颅十八眼，前前后后放毫光；这行者，一双铁臂千斤力，霭霭纷纷并瑞祥。铲似一阳初现月，棒如万里遍飞霜。"

他说："你无干休把不平报！"我道："你有意偷宝真不良！那泼贼，少轻狂，还他宝贝得安康！"棒迎铲架争高下，不见输赢练战场。他们两个往往来来，打了三十多回

合，不分胜负。八戒立在山前，见他们战到酣（hān）美之处，举着九尺钉钯从妖怪背后杀来了。可这九头怪，他周身转转都是眼睛，看得明明白白。见八戒在背后偷袭的时候，便拾铲架住钉钯，又用铲头抵着铁棒，打了五七回合，架不住了。他虽然有九个脑袋，但他没有三头六臂，前后这么打，他忙活不过来。就在这时，他在地上打了个滚儿，腾空跳起，现了本相。

哎呀！他这本相长得十分凶恶。“毛羽铺锦，团身结絮。两只脚尖利如钩，九个头攒环一处。展开翅极善飞扬，纵大鹏无他力气，发起声远振天涯。”

这是说他长了一身的毛，爪子十分尖利，张开翅膀又伸出九个头。这家伙长得像一只鸟，八戒看得心惊道：“哥，我长这么大从来没见过这么凶恶的家伙。什么样的血气，才能生出这样的禽兽？”行者道：“我也没见过，真是少见！真是少见！等我上去打他。”好大圣，急纵祥云，跳在空中，使铁棒照头便打。那怪物展翅斜飞，“飕”（sōu）地打个转身，掠到山前，飞到半山腰，他又伸出一个头来，张开口与血盆相似。他张开口干吗？

只见他一口把八戒的鬃（zōng）毛给咬住了，半拖半扯把他捉到潭水里去了，这妖怪可真不简单。那八戒长得

是多大个儿？他张口咬住就能把八戒拖到潭水里去。到了龙宫门口，九头驸马又变成了之前的模样，他把八戒往地下一扔，叫道：“小的们何在？把他给我绑了。”那些虾兵蟹将就过来把八戒捆了，再拖下去了。再说大圣，他在岸上心想：“这妖怪还挺厉害，就这样把那呆子拖到水里去了。我不能现在下去和他打，因为我又不太擅长水战，可是，八戒却被他捉去了。我不如下去先把八戒救出来，再让他在水下配合我。”

好大圣想到这里，他捻起诀，摇身一变，又变成了一只大螃蟹，淬（cuì）于水内，来到牌楼前，从大门口钻进去。刚一进门就看见老龙王和九头怪正在那儿为了庆祝胜利喝酒。因为上次来过一回，悟空对这里很熟，他没有直接往大厅里走，而是朝着东边儿的墙根儿慢慢爬。他抬起头，看到前面有几个虾兵蟹将，凑上前去，看到他们在聊天儿，逮着个说话的机会，插嘴问道：“我问问你们，刚才驸马爷捉回来的那个长嘴大耳的和尚现在死了吗？”那些虾兵蟹将哪能识得悟空？就一起说道：“没死没死，他被绑在西边儿了。”行者转过头又往西边爬，爬到西边，正好周围没什么人，就只看见那呆子被绑在了一个柱子上。

行者爬上前小声说道：“八戒！八戒！”八戒当然能听

出猴哥的声音了，他也赶紧小声说道："哥哥，救我。"行者爬上去，用螃蟹钳子夹断了绑着八戒的绳索。八戒又说道："哥哥，我的兵器被他们抢去了。"行者问道："那你知道在哪里吗？"八戒道："被妖怪拿到宫殿上去了。"行者道："好好好，那这样，你先出去，到那牌楼门前等我，我去给你拿兵器。"说完八戒溜了出去，行者又爬到宫殿去，往前仔细一看，在龙王的宝座的左侧，正是那光彩森森的九尺钉钯。悟空又使了个隐身法，走过去，把那钯子偷了回来，转身来到牌楼下，把兵器给了八戒。这把那呆子高兴坏了，他说道："猴哥，你先走。叫他刚才把我捆来，现在我去打翻他的宫殿，我要是打赢了，我就把他这一窝子都给他抓了。要是打输了，我就退到水面上。然后猴哥你再帮我。"行者心中大喜，这正是他希望的样子。

悟空转身跳出水面，八戒双手攀爬，怒吼一声打了进去。他是见什么就筑什么，筑得那些大小水族是奔奔波波，他们跑向宫殿去报信去了："不好，长嘴和尚挣断了绳索，反倒打进来了。"这下把老龙精和九头驸马打得个措手不及。那呆子不顾死活闯上宫殿，一路使钯，破门扇、翻桌椅，满桌子的餐具也都被他打碎了。

九头驸马先保护万圣公主离开，又拿上月牙铲赶回来，喝道："泼野猪，你怎么敢打上门来？"八戒道："你这妖怪，这可不是我来的，是你把我捉来的，你赶紧把那宝贝交给我，我拿回去还给人家国王，要不然我就要了你们这一家的性命。"妖怪气得咬牙切齿，与八戒交锋。老龙精这回也定过神来了，他带上龙子、龙孙，各执枪刀一起攻来。八戒看他们这是全都缓过来了，不能硬打，再打就吃亏了。他虚晃一钯，撤身就跑，老龙率着龙子、龙孙追来，须臾间，就蹿出了水面。

再说那行者在岸边等了半天了，忽见八戒从水中翻腾出来。紧接着那老龙又追出来了，行者看见机会来了，半踏云雾，理了理铁棒，大喝一声："休走！"一棒子下去，把那老龙头打得稀巴烂。那可是"可怜血溅潭中红水泛，尸飘浪上败鳞浮"！这老龙活了一辈子，死到这儿了，龙子龙孙们都吓坏了。正好这会儿九头驸马刚从水里钻出来，他一看老龙都被打死了，这还打什么仗？他赶紧抱住老龙的尸体，带着虾兵蟹将们又钻了回去。兄弟俩这场仗打得漂亮，赢了，他们开始商量，接下来又怎么对付九头驸马？

思维特点

☞ 创新思维

1. 形象创新：根据名称原创了九头驸马的形象。

2. 夸大创新：九头驸马的高耸入云，悟空和八戒的渺小。

培养孩子创新思维的益处：懂得从新奇的角度观察人与事，更有创造性解决问题的能力，认为办法总比困难多……

☞ 如何通过绘画培养孩子创新思维

1. 激发创造性想象

孩子尝试画一辆小汽车时，可以问孩子，汽车能不能在空中飞？如果能飞，汽车的翅膀是什么样的？如果很多小汽车都在空中飞会怎样？你觉得还可以怎么画汽车在空中飞的景象？鼓励孩子说出5个以上的表现方法。

2. 提倡宽松的环境

大脑只有在放松时才更容易产生创造力。

3. 放飞想象，天马行空

经常和孩子交流“荒谬”的话题，比如：猪跑着跑着会不会飞起来？我们能不能住在一个肥皂泡泡搭建的房子里？

第90集
还宝金光寺

九头驸马捞起老龙精的尸体，带着虾兵蟹将又潜入了水底。悟空八戒兄弟俩就琢磨接下来这仗怎么打？如果还像之前那样，怕那九头驸马已经有防备了，但是还有什么更好的办法吗？正商量着，只听得狂风滚滚，惨雾阴阴，而且这风是从东往南去。行者抬头观望，这是二郎神领着梅山六兄弟来了，还架着鹰、牵着犬。挑着狐兔，抬着獐鹿，一个个腰挎弯弓、手持利刃。看这个架势，他们好像是刚从哪儿打完猎，准备回家。行者一看笑道："八戒，看看咱们的帮手来了。"八戒明白猴哥的意思，他这是想请二郎神来帮忙。悟空又说道："八戒，你去请他，我曾经被那二郎神打败过，我不太好意思直接去跟他说，你去你去。"八戒照做了。

他驾起云头喊道："真君，且在这里停留一下，我猴哥，齐天大圣想见你。"二郎神听说悟空在这儿，赶紧对六兄弟说道："兄弟们，孙悟空在这里，快去把他请来。"六兄弟按下云头，见了悟空十分客气道："孙悟空哥哥，我大哥请你上去。"悟空接到了邀请便可以顺理成章地去见二郎神了。他驾起云头与二郎神相见了。二人聊了一会儿，悟空把这妖怪前前后后的情况跟二郎神说了一遍，二郎神当然愿意出手相帮，他们聚在一起商量了一下办法，商量来商量去，还是觉得让八戒先下水，把那九头驸马引出来，之后再在岸上剿杀他。这是最好的办法，因为二郎神他也不善于到水里作战。这回有二郎神助阵，八戒就更有信心了，那下去就下去。

八戒使出分水法，跳将下去，一直游到牌楼下，大喝一声就打入了殿内。此时那些龙子龙孙，正披麻戴孝地趴在老龙王的尸体上哭。八戒趁他们不注意，抡起钯上去就筑，他筑得还真准，一钯就把那老龙王的儿子给筑死了，吓得龙婆转身往里跑，一边跑还一边哭："刚才他们打死了我的丈夫，现在又打死了我的儿子。"九头驸马听了大怒，他拿起月牙铲，带着龙孙们往外杀来，八戒举钯迎敌，一边打一边退，他这时又要把他们引到水面上去，看看这回驸马会不会上当。这家伙十分狂妄，他才不怕悟空。八戒就跳出了水面，紧接着那些龙孙们也跟着杀了出来，大圣、二郎神和六兄弟见他们全都出来了，一拥上前，使出枪刀一顿乱扎，把那些龙孙们全都剁成了肉酱。

驸马心中就奇怪，刚才就他们兄弟两个，这回怎么一下多出这么多人来？他感觉情况不妙，又现了本相，展开双翅，旋绕飞腾。二郎神拿出他的金弹弓，扯满弓，瞄准就打怪物。九头驸马伸开翅膀一闪，没打着他。这家伙真厉害，二郎神都没打着他。不但没打着他，他还扇动着翅膀朝着二郎神就飞过来了。忽然，他腰间伸出一个脑袋，张开大嘴，这是要咬二郎神，眼看就要咬到他了。就在这个时候，二郎神身后的哮天犬“嗖”地蹿了上去，妖怪躲闪不及，脑袋被哮天犬给咬住了。哮天犬是真厉害，一使劲把他脑袋给咬下来了，这把那九头怪疼得没心思再打仗了。他朝着北边的大海跑了，连龙宫都没回。

八戒抡起钉钯想要向前追，行者一把拦住他道：“八戒不要去追他，他那脑袋被哮天犬咬下来，估计他也活不了多久。咱们主要是来夺宝贝的，不如这样，我现在变成他的模样，他不是没回龙宫吗？正好我去，你假装在后边追我，我去找那万圣公主，把宝贝给骗出来。”悟空将这想法一说，大家都觉得是个好办法。兄弟俩就这么干了。悟空游到龙宫，找到了万圣公主，现在正打得心慌意乱的，那万圣公主怎么可能怀疑他？她还开口问他：“驸马，你怎么这么慌张。”行者道：“那猪八戒正在追赶我，刚才我没打过他，你先把宝贝拿出来，我重新把它藏起来，免得被他们抢去。”

公主急忙从后殿里取出一个金匣子，里边儿放的是佛宝舍利子，她递给了悟空之后，又转身取出了一个白玉匣子，这里面放的是九叶灵芝，也递给悟空后，还嘱咐他：“你先把宝贝藏好了，再去和那猪八戒打。”悟空的这个办法成功了，还藏什么宝贝？他把脸一抹，现了本相说道：“公主，你看看，我是你们家驸马吗？”公主一看慌了，还想伸手去夺宝贝。八戒早上前来一钯下去，把那公主给筑死了。现在整个龙宫里就只有那个老龙婆还活着。八戒抡起钉钯，也想结果了她的性命，但被行者拦住说道：“八戒你先别打她，咱们把她活捉回去，让她跟国王交代清楚。”兄弟二人拿着宝贝、抓着龙婆跳出水面，他们谢过二郎神和他的兄弟们之后，就回灌江口去了。

行者和八戒半云半雾，顷刻间回到了祭赛国，见到国王归还宝贝，国王和满朝文武是高兴坏了，丢了三年的宝贝又找回来了。国王又听悟空说，他还抓了个龙婆回来，他就要求龙婆：“你把整个偷宝贝的事情细细地说一遍。”龙婆害怕，只能细细说来。她还告诉大家，万圣公主当初从天上偷的灵芝草对这舍利子有很大好处，它能温养它。怎么温养？把它们两个放在一起，就能温养着舍利子千年不坏、万载生光。这下好了，一切都真相大白了，他们又重新把宝贝放回了金光寺的塔中。那龙婆怎么处理？

行者想了个办法，他对龙婆说道：“今天我饶你不死，但是你要答应我，以后长久地看着这塔中的宝物。”龙婆想了想：“好死不如赖活着，家里的人也都死光了，回也回不去了，在这儿就看塔吧。”行者又让人拿来铁锁，锁住了龙婆的琵琶骨，这样她就不能施法术跑掉了，行者接着又将她锁在塔心柱上。这下谁要是想来偷宝物，一看这里有龙，那谁还敢动手？事情全都办妥了，悟空觉得还有一处不是很完美，什么呢？

他给国王提了个意见：“陛下，这金光寺的名字老孙觉得不太好，‘金光’二字给人的感觉总是流动闪耀、明晃晃的，怕会引人再来抢。现在你这寺中有龙，不如就叫作‘伏龙寺’，这样那些妖怪怕是也不敢再来了。”国王觉得这个名字起得好，就采纳了，寺庙也重新换上了牌匾，就叫“伏龙寺”。这可真是：“邪怪剪除万境静，宝塔回光大地明”。

接下来，唐僧师徒又该上路了，他们担起行李，骑上马继续西行，走了一些时日，又值冬残，正是三春时节，路旁的景色那是：“一岭桃花红锦浣（wǎn），半溪烟水碧罗明。芳菲铺绣无人赏，蝶舞蜂歌却有情。”

就是说桃花都开了，地上的草也绿了，虽然在这荒郊野外没人来欣赏，但是蜜蜂和蝴蝶见了却欢喜得不得了。师徒前行，忽见一座高山。远望去又是与天相接。三藏扬起马鞭，指着那山说道：“悟空，你看那座山也不知道有多高，都接着青天了。”行者道：“师父，有首诗不是说‘只有天在上，更无山与齐’。那山只是看着接到了天，哪有真接上去的？”八戒道：“大师兄，如果没有接着天的山，那为什么昆仑山被称为天柱？柱子的意思就是顶着天。”行者道：“那是因为西北的地势高，昆仑山正好在西北，所以才把它叫天柱，并不是说他真的接到天了。”沙僧道：“哈哈，师兄说得好，我们且走路，等上了前面的山就知道多高了。”

三藏快马如飞，须臾之间就到了那山崖边儿上，一步步往上行，只见那：“林中风飒飒，涧底水潺潺。鸦雀飞不过，神仙也道难。”这是说这山十分险，鸟都很难飞过去。

“鹿衔芝去，猿摘桃还。狐貉（háo）往来崖上跳，麖（jīng）獐出入岭头顽。忽闻虎啸惊人胆，班豹苍狼把路拦。”

这山挺吓人，不像是个什么好地方。估计要有妖怪。三藏见到眼前的景象也是心头一惊，行者神通广大，你看他手拿一条金箍棒，哮吼一声，吓跑了那些狼虫虎豹。他引师父直上高山，过了岭头向西走，有一片平地，忽见祥光霭霭，彩雾纷纷，有一座楼台殿阁，隐隐的钟磬（qìng）声悠扬。

在这险山之中竟然有这么一个祥光霭霭的殿阁，这是个妖怪的住处，还是个神仙的居所？就听三藏说道："徒弟们去看看这是什么地方。"行者抬头，用手搭在眼睛上，他这是要挡住阳光，搭出个小凉篷来。悟空仔细观看，这地方还真不一般，那是："青松带雨遮高阁，翠竹留云护讲堂。朱栏玉户，画栋雕梁。谈经香满座，语箓月当窗。红尘不到真仙境，静土招提好道场。"

行者看完回复师父道："师父，那里是座寺院，却不知为什么在那禅光瑞霭之中有些凶气。我看的景象有些像如来佛祖的雷音寺，可是其中的道路却又有些不对，我们最好不要进去，恐怕遭了毒手。"悟空这番话，唐僧是一点没听进去，就"雷音寺"这三个字他听进去了。雷音寺是如来佛祖的所在地，这一路辛苦，为了什么？不就是要到雷音寺找佛祖求经吗？他一听到雷音寺就觉得自己取经一事要成了，唐僧的心开始扑通扑通地跳起来，就对悟空说道："悟空，既然像雷音寺，这山不就是灵山？雷音寺不就在灵山上，我们快去快去。"行者道："师父，你别急，这里不对，灵山的路我走过几遍了，哪是这样的路？"

可是现在跟唐僧说这些，他哪儿听得进去？在这关键时刻，八戒又上来插嘴道："猴哥，就算不是雷音寺，你看这好好的寺庙估计也有好人住。”沙僧道：“是啊，大师兄，我们不用多怀疑，反正也要路过那里，咱们一过去不就知道了吗？”行者听沙僧说得也有道理，反正也要路过那儿，现在想那么多也没意义，他们就继续往前走。不过他们最好听悟空的。这山这么险恶，哪个好和尚会把寺庙建到这地方，更别说是如来佛祖了。三藏只顾策马加鞭，很快他们就来到了寺门前，三藏抬头见那寺门上写了三个字“雷音寺”。他一看到这三个字，就想到了如来佛祖，慌得他赶紧从马上下来了，口中还骂悟空：“你这泼猢狲差点害煞我，我们历尽千辛万苦就是为了找雷音寺，你说出些鬼话来哄我，差点儿让我错过了。”这唐僧又开始不听悟空的话了，这个雷音寺他肯定是要进去，那里面是佛还是妖？

思维特点

☞ 形象思维

能通过人物名称灵活原创出多种人物形象。

培养孩子形象思维的益处：有更强的发明和创造的能力，思考问题更有深度，想象力强。

☞ 如何通过绘画培养孩子形象思维

1. 绘画要保持（鼓励）原创

每次孩子画画，家长或者老师一定不要搜图片给孩子照着画，或者直接上手教孩子，而应该鼓励原创，从语言上给孩子力量，让孩子大胆根据自己脑海中的样子画下来。尽管起初画得非常单一，长期下来孩子就具备了独立处理画面的能力，从而形成形象思维。

2. 命题创作

多带孩子根据《西游记》中人物的描述大胆展开联想，故事中将菩萨描述为："碧玉纽，素罗袍，祥光笼罩；锦绒裙，金落索，瑞气遮迎……"这里可以带着孩子一起想象观音的样子，然后画出来。

3. 想象练习

如看到春雨，可以问问孩子，雨后小草会发出嫩芽吗？田地里、马路边的小草的心情怎么样？它们的心情是什么颜色的？树叶呢？

第91集 受困金铙

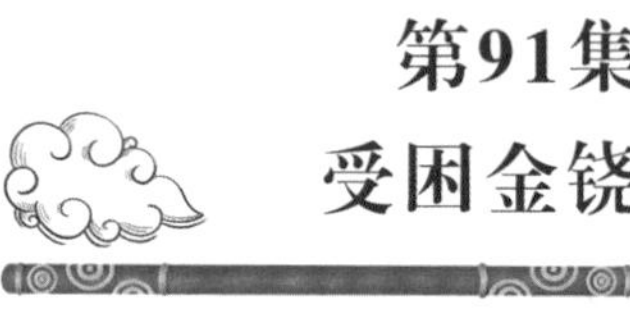

三藏把悟空狠狠地骂了一顿，悟空却笑道："呵呵，师父，你别恼火，你好好看看，这山门上分明写了四个字，哪里是什么雷音寺。"三藏战战兢兢地抬头再看，还真是四个字，那雷音寺前还有一个"小"字——小雷音寺。现在三藏头脑已经发昏了，悟空说什么他都听不进去，他竟然说道："就算是个小雷音寺，其中也一定有个佛祖。"行者道："师父，不能进去，我看这里凶多吉少，你要是真进去了，出了事你可别怪我。"三藏道："就是没有佛，至少也会有个佛像，我进去拜一拜，又怎么会怪你？"说完，他还让八戒取出袈裟，换上僧帽，举步走了进去。

刚一进去，只听得里面有人叫道："唐僧，你从东土大唐来拜见我佛，怎么还敢这样怠慢？”三藏听了赶紧下拜，八戒也跟着磕头，沙僧也跟着跪倒了，唯有大圣牵着马不理睬他们。这几个人像着了魔似的，谁也不听悟空的，就一直往里走。进到二层门，看到里面是如来大殿。门外的宝台之下摆列的有五百罗汉、三千揭谛、四金刚、八菩萨、比丘尼、优婆塞，还有无数的圣僧、道者。“真个也香花艳丽，瑞气缤纷。”三藏、八戒和沙僧看到这情景更是信得不得了，他们一步一拜，拜上了灵台之前，行者还是不拜，此时又听见莲花座上，厉声高叫道：“那孙悟空见如来怎么

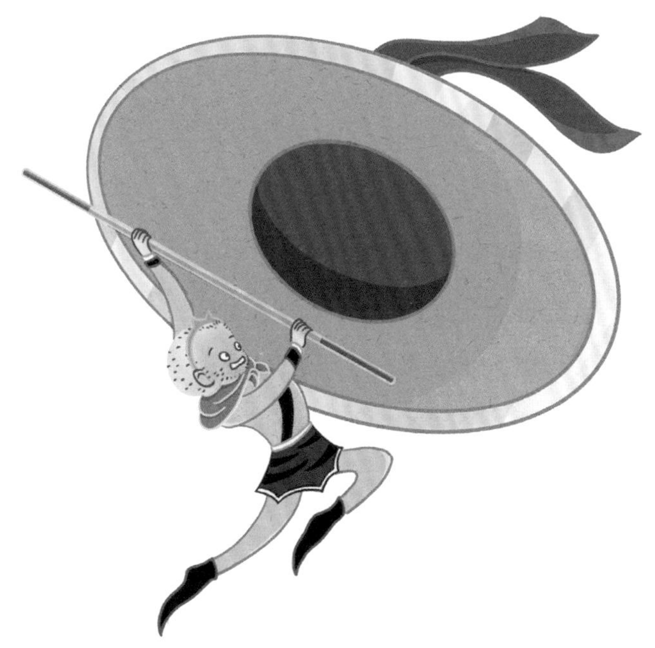

不拜？”行者从进了门以后，就一直用他的火眼金睛仔细地观察他们。早就发现这里这些罗汉、菩萨、佛祖没有一个是真的。

他放下手中牵马的缰绳，掣棒在手喝道：“混孽畜，十分胆大！竟然敢假冒佛名，今天都不要走，吃老孙一棒。”悟空双手抡棒上前就打，就听见空中“叮咣”一声，撇下一副金铙（náo）来，把行者从头到脚就给扣住了。慌得八戒和沙僧也别管他是真佛祖还是假妖怪了，他们拾起钯杖上来帮忙，可这些阿罗、揭谛、圣僧、道者一拥上前把他们给抓起来了，最后连同三藏一起给捆了。这下完了，谁叫他们当初不听悟空的话？现在后悔也没有用了，当他们再抬起头，这哪是佛祖？那是个妖王变的，四周那些阿罗、圣僧也全都是小妖变的，现在全被抓住了，就看悟空能不能跑出来。

那金铙里黑洞洞的，闷得悟空浑身流汗。他先是左拱右撞，发现出不来这金铙，动都动不了一下，接下来又用铁棒一顿乱打，还是不行，纹丝不动。悟空又想了个办法，他捻了个诀，把身子往上长了百千丈高，他是希望通过这种方式把那金铙拱起来，没想到的是，这金铙也跟着他往上长，这怎么拱？他把行者扣在里面是一点儿风都不露出来。悟空看变大不行，那就变小。他把身子又一变，变成了芥菜籽儿那么小，他朝着四周钻了一钻，看能不能随着风钻出去。结果盖得还是严严实实的，找不着缝，根本跑不出去。

这天底下能关住悟空的法宝可不多，没想到在这个地方碰到了这么个东西。悟空现在还不知道的是，这个法宝只需三天三夜就会使一般的神仙化成脓血。虽然这个法宝未必能化了悟空，但是闷上三天三夜也够难受的了。此时悟空又想出个办法来，他把金箍棒变小，顶住金铙的一边，又从脑后拔下两根毫毛来，叫了声："变！"那毫毛变成了一个钻头，他想用这个钻头沿着金铙边儿钻个眼儿出来，因为有金箍棒在那儿撑着，那铙不就不往下坠吗？如果真能钻出个眼儿，悟空顺着那眼儿就跑出去了。这个办法挺聪明，看看效果怎么样。悟空瞄准一个地方就开始钻，钻了有千百下，就听这个东西，光是苍苍响，一丁点儿都钻不过去。

真是不知道这妖怪从哪里弄来这么厉害的法宝，钻到最后，悟空也放弃了，他该有的本事都使了，就是出不去。在这一筹莫展的时候，就见悟空他念起了咒语："唵蓝静法界、乾元亨利贞。"这是什么咒语？这咒语是用来干吗的？

这是专门用来传唤五方揭谛、六丁六甲和一十八位护教伽蓝的。那些神仙感应到了悟空的咒语，知道一定是唐僧师徒遭难了，转眼间他们飞来金铙之外。这会儿已经是夜里，妖怪们正好去睡觉了。众神发现悟空被扣在金铙里以后，就问他：“大圣，你是怎么被抓到这里来的？”悟空就把今天的遭遇跟他们讲了一遍，众位神仙觉得不就是一个金铙吗？大家合伙掀起来就完了。

他们商量了一下，就开始合伙来掀它。大家都使出九牛二虎之力，可那金铙还是纹丝不动，他们觉得这个事情难办了。金头揭谛在外边就问道：“大圣，这铙是个什么宝贝？从上到下连成一体，我们怎么使力也搬不动？”行者道：“我在里边使了多少神通，也是掀不动它。”他们一听悟空都使尽了神通，也没办法掀动它，就没再瞎折腾了。揭谛倒是想出个好办法来，他让众位神仙在这儿守着，自己去天宫找玉皇大帝，让他派些厉害的神仙来帮忙，大家觉得这个主意不错。

揭谛安排好以后，纵起祥光就去了南天门。过了南天门找到玉帝，把情况一说明，玉帝立即派出了二十八星宿前来帮忙。星宿们随同揭谛出了天门，又入了山门。这会儿正好到了半夜，大小妖们全都睡熟了，星宿们也不紧张，来到了金铙前，他们先告知悟空："大圣，我们是玉帝派来的二十八星宿，特来救你的。"行者道："好好好，多谢了，你们一起拿出兵器把这金铙打破。"星宿道："大圣，这个宝物是浑金之宝，打上去会特别的响，万一惊动了妖王就不好办了，不如这样，我们用兵器来把它翘起来，只要翘起个缝隙，你看到光就赶快飞出来。"行者道："好好好，你说的也是。"

就看这些星宿们使枪的使枪、使剑的使剑、使刀的使刀、使斧的使斧，扛的扛、抬的抬、掀的掀、撬的撬，他们整整撬了两个钟头，那金铙还是岿然不动，行者在里边儿一会儿东张张，一会儿西望望，爬来滚去的，从头到尾就没见到一丝光亮。这一番努力之后，大家都有点儿泄气。此时二十八宿当中的亢金龙说道："大圣，你先别焦躁，我看这宝是个如意之宝，它能根据情况不断变化，现在咱们这样，你在金铙的合缝处用手摸着，我就用头上的尖角拱进去，你只要摸到有松动的地方就赶快脱身。"行者道："好好好，好办法，就按你说的，多谢了。"

行者把手按在金铙的合缝处，亢金龙摇身一变，把身子变得小小的，他头上的角也变得跟针一样细，他来到金铙的合缝处，用角往那里一顶，再一使劲，还真伸进去一点儿。这时候亢金龙又使出神通，把身子变大，就见他那角随着身子一起在长，最后那角长得有碗来粗细。要不然怎么说金铙是个如意之宝，亢金龙的尖角长，那铙也跟着长，而且还把他的尖角死死地擒住，像用胶水粘上了一样，四圈儿是一点儿缝都没有。行者顺着他尖角伸进来的四周围仔细地摸，这把他急得直叫喊："没用没用，上上、下下、左左、右右，一点松动的地方都没有。"亢金龙还安慰他："大圣，你别着急，再想想办法。"他这一提醒，悟空还真想到个方法。

他对亢金龙说道："办法我倒想到了一个，可是你要忍着些疼。"亢金龙道："好的，我能忍。"就见好大圣把金箍棒变成了一个小小的钢钻，他直接在亢金龙伸进来的角尖儿上钻了一个孔，这把亢金龙给疼得浑身直流汗，但是他还是咬牙忍着。行者摇身一变，变成了芥菜籽儿那么小，他纵身一跳，钻到亢金龙角上的孔眼儿里去了，这回他又喊道："你把角扯出去，你扯出去我就出来了。"亢金龙也不知费了多少力气，终于把角拔出来了，他累得直接就坐到地上了。

行者从他尖角里跳出来，现了原形，这把他给气得。他掣出铁棒，照着那金铙"当"的一声就打了过去，就见那法宝被他打成了千百块的散碎金片，发出的巨响如铜山崩倒了一样，“唬得那二十八宿惊张，五方揭谛发竖，大小群妖皆梦醒”。老妖王听到这声音，就知道出事儿了。他从床上跳下来，穿好披挂，擂响了鼓，把小妖们聚起来赶到宝台之下。这时候天都快亮了，他们见到孙行者和众位神仙正围着那满地的碎金片儿，妖王是大惊失色。这么好的法宝竟然被他们打成这样，把他气得喊道：“小的们，紧关前门，不要放一个人出去。”行者哪会等到他们来关门？早带走众神跳出洞外，来到了九霄空中。妖王收拾好碎金片儿，带着小妖们走出山门，一字排开。他心疼他的法宝，就见他手中拿着一根短软狼牙棒，望空叫道：“孙行者，你要是个男子汉，就不要远走高飞，上来与我交战三回合。”

行者正想找他打仗，他引领众位星宿按落云头，先是仔细观看这妖怪的模样，就见他蓬着头，勒一条扁薄金箍，这点倒跟悟空有点儿像，但估计他这个金箍不是用来念咒的，只是围着好耍威风的。再仔细看，这家伙长得怪，两道眉毛竖起来长着，还是黄色的。悬胆鼻，孔窍开查；四方口，牙齿尖利。手持狼牙棒一根。这长相兽不像兽，人不像人。行者挺着铁棒喝道：“你是个什么怪物？竟然敢假扮如来佛祖侵占山头，还弄出个假的小雷音寺。”

妖王道:“你这猴子不知道我姓名，就敢来冒犯我的仙山，此处叫小西天，我名叫黄眉老佛，这宝阁珍楼也是天赐给我的，这里的人都叫我黄眉大王。我听说过你，有点本事，今天我故意把你们诱骗进来，就是要和你赌斗一番。你要是赢了，我就放你们师徒西去，你要是输了，你们就留在这里，我去西天，我找如来佛祖求取真经。”又碰上这么个妖怪，不要别的，就要去取经，就跟之前那个变成假悟空的六耳猕猴一样。行者笑道:“嘿嘿，妖怪不必吹牛，要想赌斗还不容易，上来上来，吃老孙一棒。”那妖王喜滋滋地使着狼牙棒就上来了。这妖怪的法宝是真厉害，不知道他神通怎么样，悟空能降住他吗?

第92集 战黄眉怪

老妖追出洞外和行者打了起来，这场好杀："两条棒，不一样，说将起来有形状：一条短软佛家兵，一条坚硬藏海藏。都有随心变化功，今番相遇争强壮。短软狼牙杂锦妆，坚硬金箍蛟龙象。若粗若细实可夸，要短要长甚停当。猴与魔，齐打仗，这场真个无虚诳。驯猴秉教作心猿，泼怪欺天弄假像。嗔嗔恨恨各无情，恶恶凶凶都有样。那一个当头手起不放松，这一个架丢劈面难推让。喷云照日昏，吐雾遮峰嶂。棒来棒去两相迎，忘生忘死因三藏。"

看他们两个斗经五十回合，不见输赢。那山门口，鸣锣擂鼓，众妖怪呐喊摇旗。这壁厢有二十八宿天兵共五方揭谛众圣，各持器械，吆喝一声，把那魔头围在中间，吓得那山门外群妖难擂鼓，战兢兢手软不敲锣。

这些小妖们害怕了，头一次见到来这么多天神，但是那妖王公然不惧，一只手使狼牙棒架住重兵器，另一只手伸向腰间，掏出一个旧白布包。他掏这个旧白布包有什么用？难道这又是个什么法宝？就见他往上“哗”地一抛，白布包飞在了半空中，“嗖”的一声，连着大圣和众神全都被收进去了。妖怪赶紧扎紧了口，往肩膀上一搭，拽步回去了。这大伙都没反应过来，怎么回事？仗打完了，这妖怪厉害，从哪儿弄这么多好法宝？众小妖欢欢喜喜随着老妖回去了，老妖让他们取出三五十条麻绳来，解开大白布包之后，抓出一个就捆一个。这些神仙被那白布包收了，一个个是骨软筋麻皮肤皱，天神被绑好之后就扔到后屋里去了。

妖王为了庆祝胜利大摆宴席。他们一直喝到天黑了才各自回去睡觉了。这个白布包虽然厉害，但估计应该不如那金铙。悟空现在只是被抓出来用绳捆了，这个怎么可能捆住他？悟空不动声色先观察着，到了半夜，他突然听到唐僧哭了起来：“悟空，恨我当初不听你的，害得你也被那金铙扣住，现在还在受苦。”原来他们被绑在一个地方，唐僧现在还以为悟空在那金铙里困着没出来，看来悟空从金

第92集　战黄眉怪

铙被放出来的这些事儿他都不知道。悟空看师父如此难过，就使了个遁身法，把身子变得小小的，绳子从他身上滑落下来了。他循着声音找到师父边儿上，叫了声："师父。"三藏问道："悟空吗？你怎么出来的？"行者把之前的事跟师父讲了一遍，三藏十分欢喜道："徒弟，快救我一救。"行者这才动手，把师父和师弟全给松绑了，又把众神给解开了。紧接着他又牵上马，把他们全都送到妖洞外。他让师父先西行，自己转过身来回到妖洞，他要去把包袱找出来。

好大圣，捻起诀摇身一变，变成了一只小蝙蝠，它扑棱棱飞进去，挨个房间找，飞到三楼的一个房间中的时候，见了屋内闪着灼灼一道毫光，也不是灯烛之光、香火之光，又不是飞霞之光、掣电之光。那光半飞半跳，行者飞到跟前仔细观看，原来是个包袱在发光，这是怎么回事？那妖怪把唐僧身上的袈裟脱下来以后，也没好好折起来，就胡乱地塞在一个包袱里，扔在这屋里了。那袈裟是佛宝，上边儿有如意珠、摩尼珠、红玛瑙、紫珊瑚、舍利子、夜明珠，所以透过包袱也有这样的光彩。行者捡了袈裟，心中一喜，现了本相，他解开包袱一把就把袈裟拿过来，往肩上一搭，回头就走。可没想到袈裟的另一头掉在地板上了，袈裟上宝石多，掉在地板上"呼啦"的一声响亮。这响声把老妖给惊醒了，他跳起来叫道：“有人了，有人了。”

小妖们听大王叫喊，都起来了，点灯、打火、一齐吆喝，前后观看。接下来有的来报唐僧跑啦，又有的报道沙僧也跑了，还有的报道那些天神也跑了。其实他们跑都跑了，这个黄眉老怪现在收手也就算了，悟空也不会回来找他的麻烦，但是他偏偏执迷不悟，他高声喊道：“给我追。”小妖们随着他浩浩荡荡就奔出洞口去追了，他们一直追到了天亮，老远看见二十八宿、五方揭谛等神仙，云雾腾腾地驻扎在山坡之下，老妖喝道：“哪里走？我来了。”二十八宿当中的角木蛟赶紧传唤兄弟们：“妖怪来了。”

我们老说二十八宿。这二十八宿到底有哪些神仙？之前我们在故事里讲过一个，他和百花羞公主在一起，后来被悟空给降服了，名叫奎木狼，他算一个。还有亢金龙，这个不用说了，小朋友们也知道。其他的名字分别叫女土蝠、房日兔、心月狐、尾火虎、箕水豹、斗木獬（xiè）、牛金牛、氐土貉（mò）、虚日鼠、危月燕、室火猪、壁水貐（yǔ）、奎木狼、娄金狗、胃土彘（zhì）、昴（mǎo）日鸡、毕月乌、觜（zī）火猴、参水猿、井木犴（àn）、鬼金羊、柳土獐、星日马、张月鹿、翼火蛇、轸（zhěn）水蚓。二十八星宿领着金头揭谛、银头揭谛、六甲六丁等神，护教伽蓝，同八戒沙僧各执兵器，一拥而上。这天神的阵势够吓人的了。那妖王见了，他不但不怕，还呵呵地冷笑。他吹了声哨子，上来四五千个大小妖怪，一个个威强力胜，上来就和这些神仙打起来了。这个黄眉老怪不简单，不仅有一定的本事，而且还有特别好的法宝，不光这些，手底下还有这么多小妖，他们在西山坡打得那真是：

“魔头泼恶欺真性，真性温柔怎奈魔。百计施为难脱苦，千方妙用不能和。诸天来拥护，众圣助干戈。留情亏木母，定志感黄婆。浑战惊天并振地，强争设网与张罗。那壁厢摇旗呐喊，这壁厢擂鼓筛锣。枪刀密密寒光荡，剑戟纷纷杀气多。妖卒凶还勇，神兵怎奈何！愁云遮日月，惨雾罩山河。苦掤苦拽来相战，皆因三藏拜弥陀。”

那妖怪倍加勇猛，帅众上前掩杀。正在那不分胜败之际，只听得行者叱咤一声：“老孙来了。”八戒迎头问道：“猴哥，行李怎么样了？”行者道：“这妖怪好贼，哪有机会抢行李。”沙僧执着宝杖说道：“师兄，先别说闲话了，快去打妖怪。”那星宿、揭谛、丁甲等神被群妖围在中心浑杀，唯有老妖使那狼牙棒和悟空兄弟三人厮杀。行者、八戒和沙僧丢开棍杖，抡着钉钯抵住，真的是天昏地暗，不能取胜，只杀得“太阳星，西没山根；太阴星，东生海峤（qiáo）”。

那妖怪看，打着快要天黑了，他又打响个哨子。他打响个哨子干吗？他这是要通知小妖们要当心，当心什么呢？就见他把手往腰间一伸，又把那白布包取出来了。

行者吃过一次亏，一看他又拿白布包了，他知道大事不好，大叫一声：“不好了，走。”他也顾不上八戒、沙僧和众神了，一路筋斗云跳上了九霄空里。八戒、沙僧和众神懵了一下，听到悟空喊了，却没听清悟空是什么意思，还没缓过神来，就听“嗖”的一声，被黄眉老怪扔在空中的白布口袋全收进去了。这场仗妖王又打赢了，他把口袋往肩膀上一背，带着小妖们回去了。进洞之后，还像先前一样把他们一个一个抓出来，用绳子给挨个捆起来。

再说行者，他刚才跑出来的时候，清清楚楚地看到自己的人全被收去了。他落在东山顶上，那是“咬牙恨怪物，滴泪想唐僧，仰面朝天望，悲嗟（jiē）忽失声”，难过得自己在那儿掉眼泪，这一步一难太难了。他独自待了一阵，情绪慢慢平静了。他又开始专心思考，这妖怪手下有四五千个小妖，他自己去打缺少帮手，怎么办？再上天找玉皇大帝，派天兵天将来帮他，他不好意思开口，因为之前派来的二十八星宿他没保护好，人家全被收去了。他就想还能找谁？谁那里能有那么多神兵神将？突然他想起来一位神仙叫北方真武，人称荡魔天尊，他现在正在南赡部洲的武当山上，手下的神兵神将很多，悟空心想："不如我就找这荡魔天尊来助我。"想到这里，他架起一朵祥云奔着武当山去了。悟空按落云头，定睛观看，这是个好地方。

"地设名山雄宇宙，天开仙境透空虚。几树榔梅花正放，满山瑶草色皆舒。龙潜涧底，虎伏崖中。白鹤伴云栖老桧（guì），青鸾丹凤向阳鸣。"

孙大圣一边欣赏着仙境的景致，一边过了一天门、二天门、三天门，又到了太和宫外，忽见祥光瑞气之间又簇拥着五百灵官。有一位灵官见到悟空，上前来问道："那来的是谁呀？"行者道："我乃齐天大圣孙悟空，要见你们天尊。"灵官们听说了，回去通报。天尊得知是大圣来了，亲自到太和宫迎接行者。行者先行了礼，就把他的来意向天尊说了一遍，并请求他派兵相助。天尊说道："当年我威镇北方、扫除妖魔，是奉了玉皇大帝的命令，后来率领五雷神将，巨虬（qiú）狮子、猛兽毒龙，收降东北方的妖怪，那是奉了元始天尊的命令。现在我分管南赡部洲和北俱芦洲，这里仍然有一些妖魔鬼怪在隐隐作乱，我如果带着神将前去助你，只怕刚一走这些妖魔还会跳出来作乱的。不如这样，我派龟、蛇两位将军和五大神龙前去助你。"

行者一听天尊给了他这样的帮助，那好，足够了。他无非是需要一些神将，帮他对付那四五千小妖。行者赶紧拜谢天尊，接着他带领龟、蛇、龙臣，这些神将又各带神兵，朝着小雷音寺就去了，直至山门外，按下云头准备交战。这会儿，那黄眉老怪正在妖洞里和妖怪们聊天儿：“孙行者这两天没见他来，估计又是跑到哪里去借救兵了。”这话刚说完，守门的小妖就跑进来报道：“大王！大王！孙悟空带了几个龙、蛇、龟神将在门外叫战。”老妖听了觉得奇怪，这猴子从哪里请来了龟、蛇、龙相助？说完披上披挂走出山门，见到神兵、神将们，他高叫道：“你们哪路的龙神敢来我的仙境作乱？”就见那五龙神、龟、蛇二将相貌峥嵘、精神抖擞，喝道：“你这泼怪，我们是武当山太和宫荡魔天尊手下的五位龙神和龟蛇二将，齐天大圣邀请我们来这里捉你。快快放了唐僧和众天将，我免你一死。要不然我就把你这满山的怪物击碎，再将你的山洞烧为灰烬。”这五龙神和龟、蛇二将听起来好像挺厉害，但是也得小心，别让那白布包给收了去，这场仗他们能打赢吗？

第93集
弥勒收妖

五龙神、龟蛇二将跟悟空来到妖洞前让老妖赶紧把唐僧和众臣放了，不然就收拾他。黄眉老怪听了心中大怒，道："你这畜生有什么法力敢说这样的大话，不要走，吃我一棒。"这话一出口，打起来了，五条龙翻云使雨，那两员将播土扬沙，各执枪刀剑戟（jǐ）一拥而上，孙大圣又使铁棒随后，这一场好杀：

"凶魔施武，行者求兵。凶魔施武，擅据珍楼施佛像；行者求兵，远参宝境借龙神。龟蛇生水火，妖怪动刀兵。这个狼牙棒，强能短软；那个金箍棒，随意如心。只听得扢扑响声如爆竹，叮当音韵似敲金。"

行者率五龙二将与妖魔战了半个时辰，那妖怪发现硬打无法取胜，抽了个空，又把手伸向腰间。行者看了心惊，这肯定又是去拿那白布袋子了。他赶紧高声叫道："列位，仔细！仔细！"那龙神、龟、蛇没跟这妖怪打过，不知道应该仔细什么。行者这么一喊，他们只是停住了兵器在那儿发懵。那黄眉怪的动作太快了，转眼间白布包已经扔到天空，"嗖"的一声，龙神、龟、蛇全被它装进去了。幸亏悟空跑得快，他早驾起筋斗云跳到九霄空中了。不过这有什么用？好不容易请来些神兵神将，就这么一下子又没了。这妖怪胆子是真大，天兵天将他也敢抓，而且抓走那么多，就放在他的妖洞里。

大圣按落云头靠在山巅之上，他心中又是苦闷，怎么办？他心中思量："如果我再去找玉帝和北方真武，也无法跟他们交代，给我派来的神兵神将全都被我弄丢了。如果去找菩萨也太丢人了，带着那么多天神，竟然输给了一个妖怪，但是我再厉害，如果没有人帮我对付那四五千个小妖也不行。这谁手下还有神兵？"想来想去，他又想起了一位神仙。谁呀？在南赡部洲的盱眙（xū yí）山城，那里有个大圣国师王菩萨，神通广大，他手下有一个徒弟名叫小张太子，还有四大神将，降妖伏魔都很厉害。想到这里，行者不敢耽搁，他驾起筋斗云直奔盱眙山。没用上一天的时间，悟空就到了。这里真是一块宝地：四面八方通着江河湖水，山顶上有楼观峥嵘，山坳里有涧泉浩涌。“人如蚁阵往来多，船似雁行归去广。”这是说这里人还挺多，十分热闹。

大圣边看美景边看热闹，走入城内，到了大圣禅寺山门，又往里走，走到二层门。国师王菩萨早就听说他来了，带领小张太子前来迎接。行者见了菩萨先行礼，说明来意。国师王菩萨听明白了，这是让自己帮他去救师父。他说道：“你护送唐僧去见我佛如来，本来我应该陪你一起去降妖，可现在正是夏天，正是发大水的时候，就怕我陪你去了之后有水怪跳出来作乱，不如我就派小张太子和四大将前去帮你如何？”这太好了，这正是悟空期待的，只要能帮助对付那些小妖就够了。悟空连忙谢过菩萨，领着小张太子和四大将就回到了小雷音寺。

按落云头，小张太子使着一把楮（chǔ）白枪，四大将抡四把锟铻剑和孙大圣上前骂战。小妖们看见赶紧回去禀报老妖，老妖又率领群妖出门迎战。这家伙出门就开始骂道：“你这猢狲，又请什么人来了。”还没等悟空接话，小张太子率领四大将上前喝道：“泼妖怪，你不认得我，我是大圣国师王菩萨的弟子，我率领四大神将前来捉你。”老怪笑道："哈哈，看你还年轻得很，有什么武艺？"太子道："你想要知我武艺，听我细细道来，祖居西土流沙国，我父原为沙国王。自幼一身多疾苦，命干华盖恶星妨。因师远慕长生诀，有分相逢舍药方。半粒丹砂袪病退，愿从修行不为王。学成不老同天寿，容颜永似少年郎。"

这就是说他是流沙国国王的儿子，因为自小有病，碰到了国师王菩萨，菩萨给了他半粒丹砂，把他的病给治好了，后来他不在流沙国做太子了，就跟着菩萨学习长生不老，所以他总是长成一个少年的模样。这小张太子有什么本事？听他又接着说："捉雾拿风收水怪，擒龙伏虎镇山场。抚民高立浮屠塔，静海深明舍利光。楮白枪尖能缚怪，淡缁衣袖把妖降。如今静乐蠙城内，大地扬名说小张！"

是说他在当地收服过不少妖怪，还是很有名气的。不过，他还是要小心被这妖怪用那白布包把他给收进去了。老妖听他说完，只是呵呵地冷笑道："对，你都学会了长生不老术，却听那猴子的话来跟我打，就不怕我一下把你打死了，你那长生不老术不就白学了。"小张听了这话大怒，缠枪当面便刺，四大将一拥齐攻，孙大圣使铁棒上前又打。好妖怪，公然不惧，抡着他那短软狼牙棒，左遮右架，直挺横冲。这场好杀：

“小太子，楮白枪，四柄锟铻剑更强。悟空又使金箍棒，齐心围绕杀妖王。妖王其实神通大，不惧分毫左右搪。狼牙棒是佛中宝，剑砍枪抡莫可伤。只听狂风声吼吼，又观恶气混茫茫。那个有意思凡弄本事，这个专心拜佛取经章。几番驰骋，数次张狂。喷云雾，闭三光，奋怒怀嗔各不良。多时三乘无上法，致令百艺苦相将。”概众争战多时，不分胜负，那妖怪又解搭包儿。行者又叫：“列位，仔细！”

太子和四大将是听到了悟空的说话声，但他们不知道什么意思，仔细什么？那妖怪“哗”的一声就把白布包扔在空中了，太子和四大将转眼就被收去。又跟之前一样，悟空跑了，妖王得胜，他扛着白布包带着小妖回洞了，把

他们一个个的全都捆了。

行者见妖怪收了兵。他按下祥光，立在西山坡上，他心情是糟透了，口中念叨着："师父啊！师父！这办法我也想了，该找的人也找了，怎么就是救不出你？"正在大圣凄惨之时，就见西南方上空一朵彩云坠地，霎时间满山头是大雨缤纷，就听到有人叫道："孙悟空，你认得我吗？"悟空急上前看，就见那人长得："大耳横颐方面相，肩查腹满身躯胖。一腔春意喜盈盈，两眼秋波光荡荡。"

就说这个人长得高大，耳垂很大，脸方方的、身体胖乎乎的，最重要的是他老是喜气盈盈，笑呵呵的。这人是谁？

"极乐场中第一尊，南无弥勒笑和尚。"

原来是弥勒佛来了。行者连忙下来问道："佛祖，你这是去哪里呀？"佛祖道："呵呵呵呵，我此次前来就是为这小雷音寺的妖怪。"行者正为这事儿愁，弥勒佛祖亲自来帮他，太巧了。悟空赶紧上前说道："多谢！多谢佛祖大恩，敢问这妖怪是哪方怪物？"佛祖道："呵呵呵呵，他是我的一个黄眉童儿，我因为出门几天，他偷了我几件宝贝溜了出来，假扮成佛害你们师徒。"行者道："原来是你这个笑面和尚的童儿，你这可是管教不严。"佛祖道："呵呵呵……一来是我管教不严，二来也是你们师徒该有此难，我来这里就是要把他收回去。”行者问道：“你怎么收？那妖怪神通广大，你又没带个兵器来。”

佛祖道：“我在这山坡下变一个草房子，再变出一片西瓜地，你去和他交战，只许败不许胜，把他引到这瓜田里来。到时候你变成一个大熟西瓜，我把其他的西瓜变成生西瓜，他定然会想吃你，你就可以趁机钻到他的肚子里，他不就听你摆布了？到那个时候，我再把他的白布包取来，把这妖怪收回去。”行者道：“这是个好办法，但是如果那妖怪不跟我来呢？”佛祖道：“这个好办，你把手伸出来。”行者舒展左手递了过去，弥勒伸出右手食指，在悟空的手心里写了一个禁止的“禁”字，之后又对悟空说道：“你捏着拳头去，见到他以后就把手松开，看到手心上的字他自然会跟你来。”行者握成拳，欣然领教。

他另一只手握着金箍棒，又到山门前叫战：“妖怪，妖怪，你孙爷爷又来了，快来快来，和我比个高低。”小妖听到，转身回去通报，老妖怪听了就问道：“这回这猴子又领多少兵来？”小妖答道：“没什么兵，就他一个。”老妖笑道：“哈哈哈哈，他这是没处求人了，来送死来了。”老妖带上宝贝，举起轻软狼牙棒，走出洞门，叫道：“孙悟空，这回你一个人来是不是没处求人了，你这么强撑着能行吗？”

行者道:“不知死活的东西，吃我一棒。”妖王见悟空抡棒子的姿势，他笑了:“嘿嘿，你这真好玩，怎么今天一只手抡这棒子。”行者道:“儿子，你根本经不起我两只手抡棒来打你，要不是你总把那白布包拿出来，我一只手拿棒早就要了你的命。”妖王道:“好好好，既然你这么说，今天我就不用宝贝和你打上一打。”

妖王举起狼牙棒上前来打。悟空迎着面把拳头一张，那个“禁”字对妖怪起作用了，他也不往后退，也不拿宝贝，就拿着狼牙棒追着悟空打。行者懒得跟他纠缠，虚幌一棒，假装败阵就走。妖怪一直追他，追到了西山坡下，行者跑到那里，发现那里果然有一个瓜田，他知道这一定是弥勒佛祖变的，他打了个滚儿，钻到里边变成了一个熟西瓜。那妖怪识不破悟空的变化，不知道他跑到哪儿去了，低头看见这满地的西瓜，他就想先吃个西瓜解解渴再说。他朝那草房子走去，高兴地问道:“这瓜是谁种的？”弥勒佛早就变成一个种瓜的老头。他走出草房，回答道:“大王，这瓜是小人种的。”老妖问道:“有熟瓜吗？”佛祖道:“有！有！”老妖说道:“那你摘个熟的，来给我解解渴。”弥勒佛就走入田间，把悟空变的那个大西瓜捧过来，双手递给了妖王。这妖王都按照计划来了，他会不会把这西瓜吃下去呢?

第94集
遇阻七绝山

弥勒佛祖把悟空变成的大西瓜抱到了黄眉老怪的跟前，这妖王是毫不怀疑，他抱起西瓜，啃开皮就开始吃。行者趁这个机会一咕噜就钻到了他咽喉之下，还没等落到底就开始拳打脚踢，一会儿翻跟头，一会儿竖蜻蜓。那妖怪疼得直咧嘴，还眼泪汪汪的。他一边打滚儿，一边喊道："好了好了，谁来救救我？"弥勒现了本相，嘻嘻地笑道："呵呵呵，孽畜，认得我吗？"妖怪抬头看见是弥勒佛祖，慌忙跪倒在地上，捂着肚子磕头撞脑地说道："主人，饶命，饶命，我再也不敢了。"弥勒佛上前一把揪住他，从他腰间抽出白布包，又抢过他的狼牙棒，那狼牙棒其实就是弥勒佛祖敲磬用的一把锤子。接着，他又对悟空说道："呵呵呵呵，孙悟空，看在我的面上，就饶了他。”

饶了他？悟空这会儿气还没撒完，就在他肚子里左一拳、右一脚，乱掏、乱倒，妖怪是万分的疼痛难忍，都躺在地上了。弥勒又说道：“呵呵呵呵，悟空，你气也出了，就饶了他吧。”行者这才收手，大声叫道：“你把嘴张开，老孙这就出去。”妖怪赶紧把嘴张得大大的，行者跳出，现了本相，掣出铁棒还要再打。弥勒佛早已拿出白布包甩开，把那妖怪收了进去。接下来弥勒佛又骂道：“孽畜，你把金铙又偷到哪里去啦？”就听见妖怪在那白布口子里哼哼啧啧说道：“金铙是孙悟空打破的。”佛祖道：“呵呵，既然铙破了，就把碎金还给我。”老怪道：“那些碎金堆在殿莲台上。”弥勒佛听了就对悟空说道：“悟空，那你就带我去取那些碎金吧。”悟空带着弥勒佛再次回到小雷音寺，来到门前，山门紧闭。弥勒佛用手一指，门打开了，往里一看，那些大妖、小妖正在收拾东西，准备四散逃窜。

这让悟空想起他们刚进来时，这些妖怪变成佛、菩萨骗他们时的情景，恼怒之下见一个打一个，见两个打两个，把那五七百个小妖尽皆打死，死了之后都现了原形，看过去全都是些山精树怪、兽孽禽魔。弥勒走到散碎金前，把它们整理在一处，吹了口仙气，又念了声咒语。金铙就复原了。这下宝贝也修好了，妖怪也收了，弥勒佛祖就回去了。行者进妖洞救了师父、师弟们，再救出众神，之后，又把弥勒佛祖来帮他们降妖的经过详详细细地跟大家说了一遍。唐僧披上袈裟，对众神一一感谢之后，他们就各自回去了。

师徒四人在妖洞中找了些吃的。吃饱后，四人欣然上路。在路上走了能有一个多月的时间，就到了春生花放之时，见了几处园林皆绿岸，一番风雨又黄昏，这是说这个时候春天快要过去一半儿了，他们一路欣赏着美景，这一天。走到傍晚了，三藏勒马说道："徒弟啊，天色晚了，咱们往哪条路上走？好找个住处。"行者笑道："师父放心，就算没有住的地方，有我们三个。八戒砍草、杀和尚砍树，老孙我会做个木匠，就在这儿给你搭个屋子，住上一段时间都没问题。"

八戒道："猴哥，你这不胡说嘛，这哪是人住的地方，满山的狼虫虎豹，白天都难走，晚上怎么敢在这儿住？"行者道："呆子怎么越来越退步了？有我老孙这条棒子在这儿，就算天塌下来也撑得住。"悟空虽勇敢，但八戒说得也有道理，唐僧确实不适合住在这个地方。师徒们正为这个事儿发愁，忽见到不远处有一座山庄，行者看得远，他先发现了，高兴地说道："好了！好了！有住处了。"三藏问道:“在哪里?”行者道:“师父，你看那树丛里不是有个人家?”

三藏忻然驾马赶到门前，他下马上前敲门，里边走出个老者，手持拐杖，头上还戴了个黑头巾，开门问道:“唉呀，是什么人在这大呼小叫的。”三藏道:“老施主，贫僧是从东土大唐而来，去西天拜佛求经的和尚，路过这里，想在你这里借宿一晚。”老者道:“哦，和尚啊，想往西边去，去不了的。”三藏问道:“为什么去不了?”老者用手一指说道:“我这村庄向西去三十多里，有一座山，叫七绝山。山中之路叫作稀柿衕。”三藏又问道:“为什么叫七绝山?”老者道:“从山脚往西走，满山都是柿子树，从古到今，人们都说柿子树有七绝：一益寿，二多阴，三无鸟巢，四无虫，五霜叶可玩，六嘉实，七枝叶肥大，故名七绝山。”

这老者是说的什么意思：第一益寿，就是说常吃柿子，能长寿；二多阴，这是说柿子是阴性的，你要是上火了喉咙痛，吃上一个能降火、有好处；三无鸟巢，这是说鸟都不在柿子树上搭窝，这挺怪；四无虫，这是说柿子树还不生虫子；五霜叶可玩，这是说一到秋天冷了，满山的柿子树叶都变红了，可以供人观赏；六嘉实，这是说柿子果肉丰厚；七枝叶肥大，树枝也粗大，叶子也粗大。这加起来不一共有七个好处吗？所以叫七绝山。那老者继续说：“我这里人少，那七绝山很少有人往山里走，每年柿子熟了就落在中间的山路上，把路都填满了。这些柿子淋过雨、露、雪、霜，过个夏天再发霉，弄得满山路像稀屎坑一样。这里的人都把它叫稀柿衕。现在正好刮东南风，把这股臭味儿吹到那边去了，等风向转过来的时候，那是比掏厕所还臭。”

怎么会碰上这样的事儿？这山路有八百里远，总不能一直在这稀屎坑里前进吧，会把人臭晕的。你说碰到个妖怪还能打一打，碰到这么恶心的事儿，这可怎么办？就算它不臭，那八百里走过去浑身像沾满屎一样，那不还得恶心地一边走一边吐，这谁受得了？三藏听了老者的话，心中烦闷，行者忍不住高叫道：“你这老儿，你就是怕我们在你这里住，故意编出这些瞎话来唬我们。”

老者看了一眼悟空，见他相貌丑陋，心中有些害怕，他硬壮着胆，拿起拐棍指着他，对他喝了一声：“你这厮，塌鼻子、小瘦脸、毛眼毛睛，痨命鬼，不知高低，还尖着个嘴，敢来冲撞我老人家。”他这一顿骂把行者说乐了：“你这老儿，你有眼无珠，你看我长得瘦，像个病鬼。我缚怪擒魔称第一，移心换斗鬼神愁。偷天转地英名大，我是变化无穷美石猴。”悟空也犯不着跟个老者这样吹牛，可是让

人感到奇怪的是，这老者听了悟空这番话，不但不生气了，反而还欢喜上了。

他赶紧弓着身子把唐僧师徒们请到屋里去了，扯椅安坐、端茶，又请人去做饭。没用多长时间，只见了桌子上边摆着面筋、豆腐、芋苗、萝卜、辣芥、蔓菁、香粳米饭、醋烧葵汤。这真是怪了，悟空随口吹了几句牛，这老汉怎么就对他们这么好？师徒们饱餐一顿，八戒也一直奇怪，他就问道："哥哥，怎么刚才凭你这么一番大话，这老者就给咱们准备了这么丰盛的一桌斋饭？"行者道："呆子，恐怕他是有事要求我。"

吃完饭，师徒四人聊了一会儿天，天要黑了。此时老者又给他们送过一盏灯来，行者趁这个机会躬身问道："老公公，你贵姓？"老者道："我姓李。"行者道："姓李，那你这里就叫李家庄了。"老者道："不不，我这里叫驼罗庄，一共有五百多家人家居住。"行者道："施主今天给我们做了这么丰盛的一桌斋饭，恐怕是有事要求我吧。"

老者道："我那时听你说你会拿妖怪，我们这里确实有个妖怪，希望你能帮我们把他降了，到时我自然感谢你。"行者笑道："有妖怪，没问题。"八戒在旁边听悟空说没问题，他就嚷道："猴哥，你看你一听说拿妖怪比看到你外公还亲，你要是拿不住怎么办？”

行者道：“呆子别胡说，等我再仔细问问。李施主，你这里地势清平，又有这么多人在这儿住，怎么会有妖怪？”老者道：“不瞒你说，我们这里的日子一直康宁，只是这三四年间，有一天突然狂风大起。当时我们都在地里种田干活，一看来了这么大风，虽然心里有些慌，但又一想，不过也就是变个天嘛。可是哪知道风一过，来了个妖怪，他把我们的牛、马也吃了，猪、羊也吃了，鸡、鸭、鹅、狗囫囵给吞了，连人都被他吞了好几个。从那以后他就常来伤害我们。”

八戒在旁边听了，觉得这妖怪有点儿手段，他懒得惹这个麻烦，他说道：“这可有些难办，我们就是从这儿路过借宿一晚，明天就走了。拿什么妖怪？”老者听八戒说这话，就有点儿火了，说道：“你们这几个原来是骗饭吃的和尚，之前还夸下海口，说会换斗移星、降妖伏魔，现在说到妖怪又说难拿了。”

行者道：“李施主，你别听他瞎说，这妖怪倒是能拿，只是这庄上的人不太齐心。”老者问道：“我们怎么不齐心了？”行者道：“这妖怪扰了你们三年，你们一家出点儿钱，找个法力高的人不就把它降住了。”老者听了说道：“这你就不知道了，我们没少花钱，前年我们就到山南边请了个和尚到这里拿妖。”行者又问道：“那你说说那和尚与这妖怪斗得怎么样？”老者道：“那个僧伽，披领袈裟，先谈《孔雀》，后念《法华》。”意思就是说那个和尚穿着个袈裟，先念了念《孔雀经》，又念了念《法华经》。

老者接着说道：“香焚炉内，手把铃拿。正然念处，惊动妖邪。”这个又是说那和尚在香炉里烧上香，手里拿个铃铛把经一念，真把妖怪给招来了。老者又继续说道：“僧和怪斗，其实堪夸。一递一拳捣，一递一把抓。须臾妖怪胜，径直返烟霞。我等近前看，光头打的似个烂西瓜！”这是说那和尚被妖怪打的，脑袋都打烂了。

行者又问道：“那你们还请过其他人吗？”老者道：“请过，后来又请了个道士。”先前的和尚没打过妖怪，这个道士能怎么样呢？

第95集 七绝山除妖

悟空就问道："那道士怎么样？"老者道："那道士头戴金冠，身穿法衣。令牌敲响，符水施为。"这是说道士降妖又有不同，他手里拿个令牌把它敲响，还画些符出来。老者接着说道："驱神使将，拘到妖魑（chī）。"这是说妖怪也被他惊动来了，老者又说道："狂风滚滚，黑雾迷迷。即与道士，两个相持。斗到天晚，怪反云霓。乾坤清朗朗，我等众人齐。出来寻道士，淹死在山溪。捞得上来大家看，却如一个落汤鸡！"这个道士也被妖怪淹死了。

看来这个妖怪有点儿本事，悟空能不能降住他？就见行者说道："不打紧！不打紧！等我替你把他抓来。"老者道："你要是有手段能抓住他，我叫我们庄上的人多给你些钱。"

行者道："我们是有德的高僧，不要钱！不要钱！只要些茶饭就行了。"老者见悟空有这么大本事，又不要钱，就把这好消息赶紧告诉庄上的人了，大家听了都高兴。听说能除掉妖怪了，都来看他们。老者又问道："不知道你怎么去捉妖？"行者道："只要他敢来，我就能捉住他。"老者叹道："这妖怪大着呢，他上拄着天，下拄着地，来时风去时雾，你怎么能靠近他？"行者听了笑道："那种呼风驾雾的妖怪，我只把他们当成孙子，他长得再大我也自有办法打他。"

正讲着，只听得窗外呼呼风响，慌得大家战战兢兢地说道："你这和尚嘴巴厉害，说妖怪，妖怪就来了。"悟空拉起八戒和沙僧说道："走，我们到外边去看看。"八戒道："哥哥，我们跟他们非亲非故的，非得去给他们降什么妖。"行者不等他说完，拉着八戒和沙僧就已经走出去了。那阵风吹得是越发大了，"倒树摧林狼虎忧，播江搅海鬼神愁。村舍人家皆闭户，满庄儿女尽藏头"。

满庄子人害怕这风，都躲起来了。再看那八戒，慌得是战战兢兢，用嘴拱开土地埋在地下，像个钉子似的钉到地上，一动都不动。沙僧蒙着头脸也难睁开眼。一霎时风头过处，悟空见那半空中隐隐的有两盏灯在亮，这就奇怪了，空中怎么会有两盏灯？行者也低头喊他们："风过了，快来看。”那呆子从地上扯出嘴来，抖抖灰土，朝天一望，也见到那两盏灯。他见到灯之后笑道：“呵呵，这是个好妖怪，看天黑，生怕咱们看不清楚路，给咱们送来一对儿红灯笼来。”沙僧说道：“二师兄，你看错了，这哪是两盏红灯笼，那是妖怪的两只眼。”呆子听到这话吓得矮了三寸，说道：“爷爷呀，这眼睛都这么大，那嘴得多大？”行者道：“二位师弟，你们先回去照看师父，让我上去看看。”

行者手执铁棒飞上去，厉声高叫道：“你是哪方的妖怪？何处的精灵？”那妖怪不回答，只是握着一杆枪。行者又问了他一遍：“你是哪方的妖怪？”他还是不回答，只是握了握枪。行者再次问道：“难道你耳聋口哑吗？”说完，行者抡棒打了过去，那妖怪也不怕，乱舞枪遮拦，半空中二人一来一往、一上一下，斗到三更时分，未见胜败。但是八戒和沙僧看得个清楚，那妖怪只是舞枪遮拦，他没办法主动进攻。行者那一条棒却是一直没离开那妖怪的头上，这妖怪很显然不是行者的对手。八戒看了这种情况，他跳起云头想上前帮忙，他抡起钉钯想一钯筑死他。可是那怪物又使出一条枪来抵住，两条枪就如飞蛇掣电，这可让八戒没想到，他口中念道：“这好枪法。”行者道：“八戒你看这妖怪，他不会说话，估计他是想变成人形，但还没有修炼成。这样的妖怪只在黑天的时候才厉害，等到太阳出来他会跑掉的，一定要看住他，千万别让他跑了。”八戒道：“好嘞，哥哥。”说完，他们又斗了一阵，直到东方发白，太阳要升起来了。那怪物果然像悟空说的那样有些害怕了，回身就走，行者和八戒一起去追，忽闻得臭气熏天，八戒就说道：“这是哪家掏大粪？真是臭死了。”其实他们就是飞到了那老者说的七绝山里来了。臭味儿就是那满地烂柿子的味道。那怪物穿过山去，现了本相，是一条红鳞大蟒。

你看他：“眼射晓星，鼻喷朝雾。密密牙排钢剑，弯弯爪曲金钩。这大蟒还长了爪子的，头戴一条肉角，好便似千千块玛瑙攒成。”这是说他头上长了个红玛瑙颜色的角，“身披一派红鳞，却如万万片胭脂砌就。”这是说他身上的蛇鳞就像涂了红色胭脂一样。“盘地只疑为锦被，飞空错认作虹霓。歇卧处有腥气冲天，行动时有赤云罩体。”这一条

大蟒盘在地上，离远了看你还以为是个红花被子，在空中就像一条红色的彩虹，浑身还散发着一股腥浩浩的味道。你说他大不大？两边人不见东西。长不长？一座山跨展南北。这大蟒长的，你从头往后看，一眼看不见他尾巴，长得就这么长。

八戒说道：“原来是这么大一条长蛇，这要是吃人，一顿怎么也得吃个五百个人。那还不见得饱。”行者又说道：“八戒，你看看他之前和咱们斗用的那两杆枪，根本就不是什么枪，那是他吐出的信子。”这蛇可太厉害了。什么是信子？那大蟒蛇的舌头尖儿分两叉，那就叫信子，他就用这两叉子舌头尖儿和兄弟俩打了一晚上。行者又说道：“八戒，这回我们不从头打了，我们从尾打。”八戒觉得悟空这个主意好，他飞向蛇尾抡起钯想打它，那怪物一头钻进了山窟窿里。它身子太长，还剩下七八尺长尾巴丢在外边。

八戒放下钉钯，一把就扯住蛇尾巴，想把它拽出来。悟空却笑了：“八戒，不要倒扯蛇，你扯不动的，放他进去，放他进去，我自有办法收拾他。”八戒松手，那蛇哧溜一下就全都钻到洞里了。接下来悟空使出铁棍，照那窟窿里使劲一捣，捣着怪物了，把它疼得从那洞的另一个出口逃了出去。八戒光在旁边看了，没防备，那大蛇蹿出去的时候，一尾巴把他打了个跟头。行者笑他:“噢,嘿嘿嘿嘿,八戒八戒,快去追,快去追。”二人赶过涧水,那怪物见没处跑了,就把身子盘作一团,竖起头来张开大口,想吞八戒。八戒慌得赶紧往后退,行者反倒向前,让他一口吞了下去。八戒看这情景着急了,捶胸跌脚地大叫道:“哥哥,你怎么被他给吞了?”行者却手执铁棒在那妖怪的肚子里高声喊道:“八戒,你别愁,我让他给你变成个桥来看看。”

说完,悟空把棒子往上一顶,把那怪物给疼得一下就把腰给躬起来了,那真像一条横在空中的大桥。八戒看悟空没事,他就乐了:“哥哥,这还真像个桥,只是没人敢走。”行者道:“八戒,我再让他给你变成一艘船来。”他又拿铁棒在妖怪肚子里换了个姿势,这回那怪物疼得肚皮贴地,头和尾都翘了起来。八戒看了又笑道:“嘿嘿,哥哥,这还真的像个船,只是没有帆的话,风吹不走它。”“这个好办,让我再给它变出个帆来。”这回行者用铁棒在那蛇的脊背上用力往上一顶,支起来能有五七丈高。八戒道:“哥哥,这回就像一艘有帆的船了。”他们哥俩玩得高兴。那大蛇忍痛挣命,它往前一蹿,沿着山坡下滑了二十多里地,最终一头倒在尘埃里,动弹不得了,死了。八戒随后赶来,又举钯乱筑,把这妖怪筑了一个大洞,悟空从那洞跳了出来,八戒收好兵器，抓住它的尾巴，把它扛在肩膀上，兄弟俩抬着他驾起云回驼罗庄去了。

再说那李老汉和乡亲们正在对唐僧说道：“哎呀！长老，你那两个徒弟一晚上都没回来，不会去送了命了吧？”三藏道：“这个你们不用担心，我们可以出去看看。”大家干等着也是着急，就听唐僧的话，走出门向天空中望去。须臾间，就见行者和八戒扛着那条大蟒吆吆喝喝地回来了。满庄的男女老幼看到这个情景，都纷纷地跪拜：“爷爷呀，这妖怪在这里伤人，今天你们出手降了他，我们有好日子过啦。”大家都感激不尽，接下来的日子，唐僧师徒想走乡亲们都不让他们走，硬把他们留下来住了五七日。他们想感谢唐僧师徒，就给他们钱，可是唐僧哪能要？

直到走的这一天，乡亲们带来了很多的干粮、果品，都是用马和骡子驮来的，希望师徒几个留在路上吃。全庄上下一共有五百家，那总共就是七八百号人都来了，大家欢欢喜喜地往西送他们，不知不觉跑了三十里路。到了七绝山的山脚，三藏就开始闻到那股烂柿子的臭味儿了，再往前看，山路完全被这些稀柿子给塞满了。这时候唐僧师徒才想起来，妖怪是降了，这八百里的山路怎么走？三藏开口问道：“悟空，这山路我们怎么过？”行者道：“哎呀！

这个就难了。”悟空一说难，三藏是立刻双眼垂泪。

李老汉在旁边看着这大恩人落泪了，那怎么得了？说什么也得把他们送过去。他带着乡亲们上前说道：“老爷，别着急，你们都为我们降了妖怪，今天我们全庄上下就为你们开出一条路来。”这李老汉也真是实在。八百里的山路，靠人挖，怎么挖？行者也笑道：“嘿嘿，你这老儿，这八百里的山路，你们又不是天上的神兵，怎么挖？要想让我师父过去，还得我们自己出力。”三藏听了问道：“悟空，难道你有办法？”行者道：“师父，办法倒是有，只怕是没人管饭。”李老汉听悟空这样一说就不明白了，问道：“长老，你这是说的什么话？你们四人要开路，想要吃多少饭，我们也管得起。”

行者道：“好！好！好！既然如此，你们去运来两袋米，再做一些蒸饼，等我这长嘴大耳的师弟吃饱了，变成一头大猪，拱出一条路来送我师父西行。”八戒听了这话才明白过来，这是让他干活儿，他就不干了，说道：“你这猴子让我老猪来拱这些稀烂臭柿子，我可不干。”三藏道：“悟能，你要是有本事拱出一条路来，领我过山，这次就算你头功。”这个事儿，找八戒干还正合适。猪八戒他本来就脏，而且他天生就愿意拱地，只是这些稀烂柿子太臭了，他愿不愿意干这个活儿？

思维特点

☞ 空间思维

1. 远近空间：远处小小的悟空和八戒，近处大大的唐僧。

2. 侧面与背面空间：分别刻画远处两个侧面人物，和近处的大背影。

培养孩子空间思维的益处：对方向、空间等感受更敏锐，更强的方位感，有从不同角度分析问题的能力……

☞ 如何通过绘画培养孩子空间思维

空间模型：鼓励孩子用纸板给小兔子制作一个家，并互动设计思路，分别为小兔子布置喝水、吃东西、休息、上厕所等地方。

第96集 八戒拱路

唐僧听悟空的话，请八戒为他们拱出一条路来。八戒说道："师父，不怕你笑话，我老猪有三十六般变化，你说那些轻巧飞腾的东西我变不来，但是你让我变些笨重的东西，变山、变树、变水牛、变赖象、变头猪，那我就全会，只是我变得越大，肚子就越大，吃得就越多。那吃的，你们得管够。"大家听说就是要些吃的，就赶紧说道："长老，要吃的，我们原本就给你们带来了干粮、果品，还有烧饼，现在都拿出来凭你先吃。""对的，等你变化了，开路的时候，我们再找人做饭送过来，管你吃饱。"八戒一听说能吃够，就忘了这稀柿衕的臭了。他把钉钯扔在一边，把外衣脱去，对众人说道："你们也别笑话我，看我老猪来干这趟臭活。”好呆子，捻着诀，摇身一变，果然变作一只大猪。

你看他变得真个是：“嘴长毛短半脂膘，自幼山中食药苗。黑面环睛如日月，圆头大耳似芭蕉。修成坚骨同天寿，炼就粗皮比铁牢。唐僧等众齐称赞，羡慕天蓬法力高。”

八戒是变得肥头大耳，而且还是一张大黑猪脸。行者见八戒已经变成了，就叫村民们赶紧把干粮，还有其他吃的都堆在一处。那呆子不分生熟，没多大一会儿就全都给吃光了。接下来他上前拱路，虽然这稀柿衕是奇臭无比，但是八戒把嘴往地上一贴、往前一拱，真叫他拱出一条路来。沙僧挑担，唐僧上马紧跟在八戒后面。悟空回头吩咐

众人："你们有谁愿意回去做饭送来的就快点儿去，到时候让我师弟接着吃，他才有力气拱路。"

来送他们的有七八百人。大多数都是骑着骡子、牵着马来的，这些人赶紧骑上牲口，跑得快，赶回去做饭了。剩下的三百多人站在山脚下，远远地望着他们。从山脚下赶回驼罗庄有三十里地，村民们到了家赶紧做饭，做完饭又赶回来，又跑了三十里地。在这期间，八戒拱路已经拱出好远了，他们还得再追赶一段。

就这样一来二去地过了一整夜，直到第二天天亮的时候，村民们也不怕臭，赶上来了，他们口中喊道："取经的老爷，慢些走！慢些走！我们送饭来了。"唐僧师徒看他们来了，十分高兴，赶了这么久的路又饿了。八戒也不管他们带的是米饭还是面条，都又全给吃了，饱餐之后继续上前拱路。村民们望了一阵他们的背影，不舍得回去了。这可真是："驼罗庄客回家去，八戒开山过衕（tòng）来。千年稀柿今朝净，七绝衚（hú）衕此日开。"

唐僧师徒走出七绝山，洗净污秽，上了逍遥之路。光阴易过，又到了夏天，正是："海榴舒锦弹，荷叶绽青盘。两路绿杨藏乳燕，行人避暑扇摇纨。"这是说石榴长出来了，荷叶像绿色盘子一样绽放，杨树林中飞着小燕子，路上的行人热得直扇扇子。正往前走，看见了一座城池。三藏勒马说道："徒弟们，你们看看那是什么地方？"行者道："师父，原来你不认字。"

三藏道："你这猴子，我从小就做和尚，经文读了无数，你怎么说我不认字？"行者道："既然认字，那城头有一杆杏黄旗，那旗上写了三个字，一看不就知道了？"三藏骂道："你这泼猴，那旗子被风吹得乱摆，就是有字也看不清。"行者道："那我老孙怎么看得清？"八戒听了说道："师父，你别听师兄胡说八道，他火眼金睛，多远他都能看清，谁能跟他比？"

行者这才明白，八戒说得有道理，他就告诉大家，那旗上写了三个字："朱紫国"。三藏道："看来又到了一个国家，我们要倒换通关文牒了。"没过多久，他们来到城门下，三藏下马过桥，走进三层门，往里一看，真是个好皇城。只见："门楼高耸，垛迭齐排。周围活水通流，南北高山相对。"这是说这个国南北有山，周围有水，地势不错。

再看："六街三市货资多，万户千家生意盛。果然是个帝王都会处，天府大京城。"这是说这里商业兴隆，这个国家非常富有。仔细端详街上走的人，只见"人物轩昂、衣冠整齐、言语清朗，真不亚大唐世界"。这是说走在街上的人气质不俗，不比那大唐国差多少。唐僧师徒走在街上，旁边的人看见八戒相貌丑陋，沙和尚晦气脸色，孙行者又像个毛脸雷公，他们全都不好好卖货了，围过来争着看。三藏只是提醒徒弟们："徒弟们都低着头走，不要闯祸。"八戒听师父的话，把整个嘴都揣到怀里了。就这样，他们的身后围着人，走了一会儿，忽见前面有一座门墙上写了三个字："会同馆"。这里是可以住宿和吃饭的地方。

师徒们走了进去，可是街上跟过来的人围在大门口还是不肯散去，他们嘻嘻哈哈地在那儿议论，十分吵闹。八戒回过身来，把那长嘴巴从怀里掣出，冲着那些围观的人伸了过去，那些人看见八戒冷不丁地伸出个大猪脸来，吓得踉踉跄跄地赶紧就跑了散了。师徒们安顿好，时间还早，正值上午，三藏不想多休息，直接安排道："徒弟们，你们在这里先准备斋饭，我马上去见国王，倒换了通关文牒回来吃饭，然后我们继续赶路。"八戒取出袈裟和通关文牒递给了三藏。

他换了衣服，朝着宫廷就走去了。唐僧竟然没让悟空陪着自己去，说明这个国家真是安全。没过多久，他走到了宫殿门口，见到门官，说明情况，门官立刻转身向国王上奏。国王听说是东土大唐来的一个高僧，他十分欢喜，为什么？就听他说道："我已经病了很久了，一直都没有上朝和大家商量国家大事。今天第一天上朝，而且早晨还贴了一张皇榜出去，就为找医生为我治病，正好这位大唐高僧赶到，这是个好兆头，快传他进来。"

三藏被传入朝，走进宫殿，见了国王就行礼问候，国王就开始询问他西天取经的事。三藏从他离开大唐国开始讲起，讲他一路的见闻，讲着讲着这国王唉声叹气："唉，你们大唐国王真是幸运，有你这样的高僧为他西天取经，我就没有那么好命了，我病了这么久，朝中没有一个能臣能为我医治。"说到这里，三藏抬起头来，更加仔细地观看他，就见他病得是面黄肌瘦、行脱身衰，整个人都瘦得不成样子了。三藏刚想问他得的是什么病，这时有官员来报，说在披香殿已经安排好了宴席，请他们入席。原来国王已经派人准备宴席，专门招待三藏，三藏谢过国王，就与他一同参加宴会去了。

再说兄弟三人，他们在会同馆中准备开始做饭了，可是感觉这里蔬菜不够、调料也不够。行者就说道："八戒，我这身上正好有点儿钱，你拿着上街去买点儿蔬菜和调料。"八戒说道："我才不去，我嘴脸长得太难看，我怕把他们吓着，惹出祸来。师父还得责怪我。"行者道："你这呆子，你去买东西，又不骗又不讹，又不抢东西，会惹什么祸？”八戒道：“刚才在门口我掣出嘴来，把那些人吓得都跌跌撞撞的，如果再返回闹市，还不知道要吓坏多少人。”这头猪就是找借口，其实他是犯懒不想出去。悟空继续说道：“你刚才来的时候，在路上有没有看到街两边有很多店铺在卖好吃的？”八戒道：“我没看到，师父就是让我低着头，别惹祸，我就什么都没看。”

行者道：“那真是太可惜了！那街上有大烧饼、大馍馍，酒店、米铺、磨坊、面店，饭店又有好汤饭、好椒料、好蔬菜，买什么都买得到。还有买来就能吃的点心，糖糕、蒸酥、锩子、油食、蜜食，好多好东西，你跟我去，我买了些请你吃怎么样？”呆子听悟空这么一说，馋得他是口嘴流涎。八戒说道：“那好那好，我现在就跟你去，这一次你请我，下一次我又来请你。”

行者心中暗笑，道：“沙师弟，你在家里煮饭，等我们买蔬菜和调料回来。”沙僧早就听出来了，悟空那是在耍那呆子，就只是顺口答应道：“好，多买一些，你们吃饱了再回来。”八戒还带了个碗，出门就跟行者去了。走到街上，行者走过几家店铺都有卖吃的，但是他该买的不买，该吃的也不吃。八戒跟着就不干了，说道：“猴哥，你怎么不买吃的？”行者继续耍他：“呆子，咱们得走走，挑那些又便宜、又好吃的来买。”

就这样，八戒被他骗得又继续往前走。没过多久，他们走到了一座古楼边，古楼下有无数人喧喧嚷嚷、挤挤挨挨、填街塞路的。八戒有些不耐烦了，一直也没吃到东西啊，就不想跟悟空往前走了，他说道：“哥哥，我不想去了，前面人太多了。”行者道：“好的，你就在这儿等着，我到前面去买一些素面烧饼，拿回来给你吃。”呆子把碗递给行者，又把嘴往怀里一揣，拄着墙根儿就在那儿站着等。

行者走到古楼边，看见在那楼下的墙上贴着一张皇榜，什么是皇榜？就是皇上贴出来的通知。行者打开看了一下，上边写着很多的文字，那意思就是说国王生病了，而且病了很久，今天想招一位医生，如果谁能把他的病治好，他宁愿把这国家都分给他一半，能看出来这国王病得是真重。现场的人们只是围着看，却没有人能治这个病。

按理说，这个事儿跟行者也没什么关系，可是今天他不知道怎么了，他弯下腰，把碗放在一边，再用手拈起一撮土来往头上一撒，再念一声咒语，他隐身了，他这是要干吗？为什么让人家看不见他？悟空走过去，轻轻地上前把皇榜揭了下来，又吹出一阵旋风，那旋风吹起皇榜朝着八戒就飞去了。八戒此时正拄着墙根，半睡半醒地低着头，完全没注意到那皇榜飞到他怀里去了。

大风吹起的时候，围观的人们都蒙着眼睛，还有来贴皇榜十二位太监、十二位校尉，他们也都没看清。这是什么官儿？太监是专门服务于皇室家族的成员，校尉是一些武官，这些人都是在这儿看着皇榜的。等这阵大风吹过，大家睁开眼，发现皇榜没了，这可不得了，他们就四处寻找，忽见八戒怀中露出了皇榜的一个角。大家“呼啦”一下就围了上来，你一言我一语地议论着：“原来是他揭的皇榜。”这揭了皇榜是个大事儿，八戒接下来该怎么办？

第97集
行者行医

官员们和群众就发现了在猪八戒的怀中揣着那个皇榜，他们围上来议论纷纷，呆子被他们你一言、我一语的议论声给吵醒了。他把嘴掣出来，往前一撅，把很多人吓得踉踉跄跄，跌倒在了地上。八戒转身想走，几个校尉上前扯住他说道："你不能走，你揭了黄榜就要为国王治病。"那是，那皇榜能随便揭吗？你得有能力医治国王，你才能把它揭下来。八戒完全听不懂他们在说什么，就慌慌张张地喊道："你们在说什么？你儿子才揭了皇榜，你孙子才会看病。"校尉回答道："不会看病，那你怀里揣的是什么？"呆子这才低头，发现怀里揣着一张纸，他把它拿出来展开一看就明白了。他顿时气得是咬牙大骂："你这个该死的猢狲，你害死我了。”他一怒之下就想把这皇榜给扯了，可是早被校尉们上前拦住：“这是皇榜，不能随便扯。”

八戒又对他们解释道：“你们不知道，这皇榜不是我揭的，是我师兄孙悟空揭的，他偷偷地把它揣到我怀里了。”可是，八戒这番话谁能信？没人看见悟空，就是看见一阵大风之后，这皇榜就跑到八戒怀里了。所以，校尉们也不听他说什么，上前一把扯住他，硬是要把他拉到皇宫里去。他们想拉走八戒，这肯定是没用的。八戒立定脚跟，这些人一起上，不管怎么拉，那是纹丝不动。八戒开始威胁他们：“你们几个不知高低的，别再拉了，待会儿把我惹恼了，别怪我对你们不客气！”

在官员当中，有两位年龄比较大的太监，他们觉得八戒不是一般人，就上前问道：“看你的声音、相貌，不像是本地的人，你是从哪里来的？”八戒道：“我是从东土大唐而来去西天取经的和尚，我师父是大唐王的御弟法师，刚刚才入朝找你们国王去倒换通关文牒的。”太监道：“之前我是见到一位白脸儿的胖和尚，他朝宫廷的正门走去了，原来那是你师父。”八戒道：“正是，正是。”“那你刚才说的你师兄孙悟空他在哪里？”八戒道：“他刚才耍了我，现在一定回那会同馆中去了。”太监回头又对校尉们说道：“我们先松开他，陪他一起去一趟会同馆，就知道怎么回事儿了。”

八戒带着这一群人吵吵嚷嚷地回到了会同馆，走进门口，进入馆中，正好听到行者对沙僧讲刚才在街上怎么耍八戒的事儿。八戒上前骂道：“你这个不是人的，刚才哄我到街上买什么素面烧饼、馍馍，原来都是假的。又弄阵旋风把皇榜揣到我怀里，你这是兄弟干的事儿吗？”行者道：“嘿嘿……你这呆子，你走错路了吧，我去买了菜，回头找你的时候就找不见你了。我没揭什么皇榜。”八戒道：“好了，你别闹了，你看看门口那些看着皇榜的官员都找来了。”兄弟俩正说着，那些太监和校尉早已走入了会同馆，他们上前拜礼道：“孙老爷，既然今天你揭了皇榜，必然能为我们国王治病，如果你能治好他，我们国王愿意把国家都分给你一半儿。”

行者道：“这皇榜确实是我揭的，我也是故意让我师弟把你们引过来的。既然你们国王有病，从来都是病人去找医生，没有医生去找病人的，你们回去让你们国王亲自来请我看病，只要他肯来，我手到病除。”悟空这是要干吗？本来倒换完通关文牒就可以西去了，他现在偏偏惹这个事儿，那国王要是真的来了，他却治不好，那国王还能给他倒换通关文牒吗？唐僧师徒有可能走都走不了。现在他这话已经说出口了，那些太监们听了十分惊骇。有一位校尉听了说道：“这和尚出口大言，可能也会有些医术，这样，我们留下一半人在这里招呼他，再有一半人去启奏国王。”

官员们听这位校尉讲完，觉得有点儿道理，大家在一起商量了一下，就派出四个太监、六个校尉回朝上奏国王。他们回到朝中，先是向国王报喜：“主公，万千之喜！”这会儿国王和三藏已经吃完饭了，在那儿聊天，听到这位太监说有万千之喜，却不明白喜从何来，就问道：“有什么喜事？”太监接着说道：“今天我们刚刚贴出皇榜，就有一位从东土大唐远来取经的孙长老把它揭去了，现在在会同馆中等着陛下您亲自去看病。”国王听说自己的病有可能有救了，满心欢喜，而且又听说是东土大唐来的和尚，那肯定是眼前这位唐僧的徒弟。他又转过脸来问唐僧：“法师，你有几位高徒？”

三藏道：“陛下，我有三位顽徒。”国王道：“那你哪一位高徒擅长看病？”三藏道：“陛下，我那几位顽徒都是些山野庸才，只会背包牵马、带着贫僧登山涉岭，最多也就是到了险峻之处，能为我伏魔擒怪、捉虎降龙，但是没有会看病的。”国王道：“法师，你太过谦虚了，朕病了很久了，今天是我第一天上朝，刚巧就碰到您这样的法师，这是缘分。你的高徒要是不会看病，怎么会揭我的皇榜？而且他还让寡人亲自去迎接，那一定是有相当高明的医术。”

说完，他不等唐僧回应，就叫来文武大臣们对他们说道：“寡人身体虚弱，不能乘车亲自去接孙长老，你们就代表寡人去见到他，一定要礼貌、恭敬，要把他称作‘神僧孙长老’。”悟空揭了张皇榜，这会儿就成了神僧孙长老了，这不是胡闹吗？诸位大臣领了旨意，随着太监和校尉们就去了会同馆。到了之后，他们排着班儿地去给悟空参拜。八戒和沙僧看了这情景都害怕了，他们也觉得悟空哪会看病，现在把朝中这些重要的大臣都骗来了，接下来该怎么办？

八戒躲在厢房里，沙僧躲在墙后边，他们都不敢出来了。这么多人拜大圣，他竟然坐在当中端然不动。八戒在屋里看到，就偷偷地埋怨道：“这猢狲，朱紫国的大官都来礼拜他来了，他连个礼都不还，而且站都不站起来一下。”等这些人把礼拜完，他们又排着班儿地向悟空启奏：“我们是朱紫国的大臣，今天奉我王的旨意，来请神僧孙长老入朝为我王看病。”行者这才站起身来，他问道：“你们的国王怎么没有来？”大臣道：“我们国王身体虚弱，连车子都坐不了，所以才派我们代替他来请你，还请神僧陪我们走一

趟。”行者道：“这样啊，好好好，那今天我就陪你们走一趟，你们在前边走，我跟在你们后边。”众臣转过身，列队而走。行者整了整衣服跟在后边。

这时候八戒赶紧从屋里走了出来，他一把拽住行者说道：“哥哥，你要是惹出事来，你可别把我老猪扯出来。”行者道：“放心，放心，不会说你的，到时候只要你和沙师弟帮我收药就行了。”八戒不解地问道：“大师兄，收什么药？”行者笑道：“过会儿你就知道了，只要有人送药来，你们就全收下，等我回来使用。”这实在是猜不透悟空到底是要干什么，难道他真有办法救治这个国王？看看他入了朝以后会怎么样。顷刻间，他随着众官员入了朝。国王高卷珠帘，闪龙睛凤目，开金口玉言：“哪一位是神僧孙长老？”行者近前一步，厉声道：“老孙便是。”悟空这嗓门太大了，国王听到他的声音十分凶悍，吓得战战兢兢，又仔细看了他一眼，那是一副毛脸雷公的样子，被吓得一下从龙床跌了下来。

那些服侍他的官员着急忙慌地跑过来把他搀扶起来，送他回到休息的地方。这可把他吓得不轻，走的时候，那国王嘴里还叨咕着，“吓死寡人啦！吓死寡人啦！”宫殿中的大臣们也看不下去了，他们在心中都怨行者，厉声喝道：

“你怎么可以这样粗鲁？孙长老，你太急躁了。”行者听他们议论，反而笑道：“列位，你们错怪我了，就你们国王这病，必须要让我这个急脾气来治，要是找了个慢性子的人，就是一千年也不会好的。”大臣道：“有什么病能一千年都不会好？再说谁能活上一千年？”

行者道：“这你们就不懂了。你们国王现在是个病君，死了以后会变成个病鬼，再投胎做人还是个病人。你看看，这样说来，他会不会一千年都不好？”众大臣听了悟空这话都怒了：“你这和尚太没礼数了，怎么能这样说我们国王？”行者道：“我不是胡说，你们听我细细道来，‘医门理法至微玄，大要心中有转旋。望闻问切四般事，缺一之时不备全’。”

行者这是说看病有四件事，一个都不能缺。一个是看，一个是听，一个是问，一个是摸脉，这叫“望、闻、问、切”。他又继续说道：“第一望他神气色，润枯肥瘦起和眠。”这个是说首先得看看病人的气色，看他长得是丰润还是干巴巴的？是胖还是瘦？看他那样子能不能睡好觉？行者再说道：“第二，闻声清与浊，听他真语及狂言。”这是说到第二件事了，要听听他说话的声音是清朗还是含混？讲话是思路清晰还是胡言乱语？

行者又说道:“三问病原经几日，如何饮食怎生便？”这是在讲第三件事，要问病人，问他病了多久了？饭吃得怎么样？大便、小便怎么样？行者接着说道:“四才切脉明经络，浮沉表里是何般。我不望闻并问切，今生莫想得安然。”这个意思是说最后摸着病人的手腕看看他这个脉搏的跳动怎么样？不把这四件事做好，怎么看病？

你还别说，悟空这几句话说的，他还好像真有两下子，说不定他就是在须菩提祖师那里学的，只是西天路上一直没有机会让他用过这个本领。大臣们听悟空讲完，觉得他说得有道理，认为悟空是个懂医术的人，他们开始相信他，还传唤了进士官，让他禀报国王，悟空要用“望、闻、问、切”的方法为他看病，但是之前国王被悟空给吓着了，他能接受悟空为他看病吗？

第98集
行者制药

大臣们传唤进士官，让他上奏国王，就说悟空可以用“望、闻、问、切”的方法为他看病。进士官把消息传到，那国王此时正躺在龙床之上，听说悟空要用“望、闻、问、切”的方法给他看病，他不但兴趣索然，反而还声声唤道：“叫他去吧，寡人不想让他看病了，现在我怕见生人面！特别是他那个样貌，一见就令我心惊胆战。”进士官遵旨而出，转告悟空：“我王不想治病了，他现在不想看见生人的样貌，特别是看见孙长老你就会害怕，他让你回去吧。”悟空连忙又说道：“你再去告诉你们国王，不用害怕，我也不用让他看见我，我会悬丝诊脉。”

悟空厉害，什么是悬丝诊脉？取数条丝线绑于国王手腕之上，行者只需握持丝线的另一端，便能通过这细微的丝线，探知国王的病情。真没想到，他竟然有这么高明的医术。进士官也觉得这是个挺高明的医术，于是再次禀报国王。

国王一听说他会悬丝诊脉，他心中就暗想："寡人病了有三年多了，什么样的治疗方法都经受过，但是这'悬丝诊脉'，我还是头一次听说。"想到这里，他跟进士官说道："好吧，传他进来给寡人治吧。"进士官又转出来，向众人宣布国王的决定。行者十分高兴，随着进士官就往皇帝休息的地方走。刚要走出宫殿，有一个人大步向前拦住了行者，是唐僧，他拉着行者就骂道："你这泼猴，你可真是害死我了。"悟空说道："师父，我这是给你长脸呢，你徒弟会看病难道不好吗？怎么能说我害了你。"唐僧又道："你跟我这么多年，我从来就没有见到你给人家看过病，药你也不熟悉，医书也没有见你读过，怎么就敢大胆地跑到这里来闯祸。"

悟空笑道："师父，这开药方嘛我也会一些，就算是治不好他，最多就说我是个差医生，也不至于把我杀了呀。你怕什么呀，没关系！没关系！"唐僧又问道："好，那我问你，你怎么去给他悬丝诊脉。"悟空答道："这个，容易，那金线就在我身上呢。”说完他急伸手下去，在尾巴上拔了三根毫毛，他捻一把诀，叫了声“变！”，三根毫毛，霎时间就变成了三根丝线，每一根有两丈四尺长。他托于手中给师父看，又说道：“师父，你看这不是金线吗？”唐僧看着他变出来的金线，半信半疑的，也无话可说了。悟空就随着那进士官去给国王治病了。

到了国王休息的寝宫门外，行者立定，又把三根金线递给了进士官。进士官走进去，先帮国王把金线的一头绑在他左手的手腕上用来摸脉的地方，然后将金线的另一头穿过窗户递给了行者。行者接过金线的这一头，此时国王已经坐在里面的龙床上，做好了看病的准备。行者为什么用三根金线来摸他的脉呢？因为手腕分寸脉、关脉和尺脉这三部。正好这三部就用三根金线分别绑上，好一根一根地摸。

行者先用大拇指和食指捏住系在国王寸脉上的金线，摸了一小会儿，摸准了，又用大拇指和中指，捏住系在关脉上的线，再摸准之后，用大指和无名指捏住绑在尺脉上的线。摸清浮沉虚实以后，又让进士官帮他把国王左手上的金线解下，再系到右手的手腕上。行者又按照寸脉、关脉、尺脉的顺序摸了一遍，摸清之后，他将身一抖，把那金线收在了身上，他厉声高呼道："陛下，你的病我已经清楚了，你中气太虚，心脏还有些痛，你常常出汗，身上的肌肉又常常发麻。你小便有些发红，大便常常带血，吃饭又不消化，常常感到心烦，还总觉得冷。你这病啊是惊恐忧思得来的，这叫'双鸟失群'之症。"

什么叫双鸟失群之症？你看一家人，丈夫和妻子老是在一起，就像两只鸟儿总是成双成对的。如果有一天死了一只，或丢了一只，那另一只鸟就会忧思过度。

悟空的意思可能是这国王的妻子出了什么事儿。国王在屋里听了满心欢喜，所有的病症都被行者说准了，他打起精神来高声回应道："神僧，说得对呀！说得对呀！就是这个病，快给我开些药吧。"悟空还真行，国王的病还真让他给看准了，看来他的医术还真挺高明。悟空站在门外，答复国王道："陛下，等我回到朝堂为你开药。"他转过身离开寝宫，缓步走向朝堂。早有太监先行一步，在朝堂里把悟空看准了国王病的消息告诉了大臣们。等悟空走进朝堂的时候，众臣就为他喝彩，说什么的都有，有说神僧的，有说神医的。唐僧也为悟空感到高兴。

这时掌管医药的太医官问道："神僧，既然病已经看出来了，那不知道用什么药方来治啊？"行者答道："不用开

什么药方，所有的药都要。”医官听他这么一说就懵了，说道：“医书上说过，药总共有八百零八味，病呢人能得四百零四种，一个人怎么可能得所有的病呢？哪有所有的药都用的呀？”悟空道：“这你就不知道了，药全都要用，只是每一个药用的多少不同。”医官是头一次听说这个说法，但是，悟空毕竟把国王的病看准了，他也没什么好说的，那就听悟空的吧。他传唤来负责抓药的人，悟空又嘱咐道：“你们抓完了药以后不要送到这里来，这不是个制药的地方，你们送到会同馆里去，我的两个师弟在那里，他们会收的。”医官就按悟空的吩咐，吩咐办事的人走遍了满城的药铺，把所有的药都抓了，每味药抓三斤，一起送到会同馆去了。

悟空这个做法确实奇怪，一个人得了病居然需要吃八百多种药，而且每个药还要三斤。悟空这是要干什么？他能把国王的病治好吗？

此时他辞别了众臣，又转过头来对三藏说道：“师父，我们回去吧，回去制药。”三藏起身刚要走，忽见一位官员走入了朝堂，他传来了国王的旨意，什么旨意呢？就听到官员说道：“神僧唐长老，我王请您今天留在这里，晚上就住在文华店，等明早我王吃了药好了病，自然为你倒换通关文牒，送你们西行。”三藏听了大惊，他对悟空说道：“徒弟呀，这国王是要把我留在这里做人质。你的药要是治好了他的病，他才会欢欢喜喜地送我们走，要是没治好，恐怕他会杀了我，你回去仔细地为他制药吧。”悟空道：“师父，你放心，俺老孙自然能治他的病。”

孙大圣辞别三藏，回到了会同馆。到了馆中八戒迎出来，冲着行者笑道：“嘿嘿，师兄啊，到今天我算知道你了。”悟空问道：“你知道什么了？”八戒答道：“我知道你取经的心思不正，你根本就不是要取什么真经。今天你看到朱紫国人家国家富有，你就故意弄了一大堆药，想开个药铺赚钱是吧？”悟空怒道：“呆子，别胡说，我们治好了这国王就西去了，开什么药铺啊？”八戒不饶道：“不开药铺，那你抓那么多药来干吗呀，那是八百零八味药啊，每种又有三斤，一共是两千四百二十四斤药。就国王一个人他能吃多少药啊，这他几十年都吃不完。”悟空解释道：“我开这么多药是因为那朝中的太医太愚蠢，我抓来的药多，开出药方之后，他们就没法琢磨我到底用了哪几个药。”

原来悟空是这个意思。正说着话，会同馆的服务人员来喊他们弟兄三人了，叫他们去吃饭。兄弟三人吃过饭后，回来又叫服务人员送若干油蜡来，用来晚上点灯用。悟空的意思是想到夜深人静的时候再开始制药。

等到了半夜的时候，天界人境万籁无声。行者对八戒叫道：“八戒，你去取一两大黄来，再把它研成细末。”沙僧就不明白了，问道：“大师兄啊，那大黄味苦，倒是有顺气的作用，可是这国王病了那么久，身体十分虚弱呀，本来气度不足，又给他顺下去，能行吗？”悟空答道：“嘿嘿，贤弟，你不知道，这药虽然顺气，却可以把国王肚子里凝滞已久的寒热之气给他荡出去。你先别管我，你再去抓一两巴豆来，去掉壳，再去掉膜，把它锤碎，锤出来的油不要，有毒，再碾成细末拿回来。”

八戒又说：“哥呀，那巴豆吃了会拉稀的呀，就是正常人，吃了巴豆拉稀也会拉得没劲儿啊。这国王本来身体就虚，你再让他拉稀，他受得了吗？”悟空回道：“贤弟，你不知道，那巴豆虽然吃了拉稀，却能理他的心，消除他身上的水肿。快去弄来，还有其他的药要混在一起用。”

八戒和沙僧再不多问，去找出了两味药，按行者说的研细了，又给拿了回来。此时沙僧又问道：“师兄啊，还有哪几十味药啊？”悟空道：“不用了，就这两味药就足够了。”八戒惊道：“你抓了八百零八味药，每味抓了三斤，就用这么两种药啊，而且一样只用一两，你这也太唬人了吧。”行者不理他，只是拿起一个花瓷小碟递给八戒，说道：“你去拿这个小碟把锅底灰刮下半碟来。”八戒又问道：“你要它干吗呀？”沙僧也跟着问道：“是啊大师兄，我从来没见过药里面用锅底灰的呀。”悟空解答道：“锅底灰名叫百草霜，能治百病。没听说过吧？”那呆子果然听他的话，也不管那么多，拿着碟子就去刮锅底灰了。刮完拿回来，行者又递他一个新碟子，说道："你再去弄半碟白龙马的尿来。"八戒更奇怪了，问道："又用这个干吗呀？"悟空又答道："我要用白龙马的尿给他搓成个药丸子。"

沙僧笑道："师兄啊，你这不是闹着玩儿吗，马尿实在是腥骚，怎么能入得药啊，我只见过醋糊做的丸子，陈米糊做丸，炼蜜为丸，或者只是清水为丸，哪曾见过马尿为丸呢。那东西腥腥骚骚，脾虚的人一闻就吐啊，再加上他服了巴豆、大黄，容易上吐下泻，这可不是好玩儿的呀。"悟空道："师弟，你别忘了，咱们那马可不是凡马，那是西海的白龙啊，他如果真肯尿出些尿来，凭你什么病都能治好，有的人想要还要不到呢。"

像悟空这样制药是太稀奇了，他制出这药能治好国王的病吗？

第99集 药到病除

悟空让八戒去接点儿白龙马的尿，而且告诉他这准能治好国王的病。八戒也不管那么多了，就听悟空的话，拿着小碟来到了白龙马身边。那马正斜扶着身子在地上睡觉，呆子上前喊道："小白龙啊，师兄让你撒出点儿尿来给那国王做药呢。"白龙马却不理他，呆子又把脚伸出来，把他的肚子掀起来，希望他尿点儿出来。可是等了半天，白龙马还是没反应，那呆子就没耐心了。

他赶紧跑回去找行者告状去了，说道："哥呀，你还是先别给皇帝治病了，先给咱那个白龙马治治病吧，我看他要完蛋，连尿都尿不出来了。"悟空道："好好好，我和你去看看。"沙僧也跟了出来。三兄弟又来到白马身边，悟空上前问道：“小白龙，你倒是给点儿尿出来呀，我们要给那国王看病呢。”

白龙马跳起身，厉声高叫道：“师兄啊，你是知道的，我其实不是真正的马，我本是西海龙身，犯了天条，菩萨救了我，但把我的龙角锯了，把我的龙鳞退了，之后变成马驮师父西去，将功折罪呀。但是，我不能随处撒尿啊，如果我往水中尿，鱼儿吃了会变成龙的，在山中用尿浇灌的草木会变成灵芝的，人吃了会长寿的，我怎么能在这凡间随意撒尿呢？”

悟空又道：“兄弟，这可不是一般的地方，要你撒出些尿来，也不是给一般人看病，是给这朱紫国的国王看的。再说了，我们要治好他的病，他才会给我们倒换通关文牒，送我们西去呀。”悟空都这样说话了，小白龙当然不会拒绝，他叫了一声，说道：“好吧，等着吧。”你看他身子往前扑了一扑，往后又顿了一顿，咬紧牙撒出尿来。八戒赶紧伸出碟子，接了半碟，三人又重新回到屋里。用这马尿和着刚才的药面儿，给他做成了三个药丸子。他们又找来一个精美的药盒，把这三个药丸放好就睡觉去了。

第二天一早，还没等兄弟三人主动上朝去送药，那国王就已经派官员来取药来了。看来他是真着急了，想赶快把病治好。行者就叫八戒把药盒取出来，又揭开盖儿，对前来的官员说道："你把这个拿回去给国王吃了就行了。"官员看了看，问道："这药叫什么名字呀？"悟空答道："这药嘛叫'乌金丹'。"八戒和沙僧听了心里暗笑道："乌金丹，那拿锅底灰拌的，那当然是乌黑乌黑的了，叫乌金丹这个名字还挺恰当的呢。"官员又问道："那神僧，这药用什么水吞服做药引呢？"悟空答道："药引嘛，有两种药引都可以用。"

官员问道："好，那您先说一说第一种药引是什么？"悟空道："第一种嘛，需要将六样东西煮成汤。"官员又问道："是哪六样东西呢？"悟空答道："有半空飞的老鸦屁，还有水中游的鲤鱼尿，有王母娘娘的擦脸粉，有老君炉里的炼丹灰，还有就是玉皇大帝戴过的破头巾要三块，还有五根困龙须，用这六样东西煎成汤，送这个药给他喝下去，那国王的病就好了。"官员惊道："可这六样东西在这世间到哪里去找呢？神僧，你可不可以说说另一种药引是什么呢？"

悟空又答道："另一种嘛叫无根水。"官员道："哦，这个恐怕容易得到吧。"悟空问道："你怎么就容易得到呢？"官员解释道："我们这里的民间传说，无根水就是用一个小碗放到井边或者放到河边，舀完了水后急转身，碗不能放到地上，也不能回头看，赶快回家把水或者药给病人吃了，病就能好。”悟空笑道：“不行不行，这怎么能行？那井中的水和河里的水都是有根的，它挨着地了。我说的无根水是从天上落下的，还没挨着地，直接落到碗里。”官员又道：“这个也容易，等到阴天下雨的时候，我们就用碗接些雨水就好了。”悟空道：“好好好，那你快去吧。”

官员拜别行者返回朝中，把药献给国王。国王接过来看了看，就问道：“这是什么药啊？这药叫什么名啊？”官员答道：“那神僧说了，这叫‘乌金丹’，而且一定要用无根水送下。”国王连忙说道：“那快叫人去取无根水。”官员又道：“哎呀，不行啊，那神僧说了，无根水必须是天上落下来的才行啊。”国王接着道：“那赶紧去找会作法的法官求雨。”这边孙悟空正对八戒说：“刚才我们让他用无根水做药引，这国王必然着急吃药，一时半会儿又下不出雨。我看这国王品行不错，给他下点儿雨怎么样？”八戒道：“好，倒也行，看看能不能管用吧。”

好大圣，捻起诀、念起咒，霎时间就见正东边的天空上一朵乌云朝他头顶飘过来，行者飞了上去，云中传出喊声：“大圣啊，东海龙王敖广来见。”悟空笑道：“龙王，要是没什么事儿，我也不敢劳烦你。今天我需要一些无根水来帮这朱紫国的国王下药。”龙王回道：“哎呀，你呼唤我的时候也没说要用水呀。我来的时候也没带个下雨的工具，没有风云雷电，怎么降雨呀？”悟空道：“用不着风云雷电，也用不着太多的雨，只是要做些药引，有点儿水就好了。”龙王道：“这好办，待我在空中打两个喷嚏，吐些口水，给他吃药吧。”

这也太恶心了，用龙王的口水和喷嚏沫子，还和着白龙马的尿来给国王吃，这国王要是知道非吐了不可。那行者还说道：“好办法！好办法！不必迟疑，那就快点儿降雨吧。”那老龙王在空中驾乌云飞到皇宫之上，他引起身子打了几个喷嚏，霎时间化作雨水。满朝的官员在朝堂外边齐声喝彩，他们口中喊道：“我主万千之喜呀！天公降雨啦！”国王赶紧叫大伙拿上工具到外面去接雨。国王格外欣喜，他觉得这雨来得太巧了，刚想要无根水，水从天上下来了。瞬间门外站满了文武百官，还有三宫六院的妃嫔，有三千彩女、八百娇娥，一个个擎（qíng）杯托盏，举碗持盘就在那儿接着。老龙在半空中把雨降完了之后，就转身辞别大圣回东海了。

雨终于是下来了，但是那毕竟是龙王打的喷嚏，时间

不长，雨量也很小。众臣将杯盂碗盏收来，大家互相看了看，有的接到一点儿两点儿，有的接到了三点儿五点儿，还有的什么都没接着。他们把接来的这点儿水合在一处，总共三碗水，都献给了国王。这雨水咱们听着是觉得太恶心了，可在这宫廷之中，这雨水还四处飘香，真的是“异香满袭金銮殿，佳味熏飘天子庭”！

国王拿起药，吞了一丸，又喝了一碗雨水，再吞一丸，又喝一碗雨水，连着三次把三丸药全都吞下去了。看看吧，他吃了这药丸能不能尝出马尿味，等了一会儿，他还真没什么反应。只是渐渐地，他觉得肚子里开始咕噜咕噜叫了，他赶紧跑回寝宫，上厕所去了。便桶拿来，国王往上一坐，稀里哗啦地就开始拉上了，反反复复地就这么拉了三五次。服侍国王的人员把那便桶捡过来，那里面是说不尽的污秽痰涎，里面竟然还有一团糯米饭块，看来这国王消化是真不好，一团糯米饭都没消化，直接就拉出来了。

服侍国王的人很兴奋，赶紧上奏道：“恭喜呀，陛下，你的病根儿都排出来了。”国王听了也十分欢喜，肚子里的东西也都排空了。渐渐地他觉得有些饿了，就叫人弄些粥饭来吃，米饭下肚消化了一会儿，渐渐地觉得心胸舒坦，气血调和。很快他就精神抖擞，脚力强健地下了床，穿上朝服直奔朝堂去了。

他干吗去了？见到唐僧，扑通一下就跪到地上了。看来，悟空这药是真灵了。国王跪在地上对三藏是千恩万谢，唐僧哪受得起这个，他赶紧把国王给扶了起来。接下来国王又赶紧派官员去会同馆，把行者三兄弟给请来，然后又吩咐官员要在光禄寺大摆宴席，好好地庆贺一番。转眼间三兄弟在会同馆接受到了邀请。八戒先是喜不自胜，说道："哥呀！你做的药果然是好药啊！这么大一会儿就见效了。"沙僧随后道："大师兄，你人有福，我们也跟着沾光啊，我们只管去参加宴会吧。"

你看他们兄弟欢欢喜喜地去了朝堂，国王见了行者又是一番感谢，随后热情地邀请他们入席。来到宴会的地方，师徒四人眼前一亮，只见这里整齐地摆放着数百张桌子，菜肴丰盛。荤有猪羊鸡鹅鱼鸭般般肉，素有蔬肴笋芽木耳并蘑菇。几样香汤饼，数次透酥糖。滑软黄粱饭，清新菇米糊。色色粉汤香又辣，般般添换美还甜。

病了那么多年，终于治好了，国王是真的高兴。国王请唐僧师徒入席，众臣也入了席。今天这个日子太值得庆贺了。国王端起酒杯，他先向唐僧敬了一杯酒。三藏虽然理解他的心情，但是他是出家人需遵守酒戒。他就推辞说道："陛下，我们僧人第一戒，就是戒酒啊，这酒我不能喝。"国王道："长老，你不喝我用什么敬你呀，再说今天实在是太高兴了，就破一次例喝一杯吧。"

三藏见国王是真心实意地敬酒，但自己确实不能饮酒，便提议道："那这样吧，就让我那三个顽徒代我喝吧。"这个办法也行，国王正好想感谢行者。国王欣然同意，目光转向行者。行者自是不会推辞，接过酒杯对众大臣施了个礼，一饮而尽。

国王见他喝得爽快，又给他倒上一杯，行者接过来又给喝了，国王就笑道："孙长老，你好酒量啊。既然高兴，

不如就喝个三宝盅吧。”这个是想让悟空连干三杯。行者也不推辞，接过来又干了一杯。国王见状更是高兴，又为行者斟满一杯，对悟空说道：“孙长老，三宝盅都喝了，那干脆再喝个四季杯吧。”喝就喝，行者又接过酒杯，八戒在一旁看着，他有点儿坐不住了。

他口中念道：“陛下呀，你别光给他一个人喝酒啊，你那病好了也亏了我老猪呢，我也有一份功劳。你那药里的马……”悟空急道：“呆子，这杯酒给你喝。”悟空是急忙把酒杯塞到了八戒嘴边。他知道，八戒因为国王没给他酒喝，他不高兴了，他想把制药的时候接马尿这个事给说出来。还好酒到了嘴边儿，八戒就不言语了，只顾着喝酒。国王听着却好奇了，他追问道：“神僧啊，刚才猪长老说到那药里有什么马呀？”

这一下不好了，国王产生疑问了，八戒会不会继续说漏嘴，悟空能不能有什么办法给搪塞过去？

第100集
国王吐真情

八戒为了能喝到酒，差一点儿把药里含有马尿这个事给说漏了，结果引起了国王的追问。悟空就赶紧解释道：“那是一味中药，叫马兜铃。”国王继续问道：“哦，这马兜铃有什么用啊？”悟空答道：“这马兜铃嘛，味苦、性寒、无毒、定喘、消痰、通气，还有补虚宽中的功效。”国王听了笑道：“用得好，用得好啊。”终于被悟空给搪塞过去了，这要是真让八戒说漏了，那满宴席的好吃的，谁还吃得下去。大家继续享用美食。

饮宴多时，国王又端起酒杯来敬行者。国王说道：“孙长老，不瞒你说，寡人是因为心中有忧思才得了这病啊。”悟空回道：“这我知道，给你看病的时候看出来了，不知道你有什么忧思啊？”国王道：“寡人的王后金圣娘娘，有三年不在我的身边了，我就是因为找不见她，这才忧思成病啊。”悟空问道：“她到哪里去了？”国王答道：“三年前的端午节，朕与我的金圣王后在御花园的海流亭巷吃粽子，饮雄黄酒，看斗龙舟。忽然一阵风吹来，半空中出现了一个妖怪，自称是叫赛太岁，说他在麒麟山獬豸（xiè zhì）洞住。可洞中少了个夫人，正好见我那金圣王后美貌，他想让寡人把娘娘送给他。那是我的夫人呐，我怎么能送给他呢？可是如果我不同意他这个要求，他就要先把我吃掉，再把我这朝中一众大臣给吃掉，最后再吃掉我这满城的百姓。我作为一国之君，怎么能让我这一国的臣民，全都死了呢？我万般无奈，就把金圣娘娘推出了海流亭外，那妖怪就这样把她抓走了。寡人当时刚刚吃过粽子又受了惊恐，从那时起昼夜忧思，那粽子就一直凝滞在我的体内，消化不出去呀！让我苦病了三年了。”

之前国王在便桶里拉出来的一团糯米饭团儿，那服侍他的人一看就说把病根儿都排出来了，原来说的是这个意思。三年前吃进去的一个糯米饭团儿一直堵在他身体里，到今天才排出去，这倒也真是苦了他了。

悟空听他说到这里也明白了，就问道：“陛下，原来你是这样受的惊扰啊，那你是不是想求我把你的金圣娘娘给你找回来呀？”悟空这么一问，国王又是双眼滴泪，说道：“朕切切思思，无昼无夜，就是找不到能降妖的人。我是多希望把我的金圣娘娘给救回来呀！”悟空道：“好吧，那老孙就帮你伏妖，再把娘娘给救回来。”原本以为治好国王的病就可以西去了，没想到在这儿又碰到妖怪作乱。国王听说悟空能把娘娘给救回来，就在宴会的当场，当着众官的面，“扑通”一下给悟空跪下了。

国王说道：“你要是真能把皇后救回来，我愿意把整个国家都给你呀。”八戒在旁边见了这状况，就忍不住哈哈大笑起来，说道：“哈哈哈哈哈，这皇帝啊，为了老婆连国家都不要了，竟然给一个和尚下跪。”行者急忙上前把国王搀扶起来，说道：“我不要你的国家，你快说说，自从那妖怪抓走了金圣娘娘，之后有没有再来过？”国王答道：“他前年端午节抓走了金圣娘娘，过了五个月的时候又来过，带走了两个宫女，说是要抓她们去侍奉金圣娘娘。到去年三月的时候，也就是又过了五个月，他又来要了两个宫女，再到去年七月又要走两个，今年二月又要走两个。现在不知道他什么时候还会再来呀。”

悟空道：“他来得这样频繁，那你们怕他吗？”国王道：

“怕呀，怎么能不怕呢？就是因为怕，在去年四月，我还找人修了一座避妖楼呢，只要听到风声，我就会带着人躲到那避妖楼里。”悟空惊奇道：“那你带老孙去看看你那避妖楼。”国王立即拽住行者，起身带他离席，众官也都起身准备离开宴席。可这时候八戒却舍不得了。他说道：“哥哥呀，好好的宴席你不吃，你去看什么避妖楼啊？”国王看八戒这是没吃够，就叫人直接搬了两张桌子，连桌子带菜的一起搬到了避妖楼下。八戒一看有吃的了，他就安静了。国王带着行者穿过皇宫，走到了御花园，行者四处望去，没见到这有什么楼，就问道：“你的避妖楼在哪里呀？”只见两个太监拿了两根红旗杠子在那空地上翘出一块四方的石板，国王说道：“这里就是，这底下有三丈多深呢，里面有九间朝殿，还有四口大缸，缸里都注满了清油，点着灯火很久都不会灭。寡人只要在外面听到风响，就带人下去躲避，外面呢，就让人把石盖盖上。”

原来，国王盖的避妖楼不是在地上，而是在地底下。行者也觉得十分好笑，他就笑道：“哈哈，那妖怪是不想害你，要是真想害你的话，躲在这里没用的。”两人正在这儿说着，只听见正南方上空呼呼风响，吹得播土扬尘，唬得众官齐声抱怨道：“哎呀，那孙长老这嘴太准了，刚说到妖怪，妖怪就来啦。”三藏和国王丢了行者自己钻到地洞里去了，众官员也跟着躲了进去。八戒和沙僧原本也想躲进去，却被行者扯住，说道：“兄弟们不要怕，我们去认他一下，看看是个什么妖怪。”八戒为难道：“哎呀，你看什么妖怪啊你呀，你这是扯淡呢。你看那众官都躲了，师父也藏了，国王也避了，咱们显摆什么呀。”八戒左扭右扭，试图挣脱，但行者却紧紧抓着他，使他无法挣脱。行者牢牢地抓住八戒好一会儿，突然，半空中闪现出一个妖怪的身影，你看他真实模样：“九尺长身多恶狞，一双环眼闪金灯。两轮查耳如撑扇，四个钢牙似插钉。”看起来十分凶恶。

不过，行者才不怕他，他说了声：“你们两个在这儿看着，老孙上去会会他。”说完，急纵祥光跳上去，他大声喝道：“你是哪里来的邪魔？怎么敢在这里猖獗。”那怪物也高声叫道：“我不是别人，正是麒麟山獬豸洞赛太岁大王爷爷部下的先锋。今天大王命令我到此取两名宫女，去服侍

金圣娘娘。你是什么人敢来问我呀？”原来这还不是妖王，他是妖王的部下先锋。悟空就答道：“我是齐天大圣孙悟空，因保唐僧西天拜佛，路过朱紫国，知道了你们这伙邪魔在这儿欺负人。今天就要展我雄才，治国去邪，正没处找你呢，你却送命来了。”那怪听了却不知好歹，斩长枪就来刺行者，行者举起铁棒，披面相迎，这一场好杀。“棍是龙宫镇海珍，枪乃人间转炼铁。凡兵怎敢比仙兵，擦着些儿神气泄。”

原来妖怪用的是个凡间的兵器，那怎么跟金箍棒磕。他们“丢开架子赌输赢，无能谁敢夸豪杰。还是齐天大圣能，乒乓一棍枪先折”。行者一铁棒把枪打作两截了，慌得他只顾逃命，拨转风头朝西边飞去了。行者也不追他，按下云头，来到避妖楼的地穴之外，叫道：“师父，你和陛下出来吧，妖怪已经被我打跑了。”这时唐僧才扶着君王走出洞外，他们抬头看见满天清朗，毫无妖气。国王走到酒席前，拿起壶倒满了酒，敬行者道：“神僧，谢啦。”

行者接杯在手，还未言语，只见有官员来报：“陛下，西门起火了。”行者一听说，就连酒带杯往西边一撇。行者这什么意思啊？国王敬他酒，他怎么能连酒带杯地给撇了呢？国王也觉得奇怪，急忙躬身施礼说道：“神僧，恕罪，恕罪呀，是不是我什么地方做得不好，让你见怪了呢？”

悟空回道："不是见怪，不是见怪。"三藏也奇怪，就问道："悟空，既然不是见怪，你把那酒杯扔了干什么呀？"行者只是笑而不答。片刻间，又有官员来报："陛下陛下，好消息啊，刚才西门那边下雨了，把那场大火熄灭了。奇怪的是，满街上雨水竟然有酒气。"这时行者笑道："啊，刚才那妖怪被我打败，他从西边逃了，一到西门处就放了妖火，我扔出去的那杯酒在空中化作了雨，专门吸他的火。"

国王这才明白其中缘由，他更是十分欢喜。行者又说："陛下，刚才那妖怪自称是赛太岁的部下先锋，是来索要宫女的，但如今战败而回，他肯定会向那妖王报告，那妖王定然会带妖怪们来与我相争，到时怕吓坏了这全城的百姓啊，不如我主动去迎他，好把他捉了。只是不知道那妖怪在哪个方向，离这儿有多远呢？"国王答道："寡人曾经带人打探过，那妖洞就在南方，大约三千里远，走个来回要五十多天。"行者听明白了，他叫道："八戒、沙僧，你们在这里保护好师父，老孙这就去。"国王一把拉住他，端起酒杯又向他敬酒。这国王也真逗，只要心里想感谢谁，就要对谁敬酒，口中还说道："神僧，你先喝下这杯酒，我派些人和你同去。"悟空一心想着降妖，哪有心思喝酒？他只说道："陛下请放下，等我回来再喝。"行者说声"去！"，"呼哨”一声，寂然不见。

朱紫国的君臣知道悟空是有本事的，但是不知道他会腾云驾雾，看他转眼间就飞没了，大家是惊讶不已。行者将身一纵，早见一座高山阻住雾角，即按云头，立在那巅峰之上，仔细观看，好山：“冲天占地，碍日生云。冲天处，尖峰矗矗；占地处，远脉迢迢。碍日的，乃岭头松郁郁；生云的，乃崖下石磷磷。松郁郁，四时八节常青；石磷磷，万载千年不改。林中每听夜猿啼，涧内常闻妖蟒过。山禽声咽咽，山兽吼呼呼。山獐山鹿，成双作对纷纷走；山鸦山鹊，打阵攒群密密飞。山草山花看不尽，山桃山果映时新。虽然倚险不堪行，却是妖仙隐逸处。”

这是说山中虽有妖，但是这山景却十分美。行者一边欣赏着风景，一边沿着山路找寻妖洞，他能找到妖洞吗？又能把金圣娘娘给救回来吗？

第101集
寻金圣宫

悟空来到麒麟山寻找妖洞，正走着忽见一个小妖背着个文书，还敲着锣疾走如飞而来。行者笑道："看来是个送信的，带我去听上一听，看看他要给谁送信儿。"

好大圣摇身一变，变成了一只小飞虫，他飞到了那小妖的书包上，只听得那小妖敲了锣，絮絮叨叨地说道："大王的心真是太毒了，三年前去朱紫国把人家的金圣娘娘给抢了，又没想到人家满身都是刺儿，根本都不敢靠近人家。"这倒奇怪了，好端端的金圣娘娘怎么浑身会有刺儿呢？而且连妖怪都不敢碰她。那小妖又接着念道："只是苦了那些宫女们了，要来两个就杀两个。你说你跟娘娘生气，你不敢碰她，你拿那些宫女撒什么气呀？而且年年都去要，今年完了吧，先锋碰到了一个叫孙行者的，被打败了，一个宫女都没要到。”原来被要去的那些宫女都已经被妖怪杀害了，这妖怪也太狠毒了。小妖儿又接着说：“先锋被打败了也就算了，这会儿又叫我去给朱紫国下战书，希望那国王还是不要和我们大王打吧，要是我们大王使出了他的绝招——“烟火飞杀”，朱紫国一个人都活不了。我大王要是能打赢的话呢，他倒是能成为朱紫国的国王，我也能当个官儿。但是，他这么做实在是天理难容。”

行者听了心里不禁暗笑道：“都说妖怪是坏的，今天这个妖怪倒是好心，能觉得他大王是天理难容。”听他那意思，看来金圣娘娘看来还活着，只是她身上怎么会有那么多刺儿啊？连妖怪都不敢碰她，等我去问问这个妖怪。想到这里，行者又“嘤”的一声飞离了妖怪，飞到前面十几里地，摇身一变又变作了一个小道童，就在路边等着。小妖继续往前走，没有多大一会儿，他就撞见了行者。行者主动上前施礼，说道：“长官，你到哪里去呀？我看你背上背着书信，这是要给谁送信呢？”

小妖撞见悟空还笑嘻嘻的，他也客气地还了个礼，说道：“我大王派我去朱紫国下战书呢。”悟空道：“我听说过，好像是朱紫国的金圣娘娘还在你们大王那里，而且我还听说，她身上好像带刺儿，你们大王都不敢碰她一下。有这个事儿吗？”小妖回道：“有！有！自从前年我大王把她抓了，刚巧来了个神仙，给娘娘一件五彩仙衣。她自从穿了那衣服就浑身上下像长满了刺儿，我大王碰都不敢碰她一下。只要被它刺了一下就痛得很，也不知道是什么原因。今早大王派先锋去朱紫国要宫女，被一个叫孙行者的给打败了，大王十分愤怒，叫我去下战书呢，要和朱紫国交战。”

悟空听完回道：“哦，原来是这样，那我就不耽误你了，你快去吧。”那小妖继续敲着锣前行。行者站在他身后，打算行凶，他掣出棒，转身望着小妖脑后就是一棒。可怜，打得“他头烂血流浆迸出，皮开颈折命倾之”！死了。这悟空还是凶狠，小妖明明挺有正义感的，也不至于这么一棒子就把他杀了。行者收起棒子，却又后悔道：“哎呀，刚才打他急了些，没问他叫什么名字呀？算了，待我到他身上去搜一搜。”行者上前伸手到他腰间摸了摸，摸出一块牙牌来，上边儿写着“有来有去”。行者笑道：“这厮名叫有来有去呀。我这一棍子把他打得有去无回。”他把那牙牌解下，揣在自己身上，又拿起铁棒到那小妖胸前捣了个窟窿，再用棒子挑起，挑在肩膀上，驾起祥云回朱紫国去了。

八戒正在金銮殿前看护着师父和国王，见行者在半空挑着个妖怪回来了，他抱怨道："哎呀，这妖怪也太好打了，他刚出去这么一会儿就把妖怪打死了。早知道我老猪就去了。"他以为是把那妖王抓回来了。行者按落云头，把小妖往地下一放，国王见了说道："这是个小妖啊，不是那妖王。那妖王身长八尺，面似金光，声如霹雳，不像他这样矮矬。"

悟空道："陛下，你果然认得，这是个通风报信的小妖，被我撞见，一棒把他打死了。在打死他之前，他还告诉了我一个好消息呢。"国王问道："什么消息呀？"悟空回道："金圣娘娘在那妖洞里一切安好。"国王又问："他怎么说的？"悟空就把娘娘当初被抓去以后，遇见个神仙，赠她一件五彩仙衣的事儿说了一遍。这一说大家都放下心来。行者又问道："陛下，娘娘在宫里的时候，她有没有什么心爱的，总是随身携带的东西呀？"国王问道："你要这个干什么？"悟空答道："我还要回去斗那妖王，怕见到娘娘的时候，她不相信我是你派来救她的呀，我如果拿出一个她经常戴在身上的东西，她不就信了吗？"

悟空想得还真周到。被悟空这么一问，国王还真想出一个东西来。他说道："有！有！她之前经常戴着一个黄金手串儿，只是因为那年端午节，我们这里依照习俗要在手腕上系上一缕五色彩线，她才把手串退了下去。"悟空忙说道：“好好，就把这个给我拿来。”国王派人去拿。悟空拿到手串之后，把它套在胳膊上，又叫八戒和沙僧看护好师父和国王，他驾起筋斗云，“唿哨”一声又回到了麒麟山。他寻路探寻妖洞，忽听人语喧嚷，行者定睛观看，原来在那獬豸洞口，妖怪的大小头目们都出来了，总共有五百多名，他们森森罗列，密密挨排。

“森森罗列执干戈，映日光明；密密挨排展旌旗，迎风飘闪。虎将熊师能变化，豹头彪帅弄精神。苍狼多猛烈，獭象更骁雄。狡兔乖獐抡剑戟，长蛇大蟒挎刀弓。猩猩能解人言语，引阵安营识汛风。”

这妖洞门口快成动物园了，各种成精的动物，狼、虫、虎、豹、蛇、蟒、兔都有，还有成了精的大猩猩专门在那儿站岗放哨。这妖王还挺会安排，猩猩跟人最接近，能听懂人说啥，所以让他来站岗放哨正合适。行者见了不敢前进，抽身转回旧路。行者怕了吗，没见他怕过什么呀？怎么转回去了呢？其实他不是怕。只见他转过身来，摇身一变，变成了有来有去的模样。他敲起那个大锣，大踏步地朝群妖走去，还没进妖洞，那大猩猩喊他道：“有来有去，你回来了？”悟空回道：“嗯，我回来了。”猩猩又道：“你快走快走，大王爷爷在剥皮亭等你回话呢。”行者闻言拽开步，敲着锣走入妖洞。走到二层门儿，忽抬头见一座八窗明亮的亭子，里边端坐着一个魔王，长得十分凶猛。但见他“幌幌霞光生顶上，威威杀气迸胸前。口外獠牙排利刃，鬓边焦发放红烟。嘴上髭（zī）须如插箭，遍体昂毛似迭毡。眼突铜铃欺太岁，手持铁杵若摩天”。

这是说这妖怪长了一脑袋红毛，大眼睛长得还有点儿往外凸，手里拿个大铁杵。行者见了他也不搭理他，还表现得十分傲慢，还故意不正眼看他，“咣咣咣”地敲着锣往前走，这就看不明白了，悟空这是要干吗？他现在可是变成那个小妖有来有去了，那小妖见到大王哪能这个态度。

那妖王也觉得奇怪，就主动问他道："你回来了。"行者听见了妖王在跟他说话，也没理他。妖王再问："有来有去，你回来了。"行者还是不回答他，妖王就不明白了，他这是什么毛病？妖王上前扯住行者的衣服，又问道："你怎么到了家还敲锣呀？"行者还是不搭理他，这回这妖王恼火了："你怎么了？有什么毛病吗？"

行者这才把那锣往地下一扔，说道："毛病，我能有什么毛病，我就是不想去，你偏叫我去。到了那朱紫国，就见他那无数的人马列成了阵势，一看见我就喊拿妖怪，拿妖怪，把我揪揪扯扯，拽拽扛扛地拿进城里去了。见了国王，国王还叫他们把我斩了，幸亏那些大臣说不要斩对方派来的信使，这才饶了我。我送去的战书他们是收下了，但是却把我押出城外，还打了我三十棍才把我放回来。他们过不了多久要找你来交战的。"妖王又道："这么说你吃亏了，怪不得你刚才不言不语的。那我问你，他们有多少人马呀？"悟空道："我当时都吓坏了，哪有心情去数，就见他们那里森森兵器摆列，弓箭刀枪甲与衣，干戈剑戟并缨旗。剽枪月铲兜鍪（móu）铠，大斧团牌铁蒺（jí）藜（lí）。长闷棍，短窝槌，钢叉铳（chòng）铇及头盔。打扮得鞔鞋护顶并胖袄，简鞭袖弹与铜锤。"

这悟空还挺会编，他故意把那朱紫国说得那么强大，这是想灭一灭这妖王的威风。妖王听了也不害怕，他笑道：“不打紧，不打紧，像他们这些用兵器的，我放一把火就把它们都烧光了。你先去报告金圣娘娘，叫她先别烦恼，今天早晨她听说我要下战书跟朱紫国战斗就眼泪汪汪的，你去哄哄她，就说朱紫国人马骁勇善战，一定能胜过我，让她先放宽心。”

行者听了这话高兴啊，正要找金圣娘娘呢。结果，这妖怪就把自己给派去了。行者转过身，穿过厅堂，一直走到后边宫里，远见彩门壮丽，那正是金圣娘娘的住处。走入里面再看，两边站着一排排的狐狸精、鹿精变成的美女，她们是专门侍奉娘娘的，正中间坐着金圣娘娘，就见她手托着香腮，双眸滴泪，果然是：“玉容娇嫩，美貌妖娆。懒梳妆，散鬓堆鸦；怕打扮，钗环不戴。面无粉，冷淡了胭脂；发无油，蓬松了云鬓。努樱唇，紧咬银牙；皱蛾眉，泪淹星眼。一片心，只忆着朱紫君王；一时间，恨不离天罗地网。诚然是：自古红颜多薄命，恹恹无语对东风！”

这是说那娘娘也不梳妆，也不打扮，一心想着朱紫国的君王，满脸的愁容看着十分可怜，悟空终于是找到她了，但是，凭着一金手串儿，她就能相信悟空吗？

给孩子讲
《西游记》

第四册

［明］吴承恩◎著　大嘴飞◎改编　王鲁闽◎绘

清华大学出版社
北京

图书在版编目 (CIP) 数据

给孩子讲《西游记》/ (明) 吴承恩著 ; 大嘴飞改编 ; 王鲁闽绘 . -- 北京 : 清华大学出版社 , 2025. 1.
ISBN 978-7-302-67883-0
I. I207.414-49
中国国家版本馆 CIP 数据核字第 2025TZ7482 号

责任编辑：张立红
封面设计：异　一
版式设计：赵廷宏
责任校对：卢　嫣
责任印制：杨　艳

出版发行：清华大学出版社
网　　址：https://www.tup.com.cn，https://www.wqxuetang.com
地　　址：北京清华大学学研大厦 A 座　　邮　　编：100084
社 总 机：010-84370000　　邮　　购：010-62786544
投稿与读者服务：010-62776969，c-service@tup.tsinghua.edu.cn
质 量 反 馈：010-62772015，zhiliang@tup.tsinghua.edu.cn
印 装 者：北京博海升彩色印刷有限公司
经　　销：全国新华书店
开　　本：146mm×210mm　　印　　张：41.125　　字　　数：658 千字
版　　次：2025 年 3 月第 1 版　　印　　次：2025 年 3 月第 1 次印刷
定　　价：238.00 元（全四册）

产品编号：095771-01

第102集 计盗金铃

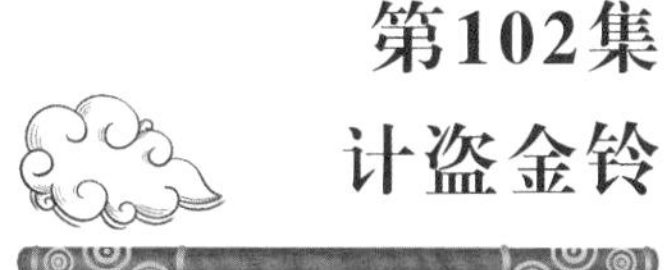

悟空巧妙变身为有来有去的模样，深入妖洞，见到了金圣娘娘。他缓缓走上前去，金圣娘娘抬头，眼神中闪过一丝疑惑，随后问道：“有来有去，今天早晨你去朱紫国见到国王了吗？”悟空答道：“见到了，见到了。那朱紫国的国王想要和咱们大王决一死战呢，只是那君王想念娘娘，有一句话想要我说给你听，所以我这才来向你禀报，可是你这里两边的人太多了。”娘娘赶紧让两侧的侍女都退下。行者把宫门一关，把脸一抹，现出了本相，他说道：“娘娘，你别怕，我是从东土大唐而来去西天取经的僧人，我的师父是唐王御弟，我是他的大徒弟孙悟空，我们路过朱紫国的时候，那国王托我来救你。之前的先锋就是被我打败的。还有刚才我变的有来有去，也是我杀的，为了能见到你，我才变成他的样子啊。”

娘娘听了悟空的话，虽心中有所动摇，但仍未完全相信，只是沉吟不语。行者赶忙又拿出金手串来，双手奉上，又说道：“娘娘，你要是不信，就看看这个。”娘娘见到自己的金手串，霎时间双眼垂泪，说道：“长老，你要是真能救我回朝，你的大恩大德，永生不忘啊。”悟空道：“好好好，先不说那么多，我来问你，这大王有没有什么难对付的法宝啊？”娘娘道：“有！有！有！他有三个金铃。第一个金铃晃一晃能喷出三百丈火光烧人；第二个金铃晃一晃能冒出三百丈烟光熏人；第三个晃一晃能生出三百丈黄沙迷人。那黄沙比烟火还要厉害，因为它有毒，只要人吸进去立刻就会死。”悟空追问道：“他把那件法宝放在哪里了？”娘娘道：“唉，他哪敢放下，天天带在腰间，行、住、坐、卧总不离身。”悟空道：“这样啊，那你哄哄他，叫他把那铃儿拿来给你收着，然后我就再把它偷了，再来降伏那妖怪。”

娘娘觉得悟空降妖先从偷法宝入手，这是个好办法，就答应他了。行者摇身一变，又变成有来有去，打开宫门，把那些侍女又重新叫进来。娘娘故意高声呼喊：“有来有去，快去前厅把大王请来，就说我有话要跟他说。”行者应了一声，转到厅前，他对妖王说道：“大王，娘娘有请。”妖王听了这话十分欢喜，说道："娘娘平时对我只是骂，怎么今天会主动地请我呢？"悟空道："那是因为娘娘问起我朱紫国国王的事，我跟她说，朱紫国国王说不要她了，在国中又找了新皇后。娘娘听我说了这番话，就死心了，所以就让我来请你。"悟空这慌撒得真逗，那妖王听了这话当然高兴了，还夸他道："聪明，还是你中用，等我打败朱紫国国王，封你做个大官儿。"说完，妖王就去找金圣娘娘去了。

娘娘早在门前等候，见妖怪来了，还主动用手去搀扶他。妖王吓得是连连后退，说道："哎呀！不敢呐！不敢呐！多谢娘娘的抬爱，我怕碰到你，你身上的刺儿扎得我手疼啊！"娘娘又把他请到屋里来落座，对他说道："大王，你既然把我抓来。让我做你的妻子，可是，我却觉得这三年来你从未把我当作你真正的妻子。我在朱紫国做王后的时候，那国王不论得到什么宝贝，他看过以后一定让我收藏。你这里也没什么宝贝，我只是听说你有三个金铃算是宝贝。我见你走也带着，坐也带着，不如你干脆拿来让我帮你收藏吧，等你用的时候我再帮你拿出来。你如果不敢把宝贝托付给我，不就是把我当外人看吗？"妖王忙回道："哎呀娘娘，你说得对说得对呀，宝贝在我这里，今天我就把它托付给你。"

行者立在旁边，见那妖怪掀开两三层衣服，果然拿出一串金铃来，他又拿些棉花塞在那铃铛口上，放在了一个豹子皮做的包里，递给了娘娘，又嘱咐道："娘娘啊，宝物你可要把它看好，千万不能使劲儿地摇晃它呀。"娘娘回道："我晓得，我把它放在我的梳妆台上，没人会动。"太好了，悟空这个办法灵了，妖怪中招了。宝贝刚放好，娘娘又喊道："小的们安排些酒来，我要和大王喝几杯。"侍女们铺排一些果菜，摆上一些獐鹿兔肉，又拿了一壶椰子酒。

娘娘倒上酒，开始哄那妖怪开心。行者就趁着妖怪喝得正欢的时候，偷偷摸摸走到梳妆台前，悄悄地把那串金铃儿拿走了。他小心翼翼地溜出宫门，走到剥皮庭前，打开豹皮包一看，就见那铃儿中间一个有茶杯那么大，两头两个有拳头那么大。行者好奇，这铃铛口塞个棉花干吗？他就给扯开了。这棉花能扯吗？那妖怪之前不是说了吗？不让动它。这棉花都扯了，会不会出什么事？这猴子就是有些急，棉花刚扯下来，就听得“铛”的一声响亮，骨都都地蹦出烟火，黄沙急收不住，满庭中红红火起，唬得那些妖怪们全都拥了过来。这大火当然也惊动了妖王，他慌忙赶到，看见悟空手中拿着金铃，他上前喝道：“你这贱奴，怎么偷了我的金铃宝贝在这胡弄啊！拿来！拿来！”

门前的那些虎将、熊狮、豹头、彪帅、獭象、苍狼、乖獐、狡兔、长蛇、大蟒和猩猩，率众妖一起冲了上来。行者一时间慌了手脚，丢了金铃，现出本相，掣出如意金箍棒，撒开解数，往前乱打。那妖王赶紧收了宝贝，传号令道：“关了前门。”众妖听了，关门的关门，打仗的打仗，一时间行者难得脱身，他收了棒，摇身一变，变作一只小苍蝇，钉在了无火处的石壁上。众妖寻不见他，就报道：“大王，大王，他跑了。”妖王问：“是从门出去的吗？”小妖答道：“前门紧锁，不是从门出去的。”妖王又吩咐道：“那好，大家仔细搜寻。”妖怪们有的取水泼火，有的仔细搜寻，谁也找不到悟空。

他们哪有那个本事看出悟空在哪儿。悟空却错过了一个绝好的机会，好不容易才把金铃偷出来，现在又让妖怪给收回去了。接下来，再想偷那可就难了。

妖怪们灭了火也不敢松懈，妖王坐在剥皮亭上发号施令，让他们一个个的弓上弦、刀出鞘，紧要处都派人把守上了。悟空见他们都在大厅里忙活，又抖开翅，飞入后宫，找娘娘去了。娘娘这会儿正在担心，她只知道外头火起了，不知道悟空现在怎么样了。他悄悄飞到娘娘的耳根后说道：“娘娘，你不必担心，我还是之前的那个孙长老，我没什么事儿。只是因为刚才性急，在剥皮亭把铃铛上的棉花给揪下去了，没想到蹦出了烟火飞沙。当时我慌了手脚，把铃弄掉了，现在被妖王又抢了回去，你可以再哄他一次，我找准机会再把它夺来。”

娘娘听了行者这番话，她并没有高兴，反倒先是吓了一大跳，惊恐问道：“你是人还是鬼？”悟空道：“我不是人，也不是鬼，我还是刚才那个孙长老，只是现在我变成了一只苍蝇在你耳后呢。你要是不信，伸出手掌来，我落上去叫你看。”娘娘张开左手，行者轻轻飞下，落在她御掌之间，他这苍蝇变得是又黑又小。就好像“菡萏（hàn dàn）蕊头钉黑豆，牡丹花上歇游蜂。绣球心里葡萄落，百合枝边黑点浓”。

这是说悟空变的，就好像莲花瓣儿上钉着的一颗小黑豆，牡丹花上落的一只小蜜蜂一样。娘娘惊叹道：“悟空，你的法力可真不一般啊！”她高兴地举起手来，叫道：“神僧，神僧啊。”悟空继续道：“好了娘娘，既然你信我了，就快去把那妖王请来呀。”娘娘道：“好好好，我去把他请来，那之后怎么做呢？”悟空笑道：“古人不是说过吗？断送一生惟有酒，破除万事无过酒。”

这个是说如果让一个人多喝些酒，他就会没那么理智了，如果老是喝酒喝上了瘾，就有可能断送他一生。悟空又继续说道：“娘娘，你再叫一个侍女来，指给我看，我就变成她的模样在旁边服侍你，看准机会就下手。”娘娘觉得这主意不错，就照做了。她喊了一声：“春娇何在？”那屏风后面转出了一个玉面狐狸变的美女，她跪下说道：“娘娘，叫春娇有什么事吗？”娘娘吩咐道：“你去把她们叫来，点好灯，扶着我到前厅去，我要去找大王喝酒。”侍女道：“好的，娘娘。”春娇转到前面，找来了七八个怪鹿妖狐，她们左右排开，提着灯照亮路，娘娘在中间向前厅走去。

那大圣早飞到玉面狐狸的头上，他拔下一根毫毛，吹了口仙气，叫了声“变！”，那毫毛就变作了一只瞌睡虫。行者把瞌睡虫放到春娇的脸上，那虫顺势朝着春娇的鼻孔就钻了进去，春娇顿时感觉困倦，都站不住脚了，连忙转身回自己房间睡觉去了。行者从她身上跳下来，摇身一变就变成了春娇的模样，再走回来和那些侍女站在一起。此时娘娘已走到剥皮亭前，妖王见娘娘来了，满心欢喜，走出亭子来迎接，他把刚才发生的事情都一一跟娘娘说了一遍。妖王估计变成有来有去的人，一定是打败了我的先锋的那个孙行者，有来有去也一定是被他杀了，他才变成有来有去的模样混进来。娘娘赶紧安慰他说道：“大王，只要您没事就好。小的们安排些酒来，我给大王解解劳。”妖王见娘娘要安排酒跟他一起喝，更是高兴了，说道：“正是！正是！快把酒拿来，我要给娘娘压压惊。”

小妖们铺排了果品，整顿些酒肉，打开座椅，娘娘举杯敬酒，妖王也递过一杯来，二人喝了个交杯酒。悟空就站在旁边，拿着酒壶说道：“大王与娘娘，刚才互相递送了交杯酒，不如再喝个双喜杯吧。”他把两杯酒填满，娘娘和妖王又各自干了一杯。行者又说:“大王和娘娘今天心情好，就让众位侍女们会唱歌的唱唱歌，善于跳舞的跳跳舞，助助兴吧。”那妖王更加高兴了，让她们奏起乐来。侍女们是一派歌声，齐调音律，唱的唱，舞的舞。他们两个又饮了许多酒，舞唱了一阵，娘娘抬手说道:“你们都下去吧。”侍女们都退下，只有行者还拿着酒壶在给他们二位倒酒。

现在这剥皮亭里，就只剩下他们三个了。娘娘让那些侍女退下，那是因为她觉得这妖王喝得正是高兴，实施计划的时机到了，她就问道:“大王，之前那一场火，你的法宝有什么伤损吗？”妖王得意道:“我的法宝怎么会有伤损呢？只是那贼把棉花给我揪下去了，结果把装铃的豹皮包给烧了。”娘娘又问道:“那怎么办呢？现在那铃放在哪里呢？”妖王回道:“现在正放在我的腰间呢。”

妖怪把铃放在哪儿给说出来了，应该没有了防备。那悟空和娘娘能不能再一次把它骗到手呢？

第103集

智斗怪犼

娘娘哄那妖怪喝了很多的酒，悟空在旁边见这妖王有些醉了，而且也知道这铃正挂在他的腰间。到了该出手的时候了，他悄悄从身上拔下一把毫毛来，放到口中，把它嚼碎，又轻轻地凑近妖王，把那嚼碎的毫毛都放到他身上了。接下来，他又吹了三口仙气，暗暗地叫了声“变！”，这些毫毛就变成了虱子、跳蚤、臭虫爬得他满身都是。虫子钻到他的衣服里，顺着毛爬到他的皮肤上，张口就咬。那妖王顿时感觉到躁痒难耐，伸手入怀，揣摸揉痒，把手往外一拿，捏出几只虱子出来。他放到灯前观看，娘娘自然看得出来这是悟空干的，还故意哄他说道：“大王，估计是您的衣服脏了。”

这话说得妖王是十分羞愧，便说道："哎呀，我是经常洗澡的呀，从来不长这些东西呀，今天在娘娘面前出丑了，出丑了。"娘娘道："大王，出什么丑啊，快把衣服脱下来，我不嫌你，我来替你捉一捉。"那妖怪真把衣服脱下来，悟空就立在旁边仔细地观看，只见他穿的衣服每一层都有跳蚤、虱子、臭虫，而且还密密浓浓得像蚂蚁出窝一样，看着都让人头皮发麻。妖怪衣服都脱到第三层了，肉露出来了，金铃也随着慢慢地露出来了。再看那金铃上也是密密麻麻地爬满了虱子和臭虫。

悟空真是太逗了，竟然想出这么个办法来整他。现在金铃也露出来了，悟空觉得该是下手的时机了。他假意说道："大王，把金铃拿来，我先帮你拿着，这样你好捉虱子。"那妖王一是觉得有些丢人，二是有些心慌，他也不知道身上从哪里来的这么多虫子，根本就没想那么多，直接把金铃就递给了悟空。妖怪又上钩了，悟空的办法灵验了。希望这回悟空能谨慎，别再把那铃给弄丢了。

他立刻把金铃藏在身上，又拔下一根毫毛，吹了口仙气，暗自叫了一声"变！"，就变成了一串一模一样的假金铃。他再把身子一抖，毫毛重新回到了身上。没多大一会儿，妖怪觉得不痒了，紧接着，悟空就把假金铃递给了妖王。妖王哪会想到去看看是真是假，他接过来以后直接就递给了娘娘，还说道：“娘娘，这回你把它收好，一定要仔细，别再像先前一样弄丢了。”娘娘接过金铃，揭开了一个箱子，把铃放进去，又用一把黄金锁给锁上了，再陪妖王喝了几杯酒之后就与妖王各自休息去了。

这回悟空拿到宝贝，他格外谨慎，现出了本相，又将身一抖，把春娇身上的瞌睡虫给抖回到身上来了。悟空朝前门走去，但那里有小妖把守，他使了个隐身法，谁也看不见他。门上上了个锁，他用金箍棒一指，把那锁打开，轻轻开了门就出去了。刚出门，他就厉声高叫道：“妖怪，还我金圣娘娘来！”悟空连叫了三遍，惊动了洞内大小群妖，他们急急忙忙地跑出洞外，小妖们就问道：“你是谁呀？”悟空道：“我是朱紫国来的你外公，要接金圣娘娘回国呢。”小妖们赶紧跑回来报道：“大王、大王，门外有一个外公在叫骂呢。”

这小妖也真逗，悟空说自己是他外公是占他便宜，意思是说你们都是他外孙子，他们还把外公当成了悟空的名字。那妖王听了之后，更可笑，他竟然也信了，他还去找娘娘问：“娘娘啊，你们朱紫国有哪位将军姓外的吗？”娘娘也听懵了，朱紫国哪有姓外的，就告诉他不知道。妖怪也管不过来那么多了，穿上披挂，手持一柄宣花钺斧走出门外，厉声高叫道："那个朱紫国来的外公在哪里呀？"行者右手持金箍棒，左手指着他笑道："哈哈哈哈，我的乖外孙，你喊我干什么呀？"妖怪这才听出来悟空是在占他便宜。他再仔细一看，这不就是刚才在他洞里偷他金铃的那个孙行者吗？气得他哇哇大叫，举起宣花钺斧向悟空劈来，悟空举棒相迎。

这一场好杀："金箍如意棒，风刃宣花斧，一个咬牙发狠凶，一个切齿施威武。这个是齐天大圣降临凡，那个是作怪妖王来下土。两个喷云嗳雾照天宫，真是走石扬沙遮斗府。往往来来解数多，翻翻复复金光吐。齐将本事施，各把神通赌。这个要取娘娘转帝都，那个喜同皇后居山坞。这场都是没来由，舍死忘生因国主。他们两个战了五十回合，没分出胜负。那妖怪突然说道："孙行者，今天早晨我没吃早餐，现在有点儿打饿了，等我回去吃饱了再和你打。"行者心里清楚，他哪是要吃早餐，他就是打不过想回去取金铃。那不怕他，反正他手里也是假的。悟空收起铁棒，说道："好好好，我不趁你饿打你，你回去吃饱，吃饱了再来受死。"

那妖怪急转身回洞找到娘娘，说道："娘娘啊，快将宝

贝拿来。”娘娘问道：“要宝贝干什么呀？”妖王道：“今天早晨在洞外叫战的，不是什么外公，他是孙行者，我和他打到现在还没有分出胜负啊，等我拿了宝贝出去，放些烟火烧死这猴头。”娘娘听他这么一说，心里直打鼓。她想着，如果不把金铃拿出来，那妖怪肯定会起疑心；可要是真把金铃给了他，又担心会伤到行者的性命。当时悟空已经悄悄地把真铃给换走了，但她还蒙在鼓里呢，正在这里踌躇（chóu chú）未定。那妖王又催逼道：“快拿出来呀。”娘娘无奈，只能取开锁，把三个铃递给了妖王。妖王拿了铃就往洞外走。娘娘坐在宫里，眼泪哗哗地往下掉，心里担心着行者能不能逃过这一劫。

那妖王出了门，开始有底气了，叫道：“孙行者，你别走，看我摇摇铃。”悟空笑道：“哈哈，摇铃，你以为你有铃我就没有嘛？你会摇，我就不会摇嘛。”妖王问道：“你有铃，你有什么铃，拿出来看看。”行者将铁棒捏成绣花针藏在耳内，又从腰间解下了真铃，然后对妖王说：“你看看，我这不就是紫金铃吗？”妖王一看，心里咯噔一下，这铃怎么和我的一模一样？纵然是一个模子里铸出来的，那拿出来打磨的时候也有可能多个坑、少个包的，怎么就分毫不差？他开口问道：“你那铃是从哪里来的？”悟空又笑道：“外孙，那你那铃儿又是从哪儿来的呀？”那妖王也老实，就实话实说道：“我这铃是太上老君的八卦炉里炼的。”悟空道：“巧了！巧了！我这金铃也是太上老君的八卦炉里炼出来的。他炉里那一共炼了两个金铃，一个公的、一个母的。”

悟空又像上次紫金红葫芦那样骗妖怪了，这个妖怪听了也觉得奇怪，就问道：“这铃是金丹之宝，又不是什么飞禽走兽，怎么会分公母呢？”悟空道：“你摇一摇就知道了，你那个铃是母的，我这个是公的，你那母的见到我这公的就不灵了，我可以让你先摇。”那妖王当真把铃拿出来，先将第一个铃幌了三幌，不见火出，他又把第二个铃幌了三幌，不见烟出，再拿第三个，幌了三幌，也不见沙出。

这下妖王慌了手脚，说道：“怪哉呀！怪哉呀！这铃怎么怕老公啊？”悟空笑道：“哈哈哈，哈哈哈，乖外孙，你先等等，看我摇给你看。”好大圣一把攥住三个铃，一起摇起。你看那红火、青烟、黄沙，一起滚出，骨都都燎树烧山！大圣还嫌这火不大，他口中又念了个咒，又叫道：“风来。”真的是风吹火势，火邪风威，红艳艳，黑沉沉，满天烟火，遍地黄沙，把那妖王唬得魂飞魄散，走投无路，在那火中无处逃命。只听得半空中厉声高叫道：“孙悟空，我来了！”行者急回头上望，原来是观音菩萨。菩萨左手托着净瓶，右手拿着杨柳，正洒下甘露救火。

奇怪，菩萨到这儿来干吗？悟空明明能打过这妖怪，不需要菩萨帮忙。行者先把金铃藏在腰间，合掌倒身下拜。菩萨将柳枝连拂几点甘露，霎时间烟火全无，黄沙绝迹。真是厉害，这么大的烟火被菩萨这么点几下就给灭干净了。行者问道："菩萨，你这是要去哪儿啊？怎么路过这里了？"菩萨道："我特地来搜寻这个妖怪。"悟空又问道："这是个什么怪物，竟然劳烦菩萨您亲自来收它。"菩萨道："他是我的坐骑金毛犼，他趁着牧童打盹儿睡觉的时候，咬断了铁锁，下到凡间来给朱紫国国王消灾呢！"悟空道："菩萨，你说反了吧？这怪物明明是欺负那国王，抢走了王后，这是在给国王生灾啊，你怎么反倒说是给他消灾呢？"

菩萨又道："你不知道朱紫国上一代国王在位的时候，现在的国王还是太子。他那时年幼，喜欢涉猎，有一次他率领人马到落凤坡前，恰好遇到西方佛母——孔雀大明王菩萨生的两个孩子，一个雄孔雀，一个雌孔雀，它们就落在那落凤坡下，那雄孔雀被他射了一箭。大明王菩萨为了惩罚他，故意把他的王后从他身边拆散三年，也让他大病三年。那时我骑着的金毛犼听了这番话，没想到他记了下来，故意下界掳走王后，给国王消灾，到现在正好三年整，那国王的罪也受够了，幸好又碰到你来救治了他，我也来把我的金毛犼收回。”悟空道：“菩萨，你这样说倒是有理，可是这妖怪毕竟抓走了王后，想要跟她成亲呢，他还是有错。本来这该是个死罪，今天菩萨您亲自来这儿收他，那就免了他死罪，但是至少要打他二十棒，再让他回去。”

菩萨忙阻止道：“若是让你动了棍子，不就把他打死了

吗？你就饶了他吧。”行者只是低头笑嘻嘻的，只见菩萨喝了一声：“孽畜，还不还原。”只见那妖怪在地上打了个滚儿，现了原形，将毛抖一抖，飞了上来。菩萨骑上又对悟空说道：“悟空，还我铃来。”悟空道：“什么铃啊？俺老孙没听说过。”菩萨道：“你这贼猴，要不是你偷了那铃儿，别说是你一个悟空，就是你十个也打不过他呀。快拿出来。”悟空笑道：“菩萨，我真没见过什么铃啊，根本就不知道你在说什么。”菩萨道：“好吧，既然你没见过那铃儿，我就先念念那紧箍咒吧。”菩萨这样说完，悟空就慌了，直喊道：“菩萨！莫念！莫念！铃在这儿呢，在这儿呢！”菩萨笑着把铃儿接在手中，又套在了金毛犼的脖子上，飞身高坐。你再看这怪：“四足莲花生焰焰，满身金缕迸森森”，驮着菩萨回南海了。

不对，悟空怎么能让菩萨就这么走了？那娘娘身上不是还穿着一件带刺儿的衣服吗？应该让菩萨帮她摘了，不然以后她总是带着一身刺儿，怎么正常生活？

第104集 入盘丝洞

观音菩萨收了金毛犼回南海去了，悟空整肃了衣裙，抡起铁棒，打进了獬豸洞，把那洞中群妖尽皆打死，剿除干净，最后救出娘娘，又把刚才菩萨跟他说的朱紫国国王该受这灾难的事情跟她说了一遍，娘娘这也就明白了这份灾难是有缘由的。行者又在地上捡起一些软草，把它扎成了一个草龙，他扎这个干吗？

就见他对娘娘说道："娘娘，你骑上它，闭上眼，别怕，我这就带你回国。"娘娘听悟空的话，骑上草龙，把眼一闭，只听见耳旁风响。不到半个时辰，就回到了朱紫国。他们按落云头，娘娘睁开眼。那朱紫国国王早在门外等待，见到娘娘回来了，他十分欢喜，走上前去想要握住娘娘的手。没想到，他却猛然跌倒在地，喊道：“哎呀！手疼，手疼啊！”八戒却在旁边笑道：“这么久没见了，好不容易见面，倒被她给蜇了。”悟空道：“呆子，别胡说，这娘娘身上穿的是一件五彩仙衣，带刺儿的，谁都碰不了的。”正说话间，忽听得半空中有人叫道：“大圣，我来了。”行者抬头观看，只见那：“肃肃冲天鹤唳，飘飘径至朝前。缭绕祥光道道，氤氲（yīn yūn）瑞气翩翩。”

行者仔细看去，这是谁呀？这是大罗天上紫云仙——紫阳真人。行者上前迎道：“紫阳真人，你这是要去哪里呀？”真人回道：“小仙三年前去参加一场佛会，恰好经过这里，见到朱紫国王遭遇此难，就把这件五彩霞衣赐给了皇后娘娘，好让她保护自己。”大圣道：“原来如此啊，劳累你跑了这么远了。”

紫阳真人走到娘娘面前，用手一指就把那五彩霞衣给收了回来，回头对行者说道：“大圣，小仙这就告辞了。”悟空道：“哎哎哎，别着急走啊，这国王还没感谢你呢。”真人道：“哈哈哈哈！不用了！不用了！”说完，紫阳真人腾空而去。皇帝、皇后、大小众臣一个个是望空下拜，这下又圆满了，国王的病也好了，金圣娘娘也回来了。朱紫国上上下下没有一个人不感谢唐僧师徒，他们又是大摆宴席，千恩万谢，送他们西去了。

师徒们行彀（gòu）多少山原，历尽无穷水道，没发觉秋去冬残，又值春光明媚。师徒们正在踏青玩景，忽见林中有一座庄院，三藏滚鞍下马，站立大道之旁。行者问道：“师父，这条路平平坦坦的，你怎么不走了？”八戒道：“猴哥呀，这还用问呢，师父是在马上坐困了，下来看看风景。”三藏道：“我不是看风景，是看到那里有个人家，我想去化些斋饭吃。”悟空笑道：“师父，你这说的是什么话呀，你想吃斋，我去化呀。哪有让我们几个徒弟在这儿等着，让师父你去化斋的道理啊。”

是啊，三藏今天这是怎么了？偏要去化斋。就听他说道：“平时化斋总是路途遥远，当然要你们去，今天这户人家就在旁边，就让我去化一次斋吧。”八戒道：“哎呀师父，那也不能让你去呀，还是让弟子我去吧。”三藏又说道：“徒弟，今天天气晴朗，也不像以往有风有雨的时候，今天你们就让我去吧。”沙僧在旁边听着就笑道：“师兄，不必多讲了，师父的性子你还不知道吗？他决定的事情就一定要去做的。如果我们不让他去，怕是这斋饭他也吃不下的。”悟空和八戒觉得师父也确实是这样，他们取出钵盂递给师父，八戒又为师父换了衣帽，三藏便朝着那庄院走去。

到了庄院前观看，只见“石桥高耸，潺潺流水接长溪。古树森齐，聒聒幽禽鸣远岱”。这庄院门前有一条溪，溪上有一座桥，奇怪的是，庄院的入口并没有门。三藏从入口望进去，见里面有几间茅屋，再仔细看，那窗前有四个女子正在那儿绣花呢。三藏上桥又走了几步，只见那茅屋旁边有一座亭子，亭子下面还有三个女子在那儿踢球。三藏走到桥头高叫道：“女菩萨，贫僧想到您这里化些斋吃啊。”那些女子听了倒热情，她们绣花的也不绣花了，踢球的也不踢球了，就笑盈盈地跑出来说道：“原来是化斋的长老啊，请里面坐吧。”

三藏心中暗喜：“太好了，我能顺利地化到斋饭了。”他跟着七位女子穿过茅屋，发现茅屋后面并没有其他房子，而是又有一座山和一个石洞。这就奇了怪了，有好好的房子，不在房子里做饭，怎么把厨房安到山洞里了呢？一名女子推开石洞的门，请唐僧进去。三藏走进去，忽抬头看了里面铺设的都是石桌、石凳，冷气阴阴，三藏心惊，这一路上妖洞他是见多了，心中暗想到：“哎呀，这里看起来不像什么好地方啊。”想到这里，他身上还打了个冷战，难道他又碰上妖怪了？这些女子问他道：“长老，你是从哪里来呀？”三藏答道：“我是从东土大唐而来去西天取经的和尚，路过这里想化一顿斋饭吃。”

这个唐僧也老实，明明已经发现这个地方有些不对了，还说自己是从东土大唐而来，去西天取经的和尚，这是干吗？万一这几个女子是妖怪，怕人家猜不出你是唐僧吗？这几位女子也没说什么，只说道：“好！好！远来的和尚好念经，我们这就去帮你办斋饭。”

其中三名女子留下陪着唐僧围坐在石桌前，言来语去地聊着。还有四个女子到厨房做饭去了。没过多长时间，饭菜做好了，她们端了出来，往石桌上一摆。三藏看了一眼，顿时就吓出一身冷汗来。这一盘儿一盘儿的，不是炸苍蝇，就是炒蝗虫，不是蒸蜜蜂，就是煮青虫，还有一些黑漆漆的肉，也不知道是什么肉。

不用说了，这些女子肯定是妖怪了，人哪有这么吃饭的？他连忙合掌说道：“女菩萨，贫僧只吃素，不吃荤啊！”女妖道：“好你个和尚，化斋你还挑挑拣拣的。”三藏道：“我实在是不敢吃啊！要不然，几位女菩萨放我这和尚出去吧。”唐僧站起身来就想往外走，那怎么可能呢？那妖怪说道：“怎么放出来的屁儿，还想用手捂回去吗？”说完，她们上前把长老扯住，又按倒在地上，再用绳子捆了，把他悬挂在房梁上。唐僧心中暗自苦恼：“我和尚命苦啊！好不容易给徒弟们化一次斋饭，竟然碰到妖怪，现在离他们不远，悟空能不能发现这伙妖怪啊？”

那些女子把他吊好，就开始脱衣服。唐僧这就看不明白了，这几个女子脱什么衣服？难道为了吃唐僧才把扣解开，这样能多吃点儿吗？其实，她们也不是要脱衣服，就是把衣服下面的扣子都解开，好把肚子和腰都露了出来。露肚子、露腰干吗？只见她们一个个的从腰眼冒出丝绳来，这绳子有鸭蛋那么粗，骨都都的迸玉飞银，把庄园门给封住了。这是什么妖怪，竟然从那腰眼冒出丝绳，也不知道悟空他们能不能察觉到。

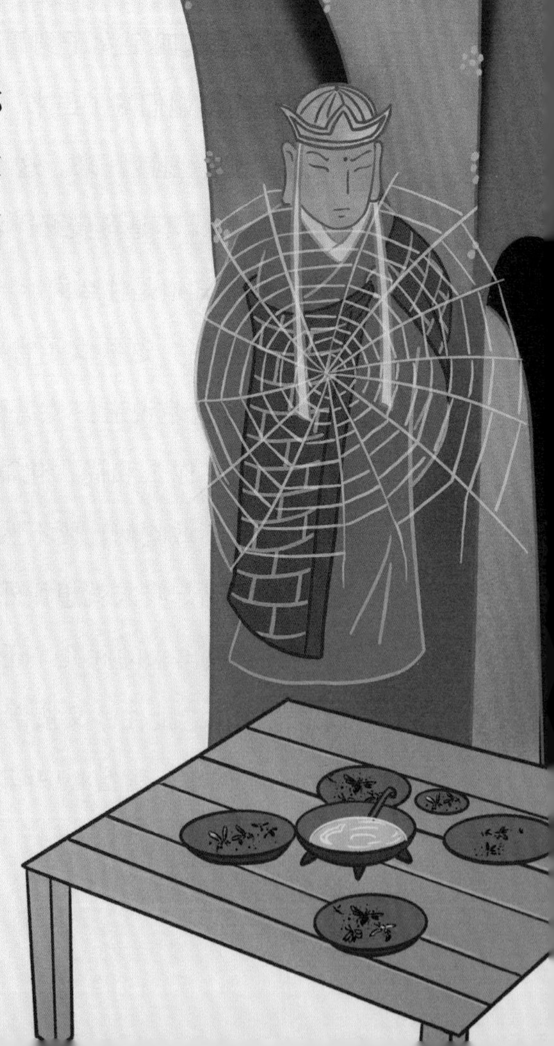

再说那行者、八戒和沙僧他们都在大道旁，八戒和沙僧两个人放马看行李，只有行者顽皮，他正跳树攀枝、摘叶寻果。他是猴子嘛，他就愿意这样。忽回头，只见一片光亮。行者慌得跳下树来，吆喝道：

“不好！不好！”悟空发现了，太好了。行者用手指道：“你们看那庄院怎么了？”八戒和沙僧齐看去，那一片“如雪又亮如雪，似银又光似银”。八戒说道：“哎呀！这还用说吗，师父又被妖怪给捉走了，我们快去救救他吧！”悟空道：“别急，你们看好马匹行李，等我老孙去来。”

大圣束一束虎皮裙，掣出金箍棒，拽开脚两三步就跑到院子门口，看见那院子入口被丝绳缠了有千百层厚，层层叠叠像蜘蛛网一样。他又用手按了一按，有些粘软沾人，行者不知是什么东西，他举棒想要打，又停住手说：“若是硬的东西，我一定能打断，这软的如果没打断，缠住老孙反而不美，等我且问他一问再打。”就见他捻起诀，念起咒，转眼间从地里钻出个土地神来，上来就给行者扣头。

行者说道：“你先起来，我问你这是什么地方？”土地神道：“这山岭叫作盘丝岭，岭下有个洞叫盘丝洞，那里有七个妖怪。”悟空又问：“是男怪女怪？”土地神道：“都是女妖怪。”悟空继续问：“她们有多大神通？”土地神回道：“这个我还真不知道，只知道往南边去三里远的地方有一座濯（zhuó）垢（gòu）泉，那是一座温泉，以前经常会有七个仙女在这里沐浴。自从那七个妖怪来了以后就霸占了濯垢泉，仙女都被她们给赶走了。我就琢磨着呢，这仙女都被她赶跑了。那这七个妖怪估计有点儿本事。”悟空又问：“那她们占了那泉水干吗呢？”土地神道：“还能干吗呀，洗澡呗，一天要出来洗三回澡呢！这个时候啊，她们估计又快要去洗澡了。”悟空道：“好！好！好！知道了，土地你先回去，看我来拿她们。”

那土地老儿又给悟空磕了个头，战战兢兢地回去了。这个事儿还真挺巧，正好有这么个温泉，悟空就可以在那儿收拾她们。好大圣独显神通，摇身一变，变作了一只麻苍蝇，落在草梢上等她们出来。须臾间，只听得呼呼嬉戏之声，又像蚕吃叶子的声音，又像大海涨潮的声音。大概有喝半杯茶那么长的功夫，封住门的那些丝绳被那几个女妖给收回去了，原来这声音是她们收丝绳的声音。她们有说有笑，走过桥来，行者仔细看去，那一个个长得十分标致，但见：“比玉香尤胜，如花语更真。柳眉横远岫，檀口破樱唇。钗头翘翡翠，金莲闪绛裙。却似嫦娥临下界，仙子落凡尘”。这是说她们长得像仙女一样好看。

好大圣，“嘤”的一声，飞在那走在前面的女子的头发上叮住，想跟着她们同去。那些女子采花、逗草，向南走来。没过多久，到了浴池，一女子走上前“呼哨”的一声把两扇门推开，那中间果然有一汤热水。

这可不是一般的温泉水，传说天空中，原有十个太阳，后来被一个叫后羿的射下了九个，那射下来的九个太阳和这温泉有什么关系呢?

第105集
战七虫精

很久以前，天上有十个太阳，一个叫后羿的人用弓箭射下了九个，每一个太阳落地，就化作一处温泉。它们分别是，乃香冷泉、伴山泉、温泉、东合泉、潢山泉、孝安泉、广汾泉、汤泉和濯垢泉。此泉乃濯垢泉。有人还为这泉写过诗："一气无冬夏，三秋永驻春。炎波如鼎沸，热浪似汤新。分溜滋禾稼，停流荡俗尘。"这是说这温泉一年四季一样的热，流出来的水既能灌溉庄稼，又能存在这里供人洗浴。

再看池子旁边儿有三间亭子。其中一间亭子里放了两个描金彩漆的衣架，行者暗喜，一翅飞在那衣架头上叮住。那些女子见着水又清又热，脱了衣服搭在衣架上就下去了。

进了水，她们跃浪、翻波、覆水、玩耍。行者心想，我要是想打杀她们，直接拿棍子在水里搅和几下就行了。只是要是这样打死了她们，怕人家笑话我呀，会说我趁着几个女子正在洗澡没穿衣服的时候，用棍子偷袭她们。要不，我给她们来个绝后计，让她们动弹不得，出不了水。

悟空这是什么意思？怎么就绝后计了，怎么就让她们动弹不得了？就看那大圣捏起诀，念起咒，摇身一变，变成了一只恶鹰。那变的是“毛犹霜雪，眼若明星”“钢爪锋芒快，雄姿猛气横”“万里寒空随上下，穿云检物任他行”。“呼”的一翅飞向前，抡着他的厉爪，把那衣架上搭的七套衣服全都给叼走了。转过头，现出本相来见八戒和沙僧。那呆子看到猴哥就笑了，说道：“沙师弟呀，你看着猴哥去救师父，没救回来，倒弄了几件女子的衣服回来。”悟空道：“呆子别瞎说，这几件衣服是妖怪穿的。”八戒道：“怎么有这么多呀？”悟空道：“这妖怪一共有七个呢。”八戒又问：“那她们怎么会老老实实地都把衣服脱光了让你抢呢？”

行者就把这七个女妖在濯垢泉里洗澡的事儿，还有他是怎么变成老鹰把衣服叼走的经过说了一遍。八戒听了笑道：“师兄啊，你这不是留祸根呢嘛，见到妖怪不把她打杀了，等到咱们去把师父给救走了，往西去了，这几个妖怪一恼火，不会从后边追咱们吧？”悟空道：“那你说怎么办？”八戒答道：“依我看，先去把她们打杀了，再去救师父。”悟空道：“哎呀！我不是不想去打，我怕人家笑我欺负几个女子，你要打你去。”八戒道：“我去就我去。”说完，那八戒抖擞精神，欢天喜地地举起九尺钉钯，拽开步子朝那濯垢泉走去了。

八戒推开门，七个女妖蹲在水里看到他，她们开口乱骂道：“你这个扁毛的畜生，衣服是不是叫你给叼去了？”八戒也不理她们，就只是笑道：“哈哈，你们在这里洗得也太舒服了，让我老猪也下去洗洗吧，我也想洗洗。”八戒这就不好了，哪有男人和女人在同一个地方洗澡的？再说他降妖来了，洗什么澡？那几个妖怪也骂这呆子无礼。

呆子不听说，把钉钯一放，把外衣一脱，“砰砰”地就跳进水里去了。那几个妖怪心中烦恼，上来就打他。八戒的水性非常好，他刚一进水就变成了一条大鲶鱼，在水里边钻来钻去的，那妖怪怎么也抓不着他。等他游够了，又跳上岸来，显出本相，穿上外衣，拿起钉钯。妖怪们看着他是心惊胆战，她们觉得自己打不过八戒，于是又开口问道：“你是从哪里来的呀？”八戒道：“你们不认得我吧，我是那东土大唐取经僧唐长老的二徒弟——天蓬元帅猪八戒，你们几个把我师父抓到洞里是想吃他吧？你以为我师父是你们想吃就能吃的呀，快把头伸出来，我各筑你们一钯。”妖怪们听了这话，更是吓得魂飞魄散，她们纷纷跪在水中说道：“望老爷饶命啊，我们有眼无珠，错抓了你的师父。虽然我们把他吊了起来，可是我们没有打过他呀，我们愿意倒贴些钱送你们师徒上西天去。”

看来这几个妖怪不是那么厉害，就一个八戒把她们给吓成这样。不过她们虽然开口求饶，但是八戒不信，这一路碰到过的妖怪太多了，有几个会说话算数呢？他举起钉钯，不分好歹，赶上前乱筑，几个妖怪慌了手脚，纷纷跳出水来，光着身子就躲到亭子里。她们也是拼了命了，都施起法术了，一个个的从肚脐里骨都都地冒出丝绳，遮天盖地织了个大丝篷，把八戒罩起来了。

那呆子忽抬头不见天日了，他想往外走，哪里还抬得起脚，原来他脚底下也被几个妖怪编了个丝网。呆子朝左边去摔个脸磕地，朝右边去摔个倒栽葱，急转身又跌个嘴抢地，忙爬起又跌个竖蜻蜓，不知道跌了多少个跟头。那呆子摔得身麻脚软、头晕眼花，到最后他都爬不动了，就躺在地上直哼哼。那七个妖怪把他捆住，也不伤他，一个个跳出门来，往洞中跑去了。

她们这时没穿衣服，没心思跟他斗。到了洞口就收回丝绳，逃了进去，赶紧换上些旧衣服，又走到后门口立定，叫道：“孩儿们何在？”这些妖怪还有孩子，原来她们每个人都养了个儿子，但这些儿子不是她们生的，就只是领养的，还都有名字，叫蜜、蚂、蠦（lú）、班、蜢（měng）、蜡、蜻。蜜是蜜蜂，蚂是蚂蜂，蠦是蠦蜂，班是班毛，蜢是牛蜢，蜡是抹蜡，蜻是蜻蜓。这个听上去好奇怪，几个怪物的儿子全都是些虫子。想来应该是那妖怪漫天结网，虫子容易被那网粘住，女妖想吃这些虫子时，这些虫就哀告饶命，说愿意认她们几个当妈妈。

于是，从此他们就“春采百花供怪物，夏寻诸卉孝妖怪”，忽听一声呼唤，都跑到前面来问：“母亲有什么事？”几个女妖说道：“儿啊，早晨的时候我们被人给欺负了，那唐朝来的和尚有个徒弟到温泉里，差点伤了我们的性命，你们快去把他们打退，如果打赢了，就到你们舅舅家来找我们，我们先到他那里去躲一躲。”

这几个虫精还有个舅舅，那就说明这几个女妖怪有哥哥或者是弟弟，说完她们就逃走了，便看这些虫子精一个个摩拳擦掌出来迎敌。

再说八戒被摔得昏头昏脑，猛抬头又见那根丝绳没了。

他一步一探地爬起，忍着疼痛回去找悟空。见到行者之后，用手扯着他问："哥哥呀，你看我头肿没肿啊？还有我这脸青没青啊？"悟空问道："你怎么了？"八戒答："我被那几个妖怪用丝绳给罩住了，罩得我一动就摔跟头，幸好她们跑了之后把丝绳给收走了，我这才回来了。"沙僧就在旁边说道："哎呀，二师兄啊，不如刚才我们把师父救走好了，你又去惹了她们，她们这会儿跑回洞中会伤害师父的。"

行者听了，拽步就走，去救师父。八戒也赶紧牵上马跟在后边，走到石桥上，碰到了那七个小妖拦住了他们的去路。他们问道："慢走，你们是干什么的？"行者看了看他们，觉得很好笑，一个个的都是不大丁点儿的小人儿，长得也就有二尺五六寸高，差不多像个幼儿园的小朋友那样。长得又都很瘦小，应该不会超过十斤，还没一个西瓜重。

行者问道："你们是谁呀？"小妖道："我们是七仙姑的儿子，今天你们欺负了我们的母亲，还敢打上门来，不要走。"这几个小怪物一个个手舞足蹈乱打上来。八戒看了恨得是直咬牙，刚才被摔得够呛，本来他这心里的火就没地方撒，见几个小妖怪敢拦他们的路，他举钯发狠去筑他们。这些小妖见呆子凶猛，一个个现了本相，飞将齐去，叫了声"变！"，须臾间一个变十个、十个变百个、百个变千个、千个变万个，个个都变成无穷之数。只见“满天飞抹蜡，遍地舞蜻蜓。蜜蚂追头额，蠦蜂扎眼睛。班毛前后咬，牛蝠上下叮。扑面漫漫黑，翛（xiāo）翛神鬼惊”。

没想到，这几个虫妖还挺厉害。八戒看了这情景慌了，说道：“哥呀，这取经的路上虫子也欺负人。”悟空道：“兄弟不要怕，快打呀。”八戒又道：“嗨呀，这扑头扑脸的，浑身上下叮了十几层厚了，怎么打呀？”悟空笑道：“看我的，我自有手段。”八戒道：“有手段，快使出来呀。再等一会儿把我头都给叮肿了。”孙大圣拔出一把毫毛来，放到口中嚼碎，喷将出去，即变作些黄、麻、鵕（sōng）、白、雕、鱼、鹞（yào）。八戒就问：“师兄啊，这都是些什么呀？”悟空道：“八戒，你不知这黄是黄鹰，麻是麻鹰，鵕是鵕鹰，白是白鹰，雕是雕鹰，鱼是鱼鹰，鹞是鹞鹰，那妖怪的儿子是七样虫，我的毫毛就变成七样鹰。”

行者变得好，鹰最能啄虫。“一嘴一个，爪打翅敲。须臾，打得尽灭，满空无迹，地积尺余。”真厉害，这是说这七只鹰没多大一会儿，把这些虫子都啄死了。落在地上能有一尺厚。行者的变化是真厉害。三兄弟打胜了这场仗，他们闯过桥区，进入洞中，只见师父正吊在房梁上，在那里哼哼唧唧地哭。行者急忙上前把师父放下来，就问道：“师父，你有没有见到那几个妖怪到哪儿去了？”三藏道：“看见了她们几个也不知道是怎么了，连衣服都没穿，就朝后门跑去了。”

兄弟三人拿上兵器，又走出后门去找她们。可是，后院就只是一片桃李树林，找了个遍也没看到妖怪的影子。沙僧就说：“算了，不必找她们了，师父都救下来了，咱们还是西去吧。”说得也是，重点是救师父，那妖怪跑了就跑了吧。兄弟三人又扶师父上马，悟空就逗师父道：“师父，下次化斋还是让我们去吧，你就化这么一次斋就让人家给吊起来了。”三藏道：“是啊，徒弟们以后就是饿死，我也不出来化斋了。”兄弟三人就笑他，八戒又去找些柴火，把这盘丝洞烧了个干净。

师徒四人离开妖洞继续西行，这一关倒是顺利地过了，盘丝洞也给它烧了。可是，那七个女妖不是去找她们的兄弟去了吗？那个兄弟会不会是个什么厉害的妖怪呢？他们会不会在西行的路上截住师徒四人呢？

第106集

黄花观中毒

唐僧师徒烧毁了盘丝洞，继续西行，也就走了半天时间，忽见一处楼阁重重，宫殿巍巍，“门前杂树密森森，宅外野花香艳艳。柳间栖白鹭，浑如烟里玉无瑕”。这个是说绿柳像烟一样，白鹭在其中像一块洁白无瑕的美玉。

再看，“桃内啭（zhuàn）黄莺，却似火中金有色”。这又是说桃花开得火红，树上的黄莺就像其中的金子一样。还有“双双野鹿，忘情闲踏绿莎茵；对对山禽，飞语高鸣红树杪”。

行者看过说道：“师父，这不像个人家呀，倒像是一个庵观寺院。走，我们到了门前就知道了。”三藏听了，催马前行，走到门前观看，门上嵌着一块石板，上面写着“黄花观”三个字。八戒说道：“这是个观，这是道士待的地方，咱们进去讨些斋饭吃。”四人走进大门，又走进二门，见在东廊下坐着一个道士在那儿做丸药，你看他怎么个打扮：“戴一顶红艳艳戗金冠，穿一领黑淄淄乌皂服，踏一双绿阵阵云头履，系一条黄拂拂吕公绦。面如瓜铁，目若朗星”。

这道士的这身打扮挺有意思，带个红色的冠子，衣服是黑色的，鞋是绿的，腰带是黄的，脸色还发青，他这从上到下的颜色倒是很多。他发现师徒四人走进来了，赶紧放下手中的药，起身迎接说道："老师父，失迎了！失迎了！"三藏也赶紧上前施礼，连忙自我介绍，就说他是东土大唐而来的取经的僧人，要在这里化顿斋饭吃。道士很客气，赶紧把他们请进了屋，走进屋有两个小道童，寻茶盘、洗茶盏、擦茶匙、办茶果，忙忙地乱走，招待他们。这番忙活惊动了后堂的几个冤家。

谁呀，哪来的冤家？原来那盘丝洞的七个女妖怪正坐在后堂。之前不是说她们有个师兄吗，说的就是这个道士。女妖就是跑到这儿来躲着了。她们见小童忙着看茶，就问道："童儿，是有客人来了吗？"小童道："刚才有四个和尚进来了。"妖怪又问："是不是有个白胖的和尚？"小童道："有。"女妖怪又问："还有个长嘴大耳的。"小童又答："也有。"女妖怪又说："你快去递茶，再给你师父使个眼色，让他过来，我们有要紧的事要跟他说。"那小童端了五杯茶，出去递给了唐僧师徒和道士，又对道士使了个眼色。道士一看就明白，这是有什么事儿不方便说。他就站起身来说："师父们，你们先坐啊，我有些事出去一下，就回来。"

转眼间他转到后堂，那七个女妖怪见了他，齐齐地跪下叫道："师兄，师兄，你可要替我们收拾那几个和尚啊。"道士问："这是为什么呀？"妖怪道："师兄，你不知啊，这几个和尚是去西天取经的，今早到我洞里化斋，我们就碰见了他，听说吃了那取经人唐僧的肉是可以长生不老的。所以，我们就把他给拿下了。可是万万没想到，后来我们去濯垢泉洗澡的时候碰到了他那徒弟，他变成了老鹰，把我们的衣服给叼走了，还回来打我们。我们又让七个孩子上前抵挡他们，现在他们既然已经到了这里，估计我们的七个孩儿已经被他们给打死了。"道士道："这和尚这样无礼，看我来收拾他。"妖怪道："好的，师兄，你要是打他的话，我们就上来一起帮忙。"道士又道："不用打，不用打，你们跟我一起来。"妖怪问道："不打，那用什么办法呢？"道士答："跟我一起来就知道了。"

道士引着几个女妖怪到了另一间房间。他取出个梯子，爬上房梁，拿下来一个小皮箱。这小箱有八寸高，一尺长，四寸宽，不大不小，上边还锁了一把铜锁。道士取出钥匙把它打开，从中取出一包药来。他说道："这药是'山中百鸟粪，扫积上千斤。是用铜锅煮，煎熬火候匀。千斤熬一杓，一杓炼三分。三分还要炒，再锻再重熏。制成此毒药，贵似宝和珍。如若尝他味，入口见阎君！’”

这道士说，他用了整整一千斤的鸟粪，熬啊熬，最后就剩下那么一小勺，这勺还得再炼，炼出三分之一来。可还不够，还得炒，还得熏，折腾了半天才做出这么一点毒药。真是没想到，这毒药竟然是这么做出来的，费这么大的周折就是为了害人，这道士可太阴损了。那道士又说：“妹妹们，我这宝贝，只要普通人吃上一厘他就会死，要是神仙只要吃了三厘也会断气。这些和尚不是一般人，我每人给他三厘，保管让他们送命。”

他们分好毒药，又拿了十二颗红枣，把枣皮掐破，把毒药塞进去，然后放在四个茶盅里。从表面看就是红枣茶，不容易让人起疑。但是，怎么能让唐僧师徒喝下去？倒是得陪喝呀。可如果他也弄三个红枣放进去，等那小童把五杯茶端上去，道士拿混了怎么办？这道士又拿出两颗黑枣来，单独放一个茶盅里，他想到时候自己喝黑枣茶，把红枣茶给唐僧师徒们喝。

准备好了一切，他换了一身衣服，假装谦恭地走了进去，招呼道：“还请师父们不要怪我，刚才我下去让小童们为你们准备了一些青菜、萝卜给你们做饭吃。”三藏听了还十分感激，赶忙施礼，道士又喊道：“童儿，快快去给师父们换茶。”小童就把之前准备好的五盅茶端了上来，道士连忙把那四杯红枣茶纷纷递给唐僧师徒，先递给唐僧，又递给八戒，再递给沙僧。他见悟空长得个儿小，最后递给悟空。悟空眼尖，一下子就发现道士给自己的是黑枣茶，给他们的却是红枣茶。

太好了，行者发现不对了，他能不能识破他呀？行者说道：“先生，我们换一下喝，怎么样啊？我来喝你的黑枣茶，你来喝我的红枣茶。”道士听了心头一惊，连忙解释：“不瞒长老说，这十二颗红枣啊，是我刚刚在后院为你们摘下来的。这两个黑枣呢是我之前摘下来放了很长时间的，有点陈了。你们是客人，当然要把新枣给你们喝了，陈枣我来喝。”正在这时，唐僧：“悟空，这位道长真心待我们，有恭敬之意，你就接受了吧。”

这个唐僧总是这么没戒心，一到关键时刻就不听悟空的。可是师父说了这话了，悟空能怎么办，就接受了。他用左手接住茶，但是没喝，用右手把茶杯盖住。好个机灵的悟空，这要是把他毒倒，可就没人能对付这些妖怪了。却说那八戒之前早已经走得又饿又渴，看到茶盅里有枣儿、有茶，他拿起来一咕噜全都咽到肚子里去了。唐僧接下来也边吃边喝了，沙僧也随着喝了。一霎时，只见八戒脸上变色，沙僧满眼流泪，唐僧口吐白沫，他们全都坐不住，晕倒在地上了。

这药这毒性也太大了，刚喝上就起作用了。大圣当然知道是怎么回事了，他拿起茶盅朝着道士劈脸一灌，那道士挥袍隔开，“当”的一声茶盅落在地上摔得粉碎，大圣骂道：“你这畜生，我和你无冤无仇，为什么要用这毒茶来害我们？”道士回道：“你这畜生闯下祸来自己还不知道吧。我问你，你可曾去过盘丝洞啊，又可曾到过濯垢泉呢？”悟空道：“既然问这样，看来你和那几个妖怪是一伙的了，吃我一棒。”好大圣从耳朵里摸出金箍棒，晃一晃，碗来粗细，望着道士劈脸打来，道士急忙躲过，取出一口宝剑相迎。

厮打声惊动了后面的女妖怪，她们一个个地蹿了出来，齐声说道：“师兄，妹妹们和你一起来打他。”行者看着妖怪们到齐了，越生嗔恨，双手抡起铁棒，丢开解数，一顿乱打。只见那七个女妖怪敞开怀，腆着雪白的肚子，从肚脐眼中做出法来，骨都都丝绳乱冒，搭起一个天篷，把行者盖在底下。行者见势不妙，即翻身念声咒语，打个筋斗，扑地撞破天篷走了。

他站在空中再看，见那怪丝绳幌亮，穿穿道道，却是

穿梭的经纬，顷刻间，把黄花观的楼台殿阁都遮得无影无形。悟空心想：厉害！厉害呀！要不是我跑得快，也可能像八戒一样在那丝绳里摔几个跟头了。先不着急，等我再去找人问问，问清这几个妖怪的底细，再来收拾他们。

好大圣，按落云头，捻起决，念起咒，又把之前那个土地老儿给找来了。土地战战兢兢地跪在路旁，连忙给行者磕头说道："大圣啊，你不去救你师父又转回来干什么呀？"悟空道："我之前已经把师父救出来了，结果又遭难了。"接下来，行者就把刚才遇到的事又跟土地神说了一遍，紧接着又问他，那七个女妖怪老是吐放些丝绳出来，她们到底是什么妖怪？土地答道："这个我倒是见过，她们是七只蜘蛛精，她们吐出来的不是什么丝绳，是蛛丝啊。"

听土地这么一说咱们就能明白了，难怪她们吐出那丝绳，行者之前摸上去还有点粘，蜘蛛专门会结网抓虫子，她们那七个孩子都是虫子。行者知道妖怪的底细了，心中大喜道："哈哈，原来是几只虫子成精，这就好对付了，等我再去做法降伏她们。"土地叩头而去。行者又回到黄花观来，他在尾巴上拔下七十根毛，攥在手中吹口仙气，叫了声"变！"，那猴毛转眼变成了七十个小行者。

行者又拿出金箍棒吹口仙气，又叫了声"变！"，金箍

棒变成了七十个双绞叉。每一个小行者就在手中拿着一只双绞叉，他们飞将过去，把那些丝绳全都给绞断了。绞断了以后还往外拽，总共拽出来能有十多斤丝绳，最后连同七个蜘蛛精也给拖出来了，她们正在那儿专心地往外吐丝绳呢，哪想到这样就被拽出来了。一看周围这么多悟空围着自己，吓得她们全都蜷着手脚，缩着头大喊："饶命！饶命啊！"此时，七十个小行者早已按住了这七只蜘蛛，行者说道："你们先不要打她，让她把我的师父、师弟还回来。"这七个女妖怪就连忙厉声高叫道："师兄啊，赶紧把唐僧还给他，救我的命啊。"

那道士从屋里跑出来，他开口说了句什么呢？

第107集

针扎妖道

悟空制住了那七个蜘蛛精，她们就向那妖道求救，希望他赶紧把唐僧给放出来。那妖道出来以后却说道："呃，妹妹们呐，这唐僧呢，我是不能还啦，那唐僧肉我还要自己留着吃呢，不能救你们了。"这妖怪也太没良心了，为了吃口唐僧肉，自己的妹妹们都不管了。行者听了大怒道："好，我叫你不还我师父，今天我就让你看看你这几个妹妹们的下场。"好猴王，把叉儿棒晃一晃变回金箍棒，双手举起，把那七个蜘蛛精全部打烂。那道士看见他的师妹们被打死了，十分恼怒，发狠举剑，与行者来斗。

"这一场各怀愤怒，一个个大展神通""妖怪抡宝剑，大圣举金箍。都为唐朝三藏，先教七女呜呼。大圣神光壮，妖仙胆气粗。浑身解数如花锦，双手腾那似辘轳（lù lú）。乒乓剑棒响，惨淡野云浮。劖（chán）言语，使机谋，一来一往如画图。杀得风响沙飞狼虎怕，天昏地暗斗星无”。

那道士和大圣战了五六十回合后，渐渐手软了，就见他一时间竟然把衣袋解开，又“呼啦”一声把袍子给脱了。行者看见就不明白了，问道：“我的儿啊，你打不过就脱衣服，这有什么用啊？”没想到，那道士把手一抬，他那两侧肋条上有一千只眼，每一只眼睛都迸放金光，十分厉害。这妖怪可真是怪，不是下点儿毒，就是长一千只眼睛瞪着悟空。不过，这眼睛虽多，能有什么用？只见那眼光射去：“森森黄雾，艳艳金光。森森黄雾，两边胁下似喷云；艳艳金光，千只眼中如放火。幌眼迷天遮日月，罩人爆燥气朦胧；把个齐天孙大圣，困在金光黄雾中。”

行者刚开始没把他当回事，但现在发现这道士眼里射出的金光非同小可，一时慌了手脚。在那金光里，他就像被困在了一个金色的牢笼里，向前不能举步，向后不能动脚。行者着急了，想跳上去冲破这金光，结果“噗”地跌了一个倒栽葱，而且觉得头都撞疼了。他摸了摸头，发现连自己的头皮都被撞软了。行者心中就奇怪：“啊，我这颗头刀砍、斧剁都不怕，怎么被这金光撞得皮肉都软了。”行者是越发得暴躁难耐，他心想：“我前去不得，后退不得，左行不得，右行不得，往上也撞不得。这怎么办呢？我从地下试试。”好大圣捻起咒语，摇身一变，变作一只穿山甲，那变得真的是：“四只铁爪，钻山碎石如挝粉；满身鳞甲，破岭穿岩似切葱。两眼光明，好便似双星幌亮；一嘴尖利，胜强如钢钻金锥（zhuī）。”

他硬着头皮往地下一钻，一口气钻了二十多里地。等他再从地里钻出来时，发现那金光只能照到十里远，他钻了二十里，终于逃出了金光的范围。行者变成穿山甲的这个办法奏效了，幸亏他有七十二变。悟空现出了本相，力软筋麻，浑身疼痛，一时间止不住流泪，说道：“师父啊，我老孙怕过谁呀？没想到，今天路过这小小的黄花观，被这个臭道士把我弄成这样。”美猴王正悲悲切切，听山背后有人啼哭，他擦了眼泪回头观看，见到一个老妇人身上披麻戴孝的，一步一声地哭着就走过来了。行者看了看，点头又哀叹道：“哎，正是‘流泪眼逢流泪眼，断肠人遇断肠人’呐。”行者起身走过去问道：“女菩萨，你这是在哭谁呀？”那妇人含泪道：“唉，我丈夫因为和那黄花观主买竹竿儿争了起来，竟然被他的毒药茶给药死了。”行者听了，眼泪又跟着下来了。那妇人看了，反而怒了：“你这无知的和尚，我为我的丈夫烦恼，你跟着愁眉苦脸的干什么呀？你也流下泪来，你是想故意取笑我吗？”行者回道：“哎呀呀，女菩萨，你不要生气。”接下来，他把自己之前的经历跟妇人说了一遍。

那妇人听悟空说完，她又说道：“你不认得那道士，他名叫百眼魔君，又叫多目怪。你既然能逃脱他的金光，那你一定是有大神通啊，只是你没有办法靠近他。这样吧，我指引你去请一位神仙，她能破得了这金光，降得了那道士。”行者问道：“哦，菩萨，既然你知道这样的神仙，快请指教！快请指教啊！我把她请来，不仅能把我师父救出来，还能给你的丈夫报仇啊。”那妇人回道：“好吧。往南去，千里之外有一座紫云山，上面有个千花洞，洞里有一个毗（pí）蓝婆，她能降得了这妖怪，只是你的师父已经中了这毒，三日之内，他的骨髓都会烂光啊。就看你什么时候能回来了。”行者答道：“哦，这倒不怕，我半天时间就能回来。”行者向南看了一眼，再回头时发现那妇人竟然不见了。慌忙礼拜，问道：“是哪位菩萨呀？”只听半空中叫道：“大圣，是我。”行者抬头看，原来是黎山老姆（mǔ）。黎山老姆又劝他：“你快去吧。”

行者谢过辞别，把筋斗云一纵，到了紫云山，按定云

头，又找到了千花洞，只见那洞外："青松遮胜境，翠柏绕仙居。绿柳盈山道，奇花满涧（jiàn）渠。"这个是说千花洞外布满了青松、翠柏、绿柳、奇花。"香兰围石屋，芳草映岩嵎。流水连溪碧，云封古树虚。野禽声聒（guō）聒，幽鹿步徐徐。"这个是说还有溪水、鸟儿和野鹿。大圣欢欢喜喜地走进去，没见到有人，静悄悄的。行者心中暗想："这仙长是不是不在家呀？"又往前走了好远，见到个屋子，里边坐了一个道姑。你看她那身打扮："头戴五花纳锦帽，身穿一领织金袍。脚踏云尖凤头履，腰系攒丝双穗绦（suì tāo）。面似秋容霜后老，声如春燕社前娇。"

这看上去是个老太婆。行者走上前行礼，又叫道："毗蓝婆菩萨。"那菩萨听到，起身走了出来，向大圣回了个礼，说道："是大圣来了，失迎了，你这是从哪里来呀？"行者回道:“哦，你怎么知道我是大圣啊？”菩萨道:“当年你大闹天宫，到处都传了你的画像，谁人不知，哪个不晓啊。”行者又道:“哎呀呀，真是‘好事不出门，坏事传千里’呀。现在我已经护送我师父唐三藏去西天取真经了，这可是好事，那你有没有听说呀？”菩萨回道:“哦，恭喜恭喜，不过，我还真的不知道。”行者又道:“你看看，这好事就是不容易传出去。现在我又遇到了一件坏事，我保唐僧去西天的路上，遇到了黄花观的一个道士，他用毒药茶把我师父、师弟们全都给毒倒了，我与那厮争斗，他又放出金光来把我罩住。我听说菩萨您能灭那金光，特来请你帮我降伏他呀。”

菩萨回道:“哦，是谁和你说的我能降那妖怪啊。我喜欢安静，在这里已经有三百年都没有出去了，你是怎么知道的呢？”行者笑道:“我老孙想要知道什么，到哪儿都能打听出来。”菩萨道:“好吧好吧，本来我是哪里都不想去的，但是你取经是个大好事，我就助你一战。”

行者谢过，转过身就为毗蓝婆引路，又回头看了看，就发现她也没带件什么兵器。行者就好奇问道:“菩萨，你去降妖就不带个什么兵器吗？”菩萨回道:“哦，我有个绣花针儿能降那妖怪。”行者问道:“哦，绣花针啊，绣花针能降他，早知道是这样，我想变多少就能变出多少来。”菩萨又道："哎，你说的绣花针无非是钢铁金针，那些针降不得妖怪。我这宝贝非刚、非铁、非金，是从我小儿的眼里炼成的。"行者好奇道："哦，还有这样的事儿。那你儿子是谁呢？"菩萨答道："我儿是昴日星官。"行者听了惊骇不已，立刻说道："昴日星官，他曾帮过我呀，有一次帮我降伏了一只蝎子精，真是巧，真是巧啊，他可是只大公鸡呀，如果你是他妈妈。那你不是一只老鸡婆了吗？哈哈哈哈哈！"菩萨笑道："哈哈，可以这样说，可以这样说。"

两人笑着向黄花观飞去。到了那里，只见金光艳艳，道士还在放光。毗蓝婆从衣领中取一根绣花针来，看着也就眉毛那么粗，她把针捻在手中，向空中抛去，没用多长时间，就听一声响亮，那黄花观的金光就全都没了。悟空说道："菩萨，妙哉妙哉呀。"二人按落云头，进入黄花观，见道士被扎得眼睛闭上，站在那里不动。行者骂他道："你这泼怪，在这装瞎吧。"说完，他从耳里取出金箍棒上去就要打他，毗蓝婆赶紧扯住他："大圣，先别打，先去看看你的师父吧。"说的也是，什么时候收拾这妖怪都行，赶紧先看看师父和师弟们怎么样了。

悟空又往里走，就见到他们三人正躺在地上口吐白沫，行者一时心疼得眼泪流了下来。孙悟空哭道："哎，这怎么好，这怎么好啊？”眼看着他们三个就快没命了，行者急得团团转。这时，毗蓝婆从身后走了过来，安慰他道：“大圣不必难过，我帮你到底，我这里有解毒丹，送你三丸吃。”孙悟空一听，心里顿时有了希望。他赶紧接过药丸，喂给三人吃下。须臾间，他们三个就开始吐，吐了一阵，把肚子里的毒都吐干净了。八戒先翻身爬起，说道：“哎呀哎呀哎呀，闷死我了。”沙僧也清醒过来，他说道：“哎呀，好晕哪。”紧接着，三藏的脸色也慢慢缓过来了。

行者跟他们说了毗蓝婆救他们的事，三人一起向菩萨道谢。这时，八戒想起是那道士的茶让他们中的毒，气得拿起九齿钉钯就要冲出去找他算账。行者指引他：“八戒，他就在外边站着装瞎呢。”八戒刚要出门，又被毗蓝婆拦住了，她说道：“天蓬元帅息怒，我的千花洞正好就只有我一个人，就让我把他抓回去，给我做个看门的吧。”这救命恩人开口了，兄弟三人自然就放过他了。悟空却有些好奇，问道：“菩萨饶了他也行，只是我想看看他的本相，这到底是个什么妖怪变的。”菩萨回道：“哦，这个容易。”毗蓝婆用手一指，那妖怪“噗”地倒在地上，现了原形。这妖怪是什么成精的啊？

思维特点

☞ 焦点思维

1. 眼神聚焦：每个人的眼神，都集中到蜈蚣精的方向。

2. 位置聚焦：将蜈蚣精放在画面中间偏右，很显眼。

3. 故事情节聚焦：没有神通的师父和忠诚的沙僧离危险最近，怕事的八戒稍远，搬救兵的悟空和毗蓝婆在空中。

培养孩子焦点思维的益处：处理事物更容易聚焦，更强的判断力，更容易有突破性地解决难题……

☞ 如何通过绘画培养孩子焦点思维

1. 画面聚焦

孩子画画时，常问孩子："你最想画什么情节？如果是气愤的老人，可以通过什么细节来表现呢？"

2. 重复多次解决焦点问题

比如反复带孩子思考如何表现气愤的老人，可以教他们画气愤的表情和气愤的动作，甚至表现出周围的人都被吓到了，以辅助表现气愤。

3. 环境熏陶

每段时间围绕一个焦点做事，比如问孩子最近最想玩什么，然后带孩子玩痛快了，其他杂乱的事则不需要关注。

第108集
遇狮驼岭

原来这妖怪是一条七尺长的大蜈蚣。毗蓝婆上前用小指把它给挑起，驾起祥云就回千花洞了。八戒都看呆了："哎呀，这老妈妈好厉害呀，这妖怪她怎么这么轻松就给降了呀？"悟空说道："呆子，你知道她是谁吗？"八戒回道："我怎么知道？"悟空说道："她是昴日星官的妈妈。"八戒惊叫道："啊？昴日星官，就是帮我们降了蝎子精的那个大公鸡吗？"悟空回道："对呀，他的妈妈就是一只老母鸡呀，鸡是专门降蜈蚣的，所以刚好克这妖怪。"三藏听了，就朝着毗蓝婆飞去的方向拜了再拜。沙僧走到屋里，找了些米粮，做了些斋饭，唐僧师徒饱餐一顿。他们牵马挑担，又将那黄花观一把火烧个干净，又西去了。

走了多时，又是夏尽秋初，新凉透体，但见“急雨收残暑，梧桐一叶惊”。这个是说一场急雨下来，似乎夏天的暑意就消退了，梧桐树的树叶也开始落了。“蒲柳先零落，寒蝉应律鸣”。这又是说蒲柳树的叶子也零落了。蝉不再像夏天那样叫个没完没了，而是天气热的时候叫一叫，凉的时候就安静了。

三藏正走着，忽见一座高山，峰插碧空，真个是摩星碍日。三藏心中害怕道：“悟空啊，前面那山十分高耸，也不知道里面有没有个路啊。”行者笑道：“嘿嘿，师父，你说的这是哪里话？你没听说过吗？‘山高自有客行路，水深自有渡船人’。哪有不通路的，放心前去。”悟空这么一安慰，三藏喜笑颜开，扬鞭策马而进，径上高岩。

走了几里路，见到一个老者，“鬓蓬松，白发飘搔；须稀朗，银丝摆动”。这是说他两鬓白发蓬松，胡须也不多，都是银白色的，手持一把龙头拐杖，远远地立在那山坡上，高呼：“西进的长老，快停步啊。这山上有一伙妖魔，路过这里的人全都被他们吃光了。不可前进，不可前进哪。”三藏闻言大惊失色，一来是马脚下的地面不够平整，二来他也在马鞍上坐得不稳，随即“噗”的一下就跌落了下来，躺在草丛里就哼唧上了。难怪他怕，每逢高山必遇见妖魔，看样子磨难又来了。悟空见状，连忙上前扶起三藏："师父，别怕，还有我呢。"三藏道："哎呀，你们听那高岩上的老者说，这山中有妖魔把路过的人都给吃光了。你们，你们谁上去问他一问。"

悟空答道："好的，师父，你坐着，等我去问。"三藏忙道："唉，不行不行，你相貌丑陋、言语粗俗，怕冲撞了他，问不出个实信儿啊。"悟空道："哦，这个好办，我变个俊俏些的，再去问他。"三藏道："那你变来我看。"悟空答声"好"，大声捻着诀，摇身一变，变成了一个干干净净的小和尚，真的是眉秀目清、头圆脸正，走起路来还挺斯文，抖一抖衣服，拽步上前问道："师父，我变得好吗？"三藏连声道："变得好，变得好！"八戒也在旁边儿跟着说："好，怎么不好？就是把我们都比下去了，我老猪再练上两三年也变不出你这么俊俏来。"

好大圣径直地走上前，对那老者躬身施礼道："老公公，贫僧想问个信儿啊。"那老者见他生得俊雅，年少身轻，带答不答地也还了他个礼，还用手摸了摸他脑袋，笑嘻嘻地问道："小和尚啊，你是哪里来的呀？"大圣答道："我们是从东土大唐而来，要去西天拜佛求经的，正好路过这里，听公公你说有妖怪，我师父胆小怕惧，叫我来问一声到底是个什么妖，我好把它铲除掉。”

老者笑道：“哈哈哈哈哈，你这小和尚年幼不知好歹，那妖魔神通广大，你怎么敢就说把他铲除了呢？”大圣道：“哦，照他这么说，你是和他有亲情或者是邻居了，要不然怎么老是说他的威风，不肯把实情给讲出来的。”老者又笑道：“好啊，哈哈，你这小和尚嘴是真巧啊，估计你倒是也学过些法术，可是你可能没碰到过狠怪呀。”

大圣又道：“哦，怎么狠？”老者道：“那妖怪一封书信，寄到灵山，五百阿罗都要来迎接他呀，一纸简书上天宫，

诸位天神都要客客气气地回应他呀。四海龙王曾是他的朋友，八洞神仙常与他来往，十地阎王称他为兄弟呀。”看来这回悟空是碰上厉害的妖怪了，这妖怪有可能本事跟悟空差不多。可是行者听了，却哈哈大笑：“哈哈，不用说了，不用说了，这妖怪不过是跟我的一些后生、晚辈是朋友，厉害不到哪儿去，要是知道我来了，恐怕他就要连夜搬走了。”老者叹道：“哎呀，你这小和尚胡说，哪个神仙是你的后生晚辈呀？”大圣回道：“唉，不瞒你说，我小和尚祖居傲来国花果山水帘洞，姓孙，名悟空，当年也曾做过妖怪，干过大事。曾经因为多喝了几杯酒睡着了，梦中去到阴间，一时愤怒，用金箍棒打伤了判官，唬倒了阎王，几乎掀翻了森罗殿，吓得他们向我求饶，情愿做我的后生晚辈呀。”

老者又说道：“哎呀，阿弥陀佛呀。你这小和尚说话太过头了，没见过谁像你这么吹牛的。你今年有多大了？”大圣回道：“呵呵，你猜猜看。”老者说道：“有十七八岁吧。”大圣笑道：“十七八岁，我有一万个十七八岁。”老者又笑道：“你这小和尚说起话来，越来越不着边儿啊。”大圣道：“那就待我把旧嘴脸拿出来给你看看，吓到你，你可别怪我。”老者问：“什么个旧嘴脸啊？”大圣道：“我小和尚有七十二副嘴脸呢。”

说完，他把脸一抹，现出了本相，龇牙咧嘴、两股通红，腰间几条虎皮裙，手里执一根金箍棒，立在石崖之下，就像个活雷公啊。那老者见了吓得面容失色、腿脚酸麻，站立不稳，“噗”地一跌，站起来又摔个跟头。大圣上前道：“老官儿，不要怕嘛，我长得虽凶，却是个好人呐。别怕别怕，我还要感谢你好意通报呢。”那老者早已经战战兢兢地说不出话来了。

悟空见他不说话了，就回到三藏身边。唐僧赶紧问：“悟空啊，你问得怎么样了？”悟空答道：“哦，没什么事，这里的人只是被那些妖怪给吓坏了，胆子太小了。没事，没事，有我呢。”唐僧又问：“那你有没有问这是什么山？什么洞？有多少妖怪？从哪条路能通往西方呢？”悟空刚才确实没问这些事，光顾着吹牛了，所以一时也答不上来。八戒就说道：“师父，要是论变化，论捉弄人，我们三五个也比不上师兄一个，但说论起老实来，师兄他摆一队也不如我一个。”唐僧说道：“八戒说得是，悟空的确不够老实。”八戒又接着说：“他呀，就是问个头，不问尾，等我老猪去问个实信儿。”唐僧道：“也好，你再仔细地去问一遍。”

这呆子站起身，整了整衣服，扭扭捏捏地就奔上山坡了。又见那老者，他问道：“老公公啊，你好，问你个信儿。”

那老者刚刚被悟空吓怕了，正战战兢兢地拄着拐杖要走，忽然见八戒来了，更感到害怕，他开口说道："哎呀，今天这是做了什么噩梦啊？遇到这么一伙恶人，先前的和尚丑是丑了点儿，还有三分像人，这个和尚怎么长得像个猪一样啊？"八戒道："你啊，别看我长得丑，但是，却耐得住看，看久了，你还觉得我俊俏呢。"老者问："那你是从哪里来的呀？"

八戒回道："我呀，是唐僧的二徒弟，刚才来的是我师兄，他叫孙行者，我叫猪八戒。师父怪他冲撞了你，就叫我再来问一遍，这山叫什么山？妖洞叫什么洞？洞里有什么妖怪？哪条路是通往西天的路，还请公公指示指示。"老者说道："指示倒是可以，只怕你像刚才那个和尚那样不老实，净说些大话吹牛啊。"八戒忙道："哦，我不像他，我老实着呢。"

老者道："好吧，那我就告诉你，这山叫作八百里狮驼岭，中间有座狮驼洞，洞里有三个魔头。"八戒却说道："哎呀，你这老儿，也太多心了吧，就三个妖怪，也值得你来报信啊。"老者惊道："啊，难道你不怕吗？"八戒回答道："这个呀，不瞒你说，我师兄呢一棍子能打死一个，我呢一钯能筑死一个，我还有个师弟，他一降妖杖也能打死一个，三个都打死了，我师父不就过去了吗？”老者又道：“你这和尚不知深浅啊，那三个魔头神通广大得很，手下的小妖是不计其数，南岭上有五千个，北岭上有五千个，东路口有一万个，西路口有一万个，巡哨的有四五千，把门的还有一万，烧火砍柴的那是数不尽有多少啊。总共能有四万七八千个妖怪，你说说就你们四个人从这儿路过，能够他们吃吗？”呆子听了这话不言语了，战战兢兢地转身就往回跑。

他这是被妖怪的数量给吓怕了，回去见到师父，一句话都没说，到旁边找了个草深的地方大便去了。你看把他吓得屎尿都逼出来了。行者见了喝道：“呆子，你躲到那草丛后边干什么？”八戒道：“哎呀哎呀，吓得我呀，屎尿都吓出来了。哎呀，咱们还是各自逃命去吧。”悟空问道：“哦，刚才我去问信儿都不怕，怎么你去问个信儿就慌张成这个样子。”八戒提上裤子，把刚才老者说的话原模原样地重复了一遍，三藏听了也毛骨悚（sǒng）然呐，他说道：“悟空啊，这，这如何是好啊？”唐僧的担心也有道理，这么多妖怪，悟空能对付得了吗？

第109集
行者巡山

唐僧听说这山中有那么多小妖，十分害怕。悟空安慰他说道："嘿嘿，师父，估计这里的妖怪呢，也能有一些，只是这里的人胆子小，故意把妖怪说得那么多。不怕、不怕，有我呢。"八戒却道："哎呀哥哥呀，我可是老老实实地问，那老儿是老老实实地答，如果真的是满山满谷的妖怪，我们怎么前进呢？"悟空答道："这也不怕，就算是满山满谷的妖怪，我老孙只要一棒子抡下去，打到半夜也把他们都杀个干净。"八戒不信道："你别在那儿说大话了，这么多妖怪，四万七八千个，就是让你一个一个地数，你还得数上七八天呢。就算站在那里不动，让你打，你也打不了那么快啊。"悟空解释道："哎呀，你不会想办法吗？我只要把我这棍子往两头一扯，叫声‘长’，给它长出四十丈长短，再晃一晃，叫声‘粗’，再变成八丈围圆粗细，我先往那南山上一滚，滚杀五千，再往北山上一滚，再滚杀五千。在从东往西一滚，恐怕那四万七八千个小妖就全滚成肉泥、烂酱了。”八戒道：“哦。要是这样打，那倒也快。”沙僧在一旁笑道：“嗨呀，咱们有大师兄这样的神通，怕什么？只管走，师父请上马吧。”唐僧听他们这么一说，稍微壮了些胆，但还是心存恐惧，也只好硬着头皮往前走。

这一路上，要没有悟空真是不行，他不仅是神通广大，他还机智、乐观，能给师父、师弟们带来信心。他们往前走了一段儿，沙僧先发现那报信的老者不见了，他就说：“哎，刚才那老者怎么不见了？难道是妖怪变的，假意来吓唬我们吗？”悟空说道：“别急，等我上去看看。”好大圣，四处一看，没找到老者的痕迹，再转脸向半空望去，竟有彩霞晃亮，纵云赶上，仔细一看，原来是太白金星。悟空飞到他身边，将他扯住，口口声声叫道：“李长庚，李长庚。”这是太白金星的小名。行者就质问他：“你在搞什么名堂？有什么话不当面说，却变成一个老者在山林中唬我们呢？”太白金星慌忙施礼，说道：“大圣啊，我报信儿来晚了，不要怪罪，这山中的魔头真是神通广大呀，你要小心翼翼，多想办法才可能过去。”大圣道：“哦，我自会小心，那感激不尽，感激不尽呐，如果真遇到难处，还希望你去玉帝那里给我借些天兵天将来呀。”金星忙道：“好的好的，你自己要小心呐。”说完，金星转身回天宫了。原来报信的老人是太白金星，那说明这妖怪可真是厉害，再加上那么多小妖，悟空师徒能不能顺利地走过去呢？

大圣按落云头，回到三藏身边，告知师父和师弟们，刚才那老者是太白金星变的。三藏听了，眼泪止不住就下来了，哭道：“唉，徒弟呀，我们太难了。如果这妖怪不是十分厉害，太白金星怎么会亲自来报信啊？”悟空劝道：“唉，师父，别哭，别哭嘛，一哭不就成脓包了？你先下来坐会儿，坐会儿。”八戒道：“猴呀，你让师父下来坐着干什么呀？你是要商量什么事儿吧？”悟空道：“有什么好商量的。你们在这儿把师父看好，我先到那山岭上打听打听。”八戒说道：“好吧，大师兄，那你先去，要小心啊！”悟空回道：“放心放心，我这一去就是：‘东洋大海也荡开路，就是铁裹银山也撞透门！’”

好大圣唿哨一声纵筋斗云，跳上高峰，平山观看。那山里静悄无人。行者心中就暗想：“难道是太白金星唬我，山中有那么多妖怪，再怎么也应该能看到一两个呀。”他正在这揣摩着，只听到山背后传来了叮叮当当、辟辟剥剥的铃声。行者急忙回头看去，原来是个小妖，肩上扛着个旗子，腰间挂个铃铛，手里还敲着个锣，看着打扮是正在巡山。这是好事，悟空可以把他抓来问问。好大圣捻起诀，念起咒，摇身一变，变作一只小苍蝇，轻轻地飞在他帽子上，侧耳听着，只见那小妖儿口中念叨：“我们巡山的可得小心了。那孙行者很厉害呀，他能变成苍蝇。”行者听了心头一惊，他心中还在想：“难道这妖怪看见我了，怎么会知道我的名字，又知道我会变成苍蝇了？”那小妖哪可能注意到悟空，其实这是洞里的魔头特意交代过的。

这就更不好办了，说明这些妖怪早有准备，悟空的本事都被他们摸得一清二楚了。悟空心中更加好奇，他要问个究竟，从小妖的帽子上飞下来，钉在树头，然后让那小妖先走几步。悟空一个转身，就变成了另一个小妖，也是扛着个旗，腰间也挂着个铃铛，手中也敲着一面锣，只是个头比那小妖高了个三五寸。

那小妖口中念什么，悟空就跟着念什么，小妖在前面走，当然能听到悟空在后面念叨了。他转过身来看见了悟空就问：“咦，你是从哪里来的？我好像没有见过你呀。”悟空回道：“你怎么没见过我？你仔细看看。”小妖仔细看说道：“嗯，面生不认得。”这可不好办了，悟空没骗过去，那接下来就不方便打探消息。行者想了想，又继续骗他：“你是巡山的，我是烧火的，我倒是看见过你，可能你没有注意到我呀。”小妖回道：“不会不会，我洞里的那些烧火的兄弟我全都认识，没有你这么个尖嘴儿的。”悟空这个谎还是没圆过去，他又低下头揉了揉自己的尖嘴儿，把它变得不尖了。

行者又抬起头说道：“我的嘴也不尖啊，你是不是刚才看错了？”小妖惊道：“哎，你刚才是个尖嘴儿，怎么揉一揉就不尖了？你是从哪里来的？实在可疑。我家大王规定得特别严，烧火的就是烧火，巡山的就管巡山，不可能让你烧火的来管巡山。你说清楚你是从哪里来的？”这小妖还真不好糊弄，但行者就是聪明，他又改口说道：“你不知道，大王见我烧火烧得好，就把我提升了，让我来做个巡山的。”小妖又问：“好，那我问你，我们巡山的一组有四十个人，总共有十组，就是四百人，大王怕咱们弄乱了，给我们每人一个号牌。你有号牌吗？”

这小妖是极不相信悟空，悟空手里也确实没有号牌。可是，悟空脑筋一转，又骗那小妖说：“当然有，我这还是新领的呢，要不然你先把你的牌拿出来给我看看。”那小妖掀起衣服，十分自信地从腰间摘下一块金漆牌儿来，上边儿还系着条红线绳。他把牌递给行者，行者一看，只见那牌子上写了三个字“小钻风”。他心中暗想：“不用说了，看来这巡山的名字里都有个‘风’字，那我也得取个带‘风’的名字。”想到这里，他把名牌递还给了小钻风。转身悄悄从尾巴上拔下一根猴毛来，他捻了一把，叫了声“变”，立马也变出个金漆牌来，上面系着绿绒绳，牌上写着“总钻风”。

悟空这明显是想争个高低，这名字一听就比小钻风要威风多了。他把这假牌子递给那小妖看，小钻风看了大惊：“唉，我叫小钻风，你怎么叫个总钻风啊？”行者继续编谎来骗他：“你不知道，大王见我烧火烧得好，就把我提拔起来，让我做巡山的，还让我管着你们，你们这组四十个兄弟都归我管。”这个小钻风啊，这下相信了，他一看这是大王新派来的领导，满脸堆笑地说：“哎呀，长官长官，刚才我言语冲撞了你，还希望你不要责怪我呀。”悟空成功骗了他，继续哄他：“那你见到长官应该怎么表达表达你的心意呀？这样吧，你们每个人拿出五两钱来孝敬我吧。”小妖讨好道：“哎，长官，不忙不忙，我带你去南岭头和咱们这组的兄弟见一见，到时候，我让大家每人孝敬你五两钱。”行者说道：“这还差不多，那你在前面带路。”

小妖在前面走，大圣紧随其后。走了没几里路，忽见一座笔峰。什么叫笔峰啊？在那山头上又往上长出一座峰来，大约有四五丈那么高，离远了看就像一支笔插在笔架子上一样，所以叫笔峰。

行者走到边前，纵身一跃，直接就跳到那笔峰的峰尖儿上去了。他高声叫道：“钻风们都过来。”那些小妖听到喊声就全都围了过来。躬身道：“长官，长官，我们来了。”行者又说道：“你们可知道大王为什么要点我到这里来呀？”小妖们回道：“不知道。”行者又说道，“大王要吃唐僧，只怕那孙行者神通广大，变成你们之中的一个小钻风，混在里面来打探消息，大王就把我升为总钻风，到这里查看一下，看看你们之中有没有假的。”小妖们赶紧回道：“长官，长官，我们都互相认识，我们这里没有假的。”行者又说道：“哦，没有假的，那我来考考你们，你们说说咱们大王都有什么本事啊，要是说错了就是假的。”

悟空这招儿真逗，不仅装成总钻风，还故意考这些小钻风，看谁能识破他是悟空变的。这样就把他们大王的本事给打探出来了，这些小钻风们都被他骗得信以为真，就抢着说：“哎哎，长官，大王的本事我知道。”行者问道：“哦，你知道，那你就先说来听，要是说错了就说明你是假的，我就会把你抓回去给大王处置。”那小钻风就实话实说道：“大王神通广大、本事高强，能一口吞下十万天兵呢。”行者听了这话，喝出一声道：“你就是假的。”这个小钻风就慌了，他赶忙说道：“官老爷呀，我说的是真的，怎么能说我说的是假的呢？”行者问道：“你是真的，那为什么胡说呀？大王的身子能有多大，怎么可能一口吞下十万天兵呢？”那小妖急忙解释：“长官你不知道吗？咱们大王会变化呀，变大能撑上天堂，变小能变成小菜籽儿。有一年王母娘娘设蟠桃大会，请了诸仙，就没请咱大王。大王就生气了，跟天争。那玉皇大帝派来十万天兵降咱们大王，大王就变大了，张开口要吞他们，吓得十万天兵全都跑了，回去关好南天门不敢出来了。所以，就有大王一口吞下十万天兵这一说呀。”

这妖怪不简单，也曾战过十万天兵，那本事与悟空不分上下，悟空能打得过他吗？

思维特点

☞ 整体布局思维

1. 大场景：人物渺小，整个画面宏大丰富。

2. 空间整体：分为地面、石头上、云层。

3. 画面布置：左边的石头，右边的树林，远处的云层等，整体画面布置均衡。

培养孩子整体布局思维的益处：孩子思考问题能虑事周全，能提前统筹布局，能更有章法地处理问题。

☞ 如何通过绘画培养孩子整体布局思维

1. 绘画引导方向

每次孩子画画，最少从三个方向引导其思考，让画面更丰富。比如孩子画遇到大风的场景时，首先可以引导孩子思考遇到大风时人物都在干什么，其次还可以引导其通过人物处境来思考画面，最后还可以引导孩子思考大风对物品的毁坏程度，这样画面就会比较周全丰富。

2. 随笔

围绕孩子兴趣点，多启发孩子创作街道、建筑群、动物园景区布局图等随笔作品，这些作品不要求细致，简单勾勒大场景就行。

3. 感受场景

多带孩子登高望远，体会一览众山小的感觉，多带孩子看看景区和公园的布局图。

第110集
探狮驼洞

小钻风跟悟空讲了那大魔的厉害，行者听了却暗笑道：“嘿嘿，原来这妖怪也干过老孙干的事儿啊。”悟空的胆子是真大，这还有心思笑。他又继续问：“那你说说咱们二大王有什么本事啊？”那小钻风回道：“二大王身高三丈，卧蚕眉，丹凤眼，美人声，匾担牙，鼻似蛟龙。”这是说这二大王长着一个长长的鼻子，还长了两条特别长的牙，两只眼睛又细又长，讲起话来细声细气，像个美人的声音。听他这么描述，这二大王有点儿像一头大象成精。那小钻风继续说：“二大王与人争斗的时候，只消一鼻子卷去，就是铁背铜身，也会魂亡魄丧。”那这二大王也挺厉害，和悟空一样都是铁背铜身，他一鼻子卷过去就能让人魂亡魄丧。

行者心中又暗想道："哦，鼻子卷人这样的妖怪，好拿，好拿。"行者还是没把他放在眼里，继续问："那你再说说三大王有什么手段呢？"那小钻风继续说道："咱们三大王不是凡间的妖怪。名号云程万里鹏，行动时，抟（tuán）风运海，振北图南。随身还有一件法宝，叫作阴阳二气瓶，假若把人装入瓶中，一时三刻，化为浆水。"这个妖怪也不简单，而且还有个宝贝，这三个妖怪合在一起，悟空能打过吗？

这回行者也心中暗惊道："妖魔倒不怕，只是仔细防着点儿他那个瓶儿。"好个齐天大圣，真是勇敢，这么厉害的三个妖怪，竟然都不放在眼里，只说小心三大王的那个瓶。他继续对小钻风们说道："嗯，不错，三个大王的本事你都答上来了，可是你知不知道这三个大王里是哪个要吃唐僧呢？"那小钻风说："长官，这个你不知道吗？"行者回道："哎，我怎么会不知道？我是怕你们不知道，所以故意来盘问你们。"悟空他是真会装，把这些小妖们全都给弄迷糊了。

小钻风接着回答："咱们大王和二大王一直住在狮驼岭上的狮驼洞，三大王不住在这里，他以前住在西边四百里外的一座叫狮驼国的城池。五百年前，那国中的文武百官和城中的男女全都被三大王吃干净了，就连那国王也给吃

了。三大王夺了那狮驼国，如今满国都是妖怪，可是不知哪一年，他打听到东土唐朝会派一个和尚去西天取经，那个和尚叫唐僧，还说他是十世修行的好人，谁要是吃了他一块肉啊，就能长生不老。但是呢，又听说他有个徒弟叫孙行者，十分厉害，三大王怕一个人斗不过他，就来找我们大王和二大王，想和他们一起降伏孙行者。”

行者听了，心中大怒：“这泼魔十分无礼，我保唐僧成正果，他却算计要吃我们。”咬响钢牙，掣出铁棒，跳下高峰，照着这些小妖的头上，一顿乱打，把他们都打成了肉团，又从他们身上取下旗子、摘下名牌，拿着他们手中的锣，摇身一变，变成了小钻风的模样，沿着山路去找妖洞。这真是：“千般变化美猴王，万样腾那真本事”。

依着旧路往前走，忽听得人喊马嘶之声，抬眼观看，原来是狮驼洞口有上万名小妖在那排着队，他们手中拿着刀枪剑戟，十分威风。怎么能看出他们是有上万个小妖？只见他们二百五十人站成一个大队伍，每个队举着一面大彩旗，悟空数了数，总共有四十面。这杂彩长旗，迎风乱舞，那算下来就有近万名小妖。行者暗自揣度：“老孙现在变成小钻风进去，那妖王必然会问我情况，我就要随机应答，万一哪一句话没答对，被那妖王给识破了，我再往外跑的时候，容易被这些妖怪给堵在门口出不来。看来，要想收拾那妖王，必先收拾了这门前众怪。”

好大圣，他想的是：“那老魔还没有见我的面，就听说过我的名头，还有些怕我，那他必然跟这些小妖们说过。我不如就借着我的名号、仗着我的威风来吓吓他们。”悟空心里琢磨着，最后决定就这么干。不过，他具体会怎么说呢？怎么使用自己的名头呢？又怎么能几句话就把这些妖怪吓跑呢？就见他插着旗，敲着锣，扮成小钻风的样子，大摇大摆地朝狮驼洞口走去。刚到洞口，就被一个小妖拦住了，说道：“小钻风来了。”行者没理他，继续低着头往里走，走到二层营里，又被小妖扯住，问道：“小钻风来啦。”行者答道：“来了，来了。”那小妖又问：“你今早去巡风去，见到孙行者了吗？”行者回道：“撞见了，正在那里磨扛子呢。”众妖一听孙行者出现了，都吓得哆嗦。他们继续问道：“他怎么个模样？磨什么扛子？”行者回道：“他蹲在那涧水边，就像个开路神一样，要是站起来呀，能有十几丈长。”

悟空故意把自己说成是一个巨人。他又接着说：“他手里还拿着一条铁棒，那是碗那么粗的一个大扛子，还在石崖上焯（chāo）一把水，在那儿磨呀磨，嘴里还念叨着：‘扛子啊，好一阵没拿你出来显显神通啦。这一去有十万妖

怪，你都给我打死之后，再打杀那三个魔头’。我听他这么说，心里都慌死了，我看他扛子磨亮了以后，会先打死你们门前这一万人的。”这些小妖听着这话一个个吓得心惊胆战，魂飞魄散。

悟空这番话起作用了，他又说道：“列位，那唐僧肉一共也没几斤，就算把他抓来，咱们能吃上一口吗？咱们卖这个命值得吗？我看不如我们都散了吧。”众妖一听，都觉得有道理，纷纷说：“我看你说的是，那我们还是各自逃命去吧。”这些妖怪本就是山里的野兽成精，聚在一起也没那么齐心，这一说散，“呜”的一声全都散去了。悟空就这么动一动嘴，把这一万个妖怪就给遣散了。

虽说行者成功了，他心里却还是有些担心，他揣摩道：“过会进了洞，那老魔问我话，我答对了倒好，万一要是答错了，刚才那些妖怪，难免会有几个跑回洞中，发现我是个假钻风，还会把刚才那些妖怪找回来的呀。不管他，只管去。”好行者也不畏惧，你看他“存心来古洞，仗胆入深门”。

他进了洞口，两边观看，只见“骷髅若岭，骸骨如林”。就是说这洞穴两边堆满了吃剩的骷髅和骸骨，也就悟空有胆量进这个洞，换个人早就吓死了。不多时，他走进了二

层门，再看这里与外面不同：“清奇幽雅，秀丽宽平；左右有瑶草仙花，前后有乔松翠竹。”

再往前走个七八里，到第三层门，行者看过去，那上面正坐着三个老妖，十分狞恶。中间的那个生得“凿牙锯齿，圆头方面。声吼若雷，眼光如电。仰鼻朝天，赤眉飘焰。但行处，百兽心慌；若坐下，群魔胆战。这一个是兽中王，青毛狮子怪”。

再看左边那个妖怪生得“凤目金睛，黄牙粗腿。长鼻银毛，看头似尾。圆额皱眉，身躯磊磊。细声如窈窕（yǎo tiǎo）佳人，玉面似牛头恶鬼。这一个是藏齿修身多年的黄牙老象”。

再看右边那个妖怪生得“金翅鲲头，星睛豹眼。振北图南，刚强勇敢。抟风翮百鸟藏头，舒利爪诸禽丧胆。这个是云程九万的大鹏雕。这是大鹏鸟成精，还长着一身金毛”。

再往两边看，又列着百十个大小头目的小妖。行者见了反而心中欢喜，他是觉着找着妖怪老巢了，大踏步地往前走，朝上喊了声：“大王。”三个魔头笑呵呵地问道：“小钻风，你回来啦？”行者回道：“来了来了。”魔头又问道：“你去巡山打听到孙行者的下落了吗？”行者回道：“大王，这个我不敢说。”

魔头问：“怎么不敢说呀？”行者回道：“我奉大王命令去巡山，正走着，猛抬头就看见山崖上蹲着一个人在那儿磨扛子呢，就像一个开路神一样，这人站起来能有十几丈高，就在那山涧的岩石上，抄一把水磨一磨，抄一把水磨一磨，嘴里还念叨着说那杠子好久没有显神通了，要把它磨亮了来打大王的。我猜测他就是孙行者，就赶紧跑回来报告了。”

悟空又说了一遍这个谎来吓他们。那大魔听完这话吓得是浑身是冷汗，他连声说道：“哎呀，兄弟们，我说过，那唐僧不好惹呀，他的徒弟神通广大，现在又预先做了准备，磨了杠子想打我们，这可如何是好啊？要不然这样吧，你们去把洞外的大小妖都叫进来，咱们关好门，随唐僧师徒他们去吧，不去惹他们。”

大魔这话刚说完，早有妖怪的小头目报道：“大王，门外的小妖都散了。”大魔问：“哎，怎么都散了呢？”那小头目回道：“可能是他们听说孙行者来了，就都吓跑了。”大魔说：“那快把前门、后门、所有的门都关上。”众妖怪就一起动手把前、后门全都关上了。

行者看了这情况，心头一惊，他暗想道：“这可不太好，

待会儿他们再问我问题，如果哪一句我没答上来，露出了破绽，那妖怪要是来抓我，我跑不出去呀。不行不行，我还是再吓他一吓，让他把门都开开。”

想到这里，他又上前说道：“大王，他还说了一些挺吓人的。”大魔问：“哦，他还说什么了？”行者回道：“他说要拿大大王去剥皮，拿二大王去刮骨，最后再拿三大王去抽筋。你们现在把门都关上了，可是他会变化呀，万一他变成一只小苍蝇飞进来，不就把我们都抓了吗？”大魔着急道：“啊，那怎么办呢？兄弟们，我这洞里可从来都没有进过苍蝇，万一要是发现了有苍蝇，一定是孙行者变的，你们一定要看仔细。”

行者见他这么怕自己，心中暗笑道：“既然这么怕我，那我就变成一只苍蝇来吓他一下，让他把门打开。”行者能成功地骗过他们，让他们再把门打开吗？

第111集
钻透阴阳瓶

大魔怕悟空钻到洞里来，就让小妖们赶紧把门都关上。但悟空怕有意外跑不掉，得想个招让大魔再开门。他想的是什么办法？他躲在旁边，伸手从脑后拔下一根毫毛来，吹一口仙气，叫了声“变”，他就变成了一个金色的苍蝇，直接朝老魔脸上飞去。那苍蝇飞起来还嗡嗡地响，老魔一下就看到了，这把他慌得：“哎呀，兄弟们呐，这孙悟空飞进来了。”老魔这一喊，洞里的小妖一听，全都拿起扫帚来扑打那只苍蝇。大圣在旁边看着就忍不住笑出声：“嘿嘿，哈哈哈，嘿嘿嘿嘿嘿嘿。”

不过这一笑可坏了事。因为他得意忘形，笑的时候露出了本来的嘴脸。这一切正被站在对面的三魔看见了，跳上前一把扯住行者，他高声说道：“哥哥，差点被他给骗了。”大魔就听不懂了，他问道：“贤弟呀，被谁给骗了？”三魔答道：“刚才这个回话的小妖，他不是什么小钻风，他就是孙行者，他一定是撞见了小钻风，然后杀了小钻风，变成他的样子来骗我们。”行者看被识破了，也没放弃，继续抵赖：“大王，大王，我怎么是孙行者呀？我是小钻风啊，三大王，你认错了。”那大魔也笑：“哈哈哈，兄弟，他是小钻风，我一天能看见他三回呢，我怎么能不认得他呢？”

大魔又问：“小钻风，你把身上的号牌儿拿出来。”行者赶忙回道：“有牌有牌。”行者掀起衣服，把那名牌儿掏出来给大家看。大魔看了看牌儿，又说道：“兄弟，你别冤枉了他，他是小钻风啊。”三魔却坚持认为他是行者，他又说道：“哥哥，你没看到他刚才的模样，他一笑就露出了雷公嘴。我抓住他时，他才变了样。小的们拿绳子来。”说完，那三魔把行者扳倒，小妖们把绳子拿来，三魔把悟空四马攒（cuán）蹄地给捆上了。又扒下悟空的裤子，掀起他衣裳一看，就是弼马温。

原来行者有七十二般变化，他要是变成个飞禽、走兽、花木、昆虫，那你是怎么认也认不出来。但要是变个人物，那就只能变个头脸，身子还是老样子。重要的是看行者这个衣服里头，那是一身的黄毛，两团红屁股，还有一条尾巴。大魔看得心惊："这是小钻风的脸皮，孙行者的身子呀。他果然是那孙行者变的。"三魔一听，赶紧喊小妖们抬出那个阴阳宝瓶来。那瓶子也就幼儿园小朋友那么高，但得三十六个小妖一起抬，为啥呢？因为这瓶子里有阴阳二气，重得很。没有这么多小妖合力抬不动。不一会儿宝瓶抬过来了，盖儿也打开了，三魔解开悟空身上的绳索，又剥了他的衣服，就看那瓶中仙气，"飕"（sōu）地一声就把他吸进去了。然后盖上盖子，贴了张封条，叫道："兄弟们，我们吃酒去。这猴子今天被我装到宝瓶里了，再也别想去西方了。"妖怪们是怎么也没想到，在他们心中那么可怕的孙行者就这样被抓住了，他们都高高兴兴地去庆功去了。

说来也真是可惜，悟空前面做得那么成功，最后却因为一笑而坏了事。再说悟空进了宝瓶之后，他觉得这瓶子太小，十分不舒服，干脆就把身形变得更小一点儿，蹲在那瓶子里。待了一会儿，没觉得这瓶子怎么样？还挺阴凉。悟空就笑道："嘿嘿，这妖怪净胡吹，说是这瓶子装了人，一时三刻就化为脓血。我看像这样阴凉的话，坐上七八年都没问题。"大圣的话还没说完，满瓶子就烧起了火焰。这是怎么回事？原来这瓶子有个怪功能，人进去了要是不说话，它就一直这样阴凉，要是听到有人言语，那火就会烧起来。这瓶子也太怪了，竟然还有这样的功能。

行者赶紧坐在烈火中间，捻起避火诀，他对这个火，倒是全然不惧，火烧了足足有半个时辰，忽见四周又蹿出四十条火蛇，行者一把将它们抓住，尽力一撕，撕成八十多段了。但是他没想到的是，刚把这些火蛇弄死，没过多长时间，又蹿出三条火龙来，它们把那行者上下盘住。行者倒也不怕这三条龙，只是担心一边跟龙打着，一边容易火气攻心。他心中暗想："待我把这身子长一长，把瓶撑破。"想到这里，他先把那三条火龙给打死了，然后捻起诀、念起咒，叫了声"长"，行者的身子霎时间长了数丈高，可是那瓶子也跟着长，而且还紧紧地贴着他，它也不碎，他再把身子往回缩，瓶子也跟着往回缩。行者心惊，他想道："哎呀，这可怎么办呢？我怎么出得去呀？"

正在这无奈之时，他忽然想起了观音菩萨当年给过他三根救命毫毛，想到这里，他赶紧伸手上脑后去摸，在瓶里烧了这么半天，他浑身上下的毛，都已经烧得有点儿软了，可唯有这三根救命毫毛还十分的硬挺。他连忙拔下一根来，吹了口仙气，叫了声“变”，那毫毛变成一个金刚钻。行者蹲下身来，拿来这金刚钻，就开始钻这阴阳宝瓶的瓶底儿，没一会儿，就钻出个眼儿来，光都透进来了。行者高兴地说道：“嘿嘿嘿嘿嘿，好啊好啊，这下我就可以出去了。”就在此时，瓶子里的阴阳二气都从孔洞里泄了出去，瓶子瞬间变得阴凉。

大圣收了毫毛，摇身一变，变成一只小蟭蟟虫，十分轻巧，细如须发、长似眉毛，从那孔洞钻出。悟空飞出来之后，他直接飞到老魔的头顶上。那老魔正在喝酒，猛然放下酒杯，他问道：“三弟呀，那孙行者化了吗？”三魔说道：“哈哈哈，时间差不多了。”老魔又让那三十六个小妖去抬宝瓶。

小妖们一抬，发现瓶子轻了。其中有一个小妖就慌忙报道：“大王，瓶子轻了。”老魔喝道：“胡说，那瓶中有阴阳二气，怎么会轻呢？”另一小妖仔细检查后发现了瓶子上的孔洞之后又来禀报：“大王，你快来看哪，这瓶子底下有个洞。”老魔听了赶紧往瓶中一看，里面都透亮了，他忍不住失声叫道：“哎呀，我们的宝贝呀。”大圣听了也在他头上，忍不住叫了一声：“我的儿啊，宝贝可惜了。”说完，他赶紧飞下来收走衣服，现了本相，跳出洞外。跳出去之后，他还回头骂道："妖怪，你那瓶子被我钻破了，装人恐怕是装不了了，以后还是用来装尿吧！"说完，大圣喜喜欢欢、嚷嚷闹闹，踏上云头，回去找师父去了。最终这个结果还是不错，悟空这一趟算打了个胜仗。

再说唐僧，自从悟空出去后，他就一直担心，双手合十，望空祷（dǎo）祝。这个是说他把两个手掌合在一起放在胸前，望着天空，祝悟空好运。口里边还叨咕着："众位神仙，保我徒弟平安呀。"大圣听了这番话，十分感动，加快了速度。他收敛云光，近前叫道："师父，我回来了。"三藏赶忙起身扶着悟空问长问短，行者就把刚才发生的事情跟唐僧说了一遍。唐僧又问："那你刚才和那些妖怪动手了吗？"悟空回道："那还没动手。"三藏叹道："唉，看来你也没有办法保我过山了。"悟空疑惑道："哦？我怎么就保不了你过山呢？"三藏道："你没有动过手，我们就不知道能不能胜过他们，又怎么敢过山呢？"这唐僧竟然会这么想，大圣却笑着安慰他道："哎，师父，你也太不变通了，他们那妖王有三个。小妖有上千万，我要是一个人和他们动手，还不得吃亏啊。"三藏道："这倒也是，那就让八戒和沙僧去给你做个帮手吧。"悟空想了想，还是这样安排道："沙师弟，你在这里保护师父，你就不用去了。八戒，你随我同去。”八戒道：“啊，哥哥呀，我太粗笨了，也没什么本事，跟你去也没什么用啊。”大圣道：“兄弟，你虽然本事不大，去了，也多个人嘛。放屁添风，给我壮壮胆气。”八戒本就怕妖怪，不想去，但听悟空这样说完，他也不好推辞，就回答道：“那好吧，我跟你去。”

那呆子，抖擞威风，与行者纵着狂风，驾着云雾，跳上高山，急至洞口。早见那洞门紧闭，四顾无人。行者上前执铁棒，厉声高叫道：“妖怪开门，快出来，与俺老孙打上一仗。”洞里的小妖儿听到声音，急忙跑去报告大魔。大魔听了心惊胆战，他说道：“哎呀，都说这猴子狠，真是名不虚传呐。”那二老怪在旁边听了就问道：“哥哥，怎么这样说呢？”这二老怪开口果然是细声细气，美人声。大魔答道：“你想想看，他刚开始变成小钻风，跑进来，我们没人能认出他。幸亏三贤弟把他识破了，又把他装到阴阳瓶里，却又奈何不了他。现在他又胆敢返回来与我们叫战，你们谁敢与他一战？”

老魔这话问完，没有一个妖怪敢答应。他们之前都见识过悟空的本事，谁还敢去送死啊？大魔发怒道：“本想就这样放他们过去，可是叫人听说了，会说咱们缩头缩脑，像个乌龟，我要是不和他们出去斗一斗，实在是咽不下这口气呀，待我出去和他打上三个回合。如果打赢了，唐僧肉咱们照吃，如果打输了，就放他们去。”这狮子精也是没辙了，居然敢跟悟空叫板，但他哪是悟空的对手啊？大魔披好披挂，走出门外。悟空和八戒正在门外观看，见他走出来，真是一个好怪物：

“铁额铜头戴宝盔，盔缨（yīng）飘舞甚光辉。辉辉掣电双睛亮，亮亮铺霞两鬓飞。勾爪如银尖且利，锯牙似凿密还齐。身披金甲无丝缝，腰束龙绦有见机。手执钢刀明幌幌，英雄威武世间稀。一声吆喝如雷振，问道‘敲门者是谁？’。”

这是说这妖怪十分威武，拿着把钢刀，一声吼像打雷一样。不管怎么说，这妖怪也战过十万天兵，悟空能那么容易打过他吗？

第112集
战狮子精

老魔从洞里走出来，高声问道："敲门者是谁？"大圣转身答道："是你孙老爷、齐天大圣。"大魔道："你这大胆的泼猴，我不惹你，你却怎么敢主动打上门来呀？"大圣回道："'有风方起浪，无潮水自平。'你不惹我，我会来找你吗？你们一伙狐群狗党成天算计要吃我师父，还不算惹我吗？"大魔又道："但是我们并没有去抓你师父啊，你这样雄赳（jiū）赳地上门来是想打架吗？"大圣回答道："正是，正是。"大魔又道："你别猖狂，我要是把妖兵都叫来，展开阵势和你打，那算欺负你。今天我就和你一对一地单打，谁都不许帮忙。"

这妖怪还挺硬气，明明手下那么多人，他却要和悟空单打。那这样，悟空就更不怕他了。悟空答道："好好好，八戒，你走开，我看看今天这老魔敢把我怎么样？"八戒闪身到一边，那老魔喊道："孙行者，你敢过来，让我在你头上用力砍上三刀吗？你要是扛住了，我就放你们西去。要是没扛住，那唐僧就拿来给我下饭吃。"这老魔王竟然打了这么个赌，悟空是最不怕砍头的了。悟空一听，觉得有了成算，他就笑道："哈嘿嘿，嘿嘿嘿，妖怪，你洞里要是有纸、有笔，最好拿出来先给我写个合同，就怕我这头让你砍，从今年砍到明年，你也砍不坏呀。"

老魔只当悟空是吹牛，就见他抖擞威风，脚步站定，双手举刀，望着大圣劈头就砍。大圣不躲不藏，头往上一迎，只听"咯噔"一声，头皮儿红都没红一下。老魔见了大惊："哦？这猴子的头好硬啊。"大圣得意道："哈哈哈，你不知道，老孙头这是在太上老君的炼丹炉里炼过的。"大魔道："猴子你不要吹牛，看我这第二刀砍下来，决要你性命。你不知我这刀：'金火炉中造，神功百炼熬。''却似苍蝇尾，犹如白蟒（mǎng）腰。入山云荡荡，下海浪滔滔。琢磨无遍数，煎熬几百遭。搀着你这和尚天灵盖，一削就是两个瓢！'"

大圣道："别吹牛，别吹牛，我就让你再砍一刀。"那老魔举刀又砍，大圣还是把头一迎，只听“砰”的一声，悟空真的被那老魔劈成了两半，难道悟空被他砍坏了？就见大圣在地上打了个滚儿，一下变成两个身子了。这老魔看得都慌了，八戒远远看着就在那儿笑：“嘿嘿，这老魔一刀砍下去，变成两个人，再砍一刀，那还不得变成四个人呢！”这时老魔又开口说道：“你这猴儿，只怕你只会分身，不会收身吧。你要是有本事，把两个身子收在一起，我可以让你打我一棍。”这妖怪明显知道自己斗不过悟空，悟空那铜头铁臂，砍都砍不坏。他居然想跟悟空赌用刀砍头。

悟空本就擅长变化，妖怪又跟他赌，把两个身子变回一个。悟空听了立马回应："好好好，刚才你说要砍我三刀，现在只砍了两刀。你又说我要是把两个身子收在一处，你就让我打你一棍，是这样吗？"大魔回道："正是，正是。"

悟空两个身子一滚，立马变回一个，抽出铁棒就朝老魔劈头打去。老魔举刀架住道："你这泼猴无理，哪里拿出来的哭丧棒？"大圣回道："你问我这条棒子，它原本是东海龙宫中的定海神针铁，天上地下都有名声。当年我大闹天宫的时候，就是用这棒子战退打败了十万天兵。现在我保唐僧西天取经，又凭这棒子，天下的妖魔都被它打遍了。"老魔听了心里直打鼓，开始拼尽全力朝悟空砍去。猴王笑盈盈地举棒相迎，他们两个先是在洞前厮杀，然后跳起去在空中厮打。这场好杀：

"天河定底神针棒，棒名如意世间高。夸称手段魔头恼，大捍刀擎法力豪。门外争持还可近，空中赌斗怎相饶！一个随心更面目，一个立地长身腰。杀得满天云气重，遍野雾飘摇。"

那老魔与大圣斗了二十多回合，不分胜负。这时八戒在底下看见，不耐烦了，见他们两个战到好处，忍不住掣钯架风，跳将起去，望妖魔劈脸就打。老魔第一次见到八戒，

见八戒嘴长耳大、手硬钯凶，以为他有很大本事，还有些心慌，败了阵丢下刀回头就跑了。大圣喝道："八戒，快，赶上，赶上。"这呆子仗着威风，举着九尺钉钯，急忙赶去。

老魔见他追上来了，反而在山坡前立定，迎着风头晃一晃，现出原身，张开大口就要吞八戒。八戒看到那狮子口张得老大，急忙往旁边的草丛一钻，也顾不上什么荆针棘（jí）刺，刮得头疼也顾不得了，就躲进去胆战心惊地听动静。随后行者赶到，老魔也张口来吞。悟空看老魔这招，他不慌不忙，收起铁棒，迎了上去，直接被老魔一口吞下。吓得呆子在草里埋怨："嗨呀，你这个弼马温呐，那妖怪要吞你，你不跑，反倒还钻进去，这一口吞下去，今天你还是个和尚，明天你就变成屎，被他给拉出来了。"那老魔得胜而去，呆子才从草里钻出来溜回去了。

再说三藏，他和沙僧正在坡前盼望着，只见八戒喘呵呵地跑回来了。三藏大惊道："八戒呀，你怎么这样狼狈？悟空呢？"那呆子还哭哭啼啼地说道："师兄，师兄被妖怪一口吞下去了，哎呀。"三藏听了吓得瘫倒在地，跌脚捶胸捶了半天，说道："徒弟呀，都说你善于降妖，领我西天见佛，怎么今天就死在这妖怪手中啊？苦啊。"你再看看呆子，他也不来劝师父，反而跑去跟沙僧说："沙和尚，你把行李拿来，咱们分了吧。”沙僧就不明白，问他：“二哥呀，分什么行李呀？”八戒道：“分什么？分开散伙呀。我还回我的高老庄，找我的高小姐去。你回你的流沙河继续吃人。那白马也就卖了，卖了个钱给师父养老。没有了猴哥，我们还取什么经啊？”三藏本来就难过，又听到八戒说这番话，气得他说不出话来，只是望天大哭。

不过，唐僧虽然难过，是不是难过得有点儿太早了？虽然说老魔把悟空吞下去了，但不一定会死，钻到妖怪肚子里，那是悟空常干的事。再说那老魔回到洞中以后。众妖就问他：“仗打得怎么样啊？”老魔十分自豪地说：“哈哈哈哈，抓了一个回来。”二魔紧接着就问：“哥哥，抓的是谁呀？”大魔回道：“是孙行者呀。”二魔又问：“哦？那在哪里呢？”大魔回道：“被我一口给吞下去了。”他这个话刚说完，三魔大惊：“大哥呀，我忘了嘱咐你了。那孙行者不能吃啊。”三魔的话刚说完，肚子里的孙大圣开始讲话了：“怎么不能吃啊？能吃，能吃，吃了我，还禁得住饿呢。”行者的说话声被周围的小妖听到了，他们赶紧向大王汇报：“大王大王，不好了，孙行者在你的肚子里说话呢。”大魔说道：“不用怕，我既然有本事吃他，就有办法收拾他。你们去给我烧一些盐水汤来，我喝完之后把他吐出来，再把他用油煎了下酒吃。”小妖们真去冲了半盆盐汤，端了上来。老魔端起汤一口就干下去了，喝完张开嘴哗哗地往外吐。可是这能有用吗？大圣正在他肚子里像生了根一样坐着，一动都不动。老魔继续往外吐，吐得肚子都空了，头晕眼花的也没把孙悟空给吐出来，最后他喘息着叫道：“孙行者，你还不出来吗？”大圣笑道：“嘿嘿嘿嘿，早呢，早呢，你别着急呀。”大魔又问道：“你为什么不出来？”

大圣又道：“你这妖怪好不变通，我自从做了和尚以后，穿的衣服也单薄，现在正好赶上秋天，有点儿凉，我坐在你肚子里，还挺暖和的呢，又不透风。我看在你肚子里过了冬再出去吧。”小妖们听了又告诉老魔：“大王啊，他说要在你肚子里过冬呢。”大魔说道：“哼，过冬？我从现在开始打坐，不吃饭，你看我饿死他。”大圣听了又说道：“我的儿啊，你可真是不懂，老孙保唐僧西天取经，一路都要自己做饭，我随身正好带着折叠锅，只要饿了，就会把你这心、肝还有肠子都扯下来，估计能吃上一个冬天。”

二魔听了大惊，他说道：“哥呀，那猴子真的干得出来呀。”老魔他嘴硬，口中说不怕，却也心惊。他只能硬着胆子说：“兄弟们别跑，把我的药酒拿来，我喝几口，把那猴子给药死。”行者听了，在他肚子里暗笑道：“药酒？老孙五百年前大闹天宫的时候，吃过老君丹、玉皇酒、王母桃、龙肝、凤髓。什么东西我没吃过，用个药酒就想来药我。”

小妖们遵令把药酒给老魔满满地斟（zhēn）上一盅。老魔把酒接在手中，行者早在他肚子里就闻到酒香了，他站起身来，专门待在老魔喉咙底下。行者把口张开，像个喇叭一样。老魔拿起酒杯一喝，行者在底下咕噜一口就给咽进去了。老魔再喝第二盅，行者又把第二盅给咽下去，就这样一连喝了七八盅，那酒全落到悟空肚子里去了。老魔感觉到不对劲了，他放下酒杯说道：“嗨，这酒不喝了，平时只要喝上两盅，这肚子像火烧一样。今天，喝了七八盅，一点儿感觉都没有。”那能有感觉吗？全都喝到行者肚子里去了。

老魔虽然没感觉，那行者却有感觉。可悟空的酒量没那么大，连续喝了七八盅药酒，有点儿醉了，在他肚子里就撒起酒疯了，不停地支架子、踢飞脚，抓住他的心肝儿打秋千，又竖蜻蜓、翻跟头、乱舞，最终那老魔疼痛难忍倒在地上。悟空能不能就这样把他们都制服了呢？若果真制服了，他们就能顺利地过狮驼岭了。

第113集
绳系狮子精

悟空在老魔的肚子里喝醉了，他就翻跟头，东打一巴，西踢一脚，把那老魔疼得倒在了地上。悟空在他肚子里又闹腾了一会儿，老魔疼得躺在地上不言语了，就像死了一样。这妖怪被悟空收拾得太惨了，这时候又见他把手抬了起来，又放下，像是刚回过气儿，他开口叫了一声：“大慈大悲的齐天大圣菩萨。”悟空这一路打死了多少妖怪？这是第一次有人把他叫作齐天大圣菩萨，还说他大慈大悲。

行者听了也觉得好笑，就说道：“儿子，你别费功夫了，还是省几个字，叫我孙外公就好。”那老魔也十分听话，就连声喊道：“外公外公，我错了，我一差二误吞了你，没想到害了我自己呀。万望大圣慈悲，可怜我蝼蚁贪生之意，饶了我命，我愿意送你师父过山。”这是何等威风的狮子精，现在竟然在悟空面前把自己比作一只小蚂蚁，还说自己想像一只小蚂蚁一样活下去，这可真是太好笑了。

悟空是个大英雄，你跟他来硬的他不怕，但是，你这样求他奉承他，他反而心软了。悟空说道：“妖怪，我饶你可以，你怎么送我师父过山呢？”老魔连忙说道：“我这里也没什么金银、珠宝、琥珀、玛瑙，就我们兄弟三人抬着轿子送你师父过山吧。”行者笑道：“好好好，这倒好，抬轿子送我师父，比送金银财宝要好。这样吧，你把口张开，我就出来。”悟空这就相信了他，但这毕竟是个妖怪，说话能算数吗？

正在此时，三魔走了过来，贴在了大魔的耳朵边，悄悄地说道：“大哥呀，等他出来的时候，你把口往下一咬，一口把它咬碎，再咽下去就把他收拾了。”这是什么馊主意？悟空是铜头铁脑，大砍刀都砍不坏，那妖怪的牙能把他咬碎？三魔觉得自己说话的声音很小，可是这哪能逃过行者的耳朵？他在老魔的肚子里早就听得一清二楚，他也不急着出来，反倒想出个办法。他用金箍棒慢慢地往大魔的嘴巴外面伸，试探他，老魔就感觉到喉咙里慢慢有东西出来了，他以为是悟空，等金箍棒伸到口中的时候，他果然往下咬了一口，结果嘎嘣一声响，他的门牙被崩碎了。这老魔是太倒霉了，先是肚子疼，疼了半天，现在又得牙疼了。不过他活该，人家给他做好人的机会，他不做。悟空抽回棒骂道：“好妖怪，我饶你的命，你反过来又要咬我，看我在你肚子里不活活地把你弄死。不出去了，不出去了。”老魔心中十分悔恨，他不怪他自己，反倒抱怨三魔：“哎呀，兄弟呀，你把哥哥害惨了，刚才请他出来就完了，你却叫我咬他，现在牙也掉了，牙床痛啊。”

三魔见老魔怪他，不服气，又使了个激将法，厉声高叫道：“孙行者，你的名声虽然如雷贯耳，还听说你大闹过天宫，西天一路降妖伏魔。原来你只是个胆小如鼠的小小猴头。”行者忙问：“哦？我怎么胆小如鼠了？”三魔说道：“你要是出来和我赌斗，打赢了我，才说你是好汉。躲在人家肚子里，你不是胆小如鼠，是什么呀？”行者从来不怕与妖怪真刀真枪地干，但你要说他是胆小如鼠地躲起来耍阴招，他可受不了这气。

妖怪这么一说，悟空真容易沉不住气蹦出来。就见行者心中暗想：“这妖怪说得倒是有几分道理，我在他肚子里扯断他肠子，打破他的肝，杀了他倒也不难，但确实坏了我的名声。”想到这里，悟空高叫道：“好好好，你张开嘴，我出来和你们比试比试。但是，你这洞太窄，你出去找个宽敞的地方，我们再赌斗。”三魔听悟空这么一说，知道他中计了，他赶紧点好大小妖，前前后后加起来有三万人，全都带上武器出动，摆开阵势，专等行者出来。

二魔搀着老魔慢慢地走到门外，叫道：“孙行者，你要是好汉，你就出来吧。”大圣在他肚子里，就听到外面鸦鸣鹊噪，鹤唳风声，知道他们这是走出洞外了。他心中又想：“我要是不出去，他会说我不讲信用。可是我要是现在出去，这些妖怪毕竟是些畜生，之前还答应我送师父过山，结果用棒子一试，他竟然咬我，现在他们一定会在外面布好阵势来抓我。不如这样，在出去之前，我先在这老魔的肚子里给他种下个根。”

怎么种下个根？悟空有什么好办法？就见他转过身来，在尾巴上拔下一根毫毛来，吹了口仙气，叫了声“变”，那猴毛就变作了一条细绳，只有头发那么粗细，但却有四十丈长短。这么长，都能放风筝了。他把绳的一头系在了老魔的心肝儿上，还系了个活扣。这个扣不紧不松，但是你一拽它就会紧，那老魔的心肝肯定也会跟着痛。悟空拿着绳子的另一头笑道：“妖怪，我这就出去，你送我师父就好，要是不送，敢跟我乱动刀兵，我才没工夫跟你打。只要把这绳子一扯，就疼死你。”

悟空这真是个好办法。接下来，他就把身子变得小小

的往外爬，爬到了咽喉之处，见到妖怪正方口大张，上下钢牙，排成利刃。行者又想道："不行，不行，我要是从他口中出去，他一咬，不就把这线给咬断了吗？"好大圣，他带着声又从他上颚往前爬，一直爬进他鼻孔里。老魔觉得这鼻子里好痒，"阿嚏（tì）"，就这样打了个喷嚏，一下就把行者给喷出来了。

行者见了风，把腰身一躬，长了有三丈长短，一只手拿着绳，一只手拿着铁棒，那细绳见到风一下就变粗了。三个妖怪不知好歹，见他出来了，大魔举钢刀劈脸来砍。大圣一只手铁棒相迎，又见二魔使枪、三魔使戟，没头没脸地胡乱打来。大圣才懒得跟他们纠缠，他把绳子放松，收起铁棒，急纵身驾云飞走，跳到一座山头上。行者收了云，双手把那绳子一扯，老魔的心肝就开始疼上了。那这些妖怪，谁还敢上去打？他们远远地看着，齐声高叫道："大王啊，别惹他了，让他去吧。这猴子实在是太厉害了。"大圣哪肯放过他，真的就像放风筝一样，用力一拽，把那老魔拽到天上去，往下又一甩，扑落到了尘埃，这一摔正好把那山坡下死硬的黄土摔出个两尺深的坑。

把那二魔和三魔慌得赶紧按下云头，跪在山坡下哀告："大圣啊，听说你宽宏大量，你不能小肚鸡肠啊，我们让你出来，是想和你真刀真枪地打，哪想到你在我们大哥身上拴了一根绳子呀。”大圣道：“你们这些妖怪十分无礼，上一次把我哄出来，想要一口咬死我，这回又把我哄出来，想用这几万妖兵合起来抓我，你们这又是什么道理呀？今天我要扯着他去见我师父。”

这回他们说什么都没用了，悟空也不信了。他们只得跪在地上给悟空磕头。大魔王又承诺道：“大圣慈悲呀，饶我性命，我愿意送老师父过山。”大圣道：“这还不错，要想活命，自己就拿刀把绳子砍断吧。”大魔又道：“爷爷呀，这绳子在外边儿，但里边儿还系在心上啊，再说喉咙里还有一节，弄得我好恶心呐。”大圣又问道：“嘿嘿，那你还想怎么样，让我再钻回你的肚子里，给你解开吗？”大魔惊道：“啊，我怕你再进来不肯出去啊！”

大圣道：“那我让你砍，你就砍啊，我有本事给你系上，在外边也一样能给你解开。但是咱们可要先说好了，解了你的绳，你当真送我师父吗？”大魔连忙道：“哎呀，解了就送，解了就送啊，这次绝不撒谎。”大圣看他这回说得像是真话，走到他跟前将绳一抖，把毫毛收了上来。老魔的心马上就不疼了。三个妖怪纵身而起，谢道：“大圣请回，让你师父收拾下行李，我们这就抬轿子来送他过山。”不过，这些妖怪撒了几次谎，这次真的能老老实实地送唐僧师徒过山吗？

妖怪收兵回了洞中，大圣也转身回去找师父去了。快到的时候，远远地看见唐僧睡在地上打滚痛哭。八戒在那儿解开行李包袱分行李。行者看了，心中顿时恼火，他心中想道："这不用说了，一定是那呆子说我被那妖怪吞去了，师父舍不得我，在那儿痛哭，这呆子却在那里要分行李，急着散伙。"他按下云头叫道："师父。"沙僧听见了猴哥的声音，转过脸来就开始埋怨八戒："嗨，你这害人的呆子，师兄没有死，你怎么却说他死了，还在这里分上行李了！"八戒回道："啊，我分明看见师兄被妖怪一口给吞了，难道是这猴子的魂儿飞回来了？"

行者早到跟前，照着他那大猪脸上去就是一耳光，差点儿打了他一个跟头，骂道："笨货，你仔细看看，这是魂儿飞来了吗？"八戒挨了一耳光，活该。谁叫他在那分行李？要不然悟空也不会生这么大气。行者又连忙上前把师父扶起来，把刚才的事情跟他说了一遍，还告诉他，妖怪会亲自抬着轿子来送他们过山。

三藏听了行者的讲述，心里踏实了，他说道："徒弟啊，累坏你了，我信了这呆子的话，差点儿伤心得命都丢了。"

行者越发生气，上前抡起拳头把那呆子又打一顿，还骂道：“你这懒猪实在不争气。”沙僧听了这话也十分惭愧，他默默地在那里收拾好行李，安放在马背上，等着妖怪们来接他们。

再说三个魔头回到洞中之后，二魔说道：“哥哥，我以为那孙行者有多神通广大呢？原来是个小小猴头。你之前不应该吞他呀，就只是跟他打斗的话，咱们洞里这几万妖怪，一人吐口唾沫都能淹死他，刚才说要送唐僧过山，我其实是假意，当时只是为了救兄长你的性命，才那样哄他，但我绝不送他。”老魔这就不懂了，问道：“贤弟呀，为什么不送啊？”二魔又说道：“你只要给我三千小妖，摆开阵势，我就有本事抓住这猴头。”那接下来不就又是一场恶战了吗？悟空能打得过二魔吗？

第114集 行者斗象怪

悟空把老魔制服了，老魔就答应让他们兄弟三人把唐僧师徒送过山。但是二魔不服，他想带三千小妖去把他们捉住。老魔回应道：“别说三千人，能把他抓住，你就是把咱们所有的妖兵都带出去，你就有功。”看来这老魔还是不死心。二魔点了三千小妖，走到外面，在大路两旁摆开，又把一个传信的小妖叫来，对他说道：“你去把孙行者叫来，让他与我交战。”

这小妖下山找到唐僧师徒，把消息告诉了他们。八戒听到这消息笑了：“嘿嘿嘿嘿，哥呀。你怎么吹牛啊？还说自己降伏了妖怪，人家会抬着轿子来接咱们，这轿子没看见，反倒看人家来叫战来了。”悟空说道：“去，呆子，别胡说，那老魔之前的确是被我降了，听到俺老孙的一个孙字儿都会吓得头疼，他应该不敢出来。这一定是那二怪不服，不想送咱们，故意找小妖来挑战。不过，这妖怪弟兄三人是如此讲义气，我们弟兄三人却没有这样的义气，我降了大魔，那二魔就站出来替他出气。八戒，你能不能讲些义气，站出来去跟他打一仗呢？”被悟空这么一说，八戒彻底沉不住气了，他说道：“怕他怎的？去就去。”悟空说道：“那你快去。”八戒又道：“好。哥哥呀，你先前说的那个绳子，你借给我试一试。”悟空道：“哦？你要绳子干吗？你又没本事钻到他肚子里，更没有本事系在他的心肝儿上。要绳子有什么用？”八戒说道：“嗨，我呀要拴在我腰上。我和妖怪打斗的时候呢，你和沙僧在后边扯着我，我要是打赢了那更好，要是没打赢，你们就把绳子一扯，就把我给救回来了。”

这呆子竟然想出这么个办法。行者心中暗笑道：“嘿嘿，这呆子叫我这么一说，还肯主动出战了。”想到这里，他就答应八戒道：“好好，我这就给你拴上绳子。”八戒持九尺钉钯，跑上山崖上叫道：“妖怪，你出来和你猪祖宗打一仗。”小妖进去报道：“大王，有一个长嘴大耳的和尚来了，在门前叫战了。”二魔听了，出了洞口，见到八戒也不答话，挺枪劈面刺来，八戒带着钉钯上前迎住，他们两个在山坡前就打上手了，打了也就七八个回合。呆子觉得手软了，想来应该是打不过他。急回头叫道：“师兄啊，不好了，快点儿扯绳子吧。”大圣听到八戒呼喊，他不但没扯绳子，反倒把绳子给抛出去了。八戒也顾不上那么多了，赶紧回头就跑。那绳子一扔出去，就乱成了一团，八戒跑得急，一脚

踩在那绳子上，结果摔了个大跟头。他赶紧爬起来继续跑，又摔了个嘴抢地。小妖们趁机冲上来，把他给捆了个结结实实。

估计悟空这是想惩罚他之前乱分行李，八戒反倒因为这绳子把自己给害了。不过，估计悟空心里有把握能把他救出来，要不然也不能这么害他。但是，整个事情的经过被山坡下的三藏看见了，他十分恼怒，上前骂悟空道："悟空啊，怪不得悟能咒你死啊，原来你们兄弟全无相亲相爱之意，只怀相互嫉妒之心。他那样喊你，叫你扯那绳索，你不扯就算了，怎么还丢出去把他给绊倒了呀？如今他被妖怪给抓去了，如何是好啊？"

悟空道："师父，你太偏心了，刚才俺老孙被抓去的时候，怎么没见你这样挂念呢？现在这呆子叫人抓去，你就怪我。不让他吃点苦头，他怎么体会取经有多难，看他下次还敢不敢分行李了。"三藏又说道："徒弟啊，你被抓去，我怎么能不挂念呢？我只是想着你会变化，再怎么样伤不着身子。可是那呆子，生性呆笨，师父怕他吃亏呀！"悟空道："好了好了，师父放心吧，我故意惩治他，自然有办法救他。"说完，行者上山追那些妖怪，他心中暗想道："叫这呆子咒我，不能这么快把他救出来，让那些妖怪收拾收拾他，让他受些罪。”想到这里，悟空捻着诀，念起真言，摇身一变，变成一只蟭蟟虫。他飞进去，叮在八戒的耳根上，随那些妖怪一起进了妖洞。

二魔先进洞说道：“哥哥，我抓来一个。”大魔说道：“哦，拿来我看看。”八戒被带了上来，老魔看了看他，说了句：“唉，二弟呀，你抓他来没有用啊。”八戒听说自己没用，他还挺高兴，赶紧说道：“哎大王，你说得对啊，我没用，把我放了吧，你们去把那有用的猴子抓了。”此时三魔却说道：“哎，大哥，谁说没有用？再怎么他也是唐僧的徒弟，我们先把他捆了，扔到后边的池塘里泡起来，等把他毛给泡掉了，再把他肚子剖开，撒点儿盐晒干了，等到阴天的时候下酒吃。”八戒听了这话吓坏了，口中念叨着：“完了完了。哎呀，碰到个卖腌肉的妖怪。”小妖们一拥而上，把八戒四马攒蹄地给捆起来，又往后边池塘的水里一推，就回去了。

大圣飞过去，远远地见那呆子四脚朝上，噘着嘴，半浮半沉地在水里，鼻子露出水面，呼呼地喘着粗气，看那样子又可怜又好笑。这时行者突然想起前几天沙僧说的，这呆子自己偷偷藏了私房钱。他想知道这是真是假，于是决定去吓他一下。

好大圣，“嘤”的一声飞近他耳边，用捏着鼻子的声音叫道：“猪悟能，悟能。”八戒听了这声音有点儿慌，心想：“哎，悟能这名字是观世音菩萨给我起的，除了我师父、师兄弟，没人知道我叫这名字。在这里怎么会有人这样喊我呢？”呆子忍不住问道：“是谁在叫我的法名啊？”大圣继续假声道：“是我啊。”八戒问：“你是谁呀？”大圣又道：“我是阎王派来勾你的，你的寿命到了，要我把你的魂儿带回去。”

那呆子听了更慌了，连忙说道：“长官啊，你回去跟你的阎王说一声，我师兄是孙悟空，他一定认识我师兄，叫他再给我一天时间，你明天再来勾我吧。”大圣继续道：“啊，胡说，阎王叫你什么时候死，你就得什么时候死，怎么能多给一天呢？老实点，免得我把绳子套在你的脖子上，扯拉你。”八戒赶忙说道：“长官呐，你看我长得丑，可是我还想多活一天呢。人呐，都是得死，只是我想多等一天，等着妖怪把我师父、师兄、师弟都抓来，我们聚齐了，一起死，一起死啊。”

行者听这呆子讲起话来疯疯癫癫的，忍不住暗笑道：“那好吧，这次我一共要带走三十个人呐，我就多给你一天。但是我有个小小的条件，你身上有没有些钱呢？给我点儿，否则我不能答应你。”八戒说道：“嗨呀，可怜呐，我是个和尚，哪有什么钱呢？”大圣又道：“哦，没有钱，那就现在跟我走吧，我这就用绳子把你套上。”八戒听了害怕，连忙又说道：“长官呢，不要用绳子呀，我知道你们的绳子叫追命绳，套上人就断气了。钱呢，我，我，我有点，都给你拿去吧。”大圣道：“那快点拿来。”

八戒又说道：“嗨，可怜我自从做了和尚，去化斋的时候，人家看我长得胖、吃得多，就多给我些钱，我都攒在这里了，零零碎碎的有五钱银子，你一起拿去吧你。”行者又是暗笑道：“你这呆子，裤子也没穿。钱藏在什么地方啊？”八戒回道：“在我左耳的眼里，我现在手脚被捆住了，拿不了，你自己到我左耳朵眼里去掏去吧。”

行者听了，便从他左耳中摸出了那些银子。这下他实在是忍不住哈哈大笑起来。行者这一笑，八戒听出来他是谁了，这把他气得在水中乱骂道：“哎呀，你这天杀的弼马温，我受这样的苦，你却来敲诈我的财物。哎呀哎呀。”大圣又骂道：“你这馕（náng）糟的猪，老孙保护师父不知受了多少苦难，你可倒好，却偷偷地存下私房钱来。”八戒回道：“这哪是什么私房钱呢？都是我舍不得吃，舍不得穿，存下来的，你就这样拿去了，你把钱还我一半。”

大圣又骂道："你这呆子存了私房钱还想要回去。"八戒说道："那你不还，倒是把我救出去啊。"大圣说道："这个好说，等我救你。"行者把银子藏在身上，现了原形，先用金箍棒把八戒从水中划到岸边来，再用手提着他的脚，随后解开绳子，八戒跳了起来，他说道："哥哥，后门开着，咱们从后门跑吧。"

好大圣拿出铁棒，一路丢开解数，打将出去。打到二层门的时候，八戒看到自己的九尺钉钯立在门口，上前推开小妖，捞过钉钯往前就乱筑。他与行者又打出三四层门，不知道杀了多少小妖。老魔这时听到了消息，他埋怨二魔道："二弟呀，你看你抓了猪八戒，惹得孙行者打上门来，打伤了咱们多少小妖啊。"二魔听了这话，沉不住气了，他纵身抽枪在手，赶出门来。应声骂道："泼猢狲，你如此无礼，竟敢这样藐视我。"大圣听见他喊战也不跑，应声站下。那怪使枪便刺，行者掣铁棒，披面相迎。他们两个在洞门外一场好杀：

"黄牙老象变人形，义结狮王为弟兄。因为大魔来说合，同心计算吃唐僧。齐天大圣神通广，辅正除邪要灭精。八戒无能遭毒手，悟空拯救出门行。妖王赶上施英猛，枪棒交加各显能。那一个枪来好似穿林蟒，这一个棒起犹如出海龙。龙出海门云靄靄，蟒穿林树雾腾腾。算来都为唐和尚，恨苦相持太没情。”

八戒见大圣与妖怪交战，就在那山嘴上竖着九尺钉钯，呆呆地看着他，这是还在生行者的气，不想帮他。妖怪见行者棒子重，浑身解数，打出来是一点儿破绽都没有，他觉得这样打下去很难取胜，便收了枪，把鼻子伸出来去卷他。之前小钻风跟悟空讲过，这象怪一旦伸出鼻子把人卷住，就算是铁背铜身也会卷得魂亡魄丧了，悟空能打得过他吗？

第115集 兄弟战三魔

象怪斗悟空斗不过，就伸出了他的鼻子想去卷悟空。行者之前跟小钻风打听过，知道这妖怪的本事。他见象怪的鼻子伸过来了，双手把金箍棒横起来，往上一举，妖怪一鼻子卷住了他的腰胯，手没卷住。只见到行者两只手在妖怪的鼻子上舞着棒花儿。八戒见了，捶胸说道："哎呀，这妖怪怎么卷我的时候，把我的手、脚都卷住了，弄得我动都动不了，这会儿卷那猴子，怎么就不卷他手了？"

你看这呆子多差劲儿，他巴不得孙悟空被打败，出了他心中这口恶气。八戒又说道："切，这妖怪把他卷成这样，他只要拿棒子往他鼻孔里一捅，还不疼死他呀，怎么可能卷得住嘛？"孙悟空原本还没想到这个，八戒这么一叨叨，反倒是提醒了他。他把棒子晃一晃变细，真的就往妖怪的鼻孔里一戳，这把那妖怪给疼得，“唰”的一声鼻子就舒展开来。行者趁机抓住他的鼻子往前一拉扯，妖怪的鼻子就疼得不得了，只能是跟着行者举步而来。八戒看时机到了，捞起九尺钉钯，朝着妖怪就乱筑过去。行者忽然叫道：“八戒，不好不好，你那钯尖筑到他，会把他筑出血的。师父见了，又要说我们杀生了，不如你把你那钯子倒过来，用钯子柄打他。”

悟空这可是头一次对妖怪手软，在控制住对方的前提下，饶恕对方。悟空跟着师父学善良了。八戒听悟空的话，果然把钯子倒过来，用钯子柄去打他。就这样，行者一牵鼻子，妖怪就往前走一步，八戒再用柄打他一遍，一直把这老象牵到了山坡下。三藏早就看见他们了，闹闹嚷嚷地走过来了，他问沙僧：“悟净啊，你看他们牵的是什么？”沙僧仔细看去，笑了：“哈哈，师父啊，大师兄把妖怪揪着鼻子给拉回来了，真是太好了。”三藏说道：“善哉善哉，这妖怪长得这么大，鼻子这么长，如果他能喜喜欢欢地送我们过山，就饶了他，不要伤他性命啊。”

沙僧迎向前去，高喊道：“猴哥，师父说了，这妖怪如果送咱们过山，就不要伤他性命了。”那妖怪听了连忙跪下，口里呜呜地答应。怎么是呜呜地答应呢?因为他鼻子被行者揪住了，讲起话来的声音就像感冒了一样，他喊道:“唐老爷，你要是能饶我性命，我一定送你过山去。”行者又说:“妖怪，告诉你，我们师徒都是些善良人，你要是说话算数，我饶了你性命，要是再敢变卦，可别怪我不客气。”妖怪赶忙磕头，悟空就把他放了回去。

师徒们又回到山坡下，等待妖怪们来送他们。那二魔战战兢兢回了洞。已经有小妖告知老魔和三魔了，老魔听说刚才二魔被行者抓走了，又放回来了，他心中悚（sǒng）惧，就和三魔率着众小妖出门迎接。二魔就把三藏和悟空对他的悲悯（mǐn）和宽容说了一遍，说完又问:“大哥呀，咱们送唐僧走吗?”老魔答道:“兄弟啊，孙行者是个广施仁义的猴头。他先前在我肚子里，如果想杀我，一千个我也被他杀了。刚才揪住你的鼻子，如果扯去不放你回来，就算把你的鼻头捏破，你也拿他没办法呀，咱们还是送他们过去吧。”

你看悟空这次变善良了，能饶恕他们的地方就饶了他们，妖怪们对他的看法也发生了改变。现在大魔和二魔是对悟空心服口服，但是还有个三魔，他是怎么想的?就见他卅口笑道:“哈哈哈哈哈，送、送、送。”大魔说道:“哎，贤弟，你这说话的语气是不想送啊，你要是实在不想去，那就我们两个去送吧。”三魔回答道：“呵呵呵，两位哥哥，那和尚要是不让咱们送，自己过去也就算了。哼，现在他让咱们送，那我就给他用个调虎离山之计。”

三魔这是什么意思？老魔也问：“你怎么调虎离山呢？”三魔答道：“咱们把洞中的小妖都点出来，万中选千、千中选百，百中选十六个。”他这是要从一万个小妖里选出十六个，他要干吗？三魔又接着说：“再另选三十个。”老魔又不明白，他就问道：“三弟，怎么选十六个？又要选三十个呀。”三魔回道：“啊，三十个嘛，是专门负责做饭的，他们带些精米、细面、竹笋、茶芽、香蕈、蘑菇、豆腐，还有面筋，每隔二三十里搭一个棚子，专门给唐僧做饭。”大魔又问道：“那一万个小妖中选出十六个有什么用呢？”三魔回道：“八个用来抬轿子，还有八个在前面开路，咱们弟兄就左右相随，送他一程。向西走四百余里，正是我的狮驼城。到了城边儿上，自有我的人马来接，到时候我们就如此。这样唐僧和他的徒弟们就相互顾不上，要想捉住唐僧，就全靠我们选的这十六个小妖。”

这三魔如此、如此地说了半天，说的是个什么办法？反正老魔听了以后是欢欣鼓舞，连连说道：“好好好，就这么办。”选好三十个做饭的小妖以后，又安排其他十六个抬轿、开路的小妖。老魔命令道：“你们谁都不许上山闲走。那孙悟空是个多心的猴子，如果看见你们到处都是，会起疑心的。”

这几个妖怪究竟耍了什么花招呢？老怪率一群小妖到山坡下去喊唐僧，见了面，三藏主动施礼，妖怪们就假惺惺地给他叩头，说道：“请老爷上轿。”三藏是个善良的人，他不会想到妖怪用了奸计。大圣他是个光明磊落的英雄，也以为他们都服软了，没有想到他们会用什么阴谋。唐僧上了轿，八戒把行李放在马身上，沙僧紧随其后，行者手持铁棒在前面开路，八个小妖抬起轿子，师父欢欢喜喜地坐在轿子上。一行人就上了高山，沿大路而行。唐僧还不知道有啥烦心事等着他呢。这些妖怪倒是挺周到的，一路上服侍得挺好，早晚都殷勤得很。

每走过三十里，就有小妖在那里做好饭等他们吃。每到天黑，又有小妖给他们搭好帐篷，让他们休息。这一路走得是顺顺利利。向西走了有四百多里，忽见一座城池，此时大圣举铁棒，离师父能有五百米的距离。他抬头望了一眼那城池，吓了一跳，他看见什么了？还有什么东西能让行者怕的？原来他看见那城中全都是妖气，那是：

“攒攒簇簇妖魔怪，四门都是狼精灵。斑斓老虎为都管，白面雄彪作总兵。丫叉角鹿传文引，伶俐狐狸当道行。千尺大蟒围城走，万丈长蛇占路程。楼下苍狼呼令使，台前花豹作人声。摇旗擂鼓皆妖怪，巡更坐铺尽山精。狡兔开门弄买卖，野猪挑担干营生。先年原是天朝国，如今翻作虎狼城。”

意思就是以前这城有士兵把守，里面住的都是老百姓，现在满城都是动物成精。你们想想看，兔子精开着店铺买卖东西，野猪精挑着扁担帮人扛东西赚钱，千尺大蟒围着城巡逻，狼群、虎豹围着城做守卫，你说这景象吓人不吓人的！大圣正看得目瞪口呆，突然听到后面有风声，回头一看，原来是三魔双手举一柄画杆方天戟，往大圣的头上打来。大圣急翻身爬起，使金箍棒劈面相迎。他两个各怀恼怒，气呼呼，也不说话，咬着牙，各要相争。又见那老魔头传声号令，举钢刀就来砍八戒来了。八戒慌得丢了马，抡钯向前乱筑。那二魔又缠着长枪往沙僧刺来，沙僧使降妖杖支开架子抵住。三个魔头与三个和尚一个敌一个，在那山头舍生忘死苦战。

再看看十六个小妖，他们抢了白马行囊，把三藏一围，直接抬着轿子就到城边儿上去了。他们高声叫道：“大王爷爷的调虎离山之计管用啦，快打开城门。”原来三魔是用这样的办法，把悟空兄弟三人给缠住，这样唐僧就没人看管了，一个小妖就把他给收拾了。城墙上的怪物们一个个跑下来，把城门打开。那十六个小妖，还悄悄地告诉他们：“大王之前有令，不要吓到唐僧。唐僧禁不住吓，一吓，肉就酸了，不好吃了。”这傻唐僧坐在轿子里，还不知道外面发生什么事儿。

那些妖怪把唐僧抬进了金銮殿，让他坐在里面，又是端茶又是送饭的，围着他团团转。再说那三个魔头齐心协力，与大圣兄弟三人，在城东半山内打得不可开交。这一场好杀正是“铁刷帚刷铜锅——家家挺硬”：

“六般体相六般兵，六样形骸六样情。这一个金箍棒，千般解数；那一个方天戟，百样峥嵘。八戒钉钯凶更猛，二怪长枪俊又能。小沙僧宝杖非凡，有心打死；老魔头钢刀快利，举手无情。这三个是护卫真僧无敌将，那三个是乱法欺君泼野精。起初犹可，向后弥凶。六枚都使升空法，云端里面各翻腾。一时间吐雾喷云天地暗，哮哮吼吼只闻声。”

他们六个斗罢多时，渐渐的天色已晚，却又是风雾漫漫，霎时间天就黑了。天一黑，首先八戒就不好办了，他耳朵大，盖住眼皮儿了，看不清楚，手脚就慢了许多。慢慢地他招架不住了，感觉打不过老魔，拖着钯败阵就跑。

结果老魔一刀砍过来，差点砍到八戒，幸亏他脑袋一偏躲过去了，但还是被削断了几根猪鬃毛。老魔又追上来，张开大嘴咬住了八戒的衣领，就这样把他抓进了城里，捆在了金銮殿上。放下八戒，老妖又驾云回去助战。沙和尚见势不妙，虚晃着宝杖，回头便走，结果又被二怪伸出鼻子把他卷住了，动弹不得，之后也给拖到城中。

行者的两个兄弟都被抓走了，他一个人斗三个魔有点儿吃力。他用棍子隔开兵器，纵起筋斗云先逃走，等找出救兵再和他们算账。见行者架了筋斗云逃走，三魔现了原形，张开两翅想去追他。不过，他还能追上悟空吗？那悟空可是一个跟头十万八千里，当年十万天兵都拿不住他。可是哪曾想到，这三魔扇一翅能飞出九万里，扇两翅就是十八万里，比悟空快多了。这也难怪，悟空会法术，他也会法术。悟空天生是猴，他天生是鸟。比爬树，他可能爬不过悟空，但是比飞，他天生就占优势，他追上悟空，一把就把他抓住了。悟空连忙施展变化，他先变得大一些，可三魔的利爪就松一些。行者挣不脱，他就又变得小一些，可是三魔的利爪紧跟着就捏得紧一些，悟空还是逃不掉。结果悟空也被抓回来了。这可怎么办呢？连悟空都被制住了，唐僧师徒这一难能过去吗？

第116集 受困狮驼城

那三个妖怪十分厉害，竟然把悟空三兄弟全都抓到狮驼城。众妖怪把三兄弟推上金銮殿，三藏忽见三个徒弟全都被捆住了，他上前扑在悟空身边哭道：“徒弟呀，以前我遭难，还能盼望你在外面运用神通，现在你也被抓了，贫僧可怎么办呢？”八戒和沙僧听师父这么一说，也一起放声痛哭：“这下完了啊！啊……哎呀，命苦啊！”此时行者却微微地笑道：“师父，师父，您放心。兄弟们，你们别哭了，凭他伤不了俺老孙，等他们都睡了，我再带你们出去。你们就别哭了。”悟空说得也是，虽然那三魔能飞过他，可是抓住他又能拿他怎么样？当年悟空在炼丹炉里都炼不死他，今天妖怪弄根破绳子就能捆住悟空吗？

只听老魔说道：“三贤弟呀，你有法力、有智谋，终于成功了。小的们，给我找五个打水的、七个刷锅的、十个烧火的，还有二十个抬蒸笼的，把那四个和尚蒸熟，我们兄弟要享用，再分些给小的们吃，你们也都个个长生。”八戒听了，战战兢兢地说道：“哥哥呀，你听那妖怪正商量着要把咱们蒸了吃的。”行者却说：“不要怕，等我看看，他是个新手妖怪还是个老手妖怪。”沙僧听了却哭道：“哥呀，咱们都快要见阎王了，还哪有心情去看他是新手妖怪还是老手妖怪啊？”此时他们又听到那二怪说道：“那猪八戒恐怕不太好蒸吧。”八戒听了这话就欢喜地说道：“我不好蒸，那就别蒸我呀。”

八戒刚乐完，又听到三魔说道：“不好蒸，剥了皮蒸。”八戒听完又慌了，他厉声高喊道：“啊，不要剥皮，皮是粗了点儿，可是汤一烧开一烫就能煮了。”老怪听见八戒在喊，他又补了一句：“不好蒸的，按在最底下一格。”行者听了笑了：“嘿嘿嘿……这个妖怪一定是个新手妖怪。”沙僧就不明白了呀，他问道：“大师兄，你是怎么知道他是新手妖怪啊？”“哎呀！这蒸东西，热气儿都是往上跑。越是难蒸的东西，越要放到上边蒸。他明明知道八戒难蒸，却要把他放在最下一格，他不是新手妖怪是什么？”

八戒听了这话害怕，他说道：“哥呀，照你这么说，那我不得被活活折磨死啊？蒸了半天一看就我没熟，他们会把我翻过来再蒸的，到最后还不把我蒸得两边熟中间生啊。”八戒每次碰到这种事，总是最倒霉的。正说着，就听见有小妖向大王报告：“大王，水开了。”大王道：“好，那

就开始蒸。”小妖们把蒸笼抬起，八戒被放在最底下一格，沙僧排在第二个，行者估计小妖们下一个要来抬自己，他赶紧拔下了一根毫毛，留下一个假身在那被捆着，真身跳在了半空中。小妖们哪儿看得出悟空的真假？就把他放在第三格上，最后又把唐僧扳倒、捆住，放在第四格上，大圣飞在云端叹道：“这已经开始蒸了，八戒、沙僧倒是还能挨得住一会儿，师父蒸一会儿就蒸烂了。我要是不赶快去救他，他就会死在这里。”

好行者，他捻起决，念了一声：“唵蓝净法界，乾元亨利贞。”这个诀有什么用？就见那北海龙王被他喊来了，龙王在云端里应声高笑道：“大圣，北海小龙敖顺前来拜见。”行者将他们师徒的遭遇跟龙王说了一遍。龙王了解情况后，看时间紧迫，他赶紧变出一阵冷风，吹入那锅底，一下把那锅给围了起来。这悟空就不着急了，有了冷风，热气儿就上不来了。等到半夜，老妖们都睡觉了，只剩一些小妖在蒸笼外把守，大圣踏着云，摇身一变，变作一只黑苍蝇叮在那蒸笼外。他仔细听，先听见八戒在里边说道：“晦呀！晦气晦气呀！也不知道这是个闷气蒸还是个出气蒸？”沙僧不懂，就问道：“二哥呀，怎么叫闷气蒸？怎么又叫出气蒸啊？”八戒答道：“闷气蒸就是盖上盖蒸，出气蒸呢就是不盖盖儿。”

三藏正好在最上一层。他就回应道：“八戒呀，这是出气蒸，没有盖儿。”八戒说：“哦，那就好，那咱们几个有福了，今天晚上还死不了。”行者听见他三人还说话就放心了。他飞了出去，临走的时候还把蒸笼盖儿给盖上了，这一盖唐僧就紧张了，他连忙说道：“哎呀！徒弟们呐，现在又变成闷气蒸了。”八戒听了说：“啊，那我们今晚肯定要死了。”

沙僧和三藏嘤嘤地啼哭，这回八戒反倒没哭，他说：“你们先别哭，这一会儿好像烧火的换了班儿了。”沙僧说道：“二师兄，你怎么知道他们换了班儿了？”八戒答：“刚开始烧的时候我还觉得热乎乎的，正好我身上有些风、寒、湿的毛病，蒸着还挺舒服，这会儿怎么感觉冷下来了，估计是那烧火的人换出去偷懒了。”他们还不知道是行者在外面设法保护他们，只知道胡乱地猜来猜去。

再说行者，他刚才盖上盖以后飞到哪儿去了？他去收拾那些烧火的小妖去了。小妖总共有十几个，悟空从腰间摸出一些瞌睡虫来，喷在他们脸上，那瞌睡虫钻入他们鼻孔，渐渐地他们就打盹儿睡着了。处理完他们，行者现了原形，走近蒸笼前叫道：“师父。”三藏在蒸笼里听见悟空的声音，他乐坏了，先喊道：“悟空，来救我呀。”

沙僧简直都不敢相信，他也问道：“哥哥是你吗？”八戒也跟着说：“哥哥呀，你溜到哪儿去了？害得我们在这受闷气。”悟空听了说道：“哈哈……呆子，别急，让我来救你们。”行者掀开蒸笼盖儿，先救出师父，又将假猴毛抖一抖，收回在身上，再救出沙僧，放出八戒，又念了声咒语，把那团冷气送还给北海龙王。他们悄悄地开始往外逃。行者先偷出龙马，三藏战战兢兢地骑上，他又去金銮殿把行李和袈裟偷了出来。一切都很顺利。

他们偷偷摸摸地走到狮驼城正门，老远地看见那门上上着锁，锁上有封皮，门旁边有很多小妖在那把守。八戒也就说道：“猴哥，我们还是从后门走吧。”他们又悄悄地摸到后门去，发现的后门也是锁着个大锁头，上面贴着封皮，也有很多小妖把守。行者就有些急了，他说道：“嘿，要是没有师父，我们腾云驾雾地早就跑了，只是他老人家是个凡人，我们不能驾飞他呀！”

八戒此时想出个主意来，他说：“哥哥，咱们不如找到一个没有小妖的墙根底下。带着师父翻墙爬过去。”这也是个办法。不过，这三藏他就是多磨难。就在他们爬墙的时候，那三个魔头恰好从熟睡中惊醒，他们就让小妖去查看一下唐僧蒸得怎么样了。

那小妖们一去看，当然就知道唐僧师徒已经逃跑了，赶紧回来禀报。三个魔头得到消息，急忙跑到锅边，果然见那笼格子都丢在地上，汤也冷了，火也灭了。他们赶紧喊：“快抓唐僧，快抓唐僧。”喊声阵起，前前后后，大大小小的妖怪都精神起来了，他们刀枪簇拥赶到城门下，见那门锁着，就问巡城的小妖。你们有没有见唐僧师徒跑出来？

小妖们答道：“没有见人出来。”他们又跑到后门，发现唐僧师徒也没从这里跑出去。他们又乱抢抢的把灯笼、火把举起来，把满城照得像白天一样，结果明晃晃地照见唐僧师徒正在爬城墙。老妖喝了一声：“哪里走？”就这一声喊，唐僧就吓得骨软筋麻从墙上跌落下来，被老魔拿住。二魔上前捉了沙僧，三魔上前擒到八戒，众小妖抢了行李和白马，只有行者跑掉了。

众魔把唐僧抓回金銮殿上，这回不蒸了，二怪吩咐把八戒绑在了殿前的柱子上，三怪吩咐把沙僧绑在了殿后的柱子上，只有老魔抱住唐僧不放。三怪就不明白了，他问道：“大哥，你抱住他干什么呀？是想把他活吃了吗？这样吃可没什么意思，那唐僧是稀奇之物，要等到阴天闲暇的时候把他整治得干干净净，撒好调料，再拿出来细打、细吃，那样才有意思嘛。”老魔笑道：“哈哈哈……贤弟呀，你说的没错，只是我担心那孙行者又回来把他偷去啊。”

三怪听了说道：“哦，你不要担心，我这皇宫中有一座锦香亭子，庭中有一个铁柜，我们可以把唐僧放到铁柜里，然后再传出谣言去，就说那唐僧已经被我们吃了。让满城的小妖传出这个消息，孙行者必然会回来打探消息，到时候他听说他师父已经被我们吃了，定会心甘情愿地离去。等他不再来搅和了，我们再把唐僧拿出来慢慢享用。”这三魔实在是太阴毒了，想出这么个馊主意。大魔和二魔听了十分欢喜，就照着他的话去做。

再说行者刚才不是跳在空中跑了吗？你猜他跑到哪儿去了？他从这狮驼城跑到先前那个狮驼洞里去了，现在三个老魔都在城中，之前的狮驼洞里没有厉害的妖怪，就只剩下上万个小妖了。行者进去一顿棒子把他们全剿灭了，这也出了他心头一口恶气。等到天快亮的时候，他又回到狮驼城。

行者心中暗想：“我一个人和这三个妖怪打没有必胜的把握，不如我先化成一个小妖下去打探打探。”想到这里，他摇身一变，变作一个小妖混进大门，在大街小巷里四处打探，可是不管问谁都说唐僧连夜被大王给吃了。行者闻言心焦不安，他混入金銮殿，找到了被捆在金銮殿前柱子上的八戒。

行者急忙上前问道："八戒，你知道师父在哪里吗？"八戒伤心地说道："嗨呀！师父没了，昨天晚上被妖怪给吃了。"行者听了这话泪如泉涌。八戒又劝他一句道："哥哥，不过，你也先别着急哭，我只是听那些小妖说的，我并没有亲眼看见，你再去问问吧。"

行者又找到了金銮殿后的柱子，见沙僧绑在那里，他上前问道："沙师弟，你可知道师父现在在哪里啊？"这回没等行者哭，沙僧先哭上了。"哥呀！咱们师父连夜被那妖怪给吃了。"悟空听到所有的人都说唐僧被吃了，他会不会信以为真呢？会不会就像妖怪所想的，就此走了呢？

思维特点

☞ 形象思维

三个动物妖魔的形象具有一定的原创性，是通过故事联想出来的。

培养孩子形象思维的益处：有更强的发明和创造能力，思考问题更有深度，想象力更强。

☞ 如何通过绘画培养孩子形象思维

1. 绘画要保持（鼓励）原创

如果孩子画画时，出现不会画猴子、不会画悟空等情况，家长或者老师一定不要搜图片给孩子照着画，或者直接上手教孩子，而应该鼓励原创，在语言上给孩子力量，让孩子大胆根据自己脑海中猴子的样子画下来。这样尽管起初画得非常单一，但长期培养，孩子就具备了独立处理画面的能力，从而形成形象思维。

2. 命题创作

多带孩子根据《西游记》中“金毛犼”等名字和故事中的描述大胆展开联想，创作出自己的金毛犼；或者带孩子想象“飞流直下三千尺”的景象，画一幅有意境的作品。

3. 想象练习

如提起春天可以问孩子:“你觉得春天都是什么样啊？”孩子回答后再带他深入探讨，问他春天会不会还有刚刚发嫩芽的柳树，会不会有小燕子在墙角做窝等。

第117集
如来收三怪

八戒和沙僧都跟悟空说师父被妖怪生吃了，大圣听他们两个言语相同，心如刀绞，泪似水流。他急纵身望空跳去，还没来得及救八戒和沙僧，先回到城东山上。按落云头，凄凄惨惨地思量道："嗨呀！这都是我佛如来坐在那雷音寺，没什么事干，弄我师父去取经，如果他真有那善心，就找人送到东土啊，这是舍不得送，去叫我们来取。可是他怎么知道我们苦历千山万水，今天到了这里，却丧了命啊！算了算了，老孙驾个筋斗云去雷音寺，让他把经给我，我送回东土去。要是他不肯给我，就让他念个松箍咒，把我这箍去了，还给他。老孙还回花果山去做我的美猴王。"看来，悟空还是不能理解佛祖的苦心，一个东西如果不是苦心求来，他是不会珍惜的。

现在为什么很多孩子不爱学习？就是父母不等着孩子想要学，就主动把知识、书本和文具全都塞给他，结果把小朋友们的学习兴趣破坏了。

孙大圣急翻身驾起筋斗云去了西天，没过一个时辰，就望见灵山在不远处。须臾间，按落云头落在峰顶。忽抬头又见四大金刚，他们挡住悟空，问道："哪里走？"行者连忙施礼道："我有事要见如来佛祖。"四大金刚又道："你这泼猴太过粗犷，之前我们帮助你降服牛魔王，今天见面礼貌都没有。你以为这是南天门吗？你想进就进，想出就出。"

大圣本就烦恼，又被四大金刚阻挡，气得他笑吼如雷。他这一大呼小叫惊动了雷音寺里的如来佛祖。如来佛祖正坐在他的宝莲台上为十八罗汉讲经，听到吵闹声之后说道："孙悟空来了，你们去接待接待。"十八罗汉出来迎接，四大金刚这才把路让开。行者走进去来到宝莲台下，见到如来佛祖倒身下拜，两泪悲啼。佛祖就问他："悟空，你为什么这样悲啼？"

行者答道："弟子自从受了佛爷爷的教诲，就走上了正路，保护唐僧，拜他为帅，一路上苦不堪言。今天到了狮

驼山、狮驼洞、狮驼城才知道有三个毒魔，他们是狮王、象王和大鹏，把我师父捉去了。没想到他们十分狠毒、勇猛，把我师父连夜给夹生吃了，现在连块骨头都找不到了。这次我实在是没办法了，特地来到这里来参拜佛爷爷，还希望您大慈大悲，给我念个松箍咒，让我把头上的箍退下来送还给您，我还是回我的花果山做我的美猴王去。"

"嘤嘤嘤……"悟空说着泪如泉涌、悲声不绝。如来听着却笑了："哈哈哈哈，悟空，那妖怪神通广大，你打不过他才如此难过吧。"行者道："嗨！不瞒佛爷爷说，当年我大闹天宫，自称齐天大圣，哪曾吃过这样的亏？没想到这次被这毒魔给打败了。"如来笑道："哈哈哈，你先别急，这妖怪我认得他。"

行者道："噢，如来，我听人说那妖怪和你是亲戚，刚开始我没信，看来是真的。"如来笑道："哈哈哈……你这刁猢狲，这妖怪怎么与我有亲了？"行者急道："如果不是亲戚，你怎么认得。"如来又笑道："哈哈哈……那老魔、二魔各有其主。"紧接着，如来佛祖又对两位尊者说道："阿傩（nuó）、伽（qié）叶，你们分头驾云去五台山、峨眉山宣文殊、普贤菩萨来见，他们是老魔和二怪的主人。"二位尊者奉旨而去。如来又说："说起那三怪确实与我有些亲戚。"行者道:“哦,那是你父亲那边的亲戚?还是你母亲那边的亲戚?”

如来道:“哈哈哈哈……在天地交合、万物初生的时候,万物有走兽飞禽,走兽中以麒麟为长,飞禽中以凤凰为长,凤凰又生出孔雀和大鹏。孔雀出世时最凶恶,能吃人,隔着四十五里路,都能把人一口吸入。当时我在雪山顶上修炼成佛,被她一口吸入腹中。我原本想从她肛门出来,又担心太过肮脏污了我的金身,于是,我剖开她的脊背,跨上灵山,想要伤她性命,却被诸佛劝解。他们说孩子是从母亲的腹中出来,而我又是从孔雀腹中出来,我伤孔雀犹如伤我母亲,所以,我把她留在灵山上,封她做佛母孔雀大明王菩萨。那大鹏鸟是孔雀的兄弟,所以我与他沾些亲戚。”

行者闻言笑道:“要是这样说来,你还是那妖怪的外甥。”如来佛祖道:“哈哈哈哈哈……你这猴儿,算是吧?那妖怪要我亲自去才能降他。”行者听了这话,放心了,如来佛祖亲自去哪有降不了的妖怪。那如来走下莲台,同诸佛走出山门,恰好遇见文殊、普贤菩萨赶来,如来佛祖跟他们说明情况,就一同飞去了。

那真是:“满天缥缈瑞云分,我佛慈悲降法门。明示开

天生物理，细言辟地化身文。面前五百阿罗汉，脑后三千揭谛神。伽叶阿傩随左右，普文菩萨殄（tiǎn）妖氛。”

这次行者降妖可是把雷音寺的神佛都请来了，算得上是降妖的最强阵容。不多时望见了狮驼城，行者报道：“如来，前面那冒黑气的就是狮驼国。”如来道：“好，你先下去与妖怪交战，只许败不许胜，我自然收他。”大圣按落云头，落在墙上骂道：“妖怪，快出来与老孙交战。”慌得城楼上的小妖跳入城中报道：“大王孙行者在城上叫战呢。”老魔听了就奇怪了，嘴里念叨着：“哎，这猴子两三天没来了，今天怎么就来交战了？难道是请到救兵了？”三怪却毫不畏惧地说道：“怕他怎的，我们都去看看。”三个魔头各持兵器赶上城来，见到行者也不搭话，举起兵器一起乱刺，行者抡铁棒，掣手相迎，斗了七八回合，行者假装败下阵来，那妖王却喊声大振叫道：“哪里走？”大圣筋斗一纵，跳上半空，三个妖怪也驾云赶来。行者将身一闪，藏在了佛爷爷的金光影里，全然不见了。

三个妖王四处看去，才发现已经被佛祖、五百阿罗和三千揭谛围住了。老魔就慌了：“兄弟！不好了，那猴子把咱们主人请来了。”那三魔却说道：“大哥不要怕，我们一起使枪刀上去搠（shuò）倒如来，夺了他的雷音寺。”那老魔也是真傻，还真听他的话，举起刀上前就乱砍，这时文殊和普贤菩萨念动真言，吓（hè）道："你这孽畜还不归顺，等待何时？"这时老怪、二怪都怕了，他们是菩萨的坐骑，丢下兵器在地上打了个滚儿，现出了本相。

两位菩萨又将莲花台扔在他们的脊背上，飞身跨上，青狮和白象就这样被降了。只有那三魔不服，腾开翅，丢了方天戟，扶摇直上，抡起利爪去抓猴王，大圣藏在佛光中，他怎么能接近呢？如来佛祖见他飞过来了，就丢一个鸟巢变作的一块鲜红的血肉。三魔见了肉下意识地想去抓，结果如来佛祖往上一指，那三魔就被固定在鸟巢中飞不出去了，无奈之下他现了本相。

这个是一只大鹏金翅雕。他被捉住了却还不服，对佛祖说："如来，你怎么敢使大法力困我？"如来笑道："哈哈哈哈，你在这里做的坏事太多，跟我去吧，好好学习佛法。"三魔急道："我不去，你那里只能吃素，过得十分清苦。我在这里可以天天吃到人肉，十分快活。"如来佛祖道："好好好，我掌管四大部洲，有无数人向我祭祀，只要他们祭祀了肉，先给你吃。"

那大鹏他想走也走不了，又听佛祖说给他肉吃，也实在说不出什么，只能老老实实地服从了。行者这时转过头

来叩谢道："佛爷爷，今天你收了妖怪，除了大害，可是我却没了师父啊！"那大鹏听了说道："你这泼猴，竟然找如来这样的狠人来降我，你那个老和尚，我从来就没吃过他，我把他藏在了我锦香亭子当中的一个铁柜里。"行者听了这话乐坏了，他赶紧叩头谢过佛祖，急转身回去救师父。佛祖也带着大鹏回雷音寺去了。

行者按落云头，回到城中，发现一个小妖都没有了，因为他们看到三个大王被佛祖抓走了，早跑的没影儿了。行者先救下八戒和沙僧，又找到行李和马匹，最后找到锦香亭，发现了铁柜，把门打开。他们叫了声师父，三藏听到放声大哭："徒弟呀，你们是怎么降了妖怪找到我的？你们要是再不来，我就被这柜子闷死了。"行者把降妖的过程从头到尾详详细细地说了一遍，三藏对佛祖和悟空都是感激不尽。

他们在城中又寻了些米粮，安排些茶饭，饱餐一顿，收拾出城，找大路，奔西而去。走过一段路程，又到了冬残春尽，看不尽的野花山树、景物芳菲。前面又见一座高山峻岭，三藏心惊问道："徒弟，前面高山也不知道有没有路，要小心。"行者笑道："师父，你这可不像个长途跋涉的，常言道：'山不碍路，路自通山'，怎么问起了有路没路？"

行者的意思是说有山必有路。

三藏又说："虽然有山必有路，但恐怕险峻之中生怪物，密林深处生妖怪啊。"八戒又说道："嗨，放心，放心，这里离西天佛祖那里不远了，管保太平无事。"师徒正说着，不知不觉已经走到了山脚下。行者取出金箍棒，走上石崖，看了一下，叫道："师父，这山路十分好走，快来快来呀。"悟空说完，三藏放怀策马，八戒挑起担子，沙僧收拢缰绳，跟随行者奔山崖上大路。

这山不仅路好走，再看看山中景色："云雾笼峰顶，潺湲（chán yuán）涌涧中。百花香满路，万树密丛丛。梅青李白，柳绿桃红。杜鹃啼处春将暮，紫燕呢喃社已终。峨峨石，翠盖松。崎岖岭道，突兀玲珑。削壁悬崖峻，藤萝草木秾。千岩竞秀如排戟，万壑争流远浪洪。"这是说这座山风景秀丽，连个凶禽猛兽都看不见，这样的好山在西天路上不多见。这一次唐僧师徒还会碰到妖怪吗？

思维特点

☞ 分组归类思维

1. 种类分组：一类是神仙，一类是妖怪。

2. 归属分组：每个妖怪和神仙又各为一组。

培养孩子分组归类思维的益处：更能把复杂的事物分割简化，更有结构化处理问题的能力，更能归纳共性、提炼结构。

☞ 如何通过绘画培养孩子分组归类思维

1. 分解画面

比如孩子想画两人打架的画面，画面可能很复杂，不知道如何下手。可以先引导孩子思考人物表情会怎样呈现，画完表情再引导其思考另一类要素（动作、场景等）怎么画。长久训练，孩子很容易对复杂的画面进行分组归类，再画起来就觉得很简单。

2. 三思后画

每次画画前，比如孩子想画“我会飞”时，先带孩子思考空中都会有什么？地面上都会有什么呢？以此来训练孩子分组思考的习惯。

3. 生活点滴

生活中常常教孩子归类整理自己的书包、衣柜等。

第118集 黑松林遇妖

遇见了秀美的高山，师徒们一边走路一边聊着天，高兴地欣赏风景。走着走着就看见前面一派黑松大林，这下唐僧害怕地问道：“悟空啊，刚才的山路我们走得好好的，怎么这里遇见了这个深黑松林，千万小心。”行者道：“怕它怎的？”三藏担忧道：“不可不防！我们一路上走过好多松林，没有哪个像这片林子这样深远。”

你看：“东西密摆，南北成行。”“藤来缠葛，葛去缠藤。”“这林中，住半年，哪分日月；行数里，不见斗星！”这片林子啊，真的很大很密，阳光都照不进来。然后你能听到各种鸟叫声：鹦鹉声、杜鹃啼；喜鹊穿枝，乌鸦反哺；黄鹂飞舞，百舌调音。又见“那大虫摆尾，老虎磕牙；多年狐妖妆娘子，日久苍狼吼振林。就是托塔天王来到此，纵会降妖也失魂”！这也太吓人了。这是说就算托塔天王那么会降妖的天神，到了这儿他也会怕。

孙大圣却公然不惧，使铁棒上前劈开大路，引唐僧径入山林，逍逍遥遥，走了半天，没看到出林子的路。唐僧叫道：“徒弟，我们一向西来，经历了无数的山林崎岖。这里虽然也崎险，走起来却一路太平。看这林中，倒是开满了奇花异卉，我想在此坐坐，正好我有些饿了。悟空，你去哪里化些斋饭来给我吃。”行者道：“好的，师父，那你先下马。老孙去化斋。”三藏下了马，八戒把马拴在树上，沙僧又卸下行李，取了钵盂递给行者。

大圣纵筋斗云到了半空，伫定云光，回头观看，只见松林中祥云缥缈，瑞霭氤氲，大声呼哧叫道：“好啊！好啊！”他为什么叫好？原来是在夸奖唐僧。那唐僧是十世修行的好人，是金蝉子转世，所以唐僧所在的地方，头上都有祥光笼罩。悟空正夸着师父，忽然见松林南下，有一股黑气骨都都地就冒上来了。行者大惊道：“糟了，那黑气里一定有妖。”

话音未落，唐僧在林中就听到了嘤嘤的叫声，“救人啊，救人。”唐僧口中念叨：“善哉！善哉！这样的森林有什么人在叫呢？难道是被虎豹豺狼给吓倒的什么人？徒弟们，我们去看看。”行者想：“这下糟了，这喊救命的一定是个妖怪变的，好在已经被我发现了，就看看待会儿跟师父说的时候，师父能不能信他的。”

此时三藏已经站起身来，穿过千年柏，隔起万年松，附葛攀藤。走上前去看，只见一棵大树上绑着一个女子，上半截使葛藤绑着，下半截埋在土里。三藏问他一句：“女菩萨，你怎么被绑到这里？”那妖怪见唐僧来问，顿时泪如泉涌。你看她“桃腮垂泪，有沉鱼落雁之容，眼星含卑，有闭月羞花之貌”。

这妖怪变成了一个大美女，她又轻启薄唇说道：“师父，我

住在贫婆国，离此有二百余里，正赶上清明节，我们全家到这山中扫坟祭拜祖先，只听得锣鸣鼓响，跑出一伙强盗，他们持刀弄杖、喊杀前来，慌得我们魂飞魄散。我家人各自都逃了性命，我却被唬倒在地，他们就把我抓进山里。他们看我美貌，那大大王要娶我做夫人，二大王要娶我做妻室，三大王也来争抢，大家都争得面红耳赤，后来一气之下谁都不要我了，把我绑在这树林间，到今天已经有五日五夜了，现在遇到老师父千万大发慈悲救我一命，我永不忘恩。”

说完，她又是泪下如雨。三藏早已被她说得也忍不住掉下泪来，声音哽咽道：“徒弟，解下这女菩萨，救她一命。”那呆子他不分好歹，上去动手就解。好在大圣此时已即返云头，按落林里。见了八戒正在解绳，行者上前一把揪住他的耳朵，责问道：“你这呆子，看不出她是个妖怪吗？”

三藏却在一旁喝道：“泼猴，你又来胡说，怎么这样一个女子，你就说她是妖怪啊？”行者急道：“师父啊，像她这样的妖怪变成个美女来骗你，骗去之后再把你吃了，这样的事老孙在花果山干得多了，你怎么能看得出来？”八戒插道：“师父，你别听这弼马温乱说。他就是想显示他法力高。”

每到这个时候，那猪八戒就发挥不了好作用。三藏道："好吧好吧！八戒，你师兄平时看妖倒是从来没有出过错。既然他这样说了，我们就不救这女子，我们走。"嘿，这回唐僧竟然能听一次悟空的话，不知道这次的妖怪他能不能顺利地绕过去。悟空也没想到，师父就这样能听他的话，他真是大喜，赶紧请师父上马，还对师父说："师父，等我们出了这林子，遇到人家，老孙再给你化斋去。"

四人就这样走了，只剩那妖怪一人被绑在树上。她咬牙切齿地说道："早听说那孙悟空神通广大，今天见了果然是话不虚传。本来那唐僧我就要弄到手了，却被他闲言碎语给说走了。不行，等我再叫他两声，看看那唐僧会怎么样。"那妖怪不动声色就讲了几声善言善语，用一阵顺风嘤嘤地吹在了唐僧耳内，你猜她说的是什么？她叫道："师父，你放着活人的性命不救，还去拜什么佛，取什么经？"这妖怪太有心计了，这样的话是最容易说服唐僧的了。唐僧听到这话急忙勒马叫道："悟空，我们还是把那女子救下来吧？"行者问："师父，走得好好的怎么又想起她来了？"唐僧道："她又在那里叫。"

行者道："哦，八戒，你听得那妖怪叫了吗？"八戒道："我耳朵大，把耳朵眼儿都遮住了，我没听见。"行者又问道:“沙师弟，你听见了吗？”沙僧道:“大师兄，我一心挑担，也没留意，没听见。”行者又去问唐僧:“师父，那老孙也没听见，你是怎么听见的？你说说看那妖怪都说了什么？”三藏道:“她说你放着活人的性命都不救，还昧着良心拜什么佛，取什么经，快去救她下来吧。”行者道:“师父，你这一善良起来真是没药可救，你想想，你离了东土、一路西来，越过多少重山，遇到过多少妖怪，他们常把你拿进洞。老孙为了救你打死过千千万万的妖怪，今天这一个妖怪的性命你却舍不得了。”三藏道:“徒弟，勿以善小而不为，还是去救她吧。”

唐僧就是说，不要因为这是一件小小的善事，你就不去做，非让悟空去救。行者道:“师父，既然是这样，那老孙可不去救，要去你自己去。”三藏道:“猴头，你别多话，我和八戒、沙僧去救。”这下坏了，唐僧这不是找事儿吗？这个黑松林哪能那么容易过去。唐僧回到林里，先叫八戒把那妖怪上半身的绳子给解下来，再用钉钯把她下半身子从土里刨出来。那妖怪趺趺鞋，束束裙，喜滋滋地跟着唐僧出了松林，见到行者，行者也不说话，就是在那儿冷笑:“嘿嘿……”唐僧听了就不高兴，骂他:“泼猴头，你冷笑什么？”行者道:“我笑你找了个美女跟你同路，我看都能给你当老婆了。”三藏听了骂道：“你这泼猢狲，怎么如此胡说？我从小就做和尚，一心拜佛求经，怎么会娶老婆？我们走下山去，看到庵观寺院或者看到人家就把这女施主留到那里。”

说完，三藏拽步前走，沙僧挑担，八戒牵着龙马，行者只拿着铁棒看着这女子。走了不到二三十里，天色将晚。恰好见到了一座楼台殿阁，三藏拽步近前，先看见的门是东倒西歪、零零落落，推开门再看，让人心中忍不住觉得凄惨。

怎么了？那是“殿宇凋零倒塌，廊房寂寞倾颓。断砖破瓦十余堆，尽是些歪梁折柱。前后尽生青草，尘埋朽烂香厨。佛祖金身没色，罗汉倒卧东西，观音淋坏尽成泥，杨柳净瓶坠地”。这就怪了，这个寺庙怎么破败成这个样子？三藏硬着胆儿又走进二层门，又见那里有个钟鼓楼，但是倒塌了，只剩一口铜钟扎在地上，铜钟上边被雨淋白，铜钟下边是土气上的铜青。三藏是越看越觉得悲凉。

他上前用手摸着钟，高叫道：“钟啊！你‘也曾悬挂高楼吼，也曾鸣远彩梁声。也曾鸡啼就报晓，也曾天晚送黄昏。不知化铜的道人归何处，铸铜匠作那边存。想他二命归阴府，他无踪迹你无声’。”

三藏这是感慨说这铜钟也破败到不能用了，铸这铜钟的匠人估计也早就离世。不过，这寺庙看起来还有些奇怪，因为如果它只是破旧，你只会看到地上杂草丛生，庙里的东西会褪了色。可是这座寺庙里，佛像也倒了，砖瓦堆了好几堆，好像是有人故意破坏的。先不想那么多，关键是这么破败的寺庙，师徒四人晚上怎么在这里休息？三藏正在这里唉声叹气，惊动了这寺中的人。这寺里还有人？出来的是一个道人，他听到有人说话之后，悄悄地捡起一块断砖，照那铜钟直接就丢了过去。三藏只听得钟“咣”的一声响，把他吓了个跟头，起身想要走，又被树根绊了一下，扑地又是一摔。

唐僧这一路是被妖怪吓怕了，他以为那口破钟成精了。那道人看唐僧摔了，赶紧走上前来，一把把唐僧扶起来，说道：“哎哟！老爷，快请起，刚才，那声钟响是我敲的。”三藏抬眼看他，见这道人长得又丑又黑，他连忙问道：“你是什么妖邪？”三藏接着说：“我告诉你，我可不是寻常人，我是从大唐来的，我手下有降龙伏虎的徒弟，要是你撞见了他们，恐怕你性命不保。”那道人反倒被他吓住了，连忙跪下说道：“老爷，你别怕，我不是妖邪，我担心你是妖邪，所以，才用一块断砖朝那钟打了过去，壮个胆。”唐僧这才放心，又把那道人给扶起，那道人起身之后热心地引着唐僧往寺庙的第三层门里走，走到三层门里，景色变了。

但见那：“青砖砌就彩云墙，绿瓦盖成琉璃殿。黄金妆圣像，白玉造阶台。大雄殿上舞青光，毗罗阁下生锐气。”三藏这就看不懂了，他问：“你前面十分狼狈，后面怎么如此齐整？”唐僧问得对呀，天底下哪有这样的寺庙？前两层门都破得不得了，到了第三层门就这么漂亮，难道这不是妖怪变的？那道人到底是不是妖？

第119集

鼠怪捉唐僧

唐僧见了这座奇怪的寺庙很不解，就问道人，道人告诉三藏："老爷，我们这山中有妖邪、强盗，天气晴朗了，他们就出来打劫，天阴了他们就躲到寺庙里，晚上山里冷，他们就把佛像推倒，垫着坐，再把房上的木头拆下来烧火，我们哪里惹得起他们？没办法，只能重新再凑些钱盖起这一座新的寺院。"三藏又抬头看，见那山门上写了五个大字："镇海禅林寺"。此时那道人又问："老师父，你是从哪里来的呀？"三藏说明来处，又对他讲："希望在这里借宿一宿。"

道人听了有点儿不大相信，他问道："东土到西天，那是有多少路程啊？路上有山，山中有洞，洞内有精。像你这样一个单身和尚，长得又这么娇嫩，哪里像个取经的？”三藏道：“我有三个徒弟，他们逢山开路，遇水叠桥，一路保护我才到这里来的。”道人问道：“他们在哪里？”三藏道：“正在山门外。”道人担心地说道：“哎呀！师父，你不知道我们这里有虎狼、妖贼、鬼怪伤人。天还没等黑，大家就把门都关严了，赶紧把他们叫进来。”

道人回身，从寺庙内唤来两位和尚，吩咐他们前往门外将悟空兄弟他们请进来。两位和尚匆忙而去，看见行者被吓得退了一步，见了八戒后更是跌了一跤，急忙跑回来惊慌地禀报：“师父！师父！你那徒弟不见了，只见门口站着三四个妖怪，是不是你那徒弟被妖怪给吃了。”三藏道：“不要急！不要急！那外面三个长得丑的正是我的徒弟，还有一个女子是我从前面的松树林里救出来的。”这下小和尚才壮起胆儿来，再次出门将三兄弟请了进来，那妖怪跟着走了进来。斋饭安排好，唐僧师徒围坐着用餐，那妖怪也坐在旁边跟着一起吃。吃完饭该睡觉了，那妖怪是一女子，不方便跟他们住在一起，和尚们就单独给她安排了一个房间，大家就去睡了。

不过，这能行吗？那女子是妖怪，这一宿她能老老实实地在这寺院里睡觉？不管怎么说，悟空是没敢离开师父身边。第二天早晨起来，行者叫八戒、沙僧收拾行囊、马匹，又请师父上路，却发现三藏贪睡没有醒，行者上前又喊他一声：“师父。”唐僧只是把头抬了一抬，都没回应他一下。这是怎么回事？行者又问：“师父，你怎么了？”三藏道：“唉！我感觉头晕脑涨、浑身皮骨疼痛。”八戒上前摸了摸师父的额头，发现有些发热，便戏谑道：“我知道了，一定是昨天晚上的斋饭不花钱，师父多吃了几碗，撑着了。”行者喝道：“八戒，别胡说，师父哪是贪心的人呐？”三藏叹息：“我半夜起来去茅厕没戴帽子，被风吹着了。”行者道：“师父，严重吗？我们能走吗？”三藏道：“不行！不行！我现在坐都坐不起来，怎么走啊！”行者道：“好，师父，那就别急，我们几个服侍你先休息几天再说。”

“早进午来昏又至，良宵才过又侵晨。”就是说时间过得非常快，在不知不觉中，他们在这寺里住了三天。这一天唐僧感觉好了些，欠起身子坐起来叫道：“悟空，你帮我取些纸、笔、墨来。”行者道：“好的，师父，你想写什么？”三藏道：“我想给远方的唐王写封信，叫你帮我送去。”行者道：“师父，你给唐王写什么信？”三藏道：“我担心我这场病重，无法继续西行取经，我想写封信告诉唐王，再寻一个取经人去西天取经。”行者道：“师父，你怎么会有这样的想法？就算你病再重，也没人敢让你死，只要有老孙在，哪个阎王敢来勾你。就算他敢，我拿出那大闹天宫的性子，一路棍打下去，捉住十代阎王，抽了他的筋也不饶他。”三藏道：“可是徒弟，我病重啊，你别说大话。”八戒道：“师父，你要是这么想的话，那咱们赶紧商量把行李、马匹卖喽，给你买口棺材送终，咱们就散伙了。”

这八戒每到这个时候就说这种话，行者听了便训斥他道：“呆子，别胡说，咱们师父原是如来佛祖的第二个徒弟金蝉子。只因为有一次他听佛法的时候偷懒睡着了，方遭此重病作为惩戒。现在已过了三天，明天师父就会好起来。”悟空这样一说倒是让唐僧看到了希望，唐僧又对悟空说道：“悟空，我觉得有些口渴，你去寺里给我取些凉水来喝。”行者道：“好的！好的！师父等我去取。”悟空取了钵盂，到寺庙后面去取水，忽见那些和尚一个个眼通红、悲啼哽咽，却不敢放声大哭，这是怎么回事？行者问道：“你们这些和尚是不是有点儿太小气了？是不是我们在这里住了三天，我们那长嘴大耳的和尚吃东西吃得多了，你们觉得太吃亏了？”

众和尚连忙说：“哎呀，老爷，我们哪会计较这样的事？”行者又问道：“那你们为什么在这里哽咽悲啼？”和尚答道：“老爷，不知是哪里来的妖怪进了我们寺里。昨晚我们有两个小和尚去撞钟、敲鼓，我们听到了鼓声，可是鼓声响起后，再没见他们回来过。今天早晨我们去找，只找到了他们的帽子和鞋子，还剩下一堆骨头，整个人都被妖怪吃了，你们在这里住了三天，我们就死了六个和尚。”

他们这么一说，悟空明白，一定是那个变成美女的妖怪干的。行者心中还有些暗喜，唐僧不是不信他吗？这回唐僧定会相信他之前所说。行者劝他们道：“不用说了，一定是有妖魔在这里伤人，等到晚上的时候，老孙帮你们把她除了。”和尚们听了半信半疑，但心中多了那么一点儿希望。行者舀了水进去给唐僧喝，唐僧喝下凉水，感觉舒服多了。行者随即将妖怪伤人的事情告诉了唐僧，唐僧听后懊悔不已，觉得自己当初没有听信悟空的话，导致现在出了人命，后悔也没用。这回师父、师弟们相信悟空，也支持他。

等到天黑的时候，悟空吩咐八戒和沙僧照顾好师父，他独自一人跳在了空中，见那天空有星，月还未上，寺庙里黑咕隆咚的。行者吹口仙气把灯火点燃，他又摇身一变，变作一个小和尚先去打了鼓、敲了钟，手中又拿一个小木鱼，在寺庙的大殿中开始念经了。一开始没什么动静，到了晚上九十点左右，就听见呼呼的一阵风响，这风吹得还很大。

“黑雾遮天暗，愁云照地昏。四方如泼墨，一派靛（diàn）妆浑。”“那风才然过处，猛闻得兰麝香熏。”这是说大风吹过，却闻得其中飘来女人身上的香气。一声响，大圣急欠身抬头观看，却是一个美貌佳人，正是那妖怪。行者假装没看见，就在那里呜里哇啦地念着经。那妖怪走上前，她哪知道这是行者？她一把搂住他，问道：“小和尚，你念的什么经？”行者见她手搂过来了，答道：“我的儿啊，看来你是想吃了老孙。”行者又抓住她的手，转身往后一滚，把那妖怪一辘轳掀翻在地上，再把手一叉，腰一躬，一跳

跳起来，现出原身法像，抡起金箍铁棒劈头就打。那妖怪吃了一惊，心想到这个小和尚怎么这么厉害，睁开眼一看，哪是什么小和尚，原来是那唐长老的徒弟姓孙的，妖怪也不惧他，现了本相，行者看过去，你猜猜她是什么精怪？

“金作鼻，雪铺毛。地道为门屋，安身处处牢。养成三百年前气，曾向灵山走几遭。”这是说它长的是金色的鼻子、白色的毛，专门喜欢打地洞，在地底下住。再看它也不是个填海鸟，也不是个戴山鳌。“往往来来，一任他水流江汉阔；上上下下，那论他山耸泰恒高？”这又是说它不是天上飞的，也不是河里游的，但是不管你这河流有多宽阔、山有多高，她都过得去。“你看她月貌花容娇滴滴，谁识得是个鼠老成精逞黠（xiá）豪。”原来这是只修炼了三百年的老鼠成精，她也自恃（shì）神通广大，随手架起双股剑，玎（dīng）玎地响，左遮右格，随东倒西，行者虽强，却也没捞到什么便宜。你看他两人，后园中一场好杀。

“阴风从地起，残月荡微光。”“孙大士，天上圣；毛姹（chà）女，女中王；赌赛神通未肯降。”“两手剑飞，那认得女菩萨；一根棍打，狠似个活金刚。响出金箍如电掣，霎时铁白耀星芒。”

那孙大圣精神抖擞，棍子没半点儿差池。妖怪打着打着，觉得不是他的对手，眉头一蹙（cù），计上心来，抽身便走。她这是想到什么办法了？行者只管骂她："泼货，哪里走？快快投降。"那妖怪也不理，只是往后退。当行者感到形势紧迫时，那妖怪竟将左脚上的绣花鞋脱下，吹了口气并念动咒语，叫了一声："变！"只见那双鞋化作妖怪的原形，手持双剑舞动，真身一晃化阵清风逃了。这妖怪还有悟空这两下子，她会变化，她会逃到哪里去？她去找唐僧去了。八戒和沙僧没防备，一阵风过来，直接把唐僧就摄到云上去了。杳（yǎo）杳冥冥，霎时就到了陷空山，进了无底洞，那正是妖怪的老巢。

再说行者，那绣花鞋变的妖怪怎么能打得过他？行者一棍挥下，将妖怪打倒，发现不过是绣花鞋所变，他立即明白这是中了妖怪的计策。行者连忙转身回去看师父，八戒和沙僧见到猴哥回来了，只是唔哩哇啦说些没用的。但最终师父不见踪影了。行者见这状况是怒气填胸，他气两个师弟连个师父都看不好，他不管好歹，捞起棍子，一片乱打，连声叫道："打死你们，打死你们。"那呆子慌得也没路走，沙僧软款温柔，近前跪下说道："兄长，我们知道错了，可是你打死我们两个也救不了师父啊。"行者道："我打死你们两个，自己去救。"沙僧道："兄长，你这说的哪里话，没有我两个帮忙，这行囊、马匹谁来看？不如等到天亮，我们和你同心协力去找师父。”还是沙僧会说话，行者听了慢慢消了气。

兄弟们辗转反侧，这一夜哪里能睡得安稳？恨不得“点头唤出扶桑日，一口吹散满天星”。一直等到天亮，他们出门去找妖怪，先钻回黑松林。只见“那云霭霭，雾漫漫。石层层，路盘盘。狐踪兔迹交加走，虎豹豺狼往复钻。林内更无妖怪影，不知三藏在何端”。

就是说找了半天找不到妖洞，行者心焦，掣出棒来，摇身一变，现出大闹天宫时的三头六臂之相，六只手领着三根铁棒在林里噼里啪啦地乱打。八戒见了，说道：“沙僧，你看大师兄找不到师父，把他气得，气出个气心疯来了。”话刚说完，行者这一顿铁棒，打出两个老头，一个是山神，一个是土地，他们上前跪下道：“大圣，山神、土地来见。”行者怒道：“山神、土地，你们如此无礼，在这里和那强盗结伙，抓了我师父，现在把他藏到哪里去了？快快从实说来，免得挨打。”山神、土地道：“嘿呀，大圣，你错怪我们了。那妖怪不在小神的山上，不服小神管。昨天晚上那妖风我倒是听见了。”行者道：“详细说来。”唐僧到底被抓到哪里去了？

第120集
探无底洞

悟空在黑松林打出了山神和土地，他急切地问道："师父哪儿去了？" 山神和土地就告诉他："那妖怪将你师父抓到正南方去了，那有座山叫陷空山，山中有个洞叫无底洞，你到那里去找吧。" 行者听完，收了法身，现了本相，喝退山神和土地。说道："师父还被抓得挺远，咱们腾云驾雾去。"

好呆子一纵狂风先起，随后是沙僧驾云，白马驮上行李也踏了风雾，大圣即起筋斗云，一直南来。不多时，早见一座大山，阻住云脚。三人按定云头。

"见那山，顶摩碧汉，峰接青霄。周围杂树万万千，来往飞禽喳喳噪。""向阳处，琪花瑶草馨香；背阴方，腊雪顽冰不化。" 这山还挺冷，没有阳光的地方，冰雪还没化。

再细看，“崎岖峻岭，削壁悬崖。直立高峰，湾环深涧。眼前虎豹能兴雾，遍地狐狸乱弄风。”

八戒说道：“哥呀，这山如此险峻，必有妖邪。”行者道：“不用说了，‘山高原有怪，岭峻岂无精！’八戒你先下山坳里好好打听打听，看哪条路好走，要是碰到妖洞的话就再仔细看看，然后我们一起去救师父。”八戒道：“每次巡山都是让我先去，我不想去。”行者道：“呆子，只是让你去打探，降妖的时候有我，你去不去？”八戒道：“好，好，不要嚷，我去，我去。”呆子放下钯，抖了抖衣裳，空着手跳下高山，找寻路径。走了有五六里远近，看到两个女子在那井上打水，呆子走近前叫道：“妖怪。”那女子听了大怒，两个人说道：“这和尚有毛病吧，怎么叫咱们妖怪？”她们抡起抬水的杠子劈头就打。

呆子他没带兵器，也没有遮拦之物，就被她们打了几下，捂着头往山上跑。到了山顶就喊：“哥呀！还是回去吧！那妖怪凶！”行者道：“怎么凶啦？”八戒道：“山坳里有两个妖怪在那打水，我就只是叫了她们一声，就被她们打了三四杠子。”行者问道：“你叫她们什么了？”八戒答道：“我就叫她们妖怪。”行者笑道：“哈哈哈哈，打得轻，打得轻。”八戒道：“头都打肿了还轻。”行者道：“你没听说过‘温柔天下去得，刚强寸步难移’吗？你见面就叫人家妖怪，人家会不打你？”八戒道：“哥，你说得对，你怎么不早说？就是多说好话，少挨打呗，刚才我不该喊她们妖怪。”行者道：“就是，就是，你再去。”

这回呆子学聪明了，他转身将钉钯也带上，然后下了山路。他摇身一变，变成个黑胖和尚，摇摇摆摆地走到两个女子面前，这回他小心翼翼地喊了一句：“奶奶。”他怎么管人叫奶奶？哪个女子会喜欢别人把自己叫得那么老？这回这两个女妖能高兴吗？还不得又打他一顿。然而，奇怪的是，这两个女子听后竟然十分高兴，还问道：“长老，你是从哪里来的？”这样看来，这两个女子确实是妖怪，且因活得长久而年长，所以八戒称她们为奶奶，倒也十分贴切。八戒顺嘴编了个地方，说自己是从哪里哪里来的。他又反过来问道：“奶奶们，你们打水干什么？”妖怪说道：“和尚，你不知道我家老夫人昨天夜里抓了唐僧，我们出来打些水，洗些水果蔬菜，拿回去给唐僧吃，之后他们就要成亲了。”

呆子听了这话，急忙转身往山上跑去，到山顶时大喊：“沙和尚，快把行李拿出来，咱们分了。”沙僧就听不明白了：“二哥呀，你怎么又要分行李？”八戒道：“那两个妖怪

说，师父已经被老妖抓进去了，正准备成亲。”行者听了道：“呆子，你又胡说，师父被那妖怪抓进洞里，正眼巴巴地等着我们去救，你却在这里说什么要分家，我看你是讨打。”八戒道：“那你说怎么救？”行者道：“你两个牵马挑担跟着我，我跟着那女怪找到他们的妖洞。”兄弟俩紧随行者，悄悄跟住那两个妖怪，渐入深山，大约走了一二十里远近，那两个妖怪突然就不见了。行者说道：“不好，估计那两个妖怪是进洞了，等我去看看。”好大圣，急睁火眼金睛，漫山观看，只见那陡崖前，有一座玲珑剔透的牌楼。他叫上八戒和沙僧，又近前观看，见上有六个大字：“陷空山无底洞”。这个名字与妖怪老鼠精的特性相得益彰，因为老鼠最喜欢挖洞，所以这个名字“陷空山无底洞”十分贴切。

但奇怪的是，只看见牌楼，找不见妖洞，兄弟三人就开始四处寻找，最后在这牌楼的山脚下发现了一个圆溜溜的、像水缸口那么大的一个洞，这洞正好挖在一个大石头中间，洞口都被磨得十分光滑了。八戒也就十分奇怪，问道：“哥呀，人家的洞都有个门，这个妖怪怎么连个门都没有？就是光溜溜的这么一个洞。更奇怪的是它那牌楼跟洞还分着。”行者道：“是啊，这妖怪我拿过好多了，像这样的妖洞我还是第一次看到，八戒，你先下去看看，看看这洞有多深。”八戒道：“这个可难了，我老猪太胖了，你看这洞又深又窄，老猪我可下不去。”行者上前扶住洞口，仔细往下看：“哎呀！真深。”悟空的一双火眼金睛，能透视三百余里，可是，看着妖洞一眼竟然没看到底儿。他回头说道：“兄弟，这洞果然深，你们拿着兵器拦住洞口，我先下去打听打听，如果师父在里面，我把那妖怪打上来的时候，你们就在洞口拦住她，别让她跑了。咱们来个里应外合，把那妖怪打死。”三人就按悟空说的办。

行者将身一纵，跳入洞中。“足下彩云生万道，身边瑞气护千层。”不久，便来到洞的深处，里边竟然明明朗朗，像有太阳一样，还有风声，也见到了花草果木。行者心中暗想：“好地方啊！想我老孙出世的时候有天赐的水帘洞，这里也算得上是一个洞天福地！”正看着，又发现一座门楼，周围环绕着松竹，内有许多房舍。行者又想：“此处一定是那妖怪的住处，待我进去打听打听。”摇身捻诀，变作个苍蝇，轻轻地飞在那门楼上听，只见那妖怪高坐在草亭内，再看那模样打扮得更美了。她正喜滋滋地叫道：“小的们，快安排素筵席来，我与唐僧哥哥吃下之后就成亲。”行者见状，心中明了，这妖怪抓唐僧果然是为了成亲。他又一翅飞进去找师父，见东廊下有一个红纸格子，上面明亮下方昏暗，唐僧正端坐在其中。行者一头撞破格子眼，飞在唐僧的光头上叮着，他叫了声：“师父。”

三藏对这声音太熟悉了，连忙回应道：“悟空，快救我命啊！”行者道：“师父，那妖怪正在安排筵席，想要和你成亲，你就不如跟她成了亲，生下几个小胖和尚。”三藏听了这话气得是咬牙切齿道：“徒弟，我自从出了长安，到两界山收了你，一向西来，什么时候想过要与人结婚？”行者笑道：“师父，老孙逗你呢，既然是真心向西天取经，老孙带你去就是了。”三藏道：“可是悟空，这洞太深，我忘了来时的路了。”行者道：“别说你忘了，这么深的洞，我都是第一次见到。想送你爬上去，那是太难了。”三藏问道：“那怎么办？”行者道：“没事！没事！那妖怪正在办喜酒给你吃，你就依了她，给她倒酒的时候，你倒得稍微急一点，在酒杯中溅起个水花来，我变成小蟭蟟虫，就飞在那酒泡之下，等她一口把我吞下去，我就捻破她的心肝，扯断她的肺腑，弄死那妖怪。”三藏道：“好吧！好吧！”“正是那孙大圣护定唐三藏，取经僧全靠美猴王。”

此时妖怪已经安排停当，走近东廊外，开了门锁，叫声：“长老，我办了一席酒，我们一起入席吧。”唐僧就随着她入席观看，果然见那餐桌上有橄榄、莲肉、葡萄、荔枝、龙眼、山栗、风菱、枣儿、柿子、胡桃、银杏、金桔、香橙等果子，以及豆腐、面筋、木耳、鲜笋、蘑菇、香蕈（xùn）、山药、黄精等蔬菜。“石花菜、黄花菜、青油煎炒；扁豆角、豇豆角、熟酱调成。”“烂煨芋头糖拌着，白煮萝卜醋浇烹。椒姜辛辣般般美，咸淡调和色色平。”

那妖怪伸出尖尖之玉指，捧幌幌之金杯，满斟美酒，递与唐僧，口里叫道：“长老哥哥，请喝一杯吧。”三藏是不喝酒的，但此时为了配合，只得先饮下。他心中期盼着悟空能够成功，待他饮下后，又迅速拿起酒杯，为妖怪斟满一杯。他故意把这酒倒得很急，溅起了酒花。行者早就变成蟭蟟虫，抓住这个机会一下飞在那酒花之下。可那妖怪接过酒杯，竟然放在了桌上，她没喝。她干吗？她先对唐僧拜了两拜，然后又跟唐僧说了几句甜言蜜语，结果那杯中的酒花早就散掉了，小蟭蟟虫自然就露出来了。妖怪虽不知它是行者所化，但自然不会将一只虫子饮下，于是她轻轻用小指将虫子挑出，随手往地上一弹。悟空的办法没起到作用，这洞太深了，如果跟妖怪硬打不成功的话，怎么把唐僧救上去？行者十分气恼，深知再难进入妖怪腹中，他摇身一变变成一只恶老鹰。那真的是：

“玉爪金睛铁翮（hé），雄姿猛气抟云。妖狐狡兔见他

昏，千里山河时遁。饥处迎风逐雀，饱来高贴天门。老拳钢硬最伤人，得志凌霄嫌近。”

他飞起来，抡开玉爪，一下掀翻桌席，把这些素果素菜、盘碟家火尽皆打碎。妖怪看得肝胆俱裂，唐僧是骨肉通酥。闹了一通，行者又飞出去了。还好，虽然师父没救成，但是破坏了她的宴席，妖怪没法跟他师父成亲了。更重要的是，行者没有被妖怪识破。

再说行者飞出去现了本相，八戒和沙僧赶紧围上来问："师父在不在里边儿啊？妖怪在不在里边？"行者就把刚才的经过跟他们兄弟俩说了一遍，说完之后，他又告诉兄弟俩：“你们还在这里把守，老孙再下去一趟，这次一定要把师父救上来。”

他再翻身入洞内，仍变作个苍蝇，叮在门楼上偷听。只听得妖怪气呼呼地在亭子上吩咐：“小的们，再去备一桌酒席来。”行者明白，这妖怪还不死心，他“嘤”的一声，飞在东廊之下，见师父坐在里边，清滴滴腮边泪淌。行者钻进去，叮在他头上，又叫了声：“师父。”这次三藏听到他的声音却大怒，跳起来咬牙恨道：“猢狲哪！别人胆大起来是身包胆，你胆大起来是胆包身！”唐僧这个话骂得有意思，他说悟空胆子大，大到整个胆子能把身子包起来了。不过他为什么这么骂悟空呢？又听唐僧接着骂道：“你能变化神通打破家伙，那妖怪要是猜出是你，一时恼怒把我吃了怎么办？”行者道：“师父，你莫要怪我，我自然救得出你。”三藏问道：“你怎么救？”是啊！他怎么救，现在这妖怪有防备了，如果再想钻到她肚子里，也不是那么容易的了。

第121集
状告李天王

悟空第二次下到无底洞，叮在师父头上，对他说可以救他出去。唐僧就不明白悟空这次怎么能救他出去？悟空说道："我刚才一路飞出去的时候，看到她这洞里有个后花园，你哄她到后花园里去玩儿。"三藏问道："到了园子里怎么救？"行者道："你与她到那园子里的桃树边就别走了，等我飞上桃树枝变成一个红桃子，你把我摘下来给她吃，她若一口吃了，我就进她肚子里，看我捣破她的皮袋，扯断她的肝肠，弄死她，你就能脱身了。"三藏道："你若有手段就与她赌斗好了，怎么非要钻到她肚子里？"行者道："师父，她这洞太深了，我用这个办法是想让她主动驮着你出去。"悟空这次说的办法估计行，一来这妖怪很有可能上钩，二来这妖怪最熟悉地洞，她驮三藏上去是最合适的。

唐僧也觉得这是个好办法，他欠起身来，扶着窗格子叫道："娘子，娘子。"妖怪听到后乐坏了，她正想着跟唐僧结婚，唐僧喊她娘子，不就意味着唐僧有可能同意这门婚事。她笑嘻嘻地赶紧跑过来就问："哥哥，有什么话说呀？"三藏道："娘子，我在这里坐了一天，精神不爽，能不能带我去哪里散散心？"唐僧这话说得好，散心，那妖怪肯定会想到带他去后花园。妖怪果然开口说道："好好好！那我带你去我的后花园里散散心。"妖怪打开格子，搀出唐僧，后边还跟着一群小妖，到了花园。

妖怪问道："哥哥，花园到了，你看看如何？"三藏道：

“这花园好啊！走，我们进去看看。”说完，三藏和妖怪就往花园深处走，那是看不尽的奇葩异卉。走入花园深处，忽然抬头看到一片桃树林，这时行者就在唐僧的脑袋上用力一掐，三藏当然明白，悟空就是暗示他，让他往桃树林里头走。走入桃树林，三藏在一棵桃树前停下了。行者迅速飞到了桃树枝上，摇身一变，变成了一个大红桃，十分可爱。

三藏先不急着摘桃，他先假意问那妖怪：“娘子，你这桃树上结的桃怎么青红不一？”三藏就是问她，为什么桃子有的红、有的绿。妖怪就解释：“这桃树上的桃子晒着太阳的先熟，就是红色的，长在阴处的，晒不着太阳就还是绿的。”三藏听她说完，顺手就把那大红桃摘下来了。妖怪不是刚刚说完吗？那红桃是晒着太阳了先熟的，好吃些。

三藏把红桃送给妖怪说道：“娘子，这红桃好吃，送给你。”妖怪心里别提有多高兴了，她想跟唐僧成亲，这唐僧能主动给她红桃吃，说明唐僧有可能同意这门婚事。她就是这么想的，欢欢喜喜地把红桃儿接过来，启朱唇，露银牙，嘴刚刚张开，孙行者性子急，看机会来了，一个跟头就翻入她咽喉，一直落入她腹中，把那妖怪吓了一跳。

她问道：“长老，这果子好厉害，怎么我刚一张嘴，它

一下就滚到我肚里了？”还没等唐僧答话，悟空在她肚子里已经现了本相，高叫道：“师父，不用搭理她，老孙已经得手了。”三藏道：“好吧，悟空，看你的了。”妖怪没看明白怎么回事，就问：“哥哥，你在和谁说话？”“和我的徒弟孙悟空说话。”妖怪又问道：“孙悟空？孙悟空在哪里？”

三藏道：“在你的肚子里，刚才你吃的红桃子就是他。”妖怪惊讶道：“完了！完了！这猴子钻到我肚子里，我死定了，你为什么要千方百计地钻到我肚子里？”行者道：“也没有为什么，我只是想吃了你那六叶连肝肺，三毛七孔心，再把你的五脏都给你淘干净。”妖怪听了吓得魂飞魄散，战战兢兢，她抱着唐僧说道：“长老，我虽然捉了你，可是我并没有害过你。”

行者听她开始哄唐僧，怕她把师父劝得心软了，就开始在她肚子里抡拳、跳脚，一顿倒打，差点把她肚皮给打破。那妖怪别说说话了，她一头就倒在尘埃里，疼得半天一声都吭不出来，看上去好像死了一样。突然间，妖怪又稍微把手松一松，缓过气来说道：“小的们，快来，把这和尚抬出去，留我性命。”那些小妖们纷纷赶来，想要扛起唐僧送出洞去。行者又叫道：“我看你们谁敢抬我师父，妖怪，我师父是你抓进来的，我要你亲自把他背出去，到了外边我再饶你性命。”妖怪强忍剧痛，稍作休息后，挣扎着起身，将唐僧背在背上，拽开步子往外走。

好妖怪一纵云光，直到洞口，又听到叮叮当当的兵刃乱响。三藏问道：“悟空，洞口怎么有兵器响啊？”行者道：“师父，洞口是八戒和沙僧在玩弄兵器，他们听到了动静，是想降妖。”三藏叫道：“八戒、沙僧掣开钯杖，是我，放我出来。”两兄弟听到是师父的声音，掣开兵器，妖怪把唐僧驮出。然而，这一幕让沙僧感到困惑，他问道：“师父，怎么是妖怪把你驮出来的？大师兄呢？”

八戒乐道：“师弟，这还用说，一定是大师兄用了什么办法让那妖怪把师父驮出来的。”三藏指着妖怪的肚子说道：“你师兄在他肚子里，悟空，快出来吧。”行者叫道：“妖怪，你张开口，等我出来。”妖怪十分配合，口一张，行者跳出。腰一躬，现出原身法像，举棒又来打她。不过这悟空也是，妖怪已经把他师父送出来了，如果能知错就改就好了，何必打杀她？妖怪也不能等死，随手取出两口宝剑，叮当架住。他们两个在那山头上好杀：

“双舞剑飞当面架，金箍棒起照头来。一个是天生猴属心猿体，一个是地产精灵姹（chà）女骸。他两个，恨冲怀，喜处生仇大会垓（gāi）。”“棒举一天寒雾漫，剑迎满地黑尘筛。因长老，拜如来，恨苦相争显大才。水火不投母道损，阴阳难合各分开。两家斗罢多时节，地动山摇树木摧。”

八戒见他们激战正酣，口中嘟囔着，反而对行者颇有微词。他转身对沙僧说道：“兄弟，你看咱们师兄，他胡搞，刚才在她肚里，他抡起拳打了一个满肚红，扒开肚皮钻出来就完了，怎么非要从她口里跳出来，然后又与她打斗，让这妖怪这样猖狂。”沙僧道：“说得也是，不如这样，咱们让师父先在这里坐着，咱们两个上去帮帮忙。”八戒摆摆手，又说道：“不是，咱才不去，谁叫他胡搞了。”沙僧道：“二师兄，你这说的哪里话？大家都是自家兄弟，帮一下，就算帮不上大忙，却也放屁添风了。”那呆子叫沙僧这么一说，反而一时兴发，掣了钉钯，叫声：“好，去来！”

他们两个不顾师父，一拥驾风赶上，举钉钯，使宝杖，望着妖怪乱打。那妖怪打一个行者就有点招架不住了，见又来了两个帮手，她赶紧回头抽身就走。行者喝道：“兄弟们，赶上那妖怪。”妖怪见他们追得紧，这次把右脚上的绣花鞋脱了下来，吹口仙气叫了声：“变！”鞋子又变作她本身模样，使两口剑舞将起来，自己将身一晃，化作一阵清风回洞里去了。唉！也是这三藏罪没受完，妖怪本想逃命回去算了，没想再抓唐僧。可是她飞回到洞口，见唐僧一个人在那儿坐着。她上前一把抱住唐僧，又拿了行李，再把缰绳咬断，连同白龙马一起都给带进洞里去了。

再说三兄弟那边儿，八戒一钉钯把那绣花鞋打成了原形。行者看了又气又恼，他骂道："你们这两个呆子，让你们看着师父，谁叫你们来帮忙？"八戒就不懂了，他十分冤枉地说道："猴哥，你是得了夹脑风了吧？我们替你降了妖怪，你怎么反而来抱怨我们？"行者道："你们哪里帮我降了妖怪？你们刚才打死的是那妖怪的绣花鞋变的，妖怪的真身早跑了，快回去看师父。"

三人急赶回来，果然不见了师父，连白马和行李都没了。这下慌得八戒是两头乱跑，沙僧就前后跟随，大圣也是心焦气躁。他把路边儿被咬断的马的缰绳一把拿起，止不住眼中流泪，放声哭闹："师父，我去的时候你和马都还在这里，可我再回来的时候怎么就只剩下绳子了！"正是那"见鞍思骏马，滴泪想亲人"。

八戒见猴哥在那儿哭，却忍不住仰天大笑起来："嘿嘿嘿嘿嘿！"行者骂道："你这个笨货，你笑什么？你又要散伙吗？"八戒道："哥，不是，师父他一定是被那妖怪又给抓回洞了，就这洞你都下去两趟了，你又不是打不过那妖怪，你再下去一次，把师父救出来不就完了吗？你哭什么？”大圣擦了擦眼泪，说道：“也只能像你说的这样，你们两个把洞口守住，我这就去。”好大圣转身跳入里面，你看他停住云光，径直到了妖怪宅外，这回见那门关了，不分好歹，抡起铁棒一下打开，闯进去，发现静悄悄的没有人。东廊之下也不见唐僧，之前宴会用的桌椅板凳都没了。原来这妖怪在这周围三百里的范围全都挖了洞。现在看来她已经搬到别的地方去了，这可就不好找了。

恼得行者跌脚捶胸，又放声高叫道：“师父啊！你是个晦气转成的唐三藏，灾殃铸就的取经僧，刚才这条路我才走熟了，你怎么就不在了？老孙本事再大，你叫我到哪里去找你？”悟空正自吆喝暴躁之间，忽的一阵香烟扑鼻，这引起了他的注意，有烟必有人。他拽开步子，提着铁棒，抽身顺着发出香烟味道的地方找去，找到一间小屋。

屋里也没人，只是靠墙的地方摆着一张供桌，桌上有一个大流金香炉，炉内香烟馥（fù）郁。那上边供着一个大金字牌，牌上写着：“尊父李天王之位。”旁边又写着：“尊兄哪吒三太子之位。”行者道：“唉！这妖怪管李天王叫爸爸，管哪吒叫兄弟，难道她是李天王的孩子，哪吒的妹妹？”想到这里，行者是满心欢喜，也不去找唐僧了，也不去抓妖怪，只是把那铁棒变成个绣花针，放到耳朵眼儿里拍手叫:“好。”他把那牌子连同香炉一起拿去。

返云光，出了洞口，出去之后他就嘻嘻哈哈笑声不绝:“哈哈哈哈哈……”八戒见他也没救出师父，这是笑什么？他就问道:“哥哥，你怎么这么欢喜？师父有救了吗？”行者道:“啊哈哈哈，不用我救，咱们只跟这牌子要人就行了。”八戒道:“哥，这牌子又不是妖怪变的，你跟牌子怎么要人？”行者把牌子往地上一放，说道:“你们自己看。”

沙僧走上前去仔细看:“不敢相信，她竟然是李天王的女儿，哪吒的妹妹。”悟空又说道:“你们两个在这里把守，老孙拿着牌位到天上玉皇大帝那里去告那李天王一状，让他好好管管他女儿，把师父还给咱们。”八戒道:“哥，你这牌子做证据，告得有理有据。快去吧，怕回来晚了，咱们师父再被那妖怪给伤了。”行者道:“好好好！我快着呢，也就是烧开一壶水的工夫我就能回来。”悟空可是要上天告托塔李天王啊，他仅凭这个证据能把天王告倒吗？能把师父救出来吗？

第122集
再探无底洞

兄弟三人决定要到天庭去告托塔李天王。好大圣，执着牌位香炉，将身一纵，驾祥云到南天门外。把守天门的天王，见行者来了，纷纷控背躬身，不敢阻拦。他走进去，到了灵霄殿下，见到玉帝，把牌位和香炉往那一放，就开始跟玉帝告状。玉帝听后默然无语，就让太白金星和行者一起去云楼宫把李天王找来，行者就随金星去了云楼宫。

云楼宫是天王的住宅，宫门前有个童子在那侍立着，他看太白金星来了，赶紧转身到屋里去通报。李天王闻讯而出，金星将行者告状之事及玉帝的旨意一一说明。天王怒道：“你这猴头告我什么？”行者道：“告你什么！有这牌位和香炉作证，你的亲女儿下界为妖，捉了我师父。”天王道：“我只有三个儿子和一个女儿，大儿名叫金吒，侍奉如来佛祖做前部护法；二儿名叫木吒，在南海随观世音做徒弟；三儿得名叫哪吒，在我身边，早晚随朝护驾；还有一女儿名叫贞英，还不懂人事，怎么会做妖怪！你这猴头，实在无理，别说你来诬告我这天王，就算下界的小民你也不能诬告。来，用缚妖索把这猴头捆起来。”

托塔天王府上有巨灵神、鱼肚将、药叉雄帅，一拥而上，把行者给捆了。太白金星看了有些慌，他说道：“李天王，你可别闯祸呀！玉帝是让我两个来找你前去，把这件事说清楚，你现在把他捆了，恐怕玉帝会怪你。”天王道：“怪我，我怎么能容他诬陷我？我现在就用砍妖刀砍了这猴头，再和你去见玉帝。”

金星看他来真的，吓得心惊胆战，又来劝行者：“大圣，这告状是不能轻易胡乱告的，他取出刀来伤了你性命，怎么办？”行者他全然不惧，只是笑吟吟地说道：“老官不怕不怕，老孙总是先输后赢，叫他砍，叫他砍。”天王真取出砍妖刀望着行者劈头就砍，幸好早有三太子赶上前，拔出斩妖剑一把架住，叫道：“父王，息怒。”天王见哪吒拔剑架着，吓得他是大惊失色。这也怪了，李天王是哪吒的父亲，哪吒拦他一下，最多喊一声让他儿子退下就完了，有什么可大惊失色的？他怕什么？

原来哪吒天生时左手掌有一个“哪”字，右手掌一个“吒”子，所以才取名叫哪吒。他小的时候曾经下海闯祸，踏倒水晶宫，捉住蛟龙，还要抽他的筋。李天王知道后，怕他未来终将酿成大祸，想要杀了他，这哪有父亲杀儿子的？当时哪吒愤怒至极，他紧握刀柄，竟决意与父亲断绝关系。他毅然割下身上的肉，归还给母亲，又将自己的骨头剔除，交还给父亲，仅留下一丝灵魂，竟前往西方极乐世界，向如来佛祖告状。这哪吒也真是够刚烈的。

佛祖当时正和众菩萨讲经，就听到有人叫道：“救命！”佛祖抬开慧眼一看，知道那是哪吒的魂来了，就用莲藕为骨、荷叶为衣，念动起死回生的真言，造了一个新的身体，这样哪吒才又重新活过来。后来他运用神力，降过九十六洞妖魔，神通广大，还要杀了李天王报剐骨之仇，李天王哪打得过哪吒？没办法，只好向如来佛祖求助，如来佛祖就赐了他一座玲珑剔透舍利子如意黄金宝塔，那塔上层层有佛，艳艳光明，让那哪吒一看见这塔，就想到如来救过他性命，就不要再怨他父亲了，这样他和父亲的仇才化解了。所以李天王后来就总托着这个塔，人们称他为托塔李天王。此时他接待金星时，手中并未托着宝塔。哪吒突然用剑击向他，李天王误以为哪吒要报仇，大惊失色。

他急忙从塔座上取下宝塔，紧握在手心，询问哪吒道：“孩儿，你用剑架我刀是什么意思？”哪吒看出李天王这是害怕了，赶紧把剑丢在一旁，连忙叩头说道：“父王，你是有女儿下界了。”天王不解道：“我只生了你们四个，怎么会有女儿下界？”哪吒道：“父王，你忘了你那个女儿是个妖怪，三百年前曾经在灵山前偷吃了如来的香花宝烛，如来佛祖命咱们父子去把她拿住，拿住时本该把她打死。但如来佛祖又让我们饶她性命，她感恩咱们就拜你为父亲、拜我为兄长，所以才在下界设了牌位为我们烧香。只是没想到她又去陷害唐僧，孙行者搜来的牌位一定是她的。”天王听了惊讶道：“孩儿！我着实忘了她叫什么名字？”哪吒答道：“她有三个名字，原来叫作金鼻白毛鼠精，后来改名叫半截观音，我们饶她下界之后，她又叫地涌夫人。”

天王这才醒悟，放下宝塔，赶紧走过来给行者把绳解开，那猴子是好惹的吗？你说绑就绑，说解就解开，他大声呼喊道：“我看看你们谁敢来解我，我偏偏要这样捆着去见玉帝。”慌得天王手软，太子无言，天王手下大将委委而退。大圣继续打滚耍赖，天王实在是没办法了，就哀求金星让他给说个情。就悟空的脾气，金星能有什么办法？他就说道：“天王，处事要宽容，你刚才太急躁了，又捆人家，又要杀人家，这猴子是个有名的赖皮，你说我怎么劝得动。”天王道：“金星，当年你帮他做弼马温，当齐天大圣，对他还是有恩，你帮我说些好话。”

这倒也是，太白金星很善良，他也不希望事情闹大，转过身来，手摸着行者说道：“大圣，看我一点点的面子，解下绳子去见玉帝。”行者道：“老官，你不要来劝我，我就要这样捆着，一路滚到玉帝那里去。”金星道：“你这猴子，当年我对你还是不错的，你一点儿都不听我的？”大圣是个英雄豪杰，哪是无情无义的人。金星都这么说了，他想了想笑道：“好吧！好吧！看在你老人家的面上，但是要他自己来给我解。”天王这才敢上前把绳子给解了，又请大圣坐，又给他赔礼。金星在旁边儿就催道：“好啦！好啦！李天王快走，玉帝还等着咱们。”天王道：“我还是不敢去，到了玉帝那里，这猴子一时兴起，再乱说我一顿，玉帝一定会责罚我的。”

你看那金星真是个好人，他又转过头来对着行者化解道：“大圣，我有几句话想和你说一说。”行者问道：“你要说什么？”金星道：“你状告托塔天王，玉帝就一定会派人来查的，一来二去，太耽误时间了，天上一天，人间一年，

你这已经耽误了一会儿了，时间再长就怕那妖怪已经逼你师父成亲了，弄不好都生个小和尚下来，那不误了大事？”行者听了说道：“你说得倒是，那我怎么办？”金星道：“你们二位，不妨听我的，李天王你赶快去点兵，帮大圣下界降妖，我去回复玉帝。”行者问道：“你想怎么回复？”金星道：“我就说你这状不告了，玉帝自然就不会调查天王了。”行者道：“你这个方法倒快，好好好，托塔天王，你带人在南天门外等我，我和玉帝说一声，这个状不告了。”天王看这件事这样处理了，喜出望外，点了本部天兵进出南天门外，太白金星和行者回见了玉帝，就只说跟李天王确认清楚了，那金鼻白毛老鼠只是设了个天王父子的牌位用来唬人的，并不是他的女儿。这样一说，玉帝自然也就不追问了。

行者急返云光到了南天门外，天王、太子和天兵早在那里等候，行者带着他们风滚滚、雾腾腾，一起坠下云头，找到了陷空山。八戒和沙僧见了他们上来施礼，悟空就向大家介绍实际情况，说这个洞是无底洞，特别的深，周围覆盖的范围有三百里。天王只说：“任她设尽千般计，难脱天罗地网中。不入虎穴，安得虎子，谁敢当先？”天王说得对，不闯到老虎窝里，怎么能抓住小老虎？想抓住这妖怪，就得把这地洞全都钻一遍。

这时，悟空先跳出来，高声叫道：“我当先，我当先。”三太子也不让，他也跳了出来，说道：“我来当先。”那呆子今天也不知怎么了，见悟空和哪吒都要奋勇当先，他也跳出来高声叫道：“当先，还是让我老猪先来。”这猪也真是奇怪，有悟空和哪吒在，哪轮得到他当先？他总是这么深一脚、浅一脚的。

天王安排道：“孙大圣和三太子，你们统领天兵先下去，洞口只留我三人把守，就让那妖怪上天无路，入地无门。”众人答了一声：“是。”抬头一望，已经到了妖怪的旧宅子。他们去的人多，就好干活。大家分头行动，挨着门吆吆喝喝的，一重又一重，一处又一处，把那三百里的草都踏光了，也没找到妖怪和三藏的影子。难道他们不在洞里？就在大家疑惑的时候，有人在东南处的黑角落上望下去，发现了一个小洞，洞里有一重小小门，一间矮矮房，盆栽了几种花，檐傍着数竿竹，黑气氲氲，暗香馥馥，妖怪正是把三藏捉到这里面等着成亲。那些小妖也挤在里面，一个个哜（jī）哜嘈嘈，挨挨簇簇。中间有些大胆的耗子精，伸出脖子往洞外看一看，一头撞着个天兵，天兵一声嚷道：“在这里。”

行者听到恼起性来，拿着金箍棒一下闯进去，这里面

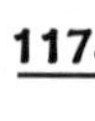

也十分窄小，窝在那一窟妖怪，三太子又纵起天兵一齐拥上，全都抓住了。行者寻着唐僧和龙马还有行李，将他们带出来。那老怪想着也没有什么出路了，出来看着哪吒太子只是磕头饶命。太子就训斥她："我们父子曾救你一命，今天却差点让你害得被玉帝问罪，我们抓你回去等候发落。"

一边是天王同三太子领着天兵神将押着妖怪回天庭，一边是行者拥着唐僧和沙僧收拾行李，八戒拢马，请唐僧骑马，齐上大路，这场难算过去了。师徒们走了一段日子，不知不觉就到了夏天，正值那熏风初动，梅雨丝丝，好光景："冉冉绿阴密，风轻燕引雏。新荷翻沼面，修竹渐扶苏。芳草连天碧，山花遍地铺。溪边蒲插剑，榴火壮行图。"

天气越来越热，师徒四人正行走，忽见路边有两行高高的柳树，柳荫之中走出一位老母，右手下搀着一个小孩，她对唐僧高叫道："和尚不要走了，快早些拨马东回，往西去都是死路。"三藏想："这是什么意思？往西去怎么就是死路了呢？"

第123集

施法灭法国

唬得唐僧跳下马来问道：“老菩萨，向西怎么就不能走了？”那老母用手朝西指道：“往那里去五六里远近，是灭法国，那国王两年前许下一个罗天大愿，要杀一万个和尚，这两年陆陆续续，杀死了九千九百九十六个没什么名气的和尚，正在等四个有名气的和尚杀了，凑成一万个，你们去到城中就只是送命。”三藏听了害怕，他战战兢兢地说道：“老菩萨感谢不尽，请问可不可以绕着过去？”老菩萨道：“绕不过去，绕不过去。”行者在一旁看着，他火眼金睛，仔细看去，那哪是什么老母领着个小孩，那分明是观音菩萨带着善财童子来了，他慌得上前倒身下拜道：“菩萨，原来是您来了，弟子失迎失迎。”菩萨看被认出来了，现出了本相，一朵祥云轻轻驾起。吓得那唐长老无立身之地，赶紧跪下磕头，八戒和沙僧也慌忙跪下朝天礼拜，一时间祥云缥缈，菩萨回南海而去了。

行者想："这件事竟然惊动菩萨亲自来了，会不会这灭法国很难过？"八戒和沙僧心中也是这个疑问，他们问道："猴哥，菩萨都亲自来指示了，前面的灭法国又杀和尚，我们怎么办？""是啊，大师兄，怎么办？"行者道："嘿嘿嘿嘿，别怕别怕，我们曾遭过那毒魔狠怪，虎穴龙潭都没受过伤，这灭法国之中都是些凡人，有什么好怕的？只是现在天色有点儿晚，出城的商人正在往回赶，在路上看到咱们四个和尚，我们会有些麻烦，咱们先离开这大路，找个僻静之处好好商量商量。"悟空说得有道理，他们都听悟空的。闪下大路，找到一个坑坎之处坐定。行者又说道："兄弟们，你们看好师父，我变化一下，到那城中看看，最好能找出一条僻静之路，连夜穿过这城去。"三藏就叮嘱道："悟空，还是要小心。"行者道："放心吧，师父。"

好大圣将身一纵，唿哨地跳在空中，伫立云端，往下观看，只见那城中喜气融融，祥光荡漾，这看上去是一点儿妖气都没有。行者心中就疑惑，这么好的地方，怎么就偏偏要杀和尚，看过一会儿，渐渐天昏。

又见那："十字街灯光灿烂，九重殿香蔼钟鸣。七点皎星照碧汉，八方客旅卸行踪。六军营，隐隐的画角才吹；五鼓楼，点点的铜壶初滴。四边宿雾昏昏，三市寒烟蔼蔼。两两夫妻归绣幕，一轮明月上东方。"城中的人忙活一天了，各行各业到晚上要休息。行者捻起诀，念动真言，摇身一变，变作一个扑灯的小飞蛾，那变得："形细翼硗轻巧，灭灯扑烛投明。本来面目化生成，腐草中间灵应。每爱炎光触焰，忙忙飞绕无停。紫衣香翅赶流萤，最喜夜深风静。"

但见他翩翩翻翻，飞向六街三市。他傍屋檐，近屋角，正飞时，忽见街拐角上有一户人家，门头还挂着个大灯笼，他硬硬翅，飞进前来仔细观看，上面写着"安歇往来商贾"六个字；下面又写着"王小二店"四个字。行者这才知道这是一家旅馆。他又伸头一看，看见有八九个商人，他们吃了晚饭，脱了衣服，洗了头巾，洗了脚手，个个上床睡了。行者心中暗喜道："师父过得去了。"他看到这些怎么就知道师父过得去了？原来是悟空起了坏心，要偷他们的衣服、头巾，好把唐僧师徒装扮一下，然后混进城去。行者飞下去，又摇身一变，变作一只老鼠，叼起衣服转身往窗口跑。他又使了个法术，顺利驾云出去，再翻身回到了他们之前停留的那个坑坎边前。

三藏见星光月皎，探身凝望，原来是行者回来了，他开口问道："徒弟，那灭法国能过了吗？"行者上前把那衣物往地下一放，就说道："哈哈，师父，要过灭法国不难，只是我们不要再做和尚了。"八戒道："哥，你说不做和尚那倒不难，咱们只要有半年不剃头，那毛就都长出来了。"行者道："呆子别瞎说，我们哪有半年的时间在这儿等，眼下我们就能做得俗人。"唐僧就不懂，又问道："悟空，眼下我

们怎么能做成俗人？”行者道：“师父，你看我从城中旅馆借了几件衣服和头巾来，我们只要穿上它装扮成俗人就能进城了。今天我们住一晚，明天早上我们就西去。”这猴子明明是偷来的衣服，他却说是借来的。沙僧跟着说道：“师兄处理得好，我们就这样干。”

三藏和沙僧先换好了衣服，围上了头巾，八戒的猪头太大了，头巾怎么也不够戴。行者就取了些针线，把两顶头巾给缝成一顶，搭在了头上，然后给自己穿戴好。行者又吩咐道：“列位，这一次我们就不能再师父、徒弟的这样叫了。”八戒问道：“那怎么称呼？咱们都以兄弟相称。师父就叫唐大官，八戒，你叫猪三官儿，沙师弟叫沙四官儿，老孙就叫孙二官。等到了那城中的旅店，你们都不要乱说话，只是我老孙一个人讲就好，他们要是问咱们是干什么的，咱们就说是贩马的，那白龙马正是个样马。”四人商量好就牵马、挑担进了城，直奔“王小二店”去了。

进了门，一个妇人大约有五十七八岁的模样，她迎上来问道：“列位客官，哪里来的？做什么生意的？”行者道：“我们是从北方来卖马的，这位是唐大官儿，这位是猪三官儿，这位是沙四官，我是孙二官。”妇人道：“你看你们四个人四个姓。”这是这店中的老板娘，她有说有笑地把师徒四人领到二楼，给他们安排了房间。三藏先进了房间，四处看了看，他说道："徒弟们，我看这房间不大方便，门前总是有人走来走去，我们睡着的时候要是滚落了头巾，露出了光头，他们发现我们是和尚，嚷起来可怎么办？"行者道："师父你担心的倒是有些道理。"说完，行者又把那妇人找了回来，又对她说道："老板娘，刚才你的房间我们几个看了感觉我们睡不得。"妇人问道："怎么睡不得？"行者道："我们这猪三官有些寒湿气，沙四官又有些漏肩风，唐大官儿只想睡在黑处，我也有些怕亮怕风。"

那老板娘听他们有这样的要求，想了想回应道："要是想要一个不透风的黑处，我这店中也恰好有这么一个，这里有一张大柜，不透风又不透亮，有四尺宽，七尺长、三尺高，里面可以睡上六七个人。"行者道："这么巧，好好好！就要那柜子。"那妇人带着他们走下楼来到了柜子前边。师徒们一看，还真像她说的，这要是住进去，在外边什么都看不着。八戒不管好歹，他先进去了。沙僧把行李递入，搀着唐僧也进去了。行者再将马拴在柜子旁，自己也跳了进去。之后他又叫道："老板娘，最后还要麻烦你一下，把这柜子盖上盖、锁上锁，你看这柜子什么地方透亮，再用纸把它糊一糊。"这老板娘做了这么多年旅馆的生意，头一次见到这么古怪的客人，好好的房间不睡，偏要住到一个大黑柜子里。而且偏要锁上，还得把它糊得严严实实的。不过她也都像他们说的那样照做了。

再说师徒四人进了柜子以后，赶了一天的路也累了，没有多长时间就睡着了。到了半夜，也是这师徒们倒霉，这旅馆中竟然闯进一伙强盗来，他们觉得这旅馆中肯定住有商人，一定有些财宝能抢到。他们打着灯笼，举着火把，那老板娘早就吓得战战兢兢，关上房门也不出来。随他们抢吧，愿意在院子里拿点儿什么就拿点儿什么，只要不伤人就行了。强盗们打着火把四下照看，也没看到什么值钱的，就是看到院当中有这么一匹白马，马的旁边有这么一个大柜子。他们看着柜子盖着盖儿，上着锁，上前推了推，很重，还推不动。他们猜想，这柜子里面一定有值钱的东西。

他们也懒得开柜子，直接拿出绳子，将柜子连同盖子一起给搬走了，把白龙马也顺手给牵走了。唐僧师徒是太倒霉了，因为怕人看着，才找这么个柜子睡觉，没想到，连柜子都让人给搬走了。但如果这伙强盗抬着柜子朝着西门儿跑出去，那倒也好，他们跳出来之后直接就西去了，不用惹这灭法国的麻烦了。但是，哪想到这伙强盗偏偏往东边跑，他们杀了守门的士兵，打开东门逃出去了。但是这灭法国的百姓和官军可不是好惹的，他们得知出事了，就点好人马、工兵出城抓他们。强盗们看，来了这么多官军，这硬碰硬的肯定打不过，干脆放下大柜，丢了白马，四散逃窜了。官军们追上来没抓住强盗，但扣下了柜子和白马。官军中的总兵说道："我们把马和柜子抬回去，等着明天向国王启奏。"

一路颠簸，师徒四人在柜子里早就醒过来了，外面发生了什么，听得明明白白。唐僧就担忧道："悟空，那国王正缺四个和尚，杀了要凑足一万个，明天一开柜，看到我们在里面偷偷摸摸的，肯定会杀了我们，这可怎么办？"行者道："师父，别担心，别担心，你接着睡，明天见了国王，老孙自有应答，绝不会伤你一根毫毛。"悟空这样说了，大家倒也放下心来，接着睡去。

等到三更时分，行者弄了个手段，他取出棒，吹了口仙气，叫了声："变！"那金箍棒就变成了一个三尖头的钻，他挨着柜角钻了两三下，钻出个眼儿来，摇身一变，变成一只小蚂蚁就爬出去了。再现原身驾起云头，飞到皇宫门外，见到国王睡得正香，行者使了个大分身普会神法，将左臂上所有的毫毛都拔下来了。悟空这是要干吗？他一般降个妖怪，也就拔几个毛，变个什么东西就完了。收拾一个凡人，用得着把整个左胳膊上的毛全都拔下来吗？就见他吹了口仙气，叫了声：“变！”这些毫毛全都变成了小行者。这还不够，接下来他又把右胳膊上的毛全都拔下来了，又吹了口仙气叫了声：“变！”这些毛又都变成了瞌睡虫。他又念动真言，把当地的土地也叫出来，叫他们干什么？他安排土地和这些小猴子们，每个人拿一只瞌睡虫，只要是在皇宫内睡觉的人，都在他的鼻子上放上一只，悟空这是想让他们都睡死过去，不过睡得那么死有什么用呢？

第124集 灭法国剃头

悟空把毫毛变成的瞌睡虫，让小猴给这宫殿中的每个人鼻子上都放上一个，弄完之后，又见他把金箍棒取在手中，掂一掂，晃一晃，叫了声："宝贝，变！"又变作了千百把剃头刀，他自己拿一把，吩咐那些小行者们也各拿一把。他这是要干什么？他让这些小行者们，把所有在宫里睡觉的人的头发全都给剃光了。这也就是悟空，他竟然能想出这样的办法来，你这个国家不是要杀和尚吗？好，这下我把你们全都剃成和尚，看你还杀不杀。这些小猴子们动作也快，每个小猴子拿着剃头刀找到一个人，没过多长时间，就把他们剃光了。一夜之间，不论是国王还是宫女，不论是男还是女，全都变成了秃子。再回来，悟空念动咒语，将身一抖，把两臂的毫毛都收回来，再把剃头刀捻成金箍棒塞回耳内，谢别了土地神，又是摇身一变，变成小蚂蚁，钻回了柜子，现回本相睡觉去了。

到了第二天早晨，这皇宫里热闹了。宫娥彩女们，她们率先起床干活。可是在梳头、洗脸的时候一摸，惊讶地发现自己的头发没了。专注于服务的官员们，同样早起勤勉。在洗漱之际，他们不经意地抚摸头顶，愕然发现头发已不翼而飞。他们四处看去，发现大家头发都没了，从来没有遇到过这么怪的事儿！众人惊慌失措，纷纷涌向宫廷庭院，眼中含泪，满心惶恐。又过了一阵子，皇后醒过来了，伸手一摸，发现自己头发没了，吓得她赶紧掀开被窝一看，被窝里睡着一个和尚，再仔细看哪是什么和尚？那是国王，也被剃秃了。国王同时醒来，见皇后光头模样连忙爬起来问道："皇后，你头发哪里去了？"皇后也问道："主公，你怎么变成了这样？"

国王这才摸摸自己的头，发现自己秃了，吓得魂飞魄散。他穿上衣服，赶紧到外面去看，满皇宫的人都已经聚集在外面，他们见国王来了，齐齐地跪下，一齐说道："主公啊，我们都成了和尚。"国王见了这个情景，顿时眼中落泪，悔恨道："看来是寡人杀和尚杀多了，得到这样的报应

了。”他们又回到朝堂之中，商议怎么处理这件事。此时，总兵前来禀报昨夜遭遇强盗及扣留大柜与白马之事。国王就好奇问道：“什么柜子？拿进来我看看。”

柜子就这样被抬到皇宫，三藏在里边早就吓得魂不附体，他口中还念叨着：“徒弟们，一会儿国王就看到咱们了，怎么办？”悟空只是安慰他道：“嘿嘿嘿，师父，别怕别怕，等会儿咱们出去的时候，那国王还得拜咱们为师。”三藏道：“你这是胡说，怎么拜咱们为师？”行者道：“师父，你就放心吧。俺老孙早就处理好了。”

不多时，他们被抬到朝堂之上，国王叫人把盖子打开，八戒忍不住先跳了出来，吓得满朝文武胆战心惊，口不能言。随后，行者搀扶着唐僧与沙僧走出，八戒还顺手牵来了白马。国王看了一眼，看得出他们是四个从外边来的和尚。这回他也不说要杀和尚了，只是问道：“长老是从哪里来呀？”三藏就告诉他自己是从东土大唐而来去西天取经的。国王又问道：“那你大老远地来，怎么在柜子里休息？”三藏道：“贫僧听说陛下专门杀和尚，我没办法才躲到柜子里休息。”

国王道：“大师是天朝上国来的高僧，朕失迎了，说起杀和尚的事，这是因为朕曾经被和尚骗过，朕许下天愿要杀死一万个和尚。只是没想到昨夜我竟成了和尚，不光我成了和尚，就连我的皇后、妃子，还有满朝官员也都被人剃了光头。”八戒听了就实在是忍不住笑了：“哈哈哈哈哈

哈哈哈哈，那你一万个和尚还没杀够，还杀不杀了？”国王道：“不杀了！不杀了！只要我们的头发能长出来就知足了。”行者又说道：“我们是有道之僧，只要你帮我们把通关文牒给倒换了，我们出了城，保你皇图永固，福寿长臻（zhēn），头发也自然能长出来。”那国王听说头发能长出来，赶紧大摆宴席，给他们倒换了关文。

这凡人就是比妖怪要好对付多了，给他们剃个光头，就知道悔改了。不过，悟空的办法也真是太逗了，只有他才能想出这么坏的主意。这国王不仅给他们放行，他还开始觉得自己这个国家的名字取得有点不太吉利。他就问师徒们：“能不能帮忙把这个国家的名字换一换？”行者就告诉他：“你这灭法国那‘灭’实在不通，不如改成‘钦法国’，管教你海晏河清千代胜，风调雨顺万方安。”国王欣然采纳，感激之余，带领文武百官送唐僧四众就出城西去。

在路上他们边走边聊，唐僧说道：“悟空，咱们为钦法国立了一个大功。”行者道：“嘿嘿，师父，那是！那是！”沙僧又接着问道：“哥，你是哪里寻来的那么多整容匠，连夜剃了那么多头？”行者就把他施变化、弄神通的事说了一遍，师徒们听了笑得合不拢嘴。他们边乐边走，奔上大路，真是光景如梭，又到了深秋之后。

但见“水痕收，山骨瘦。红叶纷飞，黄花时候。霜晴觉夜长，月白穿窗透。家家烟火夕阳多，处处湖光寒水溜”。走了很久，又见到前面有城池了。三藏远远地指着鞭子问道：“悟空，你看那里又有一座城池，不知道是什么去处，走到前边，咱们找人问问。”

唐僧这话刚说完。忽见树丛里走出一个老者，手持着竹杖，唐僧滚鞍下马上前询问。那老者没等唐僧先开口，他先问道：“长老，你是哪里来的？”三藏道：“贫僧是从东土大唐而来，去西天拜佛求经的和尚，还请问老施主，前面的城是什么城？”老者道：“这里是天竺国下面的一个县，前面这县叫玉华县。”佛祖的雷音寺就在天竺国，师徒们距离佛祖那里越来越近了。那老者继续介绍道：“这玉华县的城主是天竺皇帝的宗亲，在这里被封为玉华王。这玉华王又十分贤明，对僧人、道士都很尊敬，还十分爱护百姓，大师如果去了，他一定会好生招待你的。”三藏谢过老者，和徒弟们继续赶路，没走多远，他走到了城边的街道，站在那里四处观看，这里做买卖的人烟凑集，生意十分兴旺。

三藏就连忙吩咐道：“徒弟们要谨慎，把嘴脸收起来，别吓到旁人。”八戒先听师父的话，低了头，沙僧掩着脸，只有行者搀着师父朝前走。但是这也没什么用，两边的人一眼就能看出来，这四个人有些奇怪，他们都争先恐后地走过来看，还齐声叫道："我们只见过降龙伏虎的高僧，可没见过像你们这样降猪伏猴的和尚。"

这玉华县的人还挺幽默，说他们降猪伏猴，那还真是那么回事儿，就唐僧一个人有个人样，他旁边有一只猴，有一头猪，仿佛真的是被他收服的宠物，说得很贴切。不过他们这么一说，八戒就不干了，他伸出嘴说道："老猪可是猪王，你们见过像猪王的和尚吗？"他把嘴伸出来一说话，吓得满街上的人跌跌撞撞地向两边就散开了。行者见状，就在旁边笑道："八戒，还是把嘴赶快收起来，我们马上要过桥了。"八戒低着头，只是笑，走过吊桥，进入了城内，又见大街上酒楼歌馆、热闹繁华。那是：

"锦城铁翁万年坚，临水依山色色鲜。百货通湖船入市，千家沽（gū）酒店垂帘。楼台处处人烟广，巷陌朝朝客贾喧。不亚长安风景好，鸡鸣犬吠（fèi）亦般般。"

师徒四人看到这热闹的景象，心情也喜悦起来。走了一阵，他们到了玉华王府，玉华王府旁边有个待客馆，三藏说道："徒弟们，你们就在这客馆里休息，我去找那玉华王倒换通关文牒。"行者道："好的，师父，你就放心去吧。"三藏换了衣帽，拿了关文，来到王府门前，早有引礼官上

前迎接，问道："长老，你是从哪里来呀？"三藏说明来意，引礼官进去传达。那玉华王果然贤德，听引礼官说完，赶紧就传唐僧进殿。三藏走入殿上，献上官文，玉华王看了，欣然用宝印押上花字。

这好不容易来了个高僧，玉华王就想跟他聊聊，他问道："国师长老，你从东土大唐来到这里要历经多少个国家，走多少路程？"三藏道："这多少路程我倒没有记，但是取经路上，我已经走了十四年了。"玉华王道："你这难道是在路上被耽搁了吗？什么路能赶十四年？"三藏道："一言难尽，我们一路受尽万折千磨，不知受了多少苦才来到您这里。"玉华王也不再多问了。他十分欢喜，就让人安排了宴席招待三藏。可是安排了宴席，三藏怎么可能一个人吃？徒弟还在外边，他就又说道："贫僧还有三个徒弟在外等候，我不敢在这里独自吃斋，为了不耽误我的行程，我还是走吧。"玉华王一听是这个情况，他又十分客气地对当殿官吩咐道："你快去把长老的三位徒弟也一起请进来，让他们吃了饭再走。"

当殿官就按唐僧的指引走出大门，到待客馆中请三兄弟去吃饭。他到了馆中就问服务人员："哪个是大唐取经僧的高徒？咱们玉华王邀请他们去吃斋饭。"八戒本来在屋里打盹，别的他没听着，他就听到了一个斋字儿。想到有吃的，他忍不住就跳起来答道："我们就是大唐取经僧的高徒。"说着还跑出来了。当殿官一见他吓得魂飞魄散，口中忙喊道："这个是猪妖、猪妖。"行者赶紧上去把八戒按住，又对他说："兄弟，你斯文些，别撒野。"

那官员看见行者更是害怕了，口中又喊道："啊！这是猴精、猴精。"沙僧看他们两个都劝不好，他就赶紧走上前来，还拱起手来说道："列位不要惊慌，我们是唐僧的徒弟。"官员看到沙僧一来，更害怕了，连忙又喊道："这是灶君、灶君啊！"反正怎么也解释不清楚了。最后行者就让八戒牵着马、沙僧挑着担，硬是跟着官员进了玉华王府，只盼进去之后他们可别惹出什么事儿。本来通关文牒已经顺利地倒换了，直接走了就没什么事儿了，他们会不会惹出什么麻烦呢？

第125集
玉华县收徒

悟空兄弟三人被请到了玉华王的大殿上，进了大殿，玉华王见了他们，心中也是害怕，只是强忍着没跳起来。三藏赶紧合掌安慰道："千岁，放心，我这几个顽徒虽然相貌丑陋，心地却善良。"八戒也伸出嘴答了一句："就是嘛，我们还是很善良的。贫僧向您问好了。"玉华王听八戒开口一说话更是心惊，他赶紧叫上点膳官，让他赶紧去后边儿的暴纱亭，给他们弄些斋饭吃，让他们走了算了。三藏谢了恩，四人就去暴纱亭去吃斋去了。

玉华王怕他们，没敢跟他们一块去吃，直接退下大殿回到宫中。他有三个儿子见他回到宫中，发现他今天面容不安，就上前问道："父王，今天你怎么看起来如此惊恐

啊？”玉华王就把刚才看到的一切跟他们说了一遍。哪想到这三个小王子平时就喜欢练武逞强，一听说父王被吓到了，就伸拳撸袖地说道：“走，我们去看看，是从哪个山里走出来的妖怪，装成人的样子来吓唬我们父王了。”好王子，老大拿一条齐眉棍，老二抡一把九齿钉钯，老三使一根乌油黑棒子，雄赳赳气昂昂地走出王府，吆喝道：“什么取经的和尚？在哪里？”早有官员来报：“小王子啊，他们在暴纱亭吃斋呢。”

那最小的王子不分好歹闯进暴纱亭喝道：“你们是人是怪，快早说来，饶你们性命。”唬得那三藏面容失色，丢下饭碗，躬着身子说道：“哦，贫僧是从东土大唐而来取经的僧人，当然是人啊。”小王子道：“你还像个人，那三个丑，像是妖怪。”八戒听他们这么说，也不理他们，只管吃。沙僧和行者却欠着身子说道：“我们都是人呐，我们长得虽然丑，但心地却很善良。你们三个是哪里来的，敢这样海口轻狂？”那旁边的官员赶紧解释：“这三位是我们玉华王的儿子啊，三位小殿下。”

八戒这会儿吃得差不多了，把碗往旁边一丢，就说道：“小殿下呀，你们个个拿着兵器，是要跟我们打吗？”八戒这话一出口，那二王子也不答话，掣开步，双手舞起钉钯便要打八戒。八戒看了，只是嘻嘻地笑道：“哦嘿嘿，你那钯呀，只能给我这钉钯当孙子吧。”说完他把衣服一揭，从腰间取出自己的钉钯来晃一晃，金光万道、瑞气千条，把那王子唬得手软筋麻，不敢舞弄。行者在旁边看那个大王子使了一条齐眉棍，蹦来跳去的，他便从耳朵里把金箍棒取出来了，晃一晃，碗来粗细，有丈二三长短，再往地下一捣，捣出有三尺深浅，竖在那里笑道：“我这棍子要不然就送给你吧。”

大王子听了，是真不知好歹，丢了自己手中的棍子，真的去取那金箍棒，双手尽气力一拔，棒子分毫不动，再端一端，摇一摇，像生了根一样。那三王子看了这个情况，他撒起莽性来，使那个乌油杆棒来打杀。沙僧一手劈开，取出降妖宝杖，拈一拈，艳艳光生，纷纷霞亮。唬得在场的人一个个是呆呆挣挣，口不能言。这三个小王子怎么也没想到今天会碰到这么厉害的人，扑通一下，齐齐地跪在地上，口中念叨：“神师，神师啊。”“是啊，我们凡人不知你们有这样的能力。还请你们施展一番吧。”“让我们学习学习吧。”

这可要谨慎行事，不能因人有所求就轻易显露自己的本领，你得看这么做有没有必要，毕竟，悟空曾因炫耀而

吃过苦头，此番他是否会重蹈覆辙？就见他轻轻地把棒拿在手中，说道：“这里太狭窄了，不好施展，等我跳在空中要一路儿，给你们看看。”完了，他又要炫耀。又见他唿哨一声，筋斗一纵，两只脚踏着五色祥云，起在半空，离地约有三百步高下，把金箍棒丢开个撒花盖顶，黄龙转身，一上一下，左旋右转。起初时，人与棒似锦上添花，次后来不见人，只见一天棒滚。八戒在底下喝声彩：“好。”他也忍不住手脚，又喊道：“等老猪也上去要一要。”完了，他也来炫耀来了。好呆子，驾起风头，也到半空，丢开钉钯，上三下四，左五右六，前七后八，使出满身解数，只听得呼呼风响。

正要到热闹处，沙僧也对三藏说道：“是否也等我老沙上去操演操演。”沙僧平时是最稳重的了，他也上来显摆。好和尚双着脚一跳，抡着杖也起在半空了。只见锐气氤氲，金光缥缈，双手使降妖杖丢一个丹凤朝阳，饿虎扑食，紧迎慢挡。弟兄三人在半空中一起耀武扬威。唬得那三个小王子跪在尘埃里。暴纱亭内大大小小的官员，满城中军民、僧尼道佛，家家是念佛磕头，户户是拈香礼拜。这些人都觉得见到神仙了，那还不赶紧拜吗？他们三个逞完雄才之后，按下祥云，把兵器收了，又重新回到三藏的面前。

那三个王子急急地赶回宫中，找他父王去了。他们告奏道："父王，万千之喜呀。刚才您可看见半空中的舞弄吗？"玉华王道："哦，我刚才见到半空霞彩，就与你母亲烧香祈拜，不知是哪里的神仙聚来了吧。"王子道："哎呀，不是哪里的神仙，就是那取经僧的三个丑徒弟，一个是金箍棒，一个是九尺钉钯，还有一个是降妖宝杖，把我们三个的兵器全都比下去了，我们叫他展示一下本领，哪想到他们嫌地上窄，就驾云头到天上舞弄起来了。满空中祥云缥缈、瑞气氤氲。刚才才坐回了暴纱亭里。我们好喜欢他们，好想跟他们拜师啊，如果能学到一些真本领，保护我们这一方土地，也是好的呀，父王，请您帮我们去拜师啊。"玉华王一听自己的儿子想拜师学艺，那当然愿意了。他们父子四人就直接走到了暴纱亭。师徒四人此时已经吃完饭，正在收拾行李，他们想着是收拾完之后去跟玉华王道个别，然后西去。

突然见到玉华王带着三个儿子一过来就倒身下拜，这把那长老慌得赶紧也舒身还礼。玉华王起身说道："唐老师父，孤有一事奉求，不知三位高徒能不能接受啊？"三藏答道："哦，尽管说，我的徒弟一定会照办的。"玉华王又道："孤先前见列位的时候，只以为你们是唐朝远来的行脚僧。

刚才见到孙师父、猪师父和沙师父起舞在空中才知道你们是仙、是佛呀。孤这三个儿子自幼喜欢武艺，今天诚心地想向你这三位高徒拜师学艺呀，老师们如果愿意教我这三个儿子，我愿意把我这全城的财宝都拿出来报答你们。”

行者听了忍不住呵呵地笑道：“哈哈哈，我们出家人不要财宝，既然你们想学，那我们也愿意教啊。”玉华王听到悟空这么爽快地就答应了，十分欢喜，即命令大摆宴席。不过，这玉华王也是真逗，唐僧师徒在这暴纱亭里刚吃完饭，他又摆宴席，那除了那猪八戒以外，别人哪能吃得下去？他旨意一下，那宴席顷刻间就摆完了。但见那：

“结彩飘飘，香烟馥郁。戗金桌子挂绞绡，幌人眼目；彩漆椅儿铺锦绣，添座风光。树果新鲜，茶汤香喷。三五道闲食清甜，一两餐馒头丰洁。蒸酥蜜煎更奇哉，油札糖浇真美矣。有几瓶香糯素酒，斟出来，赛过琼浆；献几番阳羡仙茶，捧到手，香欺丹桂。般般品品皆齐备，色色行行尽出奇。”

再叫出歌舞吹弹，撮（cuō）弄演戏，大家乐了一整天。不知不觉地天晚了，大家就散了酒席，他们又请师徒们安歇。第二天早晨，玉华王和三个小王子再来找他们的时候，当着面扑通扑通全都跪到地上，就开始磕头拜师了。王子们问道："神师啊，您的兵器能不能拿出来给弟子们看看？"八戒先取出九尺钉钯抛在地上，沙僧将宝杖抛出倚在墙边儿，二王子和三王子就跳过去拿。那兵器就如蜻蜓撼石柱，他们一个个挣得红头赤脸，但一分一毫都拿不动。大王子就在旁边说了："兄弟们，别费力了，师父们的兵器都是神兵器，不知有多重啊。"八戒笑道："我的钉钯也没多重，也就五千零四十八斤吧。"

三王子又问沙僧："师父，您的宝杖有多重？"沙僧也笑道："哈哈，五千零四十八斤吧。"大王子又求行者把金箍棒拿出来看看。行者取出，迎风晃一晃，碗来粗细，直直地立在地上，在场的人个个心惊，王子们不明白，问道："猪师父和沙师父的兵器都带在身上，为什么孙师父的兵器从耳中取出啊？而且见到风就能生长。"只要有人问悟空这件事儿，他肯定会吹牛，他就笑道："你不知道，我这棒子可不是这世间普通的东西。"这棒是：

"要大弥于宇宙间，要小却似针儿节。棒名如意号金箍，天上人间称一绝。重该一万三千五百斤，或粗或细能生灭。""举头一指太阳昏，天地鬼神皆胆怯。"

王子们听了都赶紧重新下拜，希望师父们赶紧教他们一些武艺。行者又接着说道："教你们倒是容易，只是你们

没有力量，拿不起我们的兵器，行吧行吧，不如我先传你们一些神力，再教你们拿兵器。”三个王子听说师父能传授他们神力，都是满心欢喜。行者首先将三位王子引领至暴纱亭后的一个房间，并嘱咐他们进入房间后，各自趴在床上，紧闭双眼。王子们遵从了行者的指示。行者悄悄念动真言，把仙气悄悄地吹入他们三人的心腹之中，这仙气充盈他们全身，瞬时间他们就获得了万千之力。三位王子站起身来，摸摸脸，个个是精神抖擞，骨壮筋强。再出来的时候，大王子就拿得动金箍棒了，二王子抡得起九尺钉钯，三王子也举得动降妖杖了。

这三位王子真是幸运至极，能够得到悟空的仙气，并且还能驾驭这些神器，这确实是莫大的福分！可他们毕竟是凡人，能学会悟空他们三兄弟的神通和武艺吗？

第126集
神兵被盗

悟空传了三个王子神力，他们就能把那神兵器给拿起来了。之后兄弟三人开始传授武艺。王子们学棍的演棍，学钯的演钯，学杖的演杖。练了一阵，虽然能比划几下，但终究因为神兵过于沉重而难以持久。经过一天的苦练，到了第二天，三个王子已经筋疲力尽，他们想出个办法来，就问道：“神师啊，我们能不能找些人来打造一些轻一点儿的兵器？要不然舞起来太累了。”

八戒听了就回答道：“也是，你们也是应该打造新的兵器，我们的兵器呢，又不能留给你们，我们还得带着降妖除魔呢。”王子们看师父同意了，就赶紧宣召铁匠，购买万斤钢铁，在王府的前院搭起铁匠铺，支起炉火开始铸造兵器。先用一天将钢铁练熟，第二天将金箍棒、九齿钉钯、降妖禅杖都取出，放在篷厂之间，照着那样子打造。平时这三样神兵器都藏在他们身上，这几天放在厂院之中，也没有个遮蔽，那是“霞光有万道冲天，瑞气有千般罩地”。

有这么一天晚上，有一个妖怪，离城有七十里远近，他所在的山叫豹头山，所在的洞叫虎口洞。他正坐在洞里，忽见空中霞光瑞气，即驾云头而看，发现是城中发出的光彩。他又按下云头，近前观看，原来是那三件神兵器在发光。妖怪是又喜又爱，口中念叨：“好宝贝，好宝贝，也不知道是什么人用的，竟然放在这里。今天叫我撞上了，我都拿了去，拿了去。”他施展法力，将三件神兵一股脑儿收入囊中，然后径自返回洞中。不过也不知这妖怪本事怎么样，敢抢这三兄弟的兵器，到时候悟空他们打上门来，他怎么办呢？

再说院中的铁匠们，因为连日来的辛苦劳作，在妖怪偷走兵器的那晚，都沉沉睡去了。天亮了起来一看，兵器没了，一个个呆挣神惊，四下寻找。三个王子出宫来看，铁匠们就一齐跪下说道：“小主人呐，神师的三般兵器都不知道哪里去了。”王子们听也心惊胆战道：“难道是师父昨天把兵器收回去了吗？”他们急奔暴纱亭，见到悟空，马上就问:“神师啊，兵器你们有没有收回来呀？兵器不见了。”悟空他们听到这消息就知道了，这肯定是丢了。八戒先说道:“一定是你们几个铁匠给偷了，赶紧拿出来，要是拿晚了，我打死你们。”

铁匠们听八戒这样说，慌忙磕头，泪流满面地辩解:“爷爷呀，我们连日辛苦打造兵器，太累了，昨夜睡着了，天一亮起来发现不见了。不是我们拿的呀，你想想，我们就算想拿，那神兵器，我们怎么能拿得动啊？”行者听了没吭声，只是心中暗想道:“哎呀都怪我们自己了，将宝贝随意放置，那篷厂中霞光四射，一定是被什么歹人给偷去了。”此时的玉华王也赶来了，行者连忙问道:“你这洲城的四面有没有什么山林妖怪？”

玉华王答道:“我这座城北有一座豹头山，山中有一虎口洞，这里有人说洞内有仙，也有人说洞内有妖，还有人说洞中有虎狼。我不曾去过，不知道到底有什么呀。”行者听了却笑了:“不用说了，不用说了，一定是那洞中的歹人把宝贝给偷去了。八戒、沙僧，你们在此保这城池，护着师父。老孙这就去看看。”

好猴王辞了三藏，唿哨一声，形影不见，早跨到豹头山上，径上山峰观看，果然有妖气。行者正看时，忽听得山背后有人言语，他急回头，原来是两个狼头怪物正在说话。行者心中揣摩道：“这两个怪物一定是在巡山，待老孙前去听听看他们在说些什么。”行者捻个诀，念个咒，摇身一变，变成蝴蝶。你看他变的：“一双粉翅，两道银须。乘风飞去急，映日舞来徐。”“体轻偏爱鲜花味，雅态芳情任卷舒。”

他飞在那妖怪头上飘飘荡荡，仔细听妖怪在说什么。那妖怪猛叫道：“二哥，咱大王真走运，上个月才娶了个美人儿，昨天又得了三般兵器，都是无价之宝，明天还要大摆钉钯宴。”另一个妖又接着说：“是啊，大王，让咱们去集市上买些猪羊，给咱们二十两银子，咱们还能剩个二三两，就一人买一件棉衣过冬。”另一个妖怪回道：“好好。”两个妖怪说说笑笑上大路，疾走如飞。行者听了就判断准了，兵器肯定是这洞中的妖怪给偷了，要开钉钯宴，那一定是八戒的钉钯。不过这些妖怪也搞笑，明明金箍棒是最好的兵器，它不叫金箍棒宴，却取名叫钉钯宴，不禁暗笑这些妖怪不识货。

行者原本想一棒子把两个狼头怪打死，但是他手中现在没兵器，于是就飞向前现了本相，在路口等着他们。等这两个妖怪走近了，念了一声“定”，把两个妖怪给定住了。

那是眼睁睁，口也难开；直挺挺，双脚站住。行者又将他们放倒，搜他们的身，果然搜出二十两银子来。又从他们每个人身上搜出一个粉牌来，一个上面写着刁钻古怪，另一个上面写着古怪刁钻，就是这两个妖怪的名字，这名起得还挺有意思。好大圣取了他们的银子，解了他们的牌儿，他没有直接去妖洞，反而返回了洲城之中。

行者刚按下云头，大家就把他围起来问，行者就把刚才的见闻给他们讲了一遍，八戒听着就笑道："哈哈哈，估计是老猪的那兵器呀，霞彩光明，所以，妖怪就觉得是好东西，要买猪、买羊，摆宴席庆贺了。那猴哥，你回来干什么呀？"大圣回道："我是想让我们兄弟三人同去。殿下，你给我们准备些猪羊。八戒，你变成刁钻古怪，我变成古怪刁钻。沙师弟，你变成一个卖猪羊的人。我们一起进来到虎口洞里，找机会拿回兵器，打绝了妖邪。"沙僧笑道："哈哈哈哈。妙妙妙啊。大师兄，我们快走。"悟空这还真是个好办法，玉华王给了他七八口猪、四五只羊。他们三人辞别了师父，出城外去大显神通去了。

出了城门时，八戒先发现了问题，他问道："哎呀，哥哥呀，我也没见过那刁钻古怪呀，我怎么变呢？"行者道："不用担心，我把他定住了，我记住了他的模样，你站住，

我帮你变。”那呆子站在那里，口中念着咒，配合行者。行者吹口仙气，霎时间把八戒变成了刁钻古怪的模样，又给他一个挂在腰间的粉牌。行者也摇身一变，变成了古怪刁钻，腰间也带一个牌。沙僧打扮成卖猪羊的。弟兄三人一起赶着猪羊上大路，奔了山去。不多时，进了山坳里，又遇见一个小妖，也说不清是个什么妖怪，长得一脑袋红毛。这小妖见行者三人走过来，上前叫道：“古怪刁钻，刁钻古怪，你们两个回来了，买了多少猪羊啊？”行者答道：“不

就这么多？”

那妖又看了看沙僧，又问道：“嗯，那他又是谁？”八戒又答道：“哦，他是卖猪羊的。我们刚才没带那么多钱，让他回来跟我们取钱。你这急匆匆地是想到哪儿去啊？”小妖回道：“我这不正是去赶往竹节山，请老大王明天来赴钉钯会。”八戒又问：“那大王总共邀请多少人呢？”小妖道：“咱们大王会带一些头目，再请老大王来，总共会有四十多位吧。好吧，你们快走吧，一会儿，猪羊都跑散了。”

悟空又赶紧说道：“我看你匣子下面夹着一张请帖，能不能给我看看。”那小妖觉得就一张请帖，他要看就拿给他看。上面就是说要邀请老大王来参加钉钯会。关键信息是要请的这个老大王名叫祖翁九灵元圣老大人，这个妖王自称为孙黄狮。那就说明他是个黄狮精，而且在这祖翁九灵元圣老大人面前，他是个孙子辈的。行者记在了心里，又把请帖还给了那小妖，就让他往东南方向去了。沙僧就好奇地问道：“猴哥呀，那请帖上写的是什么？”行者回道：“那上面就说要开钉钯会，要请那个老大王，那老大王叫作什么祖翁九灵元圣老大人，这个妖怪叫作黄狮。”沙僧道：“哈哈哈，那黄狮可能是个黄毛狮子精，但那九灵元圣就不知道是什么怪物了。”

他们赶着猪羊继续赶路，没走多远，远远地望见了虎口洞，渐渐近于门口，又见一丛大大小小的妖怪在那花束之下玩耍。妖怪们忽听得八戒在那里“哼哼哼”，在赶猪、赶羊，他们就赶紧上来迎接，一起捉猪的捉猪、捉羊的捉羊，把它们都捆倒。这样一来，外面的动静惊动了洞里的妖王，他带了十几个小妖走出来，见到兄弟三人，还真以为是刁钻古怪和古怪刁钻。妖王问道：“你两个回来了，买了多少猪、羊啊？”行者答道：“我们买了八口猪、七只羊，共十五个牲口。猪要一十六两银子，羊要九两银子。之前您只给了我们二十两，还差五两，所以，这位卖猪羊的就跟着我们来要银子来了。”

妖王听他说完，喊道：“小的们，取五两银子，赶紧打发他走。”这妖怪还挺讲诚信。不过他有点儿太蠢了，一个普普通通的卖猪羊的人，就敢跟这两个小妖到妖洞里来要钱来，他竟然一点儿都没怀疑。行者又接着说：“大王，这卖猪羊的呢，一来是要钱来了，二来呢还想看看咱们的钉钯会。”妖王听他这么一说，大怒骂道：“古怪刁钻，你买东西就算了，跟人家说什么钉钯会啊。”

八戒见那妖王怒了，赶紧上前配合说道：“大王，我们不是想，您得了九尺钉钯，让他看看，然后他也知道大王你的厉害呀。”妖王又道：“刁钻古怪，你也十分可恶，我那宝贝是从玉华洲得来的，如果叫他看了，到那洲里去传说，人们都知道了，那几个王子还不到这里来找我的麻烦吗？”行者又接着说：“大王，这个商贩他不是玉华洲的人，他离那远了，也不会到处去说。正好我们两个和他也没吃饭呢，咱们洞里有酒饭的话给他先吃，吃完了就让他走。”

此时已有一小妖，拿出五两银子递与行者，行者又把银子递给沙僧，说道：“你先把银子收好，跟我进去吃饭吧。”沙僧就随行者和八戒进到妖洞，就见了正中间的桌上高高地供养着一柄九尺钉钯，真的是光彩映幕。再往东看，靠着一条金箍棒，往西看靠着一条降妖杖。这些妖怪是真搞笑，他们硬是觉得那九尺钉钯才是最好的兵器，还摆在中间了，三兄弟能顺利地把兵器夺回来，打败那妖怪吗？

第127集

兄弟战群狮

八戒看到自己兵器了，激动地跑上去就把它拿在手中。行者和沙僧各奔到两边拿了兵器，三兄弟现了原形，跳下来就在洞内开始乱打。那妖王——黄毛狮子精见了这场景，转身取出一柄四明铲，厉声喝道："你们是什么人？竟然来骗我的宝贝！"行者道："你这贼毛团，竟然不认得我，我是东土大唐圣僧唐三藏的徒弟，我们因为到了玉华洲，要倒换关文。那三个王子恰巧要拜我们为师，要学习武艺。我们把宝贝做样子，给他们打造兵器，没想到被你这贼毛团给偷了过来，现在反而变成我们来骗你的宝贝了。今天你不要走，我们就用这三件兵器，让你来尝尝滋味儿。"那妖怪举铲来敌，从屋里走到前门，这是三僧攒一怪，一场好杀：

“呼呼棒若风，滚滚钯如雨。降妖杖举满天霞，四明铲伸云生绮（qǐ）。”“行者施威甚有能，妖怪盗宝多无礼。天蓬八戒显神通，大将沙僧英更美。兄弟合意运机谋，虎口洞中兴斗起。”“当时杀至日头西，妖邪力软难相抵。”

他们在豹头山战斗多时，那妖怪抵挡不住了，向沙僧大喊一声：“看铲！”沙僧让个身法躲过，妖怪得空而逃。八戒看他往东南方飞，拽步要追，行者却说：“八戒别去追他，我们断了他来路就好。”什么意思？怎么断他来路？三兄弟回到了妖洞中，把那百十个若大若小的妖怪，尽皆打死，原来都是些虎狼彪豹、马鹿山羊成精。大圣他又使了个法术，将那洞里值钱的东西和这些被打死的妖怪的尸体，还有那些带来的猪羊统统带出。沙僧取出些干柴，放起火来，八戒就把那两个大耳朵变得更大了，冲着火扇风，霎时间，那妖洞被烧了个干净。

三兄弟驾云回城，此时天色已晚，但城门还开着。玉华王和唐僧他们正盼着三兄弟回来，忽见从天空中扑哩扑剌地掉下一堆死兽、猪、羊，还有一些值钱的东西。紧接着又听三兄弟一齐叫道：“师父，我们回来了，这些都是我们刚才打死的妖怪。”那玉华王喏喏相谢，唐长老满心欢喜，三个王子跪拜于地。行者又接着说："这些打死的都是些小妖。那妖王是个黄毛狮子精，他被我们打得败阵而逃，往东南方跑了。"玉华王听了是又喜又忧。喜的是三兄弟得胜而回，忧的是那黄毛狮子精要回来报仇，怎么办？行者早看出他的忧虑，就劝他："殿下，你放心，今天这妖怪送出一张请帖，要请什么一个叫祖翁九灵元圣的老大人参加他的钉钯宴。估计这会儿他是去找那祖翁去了，明天他一定会请那祖翁来找我们报仇的，到时候我三兄弟再一起把他们剿灭。"这么一说，玉华王松了口气，当晚大家就各自休息。

再说那妖王向东南方一直飞到一座竹节山。这山中有一座洞天之处，名叫九曲盘桓洞。当夜妖王足不停歇，飞到半夜，到了洞口敲门而进，小妖见了，就问道："大王，昨天晚上你不是派人来发请帖了，怎么你又亲自来了？"那妖王道："哎，我一时说不清楚，快去叫祖翁。"不多时，祖翁得到通报起来了，请黄毛狮子精进来。他刚一进去，见到祖翁就丢了兵器，倒身下拜，腮边止不住落泪道："祖翁啊，小孙前天晚上散步赏月，只见玉华洲城中有光彩，冲在空中，急去看时，发现王府中，有三般兵器在放光，一件是九齿渗金钉钯，一件是降魔宝杖，还有一件是金箍

棒。小孙就用神法把它取来，想开设个钉钯宴请祖爷爷来观赏。没想到杀来三个人，说是从东土大唐而来，要去西天取经的唐僧的徒弟，他们三个人打我一个，抢走了兵器，还望祖爷爷拔刀相助啊。”

祖翁听过，沉思了片刻，笑道：“贤孙呐，你竟然错惹了他们。”妖王道：“哦，祖爷爷知道他们是谁吗？”祖翁回道：“那三人中有一个长嘴大耳的是猪八戒，晦气脸色的是沙和尚，这两个还好对付，那毛脸雷公嘴的叫作孙行者，他可是神通广大呀，五百年前大闹天宫，十万天兵也不曾拿住他呀，他想要找你，就算搜山揭海、破洞宫城，也要把你挖出来呀。也罢，也罢，等我与你同去，把那个家伙连同玉华王都捉来替你出气。”黄毛狮子精听了叩头而谢。祖翁当场点了猱狮、雪狮、狻猊、白泽、伏狸、抟象，这些都是狮子类的神兽，他们全都是这祖翁的孙子。他们各执锋利兵器，在那妖王黄毛狮子精的引领下，各纵狂风，先回豹头山界，看看妖王的妖洞怎么样了。

可是他们还没等到飞到，先闻到有烟火之气扑鼻，又听到有哭泣之声传来。黄狮精仔细看去，原来是刁钻、古怪那两个小妖在哭主公。妖怪近前喝道：“你们是真刁钻还是假刁钻？”二怪跪倒，含泪叩头说道：“我们怎么能是假的呢？昨天一早领了银子去买猪羊，走到山西边，见到了一个毛脸雷公嘴的和尚，他啐了我们一口，我们就脚软口强，不能言语，也不能移步，被他扳倒，把银子收了去了，牌儿也叫他给解了。我们两个昏昏沉沉，一直睡到现在才醒，我们又赶紧回家，见洞内都起火了，房舍全烧了，也不知道这火怎么起的。也找不到大王，所以，我们就在这里伤心痛哭啊。"

那妖王听了止不住泪如泉涌，双脚齐跌，喊声振天。他咬牙恨道："那贼和尚十分作恶，怎么干出这般毒事？把我洞府烧尽，老小烧死，气杀我也，气杀我也。"那祖翁叫猱狮把他扯过来劝道："贤孙，已经这样了，哭也没有用，养足精神，到那洲城里把那和尚给他抓了。"可那黄毛狮子精太悲痛了，他哭个不停，口中还念叨："爷爷，我那山洞花了我多少心思，还有我全家全都被他烧死了，我活着还有什么意思啊，让我死了算了。"说到这里，他挣起身来往石崖上撞头磕脑的，真的要去自杀。雪狮、猱狮上前将他劝住。家人没了，他想自杀，这样有情义的妖怪还真不多见。他们把黄狮精劝下来，看他稍微平静点儿之后，他们就一起报仇去了。

只听得那空中风滚滚，雾腾腾，来势汹汹，唬得那城外的人拖男挟女，手里拎着东西都不要了，全往城里跑。转眼间悟空他们也得到了消息，玉华王大惊道："哎呀，这可怎么好啊？"行者却在一旁笑道："放心，这是那虎口洞的妖怪。昨天大败以后，去东南方把那九灵元圣请来了，让我们兄弟一起去把他们降了。"玉华王安排众官守好城，看好唐僧，行者三人半云半雾出城迎敌。就见那伙妖怪全都是一些杂毛狮子精。妖王黄狮精在前引领，狻猊狮、抟象狮在左，白泽狮、伏狸狮在右，猱狮、雪狮在后，中间是一头九头狮子精。八戒莽撞，他先走近前骂道："嗨，偷宝贝的贼怪，你这是去哪里找这么几个毛团？"八戒骂得还挺有意思，那狮子不就长了一脑袋毛，确实像个毛团。

黄狮精就咬牙切齿地骂道："泼狠秃厮，昨天你们三个打我一个，我败回去。你们怎么这般狠毒？烧了我洞府，损了我山场，杀了我亲人，我和你们冤仇深如大海。不要走，吃你老爷一铲。"八戒举钯就迎，两个才交手，还未见高低，那猱狮精抡一根铁蒺藜，雪狮精使一条三楞简，径来奔打。八戒发一声喊道："来得好。"你看他横冲直抵斗在一处，沙和尚也急扯降妖杖，近前相助。又见那狻猊精、白泽精与抟象、伏狸二精，一拥齐上。这时，孙大圣又使铁棒架住群精，狻猊使闷棍、白泽使铜锤、抟象使钢枪、伏狸使钺斧，那七个狮子精和这三个狠和尚，好杀：

“棍锤枪斧三楞简，蒺藜（jí lí）骨朵四明铲。七狮七器甚锋芒，围战三僧齐呐喊。大圣金箍铁棒凶，沙僧宝杖人间罕。八戒颠风骋势雄，钉钯幌亮光华惨。前遮后挡各施功，左架右迎都勇敢。城头王子助威风，擂鼓筛锣齐壮胆。”

群妖与大圣三人打了半天，不觉天晚。八戒此时却口吐粘涎，看看脚软，虚晃一钯，败下阵去。雪狮、猱狮二精，看了喝道：“哪里走，看打。”呆子躲闪不及，被人家在脊梁上打了一简，躺在地上，口中叫道：“哎呀，没打过。”两个小妖上前抓着八戒的猪鬃毛，又揪着他的猪尾巴，把他拖到九头狮子精那里去了。见了面，他们报道：“祖师爷，我们抓了一个。”这边儿正说着，沙僧和行者那边也战败了。

这群狮子精够厉害的，能把行者都打败了。众妖怪想一齐上前把行者和沙僧也抓住。但是，行者可没那么好斗，他拔下一把毫毛，放在口中嚼碎，喷出去喊了一声“变”，瞬间变作百十个小行者，围围绕绕，将那白泽、狻猊、抟象、伏狸和金毛狮子怪全都围裹在当中。沙僧和行者返而冲上去攒打。战到晚上，白泽、狻猊两个妖怪反倒被行者给抓住了，伏狸、抟象和金毛狮子怪赶紧跑回去告知老妖。老妖听了立刻吩咐："把猪八戒捆了，不可伤他性命，我要用它换回我那二狮，他若杀了我二狮，我就拿猪八戒和他抵命。"当晚群妖就安住在城外休息了。

再说孙大圣把两个狮子精抬进城边，玉华王见了，传令开门，又差了二三十个校尉，拿绳子绑了狮子精，扛入城里。大圣收了毫毛去见师父，唐僧见了他就担心地说道："悟空啊，八戒被捉了，不知道会怎么样啊。"行者就安慰他："师父没事儿，他们虽然捉了八戒，我却捉了他们两个狮子精，明天一早，我拿他们两个把八戒给你换回来。"

此时三个王子又上来叩头问道："师父，先前你和妖怪打斗，本来好像要打败了，怎么突然变出百十位师父，反而又拿住了妖怪。等你回城来，又见你一人，你这是什么法力？"大圣答道："我身上有八万四千毫毛，以一化十，以十化百，百千万亿都能变化。"那王子们听了一个个佩服得不得了，及时摆上斋饭叫师父吃，吃过各自就睡了。可是，第二天悟空能用这两头狮子精把八戒换回来吗？

第128集 求助妙岩宫

第二天早晨，天一亮，九头狮怪把那黄狮精叫来，他设了一计，说道："你们先跟沙僧和孙行者斗，我暗自飞上城楼，把唐僧和玉华王父子抓回咱们的九曲盘桓洞。"这个计策实在是太毒了，悟空他真可能上当。黄狮精也觉得这是个好计谋，就引猱狮、雪狮、抟象、伏狸各执兵器到城外，滚风踏雾地索战。这边行者和沙僧跳出城头，立声骂道："毛贼，快把我师弟八戒还回来，不然都叫你们粉骨碎尸。"那些妖怪们一起涌来，大圣弟兄两个各运机谋，抵挡住五个狮子。这一场仗和昨日又不同：

"呼呼刮地狂风恶，暗暗遮天黑雾浓。走石飞沙神鬼怕，推林倒树虎狼惊。钢枪狠狠钺斧明，棍铲铜锤太毒情。

恨不得囫囵吞行者，活活泼泼擒住小沙僧。这大圣一条如意棒，卷舒收放甚精灵。沙僧那柄降妖杖，灵霄殿外有名声。今番干运神通广，西域施功扫荡精。”

那五个杂毛狮子和行者沙僧正杀到好处，那老怪驾着黑云直飞到城楼上，只微微摇头把那文武官员和守城的人吓得都滚下城去。那老妖张开口，把三藏和老王父子一顿噙出，又回到了昨天休息的地方，再将八戒也噙在口中。他怎么张开嘴就能噙住这么多人？原来他有九个头九张口，一口噙住唐僧，一口噙住八戒，一口噙着老王，一口噙着大王子，一口噙着二王子，一口又噙着三王子，六张口噙着六个人，还空了三张口，发声喊叫道：“哈哈哈哈，我先回去了。”那五个正在战斗的狮精，听见祖翁得胜了，一个个愈展雄才。行者听到城头上有人叫喊，才知道中计了。他又把胳膊上的毫毛尽皆拔下，入口嚼烂、喷出，变作千百个小行者，一拥而上。当下，就拖倒猱狮，活捉了雪狮，拿住了抟象狮，扛翻了伏狸狮。那黄狮，直接给打死了。太好了，虽然唐僧他们被抓走了，但这些狮子精给抓回来了。那洲城中的官员看见了，赶紧把城门打开，又拿出绳子把五个狮子精全捆了，抬进城去。

进了城又见那王妃哭哭啼啼地对行者礼拜道：“神师啊，

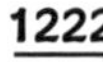

我殿下父子和你师父都完了，他们被抓了。”大圣，收了毫毛，对王妃还礼道：“王后别怕，你看我把那老狮子的几个孙子全都给抓来了，他们必然不敢伤害我师父，还有你的玉华王父子。明天一早我兄弟二人就去找那妖怪，把他们都给你救回来。”行者这样安慰完，那王妃才放点心，但还是和那些宫女们哭哭啼啼回去的。行者又吩咐各官员道：“你们去把那黄毛狮子的皮给我扒下来，再把那其他几头狮子牢牢地拴好，再做些斋饭来让我们吃了。”

过了这一晚，天再亮的时候，大圣领着沙僧早早起来，驾起祥云，不多时就飞到了竹节山头。按云头观看，好一座高山，峰排突兀，岭峻崎岖。低头忽见一小妖拿着一条短棍在那崖谷之间。行者喝道：“哪里走，老孙来了。”唬得那小妖一翻一滚地跑下崖谷。兄弟俩一直追过来，可是追了一阵却不见了那小妖的踪迹。他们向前再转几步，发现一座洞府，两扇花斑石门紧紧关闭，门上横嵌（qiàn）着一块石板，镌（juān）了十个大字“万灵竹节山九曲盘桓洞”。

那小妖原来跑进这洞里，随手把门给关紧了。它跑到中堂对那老妖报道：“爷爷呀，外边有两个和尚来了。”老妖听了连忙问道：“啊，那猱狮、雪狮、抟象、伏狸都来了吗？”小妖答道：“没见没见，只是看见两个和尚在山峰上眺望，我看见了，回头就跑，跑回来我就把门给关了。”老妖听了，低头不语，过了一会儿忽地掉下泪来，他叫了声：“苦啊，我那黄狮孙死了，猱狮孙等又被那和尚抓进了城去，真是难消我心头之恨哪。”八戒、玉华王父子、唐僧被捆在一处，八戒听见老妖说他孙子们都被和尚捉进城去了，八戒心中暗暗喜道：“师父，别怕啊，殿下，你也别愁，我师兄已经得胜了，把那些妖怪都捉住了，现在找到这里，来救咱们

来了。”此时又听到老妖叫道：“小的们，把他们看好，等我出去把那两个和尚抓进来一起惩治。”

你看他身上也不穿个披挂，手上也不拈（niān）兵器，大踏步地就走出去了。这妖怪厉害，跟悟空打仗，不穿披挂，也不拿兵器。他出了洞门，见到行者也不说话，径直就走了过去。行者见他走过来了，使着铁棒当头支住，沙僧抡宝杖就打。那老妖把头摇一摇，左右一共八个头，一起张开口，一下就把行者和沙僧给叼住了，转过身来就把他们带回妖洞去了。就这么一下，这仗就打完了。这妖怪也太厉害了，他进了洞，让小妖们把他二人给捆了。

老妖又开口说道：“你这泼猴，把我七个儿孙给捉住了，今天我拿了你们和尚四个，王子四个也足以抵得上我儿孙之命了。小的们选荆条、柳棍来，先打这猴头一顿，给我黄狮孙报报冤仇。”三个小妖各执柳棍，专门来打行者。用这些东西打行者，他当然不在乎，唐僧师徒也都不在乎。但只有那玉华王和三个王子，他们一个个是毛骨悚然。他们不了解悟空的法力，不知道他不怕这东西打，一直打到天黑，老妖又叫道：“小的们，先停吧，点起灯火来，你们先去吃点饭，我要去休息了，今天晚上用心看守，等明早再打。”三个小妖移过灯来，吃了饭，又拿起柳棍来敲打行者的脑袋，剔剔托，托托剔，紧几下，慢几下，一直打到夜深就都睡了。

这九头狮子精，虽然神通大，能抓住悟空。可是他不了解悟空，就这几个小妖打他有用吗？弄个破绳子就想捆他，能捆得住吗？行者见大家都睡去了，使了个遁法，将身一变小，从绳子里脱出来，抖一抖毫毛，束了束衣服，耳朵内取出棒子，晃一晃水桶粗细，二丈长短，朝着三个小妖说道："你这孽畜，打了老爷那么多棍子，现在该我来还还手了。"他照着那三个小妖一棒子敲下去，就打成了三个肉饼，悟空又走过来解开沙僧，八戒在旁边一看，他就急了，忍不住大声叫道："哥哥呀，我被捆了好几天了，手脚都肿了，你怎么不先来解我呀？"

他这一声喊，把老妖给惊醒了。老妖从床上一骨碌爬起来，问道："是谁在解呀？"行者听到老妖的声音，他一口把灯给吹灭了，也顾不得沙僧，使着铁棒往出冲，打破几重门就跑了。那老妖跳到中堂里问道："小的们，怎么没有了灯光？"他叫了一声，没人答应，又叫一声，又没人答应，他就取出灯火来看，就见了地下血淋淋的三块肉饼。老王父子、唐僧、八戒都还在那儿捆着，只是不见了行者和沙僧。他拿着火前后赶看，忽见沙僧背贴在廊下在那站着，把他一把拿住，又给捆了起来。再看出口处几层门被打破，他知道这是行者干的。他也不追赶了，就让小妖们把门给补上。

再说孙大圣出了那九曲盘桓洞，跨祥云径转玉华洲。离得老远，见到城头上有一群土地神在迎接他，在他们身后又站着金头揭谛、六甲六丁神将，他们还另外押着一个土地神，跪在那里。等大圣飞到面前，他们说道：“大圣，我们把这地里鬼给你捉来了。”行者就奇怪，这怎么回事儿？抓了个土地干吗？他问道：“唉，你们不去竹节山护我师父，跑到这里来叫嚷什么？”众神回答道：“哦，大圣，那妖怪在你逃出后又捉住了卷帘大将，将他捆了。我们见他法力太大，就将竹节山的土地押到这里，他知道那妖怪的底细。供大圣问他一问，才好处置。”

行者听了十分高兴，他自己还真没想到这一层。那土地就战战兢兢地叩头说道：“哎，那妖怪是前年下降到竹节山的。那九曲盘桓洞呢，原来是那六头狮子的老窝。祖翁是个九头狮子精，号称九灵元圣，你要想降住他，就得去东极妙岩宫，请他的主人来。”行者听了想了半天，说道：“东极妙岩宫，那是太乙救苦天尊的所在之处啊，他的坐骑正好是一头九头狮子。揭谛、金甲神，你们随土地，赶快回去护我师父、师弟，还有那玉华王父子，我这就去找那九头狮子的主人。”

各神听凭安排，大圣纵起筋斗云，连夜前行到东天门外，正巧撞见广目天王带着一对天兵在巡逻，大圣见了上前打个招呼，就问：“东极妙岩宫怎么走啊？”天王为他指路，行者谢过他们，直奔妙岩宫飞去，快到的时候，就见那：

“彩云重迭，紫气茏葱。”“殿阁层层锦，窗轩处处通。苍龙盘护神光蔼，黄道光辉瑞气浓。这的是青华长乐界，东极妙岩宫。”

那宫门正立着一位仙童，忽见孙大圣，他即入宫报道：“爷爷，外面是大闹天宫的齐天大圣来了。”太乙救苦天尊知晓后赶忙派侍卫和众仙出门去迎接他。引行者到了宫中，只见天尊高坐九色莲花座上，在那百亿瑞光之中见了行者，他走下宝座，行者朝上施礼。天尊答礼道：“大圣这几年不见，你不是保唐僧西天取经，怎么取完经了吗？怎么有时间到我这里来呀？”行者答道：“经倒是没取完，只是我保那唐僧到了玉华洲，碰到一个九头狮子精，捉了我师父，问到当地的土地，才知道，你是那九头狮子的主人，还请你跟我走一趟去降了他呀。”天尊会陪他去吗？

第129集
受托布金寺

天尊即召唤那看狮子的童子来问，结果发现那仙童正躺在关狮子的地方睡觉。通报他的人把他叫醒了，又把他揪了过来，天尊就问他道：“童儿啊，狮兽到哪里去了？”那童儿知道闯了祸了，赶紧垂泪叩头说道：“饶命，饶命啊。”天尊道：“好，孙大圣在此。我不打你，你快说说，怎么走丢了九头狮子啊？”仙童道：“爷爷，我前天在大千甘露殿中见到一瓶酒，就偷去喝了，结果沉睡了过去，没锁住它。”天尊又道：“那酒是太上老君送我的，叫作轮回琼液。你喝了会醉三天不醒的。你睡了三天，那狮子恐怕在凡间已过了三年了。你先起来，饶你死罪，跟我和大圣下去把它收回来吧。”

天尊集合大圣仙童，踏云径至竹节山。五方揭谛，六丁六甲和本山的土地见到天尊来了，都上前下跪。天尊说道：“我元圣儿也是一个久修得道的真灵，它喊一声，上通三圣，下彻九泉。一般情况他不会伤人的。孙大圣，你去叫战引它出来。我收了它。”行者掣铁棒进洞口，高声叫骂道：“泼妖怪，还我人来！泼妖怪，还我人来！”他连叫了数声没动静，原来那老妖睡着了。行者性急，抡起铁棒就往里打，口中还不停地喊骂。那老妖这才惊醒，听到行者在骂他。心中大怒，爬起来喝一声道：“敢与我战！”他又摇摇头，张开口来叼他。

行者见他上钩，立马就跳出，妖怪赶到外边骂道：“贼猴哪里走？”行者又跳到高崖上笑道：“嘿嘿，妖怪，你还敢这样无礼，你老爷主公来了，还不赶快下跪。”那妖怪赶到崖前，早被天尊念声咒喝道：“元圣儿，我来啦。”那妖怪认得主人，不敢挣扎，只能是四脚伏地，磕头认罪。旁边的仙童，一把捉住它脖子上的毛，用拳头在它脑袋上打了百十下，口里还骂道：“你这畜生。为何逃走，让我受罪。”那狮兽合口不言，也不敢摇动，只趴下身子。天尊骑上它喝了一声“走吧”，它就纵身驾起彩云回径转妙岩宫。

大圣望空谢过，进入洞中，先解开玉华王，再解唐三

藏，又解了八戒、沙僧和三个王子，把他们领出门外。八戒取些枯柴，前后堆上放起火来，把一个九曲盘桓洞烧做了乌焦破瓦窑！大圣又打发走众神，带着大家就回城了。

第二天，玉华王又传旨，大摆宴席谢恩。行者又叫屠夫来把剩下的六个活狮子给杀死了，像那黄狮精一样都给剥了皮，肉分给大家吃了。这些人也是仗着有行者给他们壮胆，人家是妖怪吃人，他们可倒好，把妖怪给吃了。另外巧的是这几天降妖期间，那几个铁匠在不停地忙活，为三个王子造好了他们要的三样兵器。兄弟三人又在王府院中一一地传授了王子们武艺。不几天，三个王子尽皆操练精熟。之后，师徒四人收拾了行装启程。只见城里城外，鼓乐之声，旌（jīng）旗之色，盈街塞道，全都出来送。师徒四人离开玉华洲，诚心诚意地向雷音寺去了。

又是餐风宿水，一路平宁走了有半个多月，忽一天，见到一座高山，唐僧又悚惧道："徒弟呀，那前面山岭峻峭，是必小心。"行者却笑道："嘿嘿，师父，这边路上都快要接近雷音寺了，定然不会再有什么妖邪了。"唐僧这才不那么忧虑。他师徒们正说话间，却走过许多路程，离了几个山冈，路旁早见一座大寺庙。三藏又说道："悟空啊，你看前面是座寺啊，那寺'不小不大，却也是琉璃碧瓦，半新半旧，却也是八字红墙'。"行者看过去，那寺庙"隐隐见苍松偃（yǎn）盖""潺潺听流水鸣弦"，山门上写着布金禅寺，这寺庙看上去年代久远，绿瓦红墙。

三藏法师下马，步入山门之内，只见山门前热闹非凡。有挑担的、背包的、推车的，更有直接席地而坐的，或小憩，或交谈。这个庙倒很奇怪，以往见到的山中古庙都很清静，这个庙门前怎么会有这么多人？这些人忽见他们师徒四人，俊的俊，丑的丑，大家有些害怕，也就让开些路来让他们过去。三藏生怕惹些事情出来，就不停地嘱咐着三兄弟："你们要斯文，要斯文些。"三兄弟倒也听话，捂起口鼻，顺着山门往里走，早有一位禅僧出来迎接，你看他长得威仪不俗，那真是："面如满月光，身似菩提树。拥锡袖飘风，芒鞋石头路。"

这僧人长得挺拔，三藏主动打招呼，那僧人又急忙还礼说道："师父从哪里来？"三藏就把自己从哪里来到哪里去，跟人家说了一遍，最后又请求在这里借宿一宿，明天继续赶路。那僧人很热情就说道："原来是这样，我们这里四面八方的来客经常来住，更别说你们这东土大唐来的高僧了，快请快请。"三藏谢了他。那僧人引他们进去，还安排了斋饭给他们吃。

寺中众人闻讯，皆对这位来自东土大唐的取经僧充满了好奇。他们不论大小，不论分工、职位，都来参见。众人目睹唐僧举手投足都十分有威仪，有个高僧的样子，他们都赞叹不已。等看到八戒的时候，都觉得他十分好玩，就是一顿吃，也顾不上什么形象，沙僧在旁边还暗自捏了一把八戒，还说道："二师兄，你斯文些，大家都看着你呢。"那八戒正忙着吃，他哪听得进去这个，急得他叫了起来："嗨呀，斯文斯文，斯文能填饱肚子吗？你别弄我。"大家看见都笑他。

等吃完了饭，三藏谢过大家，又问道："刚才进宝山，见门下两廊处坐着许多路过的商人，怎么这么热闹啊？"那僧人就回答道："我这山叫作百脚山，一直都很太平，但是这几年也不知怎的，生出几个蜈蚣精来，经常在路上伤人，倒也不至于伤害人性命。大家害怕他们，晚上就不走了，等第二天早晨，鸡一叫的时候他们再出发。"三藏回应道："好吧，那我明天也等鸡叫的时候和他们一起出发。"饭也吃完了，大家想聊什么也聊完了。

恰好天黑了，一弯弦月，当空皎洁。师徒几人就来到这寺庙外面，在周围散散步，又遇见一个道人走过来报道："高僧啊，我们老爷想要见见您。"三藏即转身，见到一个老和尚手持竹杖，向前作礼，说道："你就是大唐来的师父？"三藏连忙答礼道："正是。"那老僧又问他："你有多大岁数啦？"唐僧答道："哦，我今年四十五岁，也请问老院主，您今年多大岁数啊？”那老僧笑道：“我呀，今年一百零五岁了。”

几个人就这样聊了起来，他们一边说着话，一边朝着后门散步去了。那里有一块空地，什么人也没有。走到这空地上的时候，唐僧忽听得有啼哭之声。他再仔细倾听，感觉是个女子的哭声，边哭还边念叨，好像在说自己苦，连自己父母在哪儿都不知道。三藏听得心酸，不觉地落下泪来，他回头问了老僧道：“老院主，这是什么人在这里悲切呀？”

老僧见三藏问他，就把身边跟随他的和尚都打发走了，等到四下无人，他独自一人对唐僧师徒说道：“唉，你们有所不知啊。有一年老僧正在这里赏月，忽听得一阵风响，又听到风中有悲怨之声，老僧看过去，是一个眉毛端正的女子。我问她，你是谁家的女子啊？怎么到了这里呀？那女子就说她是天竺国国王的公主，正在月下观花时，被风给刮过来的。我想了想，就把她锁在一间破空房里，还把那房子砌成个牢房的模样，有一个小口，只够递进去饭就可以了。当天我又和这寺里的众僧说，这是个妖邪，被我们困了。我们是僧人，慈悲为怀，每天给她两顿粗茶淡饭，不伤她性命。其实我这番话是用来骗众僧的，因为那女子太过貌美，我怕这寺里的和尚有人欺负她，才故意这样说的呀。那女子十分聪明，立刻领会了我的意思，白天的时候她就装疯作傻，还说些胡话，呆呆瞪瞪的。到了晚上的时候，就会想起她的父母而大声啼哭，我进城好多次帮她打探父母的事，都没帮她问到消息。所以，把她牢牢地锁起来保护她。今天幸好碰到大师你来了，万望你到国中救她一救啊。”三藏行者听了，觉得这老和尚很善良，把这件事儿记在心上，决心要帮他的忙。当晚他们聊了个尽兴，就各自回去睡了。

第二天早晨，师徒四人要出发的时候，那老僧又赶过来送他们，还嘱咐那女子的事儿：“大师啊，那女子的事你们记在心上啊。”行者笑道：“放心，放心吧，我们到了城中自会留意。”行者真的能帮助天竺国的公主回到她父母身边吗？

第130集
绣球抛圣僧

唐僧师徒和那些歇脚的商人一起上了路，走了大半天，见到一座城垣（yuán）。铁瓮金城，神洲天府。那城：“虎踞龙蟠形势高，风楼麟阁彩光摇。御沟流水如环带，福地依山插锦标。晓日旌旗明辇路，春风箫鼓遍溪桥。国王有道衣冠胜，五谷丰登显俊豪。”

这个地方地势好，人们过得也富足。进了城，商人们各自散去，师徒四人继续往前走，碰到了一个会同馆驿。正好进去休息休息。走进门出来一个服务人员接待他们，看那唐僧相貌还好，见到悟空他们三兄弟暗自心惊，他也说不清这几个是人还是鬼，只能是战战兢兢地给他们上茶。三藏看出他害怕了，就安慰他道：“好，您请不要惊慌，我这三个徒弟相貌虽丑陋了些，但心地善良。”这服务人员因为来来往往的人见多了，他胆子比较大，三藏这么说完之后，他也就不怕了，还和他们聊起天儿来，问他们是从哪里来的，三藏就把情况一一地跟他说清楚。还告诉他，一会儿要去找国王倒换通关文牒。那服务人员有心帮他，就告诉了他一个好消息，他说道：“大师啊，我国公主，她恰好二十岁，近来正在十字街头彩楼之上抛绣球呢，抛到谁，谁就做她的丈夫。今天正好是最热闹的一天，那国王必定在场，你想倒换关文，你就这个时候去，正好能找见国王。”

三藏听了十分感激，就回答他道：“哦，现在正是中午，我们赶快吃饭，吃了饭我就去找国王。”师徒四人就赶快坐下先吃饭。吃完饭，行者先说道：“师父，我陪你一起去。”八戒却在旁边抢着说道：“师父，还是让我去吧。”沙僧就劝他：“二哥呀，你还是别去了，你这嘴脸吓人，怕你出去闯祸。”三藏又说：“悟净说得对，呆子粗笨些，悟空精细些，还是让悟空去。”气得那八戒直噘嘴，也没办法。

三藏穿上袈裟，行者随师父同去，走到街上就发现士农工商、文人墨客、愚夫俗子，总之街上所有的人都呵呵地喊道：“哦，看抛绣球去喽。”“看抛绣球去啦。”“快走快走。”街上十分热闹，行者也跟着说道：“师父，咱们也去看看吧。”三藏却说：“不可不可，我们是出家人，只去倒换通关文牒就好，抛绣球我们就不要参与了。”行者又嘱咐他：“师父，你忘了吗？在那寺中那老僧曾说过，那寺里关着的女子不是说她是这国王的公主吗？那在这里怎么又冒出个公主来？我看咱们还是去看看，看看这个公主是真还是假。”三藏听悟空这么一说，想起老僧的嘱托，他决定跟悟空去看看。

可是谁能想到，这一去却是“渔翁抛下钩和线，从今钓出是非来”。原来这天竺国王喜爱山水、花卉，前年带着王妃和公主在御花园月夜赏玩，结果惹动了一个妖怪，那妖怪把真公主抓走，自己变作一个假公主。她为什么要这么做？她费这么大周折，是因为早就已经算准唐僧今年、今月、今日会到这里。她想利用抛绣球这个机会，把唐僧抛中，想要嫁给他。这妖怪提前几年设计这件事，她可真是煞费苦心。

此时三藏与行者已经走到了彩楼之下，不知道他们会不会被抛中。那假公主烧上香，拜了天地，左右有五七十个胭娇绣女，还有专门的侍女捧着绣球。公主所在的彩楼的房间里，八窗玲珑，她顺着窗子往下看，见到唐僧来了，知道时机已到。她把绣球取过来，瞄准了唐僧，出手就是一抛，结果正打在唐僧头上，把他帽子都给打歪了。唐僧一惊，赶紧双手去扶着那球，那球儿一咕噜滚在他袖子里了，周围的人看了都很惊讶，因为和尚是不结婚的。公主这绣球抛到一个和尚身上了，这怎么办？大家就齐声发喊道：“打着这个和尚啦！“打着和尚啦！”“是啊，打到和尚啦！”还有的人，他们想娶公主，他们希望这绣球能抛到自己身上，就跑过来抢唐僧手中的绣球。行者大喝一声：“你们想干什么？”他露出个丑脸，把这些人唬得是跌跌爬爬不敢近前。此时那彩楼上的绣女、宫娥和小太监都已经走下来，对着唐僧就下拜道：“贵人啊，快请入朝堂贺喜吧。”

三藏慌了，他还了个礼，赶紧把大家扶起来，回头就开始埋怨行者：“你这猴头又捉弄我。”行者听了他就笑：“绣球打在你头上，滚在你袖子里，关我什么事？”唐僧道：“你不是说要来看吗？现在看成了这个样子，你让我怎么处理？”悟空又道：“师父，你放心，你就跟着他们去见到国王，我回去和八戒、沙僧在馆驿里等你。那公主看你是个和尚，有可能不想嫁你，帮你倒换了通关文牒就放了你了。如果她非要嫁你，你就对那国王说，我要把我的徒弟招来，我有事情要吩咐他们一声。那个时候我们三人入朝，就能辨清那公主的真假了，咱们正好借这场婚事，降了那妖怪。”

唐僧心里还是觉得不舒服，但觉得行者说得又有道理，他也说不出什么，只能按照他说的做了。

公主带着三藏就去皇宫了，行者转身回了驿馆。三藏还没进朝堂的正门，早有官员先向国王通报："陛下，公主娘娘搀着一个和尚回来了，是刚才抛绣球的时候打中的。"国王听了这话，心中十分不愉快，恨不得一下把唐僧赶走，怎么能让公主嫁给一个和尚？但是他摸不准公主的心思，只能是先把他们宣进来。就这样，公主和唐僧就来到了金銮殿下，先拜见国王。

这一拜，那可真是"一对夫妻呼万岁，两门邪正拜千秋"。国王开言问道："僧人，你从哪里来？怎么就被我女儿抛中了。"唐僧奏道："哦，贫僧从东土大唐而来，去西天大雷音寺拜佛求经，刚才路过十字街彩楼之下，没想到，被公主娘娘的绣球打中了。贫僧是出家人，怎敢娶公主呢？万望赦我的罪，帮我倒换了通关文牒，放我西去吧。"国王道："嗯，朕也不希望公主嫁给你这个和尚，只是不知道我的公主是怎么想的。"那公主在一旁却叩头说道："父王，嫁鸡随鸡，嫁狗随狗，女儿打中了圣僧，那就是我们前世的缘，我愿意嫁给他。"这个国王非常宠自己的女儿，他看到公主自己愿意，就安排官员选择结婚日期，准备婚礼所需的物品，又出旨通告天下的老百姓，他同意这个事儿。

三藏只是一味地求国王，希望国王能放了自己，他不想娶这个公主。国王听他这样说，就十分愤怒地说道："你这和尚十分不通情理，朕以一国的财富招你做驸马，为什么不肯留下？一心却只想取经，再敢推辞，我就把你推出去斩了。"这国王倒是挺专横，他这是还没见到悟空，竟敢这么欺负唐僧。三藏早已吓得魂不附体，他不能吃眼前亏，他只能是遵从悟空之前教他的办法，就继续启奏道："贫僧感谢陛下天恩，只是和贫僧一起来的，还有我三个徒弟，要不先把他们招来，陛下给他们倒换通关文牒，让他们西去取经，我留下来和公主成婚吧。"国王道："哦，你徒弟在哪里啊？"唐僧答道："都在会同馆驿。"这样安排，国王就同意了，马上派官员去会同馆驿，请三兄弟来。

再说行者在彩楼下辞别唐僧后，走两步，笑两声，喜喜欢欢就回了驿馆。八戒和沙僧迎着他，就看他很奇怪，八戒就问他："哥哥，你笑什么呀？而且怎么没见师父回来呀？"悟空就把刚才唐僧被绣球抛中的事儿跟他们说了一遍，八戒听了之后，不但没同情师父，反倒跌脚捶胸地说道："嗨呀，早知道我去就好了。那公主绣球要是抛到我身上，不就嫁给我了吗？我就留下来做这国里的驸马了。"悟空说道:“嘿嘿，呆子，你别胡说，咱们还是先赶快收拾行李，万一公主一定要嫁给师父，师父就会找人叫咱们去救他。”兄弟们正说话间，国王派的官员到了。经那待从介绍，他们见了面。官员见到行者三兄弟，当时就吓坏了，战战兢兢地施了个礼，也不敢正眼看他们，心中只是暗自念道:“哎呀，这是鬼还是怪呀？是雷公啊还是夜叉？”行者就见他也不说话，好像是心里想着什么，应该是害怕，就问道:“唉，你这官儿怎么不说话呀？”那官儿就战战兢兢地回答道:“我主公请你们入朝去。”

三兄弟拿起行李就随着他入朝了。进了朝堂，他们齐齐站定，也不下拜。这个国王他也胆子大，也不怕他们，就问道:“你们姓什么？叫什么？住在哪里？取什么经啊？”三兄弟也不答话。行者还朝前走了几步，旁边就有官员喝道:“不要靠近国王，有什么话立刻奏上来。”行者却嘻嘻地笑道:“我们出家人能进一步就进一步。”八戒和沙僧也不管他国中的礼仪，跟着猴哥就往前进一步。三藏怕他们吓到国王，就赶紧劝他们道:“徒弟们，陛下问你们话，你们就快上奏啊。”这国王十分傲慢，虽然唐僧已经说话了，悟空能那么容易上奏吗？

第131集 识破假公主

国王问悟空他们三兄弟叫什么名字？从哪里来的？可是，行者看见师父也没个座，只是在旁边这么侍立着，他忍不住大叫一声："陛下，你也太轻视人了，既然招我师父为驸马，为什么连个座位都不给他，就让他站在一旁啊？"国王听了，一来觉得行者说得有道理，二来行者的一声吼把他吓着了，他都想退下殿来，躲到一边儿去了，但是又唯恐失了他国王的威仪，只能硬挺着在那儿坐着，又叫相关服侍的人员取了个凳子让三藏先坐下。行者这才慢慢说道："老孙祖居东胜神洲傲来国花果山水帘洞，天地就是我的父母。我是从石头里生出来的，拜过真人，学成大道，后来大闹天宫，被如来佛祖压在五行山下，幸好我师父把我解救出来，现在保他去西天取经，我的名字就叫孙悟空。”国王听了这番介绍，慌得走下了龙椅，一把要挽住三藏的手说道：“驸马呀，我能让女儿嫁给你这样的神仙，真是天缘呐。”接下来，他又问道：“那第二位高徒是什么来历呀？”

八戒掬嘴扬威道：“嘿，老猪我嘛，前几世做人的时候，贪欢爱懒，不知道天高地厚、难明海阔山遥。后来遇到一个真人点化了我，当时就醒悟了，我勤加修炼就成了仙。到了天上呢，玉皇大帝封我做天蓬元帅，后来只因为我在蟠桃会上戏弄嫦娥仙子，被贬到凡间，错投了猪胎，才成了现在这个样子。再后来幸亏遇到观音菩萨指点，让我保我师父去西天取经，我的名字叫猪八戒。”国王听言又是胆战心惊，不敢直面相看，这呆子看国王怕他，得意地故意摇着头、掬着嘴，撑起耳朵哈哈大笑：“嘿嘿嘿嘿嘿。”三藏怕他吓着国王，赶紧提醒道：“八戒，你收敛些。”他这才假装斯文起来。国王又问道：“那第三位高徒说说你的来历吧。”沙僧合掌说道：“老沙原本是一凡人，因为想学道，云游海角，浪迹天涯，后来碰到仙人指点，修炼成了仙，玉皇大帝封我为卷帘大将，只是因为蟠桃会上失手打破了琉璃盏，被贬在流沙河。后来得遇观音菩萨指点，保我师父西天取经。”

国王听得是又惊又喜，喜的是女儿招了个活佛做丈夫，惊的是他这三个徒弟完全是妖神。正在惊喜之间，又有官员来报："公主和驸马成婚的日子选好了，本月十二日是婚配的最好日子。"国王就问他："今天是什么日子啊？"官员道："今日是初八。"国王又道："哦，到十二日举办婚礼还有四天，你们都各自准备好，还有把御花园阁楼亭打扫好，请驸马和这三位高徒在那里安歇。"安排好一切，国王退了朝，师徒们就去了御花园。

这时天色已晚，早有人安排好斋饭，师徒们吃过饭后就回到屋子里准备睡觉了。这时三藏又开始责备起悟空来了："你这猢狲，总是害我。我就说只去倒换通关文牒就好了，不要到那彩楼去，你非让我去看，现在看完了，惹出这样的事来，怎么办呢？"悟空就笑道："嘿嘿嘿，师父，你怎么又说起来了？当天我们不是说好了，要去检验一下那公主的真假，再说我们也答应过布金寺那老僧的嘱托呀，刚才我看了看那国王，脸色晦暗，他身边果然有妖怪啊。只是那公主我还没有看到。"

三藏又问："你见到那公主又能怎样啊？"悟空道："师父，你别忘了呀，我是火眼金睛啊，一见面就看得出她的真假善恶。等到了十二日结婚的时候，那公主必出来参拜父母，老孙就在旁边看她，如果她不是妖怪，那你就娶了她吧。”三藏听了更生气了，悟空竟然让自己娶了她，他就骂道：“好个猢狲，你还想害我，让我把那紧箍咒给你念起。”行者听说师父要给他念咒，吓得赶紧跪在面前说道：“哎呀，师父，莫念莫念，她若不是妖怪，到时候我们跟你一起大闹皇宫，把你带走。”师徒们言来语去说着话，夜慢慢深了。正是：

“绣户垂珠箔（bó），闲庭绝火光。秋千索冷空留影，羌笛声残静四方。绕屋有花笼月灿，隔空无树显星芒。杜鹃啼歇，蝴蝶梦长。银汉横天宇，白云归故乡。正是离人情切处，风摇嫩柳更凄凉。”

八戒说道：“哎呀，师父啊，夜深了，有事明天再说吧。快睡吧。”师徒们这就睡去了。接下来两三天，国王招待师徒们在这里随意玩耍，日子感觉也过得好快。

这期间那假公主慢慢地就已知晓，唐僧手下有三大高徒都神通广大，她担心他们三个坏了她的好事，便想出了一个办法。就在十二日要举办婚礼这一天，她找到国王，倒身下拜，奏道：“父王，这几天我听宫官她们说，唐僧手下有三个徒弟生得十分丑恶，小女不敢见他们，万望父王在婚礼之前将他们打发出城。”国王回应道：“他们确实生得有些丑恶，那就趁今日上朝的时候给他们倒换关文，叫他们出城。”公主叩头谢了恩。国王即上殿传旨，请唐僧师徒上朝。

再说那唐僧师徒这一天也正商量这件事。三藏先问道：“唉，今日是十二日了，马上要成婚了，叫我怎么办呢？”行者答道：“今天我就能看出那公主的真假了。不过，我猜那国王一会儿会找人来请我们去，先把我们三个打发出城。师父，你别怕，我出了城之后会作个变化，飞回来，紧紧随护你。”师徒们正讲着，果然有官员来请，行者就笑道：“嘿嘿，你们看他们来得这么早，必定是想先把我们三个送走。”八戒却在旁边说：“送我们走嘛，估计他必定会给我们千百两黄金白银，到时候我也用这个钱娶个媳妇儿。”沙僧训他道：“二哥，别乱说，听猴哥的。”悟空带着他们就去见了国王。那国王果然很痛快，先给他们倒换了通关文牒，又送了他们黄金十锭、白金二十锭，还送给他们好多吃的，八戒高高兴兴地就接过去了。

行者辞别国王，转身要走，慌得个三藏一把扯住行者，咬响牙根说道：“悟空，你们都不管我了，就这样走吗？”行者捏着三藏的手掌给他使了个眼色，说道：“师父，你就在这里成亲，等我们取了经就回来看你。”悟空这话很明显是说给周围人听的，他之前不跟三藏说好了嘛，他走了之后会使个变化回来随护他的。可是，这唐三藏是似信非信的，不肯放手。这时又上来很多官员送三兄弟，三藏这才放了手。

行者三人出朝门，辞别了众官员，先回驿城馆，进了屋，行者对八戒和沙僧说道："你们两个在这里守着，我这就回去保护师父。"好大圣拔一根毫毛，吹了口仙气，叫了声"变"，便变作他本身模样，与八戒和沙僧同在屋内。真身却跳在半空中，变作一只小蜜蜂，实在小巧。"翅黄口甜尾利，随风飘舞颠狂。最能摘蕊与偷香，度柳穿花摇荡。"

你看他轻轻地飞入朝中，远远地见到唐僧在国王左边

坐着，愁眉不展、心情焦躁，他飞到唐僧的帽子上，悄悄地趴在他耳边叫道：“师父，我来了，切莫忧虑。”唐僧听见，这才心宽了一些。过一会儿有官员来请道：“万岁，婚礼已准备好，请万岁同驸马去会亲。”唐僧只能忧忧愁愁随着国王走到后宫，只听鼓乐喧天，遂闻得异香扑鼻。他低着头不敢仰视，行者叮在他帽顶上，运神光，睁火眼金睛四处观看，只见那两班彩女：

“一双双娇欺楚女，一对对美赛西施。云髻高盘飞彩凤，娥眉微显远山低。笙簧杂奏，箫鼓频吹。宫商角徵（zhǐ）羽，抑扬高下齐。清歌妙舞常堪爱，锦砌花团色色怡。”

这样的美女音乐，唐僧他看都不看一眼，行者心中就忍不住暗自夸他道：“好和尚、好和尚啊，身居锦绣心无碍，足步琼瑶意不迷。”此时，皇后嫔妃簇拥着公主走了出来。在场的人一起迎接，都道了声：“我王万岁万万岁。”慌得长老战战兢兢、不知所措。行者望去，见那公主头顶上微微地露出一点儿妖气，却也不十分凶恶，他急忙趴进耳朵叫道：“师父，我看出来了，那公主果然是个假的。”唐僧道：“啊，是假的。那如何让她露出本相啊？”悟空道：“我使出法身，现在就拿她。”唐僧却道：“哎呀，悟空啊，不可不可呀，我怕吓坏那国王啊。”

可是行者一生性急，他哪顾得上国王，大咤（zhà）一声，现出了本相，赶上前揪住公主就骂道：“好孽畜，你在这里弄假成真，害了真公主还不够，还要骗我师父。”行者这一呼，唬得国王呆呆挣挣，后妃跌跌爬爬，宫娥彩女无一个不东躲西藏，各顾性命。三藏一发慌了手脚，战战兢兢地抱住国王，直叫道：“陛下，你别怕别怕呀，这是我顽徒使法力，要辨别公主的真假呀。”再说那妖怪见情况不妙，挣脱了手，解剥了衣裳，急跑到御花园土地庙里，取出一根短棍，转身来乱打行者，行者跟来使铁棒劈面相迎，他们两个吆吆喝喝，就在花园斗起，后又大显神通，各驾云雾杀在空中。这一场：“短棍行凶着顶丢，铁棒施威迎面击。喧喧嚷嚷两相持，云雾满天遮白日。”

他们两个杀在半空赌斗，吓得满城中百姓心慌，尽朝里多官胆怕。三藏扶着国王只安慰他：“陛下，你别怕，那公主是个假的，等我徒弟把她拿住。”再说那妖怪与大圣斗了半日，不分胜负。行者把棒丢起，叫了一声“变”，那棒就以一变十，以十变百，以百变千。半天里，好似蛇游蟒搅，乱打妖邪。妖邪慌了手脚，将身一闪，化道清风，即奔碧空之上，逃了。她能逃掉吗？

第132集 收玉兔精

悟空喊了声“变！”把那金箍棒化作了百千万根，把那妖怪打得化作一阵清风逃了。行者又念声咒语，把金箍棒收作一根。纵祥光一赶直去，将近西天门，望见那旌旗闪灼，这是有天兵在巡逻。行者厉声高叫道：“把天门的天兵们，挡住妖怪，不要让她跑了。”天兵天将们听到行者的呼唤，立刻都持兵器阻拦，妖邪不能前进，急回头，舍死忘生，使短棍又与行者相持，大圣用心力抡铁棒相迎。仔细迎看时，见他那手中的短棍一头粗一头细，像一把捣米用的杵。他又叱咤一声喝道：“孽畜，你拿的是什么兵器？敢与老孙抵敌，快早降伏，免得这一棒打碎你的天灵盖！”

那妖怪也咬着牙回应道：“你不知我的兵器，听我道来，

‘仙根是段羊脂玉，磨琢成形不计年。混沌开时吾已得，洪蒙判处我当先’。‘这般器械名头大，在你金箍棒子前’。”

她这是说这兵器是由羊脂玉做成的，而且是在天地初开的时候就打磨成了。在这世上还没有金箍棒的时候，就先有这个神兵利器了。妖怪又接着说：“广寒宫里捣药杵，打人一下命归泉。”广寒宫里捣药用的杵，那是在月亮上。广寒宫就在月亮上，这妖怪是从月宫中跑出来的。行者听她说完，就呵呵地冷笑道：“嘿嘿，好孽畜啊，你既然是在月宫上，就没听说过我老孙吗？还敢再次废话，你快投降，我饶你性命。”那妖怪又说道：“我认得你。五百年前大闹天宫的弼马温，我本也不想去惹你，但你坏了我的亲事，我就要打你这欺天罔上的弼马温。”大圣最讨厌别人叫他弼马温这三个字了，听到这话，他心中大怒，举铁棒劈面就打。那妖怪抡杵来迎，就在西天门前，发狠相持：

“金箍棒，捣药杵，两般仙器真堪比。那个为结婚降世间，这个因保唐僧到这里。”“致使如今恨苦争，两家都把顽心起。”“药杵英雄世罕稀，铁棒神威还更美。金光湛湛幌天门，彩雾辉辉连地里。来往战经十数回，妖邪力弱难搪抵。”

妖怪一看难以取胜，虚丢一杵，将身晃一晃，金光万道，径奔正南方逃了。大圣随后追袭，忽至一座大山，妖怪按金光钻入山洞，寂然不见，大圣怕她返身，再回到那国中暗害唐僧，先返了回去也不找她了。

回到国中，大圣自云端里落了下来。叫道：“师父，我来了。”三藏就赶紧问：“悟空啊，那假公主的事怎么样了？”行者就把刚才打斗的事情跟他说了一遍。国王听说，上前赶紧扯住唐僧，问道：“既然假公主是个妖邪，那我的真公主哪里去了？”悟空说道：“陛下你别急，等我拿住那假公主，自然带你去见真公主。这里不是说话的地方，你们全都到宫殿里去，让我两个师弟保护你们。”大家都听行者的。进了殿，八戒和沙僧手持兵器护持好他们。

大圣又纵筋斗云飞空而去，再飞到正南方那座山，按下云头去寻找。原来那妖怪败了阵，到此山钻入个窝中，将门用石块堵住，虚怯怯地藏隐不出。行者寻了一会儿不见动静，心中焦恼，捻着诀，念动真言，想要唤出这山中的土地、山神来审问。没过多久，二神现身叩头拜道：“哎呀，不知大圣来此，我们没有迎接，万望恕罪呀。”悟空道：“好，我且不打你们，我问你，这山叫什么名字？此处有多少妖怪？从实说来，饶你们罪过。”土地山神道：“大圣啊，这山叫作毛颖山，山中只有三处兔穴，没什么妖怪啊。”大圣道："不对，刚才我从天竺国打一个妖怪，追到这里她就不见了。"二神听行者这么说，他们就赶紧带着行者，去那三处兔穴中寻找。

先走到山脚下的一个洞窟旁边去看，有几只草兔惊走了。又寻到绝顶上的洞窟去看，只见两块大石头把那洞窟门堵住了。土地神说道："大圣，这里一定是那妖怪，赶得急钻进去了。"行者急用铁棒撬开石块，果然那妖邪藏在里面，"呼"的一声跳将出来，举药杵来打。行者抡起铁棒架住，唬得那山神倒退，土地忙奔。那妖怪口里还嚷嚷突突地骂那山神和土地道："谁叫你们引他到这里来找寻的。"妖怪抵着铁棒，且战且退，奔到空中。正在危急之际，天色又晚了，这下行者越发狠心下毒手，恨不得一棒把她打杀。

忽听得九霄碧汉之间有人叫道："大圣，莫动手，莫动手，棍下留情。"行者回头看时，原来是太阴星君。太阴星君是谁？原来就是那月宫中的嫦娥仙子。行者回头看时，她已降彩云到了面前。大圣慌忙收了铁棒，躬身施礼道："嫦娥仙子，你是从哪里来呀？"仙子答道："与你对战的这个妖怪，是我广寒宫捣玄霜仙药的玉兔。她私自走出宫来，我算她眼下有伤命之灾，特来救她性命。望大圣看在我的面上，饶她吧。"大圣道："哦，不敢不敢，难怪她会使捣药杵。原来是你广寒宫的玉兔啊。不过仙子你不知，她偷藏了天竺国的公主，又设计想要嫁给我师父，这个罪可不能轻饶她呀。”

仙子道：“大圣，你不知啊，那国王的公主也不是凡人，原是我广寒宫中的素娥，十八年前她曾打了那玉兔一掌，就思凡下界降生成公主，这玉兔怀那一掌之仇，所以才走出广寒宫报复那素娥。将她抛于荒野，但只是她不该对唐僧有那样的想法，幸亏大圣识破真假，还希望看在我面上，饶她的罪吧。”大圣道：“哦，嘿嘿！好吧！好吧！那就看仙子的面，饶她一次。不过，我要是这样回去跟国王说，我把那妖怪已经降了，怕那国王不信呢。不如仙子你跟我走一趟，亲自向那国王解释一下。”嫦娥觉得悟空说得有道理，决定随他走一趟，她先用手指那妖怪喝道：“孽畜，你还不规正。”玉兔打了个滚儿，现了原形，仙子收了她。

大圣不胜欣喜，踏云光向前引导，到了城边。城中人见南方天空一片彩霞，光明如白昼。又听得孙大圣厉声高叫道：“天竺陛下，出来看看，嫦娥仙子来了。你家的假公主就是她怀中的玉兔变的。”国王和满城中的人无不叩头礼拜，那猪八戒却动了心，他忍不住跳在空中，上前把嫦娥仙子给抱住了，他说道：“哎呀，嫦娥仙子啊，我们是老相

识了。既然你来都来了，要不然就在这天竺国待上两天，老猪我陪你玩儿一玩儿。”行者上前揪住八戒，打了他两巴掌，骂道：“你这个村泼呆子，当年你就是因为调戏嫦娥仙子，才被打入凡间，成了这猪头。今天你又起这邪心。”嫦娥也不理这呆子，只是转过身抱着玉兔回月宫中去了。

行者把八戒揪落尘埃，国王又赶紧走上前来问行者：“神僧啊，那我的真公主现在在哪里呀？”行者就把真公主前世与那玉兔之间的冤仇跟国王讲了一遍，又告诉他，真公主现在正躲藏在布金寺里。国王又问：“布金寺离城有多远啊？”三藏答道：“只有六十里路远近。”国王希望赶快见到女儿，立即就安排众官员和唐僧师徒同去接公主。大家准备好一起出朝。行者先跳在空中，他把腰一扭就先到了布金寺。布金寺的众僧见他回来了，慌忙跪接道：“老爷走的时候是步行啊，今天怎么从天上飞回来了？”行者笑道：“你们的老僧在哪里？快把他给叫出来。过一会儿天竺国王和皇后会带着众官，还有我师父要来呢。”众僧也听不明白是怎么回事儿，但是知道有大事要发生，他们赶紧请出了老僧，老僧被请出来见了行者，施礼道：“神僧啊，那公主的事情怎么样啦？”行者就把离开布金寺之后降妖的经历说了一遍。老僧即安排摆设了香案，摆列在山门之外，撞起钟鼓，等国王到来。

国王那一行人走了半天，也就到了布金寺了。众僧出来迎接，一直将国王和王后引入公主所在的屋子。那公主虽然头发凌乱，身上污秽不堪，但国王和皇后却一眼就认出了她。自己女儿能不认识吗？他们近前一把搂抱道：“我受苦的儿啊，你怎么受了这样的折磨？”国王这一句话，三人抱头痛哭，哭得那在场的人都直抹眼泪，哭了一会儿，叙了离情，又让公主沐浴更衣，准备上车回国。此时，行者又对国王拱手说道：“陛下，老孙还有一事想说。”国王答礼道：“神僧有事尽管吩咐，我一定照办。”大圣道：“哦，是这样，这山名叫百脚山。近来说有些蜈蚣成精，黑夜伤人，往来行走的人十分不方便，公鸡最善于降伏蜈蚣。陛下，你可否选来一千只大雄鸡撒放在这山中？还有这山的名字取得不好，蜈蚣的脚就多，它偏偏叫作百脚山，不如改名叫作宝华山，你这样做就当感谢那老僧保护公主之恩吧。”

国王听了十分欢喜，即差官员去城中取出一千只雄鸡来，再改山名为宝华山。事情都办完了，大家就回到了天竺国。国王舍不得唐僧师徒走，非要招待他们，带他们一连玩耍了五六日，最后见他们实在是去西天拜佛心切，怎么留也留不住，就取出金银二百锭、宝贝无数，感谢他们，师徒们一概没收，辞别他们继续西行了。

又走了一些时日，果然进入了西方佛地，与其他地方不同，见了些琪花瑶草、古柏苍松，所过地方，家家向善，户户斋僧，每逢山下人修行，又见林间客诵经。

这个是说这里在路边的树林里，经常能看到在学习佛经的人。师徒们继续夜宿晓行。又经有六七日，忽见一带高楼，几层杰阁。

“冲天百尺，耸汉凌空。低头观落日，引手摘飞星。豁达窗轩吞宇宙，嵯峨栋宇接云屏。”

这是说这楼阁高，都升到云里去了。住在上面，看上去就好像一伸手都能摘到星星。三藏举鞭遥指道：“悟空，好去处啊。”悟空道：“师父，以前你在那假境界、假佛像处总要下拜，今天到了这真境界、真佛像前，怎么又不下马了？”三藏闻言，慌得从马上跳下来，移到了那楼阁大门前，只见一个道童斜立在山门前叫道：“你们哪来的，是东土取经人吗？”看来他知道师徒四人的来处，他又身处西方佛地。这个人是谁呢？

第133集
脱胎换骨

唐僧师徒来到了西方佛地的一个楼阁之处，遇见一位道童迎接他们，还问道：“他们是不是从东土来的取经人呢？”三藏急整衣抬头观看，见他身披锦衣、手摇玉麈（zhǔ），刚要回答，那道童却早已被孙大圣认出。悟空急忙叫道：“师父，这位是灵山脚下玉真观的金顶大仙，他专门在这里接我们的。”三藏这才醒悟，进前施礼。大仙笑道：“圣僧今年才到，我被菩萨给哄了，他十年前领佛旨到东土去寻取经人，原来说两三年就能到这里，我年年等候渺无消息，没想到，今年才相逢啊。”三藏连忙合掌道：“有劳大仙了，感激感激。”

大仙引他四人同入观里，又安排人为他们准备茶饭，又叫小童为他们烧水洗澡。师徒们吃过饭，沐浴完，不觉天色将晚，就在这玉真观安歇了。第二天早晨，唐僧醒来，换上新衣服，披上锦斓袈裟又带好僧帽，登堂与大仙道别。大仙看了看就笑他："哈哈哈哈，换上这身新衣服，就是有真佛子的样子啊，快去拜见如来佛祖吧。"大仙带他们出了后门，指向灵山，说道："圣僧，你看那半空中有祥光五色，瑞蔼千重的，那就是灵鹫（jiù）高峰、佛祖圣境啊！"唐僧见了就拜。

行者在一旁却笑道："哦，嘿嘿嘿……师父，你还没到地方呢，你拜什么呀？你没听人说过吗？望山走倒马，你看着那山离得近，真正要走起来还有好长的路呢，就连马都会累死。"唐僧起身，带着徒弟们辞别大仙，慢慢朝灵山就走去了。走了不到五六里路，见了一道活水，滚浪飞流，约有八九里宽。三藏心惊啊，他问道："这路走错了吧？这水这般宽阔、这般汹涌，又四处无人，又没有船只，怎么渡得过去呀？"悟空说道："嘿嘿嘿……师父，怎么过不去？你看那里，那不是有一座大桥吗？要从那桥上走过去才能成佛呢。"三藏走上前去仔细看，桥边有一块匾，匾上刻着三个字"凌云渡"。这凌云渡哪是什么大桥啊？就是一根独木桥，正是：

“远看横空如玉栋，近观断水一枯槎（chá）。维河架海还容易，独木单梁人怎碴（chá）！”“十分细滑浑难渡，除是神仙步彩霞。”

这个是说八九里宽的水面，就这么一根独木桥在这撑着，风吹雨打，上面是又细又滑呀，这谁看着不怕呀？三藏心惊胆战地说道：“悟空啊，这桥不是人走的呀，我们再去找其他的路吧。”悟空说：“嘿嘿，找什么其他的路啊？这就是路。”八戒听了，他也慌了：“啊，这哪是路啊？这谁敢走啊？水面又宽，波浪又涌，独独一根木头又细又滑，稍有不慎就掉下去了。”悟空说：“去，你们站住，让老孙走一个给你们看看。”好大圣拽开步子，跳上独木桥，摇摇摆摆，须臾间就跑了过去。

过了桥，他还招呼他们：“过来，过来呀。”唐僧只顾摇手，八戒和沙僧咬着手指头说道：“哎呀！难哪。”“是啊，这太难了。”行者看他们谁也不敢走啊，急得他又跑了回来，抓住八戒就非得让他过。说道：“呆子，你先跟我走，跟我走。”把那八戒吓得都趴在地上说道：“哎呀、滑、滑，我走不了，你饶了我吧，让我驾风雾过去我才干。”悟空说：“哎！这是佛地，怎么会让你驾风雾过去呢？必须要从此桥上走过，你才能成佛。”八戒又说道：“哥呀，不成佛就算了，反正我是不敢走。”

不过，悟空他是一只石猴，你让他爬一座独木桥，他走起来当然轻松了。那八戒他是猪，他怎么会敢走呢？他们两个站在桥边滚滚爬爬、扯扯拉拉地要斗上了，沙僧走过去劝解，行者才撒了手。三藏回头忽见了下流中有一个人撑一只船过来了，那人叫道：“到我的船上来吧。”三藏大喜呀，他喊道：“徒弟们，别闹了，那里有只渡船来了。”他们三个跳起来站定，同眼观看，那船儿越划越近，仔细看去，却是一只无底的船。那船没有底儿不得沉下去吗？行者火眼金睛，他早就一眼看出这哪是一般的船夫啊，这是接引佛祖来接他们来了。

这接引佛祖又称南无宝幢光王佛。行者也没说破，只管叫道：“划到这里来、划到这里来。”霎时间那船儿划到了岸边。三藏见了又心惊道：“你这无底的船儿，怎么渡人呢？”那接引佛祖却答道：“哈哈哈哈，我这船，‘鸿蒙初判有声名，幸我撑来不变更。有浪有风还自稳，无终无始乐升平’。”

孙大圣合掌称谢道：“感谢你来接我师父啊。”他转过身来又对师父说：“师父，上船去吧。这船儿虽然没有底，却稳得很，纵有风浪也不会翻。”三藏还在惊疑，行者一把就

把他推到船上去了，结果呢三藏一脚踩空，跌到了水里，那撑船人一把又把他扶起。三藏慌忙站定，抖衣服，跺鞋脚，又抱怨行者，行者在引着沙僧八戒也上了船，那佛祖轻轻地用力撑开。又见那上流顺水处，泱下一死尸来。

三藏见了大惊，行者却笑道："师父，你别怕，那个是原来的你。"八戒也看明白了，跟着说："师父，是你，是你。"沙僧也拍着手说："师父，是你呀。"撑船的也跟着说："那是你，可喜可贺呀。"这就奇怪了，那唐僧明明活得好好的站在这儿啊，怎么河里这死尸会是他呢？原来唐僧他一直是个凡人，现在到了灵山了，被接引佛祖用无底船把他接了过来，以前那个凡人的肉身就被换掉了，换成了仙佛的身体，所以，他看到的这具死尸是他被换掉的身体。悟空他们几个当然看得出来了，所以为师父感到高兴啊！

不一会儿，他们稳稳当当地就渡过了凌云仙渡，三藏转身感觉身子十分的轻，纵身一跃就上了岸，等他们四人上了岸再回头看的时候，那无底的船儿已经不知去向了。行者这才说破，刚才那撑船的是接引佛祖，三藏也才醒悟，原来是这个原因自己的身体才变得轻快了，他们高高兴兴地步上了灵山。

早见那雷音古寺:“顶摩霄汉中，根接须弥脉。巧峰排列，怪石参差。悬崖下瑶草琪花，曲径旁紫芝香蕙。”这是说雷音寺在山顶极高处，悬崖下路两旁有数不尽的奇花异草。

再看“仙猿摘果入桃林，却似火烧金”，那是啊！红色的猿猴捧着金色的桃子，那不就像一团火正烧着金子吗?

“白鹤栖松立枝头，浑如烟捧玉”，这是说松树离远处看就像绿色的烟霞，雪白的仙鹤在松树上就好像一块玉一样，正在被那绿烟捧着。

再看“东一行，西一行，尽都是蕊宫珠阙（què）；南一带，北一带，看不了宝阁珍楼”。这是说前后的房屋楼阁也很多，而且排列得十分整齐。师徒们逍逍遥遥走上灵山之巅。

直到了雷音寺山门之外，那里有四大金刚迎住他们，

说道："圣僧来了。"三藏躬身答道："是弟子玄奘到了。"

那金刚转身去传信，一直报到如来，佛祖大喜，召集了八菩萨、四金刚、五百阿罗、三千揭谛、十一大曜（yào）、十八伽蓝。

两行排列召唐僧见，唐僧循规蹈矩，同悟空、悟能、悟净，牵马挑担，径入山门。正是：

"当年奋志奉钦差，领牒辞王出玉阶。清晓登山迎雾露，黄昏枕石卧云霾。挑禅远步三千水，飞锡长行万里崖。念念在心求正果，今朝始得见如来。"

四人到了大雄宝殿前，对如来倒身下拜。三藏开口说道："弟子玄奘奉东土大唐皇帝旨意，遥诣（yì）宝山，拜求真经，以济众生。望我佛祖垂恩，早赐真经回国。"如来答道："你那东土乃南赡部洲，那里物广人密，多贪多杀，多淫多诳（kuáng），多欺多诈，我今有经三藏，可以教化他们，用心学道，超脱苦恼。有《法》一藏，谈天；有《论》一藏，说地；有《经》一藏，度鬼。共计三十五部，有一万五千一百四十四卷，凡天下四大部洲之天文、地理、人物、鸟兽、花木、器用、人世都有记载。正是学习自然规律的绝佳途径啊。阿傩、伽叶，你两个引他四人先去用斋，再到宝阁将我那三藏经中三十五部各拿几卷给他们。"师徒们拜谢了如来佛祖的恩情，前去随心享用斋饭。

二尊者又陪他们入了宝阁，开门登看。那有霞光瑞气，笼罩千重；彩雾祥云、遮漫万道。就看那金柜上都贴了红标签，标注了经卷的名目。上面写着什么《涅槃经》一部，七百四十八卷;《菩萨经》一部，一千零二十一卷;《首楞严经》一部，一百一十卷，等等，就好像一个大图书馆一样。这些真经实在是太丰富了。阿傩和伽叶引着唐僧看遍了经文的名称，就对唐僧说道:“圣僧从东土到此，有什么人事送我们吗？快拿出来，我们好把经文传给你们。”什么叫人事啊？说白了，就是想跟唐僧他们要些钱。佛祖传经不是想要帮助南赡部洲的人们吗？怎么会要钱呢？再说了，要钱是如来佛祖的意思吗？还是这两个尊者自己想要啊？不过，如来佛祖手下的尊者怎么会偷偷贪钱呢？

第134集
得取真经

佛祖派了两位尊者带着唐僧师徒去取经，可是，两位尊者却提出向他们要些值钱的东西，三藏听了之后答道："呃，弟子玄奘远道而来，身上没有什么值钱的东西呀。"唐僧这一路上帮过了很多人，从来也不跟人家要什么，他身上怎么会有钱？那二位尊者却笑道："呵呵，好啊，经文都白给你们，是想要把我们饿死？"行者在旁边听了，就沉不住气了，他忍不住焦躁道："师父，我们去找如来佛祖，让他亲自把那经传给我们。"阿傩见到行者急了，他有些慌了，又说道："唉唉唉，别嚷，别嚷，这是什么地方啊？还敢撒野放刁，过来吧，到这儿来接经。"八戒和沙僧见那两个尊者妥协了，就赶紧劝住悟空先别吵了，他们转身来接经，一卷卷地收在包里，驮在马上，又捆了两担，忙活完，转回到如来佛祖的宝座前，叩头感谢。辞别了如来佛祖，一直出门，下山奔路。师徒们这是要转回东土了。他们以为取经的大事就成功了。

可他们不知道，在那传经之时，在那宝阁之上，有一尊燃灯古佛，他在阁上暗暗地听到了传经的过程，心中十分明白，原来阿傩和伽叶给他们的经文是假的，上边一个字都没有。那古佛独自笑道："哈哈哈哈，这东土大唐来的僧人被唬了，不知这是无字之经，这不枉费了圣僧这场跋涉嘛。有哪位尊者愿意帮一帮唐僧师徒啊？"只见一位白雄尊者在古佛身边闪出，古佛吩咐道："你可作起神威，飞星赶上唐僧，把那无字之经给他夺下来，叫他们再回来取有字真经。"白雄尊者即驾狂风，滚离了雷音寺山门之外，大作神威，刮出一阵好风啊。

佛前勇士，赛过风尘，吹得那"鱼龙皆失穴，江海逆波涛"，"玄猿捧果难来献，黄鹤回云找旧巢。丹凤清音鸣不美，锦鸡喔运叫声嘈"。

这风吹得鱼龙都找不到洞穴了，黄鹤也回不了新巢了，连凤凰和雄鸡鸣叫出来的声音听着都不好听了。

"青松枝折，优钵花飘。翠竹竿竿倒，金莲朵朵摇。

钟声远送三千里，经韵轻飞万壑高。”

这风虽然把一些植物也刮倒了，却把那钟声和念经声吹出了万里之高、千里之遥。

师徒四人正行间，忽闻香风滚滚，又听得响了一声，半空中伸下一只手来，将马驮着的经书轻轻抢去，唬得三藏捶胸叫唤，八戒滚地来追，沙和尚护着经担，孙行者急赶去如飞。那白雄尊者见行者赶上来，怕他棍棒无眼，一时间不分好歹打伤他，急忙将那经包撕碎，洒落尘埃，行者见那经包破了，经文洒落了一地，赶紧按下云头去收拾经文，也不追他。那白雄尊者收风敛雾就回去了。八戒在地上，也赶紧追过去，把那些经文收拾好，又背回来见唐僧。

唐僧满眼垂泪道：“徒弟，这极乐世界了，怎么还有妖魔欺害我们呢？”兄弟们正忙活着收拾经文，也没时间应他。沙僧把抱回来的散经重新打好包，无意中翻开了一本经书，里面怎么是雪白的？半个字都没有。他慌忙递给唐僧道：“师父啊，这一卷经书怎么没有字啊？”行者听了，赶紧也打开一卷，一看也没字。八戒再打开一卷，还是没字，三藏叫道：“快，统统打开来看。”只见卷卷都是白纸。三藏长吁短叹地说道：“我拿着这个经回去，传什么呀？怎么见唐王啊？”行者却很冷静，他说道：“师父不用说了，一定是阿傩、伽叶那厮跟我们要些值钱的东西没要到，他们就把这白纸本子给了我们。我们去如来佛祖面前，去告他们去。”八戒也跟着说：“对，告他去。”

四人急急回山，忙忙又转上雷音寺。到了山门之外，大家竟然拱手相迎，笑着说道：“圣僧是回来换经的吧？”

大家怎么都猜到他是回来换经的呢？难道他们已经知道这事儿了？众金刚也不阻挡他们，就让他们那样进去。直到大雄宝殿前，行者嚷道：“如来佛祖，我们师徒受尽了万折千魔、千辛万苦，从东土拜到此处。你吩咐阿傩、伽叶传经，他们却想贪要我们的钱财，我们没有，他们就把那些白纸本子叫我们拿去，我们把这个传回去有什么用？还望佛祖惩治他们。”佛祖听着，他居然笑道：“哈哈哈哈哈，你先别嚷，这件事我已经知道，但只是经文不可以轻易地传，也不可以凭空地取。我这里曾有僧人去为一人家诵经，保他家活着的人安全，死去的人超脱，却只要他三斗三升米粒黄金回来。我还说他们卖得太贱了，你们空着手来取经，所以，他就传了白本给你们。阿傩、伽叶快将有字的真经，每部中各选几卷传给他们，再回来跟我报数吧。”

二尊者又领他们四个回到了珍楼宝阁之下，仍然跟他

们要些值钱的东西。三藏想了想，自己身上能有什么值钱的东西？他就让沙僧把他们的紫金钵盂给拿出来了，双手奉上。他又对二尊者说道："路途遥远，身上实在是没什么财物。这钵盂是唐王赐给我的，我沿路一直在用它化斋吃，现在我就把它送给你们吧。"那阿傩接了钵盂，微微而笑。其实仔细想想，人家也没跟他们多要什么，拿走人家那么多经文，也就给人家一个紫金钵盂，而人家制作和保存这些经文也是要花很多钱的。

伽叶走进宝阁，给他们拿经文，三藏在一旁就嘱咐道："徒弟们，你们可要看好啊。"三兄弟接一卷，看一卷，这回卷卷都是有文字的，传完五千零四十八卷，师徒们收拾齐整，驮在马上，剩下的还多装出来一担，由八戒挑着。

阿傩和伽叶引唐僧又去见如来佛祖，如来高坐在莲花宝座上，指令降龙伏虎两大罗汉，把云磬敲响。敲响云磬干吗？这是要把三千诸佛、三千揭谛、八金刚、四菩萨、五百罗汉、八百比丘僧、大众优婆塞、比丘尼、优婆夷，各天各洞、福地灵山的大小尊者、圣僧都请了，开一场传经大会。他们到来之后，该坐的坐在宝座上，该立的侍立两旁，一时间天乐遥闻，仙音嘹亮，满空中祥光叠叠，瑞气重重。他们参见了如来佛祖，二尊者开始报数："现付给

唐朝《涅槃经》四百卷、《菩萨经》三百六十卷、《虚空藏经》二十卷……”就这么报下去，总共报完了三十五部、五千零四十八卷。唐僧师徒一个个合掌，躬身朝上礼拜。如来佛祖又对唐僧说道：“这经文拿到南赡部洲，万万不可轻慢，要沐浴、斋戒之后才可以看。”佛祖这说的倒是个好办法，想看经文可以，但是要先洗了澡，而且吃饭的时候，不能吃肉，这样大家就会很恭敬，他们就会觉得这经文好难得，学习的时候就会认真学。三藏听了佛祖的话，叩头谢恩，带着徒弟们就辞别了佛祖，东去了。

传经会结束，旁边又闪现观音菩萨，合掌对佛祖启奏道：“弟子当年去东土大唐寻他来取经，到今天用了一十四年已成功，原本预计是要用五千零四十八日，但到今天正好用了五千零四十日，还差八日，还希望佛祖助他们在八日之内回东土。”如来佛祖答道：“正是正是，八大金刚，你们快使神威，在八日之内驾送圣僧回东土。”

金刚随即赶上唐僧叫道：“取经的，跟我来。”话音刚落，唐僧师徒就觉得身轻体健、飘飘荡荡，随着金刚驾云而起，唐僧可以飞了，这样回去就快了。

再说雷音寺中观音菩萨又问起了五方揭谛、四值功曹、六丁六甲、护教伽蓝，问道：“那唐僧四众一路上心性怎么样啊？”诸神答道：“啊，他们确实是心虔志诚啊，你看看，这是他们的灾难簿子。一路上受过的所有难，我都记下来了。”菩萨接过灾难簿子，从头看了一遍，上面写着金蝉遭贬，第一难；出胎几杀，第二难；满月抛江，第三难……一直写到凌云渡脱胎，八十难，路经十万八千里。菩萨看完却急传声道：“圣僧应受九九八十一难，现在只受过八十难，还少一难，揭谛，你赶快去赶上金刚，再给他们生一难。”

这经都取完了，回去还得要再生一难，这师徒们是太不容易了。揭谛得令，飞云一驾向东来。一昼夜，赶上了八大金刚，贴着耳朵低声说道：“如此！如此！如此！这是遵了观音菩萨的法旨，不可延误啊。”八大金刚听言，立刻就把风按下，将唐僧师徒连马带经地就给坠落下地了。三藏突然脚踏了地，觉得心惊啊！

思维训练问答

教孩子天下没有免费的午餐

1. 两位尊者向唐僧师徒要值钱的东西来换取经文，他们这样做对吗？为什么？

2. 你觉得如来佛祖料理那些经书，都有哪些地方需要花钱呀？

3. 爸爸妈妈免费为你做了很多事，但是，他们做到这些事需要花多少钱呢？你一样一样地列出来，算一算。

4. 当我们遇到善良的人，他很可能会无偿地帮助我们，你觉得如果你得到了别人的帮助，应该如何报答对方呢？举个例子说来听听吧。

故事中的家教思维

父母在养育孩子的过程中，如果只是一味地付出和给予，而不教孩子懂得感恩，那么孩子会视自己所得为理所当然。久而久之，孩子会把别人的善良作为工具加以利用。

唐僧师徒取经，两位尊者跟他要人事，我们就可以拿出这部分的内容来跟孩子讨论。我们可以问孩子第一个问题，两位尊者向唐僧师徒要值钱的东西来换取经文，这样做对吗？为什么？通过这个问题就能让孩子明白，天下没有免费的午餐，即使是面对一个很善良的人，你拿别人的东西，你也是要付钱的。

第二可以问孩子，你觉得如来佛祖料理那些经书，都有哪些地方是需要花钱的？通过问这个问题，我们让孩子明白，别人提供的任何服务，都是需要花费成本和付出代价的，让他懂得去体谅别人的难处。

再问孩子第三个问题，爸爸妈妈免费为你做了很多事，但是他们要做到这些事，得花多少钱？这个问题就把这个思维落实到孩子的日常生活中了，让他深入去思考并理解家长。

再问孩子最后一个问题，遇到善良的人，他可能会无偿地帮助你，但是你觉得如果你得到了别人的帮助，应该如何报答对方？通过问这个问题教会孩子做一个知恩图报的人。

思维特点

☞ 重点思维

1. 重心明确：整体画面使故事情节突出。

2. 细节衬托：体态后仰、僧袍飘逸、面带微笑、狂风大作、鹰眼眩晕，衬托出燃灯古佛佛法高深。

3. 有主次：集中力量刻画了佛祖和金翅大鹏雕的形象，其他忽略。

培养孩子重点思维的益处：更能抓住事物重点，把握要点，更容易有明确的目标，更能有效率地处理实际问题。

如何通过绘画培养孩子重点思维

1. 主题绘画

从孩子意愿出发，引导孩子画“奔跑的小兔”“愤怒的小狗”等主题绘画，并引导孩子围绕主题创作所有细节。

2. 言语引导

可以经常问孩子“你最喜欢你画里的什么？”“关于……，你最想画的是什么？”等问题，并互动让孩子只说一个“最……”的答案，长期互动，孩子容易形成从广泛到聚焦，从散乱到重点的思维习惯。

3. 取舍

引导孩子重点描绘主角，不重要的则可以概括地处理，比如画场景时，远处的山可以用简单的形状概括性地描摹。

第135集

师徒成正果

八戒却在旁边哈哈大笑："好啊，我们想走得快一点儿，它偏让咱慢些走。"沙僧也说："好好好！这是叫我们在这里歇歇呐。哈哈哈哈。"孙大圣又说："那我们就在这里好好玩玩。"三藏却说："你们三个先别斗嘴，仔细看看这里是什么地方。"沙僧转头四望道："啊，是这里，是这里呀。师父，你听是水响。"行者不懂，他就问："水响？是到了你那流沙河了吗？"八戒也跟着问："哦，有这么快吗？"沙僧解释："不是！不是！这是通天河。"三藏此刻想起了什么，说道："我记起来了，东岸边有个陈家庄，那年我们到此，悟空，你救了某个人家的儿女，过河时我们还碰到了一只老鼋，把我们送到了河的这一岸。可是，我们现在在这西岸上，四处无人，怎么过去呀？”

八戒说道：“是啊，这佛祖半路就把我们丢下来。弄得我们进退两难的。”沙僧却劝道：“二哥，你不要抱怨，咱们师父已经得了道，我们一起作法，把师父驾过去不就完了？”孙悟空没吭声，只是在心中悄悄地暗笑：“驾不去，驾不去的。”悟空为什么在心中暗暗地认为驾不过去呢，而且他还不说出来。原来他心里很清楚，唐僧要受尽九九八十一难，现在还有一难没受完，他心中有数的，他感觉到了，这可能是最后一难。

师徒们口里纷纷地讲，足下徐徐地行，直到水边忽听得有人叫道：“唐圣僧、唐圣僧，这里来，这里来。”四人听了都很惊讶，举头观看，四处无人，又没个舟船。只见一个大白赖头鼋在岸边探出头来叫道：“老师父，我在这里。等了你几年了，你怎么才回呀？”行者笑道：“哦，哈哈，老鼋呐，当年劳烦你，帮我们过了通天河呀，今天又见面了。”原来是当年送他们过通天河的那只老鼋。三藏、八戒和沙僧都欢喜不尽。行者又说：“老鼋，你要是想拉我们过河，就快上岸来吧。”那鼋即纵身爬上河来，师徒四人都上了他的背。行者一脚踏着老鼋的脖子，一脚踏着老鼋的头，叫道：“老鼋，你好生走稳呐。”

那老鼋蹬开四足，踏水面如行平地，翻波踏浪，游了半日。天色已晚，将近东岸，他忽然问起：“老师父，我当年求你见到如来佛祖，帮我问问我能活多久，你问了没有啊？”哎呀，他们光顾着取经了，到了雷音寺发生了那么多事，他们哪想得起问这件事儿啊？唐僧沉默了半天，无言以对，却又不能说谎。老鼋就知道了，这肯定是没问。他将身一晃唿喇沉下水去，师徒四人连马带经都落入了水中。幸亏唐僧已成了道，要是放在以前，他已经沉到河底了。行者笑微微，显大神通，把唐僧浮出水面，登上东岸。只是那些经文包被水给泡湿了，师徒们登岸整理。

忽有一阵狂风，天色昏暗，雷炯俱作，走石飞沙。但见那：“一阵风，乾坤播荡；一声雷，振动山川。一个炯，钻云飞火；一天雾，大地遮漫。风气呼号，雷声激烈。闪掣红绡（xiāo），雾迷星月。风鼓的尘沙扑面，雷惊的虎豹藏形，闪幌的飞禽叫噪，雾漫的树木无踪。那风搅得个通天河波浪翻滚，那雷振得个通天河鱼龙丧胆，那炯照得个通天河彻底光明，那雾盖得个通天河岸崖昏惨。好风！颓山裂石松篁（huáng）倒。好雷！惊蛰伤人威势豪。好炯！流天照野金蛇走。好雾！混混漫空蔽九霄。”唬得那三藏按住了经包，沙僧压住了经担，八戒牵住了白马，行者却双手抡起铁棒，左右护持。

原来那风雾雷闪都是些阴魔在作怪，他们弄出这么大动静要干吗？想吃唐僧肉吗？不是，原来他们想抢这些经文，折腾了一夜，直到天明。这些经文，他们是怎么也没抢去，慢慢就消停了。这就奇怪了，也没发生什么打斗，这抢的是什么经？三藏也疑惑，他一身湿，战战兢兢地问悟空："悟空啊，这一夜是怎么回事啊？"行者气呼呼地答道："师父，你不知道我们取了真经，做了大好事，都会长生不老的，又在这天地之间出了名，谁会不知道咱们？可是这样一来就会被一些鬼神所嫉妒，所以，他们要来抢咱们的经。他们之所以抢不去，一是因为这经是水湿透了，二是因为你已得道，用正法身压住了，所以雷不能轰、电不能照、雾不能迷，再加上老孙抡着铁棒，使我纯阳之性护持住了，坚持到天亮，阳气又盛起来，所以他们夺不去。"三藏、八戒和沙僧，这才醒悟。不过照悟空这么说来，这一难也不完全是观音菩萨弄出来的。你不管做什么事，做成功了都有可能招人嫉妒，这本身就是一难。所以，不管做什么事成功了，都不能得意扬扬、自高自大，要是不谨慎行事就还得遭难。

师徒们把经拿到高崖上开包晾晒，还好天气不错，晒

了半天，经文都晒干了，师徒们又开始装包。结果，没想到有些经文竟然被石头粘住了，撕下来的时候还破了一些，那可就不好办了。辛辛苦苦取来的真经，拿回去，有的地方少了字，怎么能看懂呢？

三藏懊悔道："哎呀，是我们太不小心，破损了真经啊。"行者却在一旁笑道："没关系，没关系。师父啊，天地都有不全，这经又怎么可能那么完美呢？这也是道啊。"行者这么一说，三藏倒是也安心了一些，这世上哪有完美的事情？继续上路吧。只听得半空中又有八大金刚叫道："跟我来吧。"那三藏闻得香风荡荡，起在空中随金刚驾风而去。八大金刚再使第二阵香风把他四人在一天内送到了东土，他们渐渐望见了长安。

当年大唐的太宗皇帝送唐僧出城之后，为了等他回来，建了一座望经楼。专门用来爬到楼上往远处望，看他什么时候能回来。这一天，太宗皇帝恰好到了楼上，忽见正西方满天瑞霭，香风阵阵。金刚停在空中叫道："圣僧，这里是长安城了。前几日观音菩萨对如来讲过，我们要在八日之内回去，到这里我们已用了四日，我们在此等你们传完了经，与我们一同回去。"

就按金刚说的，呆子挑着担，沙僧牵着马，行者领着圣僧，他们按下云头，落在了望经楼边，唐太宗和文武官员一齐望见，即下楼相迎。一见了面，那太宗皇帝抱住唐僧，是泪如雨下，抱头痛哭。唐太宗心想："走了这么多年了，都不知他是死是活。没想到在今日他取了经回来了，这一路得受多少罪啊。"太宗心疼他，关切地说道："御弟呀，你回来了啊。"唐僧也哭得说不出话，只是倒身下拜。太宗把他搀起来，又问："御弟，这三个人是谁呀？"唐僧答道："是我途中收下的徒弟。"太宗大喜，带他们入朝。

这下满城中无人不知是取经人回来了，都跑出观摩取经人的英姿。入了朝中，唐僧报道陛下："陛下，我们取来的真经有三十五部，各部中拣了几卷传来，共计五千零四十八卷。"太宗又是大喜，说到叫人设宴酬谢。忽又见他的三位徒弟立在阶下，一个个容貌异常。太宗又问："你的几位高徒都是外国人吗？"三藏又一一介绍："哦，我大徒弟姓孙，法名悟空，臣又称他为孙行者。他出身东胜神洲傲来国花果山水帘洞。因五百年前大闹天宫，被如来佛祖困压在五行山下，蒙观音菩萨劝善，他一路保护我。我这二徒弟呢，姓猪，法名悟能，臣又称他为猪八戒。他出身福陵山云栈洞，因为在高老庄上作怪，后来也蒙观音菩萨劝善，他一路护我，挑担有力，涉水有功。这三徒弟呢，姓沙法名悟净，臣又呼他为沙和尚，他出身流沙河，也蒙观音菩萨劝善，护我一路，只是那匹马已不是陛下之前赐给我的了。”

太宗看了看那马，说道：“哦，我看毛色相同啊，怎么不是了？”三藏答道：“臣当年到蛇盘山鹰愁涧涉水的时候，原来的马被这匹马给吞了。其实，他本不是马，而是西海龙王之子，因为有罪，也蒙观音菩萨解救，叫他变成马驮我，登山越岭，跋涉崎岖，去时骑坐，来时驮经，亏了他出力。”太宗听了称赞不已，又问：“御弟呀，你远涉西方，有多远的路途啊？”三藏又答：“有十万八千里之远，经过了一十四遍寒暑，日日山、日日水，经过的国家都给我们盖了印信。徒弟，将通关文牒取上来给主公看一看。”

太宗拿过通关文牒，看到上面有宝相国印、乌鸡国印、车驰国印、西凉女国印等等，一边看，一边就觉得他们这一路太辛苦，不知不觉眼泪又是夺眶而出。擦干了泪，太宗便邀请师徒们去东阁赴宴去了。师徒四人与文武百官侍立左右。唐太宗坐在当中，歌舞吹弹、整齐严肃。宴席间，那八戒也没那么大胃口贪吃了，看来取了真经，他的贪心没了。八戒有进步了，而且还真是不小的进步。谢恩宴散席之后，他们各自回去睡了。

到了第二天早晨再上朝的时候，太宗想到这真经好不容易取回来，得让唐僧为大家讲一讲，他就说道："御弟，你为大家演诵一番那真经，怎么样啊？"唐僧答道："哦，主公，演诵真经不能在这大殿之上啊，要寻一处佛地才行。"太宗大喜，立刻安排了雁塔寺。到了雁塔寺，官员们把一切都准备好之后，三藏又对太宗说道："主公啊，如果想把真经传留给天下的百姓，一定要抄下来，把抄下来的副本分给大家，真经的原本还要好好珍藏啊。"太宗说道："御弟说得对，说得对呀，我们一定会珍惜。"

三藏捧几卷经，正要登台诵读。又忽闻得香风缭绕，半空中八大金刚再次现身，高叫道："诵经的，放下经卷，跟我回西去了。"这底下行者三人连白马平地而起，三藏也将经卷丢下，从台上飞起于九霄，相随腾空而去。太宗皇帝和百官看到八大金刚现身，慌得他们望空下拜，师徒们和八大金刚复转灵山，连去带来正好八日。

此时灵山诸神都在佛前听讲，见到唐僧回来，佛祖说道："圣僧啊，你前世原是我二徒弟，名金蝉子，因为你不专心听我宣讲佛法，轻慢我佛经，所以，我才贬你去东土，费千辛万苦来取经，终成功果，现在封你为旃檀（zhān tán）功德佛。孙悟空，你因大闹天宫，被我压在五行山下，幸好你隐恶扬善，在途中炼魔降怪有功，有始有终，现在封你为斗战胜佛。猪悟能，你本天河水神、天蓬元帅，因为蟠桃会上酗酒戏嫦娥，贬你下界投成猪胎，因你一路保圣僧，封你为净坛使者。”

八戒听到这里，口中却嚷道：“啊，他们都成佛，为什么我只做个净坛使者呀？佛爷爷，你偏心呐。”佛祖道：“哈哈哈哈，你口壮身慵、食肠宽大，给我们佛教烧香上供品的人很多，那些供品吃不完的由你来吃，这有什么不好呢啊？”八戒道：“原来是这样啊，那这倒是个好职位。嘿嘿。做净坛使者，我就不缺吃的了。”如来佛祖继续说道：“沙悟

净，你本是卷帘大将，因蟠桃会上打碎玻璃盏，贬你下界，落于流沙河。幸好你保护圣僧，登山牵马有功，封你为金身罗汉。”如来佛祖封完沙僧又叫那白马：“白龙马，你本是西海龙王之子，犯了不孝之罪，幸亏你皈依我佛，一路驮负圣僧来西天。现封你为八部天龙马。”

师徒四人和白马都磕头谢恩。如来佛祖又命令揭谛，引白龙马下灵山，在后崖的一个池水边把它推入了池中。这是要干什么？就见那白龙马须臾间打个展身，褪了毛皮，换了头角，浑身长起金鳞，腮下生出银须，一身瑞气，四爪祥云，飞出化龙池，盘绕在山门里的擎天华表柱上。太好了，师徒四人封了佛、封了净坛使者、封了罗汉，白龙马也化成龙了。行者此时却又对唐僧说道：“师父，此时我和你一样也成了佛，总不该还带个金箍吧，快点念个松箍咒，帮我脱下来，我打它个粉碎。也免得那菩萨拿回去又捉弄其他人。”

他竟然说菩萨会用金箍再去捉弄其他人，还要把它打得粉碎。悟空他就是成了佛，还是那么有趣。唐僧回答道：“悟空，当时只因为你难管，才采用这样的方法来治你。现在你成了佛，自然就去掉了，你在头上摸摸试试看。”行者举手往头上摸了一摸，金箍果然没了。这金箍一去，一切都圆满了。

从此这世间就没了唐僧师徒，却多了旃檀功德佛、斗战胜佛、净坛使者、金身罗汉、天龙马。此时诸佛祖、菩萨、圣僧、罗汉、揭谛，各山各洞的神仙、丁甲、功曹、伽蓝、土地，一切得道的师仙都来听佛祖讲经。看那：

“灵鹫峰头聚霞彩，极乐世界集祥云。金龙稳卧，玉虎安然。乌兔任随来往，龟蛇凭汝盘旋。丹凤青鸾情爽爽，玄猿白鹿意怡怡。八节奇花，四时仙果。乔松古桧，翠柏修篁。五色梅时开时结，万年桃时熟时新。千果千花争秀，一天瑞霭纷纭。”大众合掌皈依，都念南无阿弥陀佛。

思维训练问答

☞ 教孩子信念笃定胜于能力强大

1. 孙悟空、猪八戒、沙僧他们为什么都心甘情愿地一路追随唐僧呢?

2. 悟空一路上降妖除魔总会上天找神仙帮忙，那些神仙帮忙的时候，是因为悟空神通广大怕他才帮他的忙，还是因为唐僧做了一件对天下人都有帮助的好事才心甘情愿地帮忙呢?

3. 唐僧一心要取经，十分笃定，从不动摇。孙悟空神通广大，降妖除魔。你觉得信念十分笃定从不动摇更加重要还是能力神通广大更加重要呢?为什么?

4. 你有没有长期坚持做，最终做成了的事情，说出来听听。

故事中的家教思维

能够成就非凡事业的人，往往不是跑得快、力量大的人，而是信念笃定的人。以唐僧成功取得真经的故事为例，我们可以与孩子进行一场有意义的讨论，借此培养他们独特的思维方式。我们可以先问孩子第一个问题，孙悟空、猪八戒、沙僧为什么都心甘情愿地一路去追随唐僧?我们通过这

个问题指引孩子，让他明白，当一个人信念笃定，愿意为了天下的人去做好事，也为身边的人去做好事，那么大家就非常愿意追随他。

再问孩子第二个问题，孙悟空在取经路上屡战妖魔，常需上天求助。那些神仙之所以愿意伸出援手，是因为悟空法力无边、令他们畏惧，还是因为唐僧的善行感动了他们，使他们心甘情愿地提供帮助？这个问题旨在让孩子领悟，真正能够激发他人无私奉献的是一颗乐于助人的心，而不是神通广大的能力。

再问孩子第三个问题，唐僧的取经之旅中，是他的信念坚定、从不动摇更为重要，还是孙悟空的神通广大更为关键？为什么？这个问题鼓励孩子将信念与能力进行对比思考，使他们认识到虽然特定情境下能力不可或缺，但长远来看，坚定不移的信念是推动成功更为重要的因素。这个问题不要求孩子一定给出一个确定的答案，它的价值在于启发孩子深入地去思考和理解问题。

再问孩子最后一个问题，你自己有没有过长期坚持并最终达成目标的经历？能和我分享一下吗？这个问题旨在让孩子反思自己的日常行为，将信念笃定的理念融入实际生活，逐步形成良好的行为习惯。

思维特点

整体思维

1. 统一性：所有人物都是同一个系统下的形态，眼神、方向、姿势等都比较统一。

2. 整体化：所有细节要立足于整体。

培养孩子整体思维的益处：孩子思考问题更容易把着眼点放在全局上，更有章法，更系统化。

☞ 如何通过绘画培养孩子整体思维

1. 引导绘画方向

每次孩子画画，至少从三个方向引导其思考，如何让画面更丰富。比如孩子画房间时，可以引导孩子思考，棚顶上有什么？墙壁上有什么？地面上有什么？这样思考后画出的画面就会周全而丰富。

2. 思维导图游戏

多和孩子一起画思维导图。确认主题后，引导孩子思考“关于这个主题我们要思考哪几个方面？”，然后鼓励孩子画出来。